Pour Barney et Arlene.

PROLOGUE

Oxford, Angleterre
1379

John Wycliffe posa sa plume et frotta ses yeux fatigués. La bougie, presque consumée, laissait échapper des vrilles de fumée. Elle s'éteindrait dans quelques minutes et c'était la dernière. On n'était qu'au milieu du mois mais il avait déjà épuisé sa ration. En tant que doyen de Balliol College, à l'université d'Oxford, il recevait la quantité de bougies qui suffisait à la plupart des clercs, ceux qui travaillaient le jour et dormaient la nuit. Or, la nuit, Wycliffe dormait à peine. L'urgence de sa mission le tirait très tôt du lit et l'obligeait à se coucher fort tard.

La lueur orangée émise par le brasero à charbon de bois ne parvenait guère à dissiper les ombres du crépuscule s'épaississant dans les coins de son logement

9

spartiate. La flamme vacilla et s'éteignit. La petite servante allait bientôt arriver. Il pourrait l'envoyer chez le chandelier et paierait les bougies de ses propres deniers. Il ne souhaitait pas attirer l'attention sur son travail en en demandant d'autres à l'économe ou en sollicitant ses collègues.

Le retard de la jeune servante lui fournit au moins un moment de répit bien mérité. Il avait des crampes à la main à force de tenir ses plumes, mal à la tête à force de plisser les yeux dans la pénombre et des courbatures à cause des longues heures passées au-dessus de son bureau. Même son esprit était las. Comme toujours quand il était fatigué, il se mit à douter du sens de sa mission. Était-ce l'orgueil, l'arrogance intellectuelle et non Dieu qui l'incitait à entreprendre une tâche aussi colossale ? Ou avait-il été simplement poussé sur cette voie périlleuse par les machinations de Jean de Gand, duc de Lancastre ? S'apprêtant à gagner un royaume, le duc ne souhaitait pas en partager les richesses avec une Église cupide. Mais ce n'était pas un péché, se persuadait Wycliffe, d'accepter la protection d'un tel homme s'ils pouvaient, ensemble, briser la tyrannie des prêtres, des évêques et des archevêques. Si Jean de Gand agissait pour son propre compte, John Wycliffe, lui, œuvrait pour le salut de l'âme de l'Angleterre.

La mort du roi Édouard avait été une bénédiction du ciel, malgré les luttes politiques qui mettaient en ce moment aux prises les oncles de l'enfant roi. Édouard s'était vautré dans la débauche. Le péché de luxure souillait sa cour. Il s'affichait avec sa maîtresse. On disait Alice Perrers d'une grande beauté ; Wycliffe, lui, la considérait comme l'agent du démon. Quelle magie noire cette intrigante donzelle avait-elle pratiquée pour séduire l'âme d'un souverain ? En tout cas, maintenant

10

que le roi n'était plus, Alice Perrers avait quitté le cloaque de sa cour. Jean de Gand était aujourd'hui régent du royaume. Et Jean de Gand se trouvait du côté de Wycliffe.

Pour le moment.

Il repoussa sa chaise. Le bureau faisait face à la fenêtre donnant sur la ville d'Oxford. Dehors, des étudiants, la panse déjà remplie de cervoise, étaient en quête d'une nouvelle taverne. Mais où puisaient-ils donc l'argent pour boire ainsi, sans cesse. Mystère… Sans doute s'abreuvaient-ils de la bière la moins chère, des fonds de cuve, même s'il en fallait davantage que ce qu'aurait pu contenir la panse d'un obèse pour produire si excessive exubérance. L'espace d'un instant il faillit envier leur innocence, leur joie débordante, leur incroyable désinvolture.

La servante devrait bientôt arriver. Elle avait déjà une heure de retard. Il le devina à l'intense indigo des reflets de la fenêtre, vitrée en hommage à sa position hiérarchique. Wycliffe aurait pu traduire deux pages entières de la Vulgate pendant ce temps, deux pages à ajouter au paquet partant le lendemain pour l'Est-Anglie. Il était satisfait du travail de l'enlumineur. Pas trop orné, mais beau malgré tout, digne du texte lui-même. Comme il détestait les pantomimes profanes des animaux, oiseaux ou bouffons ajoutés dans les marges pour faire rire, les couleurs voyantes, la luxuriante décoration que produisait la corporation de Paris. En outre, cet enlumineur était moins cher que les maîtres de Paris. Et le duc de Lancastre avait affirmé qu'on pouvait compter sur sa discrétion.

Des voix, des éclats de rire, un refrain montèrent de la rue, avant de s'éloigner. La chambrière ne tarderait plus. Il devait avancer davantage dans sa traduction ce soir. Il était parvenu à la moitié de l'Évangile selon saint Jean. Des ombres voletaient dans la pièce. Ses paupières étaient lourdes.

Jésus avait tenu tête aux prêtres du temple. Wycliffe pouvait bien tenir tête à un pape. Voire à deux.

Les charbons bougèrent dans le brasero. « Des âmes périssent tandis que tu paresses », lui chuchotaient-ils.

Il somnola devant les braises rougeoyantes.

Sachant qu'elle était en retard, Joan grimpa quatre à quatre l'escalier menant au logis de messire Wycliffe. Elle espérait qu'il serait tellement occupé à écrire qu'il ne s'apercevrait de rien, même si elle n'avait vu aucune lueur à travers sa fenêtre. Parfois, il notait à peine sa présence tandis qu'elle ramassait son linge sale, balayait et vidait son pot de chambre. Ce serait bien sa chance si en ce jour – contrairement à son habitude – il était d'humeur à l'interroger sur les membres de sa famille, leurs habitudes dominicales, ou à s'enquérir si certains d'entre eux savaient lire.

Non que sa curiosité l'agace – malgré ses manières brusques, il avait un regard doux et quand il l'appelait « mon enfant » il lui rappelait son père, mort l'année précédente –, mais aujourd'hui elle n'avait pas envie de bavarder avec lui. Elle était sûre d'éclater en pleurs, et il n'aurait pas approuvé, pensa-t-elle, en palpant la relique attachée par un ruban à une ficelle de chanvre ceignant sa taille comme un rosaire.

Elle rentra ses cheveux épars sous son pauvre bonnet de lin, prit une profonde inspiration et donna un petit coup contre la porte de chêne. Ne recevant aucune réponse, elle frappa plus fort et se racla la gorge.

« Messire Wycliffe, c'est moi, Joan. Je suis venue nettoyer votre chambre. »

Elle actionna la poignée. La porte n'étant pas fermée à clef, elle l'entrebâilla quelque peu.

« Messire Wycliffe ? »

Une voix bourrue se fit entendre dans la pénombre.

« Entre, mon enfant. Tu es en retard. On perd du temps.

— J'en suis bien marrie, messire Wycliffe. C'est à cause de ma mère, vous voyez. Elle est très malade. Et il n'y a que moi pour s'occuper des petits. »

Elle s'activa vivement dans la pièce sous son regard, allumant les chandelles à mèche de jonc. Les flammes vacillèrent au moment où elle ouvrit la fenêtre pour déverser le contenu du pot de chambre. Elle fit un paquet du linge sale, consciente qu'il ne la quittait pas des yeux. Elle ne touchait jamais aux papiers sur le bureau. Il lui avait jadis vertement reproché de les avoir déplacés.

« Est-ce que je dois remplacer la bougie, messire ?

— Heu… Je n'en ai pas de rechange. Je t'attendais pour que tu ailles en chercher d'autres.

— Excusez-moi. J'y cours de ce pas. »

Elle espérait qu'il ne signalerait pas son retard. Qui savait quand sa mère serait assez vaillante pour reprendre son travail de femme de ménage ? Retournant sa chaise, qui faisait face à la fenêtre, il l'arrêta d'un geste.

« Tu dis que ta mère est malade ?

— Elle a beaucoup de fièvre. » Joan cligna des yeux afin de retenir ses larmes puis lâcha : « J'ai été à l'église Sainte-Anne pour demander au prêtre de prier pour elle. »

Les lèvres de John Wycliffe se serrèrent au-dessus des poils gris de sa barbe.

« Les prières du prêtre ne valent pas plus que les tiennes. Peut-être même valent-elles moins. Il est possible que les tiennes viennent d'un cœur plus pur. »

Il se leva, la dominant de toute sa taille, l'air sévère, vêtu d'une bure austère et coiffé d'un bonnet de laine ajusté. Celui-ci couvrait à peine les cheveux gris qui tombaient sur ses épaules et se mêlaient à sa barbe.

« Qu'est-ce que tu as là, accroché à ta ceinture ?

— À ma ceinture, messire ?

— Sous ton bras. Un objet sur lequel tu attires l'attention en tentant de le cacher ?

— Ça, monsieur ? » Les joues en feu, la petite brandit la chose en question. Comment se faisait-il que ce regard perçant lui fît douter de ce qui, moins d'une heure plus tôt, lui avait paru si juste ?

« C'est une sainte relique, fit-elle en baissant la tête. Un os du doigt de sainte Anne. Je dois le tenir dans ma main quand je dis le Pater. C'est le prêtre qui me l'a donné.

— Je vois. Et toi, qu'est-ce que tu lui as donné ?

— Une pièce de six pence, messire Wycliffe.

— Six pence, soupira-t-il en secouant la tête. Six pence sur tes gages !... Puis-je voir cette prétendue relique sainte ? »

Elle tritura le ruban attaché à sa ceinture, puis lui tendit la relique. Il l'examina, la frottant entre le pouce et l'index.

« C'est bien mou pour un os.

— Le prêtre a dit que c'était à cause de la douceur de sainte Anne. »

Wycliffe le soupesa. Le ruban écarlate avait l'air d'un filet de sang coulant entre ses doigts.

« C'est du cartilage de cochon. Ce n'est pas ça qui va aider ta mère à guérir.

— Du cartilage ? » Elle se tordit les lèvres pour prononcer ce mot inconnu.

« Du tendon. Ce qu'il y a dans l'oreille d'un cochon, dans sa queue ou dans son museau. »

Du tendon ? Le prêtre lui avait donné un bout d'oreille de cochon pour l'aider à réciter ses prières ? Il lui avait affirmé qu'il lui laissait la relique à un prix très bas par charité chrétienne. Et que, normalement, ça aurait coûté beaucoup plus cher. Du tendon de cochon pour sa mère ? Joan ne put retenir ses larmes, larmes qui s'étaient accumulées toute la journée. Et maintenant, que faire ?

Il lui tendit son mouchoir tout propre. On l'avait lavé la semaine précédente, se souvint-elle.

« Écoute-moi, petite. Tu n'as besoin ni d'une relique de saint ni des services d'un prêtre. Tu peux prier toute seule pour la guérison de ta mère. Tu peux te confesser directement à Dieu. Tu peux adresser tes prières pour la guérison de ta mère directement à Notre-Seigneur. Si ton cœur est pur, Dieu le Père qui est aux cieux t'entendra. Ensuite, après avoir prié, va chez un apothicaire et achète une médecine qui fasse baisser la fièvre de ta mère.

— Je n'ai pas d'argent pour acheter des médecines, gémit-elle entre deux reniflements.

— Je vais te racheter la relique. »

Pendant qu'elle se tamponnait les yeux avec le mouchoir désormais trempé il se dirigea vers la table et prit sa bourse, dont il tira un shilling.

« Tiens ! S'il reste quelque chose après l'achat de la médecine, procure-toi un poulet et prépare un bouillon pour ta mère.

— Messire Wycliffe, comment est-ce que je peux vous remercier… ?

« — Tu n'as pas à me remercier, mon enfant. Je te rends seulement ce que ton Église t'a volé. » Il détacha la relique du ruban et lui tapota la main. « Je prends la relique, mais garde le ruban. » Un sourire adoucit ses traits sévères. « Ça fera joli dans tes cheveux. »

Soulagée, elle eut envie de se jeter dans ses bras, mais l'air digne de Wycliffe l'intimidait. Elle se contenta de lui faire une profonde révérence.

« Dépêche-toi avant que l'apothicaire de King's Lane ne ferme pour la nuit. Allez, cours-y vite ! Je vais réciter une prière pour la guérison de ta mère. Et ça ne te coûtera pas un penny. »

Ce ne fut qu'après le départ de la chambrière que Wycliffe se rappela les bougies. Il devrait aller les acheter lui-même. On n'était qu'au début de la soirée. Il pouvait traduire plusieurs pages avant que la fatigue ne lui fasse commettre des fautes. Son petit somme l'avait ragaillardi et la scène précédente avait renforcé sa détermination. Il ferma soigneusement la porte à clef derrière lui – on ne se protégeait jamais assez contre les regards indiscrets –, descendit précipitamment l'étroit escalier et sortit du bâtiment, en quête de lumière.

UN

Norwich, Est-Anglie
Juin 1379

Un. Deux. Trois… Combien de coups allaient sonner ? Suant et soufflant, Mi-Tom se rendait au marché de Norwich. Il regardait le soleil en plissant les yeux et comptait. Douze coups appelaient les moines à sexte. Il les imagina, vêtus de leurs soutanes noires, le bras passé dans la manche opposée, marchant en silence, deux par deux, pour participer aux prières de midi. Longue file sinuant sans bruit le long de la galerie du cloître, telle une anguille fendant les eaux marécageuses des marais où il habitait. Mi-Tom n'aurait pour rien au monde échangé son sanctuaire d'osier et de roseau pour leurs magnifiques bâtiments de pierre froide.

La route était poudreuse et le soleil lui chauffait le dos. Il hâta le pas. S'il ne se pressait pas, le marché du jeudi serait terminé avant qu'il ait eu le temps d'arriver. Jeudi, *Thursday*, le jour de Thor, comme disait Mi-Tom : le jour du tonnerre. Il aimait les anciens noms que chantaient les contes de son enfance, qui se passaient à l'époque où les Danois combattaient le bon roi Alfred pour s'emparer de l'Anglie. Certains contes regorgeaient de massacres mais aussi d'hommes vaillants. Tous des héros. Forts et hardis.

Et de haute taille.

Mi-Tom n'avait jamais rencontré de vrais héros. Les moines affirmaient qu'il n'en existait que dans les vieux chants des bardes. En tout cas, ils ne vivaient sûrement pas dans l'Angleterre d'Édouard III. Édouard était-il toujours roi ? Il demanderait au marché.

D'autres bruits de cloches. Rauques, stridents, comme des cris d'enfants réclamant l'attention, ils répondaient aux appels des cloches de la cathédrale mère. À l'intérieur des murs de la cité, il y avait des églises partout, bâties grâce à l'argent flamand des lainiers. Pour acheter la clémence de Dieu ou pour satisfaire leur orgueil ? Mi-Tom pensait parfois que, si la province du Norfolk – le North Folk, le « peuple du Nord » – comptait autant d'âmes saintes qu'elle possédait d'églises, il verrait davantage de paradis et moins d'enfer. Il ne connaissait qu'une sainte âme, une seule. Et il ne s'agissait pas d'un héros, mais d'une femme. Il avait projeté de lui rendre visite aujourd'hui ; or il n'aurait guère le temps.

Il avait quitté les plaines marécageuses dès l'aube, ses paniers d'osier sur le dos, et sur la route défoncée allant de Saint-Edmund à Norwich il avait dû braver l'habituelle foule des pèlerins, voleurs et autres gueux. Ses grosses et courtes jambes de nain s'activaient tant et plus pour lui permettre d'arriver au marché hebdomadaire

18

avant midi, les crampes l'avertissant qu'elles n'en pouvaient plus. Il avait mal aux épaules à force de tenir en équilibre le volumineux fardeau, et son esprit était las de répondre aux vilains et aux serfs fugitifs qui se gaussaient de lui afin de se distraire un brin pendant le voyage. Distraction pour eux. Menace pour lui. Il avait déjà abandonné deux anguilles, ainsi qu'une nasse à long col fermé par un bouchon, à des vauriens déterminés à lui lancer des coups de pied comme s'il avait été un ballon.

Le lourd fardeau cognait à chaque pas contre ses épaules, lui échauffant la peau sous son pourpoint. Comme la sueur lui piquait les yeux, il n'aperçut la truie et son porcelet en train de téter qu'au moment où l'animal grogna pour le mettre en garde. Lorsqu'il fit un bond de côté pour éviter ce dernier obstacle avant d'atteindre les portes de la ville, sa charge se déplaça, brisa la courroie de cuir et tomba à terre, le contenu se déversant pêle-mêle dans la gadoue.

« Au diable le foutu évêque et ses cochons ! » jura-t-il.

La bête renâcla et secoua son groin en montrant ses incisives. Une forte grimace déforma le visage rond du nain qui lança des coups de pied dans le vide, se gardant de toucher l'arrière-train de la truie.

S'il était furieux, Mi-Tom n'était pas idiot.

L'animal se souleva, avança et piétina un grand panier rond. Le nain poussa un nouveau juron en entendant les craquements de l'osier. Le travail d'une semaine écrasé sous la panse de la truie. Il avait fallu ramasser les rameaux d'osier, les gratter, les tresser avec adresse et délicatesse, malgré ses doigts malhabiles, pour fabriquer de gracieuses nasses au long col avec lesquelles il attraperait les anguilles ou qu'il troquerait contre une aune d'étoffe ou un sac de farine et, si la journée avait été faste, une pinte de cervoise. On pouvait toujours rêver, bien sûr. Il aurait de la chance s'il en sauvait assez pour s'acheter une demi-portion de farine.

Il lança un jet de salive en direction du maudit animal. Sale truie ! Elle appartenait bien à l'évêque, il le voyait à l'entaille qu'elle portait à l'oreille. Elle avait creusé sa bauge puante en plein milieu d'une grande route menant à la troisième ville d'Angleterre. Elle se vautrait dans ses propres immondices, se goinfrant des déchets de la noblesse et d'aliments qui auraient pu nourrir tout un mois la nichée affamée d'un franc-tenancier. Ses oreilles pendantes doublées de gris pâle, telle une mitre d'évêque miteuse, le narguaient.

L'estomac vide de Mi-Tom gargouilla. La tartine de saindoux qu'il avait mangée avant l'aurore avait été dès longtemps digérée. Il pensa au stylet qu'il gardait dans sa botte et reluqua le porcelet. Propriété de l'Église… Et alors ? D'aucuns pensaient que la sainte Église possédait trop de biens. Certains affirmaient même qu'on n'avait pas besoin de prêtres, qu'il suffisait de bien dire ses prières. Mais d'autres taxaient ces propos d'hérésie. Mi-Tom était sûr d'une chose : il était autant capable de réciter le bénédicité avant de déguster un rôti de porc que n'importe quel homme plus grand que lui, qu'il soit bénédictin ou franciscain.

D'ailleurs, l'évêque ne devait-il pas le dédommager pour ses paniers brisés ?

Tout en jetant des coups d'œil à l'entour, il s'épongea le front de la manche effrangée de son pourpoint. À part un cavalier venant du sud, la route était déserte, les gueux eux-mêmes avaient abandonné le bord de la voie pour le marché de la ville. Simple point à l'horizon, le cavalier serait trop loin et ne verrait pas ce qui se passait si Mi-Tom agissait vite. Un buisson le dérobait fort opportunément à la vue de quiconque entrait ou sortait par la porte de la ville. Il y avait bien derrière lui une cabane de paysan, mais aucun signe de vie, sauf une enfant sur le seuil – une fillette, trop petite pour porter témoignage – en train de jouer avec un poulet.

Tout de même, voler le porc d'un évêque… Ce serait comme chasser les cerfs du roi. Ça lui vaudrait au minimum d'être exposé quelque temps au pilori, peine particulièrement pénible pour un nain, qui attirait davantage de tourmenteurs que les autres condamnés. Voire une condamnation au gibet si on le prenait sur le fait.

Il tira sur sa barbiche clairsemée. Les contours du cavalier et de son cheval se précisaient.

Poussant de grands jurons, il lança à nouveau de violents coups de pied. Cette fois-ci, son sabot de bois heurta sans douceur le flanc de la truie, sans parvenir toutefois à soulager sa colère. La truie se redressa lourdement. Soucieux d'évaluer les dégâts causés à sa marchandise, Mi-Tom se désintéressa de l'animal.

Tout comme de l'enfant qui, flageolant sur ses gambettes, passa le seuil de la cabane et s'approcha du bord de la route. D'habitude, Mi-Tom aimait les gosses, qu'il attirait par sa petite taille. Pas les gamins boutonneux qui le harcelaient mais les tout-petits. Il lui arrivait même de tirer un penny de sa bourse plate pour leur acheter un bonbon ou deux. Pour le moment, trop distrait par la colère, ou par la tentation, il ne prêtait guère attention à ce chérubin blond qui le fixait de ses grands yeux ronds.

Le porcelet – sans doute le petit dernier de la portée, car Mi-Tom n'en vit aucun autre – se redressa et, indigné qu'on ait ainsi interrompu son repas, se mit à couiner tout en suivant sa mère. Mi-Tom leva les yeux à temps pour voir la fillette tendre une main potelée vers l'animal. Elle agrippa la petite torsade de la queue, si tentante, et tira dessus. Le couinement devint un cri perçant. Riant aux éclats, elle tira plus fort.

« Lâche-le ! hurla Mi-Tom, en laissant tomber le panier. Ne… »

Mais les cris du porcelet avaient attiré l'attention de la truie, qui se dirigeait lourdement vers l'enfant rieur avec autant de détermination que le lui permettait son poids de mille livres. Ses grognements menaçants ponctuaient les couinements du cochonnet. Si l'enfant ne relâchait pas sa prise, devant la colère de la truie le rire se changea en geignements. Pétrifiée, la fillette continuait à s'accrocher à la queue du porcelet.

La truie chargea.

Les cris de l'enfant se mêlèrent aux grognements de la truie qui renversa sa proie et commença à la mordre. Son petit désormais en sûreté – ou peut-être oublié devant ce festin inattendu et d'une telle tendreté –, bavant et renâclant, elle se mit à mâchonner la jambe de l'enfant.

Mi-Tom sauta sur le dos de la truie, mais sans plus d'effet qu'une mouche se posant sur le flanc d'un cheval. Les cris aigus de l'enfant se muèrent en hurlements déchirants. D'une plaie béante à la jambe dégoulinait du sang, mêlé à des lambeaux de chair.

La lame du couteau de Mi-Tom étincela dans la lumière du matin : le sang chaud de la truie lui gicla à la figure, l'aveuglant. L'odeur écœurante envahit ses narines. Il essuya son visage ensanglanté sur sa manche, puis se remit à donner des coups de couteau.

Encore.

Sans trêve.

Et encore du sang. Qui ne giclait plus mais coulait à

flots, comme de la bière brune d'un tonneau. Jusqu'au moment où la truie de l'évêque se tut, le corps encore palpitant, le groin souillé serrant toujours la jambe de l'enfant. Entre ses incisives, on apercevait un bout de chair mâchonnée.

Les cris de la fillette cessèrent d'un seul coup. Mi-Tom la souleva dans ses bras courts. Elle ne bougeait ni ne respirait. Du sang dégoulinait de la plaie déchiquetée et son pied pendouillait.

Il n'avait pas été assez rapide.

Et il avait tué le cochon de l'évêque pour rien.

Il jeta un coup d'œil par-dessus son épaule. Le cavalier solitaire s'était rapproché, il entendait le martèlement des sabots. Ou n'étaient-ce que les battements de son cœur ?

Le corps de l'enfant se raidit et tressauta dans ses bras. Les affres de la mort ? Son souffle semblait coincé dans la gorge, tel un papillon pris au piège et cherchant à s'échapper. La gorge tressaillait un peu. L'estomac de Mi-Tom répondit en tressaillant à son tour. Il berça la petite dans ses bras. La poitrine palpita et haleta, puis la fillette se mit à pleurnicher, émettant une faible plainte qui arracha le cœur de Mi-Tom.

« Tout va bien, mon enfant. Allons, allons, calme-toi ! Le vieux Mi-Tom va désormais veiller sur toi. Calme-toi ! répétait-il en se balançant d'avant en arrière. Il sera peut-être pendu pour ça, murmura-t-il, mais il veillera sur toi. »

Si la scène avait semblé durer des heures, tout s'était passé en fait en moins d'une minute. Soudain, Mi-Tom découvrit que l'enfant, le cochon mort à ses pieds et lui n'étaient pas seuls. Sortant de la cabane, une femme courait vers eux, les bras tendus, ses jupes voltigeant derrière elle tels de grands oiseaux gris. Quand elle

23

aperçut son enfant, elle se mit à psalmodier des lamentations incompréhensibles qui se tordaient dans les airs, tandis que serpentaient sur le sol les anguilles échappées des nasses écrasées.

Heureux de chevaucher sur la grand-route après deux jours de voyage depuis Thetford à travers la forêt dense et les marais saumâtres, Finn ne vit pas tout de suite l'échauffourée mettant aux prises le nain, la truie et l'enfant. De loin, le cavalier avait d'ailleurs pris le nain pour un gosse faisant une crise. Les prés verts, les moutons en train de paître, le soleil lui chauffant agréablement le dos, la pensée d'un pâté en croûte et d'une chope de bière avant de parcourir les douze milles jusqu'à la forêt de Bacton Wood et l'abbaye de Broomholm, au nord de Norwich. Tout conspirait à endormir sa vigilance et à lui donner un fallacieux sentiment de tranquillité.

Il vit alors la femme sortir de la masure en hurlant.

Afin de l'obliger à galoper malgré sa fatigue, il planta assez fermement ses talons dans les flancs de sa haridelle d'emprunt. Il eut le temps de saisir le lien entre l'enfant blessée, la mère désespérée et la bête morte. Sans mettre pied à terre, il interpella la femme qui tenait dans ses bras la fillette à la jambe déchiquetée.

« Est-ce qu'elle respire ? »

La mère ne bougea pas, fixant la bambine d'un regard hébété, les yeux écarquillés.

« Votre fille respire-t-elle ? » répéta le cavalier.

Pour toute réponse, elle lui tendit l'enfant comme on offre une victime expiatoire à un dieu païen. Le petit corps était tout à fait inerte. Finn saisit la fillette et la serra contre lui en faisant bien attention de soutenir le pied. La mâchoire du porc avait brisé l'os juste au-dessus de la cheville. La chair était mutilée, mais le sang avait cessé de couler. Il crut percevoir un très léger battement de cœur.

Le nain s'avança.

« La petite peut encore être sauvée, messire, elle n'est pas devenue bleue. Mais vous devez vous hâter. Je connais une sainte femme qui vit près du prieuré de Carrow dans l'église Saint-Julien. Elle soignera l'enfant et priera pour qu'un miracle se produise, si c'est possible. L'anachorète de Saint-Julien. N'importe qui pourra vous renseigner. Demandez Julienne.

— Je n'ai pas le temps de chercher le chemin », répliqua Finn.

Et, sans laisser au petit homme le loisir d'expliquer qu'il répugnait à entrer dans la ville – Finn pouvait deviner pourquoi, ayant remarqué la marque sur l'oreille du cadavre de la truie, les vêtements et le couteau souillés du sang de l'animal –, il l'attrapa, le hissa sur le cheval, et prit la direction de la cité.

« On reviendra vous chercher plus tard, dès que votre enfant sera en sécurité », lança Finn à la femme, qui, immobile, comme pétrifiée, les regardait s'éloigner.

Ils franchirent la porte de la ville au galop, manquant au premier croisement d'entrer en collision avec une charrette chargée de tonneaux. Le nain tendit la main droite pour indiquer la direction. Finn éperonna sa monture. Il avait mal au bras à force de serrer la fillette contre lui pour amortir les secousses. D'un bref coup d'œil, il vit qu'elle ne bougeait pas plus qu'une poupée. Il pria pour qu'il lui reste une étincelle de vie.

« King's Street et Rouen Road ! » lui hurla Mi-Tom à l'oreille. Le nain s'accrochait de toutes ses forces, au

25

point que le baudrier d'armes portatives lui entrait dans le côté.

Finn arrêta son cheval devant une petite église de grès. Il s'apprêtait à se diriger vers le lourd portail de bois lorsque le nain poussa un grognement en indiquant une minuscule cahute – un appentis, en fait – accotée au flanc de l'église. Finn reconnut sur-le-champ le logis d'un ermite – sa cellule, en quelque sorte – attenant à une église, sans en faire réellement partie. En deux bonds, il traversa le petit jardin d'herbes aromatiques et se trouva devant la porte d'entrée, ouverte pour laisser passer l'air de ce midi d'été.

À l'intérieur, une femme psalmodiait une formule, à l'évidence souvent répétée : « Si vous voulez voir l'anachorète, faites le tour et entrez dans l'antichambre de l'autre côté. Frappez à la fenêtre. Si elle n'est pas en prière, elle tirera le rideau. »

Serrant toujours la fillette avec son bras engourdi, Finn baissa la tête et pénétra dans la pièce nue. Il allait rétorquer à la petite femme aux larges hanches, penchée au-dessus du foyer au milieu de la pièce, qu'il n'avait pas le temps d'observer le protocole sacré quand celle-ci se retourna, les sourcils froncés, des paroles de réprimande déjà sur les lèvres. Son regard se fixa sur l'enfant.

« Portez-la là ! » fit-elle en indiquant une fenêtre au large battant qui s'ouvrait dans la pièce contiguë. Elle s'empressa d'enlever un pot à lait et une écuelle sale du rebord. Finn comprit tout de suite qu'il se trouvait dans la chambre de domestique d'un logis de deux pièces et que la servante passait la nourriture à la sainte femme par cette fenêtre, le rebord lui servant de plateau. Une lourde porte de bois séparait aussi les deux pièces. Elle était verrouillée du côté de la servante.

« Mère Julienne, vous avez… »

26

Un visage de femme portant guimpe et voile apparut à la fenêtre et, sans attendre qu'on fasse les présentations ou qu'on explique pourquoi on avait interrompu sa méditation, l'anachorète passa les bras par la fenêtre pour recevoir l'enfant.

« Vite Alice ! Apporte-moi de l'eau et des linges propres. Et pile du sarrasin. »

Finn regardait par la fenêtre intérieure. L'anachorète coucha l'enfant livide et inerte sur un petit lit, qui avec un pupitre à couvercle incliné et un tabouret constituaient tout le mobilier de la pièce. Mère Julienne, comme l'appelait le nain, était une mince femme, sans doute d'une trentaine d'années, bien qu'il fût difficile de deviner son âge avec précision, car elle était enveloppée des pieds à la tête dans un vêtement de toile écrue, le voile et la guimpe ne laissant voir que le visage aux yeux brillants enfoncés et qu'on eût pu qualifier d'émacié s'il n'avait été aussi serein. Sa voix était profonde et harmonieuse, tel le vent jouant dans des tuyaux. Fredonnant une berceuse, elle calmait la fillette qui, de temps à autre, bougeait en gémissant comme si elle rêvait.

Finn n'avait pas eu le temps de mettre en doute la suggestion du nain, quoiqu'il ne crût guère aux ermites et à leurs prières, pas plus qu'aux saintes reliques, aux vendeurs d'indulgences et autres entremetteurs ecclésiastiques. Mais il faisait encore moins confiance aux prétentieux docteurs de la Faculté, car peu d'entre eux auraient accepté de salir leur toge pour soigner une petite paysanne ensanglantée. Voyant les doigts de Julienne s'activer efficacement sur la blessure, la laver doucement avec le jus de sarrasin, avant de fabriquer un emplâtre avec la consoude écrasée pour rebouter l'os, il se bénit d'avoir fait le bon choix.

Comme il ne pouvait pas voir ce qui se passait à cause

de la fenêtre, placée trop haut, le nain arpentait la pièce tout en jetant des regards anxieux vers la porte d'entrée ouverte, ses courtes jambes se mouvant en silence.

« Est-ce que l'enfant vivra, dame Julienne ? » lança-t-il, assez fort pour que sa voix soit entendue de l'autre côté.

Laissant la petite fille endormie, Julienne s'approcha de la fenêtre et baissa le regard vers lui.

« Il m'est impossible de le dire, Tom. Elle est entre les mains de Dieu. Seul Dieu sait ce qui est bon pour cette petite. L'os se ressoudera, mais si la bête qui l'a attaquée était malade… Nous devons faire confiance à Dieu. En cela comme en tout. »

Finn était charmé par son sourire lumineux, qui s'adressait au monde entier, tel le soleil apparaissant derrière un nuage.

« Faites le tour de la maison et venez tous deux jusqu'à la fenêtre des suppliants. Vous rendez ma servante très nerveuse. Elle craint que vous ne me compromettiez. Nous pourrons parler plus à loisir, et toi, Tom, tu pourras mieux voir la fillette. »

Finn ressortit dans le cimetière et rentra par la petite antichambre construite de l'autre côté de l'ermitage qui permettait de protéger les visiteurs de dame Julienne des éléments pendant qu'ils conversaient par la fenêtre. Celle-ci était plus étroite que la fenêtre de la servante, mais assez large pour qu'ils puissent parler, sans offrir cependant une vue aussi complète de la « tombe » de la recluse. Le rideau avait été tiré au maximum. Mi-Tom s'installa sur le tabouret des visiteurs, Finn se tint à côté de lui, se penchant un peu pour que l'anachorète puisse les voir tout en s'occupant de l'enfant.

« C'est la faute au cochon de l'évêque, dit le nain.

— Forfait que l'animal a expié grâce au courage de

mon compagnon, ajouta Finn. Si l'enfant survit, ce sera grâce à Tom. Et à vous, ma sœur. Mais j'ai l'impression que vous vous connaissez très bien tous les deux. »

La malade bougea. L'anachorète lui effleura le front de ses lèvres, lui caressa les cheveux et recommença à fredonner un air, mi-prière mi-berceuse. Une fois que la fillette se fut de nouveau calmée, elle répondit d'une voix douce : « Je ne suis pas "sœur". Juste Julienne, une humble anachorète cherchant Dieu. Tom vient me voir les jours de marché et m'apporte un présent tiré des eaux. Alors Alice et moi faisons un bon repas. »

Le visage du nain s'empourpra violemment.

« Je n'ai pas de présents aujourd'hui, dame, marmonna-t-il. Le maudit cochon de l'évêque…

— Cher ami, tu m'as apporté un merveilleux cadeau. Tu m'as apporté cette enfant à soigner, un autre être avec qui partager Son amour. Je vous suis reconnaissante à tous les deux, messire…

— Pas "messire". Juste Finn.

— Finn, répéta-t-elle. Vous avez le cœur tendre mais le port d'un soldat. Vous avez combattu dans les guerres contre la France ? »

Il fut stupéfié de sa perspicacité et de sa manière directe.

« Pas depuis 1360, et le traité de Brétigny. Depuis dix-neuf ans, je suis un homme de paix. »

Il n'ajouta pas : « Depuis la naissance de ma fille et la mort de sa mère. »

« Vous n'allez donc pas soutenir la cause de l'évêque, prendre les armes pour aider le Saint-Père de Rome contre l'usurpateur d'Avignon ?

— Je ne me battrai ni pour l'évêque ni pour aucun des papes.

— Pas même pour une cause sacrée, dans une guerre sainte ?

— Une guerre sainte, ça n'existe pas. »

Il crut voir un signe d'approbation dans le vif éclat de son regard, dans le haussement de ses sourcils.

« Sauf dans l'esprit des hommes », fit-elle.

Elle plaça une couverture sur l'enfant endormie, puis s'essuya les mains pour les débarrasser des restes de l'onguent qu'elle avait étalé sur la blessure.

« Pouvez-vous aller chercher la mère de cette fillette, Finn ? Rien ne peut remplacer la caresse bienfaisante d'une main maternelle. Sur cette terre, l'amour d'une mère est ce qui ressemble le plus à l'amour que Notre-Seigneur ressent pour nous.

— Bien sûr, dame anachorète, j'ai promis à la mère que je reviendrai la chercher. Je vais aller la quérir sans tarder.

— Tom va rester avec moi jusqu'à ce qu'Alice aille lui chercher des vêtements propres. Nous allons prier pour l'enfant et sa mère. Et pour vous.

— Oui, dame, dit Mi-Tom en regardant le sang séché sur ses paumes. Et je vais prier aussi pour que l'évêque n'apprenne pas qui a tué son cochon. »

Finn aurait ri du ton inquiet du nain s'il avait ignoré dans quelle périlleuse situation celui-ci se trouvait. Le nain serait à la merci de l'évêque, l'indulgence n'étant pas la qualité pour laquelle Henry le Despenser était universellement loué. Un nain des marais tirant péniblement sa subsistance de la terre et des eaux contre l'un des hommes les plus puissants d'Angleterre... Le Despenser l'écraserait d'une main comme une mouche, lui ôterait peut-être même la vie pour venger son cochon.

L'anachorète leva les yeux vers la fenêtre.

« N'aie pas peur, Tom. Notre-Seigneur est un bien plus puissant juge que l'évêque et Il voit dans les cœurs.

— J'espère seulement qu'Il s'intéresse à nous », marmonna le nain entre ses dents.

Finn lui plaça une main sur l'épaule.

« Mon ami, serais-tu offensé si j'allais rendre visite à l'évêque et que je revendique l'honneur d'avoir sauvé l'enfant ? Je suis assez bien avec l'abbé de Broomholm. Cela ajouterait sans doute un certain poids à une argumentation raisonnée. »

Finn ne sut si le visage du nain exprimait la gêne ou le soulagement. Un mélange des deux, probablement. Mais, après une brève hésitation, la peur fut plus forte que l'orgueil.

« Je serais votre débiteur », répondit-il. La perspective ne semblait guère l'enchanter. « Pour le reste de mes jours ou des vôtres. »

L'anachorète remercia Finn d'un regard.

Avec l'aide d'Alice, Finn enleva sa tunique ensanglantée et nettoya les taches de sa chemise. Il ne voulait pas que le sang inquiète la mère de la fillette.

Elle attendait toujours, debout au bord de la route. Comme si elle n'avait pas bougé depuis leur départ.

« Votre enfant vit. Je vais vous emmener auprès d'elle. »

Il lui tendit la main.

Sans répondre, l'air hébété, elle grimpa en croupe.

« Passez vos bras autour de ma taille. »

Chemin faisant, Finn percevait l'odeur de sa peur, âcre et aigre, mêlée à celle de la graisse rance et de la fumée du fourneau de sa cahute. Il pensa à ce qu'avait dit l'anachorète sur le pouvoir de l'amour maternel. Sa fille à lui n'avait jamais connu cet amour. Lui l'aimait cependant. N'avait-il pas pourvu à tous ses besoins ? Ils devaient parfois louer un chariot supplémentaire rien que pour transporter ses dentelles et ses atours de satin. Mais l'ermite avait suggéré que, pour quelque mystérieuse raison, l'amour d'une mère était plus grand que celui d'un père. Dans d'autres circonstances, il l'aurait peut-être contredite avec véhémence. Le bien-être et la sécurité de Rose guidaient toutes ses décisions. Il n'existait pas de père plus dévoué. Il avait fait ce vœu près du lit de mort de Rebecca. Et il avait tenu sa promesse.

Il éperonna son cheval. L'heure tournait et il n'avait pas encore de logement adéquat. Rose habitait chez les sœurs, à Thetford, et était malheureuse d'être séparée de lui. Or il lui avait promis de trouver aujourd'hui même un endroit où loger ensemble, et il était trop tard désormais.

Avait-il été trop téméraire de proposer au nain de s'accuser à sa place ? Au vrai, il avait des relations et sa réputation inspirait le respect, mais il possédait ses secrets, des secrets qui pourraient lui porter tort dans certains milieux. Et puis, il y avait la question des documents. Il devrait au moins la régler avant de rendre visite à Henry le Despenser. Ce qui retarderait sa rencontre avec l'abbé de Broomholm et l'obligerait à passer une nouvelle nuit à l'auberge… mais c'était inévitable. Si l'on trouvait les textes enluminés en sa possession, cela préviendrait l'évêque contre lui et ne le porterait guère à considérer que la mort du cochon avait été nécessaire à la sauvegarde d'une âme chrétienne. Cela pourrait même lui coûter la protection de l'abbé.

La haie bordant le champ sur sa droite projetait une ombre étroite. Après avoir mené la mère auprès de son enfant, il aurait encore le temps de trouver un messager pour porter les documents à Oxford. Il n'enverrait pas quérir sa fille avant d'avoir réglé cette affaire avec l'évêque. Ce n'était pas gagné d'avance.

Derrière lui, il crut entendre la mère de l'enfant fondre en pleurs.

DEUX

DEUX

> *Un homme se gardera-t-il alors de*
> *commettre des actes licencieux et fraudu-*
> *leux s'il est sûr que tout de suite après,*
> *grâce à un peu d'argent remis aux frères,*
> *il peut être effectivement absous de son*
> *péché ?*

John WYCLIFFE, 1380

La paume pressée contre l'arête du nez, lady Kathryn, châtelaine de Blackingham, arpentait la grande salle dallée. Maudit soit ce prêtre morveux ! Et maudit soit l'évêque, son proxénète ! Comment osait-il, pour la quatrième fois en quatre mois, venir vendre ses indulgences ?

La douleur était atroce, mais à quoi bon envoyer chercher un médecin à Norwich ? Par cette chaleur, il répugnerait à déplacer sa carcasse de savant pour soigner la migraine mensuelle d'une femme qui n'était plus dans la fleur de l'âge. Il enverrait le barbier-chirurgien pour la saigner. La saigner ! N'avait-elle pas assez saigné cette semaine ? Elle avait déjà taché deux de ses plus beaux jupons de lin et sa cotte de soie verte.

Et maintenant ce nouveau crève-cœur !

Les bourgeons blancs serrés de la haie d'aubépines venaient à peine d'éclore que l'envoyé de l'évêque avait effectué sa première visite pour réclamer de l'argent afin de dire des messes pour le salut de l'âme de sir Rode-rick, qui avait « si vaillamment donné sa vie au service du roi ». Sa veuve souhaitait, à l'évidence, faciliter le passage de l'âme de son défunt époux. La veuve en question lui avait remis trois florins d'or, non qu'elle se souciât le moins du monde de l'âme de sir Roderick – peu lui importait, en fait, qu'il rôtisse sur la broche du diable – mais il fallait préserver les apparences. Pour le bien de ses fils.

Lorsque le prêtre – qui s'était présenté comme le père Ignace – avait appris que son père confesseur était mort à Noël, il lui avait reproché de négliger son âme, et celles des membres de la maisonnée de Blackingham, et lui avait proposé de lui fournir un remplaçant. Elle l'avait remercié sans enthousiasme. Comme ses façons n'inspiraient pas confiance et qu'elle n'avait guère les moyens d'entretenir un nouveau prêtre glouton, elle avait repoussé son offre en l'assurant vaguement que ce vide serait bientôt comblé.

Quelques semaines plus tard, lors du Premier Mai, il avait sournoisement réapparu. « Pour bénir les festi-vités », avait-il expliqué. Il s'était derechef enquis de l'état de cette maison privée de prêtre et, à nouveau, elle l'avait découragé en évoquant son étroit rapport avec l'abbé de Broomholm.

« Broomholm ne se trouve qu'à une courte

chevauchée, et l'abbé est ravi de m'entendre en confession. Il y a la nouvelle église Saint-Michel à Aylsham. Et nous recevons de fréquentes visites des frères – dominicains, franciscains, augustins –, lesquels, en échange d'un bon rôti et d'un litre de cervoise, acceptent même de s'occuper de l'âme des pires pécheurs parmi mes tenanciers et mes tisserands. »

S'il perçut la note de sarcasme dans sa voix, il ne le montra guère, sauf peut-être par un froncement de ses sourcils broussailleux, qui se soudèrent en une barre noire. Il la mit une fois de plus en garde contre les périls d'une âme inabsoute. À son grand soulagement, il parut laisser tomber la question. Jusqu'au jour de son départ, où il signala, durant le dîner, qu'il avait récemment été bouleversé d'apprendre que le cher mari disparu de lady Blackingham avait pu s'allier à Jean de Gand, le protecteur de l'hérétique John Wycliffe. Quoique cette alliance fût sans doute tout à fait anodine, on savait que des gens malintentionnés pouvaient faire passer pour coupables même les innocents. Sa veuve souhaiterait-elle acheter une autre série de prières ? Pour préserver les apparences ?

Lady Kathryn savait pertinemment que ses florins d'or – pour lesquels l'hypocrite prêtre la remerciait « au nom de la Vierge Marie » – servaient à financer les ambitions de Henry le Despenser, évêque de Norwich, dans sa campagne en faveur du pape italien de Rome. Plutôt des soldats pour Urbain VI, se disait-elle, que des bijoux et des femmes pour le pape français d'Avignon. D'ailleurs, pouvait-elle éviter de payer ? Au moindre relent de trahison ou d'hérésie, son domaine tomberait tout cuit dans l'escarcelle de l'Église ou dans celle de la Couronne.

Non qu'elle crût son feu mari capable de trahison.

Roderick n'était pas assez courageux pour ça. Si, comme on le lui avait affirmé, il était vraiment mort au cours d'un accrochage avec les Français, on avait dû le frapper dans le dos. Mais il avait le flair du renard lorsqu'il s'agissait de son propre intérêt. Et il était fort capable d'avoir ourdi de minables petits complots susceptibles de faire perdre leurs terres à sa veuve – malgré son douaire – et à ses deux fils. En se rangeant dans le camp du plus ambitieux des oncles du jeune roi, Roderick avait joué un jeu dangereux. Jean de Gand était maintenant régent, mais pour combien de temps ? Le duc se faisait des ennemis à l'intérieur de l'Église, de puissants ennemis, contre lesquels une veuve ne pouvait lutter seule.

Par tous les saints, que sa tête lui faisait mal ! Sa tempe gauche palpitait, lady Kathryn sentait qu'elle risquait de rendre le morceau de chapon mangé au déjeuner, et avec lui les navets bouillis. Éblouie par le soleil de l'après-midi, elle pensa avec nostalgie à la pénombre fraîche de sa chambre. Mais il n'était pas encore temps. Elle devait d'abord recevoir l'intendant, afin qu'il lui remette les comptes trimestriels concernant les loyers et les reçus de la vente de la laine. Il avait déjà quinze jours de retard et elle ne serait pas tranquille tant qu'elle n'aurait pas soupesé les espèces sonnantes et trébuchantes. Elle savait qu'au premier signe de faiblesse féminine, au moindre manque de vigilance, il la plumerait comme un oison.

Après s'être laissé dépouiller de ses florins, elle avait dû donner sa broche de rubis pour, une troisième fois, satisfaire les exigences du prêtre. Il avait surgi le jour de la Sainte-Madeleine, suggérant qu'un don pour des prières à l'intention du roi défunt empêcherait que la loyauté de sa maison fût mise en doute, même par ceux qui lui en voulaient.

Et maintenant, ce supplice. Aujourd'hui même, le prêtre cupide avait pris les perles de sa mère. Un sourire mielleux aux lèvres, le père Ignace les avait glissées dans sa soutane. Ce ne sont que des perles, se disait-elle, pour amortir le choc. Un rang de perles brillantes couleur crème, le collier que son père mourant avait placé dans sa main en un inhabituel geste d'affection. « Je l'ai offert à ta mère le jour de notre mariage. Porte-le toujours près de ton cœur », lui avait-il dit. C'est ce qu'elle avait fait, l'attachant chaque matin, comme une amulette, tel un signe indiquant que sa mère était son ange gardien. Il faisait partie d'elle-même, tout autant que ses clefs de châtelaine enfouies dans les plis de ses jupes. Ce ne sont que des pierres, se persuadait-elle. Pas des murs. Ni des terres. Ni des titres de propriété. Et elle n'avait pas de fille dans la main de laquelle elle pourrait glisser le collier en disant : « Porte-le près de ton cœur. Il appartenait à ta mère et auparavant à sa mère. »

« Il ne me reste rien pour offrir des prières, père Ignace, avait-elle déclaré, la voix rauque, retenant ses larmes. Je suis sûre que Dieu protège désormais nos âmes et nos corps. Vous n'avez plus aucune raison de vous préoccuper de notre sort. »

Il avait incliné la tête en signe, espérait-elle, d'accord tacite, mais comme elle le raccompagnait dans la cour, au moment où il montait en selle, il avait repris la parole de son détestable ton onctueux :

« Lady Kathryn, dans une maisonnée comme la vôtre, sur laquelle flotte un parfum de scandale, avait-il déclaré en la toisant du haut de sa monture, vous auriez tout intérêt à porter votre piété naturelle aussi ostensiblement qu'un vêtement. Un prêtre à demeure est absolument nécessaire dans un logis vraiment pieux. Je suis certain que votre ami, l'abbé de Broomholm, avait-il ajouté avec son sourire narquois tout en fixant sur elle un regard ombragé par la barre noire de ses sourcils buissonneux, serait d'accord, vous ne croyez pas ? »

Il l'avait donc démasquée. Il savait qu'elle n'avait pas d'ami à l'abbaye.

C'est à ce moment-là qu'elle avait senti la pression autour de l'œil gauche qu'elle connaissait trop bien. Il essaierait de placer quelque espion afin de mieux s'emparer de sa bourse, ou pis encore il tenterait de s'installer chez elle lui-même.

Sans attendre sa réponse, il avait tiré sur les rênes en lui lançant par-dessus son épaule : « Réfléchissez-y ! Nous en reparlerons quand je reviendrai le mois prochain. »

Le mois prochain ! Par tous les saints et par Notre-Dame aussi !

Il devait bien y avoir un moyen de se débarrasser une fois pour toutes de ce prêtre maître chanteur…

Lorsque l'intendant arriva enfin dans la grande salle, une heure plus tard, la tempe gauche de lady Kathryn tressaillait toujours. Elle avait du mal à se concentrer.

« Si madame est indisposée, je vais lui laisser le sac et les reçus des loyers. Elle n'a nul besoin de se soucier des détails des comptes. Quand il était occupé, sir Roderick… »

Elle saisit le sac et le soupesa.

« Sir Roderick était plus confiant que moi, Simpson, fit-elle posément. Je vous conseille de vous en souvenir.

— Je ne voulais pas vous offenser, madame. Je n'aspire qu'à bien vous servir. » Si les mots semblaient sincères le ton ne l'était pas. Il y avait chez cet homme une insolence qui la mettait mal à l'aise. Ses larges épaules tombantes, ses yeux mornes aux paupières lourdes et languides…

« Laissez-moi les registres et revenez me voir demain à la même heure, répliqua-t-elle, tout en se frottant machinalement les tempes.

— Comme bon vous semble. » Il plaça sur le buffet la liasse de feuillets attachés par une ficelle et se retira.

Elle pouvait enfin se réfugier dans le calme de sa chambre. À condition de maîtriser ses haut-le-cœur jusque-là.

Le crépuscule envahissait sa chambre lorsqu'elle fut réveillée, plusieurs heures plus tard, par le grincement de la porte tournant sur ses gonds de métal.

« Alfred ? » demanda-t-elle à voix basse pour ne pas déranger la bête endormie dans sa tête. Prononcer ce seul mot lui coûtait un grand effort.

« Non, mère, c'est moi, Colin. Je suis venu voir si vous aviez besoin de quelque chose. Un peu de nourriture pourrait vous redonner des forces, non ? Je vous ai apporté une tasse de bouillon. »

Il l'approcha délicatement des lèvres de sa mère. L'odeur du bouillon lui souleva le cœur. Elle repoussa la tasse.

« Plus tard, peut-être. Laisse-moi me reposer encore un peu. Fais allumer les lampes de la salle. Je vais bientôt descendre. Et toi, as-tu mangé ? Ton frère est-il rentré ?

— Non, mère. Je n'ai pas vu Alfred depuis prime. Y

aura-t-il vêpres dans la chapelle ? Voulez-vous que j'aille le quérir ?

— Le père Ignace s'en est allé. » Elle avait un goût bilieux dans la bouche, ou peut-être était-ce le nom du prêtre qui provoquait ce goût amer.

Son fils aîné – de deux heures seulement – se trouvait sans doute à la taverne. Il rentrerait ivre et gagnerait sa couche en titubant. Son père l'avait initié très jeune. Au moins, se dit-elle, l'adolescent avait été obéissant et s'était abstenu de boire pendant le séjour du prêtre au château.

Son cadet bougea, lui rappelant sa présence.

Elle lui tapota la main.

« Non, Colin. La tyrannie des heures canoniales nous sera épargnée pendant un certain temps. »

Elle apercevait dans la pénombre la jolie tête de son fils, les cheveux blonds voilant un œil d'un rideau chatoyant.

« Ce n'était pas si désagréable, mère. La présence du prêtre, je veux dire. Je trouve que les rituels ont une certaine beauté. Les mots chantent à l'oreille presque comme de la musique. »

Elle soupira, et la bête endormie dans sa tête se mit à bouger, provoquant des élancements dans sa tempe. Colin était si différent de son jumeau ! Il était préférable, en un sens, que Colin ne pût pas hériter ! Il n'était pas fait pour tenir une maison. Une énième fois, elle se demanda comment Roderick avait pu engendrer un être aussi doux.

« J'ai appris une nouvelle chanson. Voulez-vous que je vous la chante ? Est-ce que ça vous calmerait ?

— Non, merci », répondit-elle en essayant de ne pas remuer la tête. Elle avait l'impression que son crâne était bourré de laine mouillée. Sous elle, le drap était chaud et humide. Il lui faudrait changer son jupon et trouver d'autres chiffons pour se protéger. « Va juste me chercher Glynis et ferme la porte. Doucement », chuchota-t-elle.

Elle ne l'entendit pas quitter la chambre.

Quand lady Kathryn entra dans la petite salle deux heures plus tard, Colin était en train de dîner. Il n'était pas seul. Son pouls s'accéléra en apercevant le dos d'un habit de bénédictin.

« Mère, vous allez mieux ! Je parlais au frère Joseph de vos migraines.

— Le frère Joseph ? » fit-elle avec un soupir de soulagement.

Colin se leva de son siège.

« Voulez-vous la fin de mon dîner ? Cela vous redonnerait des forces. »

Il poussa vers elle ce qui restait de sa part de volaille. Elle faillit avoir la nausée et fit non de la tête.

« Je vois que tu as déjà donné la moitié de ton dîner. » Elle désigna la volaille nettement coupée en deux, puis se tourna pour étudier de plus près ce visiteur inattendu, qui s'était levé à son arrivée. Elle lui tendit la main.

« Je suis lady Kathryn, châtelaine de Blackingham. J'espère que vous avez trouvé mon fils de bonne compagnie. » Pourvu qu'il prenne son ton soulagé pour celui de l'hospitalité ! « Si vous êtes en voyage, nous aurons grand plaisir à vous fournir le gîte pour la nuit. Votre monture a-t-elle besoin de soins ?

— Votre fils s'en est déjà occupé. Et comme il se fait tard je vous suis reconnaissant de votre généreuse hospitalité. Cependant, lady Kathryn, je ne suis pas en voyage. Je suis en mission. J'apporte un message de la part du père abbé de Broomholm. Il souhaiterait vous présenter une requête.

— Une requête ? de la part de l'abbé de Broomholm ? »

Le père Ignace avait-il levé un lièvre en faisant son enquête ? Blackingham ne pouvait satisfaire la convoitise d'une abbaye pleine de moines.

« Comment une pauvre veuve peut-elle servir l'abbé d'une si prestigieuse compagnie de bénédictins ?

— Vous avez l'air fort pâle, madame. Asseyez-vous, je vous prie… »

Il indiqua le banc d'où il s'était levé. Elle s'y affala et il s'assit à côté d'elle.

« Je vous en prie, remettez-vous, lady Kathryn. Le père Ignace nous a entretenus de votre souhait de vous lier d'amitié avec notre abbaye. Non seulement la suggestion du père abbé et du prieur John vous coûtera fort peu mais de plus elle vous permettra de grandement servir notre abbé et vous assurera, à vous et à votre maisonnée, l'amitié de notre confrérie. »

« L'amitié de notre confrérie », avait-il dit. Mais il était peu probable qu'elle obtînt gratuitement ce dont elle s'était faussement targuée.

« Indiquez-moi, je vous prie, mon frère, la façon dont mon humble maison peut servir Sa Seigneurie. »

Le bénédictin se racla la gorge.

« C'est une affaire fort simple, lady Kathryn. Le château de Blackingham est depuis toujours connu pour l'hospitalité de son seigneur. Je suis certain que cette tradition se perpétuera malgré le décès de sir Roderick. Voilà pourquoi notre abbé et notre prieur estiment que leur requête ne placerait pas une trop lourde charge sur les épaules de la dame de Blackingham… »

Il se tut pour reprendre son souffle.

« Et quelle est la nature de cette requête ? s'enquit-elle, pour qu'il en finisse au plus vite avec sa tirade. Je m'engage à vous répondre en moins de temps que vous n'en mettez pour me faire part de votre demande. »

Le moine parut un moment pris de court. Il se racla à nouveau la gorge avant de poursuivre.

« Vous n'êtes pas sans savoir, madame, que nous avons l'heur de posséder de nombreux trésors sacrés à Broomholm, y compris une relique de la vraie Croix sur laquelle a souffert Notre-Seigneur. Nous avons, hélas ! peu de livres importants. Le père abbé considère qu'une abbaye de ce renom devrait au moins posséder un manuscrit digne de sa gloire et qui puisse rivaliser avec le *Livre de Kells* ou les *Évangiles de Lindisfarne*. Nous avons même une écritoire où plusieurs moines copient chaque jour les Saintes Écritures. »

Elle hocha la tête avec impatience.

« Quoique nos frères effectuent un assez bon travail en tant que copistes et scribes, nous n'avons pas d'enlumineur de renom pour orner nos manuscrits. Il a été porté à notre connaissance qu'un artisan fort doué accepterait d'enluminer l'Évangile de saint Jean, mais qu'il ne tient pas à être logé dans notre abbaye. Il semble qu'il ait une fille en âge de se marier, ajouta-t-il en riant pour dissiper la gêne. Vous comprenez donc, madame, qu'il ne serait pas convenable qu'elle habitât parmi des moines.

— La jeune fille ne pourrait-elle se loger chez les nonnes de Norwich ou au prieuré de la Sainte-Foi ? »

Il secoua la tête.

« L'enlumineur adore sa fille et n'acceptera de travailler pour nous qu'à la condition que nous lui fournissions un logement convenable.

— Par conséquent, votre prieur et votre abbé songent à installer la jeune fille chez moi ? »

Il hésita un bref instant.

« Pas seulement la fille, madame, mais également le père, répondit-il.

— Le père aussi ? Mais…

— Il fera son travail ici, avec votre permission, afin d'être près d'elle. Hormis le logement, les repas et un cheval, il n'aura besoin que d'un petit local bien éclairé… » Le moine dut deviner qu'elle s'apprêtait à alléguer sa pauvreté, vu son récent veuvage, car il leva la main pour prévenir ses protestations. « Et pour montrer sa gratitude, le père abbé souhaite payer leur pension, ainsi que toutes les dépenses qu'entraînera leur présence. Il ne voudrait pas imposer de frais supplémentaires à une veuve démunie. »

Si seulement ses pensées étaient plus claires ! Serait-ce là la solution aux soucis que lui causait le père Ignace ? Si lady Kathryn rendait ce service, elle pourrait alors légitimement se prévaloir de l'amitié de l'abbé de Broomholm. Colin pressait le prêtre de questions sur leurs futurs pensionnaires. Il serait enchanté de la présence d'un artiste chez eux. Et Alfred serait sans doute ravi de l'arrivée de la jeune fille. Cela pourrait poser un problème, surtout si la donzelle est dotée d'un joli minois. Mais l'amitié de l'abbé, ajoutée à une source supplémentaire de revenus…

Il y avait bien la chambre de Roderick. Elle était très lumineuse. Et assez éloignée de la sienne pour empêcher les commérages des domestiques ou la mise en péril de son intimité. Roderick et elle étaient naguère parvenus à s'éviter durant plusieurs semaines d'affilée.

Ses yeux bleus brillant d'un vif intérêt, son fils interrompit le cours de ses pensées.

« Mère que dites-vous de cette idée ? »

Lady Kathryn devinait au ton vibrant de sa voix qu'il trouvait la perspective fort attrayante. Il devait souffrir de solitude. Elle était toujours si occupée, et le lien entre les deux frères semblait s'être rompu dès l'instant où ils étaient sortis de son ventre.

« Et toi, Colin, qu'en penses-tu ?

— Je pense que c'est une belle et noble idée, fit-il, avec un large sourire.

— Eh bien ! par conséquent, je suppose qu'on doit faire l'essai. »

Elle fut récompensée par la joie qui se lut sur le visage du jeune homme.

« Frère Joseph, vous pouvez dire au prieur John et au père abbé que ma famille et moi-même sommes contents de pouvoir leur rendre service. Nous allons nous préparer à accueillir votre enlumineur et sa fille. »

TROIS

Le Christ et ses apôtres prêchaient dans la langue que leurs auditeurs connaissaient le mieux...
Les laïcs doivent comprendre la foi... Les croyants doivent pouvoir lire les Écritures dans une langue qu'ils comprennent parfaitement.

John WYCLIFFE

Lady Kathryn passa les deux jours suivants à surveiller l'aménagement de la chambre de Roderick. Elle rangea les plus beaux vêtements du défunt en prévision du jour où Alfred pourrait les porter. Colin avait les os trop fins. Les élégants brocarts et les luxueux velours seraient trop lourds pour son corps svelte.

Tâche bouleversante et éreintante par cette chaleur estivale. Elle fut donc soulagée d'avoir atteint le fond du coffre lorsqu'elle découvrit sous une tunique mangée par les mites une feuille de parchemin pliée, à demi cachée, parmi des résidus d'herbes aromatiques. Un billet doux écrit par l'une des nombreuses conquêtes de Roderick ? Il n'aurait pas dû se soucier de le dissimuler. Voilà longtemps que cela lui était égal. Plus il avait de maîtresses, moins il la contraignait à accomplir son pénible devoir d'épouse. Le document se révéla être une sorte de manifeste religieux dont le titre griffonné annonçait : *Sur la mission pastorale*. Le texte n'était pas enluminé mais hâtivement transcrit, avec pour toute signature : John Wycliffe, Oxford. Elle reconnut ce nom. C'était l'homme que l'envoyé de l'évêque avait taxé d'hérétique.

Elle eut envie de brûler sur-le-champ le dangereux document mais la façon dont il était rédigé retint son attention. Pas le sujet ni même le style, mais la langue, si l'on pouvait appeler ça une langue. Apparemment, il s'agissait du dialecte anglo-saxon des Midlands parlé par les paysans et le bas peuple, langue peu appropriée pour un texte savant. L'anglo-normand, la langue de son père, était utilisé dans les livres et les documents de la cour. Les textes religieux étaient rédigés dans le latin de la Vulgate. Parmi les Anglais parlant ce galimatias, rares étaient ceux qui savaient lire. Et ils auraient été totalement incapables de s'offrir un livre, pas même des textes recopiés à la hâte comme celui-là.

Par curiosité, lady Kathryn se mit à déchiffrer les mots insolites et trouva le contenu encore plus choquant que la langue. Rien d'étonnant à ce que le prêtre ait traité Wycliffe d'hérétique. Le document taxait l'Église d'apostasie, même ses hauts dignitaires, et exigeait qu'on cessât de financer un clergé immoral et qui négligeait ses devoirs. Propos dangereux, même de la part du doyen d'un collège d'Oxford jouissant de la protection d'un membre de la Cour.

Lady Kathryn ne discutait pas le bien-fondé de ces allégations. Par exemple, il était de notoriété publique que l'évêque de Norwich, Henry le Despenser, s'occupait davantage de collecter des fonds pour lever une armée afin de combattre Clément VII, l'antipape français, que de sauver des âmes. On disait même que l'évêque ordonnait la rétention des sacrements tant qu'on n'avait pas apporté sa contribution à sa cause. Elle pensa amèrement à sa broche de rubis et aux perles de sa mère. Mais, quelle que soit la pertinence de ce document, il était dangereux d'en garder de ce genre chez soi. C'était une preuve d'hérésie. Le sourire mielleux du prêtre s'imposa alors à son esprit.

Elle avait entendu certaines rumeurs. Wycliffe avait des disciples non seulement dans le menu peuple mais aussi parmi certains nobles – la présence de ce libelle au milieu des effets de Roderick en était la preuve. Pour des raisons différentes, cependant. Ce n'était pas par indignation morale que Jean de Gand, duc de Lancastre, et ses intrigants courtisans répondaient à l'appel à la réforme de Wycliffe. En tant que régent durant la minorité du jeune Richard, le duc était à l'évidence jaloux du pouvoir temporel du pape, et il le revendiquait pour la Couronne. Pouvoir et richesse. L'Église étreignait ces catins jumelles. Et la Couronne les désirait. Jean de Gand voyait en Wycliffe et ses disciples le moyen de piller les coffres bien remplis de l'Église. Mais ce n'étaient pas les affaires de lady Kathryn… Elle avait des préoccupations plus personnelles. Le duc de Lancastre s'était allié à Wycliffe et Roderick avait fait allégeance au duc, les abandonnant, elle et ses fils, à bord d'un bateau qui dérivait vers des écueils.

Elle approcha une torche du parchemin et le regarda se recroqueviller puis noircir sur la grille froide de la cheminée. Roderick avait été idiot de se mêler d'intrigues royales. Qui pouvait dire dans quel sens allaient souffler les vents de la politique ? Elle avait intérêt à taire ses propres opinions en matière de religion et de politique, ce monstre à deux têtes. Dommage que son époux n'eût pas été assez malin pour faire de même...

Tandis qu'elle refermait le lourd couvercle du grand coffre à vêtements, elle repensa avec plaisir aux deux souverains d'or que l'abbé lui avait donnés comme acompte, en vue de l'hébergement de ses nouveaux pensionnaires. L'art de l'enlumineur n'allait pas seulement enrichir les Saintes Écritures... Cette alliance lui apporterait un revenu supplémentaire dont elle avait besoin et confirmerait en outre qu'elle possédait effectivement de puissants amis.

Tout pour tenir à l'écart l'horrible prêtre grippe-sou.

Dès la fin de l'après-midi, la chambre était vidée des affaires de son mari. Lady Kathryn inspecta la pièce d'un œil attentif. Le grand lit à colonnes et ses courtines de velours risquaient de donner des idées de grandeur à l'humble coloriste. Mais c'était dans l'ensemble un espace qui devrait lui convenir à merveille. Bien éclairé par cette lumière particulière émanant de la mer du Nord, parfois dorée, portée par le char du soleil, parfois argentée, éclaboussant de gouttelettes étincelantes tout ce qu'elle baignait. L'intense luminosité pénétrait même dans le salon contigu où lady Kathryn avait fait placer un petit lit pour la fille de l'enlumineur.

Une fois le dernier coffre refermé, elle leva les yeux

vers Glynis qui entrait en esquissant un semblant de révérence comme d'habitude.

« Madame m'a fait demander ?

— Je veux que tu m'aides à pousser la table sous la fenêtre. L'enlumineur aura besoin d'être près de la source de lumière. Et as-tu changé la bourre du matelas ?

— Oui, madame. Comme vous l'avez ordonné. J'ai mis du duvet d'oie dans le matelas de messire l'enlumineur et Agnes est en train de coudre un nouveau matelas de paille pour le petit lit.

— Bien. » Toutefois, lady Kathryn repensait au matelas de paille. Et si la jeune fille était gâtée et jouait les demoiselles ? Elle appuya son grand corps contre le bord de la table et poussa de toutes ses forces, invitant d'un signe de tête Glynis à l'imiter.

À nouveau, la demi-révérence.

« Sauf votre respect, madame, est-ce qu'on devrait pas se faire aider pour bouger ça ? demanda la petite chambrière dans son épais patois du Nord. Je m'en vais quérir maître Alfred. Ça sera facile pour quelqu'un bâti comme lui. Il est costaud comme son père ! » s'écria-t-elle, l'œil brillant.

La douleur endormie de la veille frémit dans la tête de Kathryn, alors qu'elle regardait la servante s'éloigner d'un pas un peu trop leste, à l'évidence préoccupée de tout autre chose que du pauvre dos de sa maîtresse. C'était une bonne travailleuse et Kathryn regretterait de devoir s'en séparer à cause d'un ventre gonflé. Dieu seul savait combien de servantes elle avait perdues à cause de la lubricité de Roderick. Alfred, lui, n'avait que quinze ans mais elle avait déjà entendu maints commérages sur

51

lui et la serveuse de la taverne du Black Swan [1]. Elle espérait qu'il n'avait pas encore dépassé le stade des soupirs et des privautés d'un jouvenceau. La lèvre d'Alfred était déjà ombrée d'un fin duvet et, s'il avait hérité du caractère débauché de son père, que faire, à part prôner la discrétion ? Passe encore qu'il folâtre avec une fille de taverne, mais elle empêcherait que sa lubricité souillât leur nid.

Ils arrivèrent bientôt. Minaudant, les joues en feu, Glynis marchait derrière Alfred.

« Glynis m'a dit que madame ma mère avait besoin d'un garçon aux reins solides. Me voici donc. Je suis votre homme. » Une mèche rousse s'échappait du bandeau de cuir qui retenait ses cheveux et rebondissait sur sa joue.

« Plus enfant qu'homme, m'est avis. Mais faute de grives on mange des merles. Utilise donc tes reins solides pour pousser le bureau sous la fenêtre. »

Si la sécheresse des propos étonna l'adolescent, il n'en montra rien et se prêta même complaisamment à la manœuvre.

« Ce n'était pas très difficile », commenta-t-il, comme si le déplacement du lourd meuble de chêne lui avait coûté moins d'efforts qu'à un homme fait. Kathryn se demanda par quels autres exploits il avait auparavant impressionné la petite chambrière dodue.

Le visage empourpré, il infligea une dernière poussée à la table afin de la placer juste au-dessous de la fenêtre à meneaux, puis demanda : « Pourquoi voulez-vous mettre le bureau là ? Et je vois que vous avez enlevé les affaires de père. » Il souffla pour écarter la mèche

1. Le Cygne noir. *(N.d.T.)*

rebelle de ses yeux bleus, seuls traits qu'il partageait avec son frère.

« Tu peux disposer, Glynis, dit lady Kathryn. Je vais mettre des draps propres sur le lit. » Elle attendit que le bruit des pas de la servante se fût estompé.

« Ces deux derniers soirs, tu as jugé bon de te priver de la compagnie de ta mère.

— Colin m'a dit que vous aviez la migraine, alors je ne voulais pas vous déranger », répliqua-t-il en frappant la table de chêne de la jointure des doigts.

Il déborde d'énergie désordonnée, songea-t-elle. On dirait une marmite frémissante sur le point de laisser échapper de gros bouillons. Elle fit claquer le drap dans l'air, qui se plaqua sur le lit avec un bruit sec.

« De toute façon, je doute que tu aies été en condition de te présenter devant ta mère, dont la migraine aurait été accrue par le spectacle de ce fils aîné encore tout jeune titubant sous l'emprise de la boisson. Un enfant à peine sevré, et que l'alcool rend malade. »

Bien. Elle était au moins parvenue à rendre encore plus intense le vermillon naturel des joues de l'adolescent.

« Je vois que Colin s'est empressé de vendre la mèche…

— Ton frère, jeune homme, ne m'a pas dit grand-chose. Glynis m'a rapporté le fait qu'elle avait dû nettoyer le vomi sur ton linge. Je refuse que mon fils devienne la risée des servantes et des manants. Et, puisqu'on en parle, je trouve que tu te permets trop de privautés avec ma chambrière. J'ai remarqué vos regards enamourés. »

Alfred eut au moins le bon goût de paraître embarrassé, sans pour autant baisser la tête. En tout cas il ne lui manqua pas de respect comme l'eût fait un jeune

Roderick à sa propre mère. Mais se maîtrisait-il par pudeur ou par affection ?

« Je crains de t'avoir trop laissé la bride sur le cou. Désormais, tu devras rentrer pour les vêpres.

— Les vêpres ! » geignit-il. De ses yeux jaillissaient des étincelles comme lorsqu'on bat le briquet. Il secoua la tête, libérant une autre mèche de cheveux. « Je déteste ce prêtre. Va-t-il… ?

— Non, Alfred. Le père Ignace ne va pas s'installer ici. Et si tel était le cas, je ne lui donnerais certes pas les appartements de ton père. Nous allons avoir des pensionnaires.

— Des pensionnaires ! Tudieu ! ma mère, j'espère que nous ne sommes pas pauvres au point de louer la chambre de père…

— Ne me parle pas sur ce ton, Alfred. Tu peux laisser libre cours à ta nature et jurer comme un charretier quand tu es avec des manants, mais abstiens-toi en ma présence. »

Cette fois-ci, il baissa la tête. De honte ou simplement pour cacher son air insolent ? Quoi qu'il en soit, Kathryn décida de se radoucir. Une mère avisée ne provoque pas la colère de son fils.

« J'ai trouvé un moyen pour nous débarrasser du prêtre dont la présence t'est si pesante. Même si quelques prières ne nous feraient pas de mal, pourquoi devrait-on être contraints de les payer ? Je ne me rappelle pas que Notre-Seigneur ait fait payer ses services.

— Quel est donc ce pensionnaire qui est censé tenir le prêtre loin de notre maison ?

— "Nos pensionnaires", au pluriel. Ils seront deux : un homme et sa fille. L'abbé de Broomholm nous a demandé de les loger pour rendre service à l'abbaye, et il est en outre désireux de nous défrayer. Entre les redevances royales et l'augmentation du coût des prières, si la saignée ne cesse pas, ton héritage sera réduit à néant.

— Mais je ne comprends toujours pas. Comment est-ce que… ?

— Fais un petit effort ! Si nous rendons service à l'abbé, il nous protégera. Notre futur pensionnaire est un enlumineur d'un certain renom qui vient illustrer un évangile pour l'abbaye. Et il ne peut pas être hébergé chez les frères à cause de sa fille. »

Le visage d'Alfred s'éclaira comme lorsqu'un rayon de soleil perce à travers un nuage.

« Quel âge a-t-elle ? »

La lumière qui entrait par la fenêtre donnant au nord enveloppa l'adolescent lorsqu'il se percha sur le bureau d'un bond. Il remua ses jambes ballantes, et sa curiosité lui fit oublier les vives remontrances de sa mère. Rien d'étonnant à ce que les filles papillonnent autour de lui, tels des machaons autour des campanules. Cela réjouissait le cœur de lady Kathryn de voir ses yeux pétillants de joie et son sourire éclatant. Mais elle évitait de le montrer.

« Peu importe. Tu ne devras pas importuner la fille de l'enlumineur. Tu m'entends, Alfred ? »

Il leva les deux mains pour rassurer sa mère.

« Simple curiosité. Rien de plus. Elle est sans doute laide comme un pou. » Il s'esclaffa en sautant à bas de son perchoir. La lumière derrière lui auréolait d'un halo de feu sa crinière aux reflets cuivrés.

« Puisqu'il y aura ici un espion de l'abbaye, est-ce que cela veut dire qu'il faudra recommencer à observer les heures canoniales ? grogna-t-il en faisant la grimace.

— Je ne le pense pas. » Elle palpa machinalement les grains de jais du rosaire accroché à sa ceinture.

« Quelques petits signes de piété suffiront sans doute. Tu peux faire l'effort de te rendre une fois par jour à la chapelle, n'est-ce pas ? Ça devrait suffire. Après tout il s'agit d'un artiste, pas d'un moine.

— Et personne à Blackingham n'a besoin d'un moine, pas vrai, ma mère ? »

Faisant fi de l'insolence de son fils, lady Kathryn lui tourna le dos et sortit dignement de la pièce.

L'enlumineur et sa fille arrivèrent le vendredi. À midi, un vendredi sur deux, lady Kathryn recevait Simpson dans la grande salle pour discuter des affaires du domaine. Ces entretiens ne la réjouissaient guère, et celui-ci ne faisait pas exception à la règle. Elle avait deux sujets à traiter avec le régisseur et espérait avoir réglé les deux affaires avant l'arrivée de ses pensionnaires.

Le premier concernait la requête de l'une de ses métayères. La femme, une tisserande, était venue la voir, désemparée et en pleurs. Simpson avait pris comme servante sa fille cadette. En tant qu'intendant, il avait parfaitement le droit d'agir ainsi puisque la mère et l'enfant étaient des serves. La mère ne faisait pas partie des femmes libres qui travaillaient en échange d'un logis et d'un maigre salaire. Voilà pourquoi seule lady Kathryn pouvait l'aider. Kathryn lui avait promis qu'elle s'assurerait que sa fille lui fût rendue. Elle était décidée à tenir sa promesse. L'attitude de l'intendant était intolérable. Non seulement le bien-être de l'enfant était menacé, mais la mère, l'une des meilleures tisserandes de Blackingham, lui enseignerait son art. Si elle avait été informée de cette affaire, même sans les larmes de la mère, Kathryn aurait empêché ce mauvais coup.

Elle apostropha Simpson avant même qu'il eût terminé ses obséquieuses salutations.

« Une enfant de six ans est trop jeune pour devenir servante. Vous allez la rendre à sa mère et trouver quelqu'un qui sera mieux à même de vider vos pots de chambre et de nettoyer vos bottes. »

Simpson serrait son chapeau entre ses doigts, triturant le bandeau de velours autour de la forme. Sa toilette et son parfum entêtant indisposaient la châtelaine. Si, comme elle le soupçonnait, il s'endimanchait à cette occasion afin de l'impressionner, cette manœuvre produisait l'effet inverse.

« La fillette est grande pour son âge, madame. Et sir Roderick détestait qu'on choie les enfants. Selon lui, ça fait d'eux de mauvais ouvriers.

— Je croyais que vous auriez fini par comprendre, Simpson, que peu me chaut ce que sir Roderick disait, pensait ou aurait souhaité. Vous vous desservez en vous réclamant de lui. En tant qu'homme libre, vous recevez un salaire conséquent. Vous devez donc payer vos serviteurs de votre poche. Les serfs de Blackingham ne doivent travailler que pour le château et ses terres. Vous allez rendre l'enfant à sa mère. Et il est hors de question que vous la remplaciez par une autre serve. »

Kathryn constata avec un mélange de satisfaction et d'appréhension qu'il déployait de grands efforts pour se maîtriser. Elle était agacée d'avoir besoin de cet homme odieux, mais elle n'avait personne pour le remplacer.

« Cependant je ne souhaite pas me montrer déraisonnable en l'occurrence, reprit-elle. Si vous voulez choisir l'une des femmes des métayers, et si elle accepte de travailler pour vous, je suis disposée à lui payer de petits gages qui s'ajouteront à votre salaire. C'est tout ce que je puis faire. Mais l'enfant doit être rendue à sa mère dans l'heure. » Elle le regarda droit dans les yeux et baissa la voix, prononçant distinctement chaque mot, de crainte qu'il n'interprète son offre de paix comme de la faiblesse. « Dans la même condition que lorsqu'elle a quitté le foyer de sa mère.

— Je suis aux ordres de madame. » Courbant assez la tête pour qu'elle ne vît pas ses yeux, il se détourna après un semblant de salut.

« Ce n'est pas tout, reprit-elle. Il y a un déficit dans les comptes du dernier trimestre concernant la vente de la laine. »

Il se figea brusquement et la fixa du regard. La surprise, puis le ressentiment se peignirent sur son visage. Il ferma les yeux brièvement, comme s'il cherchait à rassembler ses souvenirs.

« Madame a peut-être oublié le piétin du printemps dernier. Nous avons perdu plusieurs moutons.

— Le piétin ? » Lady Kathryn parcourut le registre des comptes du trimestre précédent qu'elle avait apporté. « Je ne vois aucune dépense concernant du goudron. »

Il se dandina d'un pied sur l'autre.

« Le berger ne l'a pas signalé à temps. On n'a donc pas pu acheter du goudron pour traiter les pieds des bêtes malades et je…

— Vous êtes le régisseur. C'est vous le responsable, pas John. De toute façon, vous auriez dû avoir assez de goudron disponible pour traiter une épidémie mineure. Combien de moutons avons-nous perdus ? »

L'intendant bougea sa lourde carcasse et sa main gauche trembla.

« Huit… dix bêtes… »

Kathryn se raidit.

« Combien précisément, Simpson ? Huit ou dix ? »

Il serra et desserra les doigts de sa main gauche avant de marmonner : « Huit. »

Deux cent cinquante livres de laine perdues ! Sur lesquelles elle avait compté…

Elle courba la tête, faisant semblant d'être occupée à rattacher les cordons du registre de comptes, mais elle continuait à le regarder par en dessous.

« Mais vous avez certainement tondu une partie de la laine des bêtes mortes ? »

Un expression sournoise chassa la première surprise du visage du régisseur.

« Hélas non ! madame. Nous avons ramassé les carcasses et les avons jetées dans les marécages pour éviter que le reste du troupeau ne soit contaminé. »

Elle leva la tête et le regarda bien en face.

« Comme c'est judicieux de votre part ! Qui sait dans quelle mesure les peaux eussent été contaminées par le piétin ? »

L'intendant fut sauvé par un bruit de sabots qui interrompit cet interrogatoire. Toutefois, le regard que lui lança lady Kathryn en se dirigeant vers la cour pour accueillir les nouveaux arrivants signifiait clairement qu'il ne perdait rien pour attendre.

Les visiteurs étaient tout juste en train de s'arrêter. Kathryn plissait les yeux dans le soleil. Elle ne reconnut que le père Joseph, le moine de l'abbaye. Une jeune fille d'environ seize ans était montée sur un âne que conduisait un homme de haute taille, au visage anguleux. L'espace d'un instant, on eût pu penser à une apparition, une vision sacrée de la Vierge entrant à Bethléem. Mais, à l'évidence, cette damoiselle ne portait pas d'enfant en son sein. Même la forme chaste de sa cotte bleu foncé révélait sa sveltesse. Sa robe était fort simple mais le tissu et la coupe en étaient d'excellente qualité.

59

Les propres tisserands de Kathryn ne fabriquaient pas d'étoffe plus fine. Le seul bijou de la jeune fille était une broche délicatement ciselée, représentant une minuscule croix incrustée de perles et entourée de torsades entremêlées qu'elle palpait nerveusement de ses minces doigts pâles. Le pendentif était accroché à un cordon cramoisi passé autour de son cou. Un cordon similaire ceignait un voile de gaze couvrant des cheveux aussi noirs et brillants que la gorge d'un corbeau. De grands yeux en amande dans un visage ovale, des traits si parfaits qu'ils semblaient sculptés dans le marbre et un teint plus olive que blanc laiteux lui donnaient un air exotique. Ce n'était pas la donzelle sans attraits qu'avait espérée Kathryn. Et son port possédait une dignité qui, comme sa toilette, était fort au-dessus de sa condition.

L'homme qui marchait à ses côtés, menant l'âne, dont il suivait le moindre pas de ses yeux vert d'eau, devait être son père. Grand, élancé et souple, il se penchait vers sa fille d'un air protecteur. Le visage glabre et nu-tête, il avait des cheveux gris un peu clairsemés sur le dessus du crâne. Sa tunique, d'un drap clair bien tissé et d'une propreté impeccable, lui tombait jusqu'aux genoux, ornée seulement d'un petit poignard accroché à un ceinturon de cuir passé autour de la taille sans la serrer. Le père et la fille auraient pu figurer dans un mystère de Noël présenté par la corporation des drapiers.

Au moment où il aidait sa fille à mettre pied à terre, Kathryn s'avança pour les saluer. Il sentait le savon sarrasin et une odeur étrange, subtile… De l'huile de lin peut-être ? La main qu'il tendait à sa fille avait une paume étroite et de longs doigts effilés. Quoique les ongles fussent parfaitement soignés, une légère trace de pigment ocre colorait la cuticule de l'index de la main droite. Il avait l'air d'un homme méticuleux. Elle émit le souhait que ce ne serait pas un pensionnaire exigeant.

Le frère Joseph parla le premier.

« Je vous ai amené vos hôtes, commença-t-il en lui prenant la main, mais je crains que nous… »

Un groupe de cavaliers entra alors dans la cour, soulevant un nuage de poussière d'été, le claquement des sabots noyant les paroles du prêtre. Nul besoin de tant d'hommes – elle reconnut le shérif parmi eux – pour escorter un enlumineur et sa fille jusqu'à leur nouveau logement.

« Sir Guy, fit-elle en accueillant le nouvel arrivant, voilà bien longtemps… »

Du vivant de Roderick, il était souvent venu à Blackingham. Ils avaient chassé ensemble au faucon dans les prairies autour d'Aylsham pour le plaisir, et parfois ils avaient utilisé leurs arcs pour tuer du gibier sauvage dans la forêt de Bacton Wood. Kathryn n'était pas contente de le revoir.

Se penchant du haut de sa monture, il porta la main de la châtelaine à ses lèvres.

« En effet, lady Kathryn. Veuillez m'excuser de vous avoir négligée, mais je dois avouer que cette visite revêt un caractère officiel. »

Elle jeta un bref coup d'œil aux trois cavaliers qui accompagnaient le shérif, cherchant à reconnaître un visage familier, tout en scrutant la cour pour voir si ses fils s'y trouvaient. Le sang chaud d'Alfred l'avait-il poussé à commettre quelques frasques qui lui feraient honte ou, pis, qui lui coûteraient beaucoup d'argent ?

« Un caractère officiel ? » demanda-t-elle en se forçant à sourire.

Le shérif indiqua un cheval qu'on emmenait dans la cour. À première vue, il semblait ne pas avoir de cavalier, mais en y regardant de plus près on croyait deviner un corps humain enveloppé dans une couverture et sanglé en travers du dos du cheval. La brise d'été souleva le bord de la couverture et Kathryn fronça le nez de dégoût. Ce qui était dessous, quoi ou qui que ce fût, n'était certainement pas de la première fraîcheur. Le cheval piaffait et hennissait comme s'il souhaitait se débarrasser de son infect fardeau.

Le shérif fit un signe à l'homme qui tenait la bride de sa monture.

« Fais-le reculer. Ce n'est pas une odeur pour une dame. Elle n'a pas besoin de se tenir aussi près pour identifier le corps. »

Identifier le corps ! Elle sentit le sol se dérober sous elle. De nouveau elle scruta la cour, d'un regard éperdu cette fois-ci. Alfred ! Où était donc Alfred ? Et elle n'avait pas vu Colin depuis le matin. Et si c'était Colin ! Elle avança vers le corps couché sur le cheval, une main pressée contre sa poitrine pour apaiser son cœur.

Sir Guy dut comprendre le sens de la terreur qui se lisait dans les yeux de lady Kathryn. Il tendit la main pour la retenir.

« Je vous ai involontairement effrayée, lady Kathryn. Ce n'est ni le jeune Colin, ni le jeune Alfred. Il ne s'agit que d'un prêtre. »

Elle crut défaillir de soulagement. L'inconnu de haute taille qui se tenait près du frère Joseph s'avança et plaça un bras autour de ses épaules pour l'empêcher de tomber. Elle s'appuya un bref instant contre l'enlumineur, appréciant la vigueur de son bras. Se ressaisissant, elle se dégagea et s'écarta. Lui aussi recula, d'un demi-pas, juste assez pour marquer une respectueuse distance entre eux.

« Merci, fit-elle. Le stupide amour maternel m'a affaiblie un instant. »

L'enlumineur opina du chef en esquissant un sourire.

« L'amour d'une mère n'est jamais stupide, madame, répliqua-t-il d'une voix à la fois douce et rocailleuse, pareille au bruissement de graviers lisses roulés par les flots. Et d'après mon expérience, il ne s'affaiblit jamais. »

Le cheval de sir Guy renâcla et piaffa. Le shérif tira brusquement sur les rênes.

Ayant recouvré assez de forces pour parler, elle s'adressa au shérif.

« Un prêtre, dites-vous sir Guy ? Quel rapport votre prêtre aurait-il avec Blackingham ? »

Il mit pied à terre avant de répondre. Lady Kathryn fit un signe à un palefrenier. Un petit groupe de serviteurs s'était assemblé près de l'écurie pour assister à la scène. L'un d'entre eux se précipita pour tenir la monture du shérif.

Sir Guy indiqua le corps d'un signe de tête.

« Il me semble qu'il s'agit de l'envoyé de l'évêque. Si c'est bien lui, ça va coûter bigrement cher au coupable. Henry le Despenser a organisé une battue de tous les diables pour le retrouver. Il dit qu'il l'avait dépêché à Blackingham il y a quelques jours pour rendre visite à la dame du manoir. Le prêtre devait être de retour à Norwich le lundi, pour l'office des complies. » Il se dirigea à grands pas vers le cheval qui transportait le cadavre. « Nous l'avons retrouvé, le crâne défoncé, dans les marécages qui bordent vos terres. »

Relevant la couverture, il révéla l'étoffe boueuse d'un habit de bénédictin. Comme le shérif redressait sur la selle le moine sans vie pour qu'elle puisse bien le voir, elle reconnut, malgré les boursouflures du visage et le sang caillé, les sourcils noirs broussailleux du père Ignace. Dégoûtée, elle détourna la tête – réaction toute naturelle qui lui permit de gagner du temps. Des pensées tourbillonnaient dans son cerveau, lui donnant le vertige, la forçant une fois de plus à s'appuyer sur le bras robuste de l'inconnu. Que dire ? Admettre que le prêtre était venu au manoir ? Exposer ses fils à un interrogatoire ? Risquer qu'on examine de près sa position vulnérable ? Avait-elle signalé à quelqu'un de sa maisonnée à quel point elle se sentait menacée ? À quel point le chantage du prêtre l'exaspérait ? Avait-on deviné son état d'esprit ? Où se trouvait Alfred ce soir-là, lui qui avait hérité du caractère fougueux de son père, de ses folles impulsions. Le prêtre l'avait-il provoqué au point de lui faire perdre toute raison ? Prenant une profonde inspiration, elle se redressa, de nouveau maîtresse d'elle-même.

« C'était en effet l'envoyé de l'évêque, mais voilà plusieurs semaines que je ne l'ai vu », déclara-t-elle. Elle chuchotait à peine, mais son regard ne vacillait pas. « Il a dû rencontrer prématurément la mort sur le chemin de Blackingham. »

QUATRE

*Le monde est plein d'administrateurs
de terres seigneuriales et de juridictions
qui sont malhonnêtes. Consciente de
cela, la dame du manoir doit être assez
savante pour protéger ses intérêts afin
qu'on ne puisse la tromper.*

Christine DE PISAN,
Le Livre des trois vertus (1406)

Kathryn n'avait pu faire autrement que d'inviter sir
Guy à dîner. Elle avait espéré qu'il invoquerait la nécessité de ramener le corps du prêtre à Norwich, mais il
avait simplement renvoyé ses hommes en précisant qu'il
les rejoindrait plus tard.

Les propos badins de ses commensaux n'occupaient
que la moitié de son esprit. L'autre moitié était partagée
entre son mensonge de tout à l'heure et ses devoirs
d'hôtesse. Ces derniers lui permettaient de reléguer au

second plan les éventuels effets de ce mensonge. Il vaudrait mieux les examiner à la sereine lumière de la solitude. En vérité, relever le défi de recevoir sir Guy à l'improviste avait amplement suffi à l'occuper.

Fort heureusement, elle avait donné l'ordre à Agnes, la cuisinière, de préparer un repas plus soigné que d'habitude en l'honneur du frère Joseph et de ses hôtes. Elle n'avait pas projeté de dîner dans la grande salle, pensant qu'on pourrait persuader ces derniers de se contenter d'un plateau apporté dans leur chambre – mieux valait établir tout de suite cette habitude –, tandis qu'elle mangerait dans la petite salle en compagnie de ses deux fils et du frère Joseph. Mais la présence de sir Guy exigeant plus de cérémonie, elle avait ordonné en toute hâte aux valets d'apporter les tréteaux et de parer la table d'une nappe de soie. Agnes avait bougonné – la moisson n'aurait lieu que dans un mois et le garde-manger était presque vide – mais, grâce à sa loyauté et à son intelligence coutumières, elle avait réussi à transformer les plats ordinaires en mets plus en accord avec ce que l'invité inattendu était en droit d'espérer de l'hospitalité d'une châtelaine. Tout cela ne lui avait guère laissé le temps de réfléchir aux circonstances qui avaient conduit le shérif à Blackingham. Le sujet qu'elle avait soigneusement évité refit cependant surface.

« Quel que soit le coupable, le meurtre d'un prêtre pèsera très lourd sur son âme, affirma sir Guy tout en découpant un morceau de hure de sanglier lardée que lui présentait le serviteur. Aucun respect pour les hommes de Dieu. Croyez-moi, c'est à cause des prédications hérétiques des lollards.

— Des lollards ? » demanda lady Kathryn dans le but d'alimenter la conversation, bien que cela ne l'intéressât guère. Elle n'écoutait que d'une oreille, pensant surtout au visage boursouflé du père Ignace. Elle aurait bien aimé oublier cette vision. Déjà assez effrayant quand il était en vie, mort, il lui paraissait plus terrible encore.

« Une bande de crapules, de soi-disant prêtres, des disciples de Wycliffe qui déambulent en marmonnant des hérésies. Il joue un jeu dangereux. Oxford l'a déjà mis dehors. »

L'esprit soudain en alerte, Kathryn se rappela le texte compromettant qu'elle avait trouvé dans le coffre de Roderick.

« Je remercie la Sainte Vierge que ce genre de poison ne se soit pas infiltré ici », déclara-t-elle, tout en se demandant ce que sir Guy connaissait des positions de son défunt mari sur le sujet.

Elle fit un signe au serviteur, qui plaça une double part d'esturgeon sur le tranchoir que partageait sir Guy, en tant qu'invité d'honneur, avec la maîtresse de maison. Elle avait déniché dans sa cave dégarnie une petite outre de vin que l'échanson avait versé dans la coupe en argent que le shérif partageait également avec elle et où, de peur que l'outre soit vidée avant que sir Guy ait bu son content, elle faisait seulement semblant de boire. L'échanson versait de la cervoise dans les gobelets d'étain des autres commensaux. Colin et le frère Joseph étaient assis près de sir Guy, à la droite de Kathryn. L'enlumineur, Alfred et la fille de l'enlumineur se trouvaient à sa gauche.

À l'évidence mis en fureur par la mention du nom de Wycliffe, le frère Joseph passa sa tête tonsurée devant Colin pour s'adresser directement à sir Guy.

« Il paraît que l'hérétique Wycliffe ose même mettre en doute le miracle de la messe. Il traite le dogme de la transsubstantiation de "superstition" ! » Sa voix se fêla de rage en prononçant ce dernier mot. « L'université le mettra dehors, et on dit d'ailleurs dans la confrérie que, le feu roi ne pouvant plus venir à sa rescousse, l'archevêque est sur le point de l'accuser officiellement d'hérésie. » Le frère Joseph donnait des coups de couteau dans le vide, comme pour transpercer le cœur de Wycliffe. « Il sera pendu s'il ne fait pas attention, même si je préférerais le voir sur le bûcher. »

Jusque-là doux et courtois, le moine souriait d'un air satisfait, tout disposé, apparemment, à allumer le feu lui-même. Lady Kathryn pouvait presque voir les flammes se réfléchir dans ses petites pupilles noires. Elle sentit sa gorge se nouer tandis qu'elle mâchonnait un morceau de pâté de faisan. Dans sa jeunesse, son père l'avait emmenée voir une scène de bûcher et elle n'oublierait jamais les yeux emplis de terreur de la femme reconnue coupable de sorcellerie. Au moment où le bailli avait allumé les fagots et que des nuages de fumée étaient montés dans les airs, Kathryn avait poussé un cri et caché son visage dans la manche de son père. Mais elle n'avait pu éviter de sentir l'odeur de chair calcinée.

De minuscules gouttes de sueur perlèrent à la racine de ses cheveux, qu'elle épongea à petits coups avec son mouchoir de soie. Le long crépuscule n'avait pas atténué la chaleur de juillet. Elle perçut un peu de moiteur entre ses seins et sa chemise humide lui collait désagréablement à la peau. Les odeurs émanant des feux des cuisines, la fumée exhalée par la graisse qui fond et la viande qui rôtit entraient par les fenêtres ouvertes de la grande salle, se mêlant aux relents de sueur dégagés par les vêtements de sir Guy après toute une journée de chevauchée. Était-ce son imagination, ou bien se pouvait-il qu'elle reconnût dans cette dernière odeur un soupçon de celle du cadavre décomposé du prêtre assassiné ?

Lady Kathryn aurait dû au moins offrir des vêtements de rechange au shérif, mais elle avait été trop occupée à préparer le repas de ses invités. Si, comme elle le pressentait, sir Guy passait la nuit au château – même un homme habile au maniement des armes comme lui hésiterait pour regagner Norwich à parcourir douze milles à cheval, en pleine nuit, à travers bois et marais –, elle devrait ressortir les vêtements de nuit de Roderick.

Elle se rendit soudain compte du silence qui régnait autour d'elle, un silence gêné, pesant.

« Qu'avez-vous dit, messire ? demanda le shérif en se contorsionnant devant elle pour fixer un regard intense sur l'enlumineur.

— Pas "messire", juste Finn. Je m'appelle Finn. Je ne suis qu'un artisan, pas un noble comme vous. »

Le ton était moqueur, presque narquois. La voix était agréablement rocailleuse comme lorsqu'il l'avait empêchée de tomber un peu plus tôt, mais cette fois-ci son intonation était plus acérée.

« J'ai dit que Wycliffe ne montera jamais sur le bûcher. Il ne sera pas pendu non plus. Il a trop d'amis haut placés.

— Il a intérêt à ce qu'on ne considère pas qu'il a trop d'amis *bas* placés ! s'esclaffa le shérif en détachant la chair du dos d'une perdrix avant de la piquer et de la porter à sa bouche.

— Ah ! je vois ce que vous voulez dire, répondit lentement Finn sans élever le ton. Mais grands seigneurs et petites gens ne font pas forcément mauvais ménage.

En tendant bien l'oreille, je pense qu'on peut entendre le diable rire de maintes lettres patentes du pape. »

Le frère Joseph eut un haut-le-corps. Kathryn se devait de faire dévier la conversation avant qu'il ne soit trop tard. Elle frappa dans ses mains pour appeler le serviteur tout en regardant de travers le nouveau venu. Pourvu qu'il n'aille pas provoquer de nouvelles controverses à un moment où elle s'efforçait désespérément de dégager sa maison de tout soupçon d'hérésie !

« Je vous en prie, messires, ne parlons plus de bûcher. Cette conversation ne sied point, lors d'un repas. N'interprétez pas mal les paroles de mon hôte, sir Guy. Il n'est pas l'humble artisan qu'il prétend être. Lui aussi possède des amis haut placés. C'est un enlumineur de grand renom, envoyé au manoir par l'abbé pour travailler à son service. Peut-être cherche-t-il à vous provoquer seulement pour alimenter la conversation. Goûtez donc le hareng fumé au coulis de mûres. »

Elle fit signe à l'échanson de tirer quelques gouttes de plus de l'outre tandis que le serviteur posait sur le tranchoir, à côté de sir Guy, un copieux morceau de poisson nageant dans la sauce aux mûres. Elle plaça sa main sur son côté en secouant la tête.

« Donnez ma part au frère Joseph, la chaleur m'a coupé l'appétit, semble-t-il. »

Ledit frère regarda en souriant la généreuse portion posée devant lui. La perspective de ces délices lui fit oublier les paroles scandaleuses de l'enlumineur.

« Le malheur des uns fait le bonheur des autres, madame, fit-il. Je vais m'assurer qu'il n'y ait pas de gaspillage. »

Comme s'il y en avait jamais eu à Blackingham ! Pas avec les bouches goulues des serviteurs, il le savait fort bien ! C'était malgré tout amusant de voir le moine se lécher les babines. Son petit ventre rebondi indiquait qu'il ne considérait pas la gourmandise comme le plus grave des péchés capitaux.

« Au fait, madame, notre apothicaire m'a confié un électuaire contre vos maux de tête, annonça-t-il entre deux bouchées. Des bulbes de pivoine écrasés dans de l'huile de rose. » Plongeant la main dans l'une des profondes poches de sa soutane il en retira une petite fiole bleue.

« Comme c'est aimable à vous, frère Joseph. Remerciez aussi votre apothicaire pour moi, je vous prie. »

Ses remerciements étaient sincères. On avait du mal à croire que l'homme attentionné qui s'efforçait de soulager ses douleurs était aussi un fanatique qui, quelques instants auparavant, envisageait d'envoyer au bûcher un être humain aussi allégrement qu'il faisait un sort à la nourriture placée devant lui. Et cela au nom de Dieu. Peu lui importait, d'ailleurs. Elle était contente d'avoir reçu l'électuaire. Elle en aurait besoin si le dîner ne prenait pas bientôt fin. Heureusement, la conversation roulait maintenant sur des sujets plus banals. Colin décrivait à l'oreille du frère Joseph les pantomimes présentées par les corporations qu'il avait vues à Norwich pendant les festivités pascales. Sir Guy interrogea l'enlumineur sur la nature de la commande de l'abbaye.

Hélas ! à peine un feu était-il éteint qu'un autre s'allumait un peu plus loin. S'étant rapproché de la fille de l'enlumineur, Alfred se penchait pour lui chuchoter quelque chose à l'oreille. La lumière des chandeliers accrochés au mur derrière lui faisait rutiler ses cheveux roux. Lady Kathryn entendit son joyeux rire familier et vit le teint olive de la jeune fille prendre la roseur d'une pêche.

L'enlumineur l'avait seulement présentée comme sa fille Rose. Pas Margaret, Anna ou Elizabeth. Juste Rose. Comme la fleur. Étrange prénom pour une chrétienne, avait pensé la châtelaine. Cela s'était passé après qu'on eut éloigné le cadavre du prêtre et après l'arrivée de ses fils ameutés par le tumulte de la cour. Dès qu'elle avait aperçu l'éclat luisant dans les yeux bleus d'Alfred, elle avait su ce qu'elle devait faire. À présent, elle se trouvait confortée dans sa décision.

Finn inclina la tête et chuchota quelque chose à sa fille. Il lui faisait des reproches, conclut Kathryn en voyant tomber les coins de la bouche de Rose, qui se renfrogna brièvement, baissa les yeux et tritura la broche suspendue à son cou comme s'il s'agissait d'un talisman. Ce soir, Kathryn s'occuperait de la jeune fille, mais elle ne pouvait jouer éternellement les nourrices. Dès demain, elle devrait annoncer sa décision à Alfred.

Pendant ce dîner dans la grande salle, Finn était lui aussi distrait. Ayant perçu l'irritation dans la voix de son hôtesse, assise à sa droite, il avait décidé de ne plus faire de déclaration politique. Il ne voulait pas que le frère Joseph raconte à l'abbé de Broomholm qu'il employait un hérétique. Il s'était déjà trop fait remarquer en allant voir l'évêque de Norwich et en lui avouant qu'il avait tué sa truie. Il s'était efforcé de se montrer déférent vis-à-vis de cet impudent jeunot d'évêque – il avait même offert de payer la truie et son porcelet – mais, la déférence n'étant pas son fort, il craignait de s'en être mal tiré. En se déclarant coupable, il avait cependant sauvé le nain du pilori, voire d'un châtiment plus grave.

Il espérait peut-être qu'en voyant les pages de garde du manuscrit, l'abbé oublierait le faux pas de son nouvel employé. Elles allaient être magnifiques. Durant le voyage de Broomholm à Aylsham, Finn avait eu tout loisir de penser à ces pages purement ornementales. Le fond serait du rouge intense du coulis de mûres qui colorait le pain de son tranchoir et dans lequel baignait le morceau de perdrix qu'il était en train de mâcher.

« J'espère que la sauce est à votre goût, messire… Finn.

— Ce n'est pas la seule chose qui me plaise ici, madame. » Était-ce son imagination ou la châtelaine se mit-elle vraiment à rougir ? « Vous avez un excellent cuisinier. La perdrix est très bien préparée », s'empressa-t-il d'ajouter.

Elle lui fit un sourire, un vrai sourire, pas le rictus de commande qu'il lui avait servi jusque-là.

« Une cuisinière. Agnes est avec moi depuis mon enfance. C'était ma nourrice. Elle m'est très fidèle. »

Finn salua son art en piquant une autre bouchée de la pointe de son couteau. Voilà un nom à retenir, pensa-t-il. On avait toujours intérêt à être ami avec les cuisiniers. Il ne voulait pas non plus risquer d'être mal vu par lady Kathryn. Si elle appréciait la loyauté, il ne devait plus rien dire qui risquât de lui faire accroire que cette vertu lui faisait défaut. Il espérait cependant de tout cœur que le manoir n'était pas l'une de ces maisons pieuses où il devrait constamment inventer des excuses pour expliquer ses absences aux abrutissants offices quotidiens. Et il ne souhaitait pas que Rose fût influencée par une ambiance d'excessive ferveur religieuse. Il avait vu le sombre envers de la médaille de cette sorte de piété. Il faut de l'équilibre en tout, et surtout en matière de religion. Voilà ce qu'il voulait pour sa fille. La dévotion à la Sainte Vierge, soit, mais contrebalancée par le raisonnement. Sa vie avait été régie par l'emblème de la Croix. Ne lui avait-il pas consacré son art ? Ne l'avait-il pas brandie au combat ? Mais il était né sous un autre signe, celui de la Balance. La raison d'un côté, la piété de l'autre.

Cela l'aiderait de savoir pourquoi lady Kathryn avait accepté de les héberger, lui et sa fille. Il soupçonnait que ce n'était pas par simple loyauté envers l'Église. L'abbé devait sans doute lui verser une pension. Il s'agissait d'une maison prospère, à en juger par les coupes ciselées et les cuillers en corne incrustée d'argent ; toutefois, si elle était acceptable, la chère était loin d'être excessivement copieuse, et il avait remarqué la parcimonie avec laquelle la châtelaine avait fait verser le vin. À l'avenir, Rose et lui seraient plus sobrement nourris. Elle devait sûrement avoir besoin de revenus supplémentaires pour s'acquitter des redevances et des dîmes.

Il ne put s'empêcher de remarquer que la veuve subissait d'autres pressions. Le shérif au nez aquilin, assis à sa droite, avec qui elle partageait sa coupe et son tranchoir, frôlait trop souvent sa manche et aurait volontiers enfoui son long nez dans son corsage si elle ne s'était pas écartée. D'aucuns l'auraient trouvé belle femme, mais Finn préférait les brunes plantureuses et plus accortes. Elle était trop grande et trop hautaine, et, malgré les agréables rondeurs sous l'encolure carrée de son corsage, on ne pouvait guère qualifier ses formes de généreuses. La chevelure était sans doute ce qu'elle avait de plus remarquable. La quarantaine, tout au plus, lady Kathryn avait les cheveux gris – presque blancs –, une mèche noire au-dessus de la tempe gauche s'enroulant tel un ruban de velours dans un chignon compliqué ceint d'un bandeau bleu sur une nuque svelte. Il l'imagina nue au clair de lune, l'abondante chevelure dénouée se déversant sur la poitrine comme de l'argent en fusion. Il fut surpris de la rapidité avec laquelle cette pensée lubrique s'était imposée à son esprit, car il n'avait pas trouvé cette femme particulièrement attirante.

« Levons nos verres en l'honneur de lady Blackingham, lança sir Guy, le verre à la main. À la beauté de notre hôtesse et à la générosité de sa table. »

Sale flagorneur ! pensa Finn. Le shérif levait-il son verre en l'honneur des cuisses de la châtelaine ou de ses pâturages ? Mais il s'exécuta pour ne pas paraître discourtois. Si on insultait un shérif, c'était à ses risques et périls.

Il faisait chaud dans la pièce et Finn percevait une odeur musquée à sa droite. Il remarqua que la fine étoffe du foulard de lady Kathryn moulait sa gorge. Sentant un raidissement dans son entrejambe, il fut ravi de ne pas avoir à se lever pour boire à la santé de son hôtesse. Voilà plusieurs mois qu'il était chaste. Non à cause d'un pèlerinage ou d'un jeûne – il n'avait cure de ce genre d'idioties –, mais par convenance personnelle et délicatesse. La présence de sa fille ne facilitait pas les amourettes de voyage. Les ribaudes qui s'offraient spontanément portaient sur elles l'odeur des taudis où elles habitaient et étaient couvertes de poux. Même dans les bordels gérés par les évêques on risquait d'attraper la vérole.

Il s'aperçut que ses commensaux s'étaient tus et le regardaient, à l'évidence dans l'attente d'une réponse. Penché au-dessus de la table, le petit moine rondelet lui criait : « Vous n'êtes pas d'accord, maître enlumineur ?

— Désolé, je ne…

— Frère Joseph, prenez une autre douceur, je vous en prie. » Lady Kathryn fit un signe au serviteur. « Agnes a confectionné les tartes à la crème tout exprès pour ce soir. »

Oubliant la discussion, le moine saisit sa cuiller, les yeux brillants.

Quelle qu'ait été la question, son hôtesse avait visiblement craint sa réponse. Elle était très habile. Il se rappela sa réaction quand le shérif avait apporté le cadavre, la façon trop catégorique dont elle avait nié avoir vu le prêtre. En quoi pouvait-elle être mêlée à l'affaire ? De toute façon, cela ne le regardait pas. Il fallait qu'il pense à sa fille. Il était dangereux d'en savoir trop sur l'assassinat d'un prêtre.

Il fut tiré de sa rêverie par une voix, sur sa gauche, qui chuchotait d'un ton intime.

« Je pourrais vous montrer le meilleur endroit pour dessiner, une petite crique du haut de laquelle on voit la mer. »

Il reconnut la voix du jeune freluquet assis à côté de lui et dont la tête rousse se penchait trop près de celle de sa fille. Leurs lèvres se touchaient presque.

Finn parla assez fort pour empêcher Alfred de continuer à conter fleurette à sa fille.

« Une crique, dites-vous ? Rose et moi serons ravis d'aller la voir, n'est-ce pas, Rose ? »

Alfred toussota et bafouilla comme un voleur pris la main dans une caque de harengs. Sa fille rougit, irritée contre son père. Un éclat de colère traversa ses beaux yeux. Ce n'était peut-être qu'un innocent badinage, mais il fallait faire comprendre au godelureau qu'on était vigilant.

Le repas traînait en longueur. Quel soulagement quand l'hôtesse se leva ! Il pouvait maintenant demander la permission de se retirer dans les agréables appartements qu'elle leur avait cédés. Il souhaita poliment le bonsoir aux autres convives, remercia une fois encore lady Kathryn pour son hospitalité et arracha sa fille aux griffes de son fervent admirateur. Mais, avant qu'il ait eu le temps de se lever de table, un page s'approcha et lui tendit un pli scellé.

« Un message, messire. On m'a enjoint de vous le remettre en main propre. »

Il ne reconnut pas le sceau, mais la sainte croix estampée dessus révélait assez clairement son origine. Sans doute quelque instruction de dernière minute de la part de son commanditaire.

« Le porteur attend-il la réponse ? »

Le shérif s'était tu et semblait vivement intéressé par cet échange. Cette attitude agaçait Finn, tout comme les questions de tout à l'heure, sur la nature de la commande.

« Non messire, répondit le page. Le messager nous a priés d'ajouter quelque chose. Qu'il fallait vous dire que "Mi-Tom paye ses dettes". »

Le nain… Mais pour quelle raison apporterait-il un message de la part de l'abbaye de Broomholm. L'abbaye se trouvait dans la forêt de Bacton Wood, à plusieurs milles à l'est d'Aylsham, et il fallait traverser des bois pour s'y rendre. Puisqu'il venait de l'extrémité des marais, à l'ouest de Norwich, pour gagner Blackingham, situé à au moins douze milles au nord de Norwich, Mi-Tom devait faire un très grand détour. Afin d'éclaircir ce mystère, Finn venait de commencer à décacheter le pli lorsque le shérif se leva et, s'approchant derrière son dos, regarda par-dessus son épaule. Sale curieux ! Au lieu de rompre le sceau, Finn donna un petit coup sur la manche de Rose avec la missive, écarta doucement Alfred et saisit le bras de sa fille.

« Viens. Il est temps de gagner nos appartements.

Laissons lady Kathryn prendre congé de ses hôtes en privé. » Il fit un signe de tête au bénédictin. « Bonne nuit, frère Joseph. Quand vous reverrez le père abbé demain, vous pourrez l'assurer que son enlumineur est en plein travail. Je vous souhaite bon voyage. À vous aussi, sir Guy. » Le titre lui écorcha la bouche.

« Mais vous n'avez pas ouvert votre missive, s'étonna le shérif.

— Elle pourrait venir d'une dame, et dans ce cas je prendrai plus de plaisir à la lire dans l'intimité de ma chambre. » Il repoussa son siège.

Pour la seconde fois ce soir-là, lady Kathryn détendit l'atmosphère en s'insinuant dans la conversation.

« Dans ce cas, Finn, nous vous souhaitons bonne nuit, en espérant que ce billet vous apportera bien du plaisir. » Elle retira la torche d'un candélabre, mais lorsque Alfred voulut la lui prendre des mains, elle fronça les sourcils et appela son second fils, que Finn avait à peine remarqué. Lady Kathryn lui tendit la torche.

« Colin va vous accompagner, dit-elle. L'escalier est sombre et vous ne connaissez pas les lieux. Vous ne voudriez pas que Rose trébuche… »

Plutôt soulagé, Finn leur tourna le dos à tous. Dans l'escalier, pour la première fois depuis son arrivée au château il pensa à l'enfant blessée. Comme elle était vite sortie de sa mémoire ! Comment son état de santé avait-il évolué ? Bien sûr… Mi-Tom… La sainte croix sur le sceau… Le message émanait de l'anachorète. Quand ils parvinrent dans leurs chambres, il saisit la chandelle près de son lit et détacha le cachet.

L'enfant n'avait survécu que trois jours.

« Vous m'avez fait appeler, mère ? » demanda Alfred. Il frottait ses yeux encore gonflés de sommeil, tout en s'efforçant de ne pas avoir l'air agacé. Il titubait dans la pâle lumière d'avant l'aube qui filtrait dans la chambre. La lumière des torches vacillait dans les candélabres, les mèches étaient presque consumées.

Elle ne lui répondit pas sur-le-champ, arpentant la pièce, le léger claquement de ses mules à semelles de cuir brisant le silence du petit jour.

La courtepointe avait déjà été replacée, ou bien, se dit Alfred en remarquant les cernes bleuâtres autour des yeux, sa mère ne s'était pas couchée. Avait-elle souffert de sa migraine ? Oubliant qu'il lui en voulait de l'avoir tiré de ses rêves, il la regarda avec inquiétude marcher de long en large. Elle portait toujours les vêtements de la veille. Des marques de sueur sous les aisselles tachaient la soie de sa tunique. Elle avait ôté sa coiffe et sa chevelure d'argent en désordre, emmêlée, se déversait jusqu'au-dessous de la taille. La lumière grise blêmissait son teint et creusait ses traits.

« Vous allez bien, ma mère ? »

Lady Kathryn cessa ses allées et venues et le dévisagea comme si elle était surprise de le voir dans sa chambre.

« Alfred, tu es bien matinal. Quelque chose ne va pas ?

— Mais madame ma mère m'a mandé ! » répliqua-t-il, incapable de maîtriser son irritation. Il venait à peine de se coucher. Ses idées étaient embrouillées et sa langue pâteuse. Il était allé assister à un combat de coqs avec des gamins du village. Toutefois, il valait mieux n'en rien dire à sa mère.

« Je n'avais pas demandé à Agnes de te réveiller si tôt, répondit-elle.

— Eh bien, c'est ce qu'elle a fait, la vieille vache ! Et ç'a eu l'air de la réjouir. » Il s'attendait à des réprimandes mais celles-ci ne vinrent pas. Kathryn se contenta de le regarder comme si elle ne savait que répondre. Rester coite ne lui ressemblait guère, elle qui maniait le verbe comme une rapière.

« Vous ne vous sentez pas bien, mère ? » demandat-il, soudain saisi d'angoisse tel un enfant. Et s'ils la perdaient brusquement, comme ils avaient perdu leur père ? Alfred avait adoré son père, mais c'était auprès de leur mère que Colin et lui cherchaient le réconfort, et c'était elle dont ils craignaient la colère quand ils commettaient des bêtises. Et Roderick était souvent resté absent plusieurs mois d'affilée, pendant qu'il se battait contre les Français ou jouait les courtisans auprès du roi.

Elle secoua la tête, s'assit sur le lit et l'invita à en faire autant en tapotant la courtepointe près d'elle.

« Je me sens très bien. Viens, assieds-toi à côté de moi. Je dois t'entretenir d'une question extrêmement importante. »

En voilà un changement d'attitude ! Elle était en général ou autoritaire ou indulgente. Mais, cette fois, le ton était différent, presque comme si elle allait lui demander conseil. Vrai, il aurait seize ans l'année prochaine, l'âge de la majorité selon le Code danois – mais il savait qu'il ne dirigerait jamais réellement Blackingham tant que sa mère serait en bonne santé. Elle avait apporté Blackingham en dot et le contrat de mariage stipulait que le château ferait partie du douaire. Seul le roi pouvait le lui reprendre.

Il s'assit à son côté ; Kathryn, remontant une jambe sur le lit, se tourna vers lui et s'adossa à une colonne. Elle étendit le bras pour lui caresser les cheveux. Il était à nouveau enfant et elle essayait de lui expliquer qu'avoir mis le petit serpent vert dans le lit de son frère était une farce cruelle, pas drôle du tout. Mais elle n'avait pas vu Colin sauter sur un pied et, sa bouche de garçonnet en cul de poule, crier d'une voix suraiguë : « Un serpent ! Un serpent ! » Le souvenir de la scène donnait à Alfred envie de rire. Il n'avait pas la moindre idée de ce qu'il avait bien pu faire cette fois-ci... Avait-elle eu vent du combat de coqs ?

« Alfred, tu sais que les temps sont difficiles. La mort du roi a laissé un grand vide et chacun de ses fils s'efforce de le combler et de s'accaparer le pouvoir. Lancastre et Gloucester ne permettront pas que le fils de leur défunt frère, qui n'a que onze ans, monte sur le trône sans coup férir. Et puis il y a évidemment les guerres contre la France et un pape de trop à supporter.

— En quoi est-ce que ça me concerne ? » demanda-t-il.

Elle ne l'avait sûrement pas fait appeler pour discuter de la politique de la Cour et de l'Église.

Elle lui sourit puis secoua la tête d'un air agacé. Il connaissait ce regard, qui lui donnait toujours l'impression d'être un benêt.

« Cela te concerne au premier chef, Alfred. Ainsi que Blackingham. Si nous donnons l'impression de nous ranger dans le camp d'une des factions et qu'elle perde la bataille pour le trône, nous risquons de tout perdre, toi et moi. » Le regard caressant, elle lui effleura le menton de ses longs doigts effilés. « Y compris cette belle tête rousse.

— Mais père et le duc de Lancastre étaient amis.

— Précisément. Ton père a contracté une stupide alliance avec Jean de Gand. Que se passera-t-il si le duc est victime de ses propres machinations ? Ce ne serait pas la première fois. Et si le jeune Richard se lasse des complots de ses deux oncles et tombe sous l'influence d'un troisième homme, l'archevêque par exemple ? Jean de Gand n'est pas aimé des évêques parce qu'il soutient le clerc Wycliffe et ses diatribes contre le pouvoir de l'Église. Ils montent la populace contre le pape. Si les évêques se retournent contre Jean de Gand, le seigneur de Blackingham risque de tomber avec le duc, d'être accusé de trahison et de se voir confisquer son domaine. Il s'agit de toi. Tu comprends, Alfred ?

— Il me semble. » Peut-être Colin avait-il de la chance finalement, pensa le jeune homme, sentant soudain le poids de son droit d'aînesse. « Alors, que faire ? demanda-t-il simplement.

— Faisons semblant de tout ignorer des alliances de ton père. Proclamons-nous neutres chaque fois que ce sera possible. Rendons-nous invisibles.

— Invisibles ?

— Marchons sur des œufs. Gardons l'apparence de la loyauté de manière très discrète. N'exprimons notre avis que si on le sollicite, et si on nous demande de quel côté nous sommes, pesons chaque mot comme si c'était un lingot d'or. » Elle lécha son index et le tint en l'air pour qu'il le voie bien. « Et surveillons la direction du vent.

— Vous voulez dire que nous ne devons pas nous vanter de la qualité de nos puissants amis ?

— Non seulement cela, mais nous devons aussi éviter d'avoir l'air de menacer nos ennemis.

— Et taisons-nous en présence de gens importants, fit-il en hochant la tête. Contrairement à l'enlumineur.

— Exactement. » Les coins de sa bouche s'affaissèrent, ce qui creusa davantage ses traits. « Il n'aurait jamais dû parler si franchement devant le shérif et le frère Joseph. Cela pourrait lui nuire, et à nous, par ricochet.

— Vous allez le lui dire ? »

Kathryn réfléchit quelques instants.

« Je ne le crois pas. Je devine qu'un homme comme Finn ne tient jamais sa langue par prudence.

— Vous voulez dire qu'il est courageux ?

— Je veux dire qu'il ne possède aucune terre qu'on puisse lui confisquer, pas de fils qu'il risque de mettre en danger. C'est un artisan doué, qui n'est lié à aucune corporation, et qui, grâce à ses dons, jouit de la protection de l'Église.

— Il a une fille.

— Oui. Il a une fille. » Elle détourna le regard. « Mais je ne t'ai pas tiré du lit pour te parler de Finn et de sa fille.

— Je le sais. Vous vouliez me prévenir de ne pas parler à tort et à travers. »

Elle hocha la tête.

« En effet. Et aussi te demander de commencer à assumer tes devoirs de seigneur des lieux. »

Nous y voilà ! se dit-il. La tirade sur le sens des responsabilités, les mises en garde contre l'ivresse, la fête et les fredaines. Il se rappela la colère de sa mère. Il n'aurait pas dû se permettre ces familiarités avec Glynis en sa présence. Finalement, elle avait dû l'entendre rentrer en catimini au petit matin.

« Mais je suis trop jeune pour être le maître et seigneur de Blackingham. Rappelez-vous. C'est vous qui me l'avez affirmé.

— Tu es assez âgé pour commencer à apprendre à protéger tes terres et ta famille. » Elle leva la main afin de l'empêcher de l'interrompre. « Je ne parle pas de porter des armes. Je sais que ton père t'a appris à manier

83

l'épée et à te servir d'un poignard. Et où ce savoir l'a-t-il mené ? Non, je parle d'une autre sorte de protection. »

Elle se leva et recommença à arpenter la pièce.

« J'ai de bonnes raisons de croire que Simpson nous vole, te vole... Mais, malgré tout, il s'y connaît en loyers, moutons, cardage et vente de la laine. Et tu dois acquérir ces connaissances.

— Si vous pensez qu'il vole, pourquoi ne le mettez-vous pas simplement à la porte ?

— Parce que, entre la peste et les guerres contre la France, il ne reste pas beaucoup d'hommes vaillants. On a du mal à trouver de la main-d'œuvre : brassiers, manouvriers, bergers et tisserands, et encore moins des hommes sachant lire et compter. » Elle se tourna vers Alfred et le fixa droit dans les yeux. « Voilà pourquoi je te demande de t'installer chez Simpson. Tu dois à la fois le surveiller et apprendre de lui.

— Vous voulez dire : comme si j'étais son apprenti ? Moi ? Le futur seigneur de Blackingham, héritier de sir Roderick, l'apprenti d'un régisseur ? » Il s'entendit geindre d'une voix aiguë d'enfant, sans pouvoir se maîtriser. « Pourquoi ne lui envoyez-vous pas Colin ?

— Colin n'est pas l'héritier du fief de Blackingham. En outre, tu ne seras pas vraiment un apprenti, Alfred. Simpson sera toujours le serviteur et toi le maître. Il respectera ta position. Il est trop intéressé pour te manquer de respect. Sans doute essaiera-t-il de se mettre dans tes petits papiers. Il sait que je ne le porte pas dans mon cœur. Tu apprendras à ses côtés – c'est peut-être un voleur, mais il connaît la laine – et, plus important, tu le surveilleras et empêcheras qu'il nous vole.

— Pendant combien de temps ?

— Autant qu'il faudra pour le prendre la main dans le sac. Jusqu'à la Saint-Michel, peut-être. »

Le premier moment d'indignation passé, Alfred commença à entrevoir la justesse du raisonnement de sa mère. Il allait donc jouer les espions… L'idée de vivre une telle aventure ne manquait pas d'intérêt. Il pourrait en faire voir de toutes les couleurs à ce bon vieux Simpson. De plus, ce ne serait peut-être pas désagréable d'échapper à la vigilance de sa mère. Il arrivait à celle-ci de trop tirer sur la laisse. Il avait envisagé de devenir l'écuyer d'un seigneur, de sir Guy de Fontaigne, par exemple. Son père avait évoqué cette possibilité avant sa mort.

« Il va de soi, reprit Kathryn, que tu n'auras pas à observer les heures. Je ne sais pas exactement le degré de piété qui, vu notre nouveau lien avec l'abbaye, sera exigé de nous. Sans doute verra-t-on plus souvent le frère Joseph. Et il y aura peut-être des allées et venues de messagers entre Blackingham et l'écritoire de l'abbaye. Nous devons préserver les apparences. Mais la présence de Simpson n'est requise que pour les fêtes d'obligation. Naturellement, si tu restes ici, en tant que futur châtelain, tu seras contraint d'être plus assidu que tu ne l'as été par le passé. »

Ce dernier argument mettait pour Alfred un point final à la discussion.

« Quand dois-je partir ?

— Demain. Simpson apporte toujours les comptes le vendredi. Hier, nous avons été interrompus. Je vais l'envoyer quérir demain. Tu seras évidemment présent et nous lui expliquerons ta nouvelle position. D'ailleurs, c'est à toi qu'il devra remettre les comptes. Je me tiendrai à deux pas afin de répondre ensuite aux questions que tu pourrais avoir à me poser. Pour éviter de lui mettre la puce à l'oreille, tu peux même lui déclarer que l'idée d'apprendre le commerce de la laine auprès de lui vient de toi. »

Si ce nouveau statut d'adulte était intimidant, il possédait néanmoins un certain attrait. Rester au château et obéir à sa mère, ou aller chez Simpson et pouvoir donner des ordres ? En outre, un peu de compagnie masculine lui ferait du bien. Son père lui manquait.

« D'accord, mère, fit-il en hochant la tête, comme s'il avait eu le choix. Ne vous en faites pas, je vais prendre cette fripouille sur le fait.

— Bien, répondit lady Kathryn en souriant. Je savais que je pouvais compter sur toi. » Elle poussa un profond soupir et son visage se détendit.

Elle lui donna un baiser sur la joue. Les lèvres de sa mère étaient douces et ses cheveux sentaient la lavande. Pour une fois, il lui avait fait plaisir. Et ça n'avait pas été si compliqué. Ce serait peut-être même amusant de se comporter en seigneur des lieux avec le revêche Simpson. Alfred pensa ensuite à Rose et soupira amèrement. Il avait complètement oublié la jolie fille de l'enlumineur. Quel dommage de devoir s'en aller maintenant ! Peut-être pourrait-il de temps en temps quitter Simpson pour vérifier les progrès accomplis dans l'écritoire improvisée.

Soulagée, lady Kathryn s'affala sur son lit. Les premiers fracas se faisaient entendre dans la cour. La fumée montant des foyers des cuisines où le feu avait du mal à prendre parfumait l'air de ce début de matinée. Blackingham sortait de son sommeil et s'ébrouait. Les valets, les servantes, les chiens dans le chenil, toute la maisonnée s'éveillait avec les premières lueurs grises de l'aube. Kathryn n'avait pas fermé l'œil de la nuit, ayant passé son temps à chercher le meilleur moyen d'obtenir la coopération d'Alfred. Sa stratégie minutieusement concoctée avait été couronnée de succès. Elle aurait pu le forcer à obéir, mais, de cette manière, il était content de lui plaire. Il prenait ça comme un jeu.

Alfred et ses jeux… Comme elle avait aimé le voir jadis, un bâton accroché au côté en guise d'épée, tirant derrière lui un bouclier de fortune, élaborant son plan de bataille – au milieu de ses compagnons d'armes imaginaires il agissait toujours en héros –, ponctuant de violents mouvements de ses mèches rousses ses vaillants discours sur l'honneur et le courage. Elle entendait ses cris : « Allez-y, les gars ! Hachez menu tous ces vauriens ! » Au comble de l'exaspération, il menaçait de son bâton-épée Colin, qui étudiait les couleurs d'un papillon. L'espace d'un instant, elle se laissa aller au souvenir de ses jeunes fils en train de jouer. Elle les aimait, leur caressait la tête, leur chantait des berceuses pour les aider à s'endormir, pansait leurs égratignures et leurs écorchures, faisait pour eux tout ce que font les mères. Combien elle avait trouvé naturels ces plaisirs simples !

Jouer les espions auprès de Simpson ne serait qu'un nouveau divertissement pour Alfred et cela l'éloignerait de Rose. Alfred était intelligent. Si Simpson volait, il s'en apercevrait, et elle mettrait un terme à ses larcins. Et si l'influence de Simpson n'était sans doute pas idéale, pouvait-elle être plus délétère que celle de Roderick ?

L'alouette devant la fenêtre se mit à chanter. Quelle impudence d'annoncer une aube trop tôt levée ! Si blesser une alouette ne portait pas malheur, elle aurait lancé sa chaussure contre l'oiseau. Mais Kathryn avait déjà assez d'ennuis comme ça.

Il lui fallait se rappeler tant de choses ! Être si

vigilante ! Elle se sentait parfois comme une feuille morte malmenée par le vent d'hiver. Ballottée en tout sens, elle n'avait aucune maîtrise d'elle-même. Si seulement elle pouvait se reposer un peu, elle aurait ensuite la force de vérifier que Finn et Rose étaient bien installés dans leurs appartements.

Juste avant de fermer les yeux et de sombrer dans le sommeil, elle s'aperçut qu'elle avait oublié quelque chose. Elle n'avait pas demandé à Alfred où il se trouvait la nuit où le prêtre avait été assassiné.

CINQ

Sur votre autel qu'il vous suffise d'avoir une représentation de Notre Sauveur sur la Croix. Elle vous rappellera la Passion et vous servira d'exemple. Ses bras écartés vous inviteront à l'étreindre. Son sein nu vous nourrira du lait de la douceur qui vous consolera.

Aelred DE RIEVAULX,
Règle pour la vie de reclus (1160)

Donnant sa propre angoisse en offrande, l'anachorète était prostrée devant l'autel où se trouvait l'image du Christ des douleurs. La terreur que son esprit ne parvenait pas à maîtriser interrompait sa contemplation, entravait ses prières. Elle se rappelait (comme si cela s'était passé quelques jours, et non pas plusieurs années, plus tôt) le visage de l'évêque chantant la messe des morts, le claquement du verrou lorsqu'il l'avait enfermée dans la tombe symbolique. Le bruit de la serrure et le grincement du grand portail de chêne résonnaient encore à ses oreilles. Pourtant, elle était étendue devant son autel dans un abîme de silence. Dans le noir. Et baignée de la sueur froide de son angoisse.

Elle avait eu la plus haute vocation possible, celle d'une vie de solitude, coupée du monde, de sa famille, de ses amis – sans même le réconfort d'une communauté monastique – afin de se faire vaisseau vide prêt à Le recevoir. La femme de jadis était morte pour le monde, abandonnant jusqu'à son nom pour prendre celui de l'église, l'église Saint-Julien, contre laquelle se blottissait sa cahute. Julienne avait volontairement répondu à l'appel de ce genre de vie, se refusant le réconfort de la communauté laïque ou religieuse, acceptant de dépendre totalement de la charité d'autrui, pour vivre en communion avec le Seigneur, sa solitude n'étant brisée que de loin en loin par le visiteur venu chercher le réconfort ou solliciter des prières. Et cela lui avait suffi.

Jusqu'à ce soir.

Ce soir-là avait ressemblé au premier soir, lorsque son cœur avait cogné dans sa poitrine comme celui d'un oiseau en cage. Elle sentait à nouveau la panique l'envahir, voulait crier et taper de ses poings contre la grande barrière de bois la séparant du monde.

Depuis combien de temps était-elle étendue dans ces épaisses ténèbres, psalmodiant des prières qui ne parvenaient pas à ressouder les deux bords de sa foi rompue ?

Était-ce l'alouette ? Les cloches de la cathédrale sonnaient les matines. Le jour ne s'était pas encore levé.

Ses membres étaient engourdis, sa chair meurtrie par la pierre humide, la chaleur d'août la faisait transpirer. Vivre une vie de contemplation, coupée du tourbillon de l'extérieur, de la « danse macabre », se boucher les oreilles afin de ne pas entendre les lamentations de deuil, les incessants chants funèbres – la faucheuse était à l'œuvre, moissonnant les âmes comme du blé mûr –, écouter au contraire la « voix de la conscience », voilà la voie choisie lorsqu'on se vouait à Dieu.

Julienne s'en était satisfaite jusqu'au moment où l'enlumineur lui avait apporté l'enfant blessée.

Elle l'avait serrée dans ses bras et lui avait chanté une berceuse. Mais, lorsqu'il était revenu avec la mère, la recluse s'était effacée : elle était devenue une femme pleine de regret, une femme douloureusement consciente de tout ce qu'elle avait quitté.

Ses menstrues avaient cessé dès qu'elle s'était enfermée dans l'ermitage.

« Elle s'appelle Marie », avait dit la mère, comme elles baignaient la peau brûlante de l'enfant. La voix s'était brisée en prononçant le nom. Le chagrin lui composant une grimace grotesque, son visage figé ressemblait au masque tragique porté par les mimes des mystères. « Je lui ai donné le nom de Notre-Dame pour qu'elle la protège. »

Or la Vierge n'avait pas protégé Sa filleule. Ni le Christ, qu'avait prié Julienne. La mère savait-elle à quel point elle lui enviait sa fillette ? Même un enfant mort vivait dans le souvenir. D'abord l'envie, puis le doute. Et ensuite, quels autres péchés pourraient se glisser par la brèche ouverte dans sa foi ?

Sous ses lèvres, la pierre avait un goût de moisi et de mort. « *Domini, invictus* », supplia-t-elle. Mais la miséricorde avait pris ses quartiers d'été. Son corps était ankylosé après sa longue prostration sur le sol de pierre froide. Pouvait-elle, à force de volonté, contraindre ses articulations bloquées à fonctionner ? Je vais mourir là, pensa-t-elle. Je vais mourir, et on trouvera mon cadavre devant l'autel, la chair se détachant du squelette comme le fruit pourrit autour du trognon. Les doigts de sa main gauche, paume plaquée contre le sol, se mirent à trembler convulsivement.

Je ne connais même pas le nom de la mère, songea-t-elle.

Julienne avait tenté de prononcer des paroles de réconfort. Et les mots étaient tombés dans le silence tels des cailloux, durs et cassants comme le chagrin. Comment parler de miséricorde quand aucune n'est accordée ?

Après l'enterrement de l'enfant, elle avait rêvé trois nuits durant que le démon l'étranglait. Elle s'était réveillée, haletante, entendant des cris de l'autre côté de la fenêtre intérieure aux volets clos – les cris de la mère qui appelait dans son sommeil son enfant mort. Julienne s'était efforcée de calmer les désirs que l'enfant avait suscités en elle. Elle avait jadis pris une décision, la renier aujourd'hui constituerait un blasphème.

« *Pastor Christus est…* » Ses lèvres ne parvenaient plus à prononcer les mots. « Seigneur, pardonnez à ma faible chair. Merci de ne pas avoir exaucé ces vœux. Je T'offre ma souffrance en sacrifice. »

Mais elle ne pouvait contenir les larmes brûlantes qui coulaient sur son visage. Pleurait-elle à cause de la souffrance de Son Sauveur, de la petite Marie, de la mère privée de son enfant ? Ou pleurait-elle la stérilité de son propre ventre ?

Dehors, dans le jardin, le premier chant de l'alouette annonçait l'aube. À l'intérieur de l'église, des rats furetaient à la recherche de quelques miettes d'hostie. Qu'elle était fragile cette chose qu'on appelait la foi !

« Mon Dieu, si telle est Ta volonté, libère-moi de ces

désirs. Et si Tu ne souhaites pas que je sois exempte de tout désir de femme, alors fais qu'ils servent à mieux connaître Ton amour parfait. »

Comme en réponse, la première nappe de lumière perlée se forma, se répandit dans le ciel et, telle la fluctuante grâce divine, filtra sous la porte de sa cellule. Elle entendit Alice se livrer aux préparatifs de début de matinée dans l'autre pièce. Craquements de fournilles pour allumer le feu sous la casserole, grincement des volets de la petite fenêtre par laquelle Julienne recevait sa nourriture. Elle se releva, surprise de pouvoir faire obéir ses membres récalcitrants.

« La nuit est-elle terminée ? demanda-t-elle à Alice comme celle-ci plaçait une pile de linge propre sur le rebord de la fenêtre.

— Oui-da. Et la mère est partie. Sa couche était vide quand je suis arrivée. Elle est sans doute retournée auprès de son époux.

— Tant mieux. Maintenant elle peut commencer à reprendre ses esprits. »

Au grand soulagement de Julienne, Alice ne fit aucun commentaire sur cette apparente injustice, même si le tressaillement de ses lèvres indiquait que la langue lui démangeait.

« Vous avez prié toute la nuit ? demanda-t-elle, pendant que Julienne prenait un voile et une guimpe propres sur la pile de linge.

— L'Esprit-Saint met du baume sur les plaies des âmes blessées.

— Soit, mais le corps a aussi besoin d'un peu de réconfort de temps en temps. » Elle s'activait comme un roitelet tapissant son nid. « Mangez donc cet œuf pour rompre le jeûne. »

Comme Julienne mordait dans l'œuf dur, avant de le

remettre dans le coquetier, elle vit les plumes nouvelle-
ment taillées pointer dans le panier qu'Alice portait.

« Je vois que tu as apporté de nouvelles plumes. Je
mangerai plus tard, une fois que j'aurai terminé mon
travail. »

La servante pinça davantage les lèvres et ravala ses
paroles de reproche.

« J'ai apporté en plus un gâteau aux graines d'œillette
pour le nain, annonça-t-elle. Il n'est peut-être qu'un
demi-homme mais il a l'appétit d'un géant.

— Et de la force de caractère. Mais tu peux le porter à
la grille des pauvres ou le donner aux oiseaux. Tom ne
va pas revenir. Il est retourné à ses nasses à anguilles et
est allé porter un message à l'homme qui nous avait
amené l'enfant. J'ai pensé qu'il voudrait être au
courant. »

Alice versa de l'eau du puits de l'église dans une
bassine et, écartant l'œuf à moitié mangé, la posa sur le
sol.

« Drôle d'oiseau que celui-là, en tout cas. Il effectue
un travail de moine, puisqu'il dessine pour l'abbaye,
sans en être un lui-même. Il a une fille. »

Selon le rituel hebdomadaire elle disposa le savon,
des serviettes et des herbes aromatiques fraîchement
coupées. Contre l'avis d'Alice, Julienne insistait pour se
baigner souvent. « C'est pas sain », affirmait la
servante. Julienne entreprit de se déshabiller tout en
l'écoutant deviser.

« Je ne l'aurais pas pris pour un père de famille. Il a
l'air têtu comme un Gallois mais il parle l'anglo-
normand aussi bien que vous. Ça ne colle pas, je n'ai
jamais rencontré un Gallois qui n'ait pas eu un accent à
couper au couteau. Je parierais mon pucelage, si je
l'avais toujours, que c'est un chemineau celte. Plus

païen que chrétien. Et il travaille pour l'Église... qui devrait n'engager que de bons catholiques saxons. »

Julienne tourna le dos à la fenêtre et ôta sa chemise. On était au mois d'août et la petite cellule, en général glaciale, était devenue étouffante. L'eau soulageait sa peau couverte de bleus. Ce bain hebdomadaire était-il un plaisir corporel coupable qu'elle aurait dû s'interdire ? Ou avait-elle le droit de le considérer comme une sorte de baptême ? Elle écoutait d'une oreille le bavardage de la servante, humant la senteur de l'eau parfumée à la lavande. Était-ce un luxe, ça aussi ? Dieu donnait ce doux parfum à la lavande. C'était le don d'un père aimant.

« Des Saxons craignant Dieu, voilà mon avis. »

Julienne s'était dès longtemps aperçue que, comme tous ceux de sa classe, et même si elle avait bon cœur, Alice nourrissait beaucoup de préjugés. Inutile de discuter avec elle. La servante poursuivait sa tirade.

« Et il est extrêmement propre de plus. Vous avez remarqué ses mains ? Douces comme celles d'une femme. Et ses ongles ? À part de minuscules traces de peinture, nettes comme un os de poulet rongé par un gueux. » Elle lança un regard sournois sous ses cils baissés. « Mais il n'y avait rien de féminin chez lui. »

Silence. Soupir. Julienne savait ce qui allait suivre.

« Mais je ne crois pas que vous remarquez ce genre de chose.

— J'ai fait vœu de chasteté, Alice. Pas celui de cécité. Plus important encore, il semblait avoir une âme honnête. »

Alice se récria.

« Mais ça ne l'a pas empêché de mentir à l'évêque sur la mort du cochon ! Je sais que c'est le nain le coupable. Il me l'a dit lui-même. Il m'a dit qu'il avait peur d'être mis aux ceps. Le dernier homme qui a volé quelque chose appartenant à l'évêque, on lui a coupé le nez. »

Ne trouvant aucune raison pieuse de prolonger son bain, et souhaitant que son âme eût pu être aussi facilement nettoyée, Julienne enfila une chemise propre qui sentait la lessive de soude. L'odeur âcre lui piqua les narines.

« C'était un noble mensonge, malgré tout, reconnut Alice à contrecœur. L'évêque est plus indulgent avec un employé de l'abbaye de Broomholm qu'avec un pêcheur d'anguilles des marais. Et heureusement que c'est arrivé la semaine dernière et pas celle-ci.

— Un "noble mensonge", Alice ? Il faudra que je réfléchisse à cette formule. Quant au moment où cela s'est passé, quelle différence ?

— Vous n'êtes pas au courant alors ? Je croyais peut-être que le nain vous l'avait dit.

— Qu'est-ce qu'il m'aurait dit ?

— L'envoyé de l'évêque lui a été rapporté dans un sac. Le crâne fracassé.

— Pardon ?

— Et ce n'est pas un accident… Henry le Despenser a dit qu'il fera pendre le meurtrier, placer sa tête sur une pique et brûler ses entrailles.

— Mais… quel rapport avec l'enlumineur ?

— Rien. Sauf que c'est un étranger, pas vrai ? Et tout le monde sait que les Gallois sont des forcenés. En tout cas, la nouvelle a rendu l'évêque fou furieux. Il a dit que, quel que soit le coupable, il accusera John Wycliffe, parce qu'il monte la tête au peuple contre la Sainte Église. Il a dit aussi que si Oxford refuse de le faire taire il s'adressera au pape français. »

Julienne lui passa le linge sale par la petite fenêtre. Alice s'en saisit sans interrompre son bavardage.

« Malgré que je ne vois pa[s] [...] puisque, comme chacun sait, il voi[s] [...] pour financer les revendications du pape [...] papes… Un en France et l'autre à Rome. Sainte M[è]... Dieu ! On n'en a pas assez d'un ? Comment un vrai croyant pourrait-il savoir lequel est le bon ? Peut-être ni l'un ni l'autre. Peut-être bien que je vais me déclarer moi-même pape, marmonna-t-elle. Et alors il y en aura trois. Et le troisième sera une papesse. »

Elle s'aperçut à l'expression du visage de Julienne qu'elle était allée trop loin.

« Bon. Il est temps que j'aille m'occuper des plantes aromatiques du jardin pour vous laisser écrire. » Julienne ouvrit la porte de sa chambre, laissant entrer le soleil du matin. À travers la fenêtre intérieure, elle voyait le faisceau de lumière dessiner comme au fusain une branche sur le mur. L'ombre d'une feuille trembla dans une brise remémorée. Elle huma le parfum du vert matin et eut envie de sentir le soleil sur son visage. Une lumière indirecte filtra par la fenêtre intérieure et éclaira son pupitre. Tel était son lot. Elle s'en satisferait.

La voix d'Alice parvint à ses oreilles. La servante devait se trouver tout près de la porte et se parler à elle-même tout en arrachant les mauvaises herbes, entre le thym et le fenouil. Un juron marmonné, puis : « Deux papes… Le monde est mauvais. L'Antéchrist est à l'œuvre. »

Julienne se tourna vers son manuscrit et commença d'écrire.

Du pouvoir suffisant du Christ
Je savais bien qu'il y avait assez de force en
moi (et d'ailleurs en toute créature humaine
qui sera sauvée) pour lutter contre tous les

... ...e Blackingham, avait tout
... ...d'apprendre qu'il lui faudrait
... ...r deux bouches de plus. Tout en
... ...uises rougeoyantes sous la cendre
br... ...vaste cheminée afin de former une base
plan... ...quelle placer le lourd chaudron, elle grommela à ...hn, son mari, que son pauvre dos ne tiendrait
pas le coup très longtemps.

« Qu'adviendrait-il alors de madame ? s'écria-t-elle.

— Sa situation serait sans doute pas pire
qu'aujourd'hui. »

Elle savait qu'elle n'aurait pas dû se plaindre à John.
Cela ne faisait qu'accroître son ressentiment, alors que
ce n'était pas du tout le but recherché. Il l'avait suppliée
de partir avec lui, des années auparavant, quand la peste
avait déferlé sur le pays en cinquante-quatre et tué la
plupart des ouvriers valides.

« C'est notre chance de quitter la région, avait-il
déclaré. Il paraît qu'on offre des salaires dans le Suffolk.
On peut se faire engager pour le travail qu'on souhaite.
Partir quand on le veut. Sans qu'on vous pose des questions. Après une année passée à Colchester, on serait
libres. Blackingham n'aurait plus aucun droit sur nous.

— La loi du royaume l'interdit. On serait des hors-
la-loi pendant toute une année. Même pour toi, John, je
ne veux pas être traquée comme une serve fugitive,
chassée comme une bête féroce dans la forêt. Lady
Kathryn a été bonne pour nous. Sois patient, et il y a des
chances que tôt ou tard sir Roderick fasse de toi son
régisseur. »

À l'époque, John était un homme solide et vif d'esprit. Il savait tout faire et bien. Il avait bâti les troupeaux tout seul, lesquels désormais produisaient assez de laine pour occuper toute la main-d'œuvre disponible. Il fallait tondre, rouler, trier la laine selon la finesse, puis l'emballer. C'était un homme fier en ce temps-là, mais les choses n'avaient pas évolué selon les prédictions d'Agnes. Son John n'avait pas été récompensé pour sa fidélité et son dur labeur. Sir Roderick avait préféré engager le revêche Simpson, qui s'était empressé de remettre John à sa place, jouant les maîtres, ne l'appelant jamais par son nom, mais simplement « berger ».

Le « berger » John était resté, mais il avait perdu tout cœur à l'ouvrage. Il continuait à surveiller la tonte et le cardage et bien d'autres opérations, travail qui, normalement, aurait dû être effectué par Simpson. Pas plus tard qu'aujourd'hui, Agnes avait dû quitter sa cuisine pour aller aider à la lainerie parce qu'il manquait de la main-d'œuvre. La saison était déjà bien avancée. C'était l'époque de la fenaison et John se trouvait avec les faucheurs, des brassiers et des manouvriers engagés par Simpson qui allaient recevoir un salaire. Glynis et elle avaient roulé les toisons lavées, la peau à l'extérieur, et les avaient étendues sur le sol bien balayé de la lainerie. Glynis et elle, ainsi que le jeune maître Alfred qui, passant par là, avait proposé son aide.

Ces jours-ci, John rentrait à la nuit tombante, trop fatigué même pour manger. Il se consolait avec son pichet de cervoise. Agnes ne lui en voulait pas, même si cela lui faisait mal de voir son John, naguère si gentil, devenir bourru et amer. Elle l'avait trahi pour sa maîtresse. Sans sa loyauté à lady Kathryn, son John serait libre aujourd'hui et travaillerait dignement pour un salaire, au lieu de servir de larbin à un type comme Simpson. Elle n'avait aucun droit de se plaindre de son sort actuel. C'est pourquoi elle cessa de parler de la charge de travail accrue.

Quoi qu'il en soit, l'enlumineur ne mit pas longtemps à la charmer et à entrer dans ses bonnes grâces. Après deux semaines, elle dut reconnaître que ses manières agréables et sa discrétion compensaient la surcharge de travail. Elle attendait même avec impatience la pause qu'il avait accoutumé de s'accorder au milieu de l'après-midi. Elle avait appris à apprécier son humour. Il n'était pas anglo-normand comme sa maîtresse, ni même danois comme sir Roderick, mais l'impudence galloise était davantage supportable que la brutalité saxonne. Et elle admirait les hommes savants.

« Agnes, peut-être auriez-vous un gobelet de cervoise, voire une goutte de poiré pour un pauvre scribe ? » lui avait-il demandé le premier après-midi où il était entré dans la cuisine. Debout sur le seuil, son grand corps masquait la lumière.

Elle avait levé les yeux de la viande qu'elle était en train de hacher menu, irritée d'être interrompue dans son travail, puis lui avait versé en bougonnant un gobelet de poiré.

À sa grande surprise, Finn s'était installé sur le haut tabouret près d'elle et, posant les coudes et le gobelet sur l'établi où elle travaillait, il s'était mis à lui parler.

« Je parie que vous êtes en train de faire des croquettes de viande. Ma grand-mère en faisait. C'était une bonne cuisinière. Votre cuisine me rappelle la sienne. » Il avait désigné le mélange de viande et de miettes de pain qu'elle était en train de malaxer en forme de boulette aplatie. « Est-ce que vous les roulez dans du gingembre et du sucre ? et du safran ? Je me rappelle que les siennes avaient la couleur du safran. »

Agnes avait froncé les sourcils et répondu d'un ton agacé.

« Le sucre est trop cher. La plupart du temps, j'utilise du miel. Le secret des bonnes croquettes, c'est la consistance. Faut les faire bouillir jusqu'à ce qu'elles soient juste assez fermes… Mais est-ce que vous ne devez pas retourner à votre travail et me laisser faire le mien ?

— Le jeune Colin et Rose sont en train de mélanger les couleurs. Il m'a demandé d'être mon apprenti – puisque son frère est l'héritier de Blackingham, il veut avoir un métier pour être indépendant. Je lui ai expliqué que, n'étant pas maître enlumineur affilié à une corporation, je n'avais pas le droit de le prendre pour élève mais qu'il pouvait apprendre en me regardant travailler. Rose sait être une sévère petite maîtresse. Elle lui donnera des leçons. »

Agnes avait pilonné le mélange.

« Maître Colin apprend vite. Et vous pouvez être certain que votre fille sera en sécurité avec lui. Mais si c'était l'autre, Alfred, vous auriez intérêt à ne pas les laisser seuls, si vous voyez ce que je veux dire.

— Colin est inoffensif. Tôt ou tard l'abbaye l'appellera sans doute, et Rose apprécie sa compagnie. » Se renfrognant, il avait frappé l'établi des jointures de ses doigts, le regard dans le vague. « Je crains qu'elle ne s'ennuie. J'ai remarqué depuis peu chez elle une certaine nervosité. C'était une enfant si douce, si heureuse. Colin joue du luth et ils chantent. Ils parlent musique et couleurs, pays lointains. Parfois, leur bavardage me gêne et je dois les chasser pour pouvoir travailler en paix. Mais merci de m'avoir prévenu. Je vais veiller à ce que le jeune Alfred ne délaisse pas les tâches que sa mère lui a assignées pour venir s'arroger le bien d'autrui. »

Finn avait bu une longue gorgée.

« Voilà un excellent poiré, Agnes ! Est-ce que vous faites fermenter le jus de poire dans des tonneaux ?

— Dans des fûts de chêne.

— Ah bien ! C'est donc ce qui lui donne ce délicieux arrière-goût de bois. »

Agnes n'avait pu s'empêcher de sourire.

Après ce jour-là, elle s'était rendu compte qu'elle attendait avec impatience les visites de l'enlumineur. Elle lui gardait toujours son gobelet de poiré – alors que le fût était presque vide et que la cueillette des poires n'aurait lieu que dans un mois – et même quelquefois une pâtisserie. Elle aimait bavarder avec lui, se laissant soutirer des renseignements. Sans jamais dépasser les bornes, cependant. Elle avait beau n'être qu'une paysanne, elle avait vécu assez longtemps pour être consciente de la perfidie de l'époque et savoir qu'une langue trop bien pendue peut causer le malheur des grands comme des petits.

Ils étaient assis devant la planche à hacher. Finn dégustait son gobelet de poiré tandis qu'Agnes plumait deux oies avant de les embrocher pour les faire rôtir. Un vent frais soufflant de la mer du Nord dissipait la chaleur qui s'était accumulée dans la pièce. La fumée, dégagée par la tourbe brûlant en permanence dans la cheminée de pierre, se mêlait à l'odeur de la potée montant du chaudron de métal, où Agnes faisait mijoter des os de bœuf, de l'orge et des poireaux. Elle avait toujours un bol de bouillon ou une galette d'avoine à offrir à un vilain ou à un mendiant affamé, à quiconque apparaissait sur le seuil.

« Blackingham est un manoir de belle taille et il paraît

que sir Roderick jouissait d'amitiés à la Cour, qu'il était même ami du duc de Lancastre, dit Finn.

— Oui-da. Je suppose qu'on pourrait dire ça. Jean de Gand est venu ici en visite une fois. Lui et sir Roderick sont allés chasser avec le shérif au nez en bec d'aigle. Ç'a été un vrai casse-tête pour moi, je peux vous le dire. Le duc voulait à tout prix qu'on lui serve un paon rôti. Je me suis crevée à préparer la volaille, à la faire rôtir avant de lui remettre ses belles plumes. Tout le tralala, quoi.

— Et lady Kathryn ? Est-elle loyale au duc maintenant que son mari est mort ? »

Agnes haussa les épaules, consciente qu'elle se trouvait en terrain glissant, mais elle prenait plaisir à la compagnie de Finn et savait qu'il resterait là tant qu'elle répondrait à ses questions.

« Lady Kathryn est loyale à ses fils, répondit-elle prudemment. Et à Blackingham. Elle craint les ducs et la lutte d'influence qui les oppose pour dominer le jeune roi.

— Lancastre semble avoir gagné la partie. On dit que le jeune roi Richard est entièrement sous sa coupe. J'ai jadis rencontré Jean de Gand. Il m'a assez plu... Il est vrai que je n'ai pas eu à rôtir un paon pour lui. » Il lui fit son sourire de biais, celui qu'elle trouvait désarmant. « Mais il est malin. Je lui reconnais cette qualité. La façon dont il utilise le prédicateur John Wycliffe pour ériger un mur entre l'Église et le roi. Les riches comme les pauvres sont las des impôts de l'Église.

— Oui-da. Le cupide Lancastre a la situation bien en main. Pour le moment. C'est à lui qu'on doit cette horrible capitation. Croyez-moi, enlumineur, les pauvres ne vont pas digérer cette nouvelle redevance. Il y a un moment où trop c'est trop. Même un paysan ne peut pas tout avaler. On aurait tort de prendre déjà parti.

L'autre oncle du jeune Richard…, ajouta-t-elle, cherchant à se rappeler le nom, Gloucester, il ne faut pas le tenir trop tôt pour battu. Le vent tourne. Le sage ne se laisse pas emporter par la marée.

— Voilà un avis fort pertinent, Agnes. J'essaierai de m'en souvenir. » Il choisit les tuyaux de plume les plus solides, évaluant leur résistance sur la pointe de ses doigts effilés. « Lady Kathryn est-elle loyale au pape, par conséquent ? Maintenant que j'y pense, ce ne sont pas les prières qui encombrent son emploi du temps… Non que je m'en plaigne… J'en ai juste déduit que les sympathies de lady Kathryn vont à la réforme. »

Agnes pointa vers Finn une minuscule plume qu'elle venait d'arracher à la volaille dénudée.

« Madame est très pieuse, enlumineur. N'allez pas raconter des histoires à l'abbé ! Elle fait ses dévotions en privé, et elle a donné assez d'argent à l'évêque pour dire tellement de prières que même son vaurien de mari pourrait être tiré du purgatoire. Vous vous rappelez le prêtre mort, celui que le shérif a trouvé dans les bois, eh bien ! il n'arrêtait pas de harceler madame de vagues menaces et il lui réclamait tout le temps de l'argent. Il l'a quasiment saignée à blanc. »

Le visage de l'enlumineur lui sembla tressaillir de surprise, et elle pensa en avoir trop dit. Agnes eut un petit pincement au cœur. Saisissant un couperet, elle trancha vivement le cou des volailles. Finn ramassa les deux cous sur la lame de son couteau et les ajouta au bouillon qui frémissait sur le feu.

« Et vous, Agnes, que pensez-vous de John Wycliffe quand il dit que la Sainte Église n'a pas le droit de taxer ce qui appartient au roi ?

— Moi ? Vous me demandez mon opinion ?

— Vous êtes une femme avisée, qui doit avoir son idée là-dessus ?

— Oui-da. Et je la garderai pour moi. Comment est-ce que je saurais que vous n'êtes pas un espion de l'évêque ? Vous faites un travail de moine. Que vous devriez faire à l'abbaye. Ça pourrait être un prétexte pour espionner. Qui me dit que vous n'êtes pas la vipère qu'on nourrit dans notre sein ? »

Même si cette dernière phrase avait été dite sur le ton de la plaisanterie, que savait-elle vraiment de cet inconnu, surgi le jour même où l'envoyé de l'évêque avait été retrouvé assassiné ? Peut-être avait-elle trop parlé ?

« Si j'avais envie d'espionner, ce ne serait pas pour ce béjaune de Henry le Despenser. La jeunesse et l'ambition démesurée peuvent former un mélange instable. »

Agnes partageait cet avis. Elle avait vu l'évêque à Norwich, l'année précédente, la fois où elle avait accompagné John pour vendre les toisons aux lainiers flamands. L'évêque inspectait les réparations du pont situé sur la Yare. Leur énorme chariot chargé de laine avait été retenu pendant une heure tandis que l'évêque haranguait les maçons. Elle avait été rebutée par son arrogance et sa façon de se pavaner dans sa robe d'hermine.

Finn but la dernière gorgée de poiré et se leva pour partir.

« Puisque vous m'avez rappelé mon travail, Agnes, je ferais mieux d'y retourner. D'une minute à l'autre, Rose va venir chercher son père. »

Toutefois Rose n'alla pas chercher son père. Elle était bien trop agréablement occupée.

« Je vais vous apprendre à jouer du luth, lui avait promis Colin la semaine précédente alors qu'ils nettoyaient les pinceaux de l'enlumineur.

— Ce serait merveilleux, je pourrais faire une surprise à père. Il aime que j'apprenne de nouvelles choses. » Elle avait remis en ordre les manuscrits par habitude. Pour lui, la minutie était presque synonyme de sainteté.

« Eh bien, si vous souhaitez le surprendre, on ne devrait pas jouer ici. » La voix de Colin est musicale même lorsqu'il ne chante pas, pensa-t-elle. Elle devait parfois s'obliger à se concentrer sur ce qu'il disait. « Pensez-vous que vous pourriez vous absenter assez longtemps ? »

Elle réfléchit à la question, tout en triturant la croix incrustée de perles qu'elle portait à son cou. Elle aimait toucher la broche en filigrane, son dessin complexe, les perles lisses. C'était son bijou préféré et le palper l'aidait à réfléchir.

« Père cesse de peindre chaque soir dès que la lumière change. Il sort dans le parc et esquisse le travail du lendemain avant que le jour tombe. S'il pleut trop ou s'il fait trop froid pour rester assis dans le jardin, il va se promener. Je lui dirai simplement que je vais travailler sur ma broderie avec lady Kathryn. »

Une ride apparut sur le grand front lisse de Colin.

« Rose, je n'aimerais pas le tromper. J'ai beaucoup d'admiration pour votre père. » Il remit d'aplomb un encrier, effleura la pile de feuillets du manuscrit, suivit du doigt la croix dorée au centre des pages de garde couleur de mûre, recouvertes d'un entrelacs serré de torsades noires et ambrées. « Et s'il découvrait que vous lui avez menti ?

— Alors on lui dirait la vérité, gros malin, et tout

serait pardonné ! » Elle aimait la façon dont les cheveux blonds de Colin, tel un souple et soyeux rideau, tombaient jusqu'à sa mâchoire. « Il ne vous ferait aucun reproche. Il serait enchanté. Vous savez à quel point mon père aime le son de votre luth. N'avez-vous pas remarqué qu'il travaille beaucoup mieux quand vous jouez ? »

Le front de Colin s'éclaircit.

« Je crois que je connais un endroit où l'on pourrait se rencontrer sans que personne ne nous voie ni ne nous entende : la lainerie. Personne n'y va jamais sauf en période de tonte, et juste pour emballer les toisons. »

Le soleil de l'après-midi était chaud, l'atmosphère aussi lourde et paresseuse que le chien couché au bord de l'allée lorsque Rose ouvrit la porte et se glissa à l'intérieur de la lainerie. Depuis une semaine, chaque fin d'après-midi, Rose y avait rendez-vous avec Colin. Elle s'asseyait en tailleur sur le plancher bien balayé et très luisant à force de s'imprégner depuis des années de la lanoline des toisons. Parfois, le jeune homme s'asseyait derrière elle, l'entourant de ses bras, ses doigts guidant ceux de la jeune fille. Parfois, aussi, il se plaçait en face d'elle pour lui indiquer comment pincer les cordes. Et pendant ces leçons, elle n'apprenait pas qu'à tenir le luth. Avec ses manières douces et ses cheveux blonds soyeux, il suscitait en elle des sentiments jamais éprouvés jusque-là. Le souffle de Colin effleurant son cou, sa main serrant la sienne faisaient s'accélérer les battements de son cœur. La tête lui tournait tant parfois qu'elle n'arrivait plus à réfléchir.

Cette fois-ci, la première chose qu'elle remarqua fut l'odeur puissante et âcre de la laine, pas l'habituelle senteur de lanoline qui avait fini par imprégner le plancher, mais une odeur plus forte, plus entêtante. Elle aperçut les toisons fraîchement tondues sur le sol nu à peu près au moment où elle entendit les voix. Stupéfaite que quelqu'un d'autre se trouve dans leur endroit secret, elle recula instinctivement de peur d'être vue et se réfugia dans l'ombre. Elle se crut d'abord victime d'une illusion car, à part les lainages, la pièce paraissait vide. Puis elle entendit à nouveau les chuchotements, grognements, gloussements. Ils provenaient de derrière le grand sac, accroché aux chevrons en attendant qu'on le remplisse de laine. Elle écouta, en caressant nerveusement la croix de sa broche. Les paroles entendues la clouèrent sur place :

« Laissez-moi, maître Alfred, madame sera furieuse contre moi. Et contre vous aussi, m'est avis, si elle découvre ce qu'on a fait. » Couinements, puis gloussements, et ensuite : « Je savais bien que vous ne nous aidiez pas, moi et la cuisinière, à rouler les toisons rien que pour être gentil. »

Rose sentit son visage s'empourprer. Quoique sa jeune vie eût été jusque-là très protégée elle devinait à quoi ils étaient occupés. Elle reconnut la voix stridente et haut perchée de Glynis et vit quatre pieds sortir de derrière le sac. Il y eut quelques murmures et un mouvement désordonné parmi les membres emmêlés, mais Rose ne voulut pas en entendre davantage. Elle se précipita vers la porte, sortit et courut derrière la lainerie. Appuyée contre les planches grossières, elle tentait de reprendre ses esprits, se demandant si on l'avait vue, quand Colin la trouva.

« Rose, que faites-vous ici ?

— Je… Il y avait quelqu'un à l'intérieur… J'ai eu peur qu'on ne me voie. »

Elle regardait par-dessus l'épaule [...] sans voir les moutons à mufle noir brou[...] un peu plus loin, sans entendre le bourdo[...] proche des abeilles dans la haie qui bordait l'[...] ne voyait que les doigts de Colin en train de p[...] cordes de son luth, n'entendait que les battements [...] on cœur résonnant dans ses oreilles.

« Ce n'était sans doute que John en train d'étendre la laine. Mais il ne dira rien. Venez donc, ça n'a pas d'importance.

— D'accord. » Elle le laissa passer pour qu'il s'assure que le local était libre, sans cesser de penser à l'usage que le couple en avait fait. Elle sentit monter en elle une bouffée de chaleur. Et si Colin pouvait lire ses pensées ?

Les toisons donnaient à la lainerie un autre aspect. Elle avait l'air plus vivante, en quelque sorte. Même le son de la musique y était différent. Les notes ne résonnaient pas dans le vide mais étaient comme assourdies, plus douces. C'était reposant. Colin joua une mélodie et chanta quelques vers :

Soupire d'amour mon cœur
Pour le plus charmant des bijoux,
Qui peut m'apporter le bonheur
Et me tient sous son joug.

Les paroles envoûtantes et la musique mélancolique faisaient aussi soupirer Rose, mais elle ne savait après quoi. Sensation étrange et nouvelle.

« Oh ! Colin. C'est si beau. Pouvez-vous me l'apprendre ? »

Sans rien dire, il lui tendit le luth, puis se pencha vers elle afin de lui montrer où placer ses doigts pour produire les sons de la mélodie.

« ...us sentez bon, Rose. Comme l'été », lui ...iara-t-il.

Elle était contente de s'être lavé les cheveux dans l'eau de lavande. Elle sentait la présence intime de Colin et n'avait jamais été aussi près d'un autre être. Pas même de son père, qui restait si raide, quand il l'étreignait qu'il eût pu être de bois et non de chair. Il l'avait câlinée lorsqu'elle était petite et elle se rappelait que sa barbe piquait sa joue d'enfant. Mais cela n'était pas arrivé depuis bien longtemps. Colin s'écarterait-il si elle le touchait. Elle demeurait immobile comme un faon, de peur de briser le charme.

« *Soupire d'amour mon cœur.* Chantez avec moi et je vais guider vos doigts », dit-il.

Les mains de Rose tremblaient tellement qu'elle avait du mal à pincer les cordes.

« *Et me tient sous son joug.* » Il chantait doucement dans ses cheveux, comme s'il fredonnait une berceuse.

Elle percevait son souffle, pensant aux jambes emmêlées qu'elle avait vues derrière le sac à laine. Elle savait ce qu'ils faisaient. Une fois, elle avait aperçu des animaux en train de copuler et, dégoûtée, avait demandé à son père si c'était ce que faisaient les êtres humains. Il avait simplement répondu : « Plus ou moins. » Elle s'était donc résignée à demeurer dans un état de perpétuelle ignorance virginale.

Mais avec Colin ce serait peut-être différent. En tout cas, cela n'avait pas semblé gêner Glynis…

Colin reposa le luth et lui toucha le visage. Peut-être allait-il l'embrasser si elle ne bougeait pas du tout. Quel goût auraient ses lèvres ? Elles ressemblaient à deux cerises mûres. Rose sentit un irrépressible désir de mordiller la lèvre inférieure charnue.

Elle ferma les yeux, Colin l'embrassa. Ce fut d'abord

un frôlement de lèvres, timide puis plus ardent, ensuite la langue poussa avec douceur, et la résistance enfantine de Rose fondit comme une neige sous une pluie de printemps. Après le baiser, il continua à la tenir dans ses bras, enfouit son visage dans ses cheveux tout en chantant : « *Rose, ma Rose qui me tient sous son joug.* » Le chant d'amour était une promesse.

Tandis que le jour tombait lentement, ils restèrent allongés dans les bras l'un de l'autre, maladroits dans leurs explorations, gênés tous les deux par cette nouvelle situation. Entendant soudain un léger bruissement, presque un chuchotement, elle se redressa d'un seul coup.

« Qu'est-ce que c'est ?

— Je n'ai rien entendu. » Il lui mordilla le cou.

« Écoute ! Ça recommence. »

Troublant la quiétude des lieux, un souffle se leva, comme une brise agitant des feuilles.

« N'aie pas peur, ce n'est rien. C'est juste la laine. Vois comme le vapeur monte des toisons. Elles sont chaudes et vivantes. La laine respire seulement dans l'air du soir qui rafraîchit. »

En effet, regardant plus attentivement, elle vit de la vapeur blanche planer au-dessus des toisons et entendit les fibres se dilater en produisant une sorte de chuchotis. Bruit agréable, empreint de tristesse aussi. On eût dit que les fantômes d'anciens amants soupiraient au souvenir de leurs étreintes d'antan.

« Il se fait tard, Colin. Mon père risque de s'inquiéter. On devrait rentrer. » Mais ses cheveux dénoués se trouvaient pris sous l'épaule du jeune homme. Elle ne chercha pas à se dégager.

111

« Encore un seul baiser. Je t'en prie, Rose. Tu es si belle. Je t'aime. Je voulais te le dire, mais j'avais peur que tu te moques de moi. Tu es la première, tu sais. Je ne suis pas comme mon frère.

— Je ne me moquerai jamais de toi, Colin. » Soudain une nouvelle pensée lui traversa l'esprit, tel un serpent troublant son paradis. « Colin, tu penses que ce qu'on a fait est mal ? Est-ce que tu crois qu'on va être punis ?

— Je t'aime plus que quiconque, Rose. Plus que tout. » Il suivit du doigt le dessin de ses lèvres, aussi respectueusement qu'il avait tout à l'heure suivi celui de la croix sur le manuscrit de l'enlumineur. Puis il se redressa, s'appuya sur un coude et la regarda, gravement, presque inquiet. « Comment cela pourrait-il être un péché, Rose ? Tu seras ma dame. Je t'offrirai mon cœur comme dans la légende de *Tristan et Yseult*. Je t'aimerai à jamais. Je t'aime même plus que la musique.

— Alors tu m'aimes vraiment », dit-elle en riant.

Allongée entre ses bras, parmi la buée planant au-dessus du sol de la lainerie, elle songea que son amour pour lui était aussi joyeux et aussi pur que les blanches toisons de laine qui murmuraient leur assentiment.

SIX

> *Dans la mesure du possible, les manus-*
> *crits doivent être décorés afin que leur*
> *simple aspect suscite déjà l'intérêt. Nous*
> *savons que les anciens veillaient soigneu-*
> *sement à ce que le contenu et la beauté*
> *extérieure fussent en parfaite harmonie.*
> *La Sainte Écriture mérite la plus belle*
> *ornementation.*
>
> Abbé Johannes TRITHEMIUS,
> *De Laude Scriptorium* (XIVe siècle)

Lady Kathryn contempla les appartements de ses nouveaux pensionnaires d'un air satisfait. Un espace bien tenu est le reflet d'un esprit ordonné, et l'ordre régnait incontestablement en ces lieux. Petits pots de couleurs alignés comme des sentinelles sur la table de travail ; plumes et pinceaux, propres et rangés selon la taille ; piles de feuillets de papier vélin aux fines raies bien tracées pour guider la main de l'artiste et que son fils cadet, elle le savait, avait aidé à préparer. Cela aussi lui procurait une grande satisfaction. Elle aimait voir ses fils heureux.

Venue chercher Colin, elle fut surprise de trouver la chambre vide. L'enlumineur était peut-être en train de dessiner dans la lumière déclinante du parc, mais elle avait espéré que Colin serait là. Parce que la compagnie de ses enfants lui manquait, tout simplement. Elle ne voyait plus beaucoup Alfred, qui passait ses journées avec Simpson ; depuis peu, même Colin lui mesurait sa présence. Il était toujours venu la voir dans sa chambre en fin d'après-midi, chantant pour elle ou lui racontant quelque nouvelle aventure : la découverte d'un nid de cygnes dans les roseaux ou d'un nouveau poème parmi les rares livres qu'avait acquis Roderick – davantage pour le prestige que pour l'amour des vers. Parfois, ils disaient les vêpres ensemble dans la chapelle. Colin murmurait les prières et sa mère s'agenouillait en silence près de lui, communiant davantage avec son fils qu'avec Dieu.

Colin devait sûrement se trouver dans le parc avec l'enlumineur, se dit-elle. Tant pis ! Elle n'allait pas lui reprocher cette relation, acceptant volontiers la perte de sa compagnie si l'apprentissage d'un métier lui évitait le capuce du moine. Trop de mères sacrifiaient leurs fils à l'Église ou au roi. Elle refusait d'être l'une d'elles. Si elle approuvait le fait qu'il puisse apprendre du maître artisan, il fallait qu'elle lui conseille d'être prudent dans ses propos. De ne pas en dire trop. Que savaient-ils exactement de cet enlumineur ? À première vue, il paraissait être ce qu'il prétendait. Agnes l'aimait beaucoup, en tout cas. Elle allait même jusqu'à lui offrir de petites douceurs, ce que Kathryn ne lui reprochait pas – après tout, l'abbé lui payait largement sa pension. Mais il est vrai que la cuisinière était une âme simple, aisément séduite par de charmantes manières. Or celles-ci pouvaient masquer un cœur de glace et un esprit rusé. Son mari avait été charmant. Au début. Avant qu'il s'empare de ses terres.

Il faisait frais dans la chambre maintenant que la chaleur était tombée. Un dernier rai venu du nord éclairait la table de travail, rehaussant les couleurs éclatantes de la page à moitié terminée du manuscrit enluminé. *In principio erat verbum.* « Au commencement était le verbe. » La barre de la lettrine était d'un glauque intense et joliment bordée d'arabesques en filigrane rouge et or. Le *I* penché protégeait le reste du texte, formant un sanctuaire délicat pour saint Jean, envoyant des vrilles et des feuilles vertes qui s'étiraient et s'enroulaient en une bordure complexe, si finement dessinée qu'elle semblait réelle. Des oiseaux miniatures et des bêtes exotiques folâtraient parmi les branches et les rameaux. Les couleurs bondissaient littéralement de la page. Rien d'étonnant à ce que l'abbé de Broomholm veuille à tout prix être agréable à Finn.

Kathryn déplaça légèrement la page pour voir quelle délicate broderie pourrait se trouver dessous. Ce qu'elle découvrit la stupéfia encore plus. Là, la bordure était à peine esquissée, pas encore coloriée. Ce n'était guère plus qu'un croquis. Mais ce fut le texte qui la choqua. Il n'était pas du tout en anglo-normand, mais en anglais saxon ! En une sorte d'anglais en tout cas… En partie du vieux saxon, en partie de l'anglo-normand, le tout mélangé et assaisonné de mots d'origine latine. Pourquoi Finn, ou n'importe quel artiste, gaspillerait-il son talent et sa peine pour un texte en anglais ? L'anglo-normand, c'est-à-dire le français, était la langue des nobles et des riches, les seuls à pouvoir s'offrir le luxe d'acheter des livres.

« J'espère que vous trouvez quelque valeur à mon travail. »

Elle se retourna brusquement en entendant la voix de Finn. Prise en flagrant délit d'indiscrétion et sentant son visage s'empourprer, Kathryn se pencha à nouveau au-dessus du bureau, dans l'espoir que la voilette tombant de sa coiffure dissimulerait sa gêne. Elle décida de ne pas se laisser démonter.

« À votre travail, sans aucun doute. Mais moins à votre sujet, messire. »

Il arqua un sourcil.

« Vous trouvez que l'œuvre de saint Jean n'est pas digne d'être enluminée ?

— Saint Jean n'a nul besoin d'enluminures. C'est à ce qui se trouve sous saint Jean que je faisais allusion.

— Vraiment ? Mais qu'est-ce qui se trouve sous saint Jean ? Je le croyais chaste… »

En d'autres circonstances, elle aurait pu trouver le trait d'esprit amusant. En l'occurrence, elle jugea simplement agaçant ce grossier jeu de mots. Mieux valait cependant ne pas relever l'impudence de Finn. Elle prit le texte en anglais et le brandit sous les yeux de l'enlumineur.

« Oh ça ! fit-il. C'est un poème écrit par un homme que j'ai rencontré à la Cour. Un douanier, un bureau-crate au service du roi. Il s'appelle Chaucer. Retenez bien son nom ! Il se peut que vous entendiez parler de lui un jour. Il a des idées bizarres sur la langue, mais c'est un bon poète. » Il lui reprit le texte des mains, le reposa sur le bureau, puis remit en ordre la pile de feuillets qu'elle avait dérangée. « Il affirme que c'est là la vraie langue de l'Angleterre.

— Ça ? fit-elle en désignant le manuscrit. "La vraie langue de l'Angleterre" ? » Cette idée la choquait assez pour lui faire oublier sa gêne. « Il n'existe absolument pas de langue d'Angleterre. Il y a, d'une part, l'anglo-normand pour les seigneurs et, d'autre part, le saxon et le vieux norrois pour la plèbe. Et enfin le latin pour les clercs. »

Il lui fit un large sourire, prenant un évident plaisir à la discussion.

« Avez-vous ouï parler d'un poème intitulé *Pierre le laboureur* ?

— Vous appelez ça un poème ? Roderick – mon défunt mari – l'avait apporté ici. Je crois que c'est Colin qui l'a maintenant, bien que je ne sache pas en quoi ça peut l'intéresser. Il s'agit d'un atroce galimatias, difficile à comprendre et à prononcer, qui accroche la bouche et ne vaut même pas les plumes qu'on a usées pour le rédiger.

— L'anglais des Midlands de l'Ouest, rétorqua Finn, possède sa propre beauté, une fois que l'oreille s'y est faite. À Londres, on l'appelle "l'anglais du roi". Le roi Richard l'a proclamé langue officielle des tribunaux et de la Cour. Ce n'est guère surprenant, vu que le roi et ses oncles détestent cordialement tout ce qui est français, même le vieux français normand apporté par les Vikings.

— Soyez assuré que moi non plus je n'aime pas la France. Je suis loyale au jeune roi Richard. Comme je l'étais à son père. »

Elle semblait sur la défensive, protestant trop vivement de sa bonne foi, même à ses propres oreilles. Qu'il ait affirmé avoir été à la Cour l'avait rendue méfiante. Espionnait-il pour le compte du duc de Lancastre ? Roderick n'avait pas caché son allégeance à Jean de

117

Gand. Le duc utilisait-il Finn pour sonder la veuve et les fils afin de vérifier que leur loyauté restait intacte ? Ou pis : Gloucester, le frère de Jean de Gand, avait-il envoyé l'enlumineur chez elle pour amasser les preuves en prévision du jour où il l'emporterait sur les autres oncles du jeune roi ? Une douleur familière commença à encercler sa tempe gauche.

Par la fenêtre étroite, le soleil à son déclin envoya un faisceau horizontal qui s'élargissait en éventail, dessinant un sentier lumineux jusqu'au seuil de la pièce. Finn se tenait dans la lumière, entre Kathryn et la porte. Tout en parlant, elle se dirigea vers la sortie, s'approchant, assez près de Finn pour sentir dans son haleine le poiré d'Agnès.

« Je ne suis qu'une pauvre veuve qui sait fort peu de chose en la matière. Mon oreille préfère entendre ce qui lui est familier, c'est tout. L'anglo-normand ou l'anglais des Midlands, peu importe, du moment que les paroles de Notre-Seigneur sont lues en latin. »

La remarque, destinée à être rapportée à l'abbé – au cas où le pensionnaire informait son employeur –, servit aussi à la dégager de la tournure politique prise par la discussion, mais elle nota chez l'enlumineur une tension du muscle maxillaire. Il s'apprêtait à dire quelque chose puis se ravisa, ce qui la déconcerta. Bien des choses chez lui, il est vrai, la déroutaient. Il était chargé par l'abbé d'une tâche sacrée, et pourtant elle avait remarqué un manque de piété dans ses manières et dans son comportement, une façon désinvolte de parler des choses pieuses. Il avait dit avoir été à la Cour, alors qu'il y avait en lui une rudesse inhabituelle pour un courtisan.

« Vous êtes une pauvre veuve et je suis un simple artiste qui loue sa plume, que ce soit pour écrire en français, en latin ou en galimatias des Midlands. »

La courbe de ses lèvres, l'étincelle dans ses yeux gris-vert témoignaient qu'il se moquait d'elle. Kathryn aurait dû lancer une repartie spirituelle, nier le fait qu'elle n'était rien de plus qu'une « pauvre veuve », poser des questions sur ses relations à la Cour et à l'abbaye, le forcer à préciser ses propres allégeances. Mais elle se tut. Ses yeux lui rappelaient les lacs glauques où elle s'était baignée enfant, à l'époque où elle passait ses étés dans la petite maison maternelle au bord de la mer, avant Roderick, avant ses fils, avant que le défunt prêtre vienne la voir, avant qu'elle en sache plus qu'elle ne l'eût souhaité sur les intrigues et la cupidité. Ces lacs avaient exactement la couleur de la lettrine *I… In principio… Au commencement…* On aurait dit qu'il avait trempé son pinceau dans le lac des étés de son enfance. Époque heureuse… Époque où sa mère était encore en vie.

« Lady Kathryn, vous vouliez me demander quelque chose ? »

Tirée de sa songerie, elle sentit le sang affluer à son visage. Finn voulait savoir pourquoi elle avait violé son intimité, une intimité que l'abbé payait fort cher. Elle tenta de se ressaisir, chercha une explication plausible, puis se rabattit sur la vérité, comme étant la meilleure excuse.

« Vous m'avez prise en flagrant délit d'indiscrétion, monsieur, et je vous en demande pardon. Je n'avais nullement l'intention de fouiller dans vos affaires ou de chercher à connaître la nature de votre travail. En fait, j'étais seulement venu quérir Colin et j'ai aperçu vos manuscrits. Après tout, une mère a bien le droit, n'est-ce pas, de s'intéresser à ce qui lui enlève son fils.

— Je suis flatté que vous ayez eu envie de regarder mes humbles travaux », répondit-il. Mais son sourire semblait plus moqueur que reconnaissant. « Colin a l'œil pour les couleurs et la lumière. S'il était mon élève – avec votre permission, bien sûr, il ferait un excellent enlumineur. »

En entendant le nom de son fils, elle se rasséréna, arracha son regard à celui de Finn pour fixer la chemise maculée de peinture. Souriant d'un air gêné, elle indiqua le bureau sous la fenêtre.

« Je vous en prie, ne vous méprenez pas sur les gémissements d'une mère. J'ai vu votre travail. Vous êtes extrêmement doué. Je vous serais très reconnaissante si vous acceptiez de prendre Colin pour élève. Je devrais simplement trouver un autre compagnon pour mes heures de loisirs. La prière et la contemplation sont toujours… bénéfiques. » Elle se mordit la lèvre.

« Oui. C'est bon pour l'âme », répondit-il en hochant la tête sans sourire.

Un soupçon d'ironie perçait-il dans son ton ? Kathryn se sentit mal à l'aise. À nouveau, elle s'avança vers la porte. Il l'accompagna.

« Il se peut même, dit-elle, que je me mette à lire de la poésie, que je me plonge dans *Pierre le laboureur*, pour découvrir ce que vous m'avez si chaudement recommandé. Et puis, il y a ma broderie. »

Elle recula d'un pas ou deux afin de ménager un plus grand espace entre eux et de respirer plus librement. Cette fois-ci, Finn ne la suivit pas.

« Je n'aurais pas cru que la gestion d'un tel domaine vous eût laissé beaucoup de loisirs. Et votre second fils ?

— Alfred ? Il a toujours été plus proche de son père. De toute façon, il passe ses journées avec le régisseur. Il sera bientôt majeur, il aura seize ans l'avant-veille de Noël.

— Vous aurez alors beaucoup de temps à consacrer à

la prière et à la poésie, sauf si, bien sûr, un jeune seigneur, comme un jeune roi, a besoin d'être tenu fermement en main par un régent. »

S'agissait-il d'une remarque voilée sur Lancastre ? Sur le duc de Gloucester, peut-être ? Ou se gaussait-il simplement d'elle une fois de plus ? Lady Kathryn ne voyait pas son visage. Il s'était dirigé vers sa table de travail où il prit une feuille de vélin vierge, deux plumes et un étui de fusain en poudre. Le chemin de la porte était donc libre. Sors maintenant, s'admonesta-t-elle, avant que ta dignité ne s'effrange… Et, en effet, elle avait presque atteint la porte quand elle l'entendit ajouter : « Accompagnez-moi dans le parc, si le cœur vous en dit. Il reste encore quelques rayons de soleil. Je ne suis revenu que pour prendre mon nécessaire. »

Se retournant, elle vit qu'il l'avait suivie jusqu'à la porte, réduisant une fois de plus l'espace qui les séparait. Elle leva les yeux vers lui.

« Je ne pense pas… Je n'aimerais pas gêner votre inspiration.

— La compagnie d'une belle femme ne gêne jamais l'inspiration. Elle ne peut que la stimuler. »

Les anges avaient dû lui donner la couleur de ses yeux. Ou peut-être le diable. Et ce sourire en coin et un rien dédaigneux qui réchauffait le cœur de Kathryn.

« Les roses embaument. Venez ! lui susurra-t-il. Apportez votre broderie. Nous nous tiendrons compagnie en silence : vous coudrez et je dessinerai. Nous jouirons du crépuscule côte à côte. »

Comme un vieux couple, pensa-t-elle. Soudain prise de frissons, elle se rendit compte à quel point elle était seule. Et cela depuis très longtemps.

« Bon, d'accord. Juste pour cette fois. Je vais aller

chercher mon aiguille dans la petite salle et je vous rejoindrai dans la roseraie. »

Oui, juste cette fois-ci, se promit-elle.

Peu à peu, les geais bleus s'habituèrent à la présence de lady Kathryn et de Finn dans le jardin et cessèrent de protester. Chaque après-midi, elle attendait avec impatience le moment qu'ils allaient passer ensemble. Elle se sentait tellement bien avec lui ! Elle desserrait chaque jour un peu plus le licou de la prudence, laquelle finit par s'éclipser. Elle parlait de plus en plus librement alors qu'elle n'avait toujours pas appris grand-chose sur son compagnon. Mais, percevant un reflet de l'âme de l'enlumineur dans son art, elle le jugeait digne de confiance.

Ce jour-là, le jardin était calme mais la chaleur de cette fin d'août rendait l'atmosphère étouffante. Une brise se mit à souffler de la mer, rafraîchissant agréablement la peau moite de Kathryn. Inspirée par le rouge-gorge perché sur le cadran solaire, elle choisit un fil rouge dans le panier posé à ses pieds et enfila l'aiguille. À côté d'elle, les longs doigts de Finn s'activaient vivement, dessinant d'un trait sûr les feuilles enroulées et les torsades qu'il peindrait le lendemain. Elle remarqua que le regard de l'enlumineur passait aussi du papier au cadran solaire. En trois vigoureux coups de crayon, le rouge-gorge fut fixé à jamais sur le feuillet, sombre ébauche au fusain de sa splendeur future. On apercevait le bec à travers les feuilles, qui ressemblaient fort à celles de l'aubépine qui les protégeait des feux du soleil couchant.

« Les jours diminuent. Ce sont les derniers longs crépuscules. »

Y avait-il une note de regret dans sa voix ? Elle aussi envisageait avec tristesse la fin de ces agréables soirées, mais elle ne pouvait le dire.

« La moisson a déjà commencé, répondit-elle en piquant le tissu. Il est difficile de trouver des manouvriers. C'est un scandale. Ils vont d'un seigneur des moissons à l'autre en quête des meilleurs gages et n'ont pas honte, pour un malheureux shilling de plus, de laisser pourrir dans les champs le seigle ou l'orge.

— "Pour un malheureux shilling de plus" ? Je dirais plutôt pour le bien de leur famille. Pour une question de nourriture, de vêtements et de logis.

— S'ils restaient attachés à la terre à laquelle ils appartiennent ils n'auraient pas à se soucier de vêtements ou de logis. Posez la question à Agnes. Demandez à John, à Glynis, à Simpson, à mes laitières et à mes métayers s'il leur manque le nécessaire.

— Oui, madame. Mais un être humain ne peut se contenter du nécessaire. Il doit avoir un rêve. En outre, tous les riches ne sont pas aussi généreux que vous avec leurs tenanciers et leurs domestiques.

— Tous les riches ? Vous me croyez riche ? Si vous saviez à quel point je suis prise entre le roi et l'Église ! »

Il agita sa plume pour désigner les environs du manoir.

« Vous possédez des terres. Vous portez de beaux vêtements. Vous avez des domestiques. Et vous mangez à votre faim. La mère qui n'a pas même une croûte de pain à donner à son enfant affamé ne peut comprendre cette sorte de pauvreté. »

Elle ne le prit pas mal, car elle savait qu'il ne cherchait pas à blesser avec son franc-parler.

« Sir Guy affirme que la Couronne va lever un nouvel impôt », dit-elle. Elle porta le fil écarlate à sa bouche, le rompit d'un coup de dents, puis fit au bout un nœud en boucle. « Mais cette fois-ci il s'agit de capitation : un shilling par personne. J'arriverai peut-être à trouver trois shillings pour Colin, Alfred et moi.

— Et Agnes et John ?

— Ils devront le payer sur les gages que je leur donne.

— Vous leur donnez des gages ? »

Le sourire valait confirmation.

« J'ai dû commencer à les payer lorsque la peste a emporté la plupart des hommes valides. Cela m'a paru prudent. Je ne pouvais me permettre de les perdre. Je ne crois pas qu'Agnes veuille jamais quitter Blackingham, contrairement à John. De toute façon, le shérif dit qu'ils doivent payer l'impôt sur leurs gages, il affirme que c'est beaucoup plus juste ainsi. C'est un impôt uniforme. Tout le monde paye la même chose. Les riches comme les pauvres.

— Et vous trouvez ça juste ? Et les tenanciers qui ne reçoivent pas de gages ? Ils ne gagnent que ce qu'ils peuvent gratter sur le méchant lopin de terre que vous leur louez, vous ou un autre propriétaire. Un homme qui a une épouse et six enfants devra payer huit shillings. Il ne les gagne même pas en une saison. »

Sir Guy n'avait rien dit à ce sujet. Kathryn avait été si soulagée qu'elle n'avait pas songé à l'interroger davantage. Un poids s'abattit sur ses épaules. Elle savait à qui s'adresseraient ses ouvriers et ses tenanciers s'ils se trouvaient dans l'impossibilité de payer. Ils viendraient la voir et il lui faudrait alors trouver l'argent quelque part. Et les autres ? se demanda-t-elle. Les brassiers qui louaient leurs bras à la journée, qui paierait pour eux ? Et ceux dont les propriétaires refuseraient de payer à leur place, qu'allaient-ils faire ?

« Eh bien ! ce n'est peut-être pas un impôt très équitable, après tout, concéda-t-elle.

— Pas du tout équitable, et qui ne marchera pas. Même la patience des pauvres a ses limites. Si vous les poussez dans leurs derniers retranchements, ils n'auront plus rien à perdre, et alors rien ne leur fera plus peur. Ça gronde déjà contre l'archevêque de Cantorbéry.

— Qu'a-t-il à voir avec la capitation ?

— Jean de Gand l'a nommé chancelier. Soyez sûre qu'ils ont concocté ensemble cet impôt pour remplir les caisses vidées par les guerres contre la France. Autrement, on risquerait de ponctionner le trésor des abbayes. Mais ce pacte est diabolique. Une telle cupidité est dangereuse. »

Parlait-il du roi ou de l'Église ? Dans quel camp se rangeait-il ? Elle se garda de lui poser la question.

« Je connais la cupidité des deux », dit-elle en songeant à la perte de ses perles, celles qui avaient disparu dans la poche du prêtre. Ornaient-elles le cou délicat de quelque courtisane française, ou celui de la maîtresse de l'évêque ? Elle laissa échapper un petit soupir. De toute façon, elle pouvait leur dire adieu. Alors qu'elles avaient appartenu à sa mère…

Ils se turent un moment. Le seul bruit dans la roseraie était le vif grattement de la plume sur le papier. La brise n'agitait plus les feuilles des rosiers. Le soleil avait bougé, les ombres s'allongeaient. L'aubépine et le cadran solaire zébraient le jardin de bandes noires. Elle rangea son aiguille. Elle ne voulait pas avoir à plisser les yeux pour coudre, comme une vieille femme.

« Alfred sera-t-il seigneur des moissons ? » demanda Finn.

Lui aussi abandonnait la partie, rangeant son manuscrit, ses plumes et la poche de fusain dans la sacoche de cuir qui ressemblait à une besace de berger, en plus grand.

« Non. Il ne peut pas l'être. Ce ne serait guère convenable qu'il ait un contact aussi étroit avec les paysans. Il est de noble naissance. »

Pourquoi le son de sa propre voix lui déplaisait-il à l'instant même où elle prononça ces mots ?

« Je vois, dit Finn.

— C'est Simpson qui sera seigneur des moissons. Bien sûr, il tiendra Alfred au courant de tout.

— Et Alfred vous tiendra au courant, vous.

— Oui. Tant qu'il est mineur. »

Finn plaçait soigneusement ses croquis et ses plumes dans la besace de cuir. L'imitant, Kathryn rembobina le fil écarlate et le rangea dans son coffret. Finn désigna les vastes champs qui s'étendaient au-delà de la haie d'aubépines.

« Blackingham est un beau domaine. Votre mari a bien œuvré pour son héritier.

— Blackingham m'appartient, répliqua-t-elle vivement, incapable de dissimuler son agacement. Roderick s'est contenté d'en gaspiller le revenu pour éblouir ses amis courtisans. »

Sous les cheveux grisonnants, le front ridé de Finn se plissa davantage.

« Je croyais seulement que…

— Mon père n'avait pas de fils. Ma mère est morte quand j'avais cinq ans. Je me suis occupée de mon père jusque dans sa vieillesse. Un beau jour, il a amené Roderick chez nous et m'a enjoint de l'épouser. Il fallait que Blackingham eût un maître et seigneur.

— Vous l'aimiez ?

— J'aimais beaucoup mon père.

126

« — Je ne parle pas de votre père mais de Roderick. Votre époux. L'aimiez-vous ? »

Le rouge-gorge s'était envolé. Le cadran solaire se trouvait désormais tout entier dans l'ombre, la dernière marque dépassée.

« Il m'a donné deux fils, répondit-elle.

— Ce n'était pas ma question, insista-t-il d'une voix rauque. L'aimiez-vous ? »

Elle haussa les épaules, se leva et ramassa son panier de couture.

« L'amour ? Qu'est-ce que l'amour entre un homme et une femme ? Attouchements, râles dans le noir, simple satisfaction de l'appétit charnel. » Comme ce fut le cas pour Roderick et ses câlins interchangeables, pensa-t-elle. Finn s'était levé lui aussi et se tenait bien trop près d'elle. Elle avait du mal à respirer dans la touffeur de cette fin d'août. Elle recula d'un pas et ajouta : « L'amour, c'est ce qu'une mère ressent pour son enfant. L'amour, c'est ce que Notre-Seigneur a ressenti pour nous sur la Croix.

— L'amour, c'est bien des choses. Il prend maintes formes. L'amour supérieur dont vous parlez est aussi possible entre frères, entre amis. Il est même possible entre un homme et une femme. »

Le jardin était parfaitement calme dans la lumière du couchant. La voix de Finn était si basse qu'elle ne troublait même pas l'air entre eux. S'adressait-il à elle ? Difficile à dire. Il aurait pu tout aussi bien se parler à lui-même, ou à un absent.

Ils traversèrent en silence le carré de gazon qui séparait le jardin de la petite salle. Au moment où ils atteignaient l'entrée, il demanda, l'air pensif : « Voulez-vous venir dans ma chambre ? »

Kathryn ne répondit pas tout de suite. Il l'avait prise

au dépourvu. Il avait ce don, apparemment. Elle se sentit rougir, comme lorsque des bouffées de chaleur la réveillaient parfois en pleine nuit ou même la saisissaient à n'importe quel moment de la journée. Elle était certaine d'avoir les joues en feu.

Il lui fit un large sourire.

« Colin et Rose y seront sans doute. Ni votre vertu ni votre réputation ne seront compromises. Je voudrais vous montrer l'évolution de mon travail. Il semble que vous vous y soyez déjà intéressée une fois. »

Elle fut tentée de lui rabaisser le caquet d'une remarque cinglante. Mais la curiosité était plus forte. Elle devinait qu'il ne se contentait pas d'enluminer l'Évangile de saint Jean. Et elle aurait aimé découvrir, revêtus de leurs éclatantes couleurs, certains des croquis sur lesquels elle l'avait vu travailler.

« Pourquoi pas ? Vous avez raison, ma réputation n'en souffrira pas. Après tout, puisque, en un sens, je suis votre propriétaire, j'ai le droit d'inspecter vos appartements quand je le désire. Quant à ma vertu, je peux vous assurer, maître Finn, qu'elle se vendrait très cher. »

L'enlumineur rejeta la tête en arrière et partit d'un rire sonore et joyeux. Le souffle de son rire fit vaciller la flamme des torches accrochées au mur. L'espace d'un bref instant, des ombres folâtrèrent autour d'eux, égayant l'obscurité crépusculaire de l'escalier.

« Je suis choqué, madame, que vous puissiez imaginer que je désire autre chose que votre compagnie. Au prix actuel du pardon papal, le péché de fornication dépasse de beaucoup mes moyens, ajouta-t-il avec une grimace exagérée qui la fit rire. Hélas ! je ne peux m'offrir que la chasteté… et l'amitié platonique. »

Mais, tandis qu'elle gravissait les marches derrière

lui, elle se rappela que l'amitié avait aussi un prix, quoiqu'on la payât dans une autre monnaie. Même l'amitié pouvait se révéler trop coûteuse pour elle.

Il y avait quelque chose de bien trop attirant chez lui, conclut Kathryn après avoir passé une heure agréable dans la chambre de l'enlumineur, à le regarder colorer le croquis du rouge-gorge d'un intense et lumineux carmin. Elle n'avait jamais rencontré d'homme qui eût toutes ses qualités ensemble. Elle aimait tout en lui. L'extraordinaire patience qu'il montrait dans ses rapports avec sa fille, l'ordre qui régnait dans son atelier, son esprit vif, ses yeux verts, son rire facile et la façon dont ses doigts tenaient ses plumes et ses pinceaux, les caressant presque tandis qu'il traçait de rapides arabesques. Même la manière dont il lui faisait – trop facilement – baisser sa garde, la poussant à révéler davantage sur elle-même qu'elle l'eût voulu. Toutes ces qualités faisaient de lui un homme fort dangereux. Un homme à éviter.

Or, plus elle s'efforçait de l'éviter, plus il semblait présent. Il surgissait devant elle quand elle regagnait sa chambre ou se rendait aux cuisines, voire dans le potager où elle cueillait de la lavande fraîche pour parfumer son bain.

« Agnes m'a offert l'une de ses exceptionnelles tartes à la crème parfumée à la cannelle. Il y en a pour deux. Nous pourrions la partager sur ce banc, ici, dans le jardin de plantes aromatiques. Une sorte de déjeuner improvisé. »

L'homme était diabolique. Comment savait-il qu'elle adorait les tartes à la crème parfumée à la cannelle ?

« Je n'aime pas la cannelle, maître Finn. Merci quand

même. » Tournant les talons, la délicieuse odeur épicée lui faisant venir l'eau à la bouche, Kathryn s'éloigna de son sourire aguicheur, le laissant seul sur le banc du jardin avec sa tarte pour toute compagnie.

Le lendemain, il l'accosta dans la roseraie. Sa soudaine apparition la fit sursauter et se piquer la main sur une épine. Il s'excusa avec délicatesse et porta la blessure à ses lèvres. Elle retira prestement sa main, sentant le rouge lui monter au front comme une nigaude. Il parut un rien décontenancé.

« J'allais cueillir des baies dans le bois pour obtenir une nuance particulière de violet. C'est une si belle journée ! J'espérais que vous accepteriez de me prêter votre concours. »

« Prêter »... Comme s'il allait devoir le lui rendre. Et il n'avait ni seau, ni sac dans lesquels transporter les baies.

« Merci, maître Finn, mais je suis... bien trop occupée. » Avait-elle bafouillé ? Elle détourna le regard, s'efforçant de cacher sa gêne, de ne pas céder devant la déception qu'elle lisait dans ses yeux. « Je vais être occupée durant plusieurs jours. À faire l'inventaire de la dépense et de l'office. »

Une fois qu'il fut parti, elle se sentit coupable. Une promenade dans les bois de temps à autre entre amis, quel mal y avait-il à cela ? Elle connaissait bien le risque encouru. Elle le percevait dans les palpitations de son cœur. Que le sang batte dans ses veines à une telle vitesse ne pouvait être bon pour une femme de son âge !

Ses apparitions impromptues et répétées la rendaient très nerveuse.

Toutefois, son absence lui faisait le même effet.

Elle ne le vit pas les quatre jours suivants. D'un ton

faussement désinvolte, elle s'enquit de lui auprès d'Agnes.

« Il est venu hier à la cuisine pour prendre son habituel gobelet de poiré. Mais je crois qu'aujourd'hui il est allé avec sa fille au marché d'Aylsham. Ils sont partis à l'aube. Vous aviez besoin de lui ? Je lui demanderai d'aller vous voir.

— Non, non. Simple curiosité. Je me demandais où il était passé. Rien de plus. »

Agnes ne répondit pas, se contentant d'arquer un sourcil en ébauchant un petit sourire.

Kathryn fit semblant d'ignorer sa réaction.

À deux heures au cadran solaire, Kathryn se sentit comme désemparée. Ridicule. On aurait dit qu'il lui manquait. La maison paraissait vide. Ses pas y résonnaient, produisant un chuchotement triste qu'elle n'avait jamais remarqué.

Elle entra dans la petite salle et s'assit sur la banquette dans l'embrasure de la fenêtre, sa broderie posée sur ses genoux. Sur un petit guéridon à côté de la fenêtre quelqu'un, sans doute Colin, avait laissé un livre : *Pierre le laboureur*. Le livre en anglais. Cela lui rappela Finn. Elle commença à le lire, déchiffrant péniblement l'insolite langage, qui ne coulait pas naturellement comme le français. Quelle idée de choisir le dialecte des Midlands de l'Ouest pour écrire de la poésie ? Quant au contenu, il lui rappelait également Finn et ses allitérations sur le pardon, la pénitence et les prières.

Une ombre se projeta sur le texte. Elle leva les yeux et découvrit Finn sur le seuil de la porte, qui fixait sur elle un regard impénétrable. Son cœur dansa dans sa poitrine. Elle prit une profonde inspiration pour se calmer.

« Quelle heureuse et opportune rencontre, madame !

— Une opportune rencontre avec une dame, maître Finn ? Dans sa propre salle ? Et en quoi cette rencontre est-elle heureuse ? »

Il sourit d'un sourire vague, à peine esquissé.

« Heureuse, car la dame n'est pas occupée à une autre tâche, et opportune parce que j'ai besoin d'une seconde paire d'yeux.

— Vos yeux auraient-ils quelque faiblesse ? Agnes peut vous recommander une lotion de… »

Il s'esclaffa. Cette fois, le rire plissa le coin de ses yeux.

« Non. Mes yeux sont assez bons pour voir la beauté quand celle-ci se présente à eux. »

Kathryn sentit une rougeur lui monter au front. Elle aurait voulu pouvoir la chasser de son visage.

« Je disais "opportune" parce que j'ai besoin de votre avis. Si vous avez le temps, bien sûr. En général, ma fille me conseille, mais elle a filé dès notre retour du marché.

— Vous conseiller ? À propos de quoi, je vous prie ?

— Sur les couleurs. Les teintes sont-elles trop vives ou, au contraire, trop pâles ? Mais je ne voudrais pas déranger une dame qui a réussi à voler à son emploi du temps surchargé un petit moment pour lire. Ce serait exiger un trop grand sacrifice. Peut-être Rose ne va-t-elle pas tarder à rentrer… »

Il fit mine de se retirer.

« Attendez ! »

Elle le regretterait plus tard, elle le savait. Mais c'était plus fort qu'elle.

« Abandonner ce livre n'est pas du tout un sacrifice. Je trouve cette langue, qui a tellement vos faveurs, fort ennuyeuse. Elle n'est guère musicale. Je vais examiner votre travail avec plaisir. Bien que je ne sache pas quelle valeur pourra avoir l'opinion d'une béotienne. »

Il pivota sur ses talons comme si elle venait de tirer sur quelque corde invisible. Ou était-ce lui qui tirait les ficelles ?

« Voulez-vous que je vous apporte les pages ici ? Je ne suis pas certain qu'elles soient complètement sèches.

— Oui… Non… Je vais plutôt aller les voir dans votre chambre. De cette façon vous ne risquerez pas de les abîmer. »

Kathryn, Kathryn, tu cherches les ennuis, chuchota une petite voix dans sa tête.

Son cœur, lui, disait tout autre chose.

À la fin de septembre, les jours avaient bien raccourci. Désormais, Finn et lady Kathryn s'installaient dans le jardin au chaud soleil de midi et non plus en fin d'après-midi. À ce moment de la journée, ils préféraient se retirer discrètement dans les appartements de l'enlumineur. Elle était devenue sa muse, et bien davantage. La lumière dorée de l'automne entrait de biais par la fenêtre, baignant la table de travail et traversant le lit où le couple s'enlaçait sur les draps chiffonnés. Comment se faisait-il qu'il ne l'avait pas trouvée belle, la première fois où il s'était assis à sa table ? Était-ce parce qu'elle ressemblait si peu, de visage et de corps, à sa Rebecca ?

Se dégageant délicatement de son étreinte, il quitta le lit. Les bras de Kathryn glissèrent sur lui comme une onde.

« Je dois me remettre au travail, madame, fit-il en riant. Tant que j'ai encore assez de force pour soulever mes outils. »

Elle s'appuya contre les oreillers de plume, les mains derrière la tête, offerte. La masse de cheveux argentés s'épandait sur l'oreiller, la mèche sombre s'enroulant tel un ruban de soie autour du mamelon rose.

« Votre outil semble se lever tout seul », dit-elle.

Il s'esclaffa et sentit le sang affluer à son visage.

« Alors je devrais en changer », rétorqua-t-il en renfilant ses chausses. Il se pencha et posa un baiser sur le front de Kathryn. Elle fit une moue puis, s'enveloppant dans le drap chiffonné, le suivit pour le regarder travailler par-dessus son épaule, attendant la tombée du jour.

Elle avait eu raison de dire qu'elle vendrait chèrement sa vertu. Il l'avait payée un prix exorbitant. Il sentait que leur union l'avait profondément transformé, comme jamais aucune femme auparavant, qu'il ne serait plus jamais le même. Elle l'avait fait entrer en elle, et désormais il n'était plus lui-même mais faisait partie d'elle. Elle l'avait complètement avalé, le feu qui brûlait en elle consumant son corps, son esprit et son âme. Il ne s'agissait pas seulement de la passion de cette femme – bien qu'il en ait été surpris, n'en ayant pas deviné l'intensité avant le jour où il l'avait embrassée, la fois où elle était venue dans sa chambre pour voir son travail –, de la façon dont le corps de Kathryn se fondait au sien, mais aussi de la manière dont l'esprit de la châtelaine paraissait se remodeler pour s'unir au sien. Finn avait parfois l'impression qu'il pouvait lire ses pensées et elle les siennes. Il ne parvenait même pas à protéger contre ce feu son don artistique, lové à l'intérieur de son cœur comme une graine. Sur la page enluminée les lignes et les formes bondissaient hors de leurs étroites limites. Les teintes sombres devenaient plus sombres, les brillantes plus éclatantes, et les arabesques plus complexes, s'enroulant, se tordant, tel l'esprit de Kathryn. Son don n'était plus à lui seul, mais leur appartenait à tous les deux. Et s'il ne parvenait pas à le protéger contre elle, qu'en serait-il de son secret ? Combien de temps allait-il s'écouler avant qu'elle ne le devine ? Or il devait le garder soigneusement, le protéger contre elle, car elle était devenue la source de son énergie créatrice et l'objet d'un amour qu'il n'avait pas ressenti depuis le jour où, seize ans plus tôt, il avait déposé son épouse dans la tombe.

« Tu ferais mieux de t'habiller, Kathryn. Rose et Colin vont bientôt rentrer. » Il était déjà installé à sa table de travail, le vélin rayé sur lequel Rose avait soigneusement calligraphié le texte étalé devant lui.

— Ce ne sera pas tout de suite. J'ai vu Colin partir avec son luth. Je lui ai demandé où il allait. Il m'a répondu qu'il donnait des leçons à Rose. Pour te faire une surprise.

— Voilà pourquoi ils disparaissent chaque jour depuis deux mois, dit-il en essuyant son pinceau sur un chiffon avant de le tremper de nouveau dans la peinture. Eh bien ! je vais tâcher de me souvenir d'avoir l'air surpris. » Il hésita, cherchant la meilleure formulation pour ce qu'il allait ajouter. « J'ai cru voir Alfred parler à Rose, l'autre jour. Quelque chose dans ses façons m'a semblé trop familier. » Il espérait qu'elle devinerait ses pensées et le rassurerait, mais elle se contenta de le fixer en attendant qu'il continue. « C'est ma fille, tu comprends, Kathryn. Je veux la protéger contre... » Son ton suppliant le rendait vulnérable, il le savait. Mais il lui faisait confiance et ne cherchait pas à lui cacher son côté sentimental.

« Je comprends. » Elle se pencha et l'embrassa dans le cou. « Un enfant est un précieux trésor, un don de Dieu, qu'on se doit de protéger de tout. » Elle lui mordilla l'oreille. « Je vais parler à Alfred. »

Vaincu, il posa son pinceau.

SEPT

*La magnificence de la maison ne fait
pas le saint homme, et Dieu n'est bien
servi que par une vie sainte.*

John WYCLIFFE

L'évêque Henry le Despenser ne fit guère attention aux fines sculptures de pierre surmontant le portail de la cathédrale de Norwich. Elles représentaient un groupe d'âmes infortunées attachées ensemble et traînées par des démons vers un chaudron sous lequel jaillissaient des flammes, tandis qu'un petit nombre d'innocents sauvés étaient conduits par des anges dans la direction opposée. Quoique ce peu subtil rappel de la damnation promise aux pécheurs ne fût pas destiné aux gardiens des portes du paradis comme lui-même s'il avait été moins jeune, moins arrogant – et plus innocent – ce sermon de pierre aurait pu malgré tout le pousser à se pencher sur l'état de son âme.

Mais l'évêque s'intéressait davantage à ce monde qu'à l'autre. Et, pour le moment, il était surtout préoccupé par le meurtre encore non élucidé du père Ignace, retard qui commençait à faire scandale.

Le claquement de ses semelles de cuir sur les dalles de grès troublait à peine le silence qui régnait sous les gracieuses voûtes romanes du déambulatoire sud. Henry était sensible à cette magnificence. Les grandes arêtes de bois de la voûte s'incurvant telles les côtes du squelette d'un léviathan mythique avant de s'élever vers les cieux, les peintures, le jubé, le trésor renfermant la vaisselle d'or et d'argent... Toute cette puissance l'éblouissait.

Le Dieu de Henry demeurait bien ici. Mais ce n'était pas un humble charpentier. Le Dieu de l'évêque était la cathédrale elle-même. Et, comme tous les faux dieux, celle-ci exigeait des sacrifices humains et un service ininterrompu. Pas le sien – bien que, si on lui avait posé la question certains jours, il eût répondu qu'il préférait se battre contre les Français et porter le haubert et le heaume que la croix d'or pectorale au Christ serti de rubis –, mais celui de l'armée de maçons et de charpentiers dont beaucoup moururent avant de pouvoir terminer leur œuvre et furent remplacés par leurs fils, leurs petits-fils, ou leurs apprentis. Certains avaient travaillé pendant cinq décennies à la construction de la magnifique cathédrale et s'étaient remis à l'œuvre pour remplacer la flèche de bois endommagée par une tempête un quart de siècle plus tôt. Le claquement de la truelle, le sifflement du rabot du charpentier, le polissage de la pierre faisaient autant partie des bruits du lieu que le plain-chant des moines vivant dans le prieuré.

Pour l'évêque Despenser, l'immense édifice de pierre, rutilant dans la lumière du soleil, était un hymne à la créativité humaine, un péan en l'honneur de l'ambition, et la sienne allait monter aussi haut que la magnifique voûte de l'édifice. Mais, de toutes les splendeurs qui l'entouraient, sa préférence allait au trône épiscopal placé derrière le maître-autel. Le trône dominait sans conteste l'abside, avatar d'une chaire de Moïse provenant de quelque ancienne synagogue. Ce trône s'était emparé de l'âme de Henry. Être maître de la cathédrale signifiait être maître de l'Est-Anglie. Les milliers de moutons parsemant les prés, les prairies dorées de safran, les marais et les rivières regorgeant de gibier, de poissons, d'anguilles, même les saules et les roseaux le long des cours d'eau, tout cela aurait pu aussi bien être légué à Henry le Despenser. Car l'évêque de Norwich savait que l'homme qui a le pouvoir de lever l'impôt possède aussi celui de détruire. N'était-ce pas contenu dans le sens du mot propriétaire ?

Hélas ! il n'était que copropriétaire avec le roi. C'était agaçant. Voilà – ajouté à la réprimande de l'archevêque – ce qui expliquait son humeur exécrable par cette belle matinée d'été. On venait de l'informer qu'un nouvel impôt royal par capitation serait bientôt levé.

Sa lourde robe frangée d'hermine glissait derrière lui tandis qu'il avançait d'un pas alerte le long de l'allée en courbe, passant devant plusieurs moines qui travaillaient à la copie de manuscrits dans le déambulatoire qui servait d'écritoire. Il ne s'arrêta pas pour examiner leurs progrès ni même jeter un coup d'œil aux mouvements nerveux des plumes ou à ceux des documents. D'ordinaire, les livres n'intéressaient guère l'évêque, or, aujourd'hui n'était pas un jour ordinaire. On était vendredi. L'évêque avait un rendez-vous tout particulier.

Il appréciait la fraîcheur de la cathédrale, même si elle transpirait dans la chaleur de l'été. Aux angles des murs apparaissaient des taches d'humidité, comme sous les bras de la belle chemise de linon blanc de l'évêque.

Aujourd'hui, il ne pénètre pas dans la nef, ne s'approche pas du chœur, ne s'agenouille pas devant le calice d'or sur l'autel. Aujourd'hui, il se précipite dans le presbytère pour changer sa chemise et troquer sa lourde robe pour un surcot plus court qu'il aurait d'ailleurs porté s'il n'avait pas eu rendez-vous avec le représentant de l'Échiquier royal et l'archevêque. Ce digne vieillard avait vitupéré le relâchement de l'étiquette en matière de tenue ecclésiastique. Le Conseil de Londres avait même émis un décret accusant les religieux de porter des vêtements « seyant davantage aux chevaliers qu'aux clercs ». Ses représentants s'étaient plaints que ceux-ci fréquentent les riches tailleurs de Colgate Street – où Henry achetait ses propres chemises de fin linon – et « fassent la roue comme des paons ». Mais l'évêque n'était pas prêt à renoncer à son droit légitime de porter une riche parure. Il était après tout de naissance noble et en outre assez fier du galbe de ses mollets. Par respect pour son supérieur, il avait cependant revêtu la lourde robe qu'il ôta avec soulagement dès qu'il retrouva sa chambre.

Enlevant sa chemise souillée, il appela à grands cris son valet de chambre. Le vieux Seth, qui somnolait dans un coin, se réveilla en sursaut, cillant de ses yeux chassieux, l'air perplexe. Il se précipita en priant monseigneur de l'excuser et lui présenta une chemise propre et un pourpoint. Henry lui tendit la robe que le vieil homme se mit à brosser vigoureusement. Trop vigoureusement. Henry savait que le valet craignait d'être remplacé par un homme plus jeune. Mais il n'aurait pas dû se faire du souci : il avait beau être vieux et lent, l'évêque connaissait sa loyauté. Et en ces temps de perfidie, la loyauté était la vertu cardinale.

« Votre Éminence a-t-elle déjà dîné ?

— L'archevêque nous a offert des huîtres, du poisson au court-bouillon, des beignets et des cerises en conserve. » Il fit la grimace et lâcha un rot sonore. « Mon estomac se révolte. Je crains que les huîtres n'aient été un peu trop avancées. Par contre, tu peux m'apporter une carafe de vin. Puis tu pourras disposer de ton après-midi, j'attends de la visite. »

Henry ne prêta pas la moindre attention au vieil homme qui se retirait en inclinant le buste – pas plus qu'il ne l'entendit revenir quelques instants plus tard. L'évêque se servit une coupe de vin et s'assit pour réfléchir pendant l'heure qui lui restait avant l'arrivée de la jeune fille. Constance venait toujours se confesser le vendredi. Il avait tout de suite accepté de devenir son guide spirituel. Bien que ce fût la fille d'un vieil ami, il n'avait pu éviter de remarquer la fermeté de ses cuisses et la façon dont ses jeunes seins pointaient, s'offrant aux caresses.

Pourtant, en ce jour il regrettait presque qu'elle vînt. La vigueur de l'admonestation de l'archevêque sur le relâchement des mœurs du clergé avait refroidi ses ardeurs. Le vieil imbécile pompeux avait pris grand soin de rappeler à Henry le scandale survenu quatre ans plus tôt, quand dix prêtres de Norwich avaient été accusés de conduite licencieuse, l'un d'entre eux avec deux femmes. Henry avait eu du mal à tenir sa langue. Il soupçonnait l'archevêque d'avoir une maîtresse et savait qu'il acceptait que l'évêque de Londres gère un bordel bien commode et qui rapportait gros. Le secret de son aventure du vendredi après-midi s'était-il ébruité hors des murs de l'évêché ? Peu probable. Malgré tout, on ne pouvait se méprendre sur la mise en garde perceptible dans le ton de l'archevêque.

À propos du meurtre du père Ignace, l'archevêque s'était montré plus direct.

« Quelles nouvelles avez-vous de l'assassinat du prêtre ? » Telles avaient été ses paroles de salutation au moment où il lui tendait son anneau à baiser.

« Nous n'avons pas encore trouvé le coupable.

— Déployez davantage d'efforts. Ce crime ne peut rester impuni ! Faites le nécessaire ! »

Faites le nécessaire ! Rien de moins. Faites le nécessaire… Henry n'avait-il pas assez de soucis avec la collecte des fonds pour détrôner l'antipape d'Avignon ? Et maintenant ce nouvel impôt… Un navet ne pouvait donner qu'une certaine quantité de jus. Lui aussi y perdait avec la mort du prêtre, qui était passé maître dans l'art de délester les femmes de leurs joyaux. Il avait d'ailleurs trouvé la mort à Blackingham en allant à Aylsham pour une telle mission, ou sur le chemin du retour. Un point c'est tout. Le shérif avait interrogé la châtelaine. Peut-être devrait-il lui faire passer un interrogatoire plus serré. Il enverrait chercher sir Guy le lendemain matin. Au subordonné de tirer les marrons du feu !

L'évêque Despenser dégustait son vin. Les cloches de la cathédrale sonnaient none. Il était trois heures, trois heures avant vêpres. Son estomac s'était un peu calmé. Le vin et la pensée des caresses des fraîches mains de Constance le réconfortaient. Il aimerait juste une fois jouir en elle, ne pas avoir à se retirer. Mais cela risquait d'entraîner ennuis et calamités. C'est ce qui avait

141

provoqué le scandale dans l'affaire des prêtres : deux des femmes étaient tombées enceintes. Stupide. Irresponsable. Atroce péché. Il ferait donc preuve de sa retenue habituelle tout en prenant son complet plaisir.

« La Vierge approuve ton attitude », avait-il assuré à Constance, la première fois où elle était venue le voir. Il lui avait pris le menton dans la main droite, la forçant à le regarder droit dans les yeux. « En te donnant au serviteur de Dieu, tu t'offres à Dieu Lui-même. » Après ça, la jeune fille avait été soumise sinon enthousiaste. Mais son manque d'ardeur ne le gênait pas vraiment. À dire vrai, la nécessité d'affirmer sa domination sur elle ajoutait au plaisir.

La fille allait arriver d'une minute à l'autre. Il sentait déjà le corps chaud et ferme, pressé contre le sien, le velouté de la peau sous ses mains explorant les rondeurs frémissantes, semblables aux sculptures du chœur. Rien de tel que quelques innocents ébats, une petite séance amoureuse par un après-midi d'été pour aider un homme à oublier ses soucis. Il buvait son vin à petites gorgées, s'imprégnant la langue. Les Français devraient se contenter du domaine où ils excellaient et laisser le pape à Rome.

Comme il chevauchait vers le nord, parcourant les douze milles séparant Norwich d'Aylsham, sir Guy aperçut au loin la fumée grise. Un feu d'herbes, songea-t-il, allumé par quelque métayer désinvolte écobuant par une journée d'octobre trop sèche. Sir Guy avait une sœur à la Cour qui se plaignait du ciel gris de Londres et de sa morne pluie… en Est-Anglie l'été refusait de céder la place. Chaque journée avait été plus chaude et plus lumineuse que la précédente. Les rares nuages parsemant le ciel avaient l'air de toisons lavées. La brise, même si elle activait le feu au loin, rafraîchissait sa peau sous le pourpoint de cuir ainsi que le cheval qu'il menait à bride abattue.

Officiellement, il était en mission pour le compte de la Couronne, officieusement pour celui de l'évêque. On ne savait trop à quelle juridiction ressortissait le cas du prêtre mort. La victime ayant reçu l'ordination et étant l'envoyé de l'évêque, l'enquête pouvait être effectuée par l'Église, mais le crime avait été commis sur une terre royale. Il avait donc été décidé que le shérif s'en chargerait. Sale affaire. Le monde ne regretterait guère un clerc cupide parmi d'autres, alors pourquoi tout ce tintamarre ? L'évêque lui avait fait savoir que l'assassin devait être arrêté et inculpé, que c'était son travail et que plus tôt la question serait réglée mieux cela vaudrait.

« L'Église a été insultée et le représentant de la justice royale ne peut trouver le temps d'attraper le meurtrier ? Est-ce si difficile de poser quelques questions, de rechercher le motif ? » Et Henry le Despenser avait ricané en ajoutant : « Ça devrait vous être facile ! Utilisez donc votre long bec pour sonder les suspects. »

Insolent parvenu ! Donner des ordres à sir Guy de Fontaigne comme à quelque vulgaire cul-terreux saxon. Lui demander d'interroger lady Kathryn de Blackingham. Peut-être pourrait-il cependant tirer avantage des soupçons de l'évêque. Il doutait que lady Kathryn fût capable de commettre un meurtre, mais quelque chose clochait dans son attitude, dans la façon dont elle s'était raidie et avait serré les lèvres en niant avoir vu le prêtre, le jour de la découverte du corps. Si elle se sentait assez menacée peut-être cesserait-elle de le traiter avec froideur. Et s'il menait habilement l'interrogatoire, sans doute serait-elle même ravie de l'accepter pour protecteur.

Son cheval fit un écart vers la droite et piaffa, près de se cabrer. Le vent charriait une odeur extrêmement âcre. La tache morne de la bordure du ciel, au nord, avait foncé et les nuages blancs à l'horizon viraient au gris, apparemment plus rattachés à la terre qu'au ciel. Il ne s'agissait pas d'un simple feu d'herbes. Ça brûlait à sa droite, vers la forêt de Bacton Wood, au nord-est d'Aylsham. Si le bois s'enflammait, l'incendie pourrait mettre en danger l'abbaye de Broomholm et consumer plusieurs milles de haute futaie, voire menacer sa réserve favorite de chasse au cerf et au sanglier. Sir Guy secoua les rênes et enfonça ses talons dans les flancs du cheval. L'atmosphère de plus en plus irrespirable indiquait que l'incendie était plus près que Bacton Wood, plus près même qu'Aylsham. Il pouvait s'agir de la maisonnette d'un métayer ou d'une des cabanes érigées çà et là dans les champs pour garder le grain ou remiser les charrettes, ou d'une hutte de berger. Toutefois, ces nuages de fumée ne pouvaient pas provenir de l'incendie d'un simple appentis. En fait, plus il approchait du sinistre, plus il craignait que la source du feu ne fût le château lui-même. Éperonnant sa monture récalcitrante, il l'obligea à prendre la direction de la fumée. Ça le concernait lui aussi.

HUIT

Las, las, las !
Le faucon [la mort] *a emporté mon*
compagnon.

Extrait d'une ballade du XVᵉ siècle

Le jour de l'incendie de la lainerie, lady Kathryn était occupée à éteindre d'autres feux. Elle venait d'avoir une vive discussion avec Alfred, qui se plaignait amèrement d'être « relégué aux bergeries ». Elle lui demanda encore deux semaines de patience, le priant d'attendre que les comptes de la moisson et des loyers soient réglés, pour « forcer Simpson à être honnête ». Il restait à vendre au marchand flamand une balle de laine – deux cent quarante livres de laine non pas tondue mais épilée afin que le brin soit le plus fin possible – qu'elle gardait de sorte à en tirer un meilleur prix lorsque le marché ne serait plus saturé.

« Plus que deux semaines à attendre avant ton anniversaire », dit-elle. Et elle lui annonça pour la circonstance un festin digne de son rang.

Quoique son rire facile, son esprit, son énergie débordante lui aient manqué, elle craignait beaucoup son retour au château. Qui ne plairait pas à Finn non plus. Elle lui avait promis de tenir Alfred éloigné de Rose. Mais Alfred était son fils. À Finn de surveiller sa fille de plus près et d'empêcher l'intimité qu'il permettait entre Colin et Rose ! Elle les avait vus préparer ensemble les manuscrits de Finn et jouer à chat dans le parc, leurs rires montant jusqu'à la fenêtre d'où elle les regardait. Colin étant toujours trop sérieux et rêveur, Kathryn avait été ravie qu'il se lie d'amitié avec la jeune fille. Une fois ou deux, elle avait cru les voir échanger un regard suggérant un tout autre sentiment, une plus grande et moins innocente intimité. Elle en avait même parlé à Finn, qui lui avait conseillé de ne pas se faire de souci à ce sujet. C'étaient juste deux amis, deux enfants tout à fait naïfs. L'enlumineur se méfiait davantage d'Alfred.

La seule pensée de Finn suscitait en Kathryn le désir de le voir. Trois jours auparavant, il était parti pour l'abbaye de Broomholm, les pages terminées rangées avec soin dans ses sacoches de selle. Elle n'attendait pas son retour avant le lendemain. Voilà seulement deux nuits qu'elle dormait seule, mais le corps de Finn enveloppant le sien tel un châle, son souffle lui réchauffant la nuque lui manquaient déjà. Sa seule présence lui procurait une étrange impression de bien-être. Les flots brûlants de son corps, qui avaient parfois débordé, s'étaient mués en un étang aux eaux calmes et tempérées. Ses migraines avaient diminué. Voilà des semaines qu'elles n'étaient pas revenues. Jusqu'à aujourd'hui.

Elle était donc devenue une femme lascive, bien qu'ils n'eussent pas commis d'adultère, à proprement parler, comme le lui avait expliqué Finn, la première fois où ils avaient fait l'amour, qu'il lui avait dénoué les cheveux et donné un baiser dans le cou, la première fois où il lui avait caressé les seins de ces mains gracieuses. Sa Rebecca était dès longtemps morte, avait-il soutenu, tout comme Roderick. Même l'Église reconnaissait les besoins du corps. Il ne s'agissait pas d'un péché « mortel » et quelques Pater suffisaient à l'effacer. Puis il lui avait posé un baiser sur le front et pris le menton entre les mains, lui soulevant le visage pour qu'elle le regarde bien en face. Leur union dépassait, avait-il ajouté, la simple satisfaction d'appétits charnels. C'était aussi une union spirituelle. À l'évidence consacrée par Dieu. Témoin, leur extase partagée.

Elle avait fait fi de son sentiment de culpabilité et utilisé les propos rassurants de Finn comme un baume pour apaiser sa conscience. Il était devenu son confesseur. Lui seul pouvait la laver de sa faute. Mais en son absence la culpabilité la poignait derechef. La Vierge détestait le péché de fornication, Kathryn en était sûre et certaine. Non qu'elle ait récemment communié avec elle, car, sans prêtre pour la surveiller, Kathryn n'allait même plus à vêpres, et trop souvent au moment des matines elle était occupée ailleurs.

Elle avait également été négligente en d'autres domaines. Même si ses règles étaient irrégulières – des flots de sang, puis plus rien durant des mois –, elle devinait qu'elle était toujours fertile et ne s'en était pas préoccupée. Elle avait d'ailleurs rêvé d'un bébé de Finn, admiré sa jolie fille et souhaité en avoir une elle aussi. Un enfant de l'amour, né hors des liens du mariage, rejeté, objet de pitié et de mépris. Par la Sainte Vierge, elle avait été une fieffée idiote ! Finn lui manquait, et il lui tardait qu'il revienne.

Après l'altercation avec son fils aîné, Kathryn avait ressenti l'ancienne et familière tension suivie de la vive douleur qui lui transperçait les pommettes. Elle s'était emportée contre lui, avait crié, l'avait traité d'irresponsable, comme son père. Elle aurait dû aller le trouver pour s'excuser. Elle se ferait pardonner à son anniversaire. Pour l'heure elle avait envie d'une boisson fraîche ; elle se rendit à la cuisine pour en demander une à Agnes.

Tout d'abord, elle n'avait pas remarqué la fumée. La cuisine était toujours enfumée à cause de la viande en train de rôtir et de la graisse qui grésillait dans l'âtre. Si à l'intérieur de la vaste pièce l'air paraissait plus bleu que d'habitude, Kathryn attribua ce phénomène au soleil d'octobre entrant à flots par la porte de derrière, ouverte pour évacuer la chaleur. La lumière qui se déversait dans la pièce éclairait diverses couches d'une brume bleue flottant au-dessus de la longue table de bois où travaillait Agnes. La vieille femme avait toujours été présente dans la vie de Kathryn. Même si, comme tous ses autres serviteurs, Kathryn considérait qu'elle faisait partie de ses propriétés, telle l'enfant qui s'attache à sa poupée préférée, aujourd'hui en lambeaux, ou à une couverture déchirée, Kathryn trouvait cependant un grand réconfort auprès d'Agnes. Elle savait qu'il était rare qu'une femme dirige les cuisines d'une maison noble, mais elle avait tenu à faire stipuler dans son contrat de mariage qu'elle la gardait. Blackingham faisait partie de sa dot et si sa femme était morte avant lui, Roderick en aurait hérité. Le poison constituant une

148

constante menace quand un ménage allait cahin-caha, elle s'était assurée que la cuisine lui serait fidèle.

« Agnes, j'ai envie d'une boisson rafraîchissante. » La châtelaine s'affala sur un trépied près de la table de travail, le même tabouret utilisé par Finn quand il rendait visite à la cuisinière, moins fréquemment dorénavant, ses heures de loisirs étant autrement occupées.

Agnes fit un signe de tête à l'aide de cuisine qui restait dans son coin.

« Prends un gobelet sur l'étagère et va chercher du petit-lait dans le cellier pour madame. »

L'aide, une petite maigrichonne d'environ quatorze ans, ne sembla pas entendre l'ordre tout d'abord, puis elle se mit sur la pointe des pieds pour prendre le gobelet.

« Attends un peu ! Tu ferais mieux de laver ces mains sales. Je t'ai vue caresser ce roquet galeux à qui tu donnes toujours des restes en douce. »

La fillette se dirigea lentement vers la bassine d'étain au bout de la table et commença à se laver les mains. Contrairement à la plupart des enfants, elle ne les lava pas à la va-vite mais, le regard dans le vague, se passa méthodiquement une main sur l'autre, l'eau giclant sur sa chemise maculée de cendre.

« Bon. Ça va comme ça. Dépêche-toi ! Lady Kathryn n'a pas que ça à faire. Et fais bien attention en portant le petit-lait.

— C'est la première fois que je la vois », déclara Kathryn lorsque la fillette fut sortie.

La corpulente cuisinière souleva en soupirant une grosse marmite, la posa sur le feu, puis essuya avec son tablier les gouttes de sueur perlant sur son visage.

« C'est une simple d'esprit. Sa mère m'a suppliée de la prendre avec moi car elle n'avait plus les moyens de la nourrir. Mais la petite me cause davantage d'ennuis qu'elle ne me rend de services. Va peut-être falloir que je la renvoie. »

Lady Kathryn devinait que, malgré ses manières bourrues, Agnes garderait la fillette. Celle-ci ne recevrait peut-être pas beaucoup d'éloges mais elle serait bien nourrie. Même si les cuisines de Blackingham nourrissaient pas mal de bons à rien de la région d'Aylsham, Kathryn savait que, vu la parcimonie de la cuisinière, les économies qu'elle faisait compensaient sans doute ses libéralités. Les actes de charité étant, en outre, des actes de contrition, Kathryn considérait qu'en se taisant elle participait indirectement aux démonstrations de charité d'Agnes.

Elle regarda le tas de chiffons dans le coin près de l'âtre. Une litière pour un chien, pas un lit d'enfant, aurait dit Finn.

« Agnes, veille à ce que la fillette ait un matelas de paille et une couverture chaude. Les nuits fraîchissent. »

La surprise se peignit sur le visage de la cuisinière.

« Bien, madame. Je vais m'en occuper tout de suite. »

Kathryn toussota.

« On a du mal à respirer ici aujourd'hui. La cheminée a-t-elle été ramonée récemment ?

— Oui, pas plus tard que le mois dernier. Mais le vent a soufflé dedans toute la journée et a remué les braises. »

La fillette revint avec le petit-lait, le tendit timidement à Kathryn en esquissant un semblant de révérence. Le gobelet d'étain n'était qu'à moitié plein, mais Kathryn ne dit rien. La petite en avait soit renversé la moitié, soit ne l'avait pas rempli de peur de le répandre et d'être battue.

Agnes agita une grosse cuiller dans sa direction.

« Bon. Maintenant va attraper deux pigeons dans le pigeonnier, la construction en pierre derrière la blanchisserie. Tu sais où est la blanchisserie ? Derrière la lainerie. »

La fillette hocha la tête sans dire un mot, puis hésita comme si elle ne comprenait pas très bien ce qu'elle devait faire.

« Deux gros pigeons, précisa Agnes. Allez ! Vas-y maintenant !

— Est-ce que tu la bats, Agnes ? » Kathryn fut la première surprise de s'entendre poser cette question. Quelque chose chez la petite la touchait, lui rappelait mystérieusement un aspect de sa propre personnalité. Mystérieusement, parce qu'elle avait eu une enfance privilégiée. Mais elle avait connu la peur de mal faire, l'hésitation et avait tremblé devant l'autorité.

« Est-ce que je la bats ? Non, sauf si vous appelez "battre" le fait de lui donner un coup sur l'épaule de temps en temps avec une cuiller en bois pour attirer son attention.

— Contente-toi d'utiliser une petite cuiller. Elle est fluette. »

À ce moment précis, l'objet de la compassion de Kathryn apparut sur le seuil, sans les pigeons, les yeux exorbités.

« Qu'est-ce qui se passe, petite ? soupira Agnes. Tu n'arrives pas à trouver le pigeonnier. Je t'ai dit… »

La fillette lui coupa la parole, sa voix à peine plus haute qu'un chuchotement.

« Je m'ex-cuse, mesdames, fit-elle en regardant d'abord lady Kathryn, puis Agnes, apparemment incapable, depuis sa place au bas bout de l'échelle, d'entrevoir le fossé social entre les deux femmes, je suis revenue vous d-dire…

« — Quoi donc ? Qu'est-ce que tu bredouilles ? » demanda Agnes.

« — Il y a le f-feu ! La lainerie est en f-feu », murmura la fillette.

La lainerie ! Et soudain Kathryn perçut, portée par la fumée, une odeur âcre. Ce n'était pas celle de la graisse fondue gouttant de la broche mais une odeur de laine brûlée. Deux cent quarante livres de laine, tous ses bénéfices. Écartant la petite d'un geste brusque, elle fila dans la direction de la lainerie. À la place du bâtiment, il n'y avait que fumée noire et flammes ocre.

Lorsqu'elle arriva sur les lieux, la lainerie était la proie des flammes. Simpson et quelques autres, en majorité des ouvriers agricoles et des garçons d'écurie de Blackingham, se tenaient à l'abri du vent pour se protéger de l'épaisse fumée, des seaux en cuir, vides et inutiles, au bout des bras. Impuissants, ils regardaient un pan du toit s'affaisser, se rompre dans un craquement sonore avant de s'effondrer.

« Il n'y a plus rien à faire maintenant, ça ne sert à rien de l'asperger », déclara Simpson. Kathryn nota qu'il ne portait aucun seau et n'était guère en sueur.

« Oui-da. Autant pisser dans la mer », renchérit en souriant un homme que Kathryn ne connaissait pas – sans doute l'un des manouvriers engagés par Simpson afin de préparer les abris pour l'hiver. Son sourire édenté fendait en deux sa maigre barbe.

Le sourire disparut à l'approche de la châtelaine. Il ôta sa casquette crasseuse, geste effectué à contrecœur en un simulacre de déférence.

« Sauf votre respect, madame. »

Simpson fit un pas en avant, repoussant le manouvrier

comme s'il s'agissait d'une gerbe de céréales ou d'une branche obstruant son passage.

« On n'a rien pu faire, madame. Elle s'est embrasée comme de l'amadou. Le plancher, couvert de suint de laine depuis des lustres, a fait un excellent combustible. Et puis il y avait le sac de laine... »

Kathryn avait envie d'effacer le rictus de son visage arrogant. Si seulement, pour le remplacer, elle avait quelqu'un, n'importe qui, de sa classe et de sa position, elle le mettrait à la porte sur-le-champ. Serrant les dents, elle aspira une forte dose d'air enfumé, ce qui déclencha une quinte de toux, achevant de lui faire perdre toute sérénité et toute dignité. Ses yeux lui piquaient à cause des escarbilles et de l'agacement. Sa tempe gauche palpitait.

Elle avait compté sur le bénéfice de cette dernière cargaison de laine pour acheter de nouveaux vêtements à ses fils. Un surcot pouvait coûter jusqu'à trois shillings, l'équivalent de deux jours de gages d'un ouvrier salarié. Leur anniversaire approchant, elle aurait eu besoin des souverains d'or nécessaires pour acheter des provisions. Une livre de sucre de canne ou d'épices coûtant cinq fois le salaire journalier d'un ouvrier spécialisé, il devenait de plus en plus difficile de préserver les apparences. Pour payer les droits de succession, elle avait fait des économies, rogné sur tout, mais, maintenant que les jeunes seigneurs de Blackingham allaient devenir majeurs, on attendait d'elle qu'elle reçoive plus souvent et mieux.

« Comment cela a-t-il pu arriver ? s'écria-t-elle entre deux accès de toux, hurlant pour se faire entendre par-dessus le rugissement des flammes. Le vent a attisé le feu, mais qu'est-ce qui a déclenché l'incendie ? Voilà des semaines qu'on n'a pas entendu le moindre coup de tonnerre.

— Il est probable que quelqu'un a laissé une lanterne trop près du sac. » Le regard du régisseur se tourna vers Agnes et la fille de cuisine qui avaient suivi Kathryn et restaient à l'écart, contemplant le sinistre. Il éleva le ton pour qu'elles puissent l'entendre. « Quelqu'un de négligent. Ou ivre. Vous n'aurez qu'à demander au berger. S'il réapparaît. »

L'homme édenté huma l'air et frotta sa tête chauve aussi fripée qu'un navet de l'année dernière.

« M'est avis qu'y a en plus une puanteur douceâtre. Ça sent pas seulement la laine brûlée. Y a aussi comme une odeur de chair cramée. »

Il fit une moue de dégoût et cracha. Le jet de salive fendit l'air et le crachat s'écrasa à ses pieds. Il reprit : « P't'êt' qui vous manque personne pour le moment mais si j'étais vous, m'dame, j'ferais l'inventaire de mes êtres chers. »

Il prononça ces paroles avec désinvolture, comme s'il parlait d'une chose sans valeur. Kathryn perçut elle aussi l'âcreté de la fumée, épiçant l'odeur de laine et de bois brûlés d'une senteur de graisse, de peau et de cheveux calcinés. Son estomac se serra et faillit rendre son contenu.

Alfred. Où était Alfred ? N'aurait-il pas dû être avec le régisseur ?

Simpson sait à quoi je pense, se dit-elle. Et malgré ça il attend et fait durer son plaisir. Il veut me contraindre à poser la question. Elle s'efforça d'empêcher sa voix de trembler.

« Simpson, savez-vous où se trouve maître Alfred ?

— J'ai vu le jeune maître tout à l'heure, il sortait de la

154

cour et se dirigeait vers le White Hart [1], j'imagine. Vu la façon dont il maudissait son cheval, il devait aller boire une pinte pour se calmer les nerfs, m'est avis. Il avait eu une entrevue avec madame, un peu plutôt, il me semble, n'est-ce pas ? »

Une vague de soulagement monta en elle, si bien qu'elle ne chercha pas à relever les sournoises insinuations du régisseur. La chaleur de l'incendie lui brûlait le visage. Les derniers morceaux du toit s'effondrèrent dans un mugissement sonore et le vent cinglant fit jaillir une pluie d'étincelles. Le groupe de spectateurs s'écarta dans le même mouvement. Les flammes, en partie rassasiées, ne dévoraient plus rien mais rongeaient encore le squelette calciné du bâtiment. La chaleur était trop intense pour qu'on puisse s'en approcher. Kathryn scruta le centre de cet enfer, là où le toit s'était effondré. La victime était peut-être un mendiant qui s'était abrité du vent frais de la nuit dernière ou bien quelque animal qui s'était glissé sous la porte mal ajustée. Son estomac tressaillit. Dieu ait pitié de la malheureuse créature, qu'elle soit animale ou humaine, gisant sous les poutres incandescentes ! Mais, Dieu merci ! ce n'était pas Alfred. Et Colin n'avait aucune raison de se trouver dans la lainerie.

« Il n'y a plus rien à faire ici, hurla-t-elle par-dessus les crépitements et les craquements. Retournez à vos travaux ! » Poussant un soupir aussi sonore que le sifflement du vent, elle se détourna du groupe d'hommes. « Viens, Agnes. Il n'y a plus qu'à laisser l'incendie mourir de sa belle mort. Ce qui est perdu est perdu, et se lamenter ne sert à rien. »

L'aide de cuisine déguerpit comme un lapin effrayé.

1. Le Cerf blanc. *(N.d.T.)*

Sans doute en direction de son tas de chiffons, à côté de l'âtre, pensa Kathryn. Mais la vieille femme ne bougea pas. Elle fixait derrière Kathryn l'endroit où s'était naguère trouvée la porte du bâtiment. D'un seul coup, elle se mit à courir vers le feu, titubant à cause de ses encombrantes jupes qui s'entortillaient autour de ses jambes. Elle continuait à avancer, tel un nageur luttant contre un fort courant. Comme si elle voulait se jeter dans le feu. Kathryn courut derrière elle, l'appelant à grands cris.

« Agnes, reviens ! Tu vas brûler si tu t'approches davantage ! Il faut attendre que le feu s'éteigne ! »

Au moment où Kathryn la rejoignait, Agnes tomba à genoux, psalmodiant d'un ton suraigu une mélopée funèbre rythmée par le balancement de son corps. Elle serrait quelque chose contre sa poitrine, un objet qu'elle avait ramassé par terre. Lady Kathryn s'agenouilla près d'elle et lui ouvrit délicatement les bras pour voir de quoi il s'agissait.

C'était une besace de berger. La sacoche de cuir de John. Kathryn ne se rappelait pas avoir jamais vu John sans elle. L'odeur que le manouvrier avait su deviner, l'odeur de chair calcinée, c'était celle du mari d'Agnes.

Malgré la chaleur torride, Kathryn restait à genoux à côté d'Agnes, les bras autour du corps de la vieille femme.

« On ne peut pas en être sûrs, Agnes. Il est possible que John soit allé chercher de l'aide. Il se peut qu'il revienne d'un moment à l'autre. »

Des minutes passèrent – des années, leur sembla-t-il –, mais John ne revint pas. Simpson et le groupe de spectateurs s'éloignèrent peu à peu, de peur sans doute qu'on leur demande de commettre quelque action héroïque. Kathryn savait qu'il n'y avait plus rien à faire :

si c'était le corps de John qui se calcinait sous le toit effondré, il ne resterait pas grand-chose à enterrer.

Serrées l'une contre l'autre, telles d'anciennes adoratrices priant devant un sacrifice païen, les deux femmes demeuraient devant ce bûcher funéraire. Les jambes et les épaules de Kathryn s'ankylosèrent longtemps avant qu'Agnes cesse sa plainte et tente de parler. Ses yeux étaient secs, il n'y avait eu aucune larme, seulement ce gémissement désespéré et terrible, plus animal qu'humain. Après toutes ces longues années d'intimité, Kathryn s'apercevait pour la première fois qu'il existait entre elle et sa servante, dont elle avait toujours considéré le travail comme son dû, plus de points communs que de différences. Le chagrin d'Agnes à la mort de son John était aussi profond et aussi réel que celui qu'elle pourrait elle-même un jour ressentir. À la mort de son propre mari elle n'avait, en fait, éprouvé aucune peine. Pourtant, Kathryn était capable de connaître un tel chagrin. Sinon à la mort de son époux, du moins à celle de l'un de ses fils. Ou peut-être même de Finn. À nouveau, elle frémit, soulagée que ce ne soit pas son fils qui se trouve à l'intérieur de la lainerie. Puis elle eut honte. Honte d'être contente que, s'il devait y avoir une victime, ce fût John, et non Alfred.

« Agnes, si c'est John, je vais payer afin que des messes soient dites pour le repos de son âme. Et une fois le feu éteint, on récupérera son malheureux corps et on l'enterrera dans le cimetière de la chapelle.

— Vous feriez ça pour John, madame ? Après ce qu'a dit Simpson ? » Et avant que Kathryn ait eu le temps de répondre, elle ajouta : « Il a menti, vous savez. Mon John ne boit jamais la journée. Seulement la nuit, quand il devient mélancolique. Il ne boit jamais d'alcool pendant le travail.

— Je le sais, Agnes. Oublie ça. John était un bon serviteur et il est resté fidèle à Blackingham toute sa vie.

— Oui-da. Fidèle, pour sûr. Mais sans moi, John ne serait pas resté, il ne serait pas mort ici. » Et des sanglots secs se mirent à secouer ses épaules.

Kathryn savait depuis longtemps que seule la fidélité d'Agnes avait empêché le couple de chercher la liberté sur la grand-route et de partir en quête d'un salaire d'ouvrier libre.

« Viens ! » Elle souleva à demi la femme déjà naturellement lourde mais rendue plus pesante encore par le faix du chagrin. « On ne peut plus rien faire pour John. » Et elle ajouta sans conviction : « S'il s'agit de John. »

Elle prit la sacoche de cuir des mains d'Agnes et souleva le rabat, à la recherche de quelque indice. Elle contenait l'habituelle boîte de goudron, de la ficelle, un couteau, ainsi qu'un quignon de pain avec du fromage et de l'oignon enveloppé dans un morceau de toile cirée. Agnes poussa un cri en découvrant le contenu.

« C'est moi qui ai préparé le sac ce matin avant son départ. Il m'a dit qu'il irait très loin dans les champs et qu'il ne reviendrait peut-être pas avant le soir. » Sa voix se brisa.

Kathryn sortit une outre de la sacoche, retira le tampon de chiffon qui servait de bouchon et huma le contenu. La puissante odeur d'alcool lui fit froncer les narines.

« Regarde, Agnes. Elle est toujours pleine. Il n'en a pas bu une seule gorgée. Si John est entré dans la bergerie, c'est pour une bonne raison. Son sac se trouvait près de la porte, comme s'il l'avait jeté là précipitamment. Il avait aperçu quelque chose. Peut-être avait-il vu le feu. Alors il a jeté son sac et s'est élancé pour l'éteindre. » Elle serra Agnes dans ses bras. « Peut-être ton John est-il mort en héros, Agnes. »

La vieille cuisinière leva vers sa maîtresse un visage défait, pareil à un masque tragique fripé.

« Il a vécu en héros, madame. Et je ne le lui ai jamais dit. »

À la tombée du jour, les restes carbonisés de l'homme qui avait été le mari d'Agnes furent récupérés parmi les débris incandescents. Sir Guy était arrivé juste au moment où Kathryn et Agnes regagnaient le château. Sur la demande de la châtelaine, il réquisitionna sans tarder un groupe d'hommes – même le revêche régisseur ne laissa pas voir sa réticence au shérif – pour éteindre les dernières flammes et retrouver le corps de John. La lumière pâlissait quand les hommes rappelèrent les femmes sur le lieu du sinistre. Ils sortirent le cadavre de la lainerie, enveloppé dans une couverture propre et le présentèrent solennellement, d'abord à lady Kathryn, puis à l'épouse du berger. La gorge nouée, Agnes émit une sorte de sanglot, balbutia quelques mots que Kathryn ne parvint pas à comprendre, mais l'intention fut précisée par les gestes frénétiques des mains. Agnes voulait qu'on soulève la couverture pour qu'elle puisse voir le visage de son mari. Kathryn trouvait légitime son besoin de certitude.

« Je ne vous conseille pas… », commença sir Guy. Kathryn l'ayant interrompu d'un brusque signe de tête, il acquiesça d'un haussement d'épaules, s'agenouilla près du corps et écarta la couverture, révélant le visage du défunt.

Kathryn dut détourner la tête pour refouler sa nausée, mais entoura Agnes de ses bras quand elle sentit le corps de la veuve s'affaler contre le sien. Les ossements et la chair calcinés de John n'avaient plus rien d'humain. La peau du visage avait été complètement consumée. Deux orbites dont les yeux avaient fondu béaient dans un crâne dépourvu de poils mais couvert de lambeaux d'une chair noircie. Une mèche de cheveux gris et raidis restait accrochée derrière l'oreille gauche qui n'avait pas brûlé.

Kathryn laissa le corps pesant d'Agnes s'affaler doucement par terre à côté du cadavre de son mari. La cuisinière commença à pleurer et Kathryn ne chercha pas à arrêter ses sanglots en la consolant, la laissant donner libre cours à son chagrin. Finalement, lorsqu'elle n'en put supporter davantage et qu'Agnes devint trop faible pour lui résister, elle la souleva et, la portant à moitié, l'entraîna loin du lieu de la tragédie.

« Emportez le corps de John à la chapelle, ordonna-t-elle. Nous vous y rejoindrons. » Puis, se tournant vers sir Guy, elle poursuivit : « Je vous serais extrêmement reconnaissante, monsieur, si vous alliez quérir le prêtre de Saint-Michel. Il faut que l'âme de John soit absoute. Dès ce soir. Pour la sérénité d'Agnes. Un membre de ma maisonnée va vous accompagner. »

Cherchant ses fils dans le cercle de spectateurs, Kathryn aperçut, à la lisière de l'attroupement, Colin, bouleversé, livide. C'est trop dur pour lui, pensa-t-elle. Il a l'air malade. Mais elle n'avait pas le temps de s'occuper de lui pour le moment.

« Je serais ravie que vous permettiez à Colin de vous accompagner, sir Guy. Mon fils cadet est très émotif. Et l'occupation est un baume pour un esprit troublé. Je pourrais l'envoyer seul mais la nuit tombe, et même le père Benedict se sentira davantage en sécurité s'il chevauche en votre compagnie.

— Le père Benedict ? Vous n'avez pas de confesseur personnel ? »

Elle nota son air de désapprobation. Pourquoi tout le monde se préoccupait-il tant du sort de son âme ?

« Mon confesseur est mort de dysenterie au printemps dernier, répliqua-t-elle en s'efforçant de maîtriser son agacement. Je n'ai pas encore trouvé de remplaçant, mais j'observe un rituel de dévotions privées. »

À peine un mensonge. Bien qu'elle n'observât pas les heures canoniales, elle égrenait son rosaire chaque jour et se rendait à l'occasion à la petite chapelle en brique contiguë à la façade arrière du château. Finn et elle y étaient même allés deux fois ensemble, s'étaient assis sur le premier des quatre bancs et avaient prié devant la petite statue dorée de la Vierge placée sur l'autel. Les dévotions de Finn étaient moins traditionnelles que celles de Kathryn. Il n'avait récité aucune prière, ni égrené aucun chapelet, se contentant de méditer en silence tandis qu'elle marmonnait des Ave Maria.

Sir Guy ne répondant pas, apparemment dans l'attente d'autres explications, Kathryn reprit : « Nous comptons sur le prêtre de Saint-Michel. Le père Benedict sert Blackingham avec beaucoup de zèle. Nous avons contribué généreusement à la construction de l'église Saint-Michel grâce aux bénéfices de la vente de la laine. »

Si le shérif avait à redire à la conformité religieuse de Blackingham, il garda ses réflexions pour lui. L'air désapprobateur s'effaça de son visage aussi vite que des mots écrits sur le sable et céda la place à la mine secrète, renfermée qui lui était coutumière. Kathryn n'aimait pas particulièrement Guy de Fontaigne. Elle le jugeait prétentieux et rusé, peut-être même dangereux, mais elle était heureuse malgré tout qu'il soit là. Quand il lui répondit : « Je ne reviendrai pas sans le prêtre et je vais essayer de faire oublier à votre fils les horreurs dont il vient d'être témoin », elle fut presque réconfortée.

Cette question réglée, elle pouvait dorénavant s'atteler à la tâche qu'elle redoutait. L'espace d'un instant, elle pensa appeler Glynis afin qu'elle aide Agnes à s'occuper du corps, mais devant l'air perdu de la vieille femme elle comprit qu'il lui faudrait diriger la toilette – si on pouvait faire la toilette d'un cadavre carbonisé – et l'ensevelissement du corps elle-même. Le chagrin avait rendu Agnes incapable de faire quoi que ce fût. Heureusement que j'ai l'estomac bien accroché, pensa Kathryn. Si seulement ses migraines étaient aussi accommodantes.

Elle mena Agnes à la cuisine, l'installa devant l'âtre et porta un gobelet de cervoise à ses lèvres.

« Bois ça ! » ordonna-t-elle. Agnes ouvrit les lèvres et avala une gorgée, ses mouvements nerveux et rigides comme ceux d'un comédien d'une pantomime de Noël.

« Agnes, si tu penses que tu ne peux pas préparer le corps de John je vais appeler Glynis pour qu'elle m'aide. »

La cuisinière secoua la tête, d'un mouvement bref et saccadé.

« Non, c'est mon devoir. Le dernier. »

Kathryn lui tapota l'épaule pour la rassurer.

« Alors on va l'accomplir ensemble. »

Elle imagina soudain ce que Roderick aurait dit s'il l'avait vue toucher le corps d'un domestique, et la vision déclencha un irrésistible désir de la présence de Finn, de sa force, de son assurance et de sa compassion.

Simpson franchit le seuil de la cuisine.

« Le corps est dans la chapelle, madame. Si vous n'avez plus besoin de moi, je vais retourner à mon dîner.

Mon domestique venait de le servir lorsque sir Guy a requis mon aide.

— Bien sûr, Simpson. Allez-y ! Ce serait un vrai péché de laisser refroidir votre dîner. »

Le visage de l'intendant prit la couleur d'un jambonneau bouilli. En s'éloignant, il décocha la flèche du Parthe.

« Au fait, si madame souhaite faire son enquête sur la cause de l'incendie, qu'elle commence par interroger monsieur son fils. »

Sale individu ! Lancer une telle insinuation et s'en aller avant qu'elle puisse répondre. La négligence d'Alfred était-elle à l'origine de l'incendie de la lainerie ? Ou pis, un accès de rage ? Ils s'étaient disputés le matin même. Non, ce serait pure folie. Cela constituait aussi une perte pour lui. Mais qui pouvait sonder la fougue et le manque de logique de la jeunesse ? Elle l'interrogerait dès qu'elle le verrait, dans la mesure où il ne serait pas trop éméché pour lui fournir une réponse claire. Pour l'instant, elle avait une tâche à accomplir.

Tandis que, sous l'œil hagard de la fille de cuisine, Agnes restait assise près de l'âtre, telle une statue de bois, Kathryn alla quérir un drap de lin propre. Elle en choisit un au tissage grossier, puis, soupirant, elle chercha plus profondément dans le coffre et en sortit un plus fin. Fouillant parmi l'amas de fils de soie dans son panier de couture, elle en trouva un suffisamment gros et résistant, et prit son étui à aiguilles.

Sur le chemin de la cuisine, elle tomba sur Glynis et lui demanda de dresser la table dans la petite salle. Plus tard, elle devrait se débrouiller pour servir un repas acceptable. Il faudrait nourrir sir Guy, le prêtre et ses fils. Pour le moment, elle ne pouvait y penser. Elle regagna la pénombre crépusculaire de la cuisine enfumée et s'approcha de la cuisinière aussi doucement que possible.

« Viens, Agnes. Accomplissons notre dernier devoir envers John. »

Elles se dirigèrent vers la chapelle pour préparer le corps du défunt et coudre son linceul.

NEUF

*La corneille sous l'avant-toit est
l'image des recluses vivant sous l'avant-
toit de l'église, car elles savent qu'elles
doivent mener une si sainte existence que
toute la Sainte Église, c'est-à-dire tout le
peuple chrétien, puisse s'appuyer sur
elles... L'anachorète est appelée ainsi
car elle s'ancre sous une église, comme
l'ancre sous le flanc d'un bateau
empêche les vagues et la tempête de le
faire chavirer.*

Ancrene RIWLE
(Règlement à l'intention des recluses
anachorètes, XIIIᵉ siècle)

Finn prit plaisir à chevaucher jusqu'à l'abbaye de
Broomholm. C'était une belle journée et il faisait chaud
pour un mois d'octobre. En tout cas, en comparaison des

mornes octobres passés dans les montagnes, qui, telle une épine dorsale, forment la frontière entre le pays de Galles et l'Angleterre. À Londres, les pluies d'hiver auraient déjà apparu. Mais ici, le soleil brillait, l'été s'attardait, et il n'avait pas plu depuis de nombreux jours. Finn resta la nuit en tant qu'invité de l'abbaye, non pas comme les pèlerins et les voyageurs logeant dans l'aile réservée aux hôtes de passage, mais en tant qu'invité personnel de l'abbé. Il fit un bon dîner et dormit profondément. Enveloppé dans le silence séculaire imprégnant les murs de pierre, il rêva de Kathryn et se réveilla, le sourire aux lèvres, dans des draps souillés par une émission nocturne, ce qui ne lui était pas arrivé depuis son adolescence.

Au matin, il prit le petit déjeuner en compagnie de l'abbé, qui étudia les complexes arabesques et l'entrelacs de croix d'or des pages de garde grenat.

« Ces pages sont merveilleuses, dit l'abbé. Très travaillées. Elles constituent la pierre de touche de la compétence d'un enlumineur. Quelle parfaite symétrie ! Vous savez aussi bien utiliser un compas qu'un pinceau. Nous aurons du mal à fabriquer des couvertures dignes d'elles. »

Finn se délectait de ces louanges, qui rendaient encore plus délicieux les excellents pain, fromage et jambon de l'abbé. Celui-ci feuilleta les cinq premiers chapitres, examinant avec soin chaque page, suivant d'un doigt lourdement bagué le contour des peintures en détrempe.

« Félicitations ! Je ne pourrais être plus ravi. »

Il tendit les pages au frère Joseph qui se tenait à ses côtés et regardait Finn d'un air soupçonneux. Le moine ayant été un agréable compagnon lors de son premier voyage de Broomholm à Blackingham, la veille, Finn l'avait salué avec chaleur, mais celui-ci s'était alors montré fort peu aimable. Depuis, Finn avait essayé de deviner en quoi il l'avait offensé.

« Votre art est digne du texte, reprit l'abbé. Et j'ai passé commande auprès d'un orfèvre de renom. La couverture du livre sera d'or martelé serti de pierres précieuses.

— Il faut également féliciter Votre Excellence pour le travail de son écritoire. Les scribes m'ont fourni un texte aux lignes bien espacées. » Les moines avaient effectué le fastidieux travail de copiage, lui laissant seulement tracer les grandes majuscules carrées et, bien sûr, les bordures. « Mon latin laisse à désirer, mais je sais reconnaître une bonne transcription. »

Il était désagréablement conscient du regard méprisant du frère Joseph. Que lui reprochait-il ? Quelque chose lié à l'Écriture et au texte. Ah, voilà ! La traduction… Wycliffe et sa traduction en anglais de la Bible. Finn revit soudain le frère Joseph penché au-dessus de la table dans la grande salle de Blackingham, pinçant fortement ses fines lèvres, en réaction à une remarque de Finn. On parlait de Wycliffe et de ses lollards, et Finn se rappelait vaguement avoir plus ou moins défendu le clerc vilipendé. Déraisonnable de sa part, vu les circonstances…

« Attention à ne pas les tacher, frère Joseph ! » lança l'abbé. Puis, se retournant vers Finn, assis en face de lui, il repoussa sa chaise et posa ses doigts croisés sur sa poitrine, couvrant ainsi la croix lourdement ornée qui pendait à son cou, l'air content de soi.

« Finn, votre réputation est tout à fait méritée.

— Je suis heureux que vous soyez satisfait.

— "Satisfait" ? Je suis bien plus que satisfait. Un tel travail mérite une prime. Ces riches pigments… Et tout cet or sur les pages de garde… Je sais que ce n'est pas bon marché, cher ami. » Il fit un signe au frère Joseph qui semblait comprendre ses ordres sans qu'il fût besoin de les formuler. Le moine revint bientôt avec un coffret sculpté qu'il plaça soigneusement devant l'abbé, avant de reculer d'un pas. La rigidité de son attitude indiquait sa désapprobation. Sans lui prêter la moindre attention, l'abbé chercha une clef dans le trousseau suspendu à sa ceinture, fit jouer la serrure, souleva le couvercle et compta six pièces d'or, qu'il tendit à Finn.

« Je vous remercie de votre générosité.

— Vous avez gagné chaque liard.

— J'ai plaisir à être l'humble serviteur de l'abbaye. »

L'abbé saisit alors plusieurs pièces d'argent, les plaça dans un petit sac, tira le cordon pour le refermer, puis le remit aussi à Finn.

« Et voilà pour la dame de Blackingham. Auriez-vous la bonté de veiller à ce qu'elle le reçoive ?

— Je le lui remettrai moi-même en main propre. » Finn plaça en souriant la petite bourse à l'intérieur de la sienne, suspendue à son cou, juste sous sa chemise.

« J'espère que vous et votre fille êtes confortablement installés à Blackingham ?

— Oui, assurément.

— Et, tout comme vos besoins terrestres, ceux d'ordre spirituel sont-ils satisfaits ? »

L'humidité des murs de l'abbaye avait-elle soudain fait se lever une tempête dans le nez du frère Joseph où n'était-ce qu'un reniflement de dédain ?

« Frère Joseph, je vous prie, allez chercher à l'écritoire les pages de manuscrit préparées pour l'enlumineur. »

Le frère quitta vivement la pièce, levant la tête d'un air indigné, à l'évidence conscient qu'on le chassait.

« Nous pouvons reprendre notre conversation, dit l'abbé.

— Lady Kathryn et sa maisonnée font preuve d'une grande piété. Ma fille et moi avons souvent partagé leurs dévotions. »

L'abbé marqua une infime hésitation.

« Nous sommes enchantés de l'apprendre. Nous nous sommes fait quelque souci, étant donné que lady Kathryn n'a pas de confesseur particulier. Avant sa mort prématurée, le père Ignace nous avait avoué craindre que les âmes de Blackingham ne fussent en péril. »

Finn songea que le frère Joseph avait sans doute également alimenté les craintes de l'abbé.

« Je vous affirme qu'il n'en est rien. Les coffres de lady Kathryn ont été suffisamment vidés pour assurer le salut de son âme. »

Il se mordit les lèvres. L'abbé était son mécène. Regrettant ses paroles, il voulut s'excuser.

« Je vous prie de me pardonner, messire abbé…

— Inutile… Peut-être que si les impôts royaux étaient moins lourds…

— Peut-être.

— Présentez nos hommages à la dame de Blackingham, ainsi que notre amitié et notre gratitude. »

La gravité du ton indiquait qu'il ne s'agissait pas de simples formules de politesse. L'abbé, songea Finn, était homme à savoir de quel côté l'arbre abattu allait tomber.

Lorsque le frère Joseph revint, l'hôte de Finn se leva pour indiquer que l'entretien était terminé. L'enlumineur l'imita. Le frère lui donna les nouvelles pages ainsi qu'un paquet scellé, expliquant à propos de celui-ci : « Un messager l'a apporté la semaine dernière et nous a demandé de le garder pour vous.

— Merci, dit Finn en lui prenant les deux paquets.

— Il porte un sceau d'Oxford, déclara le frère Joseph avec un regard de défi.

— Oui, en effet ! rétorqua Finn en plaçant les deux paquets sous son bras afin de signaler au moine indiscret qu'il n'avait pas le moindre désir de satisfaire sa curiosité. « Messire abbé… Frère Joseph… » Il fit un signe de tête à chacun. « J'ai déjà trop abusé de votre temps. Merci pour votre hospitalité et vos commandes. Vos désirs sont des ordres. Je rapporterai les nouvelles pages enluminées dès que possible.

— Je suis enchanté que vous et votre fille soyez à l'aise et en sécurité à Blackingham. Nos routes deviennent parfois impraticables quand l'hiver s'installe. Il arrive d'un seul coup en Est-Anglie, tel un mari impatient qui prend sa femme sans y mettre les formes. »

Une métaphore aussi incongrue de la part d'un saint homme vivant dans la seule compagnie d'autres saints hommes intrigua Finn, qui se demanda l'espace d'un instant sur quelles eaux avait vogué l'abbé avant d'échouer à Broomholm.

L'abbé lui tendit la main.

« Que Dieu vous garde ! » fit-il.

Le frère Joseph, lui, se tut.

Les souverains suffiraient largement à acheter les pigments de première qualité pour finir d'enluminer le manuscrit. On était jeudi, jour de marché à Norwich, et Finn atteignit la ville à temps pour dépenser une partie de ses gains inattendus. Il acheta une nouvelle louche pour Agnes, qui s'était plainte du fait que la sienne était tordue, ainsi que des présents pour Rose et Kathryn : des bottines en beau cuir aussi souples que des gants – pas comme les souliers en peau de vache cousue qu'elles portaient d'habitude – à la dernière mode et en provenance directe de Londres, où les nouveaux fermoirs en argent appelés « boucles » étaient du dernier cri. Si Finn était seulement à peu près certain de la pointure de Rose, il connaissait précisément celle de Kathryn, ayant tenu son pied dans sa main, caressé le cou-de-pied de sa paume, massé de ses doigts le talon, la plante et les orteils minces, au dessin parfait.

Il lui tardait de retrouver les deux femmes, et également de commencer à travailler sur le contenu du paquet reçu à Broomholm, le manuscrit de Wycliffe. Ce serait une autre sorte de défi. Il avait accepté cette commande à la demande pressante de Jean de Gand pour qui il avait enluminé un livre d'Heures l'année précédente, bien qu'il n'eût pas été au courant de la controverse qui s'était déchaînée autour du clerc.

Il avait été intrigué par l'anglais qui avait été utilisé pour la traduction des Saintes Écritures et l'idée d'une expression artistique plus dépouillée, moins ostentatoire, lui plaisait. Nul doute que ce fût une illustration plus appropriée de l'Évangile que l'ornementation criarde, incrustée de pierres précieuses, envisagée par l'abbé. Il avait été impressionné par les façons simples, directes, franches du clerc dont l'attitude était aussi modeste que l'habit. Ayant eu tout son saoul de vanité et d'affectation quand il travaillait pour un duc, Finn avait apprécié cette absence de prétention. S'il n'était guère mécontent d'avoir accepté la commande, il en savait désormais assez pour se montrer discret et ne pas ouvrir le paquet en présence de l'abbé.

Il avait été soulagé de constater que le cachet d'Oxford était intact.

En fin d'après-midi, il quitta le marché et monta en

selle. Il ressentit une douleur à l'épaule. L'abbé avait raison : le temps allait changer – rien de plus normal. Passer les froides journées d'hiver dans le chaud cocon du manoir en brique, s'adonner à son art entre les deux femmes qu'il aimait serait agréable. Mais il avait encore une démarche à accomplir avant de rentrer à Aylsham. Il dirigea sa monture vers l'église Saint-Julien.

Dès qu'elle tira le rideau, Julienne reconnut l'homme qui frappait à la fenêtre des visiteurs.

« Finn ! s'écria-t-elle. Quel plaisir de vous revoir ! » Elle avait encore à la main une feuille de parchemin.

« J'ai frappé à la porte d'Alice mais, n'ayant obtenu aucune réponse, j'ai fait le tour de la maison. Je vois que j'ai interrompu votre travail et je vous prie de m'en excuser.

— Vous n'avez interrompu que ma frustration. Et vous m'en voyez ravie. J'aurais aimé vous offrir une collation si Alice m'avait donné quelque chose aujourd'hui.

— J'ai déjà mangé. Mais je vous ai apporté du pain frais et une douceur en plus. »

Il tira un paquet de son pourpoint et le lui passa par l'étroite fenêtre. Elle l'ouvrit et poussa un petit cri de joie. Si le pain croustillant était le bienvenu, la petite brique brunâtre qui l'accompagnait constituait un vrai trésor.

« Du sucre… Oh Finn ! Il doit bien y en avoir une livre. C'est trop sans doute pour une seule personne. » Elle fit un rapide calcul mental. Il faudrait troquer trois cent soixante œufs pour obtenir une livre de sucre. Un œuf par jour. Une année entière. « Reprenez-en un peu.

— L'abbé m'a largement payé et je suis bien nourri

au château de Blackingham. Vous avez beaucoup de visiteurs. Je suis persuadé que vous trouverez le moyen de partager le sucre. »

La voix de Finn lui rappelait le son d'un pipeau joué en sourdine. Julienne se détendit, calmée par son rythme harmonieux. Il tapota la croûte du pain de ses longs doigts tachés de peinture. Une main d'artiste. Elle se demanda si elle aimerait son travail. Elle crut deviner que oui.

« Le pain sort du four et est encore chaud, dit-il. Mangez-en un morceau, avant qu'il refroidisse.

— Seulement si vous m'accompagnez, répondit-elle, sentant soudain son humeur s'alléger. Faites le tour et passez par la chambre d'Alice. Elle cache une clef sous la seconde pierre qui sert de marche dans le jardin. Nous pourrons partager un repas à travers la fenêtre intérieure. Elle est beaucoup plus large que cette minuscule ouverture.

— Je serai enchanté de rompre le pain en si sainte compagnie. »

Julienne coupa deux tranches de pain et l'odeur de levure embauma l'air confiné de la pièce. Puis elle gratta quelques précieux grains de sucre sur chacune des tranches. Elle n'avait pas encore terminé que Finn était déjà entré et avait tiré un tabouret sous la fenêtre.

« J'ai du lait frais. Alice est allée le chercher avant de partir. » Elle approcha son siège pour s'installer en face de lui, remplit deux gobelets d'étain qu'elle plaça sur le rebord de la fenêtre. Puis elle en versa un peu dans une soucoupe qu'elle posa par terre à côté d'elle. Une ombre grise se détacha d'un coin sombre et traversa la pièce à toute vitesse.

Finn éclata de rire, en voyant le chat couleur de fumée laper délicatement le lait.

« À ce que je vois, vous avez un nouveau pensionnaire, depuis ma dernière visite.

— Je vous présente Jézabel, répondit Julienne en émiettant du pain dans la soucoupe de la chatte tout en lui caressant le cou. C'est Tom qui me l'a apportée. Il l'avait trouvée au marché, à moitié morte de faim et s'étouffant en mangeant sa propre fourrure.

— Étrange nom pour la compagne d'une sainte femme.

— Le père Andrew, le curé de l'église, l'a baptisée ainsi dans un accès de colère. Elle avait renversé le vin de l'Eucharistie.

— Et il vous a permis de la garder après un tel forfait ?

— Une fois que je lui ai cité une phrase de l'*Ancrene Riwle* qui indique clairement qu'une sainte femme peut garder un chat dans l'ermitage. Cette précision, et le fait que c'est une excellente chasseuse de souris, l'a convaincu. »

Ils rirent ensemble. C'était bon de rire, elle n'en avait guère eu l'occasion ces derniers temps.

Ils bavardèrent tout en buvant et en mangeant. Ils parlèrent de Mi-Tom, des habitudes de toilette de Jézabel et des « révélations » de Julienne. Il l'interrogea sur le bol de noisettes posé sur le large rebord de la fenêtre.

« J'en offre à mes visiteurs. En souvenir de l'amour de Dieu. De Son amour pour les plus petites choses qu'Il a créées. Quand vous partirez, prenez-en une, je vous prie. Ça vous coûtera moins cher qu'une relique sainte. C'est gratuit. Comme la grâce. »

Elle vit le regard de Finn se porter sur le manuscrit qu'elle avait hâtivement poussé sur le côté. Bien que la cellule spartiate contienne un petit pupitre, elle utilisait le rebord de la fenêtre comme étagère.

« Vous dites que vous avez du mal à écrire ? »

Elle avala sa salive avant de répondre.

« J'ai effectué la plus grande partie de mon travail, ce qui concerne mes visions, il y a des mois. J'ai très peu écrit récemment.

— Pas depuis l'accident de l'enfant…

— Je n'arrive pas à oublier le chagrin de la mère. Mon incapacité à la consoler. À l'assurer de l'amour divin malgré la mort de sa fillette. » Elle ramassa du bout d'un doigt quelques grains de sucre tombés sur le rebord.

Elle lui fut reconnaissante de ne lui adresser ni paroles banales de réconfort, ni avertissement que, niant la foi, le chagrin devenait un péché. Le chagrin de Finn se voyait dans la tension de sa mâchoire pendant qu'elle lui expliquait que l'état de l'enfant s'était amélioré et que la jambe guérissait avant l'arrivée de la fièvre. Comment, refusant d'être consolée, la mère vitupérait la cruauté d'un Dieu qui lui avait arraché son enfant. Comment elle maudissait l'Église, le cochon et l'évêque à qui l'animal appartenait.

Le récit terminé, ils restèrent une minute sans parler ; Finn demanda alors à voir son travail.

Elle poussa la pile de feuillets vers lui, mâchant en silence pendant qu'il parcourait les pages de vélin. Après avoir léché la soucoupe jusqu'à la dernière goutte et s'être pourléché les babines d'une langue rose, Jézabel bondit sur les genoux de Julienne, tout en observant Finn d'un air méfiant, ses yeux verts à demi fermés. Elle ronronnait, Julienne lui grattait la tête entre ses oreilles.

Plusieurs minutes s'écoulèrent. Julienne se sentait

mal à l'aise. Son désir que Finn aime ce qu'elle écrivait la surprit et l'inquiéta. Comme si elle percevait le malaise de sa maîtresse, Jézabel sauta par terre et se dirigea à pas feutrés vers son coin d'ombre. Enfin, l'enlumineur rassembla les pages en une liasse mieux ordonnée que tout à l'heure et la reposa sur le rebord.

« Je ne suis pas dévot, mais je devine que vos déclarations sur un Dieu d'amour, un "Dieu mère", pourrait permettre à certains de mieux comprendre la nature divine. C'est un texte qui mériterait d'être enluminé. »

Malgré les dénégations de Finn, elle le soupçonna d'être très pieux, mais pas de la manière affectée et pharisaïque de trop nombreux chrétiens, avec leurs chapelets excessivement ornés et leurs croix serties de joyaux. Et, malgré sa crainte de pécher par l'orgueil, elle était à la fois contente et un rien gênée qu'il aime son travail, car il devait être habitué à une rhétorique plus brillante.

« J'écris surtout pour moi-même, pour m'aider à comprendre. Comprendre le véritable sens de mes visions. Je ne suis pas assez savante, je connais mal le latin. Je n'écris pas pour autrui. Je ne sais pas écrire dans la langue de l'Église. »

Il lui fit un sourire énigmatique, un peu de biais.

« Parlez-moi de vos visions. »

Elle lui parla de sa maladie. C'était tellement plus facile que de l'écrire. Il savait écouter, penché en avant d'un air attentif, tandis qu'elle lui relatait comment, jeune femme aspirant au salut, elle avait demandé trois choses à Dieu.

Elle avait tout d'abord prié afin de parvenir à une compréhension parfaite de Sa souffrance – comme Marie Madeleine au pied de la Croix – afin de voir, de savoir, de partager Son agonie, d'entendre le cri lancé au

Père, de voir jaillir la source rutilante de Son sang purificateur au moment où les Romains transpercèrent le tendre flanc. Il n'était pas suffisant d'ouïr psalmodier les Écritures dans une langue qu'elle comprenait à demi. Elle avait besoin de voir, de savoir, de véritablement connaître Sa passion avant que son âme puisse s'abreuver à cette source.

L'enlumineur l'encourageait avec des signes de tête pendant qu'elle lui expliquait comment elle avait prié pour tomber malade et souffrir afin de se rapprocher de Dieu par son endurance et sa compréhension, et ainsi purifier son âme. Elle lui expliqua qu'elle avait revendiqué trois blessures : la véritable contrition, la véritable compassion et le véritable désir de Dieu.

Elle se tut pour boire et s'entendit déglutir.

Finn l'écoutait – elle n'avait jamais vu un homme rester immobile si longtemps – décrire la maladie qui avait attaqué son corps, comment elle était restée trois jours et trois nuits à l'article de la mort. Sa mère l'avait calée sur des oreillers pour qu'elle puisse respirer après que son corps fut mort de la taille aux pieds. Lorsque le prêtre était venu lui administrer les derniers sacrements, sa vue s'était affaiblie au point qu'elle n'avait plus perçu que la lumière de la croix tenue devant elle. Rien que la croix. Rien que la lumière.

« Il y a six ans de cela, avant que j'arrive à l'ermitage Saint-Julien. J'avais trente ans alors », précisa-t-elle.

Au fur et à mesure qu'elle parlait la lumière pâlissait dans la pièce. Elle se leva, alla chercher une chandelle, qu'elle plaça sur le rebord de la fenêtre qui les séparait. La flamme éclairait le visage de Finn, sa barbe grisonnante, son haut front qui se dégarnissait. Elle guettait un signe indiquant son impatience : geste d'agacement, frottement des pieds de la chaise sur le sol… Certains ne se gênaient pas. Lui ne posait aucune question, attendant qu'elle poursuive son récit. Sa tranche de pain était posée devant lui, à moitié mangée.

« Alors soudain, tandis que je fixais la croix, toutes mes douleurs, toutes mes peurs me furent ôtées. Elles disparurent d'elles-mêmes, comme si elles n'avaient jamais existé. J'étais en aussi bonne santé qu'auparavant. Parfaitement guérie, pleine de vie. Je ne m'étais pas sentie aussi bien depuis des semaines. Je voulais me lever, courir, chanter. Cette guérison si inattendue ne pouvait être que la mystérieuse œuvre de Dieu. »

Finn bougea sur son siège, se penchant un peu plus en avant.

« Et les visions ? demanda-t-il.

— J'ai vu le sang rouge couler sous Sa guirlande d'épines. Chaud et vif. Comme réel. Exactement comme lorsqu'on avait ceint Son front de la couronne d'épines. Quelle immense souffrance de Le voir ainsi, quelle grande joie aussi ! Joie immense, extraordinaire, semblable à celle, je pense, qu'on connaîtra au ciel. Et j'ai alors compris beaucoup de choses. Sans intermédiaire. Personne entre Lui et mon âme. J'ai vu et j'ai compris toute seule.

— Sans l'aide d'un prêtre, vous voulez dire. J'ai déjà entendu cette doctrine, dans la bouche de… Oh ! peu importe. Continuez ! Quelles autres visions avez-vous eues ?

— En dernier Il m'a fait voir Sa Mère, Marie, Notre-Dame. Il m'a montré une image fantomatique d'elle, une douce jeune fille, plutôt enfant que femme. »

Il désigna les feuillets de vélin.

« C'est sur ce sujet que vous écrivez ?

— Ce sur quoi j'essaie d'écrire. Hélas ! je m'aperçois que je ne suis pas assez douée. »

178

Il prit les pages dans ses mains, les soupesa.

« Je vois ici un merveilleux début.

— Mais tout est là. J'ai terminé. J'ai décrit toutes les visions, et pourtant mes gribouillis ne sont pas dignes de la joie qu'Il m'a révélée. Je n'arrive pas à évoquer Son amour débordant. Mes mots – les mots, quels qu'ils soient – n'en ont pas la force. Les termes pour le décrire me manquent. » La puissance de son souffle fit vaciller la flamme de la chandelle. « Je pourrais dire que c'est la sorte d'amour que les mères ressentent pour leurs enfants, celui que ma mère a éprouvé pour son enfant malade, mais c'est plus que ça. Bien plus. De tels mots me semblent inappropriés, vides de sens, quand je me rappelle la chaleur dont Il m'a enveloppée. Je peux seulement dire que Son amour ressemble à celui d'une mère, mais en beaucoup, beaucoup plus fort. Le Seigneur est une mère parfaite qui porte à un nombre infini d'enfants un amour infini.

— Une "mère parfaite" ? Mais c'était un homme ! » Elle secoua la tête.

« Je ne nie pas Sa masculinité. Je dis seulement que si Dieu le Père est notre Créateur, le Fils, Lui, est notre Gardien, notre Protecteur, notre Nourricier. Son sang nous nourrit comme du lait maternel. La meilleure image de l'amour qu'Il nous montre, c'est le sacrifice d'une mère. C'est la seule explication que je puisse donner. »

Le visage de Finn se détendit comme de l'argile se réchauffant sous la main d'un sculpteur.

« Je connais un peu ce genre d'amour. J'ai une fille. Elle s'appelle Rose. »

Julienne hocha la tête pour indiquer qu'elle s'en souvenait. Elle trouvait ce nom bizarre pour une enfant chrétienne. Fantaisiste. Mais charmant dans la bouche de Finn.

« Mon épouse est morte en donnant naissance à notre enfant. Savez-vous quelle est la dernière chose qu'elle m'a dite avant de mourir ? Rebecca, ma femme, a serré Rose contre elle – cette minuscule toute nouvelle créature dont la naissance lui avait causé tant de souffrances – et a chuchoté : "Époux, c'est une telle joie, j'aimerais que tu puisses l'éprouver toi aussi." »

Rebecca ! Un prénom juif ? Un chrétien et une juive ? Non. Il faudrait être un imbécile, et elle savait que l'enlumineur n'en était pas un. Sauf si son épouse juive l'avait ensorcelé. Mais une juive ne voudrait pas se souiller avec un chrétien et refuserait de mettre ainsi sa propre vie en danger. En France, les juifs pouvaient être décapités pour avoir eu des rapports avec des chrétiens. On les accusait d'empoisonner les puits et d'avoir causé la peste de 1334. Julienne avait prié pour le salut de leur âme quand elle avait appris que, dans certaines régions le long du Rhin, des centaines d'entre eux avaient été enfermés dans des bâtiments et brûlés vifs. Et elle avait pleuré. À l'intérieur même de l'Église, d'aucuns prêchaient la tolérance, soulignant que la peste avait sévi en des lieux où il n'y avait pas de juifs et qu'elle avait contourné, sans exiger son tribut, des communautés gravement infestées de juifs. Finn devait être l'un de ces chrétiens tolérants. Tolérant au point de défier l'Église et le roi en épousant une juive ?

Elle regarda tressaillir les muscles de la mâchoire de Finn au souvenir doux-amer de sa femme. Elle attendit qu'il reprenne son récit. Comme il continuait de se taire, elle étendit le bras et lui toucha la main en disant : « Je sais une chose, une seule chose vraiment, Finn, c'est que, quoi qu'il arrive en ce monde, notre Dieu Mère veillera à ce que tout aille bien. »

Il fixa sur elle un regard incrédule.

« Anachorète, comment pouvez-vous toujours croire cela avec une telle certitude après la mort de l'enfant et devant le chagrin de sa mère ?

— Parce qu'Il me l'a dit. Mon Dieu Mère me l'a dit. Et ma mère ne ment pas.

— J'envie votre foi. » Il tapota les pages du manuscrit. « Permettez-moi d'emporter cette première partie, celle qui décrit votre maladie. Je vais l'enluminer pour vous. Pendant que vous réécrivez le reste.

— Je suis contente que vous la lisiez, mais le texte ne mérite pas d'être enluminé. Il devrait être en latin.

— La langue permettra qu'il soit lu par davantage de monde. Avez-vous entendu parler de John Wycliffe ?

— Assez pour savoir que l'évêque ne l'aime pas. »

La grimace de Finn la fit éclater de rire. Julienne chuchota d'un ton complice : « Vous pensez que c'est là une recommandation suffisante ?

— Mère Julienne, vous êtes une femme très perspicace », répondit-il avec son sourire en coin. Il se leva et prit le manuscrit. « John Wycliffe est en train de traduire les Saintes Écritures dans la langue que vous employez vous-même. J'ai deux apprentis qui pourraient apprendre en travaillant sur votre manuscrit, si vous acceptiez de me faire confiance.

— Prenez-le, je vous en prie. Mes mots seront en sûreté avec vous, Finn. Tout ce que je vous demande, c'est que les illustrations soient simples pour être en harmonie avec l'humilité du texte, qu'elles ne soient pas surchargées ni criardes.

— Vous avez davantage en commun avec John Wycliffe que vous ne l'imaginez. »

Entre-temps, le long crépuscule d'Est-Anglie s'étant épaissi, la pièce n'était plus éclairée que par la seule chandelle posée sur le rebord de la fenêtre intérieure. Comme Finn se dirigeait vers la porte d'entrée, le manuscrit sous le bras, le regard de Julienne le suivit jusqu'au seuil de la maison. Un étroit pan de ciel nocturne apparut quand il ouvrit la porte. Pas la moindre brise ne soufflait par cette fraîche nuit d'octobre. La pleine lune éclairait des carrés bleu-vert d'herbes aromatiques au bord de l'allée.

« La gelée va bientôt avoir raison de ces malheureuses », déclara Finn en s'arrêtant sur le seuil.

Entendant la voix de son cavalier, le cheval hennit, impatient de quitter les lieux.

« Ce sera dur de dormir sur le sol froid ce soir, déclara Julienne. C'est la veille de la Toussaint. Une nuit où il ne fait pas bon être dehors. Et Blackingham est très loin. Vous pourriez vous faire héberger par les moines de la cathédrale. »

Finn éclata de rire.

« Je vais demander qu'on m'installe une paillasse près de l'âtre, à l'auberge. Je serai plus en sécurité parmi les vagabonds. L'évêque ne me porte pas dans son cœur. Il croit que je lui ai pris quelque chose qui lui appartenait.

— Merci pour vos présents, lança-t-elle en réponse à son geste d'adieu. Et, lors de votre prochaine visite, amenez votre fille ! »

Mais il avait déjà refermé la porte. Elle entendit la clef crisser dans la serrure, puis glisser sous la pierre servant de marche. Julienne versa le reste du lait dans l'écuelle de Jézabel, essuya les miettes, et enveloppa avec soin le pain et le sucre dans du papier huilé. Elle souffla la chandelle – les chandelles étaient presque aussi précieuses

182

que le sucre –, puis se dirigea dans le noir vers le coin où se trouvait son lit. La chatte sauta dessus. Un chiffonnement du couvre-lit, et une boule de fourrure se lova dans la chaleur du pli de son jarret.

Rose ne s'était jamais sentie si seule, même à l'époque où elle était chez les sœurs, à Thetford. Sa robe favorite – en soie bleue, couleur de la mer sous le soleil – ne suffisait pas à lui réchauffer le cœur. Elle l'avait mise pour Colin, et il n'était pas là. Lady Kathryn avait dit qu'il « se reposait », qu'il ne les rejoindrait pas dans la petite salle pour le dîner, et elle s'était excusée de ne pas avoir fait dresser la table dans la grande salle. Le shérif affirma que c'était plus « intime » ainsi ; Rose, elle, trouvait l'atmosphère étouffante.

Elle se méfiait du shérif au nez aquilin, détestait sa façon de regarder la châtelaine, et de la regarder elle aussi. Ses petits yeux de fouine noirs lui donnaient la chair de poule. Si seulement son père était là ! Quand elle était petite, il ne l'avait jamais laissée avec des inconnus. Même si elle devait reconnaître que lady Kathryn ne l'était plus. C'était la mère de Colin. Peut-être un jour serait-elle sa belle-mère. Cette pensée faisait s'accélérer les battements de son cœur.

Devrait-elle proposer d'aller porter un plateau à Colin ? Personne ne lui disait jamais rien. Les grandes personnes la traitaient comme une enfant quand l'envie de la maintenir à l'écart les prenait. Elle savait seulement que la lainerie avait brûlé et que John, le berger, avait trouvé la mort dans l'incendie. Brûlé vif, telle une âme damnée dans le feu de l'enfer. Quelle horreur ! Et maintenant, ils étaient tous censés manger le ragoût de pigeons aux poireaux, comme si de rien n'était. La veille, elle et Colin s'étaient rendus dans la lainerie. Avaient-ils allumé une bougie ? La jeune fille ne parvenait pas à s'en souvenir. Ça leur arrivait parfois. En ce cas, ils auraient pris soin de la souffler, n'est-ce pas ?

Par-dessus le tranchoir qu'elle partageait avec le shérif, lady Kathryn lui adressa un sourire, un sourire las. Rose l'avait aidée à organiser à l'improviste le repas pour le shérif et le prêtre qu'il avait amené. Il eût été cruel de demander à Agnes de s'en occuper. Agnes qui avait été si gentille avec elle. Agnes épuisée à force de pleurer devant le pauvre corps carbonisé de son mari. Elle frissonna et voulut saisir la petite croix d'argent sur sa gorge. Mais sa main ne rencontra que de la peau nue. Elle l'avait ôtée pour laver le cordon et oublié de la remettre. Sans sa croix, elle se sentait vulnérable. Nue. Comme si elle avait oublié de mettre son jupon ou sa jupe.

Une tache brillante – un bout de gras – souillait la barbe de sir Guy. L'odeur du ragoût se mêlait à la fumée du feu de bois que l'on avait allumé à cause de l'arrivée du froid et aux relents de l'incendie imprégnant encore l'atmosphère.

La porte de la petite salle où ils dînaient s'ouvrait sur la cour.

Rose eut à peine le temps d'y parvenir avant de commencer à hoqueter.

DIX

S'il souille une vierge ayant fait vœu de chasteté il fera pénitence durant trois ans.

Le Pénitentiel de Théodore
(VIIIe siècle)

Dans l'antre obscur de la cuisine, le feu perpétuel de la gigantesque gueule de pierre s'était éteint. Pour la première fois depuis la peste de 1334, à l'époque où le père de lady Kathryn était maître et seigneur de Blackingham, aucune fumée ne sortait de la grande cheminée. Mais l'aide de cuisine, frissonnant sur son lit de chiffons, l'ignorait. Elle savait seulement que l'âtre près duquel elle dormait était froid. Même le chien qui se pelotonnait parfois à côté d'elle sur la pierre du foyer l'avait quittée pour chercher une couche plus chaude.

Magda, elle, n'avait pas d'autre lit. Elle se trouvait à

deux milles du village où sa famille vivait à huit dans une sordide cabane d'une seule pièce et, pour y retourner, il lui aurait fallu traverser des champs sombres hantés de démons et passer devant la carcasse de la lainerie où un homme était mort dans le feu du diable. De toute façon, elle n'aurait pas pu y retourner, même s'il n'y avait eu ni ombre, ni nouveau fantôme. Elle n'aurait pas eu le courage d'affronter la colère de son père, la déception de sa mère. Son père l'avait maudite et traitée d'idiote quand elle avait arraché les légumes, au lieu des mauvaises herbes, dans le misérable jardinet familial. De désespoir, sa mère l'avait amenée ici. « Là au moins, tu auras chaud et tu seras bien nourrie, lui avait-elle chuchoté. Fais seulement ce qu'on te demande. » Elle n'avait pas dit : « Tu ne peux pas revenir à la maison », mais la fillette l'avait compris à l'affaissement des épaules de sa mère, à sa manière de se courber pour protéger son ventre gonflé, lorsqu'elle s'était éloignée sans regarder une seule fois en arrière.

Voilà pourquoi Magda avait accepté cette nouvelle vie comme elle acceptait les changements de saisons, les crises de son ivrogne de père et les accouchements annuels de sa mère – comme elle acceptait tout ce sur quoi elle n'avait aucune prise. Elle ne s'attendait pas à avoir la moindre prise sur quoi que ce soit, d'ailleurs. Elle se savait simple d'esprit. On le lui avait assez souvent répété. Même une simplette pouvait comprendre ça. Mais personne ne connaissait son don. « Le Seigneur donne et le Seigneur reprend », lui avait déclaré sa mère lorsque le fils aîné avait été écrasé sous une charrette renversée. Peut-être le Seigneur lui avait-Il accordé ce don pour Se faire pardonner de l'avoir faite pauvre d'esprit. Elle savait que les autres ne le possédaient pas. Car autrement, pourquoi diraient-ils et feraient-ils des choses aussi bêtes ? Comme la fois où leur père avait troqué leur unique cochon pour une vache qui était tombée malade et était morte le jour suivant. On ne pouvait pas faire confiance au vendeur, Magda, elle, le savait. On voyait sa cupidité dans ses yeux et à sa façon de conclure le marché à toute vitesse. Son père n'avait rien deviné. Elle en avait conclu que tout le monde n'avait pas ce don, cette capacité de lire dans la pensée des gens, d'entendre ce qu'ils taisaient.

Elle connaissait d'autres choses aussi. Comme la couleur des âmes. La grande femme aux cheveux blancs, par exemple : elle parlait d'une voix fière, mais son âme était bleue, pas de la couleur du ciel, mais d'un bleu verdâtre, pareil à celui de la rivière. De la rivière, c'est ça. Un lac ombragé où se mirent des saules pleureurs tandis que des nuages floconneux voguent dans le ciel d'un bleu ensoleillé. Et la cuisinière… Son âme était d'un brun rougeâtre, pareil à la terre mouillée, celle dont sont faits les pots d'argile. C'était triste ce qui était arrivé à son mari. Magda n'avait vu le berger qu'une fois ou deux, mais il lui avait paru assez gentil. Son âme était marron aussi, mais d'un brun plus clair, de la teinte de l'herbe en hiver. Cependant, la personne que Magda préférait était la jeune fille qui avait aidé la grande dame à faire le ragoût de pigeons. Rose et lady Kathryn… Elle avait appris leurs noms. Elle les avait redits dans sa tête comme les paroles d'un chant entonné par les ménestrels le Premier Mai qu'elle avait répétées constamment jusqu'à ce qu'elle les sache par cœur. De son coin, elle avait regardé l'étrange couleur de la peau de Rose, la pâle teinte fauve, non pas rose et blanc comme la sienne, et ses cheveux noirs brillant comme du charbon. Ce qui la fascinait, c'étaient les deux couleurs lumineuses de l'âme de Rose, mêlées l'une à l'intérieur de l'autre, un jaune doré comme du beurre doux entouré d'une bordure rosée. Elle n'avait vu qu'une seule autre âme de deux couleurs. Celle de sa mère était violette, et elle avait parfois un centre doré. Pas toujours. Quelquefois seulement.

Elle frissonna et gratta la croûte d'une morsure de puce sur sa jambe jusqu'à ce que le sang coule. Peut-être pourrait-elle tisonner les braises, trouver du charbon dans l'étable qui n'était pas très loin. Il faudrait qu'elle rassemble tout son courage pour oser aller jusque-là. Saisissant des deux mains l'énorme tisonnier, elle remua les scories jusqu'à l'apparition de charbons ardents parmi les cendres. Le garçon d'écurie s'était moqué d'elle en l'appelant « fillette » mais son âme était verte et personne avec une âme verte ne l'avait jamais traitée méchamment. Il l'aiderait. Agnes serait contente le lendemain matin que Magda ait empêché le feu de s'éteindre, et elle ne dormirait pas dans le froid.

Plutôt que de prendre le risque de partager un matelas moisi avec deux inconnus dans l'une des cellules pas plus grandes qu'un placard en haut de l'escalier de guingois, Finn s'était installé dans la salle commune sur une paillasse proche de l'âtre. Il écoutait avec dégoût les ronflements des six ou sept voyageurs, des pèlerins sur le chemin de Cantorbéry dormant par terre autour de lui. L'homme qui se trouvait le plus près ne semblait pas s'être lavé la barbe ni les cheveux depuis la moisson de l'année précédente. Des bouts de graisse et des miettes de pain, et Dieu seul savait quoi, se nichaient dans sa tignasse emmêlée. Finn resserra sa couverture autour de lui, se demandant jusqu'à quelle distance pouvait sauter une puce. Et combien il y avait de coupeurs de bourses parmi les dormeurs à l'entour. Il déplaça le lourd sac caché sous sa chemise afin qu'il n'apparaisse pas pendant son sommeil. Il n'aurait pas dû se faire du souci, hélas ! car le sommeil ne vint pas. Son sens de l'hygiène et l'inconfort du lieu l'empêchèrent de fermer l'œil.

La journée qui avait si bien commencé – la généreuse somme donnée par l'abbé, ses courses parmi les étals aux vives couleurs du marché, sa visite chez la recluse – s'était vite gâtée après son départ de la petite église Saint-Julien. Il avait été tenté de suivre King Street pour passer le mur d'enceinte et prendre la direction de Blackingham, mais cela l'aurait obligé à effectuer la majeure partie du voyage en pleine nuit. Il avait préféré suivre la Wensum vers le nord pendant un mille ou deux jusqu'à Bishop's Gate [1]. Là, à l'ombre de la grande cathédrale, il était sûr de trouver une auberge.

Il avait été obligé d'attendre à Bishop's Gate pendant qu'un grand cortège pénétrait dans la ville. La plupart des autres cavaliers avaient mis pied à terre par déférence pour le blason de l'Église fixé sur les tentures écarlates du chariot, mais Finn était resté en selle, son cheval renâclant au passage de la lourde voiture aux couleurs criardes. Il était donc à la hauteur du dignitaire qui se trouvait à l'intérieur.

Henry le Despenser, évêque de Norwich.

Finn détourna la tête pour éviter un échange de regards, mais trop tard. Une lueur dans leurs yeux indiqua qu'ils se reconnaissaient. La grosse voiture s'arrêta en crissant. Un murmure d'étonnement parcourut la foule au moment où un laquais en sortit d'un bond et s'approcha de l'enlumineur.

« Son Éminence Henry le Despenser, évêque de

1. La porte de l'Évêque. *(N.d.T.)*

189

Norwich, souhaite vous parler », psalmodia-t-il en agitant son chapeau empanaché en direction de la voiture.

Finn eut l'envie fugitive de refuser et de s'éloigner. Mais la stupidité n'était pas l'un de ses défauts. Il mit pied à terre et tendit les rênes de son cheval au valet à la luxueuse livrée, lequel, la mine un rien déconcertée, demeura près du cheval, tenant la bride d'un air dégoûté entre ses doigts gantés et bagués.

« Prends bien soin de ce cheval, car il transporte de précieux manuscrits en provenance de l'abbaye de Broomholm », lui ordonna Finn en jetant un coup d'œil nerveux au paquet d'Oxford. Il s'approcha de la portière aux rideaux entrouverts. « Votre Éminence », fit-il au visage hautain qui s'y encadrait.

La foule, frappée de mutisme, avança un peu, écoutant comme d'une oreille collective. L'évêque murmura quelque chose à un second valet et la portière s'ouvrit. Un marchepied à franges, recouvert de brocart, fut posé dans la poussière de la rue.

Finn ne bougea pas, se contentant de fixer d'un air incrédule ce deuxième laquais tout aussi chamarré.

« Mgr l'évêque souhaite vous parler en privé. » Le ton indiquait clairement qu'il pensait que ce cavalier modestement vêtu n'était pas digne d'un tel privilège. La foule soupira tandis que, écartant le rideau, Finn pénétrait dans le chariot.

Une fois à l'intérieur de l'équipage de la Sainte Église, véritable palais roulant, Finn se retrouva immédiatement en position d'infériorité. Allait-il s'asseoir sans qu'on le lui demande, ou devait-il rester courbé dans cette pénible attitude, sa haute taille le forçant à adopter une posture gauche particulièrement inconfortable. Le rictus de l'évêque indiquait qu'il était conscient du malaise de Finn et, après une pause assez longue pour montrer que Henry le Despenser se délectait de l'inconfort des autres, il fit un geste vers le banc recouvert de velours situé face à lui.

« Asseyez-vous, je vous prie. »

Finn s'assit sans dire un mot.

Le silence continua, l'invité soutenant le regard fixe de l'hôte. De près, dans la lumière pâlissante, l'évêque paraissait encore plus jeune que dans le souvenir de Finn. Jeune par l'âge, certes, mais son arrogance était bien trempée. L'évêque rompit le silence.

« Vous êtes l'enlumineur engagé par l'abbé de Broomholm.

En effct, Votre Éminence.

— Celui qui aime le porc. »

Il ne goba pas l'appât, faisant semblant de ne pas saisir la référence voilée à leur dernière rencontre.

« Depuis notre entrevue, dans des circonstances malheureuses, reprit Despenser avec un sourire sardonique, je me suis renseigné sur la nature de votre travail. L'abbé m'affirme que j'ai eu raison d'avoir généreusement pardonné votre irrespect envers les biens de l'Église. Il chante vos louanges. »

Ne relevant toujours pas l'allusion à leur rencontre, Finn salua le compliment d'un simple sourire accompagné d'un hochement de tête. De quoi s'agissait-il ? L'évêque jouait-il seulement avec lui ? Despenser était pareil au chat de l'anachorète et lui à une souris prise entre ses pattes délicates.

« Vous semblez préférer l'action à l'éloquence…, poursuivit l'évêque. Eh bien, soit ! J'irai droit au but. J'ai peut-être une commande pour vous. Je souhaite que vous me peigniez un retable, pour le maître-autel… » Il se tut comme s'il se concentrait maintenant sur le sujet de sa commande. « Une représentation de la Passion, reprit-il, de la Résurrection et de l'Ascension de Notre-Seigneur. »

Eh bien ! en voilà une surprise… S'agissait-il d'un piège ? L'évêque ourdissait-il quelque machination pour venger le cochon occis ?

« Je sais à quoi vous pensez : pourquoi est-ce que je ne m'adresse pas à une corporation ? Je possède quelques critères artistiques et, d'après l'abbé, votre exceptionnel talent ne se rencontre pas à tous les coins de rue. »

Que voilà de grands compliments de la part d'un non moins grand personnage ! Cela aurait dû permettre à Finn de se détendre. Loin s'en fallait. L'atmosphère confinée du chariot aux lourdes draperies était étouffante, comme celle d'une cellule de prison. Malgré sa jeunesse et sa robe bordée d'hermine, l'évêque ne dégageait pas une odeur très agréable. Il émanait de sa personne des relents d'ail ranci et de parfum tourné.

« Vous me faites trop d'honneur, répondit prudemment Finn. Force m'est de décliner votre offre pour le moment. L'abbé m'a donné tant de travail et s'est montré si généreux à mon égard que je n'aimerais pas le décevoir. »

À peine les mots furent-ils sortis de sa bouche qu'il comprit son erreur.

Le visage de l'évêque s'empourpra.

« Vous préférez donc décevoir un évêque plutôt qu'un abbé ? Broomholm n'est même pas une abbaye de première importance. Vous ne semblez guère avoir beaucoup d'ambition, enlumineur. Ni de jugeote.

— Il ne s'agit pas de décevoir, Votre Éminence. Seulement de demander un délai jusqu'au moment où je pourrai faire un travail digne du maître-autel. »

Despenser serra ses lèvres minces. Finn se rendit compte qu'il avait aggravé son cas. Il aurait dû deviner que l'évêque n'apprécierait pas qu'on donne la priorité à l'abbé. Était-ce la raison pour laquelle il avait fait cette réponse ? Désir inconscient de piquer au vif cet ecclésiastique parvenu qui représentait tout ce qu'il détestait dans l'Église ? Il fit une autre tentative.

« Je suis réellement flatté de la confiance que m'accorde un aussi noble et aussi estimé mécène mais, comme assurément Votre Éminence sera le premier à le reconnaître, en œuvrant pour l'abbaye je sers le même Seigneur qu'en exécutant votre commande. Donner la préférence à une commande par pur égoïsme constituerait un sacrilège contre la Vierge Marie à qui j'ai dédié mon art.

— Réponse pieuse et prudente, à n'en pas douter. Et fort intelligente. » À l'évidence, le ton suggérait que ni la piété ni l'intelligence n'étaient des qualités qu'il prisait chez un artiste.

Finn expliqua alors qu'il était miniaturiste, qu'un travail de cette envergure dépassait ses capacités.

« Permettez-moi de suggérer que votre retable serait mieux exécuté par un artiste flamand. »

L'évêque s'était agité en entendant cette réponse, de même que Finn s'agitait à présent sur le sol dur de l'auberge bondée.

« Eh bien, soit ! Si cela dépasse vos compétences je chercherai ailleurs », avait-il rétorqué d'un ton vif avant de faire un signe impatient au laquais qui se tenait de l'autre côté de la portière. Celle-ci s'était ouverte brusquement et Finn était sorti de la voiture à reculons, retrouvant la fraîcheur de ce début de soirée. À peine avait-il mis pied à terre que le cocher avait fouetté les chevaux et que le lourd chariot s'était ébranlé avec un soubresaut.

Quelle bévue ! Je me suis peut-être fait un puissant ennemi, songea Finn. Mais, pour le moment, il était davantage gêné par les pets et les ronflements des misérables créatures humaines qui l'entouraient. Abandonne la partie, Finn ! Tu ne dormiras pas cette nuit, se dit-il. C'est pourquoi, avant l'aube, il alla réveiller le valet d'écurie pour récupérer son cheval. Lorsque la maussade matinée d'hiver montra ses jupons grisâtres, l'enlumineur avait déjà franchi le mur d'enceinte de Norwich et se dirigeait vers Blackingham.

Ce voyage matinal ne fut pas aussi agréable que celui, si prometteur, de la veille. Très nerveux et angoissé, Finn ressentait la sorte de mélancolie inquiète que l'on éprouve en général au crépuscule. Même la présence des pièces d'or suspendues à son cou et la pensée des cadeaux transportés dans ses sacoches de selle n'allégeaient pas son humeur. Ses yeux lui piquaient à cause du manque de sommeil et son dos le faisait souffrir. Il était désormais trop vieux pour dormir par terre. Ou peut-être avait-il été amolli par ses confortables appartements de Blackingham. Blackingham… Cette pensée était également douloureuse. Comme un nœud mal noué dans les chausses blesse les chairs. Il connaissait le prix de l'amour.

Et quel serait celui à payer pour ce bref répit dans sa solitude ? Il faudrait d'ailleurs qu'il soit bref. Si quelqu'un apprenait que lui et Kathryn avaient des rapports… Mais son passé était loin. Et, une fois son travail terminé, il repartirait. Non parce qu'il en avait envie, mais parce qu'il n'avait pas le choix. Tant que leur liaison restait secrète, la position de Kathryn ne serait pas compromise. Mais peut-être devrait-il malgré tout se maîtriser, par crainte de ne pouvoir payer ce bonheur éphémère dans la monnaie exigée.

Comme il s'arrêtait pour laisser son cheval boire à une mare, un voile de nuages ôta sa chaleur au soleil. Peut-être était-ce le poids des Écritures transportées dans sa sacoche qui plombait son optimisme naturel. À moins que ce fût le poids de son secret, si soigneusement enfoui en lui qu'il lui arrivait même de l'oublier. Était-ce juste de le lui cacher ? L'ignorance serait la seule défense de Kathryn.

Il scruta un horizon invisible. Le ciel gris s'enfonçait dans les marais et ceux-ci se déversaient dans la mer, telle une marine peinte par un enfant morose qui n'aurait eu que du gris dans sa boîte de peintures. Paysage si plat qu'on avait l'impression qu'il serait possible de marcher jusqu'à l'extrémité du monde. Pas le moindre coteau, pas même la moindre bosse pour l'abriter du vent dans ce paysage détrempé. Comment avait-il pu jamais trouver beaux cette morne plaine et ces immenses cieux angoissants ? Le long été et sa pure lumière dorée l'avaient ensorcelé, mais il pressentait que cette saison avait pris fin. Le vent du nord s'engouffrant dans son col le lui confirmait.

Blackingham apparut soudain. L'éclat de la façade de brique rouge dissipa la brume flottant dans sa tête. À peine visible contre le ciel gris, un mince panache de fumée s'élevait en serpentant hors de la cheminée de la cuisine. Voyant là un salut de bienvenue, Finn éperonna son cheval pour retrouver Rose et Kathryn le plus vite possible. Rose et Kathryn…

Jusqu'au matin, Colin demeura prostré sur le sol glacial de la chapelle. Toute la nuit, il avait été douloureusement conscient du corps enveloppé dans le drap mortuaire devant l'autel. L'odeur de brûlé du cadavre lui donnait envie de vomir. Le pâle linceul réfléchissait la lumière spectrale de l'unique torche allumée pour veiller le mort jusqu'au matin, lorsque le berger pourrait effectuer son dernier voyage. Colin veillait le corps lui aussi. *Pater Noster, qui es in caelis, sanctificetur nomen tuum. Adveniat regnum tuum...* Combien de Notre-Père avait-il dits ? Il avait la gorge sèche, la langue pâteuse à force de réciter. *Libera nos a malo, libera nos a malo, libera nos a malo.* Délivre-nous du mal. Mais dans son cœur il craignait que ce ne fût trop tard. C'était entièrement sa faute. Pourquoi ne s'en était-il pas aperçu plus tôt ? Le démon avait utilisé la beauté de Rose pour le tenter et lui faire commettre un péché mortel. Il avait séduit une vierge et maintenant le sang du berger souillait son âme et celle de la jeune fille.

Avaient-ils éteint la lampe ? Impossible de s'en souvenir. Mais quelle importance. Dieu s'était exprimé par le feu. L'incendie de la lainerie leur révélait le jugement prononcé par Dieu à leur encontre. *Et dimitte nobis debita nostra*, marmonna-t-il entre deux sanglots dans le silence glacial de la chapelle. Aucune colombe blanche ne se percha sur le rebord de la fente étroite de la fenêtre, aucune lumineuse vision angélique ne promit la rédemption. Seul un rat fila à travers la chapelle. Colin n'avait pas vraiment espéré de manifestation surnaturelle, d'ailleurs. Son péché ne pouvait être aussi facilement absous. Il faudrait répéter le Pater toute sa vie pour sauver son âme, et celle de Rose. Rose avait été la première à appeler péché ce qu'ils avaient fait.

N'avait-il pas toujours su qu'il appartenait à Dieu ? Il

avait renié sa vocation et, loin de se satisfaire de ce maigre butin, le diable lui avait tendu un piège. Et maintenant il avait du sang sur les mains. Et sur celles de Rose. La jolie Rose, l'innocente Rose, souillée par sa concupiscence. Il passerait sa vie à prier pour son salut. Mais cela ne se passerait pas comme il l'avait imaginé. Il n'y aurait pas de musique. Pas de chœur de voix harmonieuses. Pas de merveilleux plain-chant, d'hymnes de louanges en l'honneur de Dieu. Il choisirait une abbaye sans musique, peut-être franciscaine. Il ferait vœu de silence, passerait le reste de sa jeunesse, sa vie entière, dans un silence ininterrompu, à prier pour Rose qu'il avait séduite, vieillissant sans le réconfort de sa musique. Pour expier.

Sa peau lui brûlait, malgré le froid régnant dans la chapelle. Peut-être allait-il attraper quelque fièvre et mourir. S'échapper. Mais il ne pouvait souhaiter mourir sans être en état de grâce. En plus, il y avait Rose. Son âme avait besoin de lui.

La cloche de la cour sonna prime, appelant les fidèles aux prières du matin. L'appelant lui. Les pleurnicheries devant un autel, qui avait vu trop peu de prières, n'achetaient aucune grâce. Dans la lumière grise de l'aube, la chapelle apparaissait encore plus blafarde, mais il n'avait plus peur. Il se leva avec difficulté, comme un vieillard. Il porterait le sac et la cendre et suivrait le chariot transportant le corps de John jusqu'à l'église Saint-Michel. Il le soulèverait lui-même du chariot, le porterait pour franchir le portail du cimetière avant qu'il soit inhumé en terre consacrée. Et ensuite ? Il sentit un poids se déplacer en lui. Le poids n'était pas enlevé, simplement déplacé afin d'être mieux supporté.

Puis il confesserait son péché au père de Saint-Michel

et sa vie en tant que Colin, fils cadet de Blackingham, serait terminée.

Sir Guy de Fontaigne se leva lui aussi au point du jour. Il n'avait aucune envie de s'attarder à Blackingham. Il avait mal dormi après avoir mangé une maigre portion du ragoût de pigeons froid préparé par son hôtesse, qui s'était répandue en excuses. Ainsi donc, le mari de la cuisinière était le rustre qui avait péri dans le feu. Et alors ? Elle n'était qu'une domestique. Son premier devoir était envers la maison où elle servait. S'il était maître de Blackingham – perspective qui le séduisait de plus en plus, surtout depuis qu'il avait récemment appris qu'ayant fait partie de la dot de lady Kathryn le domaine était revenu de droit à celle-ci à la mort de son mari –, un tel relâchement ne serait absolument pas toléré. Non qu'il nierait à la femme le droit d'avoir du chagrin. Même les paysans et les manants possédaient ce droit, à son avis. Elle pourrait utiliser ses larmes pour assaisonner les mets. Mais elle préparerait les repas. Et les servirait à l'heure. Le devoir, comme le rang, était déterminé par Dieu, car autrement l'ambition de sir Guy aurait fait de lui un roi. Cette visée se trouvait sans doute hors de sa portée, mais pas le château de Blackingham.

Il lui fallait d'abord courtiser lady Kathryn mais, son estomac criant famine et grelottant devant la cheminée sans feu, il n'était pas d'humeur à faire sa cour pour le moment. Pour l'obliger, il était allé chercher le prêtre la veille et avait tenté de divertir son fils morose – comme elle l'en avait également prié. Roderick avait souvent emmené l'autre à la chasse. Alfred, joyeux compagnon, bon vivant, capable de commettre quelques frasques à l'occasion, plaisait davantage au shérif. Le garçon pâle aux cheveux de soie et au joli minois les avait une fois accompagnés : il avait fondu en larmes devant un cerf blessé. Roderick s'était moqué de lui et l'avait renvoyé à la maison. « Il a trop longtemps tété le sein de sa maman. Ce ne sera jamais un homme. »

Corbleu ! quel piètre compagnon de route il avait fait… Il aurait pu tout autant être sourd-muet, vu sa réaction aux tentatives désespérées du shérif pour le distraire. Revenus moins d'une heure plus tard, suivis du prêtre, ils avaient reçu cet accueil indigne. Tout ça à cause de la mort d'un berger ! Il fallait vraiment que Blackingham soit repris en main, et il brûlait de le faire. Avec la fière veuve en prime. S'il épousait la veuve de Roderick, le douaire passerait sous son contrôle.

C'était la première aube frisquette. Il s'habilla en hâte, lança un bref juron en découvrant que son broc était vide, attacha rapidement son épée et son poignard. Rien ne bougea dans le manoir sépulcral tandis qu'il traversait la cour en direction de la vaste cuisine. Il entra dans la grotte enfumée plein d'espoir. Peut-être y avait-il finalement quelque grosse saucisse en train de griller quelque part. Aucun signe de vie là non plus, à part une souillon dormant près d'un feu hésitant.

Il fit claquer le plat de son poignard contre des casseroles accrochées au mur. Tel un chien ayant reçu un coup de pied, la donzelle endormie fit un bond puis se recroquevilla involontairement comme pour essayer de se rendre invisible.

« Dis donc, petite. Où est ta maîtresse ? »

La fillette cligna seulement de grands yeux endormis et chassieux.

« Sangdieu, ma fille ! Es-tu idiote ? Que doit-on faire céans pour avoir un quignon de pain ? »

Elle se redressa brusquement, se mettant à quatre

pattes comme un chat, le regard soudain plus vif. Puis, grognant quelques mots inintelligibles, elle fila au garde-manger et rapporta un pain en demi-lune, enveloppé dans un torchon moisi.

« Du p-pain, fit-elle, avant de poser la miche sur la table qui les séparait et de se réfugier, apeurée, dans un coin d'ombre.

— Elle vous offre sa propre nourriture. Ce serait se montrer fort désagréable de refuser. »

Sir Guy pivota sur ses talons en entendant une voix masculine derrière lui. Il brandit son poignard, l'abaissant un peu en reconnaissant vaguement l'homme au large sourire qui se tenait là.

« Ce serait plus désagréable de manger de la nourriture avariée, m'est avis. » Il replaça le poignard dans sa ceinture mais garda la main sur le manche. Un souvenir agaçant pointait. « Vous étiez là le soir où l'envoyé de l'évêque a été tué. Vous êtes de l'abbaye. Une sorte de peintre…

— Je suis enlumineur, je m'appelle Finn. Et vous êtes le shérif. Je me rappelle très bien la soirée. Vous avez effrayé lady Kathryn en découvrant de manière intempestive le cadavre du prêtre. »

Sir Guy se raidit. Son pouce suivait le dessin sculpté sur le manche du poignard. Quelle arrogance de ton pour un artisan ! L'attitude de cet homme était incongrue. Et tout ce qui n'était pas dans les normes irritait le shérif. Il se rappela un échange de propos, quelque désaccord à table, sans parvenir à bien se souvenir du sujet. Une seule chose était certaine : l'homme lui avait déplu. Comme à cette minute.

« Et moi, je me souviens que vous êtes pensionnaire ici et non pas membre de la maisonnée. Par conséquent, que lady Kathryn soit effrayée ou non ne vous regarde guère. »

L'intrus sembla ne faire aucun cas de la remarque, parcourant du regard la pièce où ils étaient désormais seuls. La fille de cuisine s'était enfuie en abandonnant sa révoltante offrande.

« Où est Agnes ? demanda Finn en humant l'air. À cette heure, d'habitude, elle est en train de cuire le pain. »

La façon dont l'enlumineur paraissait connaître les us et coutumes du château et le fait que non seulement il se rappelait le nom de la cuisinière mais qu'il l'utilisait de plus comme s'ils étaient de vieux amis accrurent l'irritation de sir Guy.

« L'Agnes en question assiste aux obsèques de son mari. Et à cause de ça on nous oblige tous à jeûner. » Il eut le plaisir de voir une immense stupéfaction se peindre sur le visage de l'enlumineur. Voilà au moins un point d'accord entre eux. Les paroles de Finn indiquèrent que, dans son cas, la stupéfaction n'était pas causée par le manque de rigueur dans la tenue de la maison.

« John ? Mort ? Mais comment… »

Il y eut un bruit dans son dos, un courant d'air froid, un bruissement de jupes, et une jeune fille aux cheveux aile de corbeau se précipita vers Finn et l'étreignit. D'abord très étonné par ce témoignage d'affection, sir Guy fouilla ensuite sa mémoire. Ah oui ! la fille. Mais quelle familiarité ! Où étaient les formes respectueuses, la déférence que lui aurait exigé d'une fille. Il aurait fallu remettre à sa place cette petite péronnelle.

« Père, c'était trop affreux ! Vous auriez dû être là. Ç'a été atroce ! »

Finn ouvrit délicatement les bras qui enserraient son

cou et d'un index taché de peinture il essuya une larme sur la joue de sa fille.

Bizarrement, sir Guy ne remarquait que maintenant l'air exotique de la donzelle. Elle n'avait certainement pas le teint de son père. Sans doute la bâtarde de quelque catin basanée.

« Tout doux, Rose. Calme-toi ! Bon, raconte-moi ce qui s'est passé. »

Elle jeta un coup d'œil alentour et remarqua seulement à cet instant qu'ils n'étaient pas seuls.

« C'est la lainerie, père. Elle a brûlé. Et John était à l'intérieur », expliqua-t-elle à voix basse, chuchotant presque.

L'enlumineur eut l'air abasourdi, et bouleversé. Que pouvait bien représenter le berger pour lui ? se demanda sir Guy.

« Le malheureux John ! » Finn secoua la tête d'un air sincèrement désolé en murmurant : « La pauvre Agnes ! Quelle tristesse ! »

Le shérif était de plus en plus perplexe.

« Ç'a été une grande perte aussi pour lady Kathryn, père. Elle comptait sur la vente de la laine. »

Voilà au moins un sentiment compréhensible…

« Elle n'a pas dit grand-chose, mais elle était bouleversée, continua la jeune fille. Je pense qu'elle regrettait que vous ne soyez pas là. »

« Elle regrettait que vous ne soyez pas là ! » Elle ? Lady Kathryn ? De minuscules grains d'incertitude et d'irritation crissèrent dans les rouages bien huilés des projets du shérif.

« Je vais aller la rejoindre sur-le-champ. Allons ! sèche tes larmes. Que fais-tu donc ici de si bon matin ?

— Je suis venue aider. Quand ils reviendront de

l'enterrement ils auront faim. Lady Kathryn, Colin et Agnes. »

Agnes ? Cette fille, invitée dans une maison noble, allait servir de domestique à une cuisinière ? L'ordre divin avait-il soudainement été chamboulé ?

« Je peux aider, ajouta-t-elle avec fierté. J'ai aidé lady Kathryn hier soir, on a préparé un ragoût de pigeons. »

L'estomac du shérif gronda au souvenir de ce plat.

« Dans ce cas, moi aussi, je vais aider, dit Finn. Comme jadis. Et en rentrant, ils auront tous le plaisir de trouver une cuisine chauffée et de la nourriture chaude. »

Jurant entre ses dents, le shérif pivota sur ses talons et quitta les lieux, tout à fait conscient que Finn et Rose, occupés à allumer le feu, ne s'étaient même pas aperçus de son départ.

Seul avec un quignon de pain et un bout de fromage au Beggar's Daughter [1], une taverne d'Aylsham où le propriétaire ne faisait pas payer le shérif (ainsi que tous les acolytes l'accompagnant), sir Guy ne ruminait pas que sa nourriture.

« Je vais aller la rejoindre sur-le-champ », avait déclaré l'enlumineur d'un ton possessif. Comme si quelque sentiment, une sorte d'amitié, liait lady Kathryn et ce Finn. Le shérif mâcha son pain et déglutit. Cela pourrait se révéler un obstacle à ses projets. Si elle avait déjà un protecteur, elle ne serait pas aussi vulnérable que prévu. Et si ce n'était pas seulement un sentiment amical qui les liait ? Peut-être entretenaient-ils une liaison amoureuse ? Peut-être couchaient-ils ensemble ? Non !

1. La Fille du gueux. *(N.d.T.)*

L'idée qu'ils fussent amants était grotesque. Une femme appartenant à la noblesse et un artisan ! En outre, ce serait de la fornication et, quoique lady Kathryn ne fût pas, au dire de Roderick, excessivement pieuse, elle ne manquait cependant pas de prudence. De plus, selon Roderick encore, elle était assez froide. Il soupçonnait plutôt l'enlumineur de jouer un rôle d'ami et de conseiller. Il s'était introduit dans ses bonnes grâces, et qui sait ce qui pouvait découler de cette situation ? Une chose était certaine : ami ou amant, l'enlumineur constituait un obstacle à éliminer. Mais il fallait commencer par le commencement.

Primo, il devait enquêter sur la mort du prêtre, qui remontait à trois mois déjà. Au début, l'évêque avait eu d'autres soucis en tête, occupé qu'il était par la transformation des anciennes ruines de la cathédrale de North Elmham en manoir et pavillon de chasse. Mais, maintenant que l'archevêque s'impatientait, l'évêque exigeait des résultats. Au shérif désormais de résoudre le problème ! Il avala sa dernière goutte de cervoise, pinça la taille de la serveuse pour tout paiement et, sans le moindre signe de tête à l'adresse de l'hôte, monta en selle et prit la direction du lieu du crime.

La Bure était l'un des nombreux cours d'eau qui irriguaient les tourbières d'Est-Anglie. Rivière paresseuse, peu profonde, celle-ci passait souvent par-dessus ses étroites berges durant son parcours sinueux jusqu'à la mer. Elle coulait au nord et à l'est d'Aylsham, bordant les pâturages sud de Blackingham où des moutons à tête noire paissaient tranquillement. Il y avait un gué à l'endroit où la rivière traversait la grand-route menant à Aylsham en direction du sud et au-delà jusqu'à Norwich. C'est là qu'on avait découvert le corps du prêtre, parmi les roseaux, au bord du cours d'eau. Sur les terres de Blackingham. Le prêtre avait dû se trouver sur le chemin du château – et non pas sur le chemin du retour puisque lady Kathryn avait affirmé ne pas l'avoir vu – ou peut-être sur celui de l'abbaye de Broomholm, plus au nord. C'était donc vers ce lieu que se dirigeait sir Guy par cette sombre journée, afin de relancer son enquête, bien qu'il ne sût pas exactement ce qu'il espérait dénicher, la nature marécageuse de la région ayant dû depuis longtemps effacer tout indice. Piste désormais sans issue, sans doute, mais piste quand même. Quelques jours après la découverte du cadavre, ses hommes avaient passé l'endroit au peigne fin, sans rien trouver. Vu la pression accrue de l'évêque, il devait s'en assurer par lui-même.

Pataugeant parmi les roseaux, son cheval avançait avec réticence le long de la rive marécageuse, dérangeant un tadorne en train de picorer. L'œil vif du shérif ne remarqua rien d'inhabituel. Bien sûr, tout signe d'effusion de sang aurait disparu. Il nota seulement un espace de terrain récemment dégagé par les coupeurs de roseaux qui avaient oublié une gerbe gisant, à demi enfouie, parmi de hautes herbes. Il fallait ne rien négliger cependant. Sir Guy était très minutieux. Mais, peu désireux de mettre pied à terre, il transperça la gerbe de roseaux de la lame de son épée. Interrompu à nouveau dans son repas, le tadorne cancana et, frustré, battit des ailes dans un éclaboussement d'eau avant de s'envoler.

Ne découvrant rien sous la botte de roseaux, le shérif l'envoya dinguer plus loin, puis, utilisant le plat de son épée comme une faux, il fouilla parmi les roseaux non coupés. Rien, là non plus, comme il s'en était douté. Il tira brusquement sur les rênes vers la droite. Le sabot du cheval déplaça une fois de plus la gerbe. Cette fois-ci, un paquet marron, plus ou moins carré, fut délogé et retomba sur le côté. Sans doute un morceau de sac dans lequel avait été enveloppé le déjeuner d'un coupeur de roseaux. Ça valait malgré tout la peine d'examiner la chose de plus près.

Sa curiosité était assez piquée au vif pour qu'il décide de mettre pied à terre. Il ramassa l'objet qui était étonnamment sec, puisqu'il avait été protégé par la lourde gerbe végétale. Il avait dû rester coincé parmi les herbes avant d'être attaché avec les roseaux fauchés. L'étudiant de plus près, sir Guy s'aperçut qu'il s'agissait en fait d'une petite ardoise dans un étui de cuir auquel un bout de craie était accroché par un cordon. Sa respiration s'accéléra quand il découvrit le sceau de l'Église estampé sur l'étui. Oublieux de l'eau qui s'infiltrait dans ses belles bottes de cuir, il lut avec un vif intérêt les mots tracés à la hâte sur l'ardoise, son latin étant assez bon pour lui permettre de traduire le texte tant bien que mal.

« *2 florins d'or.* » Puis deux initiales, qui semblaient être *P. G.* Ensuite, il crut déchiffrer : « *Pour l'âme de sa mère.* »

« *1 coupe en plaqué argent* », inscription suivie des initiales *R. S.* Puis : « *Pour l'âme de sa défunte femme.* »

« *2 pence. Jim le chandelier pour le péché de cupidité.* »

Ces trois lignes étaient reliées par une accolade verticale suivie du mot « *Aylsham* ». Le shérif comprit soudain le sens de sa découverte. Il s'agissait du relevé de ce qu'avait exigé l'Église lors de l'ultime tournée du prêtre. Il y avait même la date griffonnée en haut : *22 juillet, fête de Marie Madeleine.*

Mais ce n'était pas tout. Une autre inscription. La dernière. « *Un rang de perles. L. K. pour les péchés de sir Roderick.* » Et à côté : « *Blackingham.* » Lady

Kathryn avait affirmé que le prêtre n'était pas venu à Blackingham... Or sous ses yeux se trouvait la preuve, écrite de la main même du mort, qu'elle avait menti.

La matinée était déjà bien avancée lorsque Alfred éperonna le palefroi de sa mère. Il était sur le chemin de Saint-Michel et allait à sa rencontre. Un peu plus tôt, il était parti à sa recherche pour s'excuser mais Glynis lui avait appris que madame sa mère et son frère s'étaient joints au cortège funèbre. Elle serait sûrement furieuse qu'il ait emprunté son cheval sans sa permission, mais il aurait dû posséder sa propre monture. Son père avait promis à ses fils de beaux destriers à leur majorité. Invoquant le manque d'argent, Kathryn avait repoussé leur demande. Colin avait acquiescé. Mais qu'est-ce que ça pouvait faire à une femmelette comme lui ? Comme d'habitude, il était avec sa mère en ce moment. Pour se mettre dans ses petits papiers. Alfred devait les rejoindre. Parce que ça plairait à sa mère, et pour le moment il souhaitait lui plaire.

Regrettant de ne pas avoir choisi un vêtement plus chaud, il frissonna sous sa tunique de lin et aspira l'air humide chargé de la fumée montant des cuisines d'Aylsham. L'odeur de graisse lui rappela qu'il n'avait pas mangé. Juste en face de lui, il apercevait le petit clocher trapu de Saint-Michel. Quelle horrible façon de mourir ! Il aurait voulu être là quand on avait sorti le cadavre du berger. Les yeux avaient-ils fondu ? La chair s'était-elle désagrégée ? Il parierait une couronne qu'il aurait eu le courage de regarder le cadavre sans être pris de nausées. Si Colin était présent, il était sans doute devenu vert et avait probablement vomi. Quelle mauviette ! Il n'avait sans doute même jamais eu une fille.

Simpson avait expliqué que John était saoul et qu'il avait mis le feu à la lainerie par négligence. Alfred en doutait. Il avait suffisamment étudié le comportement du régisseur pour être d'accord avec sa mère : on ne pouvait pas lui faire confiance. Vrai, John avait aimé boire sa bière, mais ce n'était pas un irresponsable. Il n'aurait pas été ivre en pleine journée. Non, pour une raison personnelle, voire par pure méchanceté, Simpson voulait qu'on accuse John d'avoir provoqué l'incendie de la lainerie.

Mais ce n'était pas seulement à cause des accusations de Simpson qu'Alfred voulait parler à sa mère. Il avait quelque chose qui lui appartenait et qu'il avait trouvé chez le régisseur. Hier, parce qu'elle refusait de le laisser revenir au manoir, il était parti fou de rage et avait boudé. Il s'était lassé de jouer les espions. Comprenant qu'il jouait au maître et seigneur, Simpson avait trouvé plusieurs moyens pour l'amener à effectuer des tâches de manant. Difficile de faire son grand seigneur quand on a de la crotte de mouton jusqu'au derrière. Alors, hier, quand sa mère l'avait tancé, il s'était d'abord rendu à cheval au White Hart, à Aylsham, pour calmer ses nerfs et mettre du baume sur ses blessures d'amour-propre en avalant deux ou trois bières. Puis il s'était rendu chez Simpson afin de régler quelques comptes avec lui. S'il devait rester deux semaines de plus, jusqu'à son anniversaire, il tenait à préciser une chose ou deux.

Trouvant la maisonnette vide, il en avait profité pour la fouiller de fond en comble, Simpson ayant jusque-là toujours fermé à clef la porte de sa chambre. S'il n'avait déniché aucune preuve d'escroquerie, il était tombé sur quelque chose qui allait permettre à sa mère de tenir le régisseur. L'accusation de vol serait comme une épée de Damoclès. Et Alfred remettrait cette preuve à sa mère comme une sorte de cadeau de réconciliation. Il avait pris sa décision : en tant que fils aîné de sir Roderick de Blackingham, il ne jouerait pas les valets de ferme un jour de plus.

Si sa mère ne le laissait pas revenir au château, il avait un plan de rechange. Le sang viking hérité de son père avait un impérieux besoin d'action et Alfred savait où il pourrait l'assouvir. Au White Hart, il avait entendu les jeunes gens se plaindre et discuter à propos de l'ambition de l'évêque de lever une armée pour déloger le pape français du trône. Si c'était vrai, l'évêque n'aurait pas uniquement besoin d'or pour attaquer Avignon. Il lui faudrait de braves soldats anglais. Des soldats anglais nobles. Pour ce faire, il fallait qu'il possède son propre cheval. Autre raison de rentrer dans les bonnes grâces de sa mère. La dernière fois, au printemps, il avait essayé l'armure de son père : il était désormais assez grand. Le heaume et les guêtres étaient à sa taille, mais il nageait encore dans la cotte de mailles et le haubert était trop lâche. Malgré tout, il pensait avoir forci durant l'été. Il les ressaierait.

Oubliant le froid et l'humidité, il éperonna le palefroi plus vigoureusement. Il sentait le vent ébouriffer ses cheveux et dans sa tête le soleil brillait au milieu d'un ciel sans nuages. Des rêves de gloire, gagnée sur le champ de bataille, chatouillaient son imagination. Bannières de soie claquant au vent. Trompettes des hérauts. Et lui entrant triomphalement à la cour du roi de France tandis que toutes les dames gazouillaient en parlant du vaillant jeune Anglais dont l'armure, exempte de toute trace de boue ou de sang, étincelait dans la lumière. Il se pourrait même qu'il fût fait cheva-lier de la Jarretière, honneur qui avait échappé à son pauvre père.

Il s'arrêta brusquement un peu avant le portail du cimetière. L'enterrement devait être terminé. Seule la vieille cuisinière pleurait encore sur la tombe. Pas le moindre signe de Colin ni de sa mère.

L'espace d'un instant il se demanda s'il devait mettre pied à terre et aller lui présenter ses condoléances. Mais il n'aurait su que dire à une serve.

ONZE

Lady Kathryn se tenait seule dans le cimetière de
Saint-Michel. La poignée de métayers et leurs familles
ayant assisté à la cérémonie funèbre lui firent un timide
signe de tête en partant.

« Bonne journée à vous, dame. »

« Ç'a été bien et gentil de votre part, dame, d'assister
à l'enterrement du berger. »

Bien et gentil ? Ou tout simplement stupide ? Elle les
avait vus avec – oui, elle devait le reconnaître – une
certaine jalousie entourer Agnes pour lui présenter leurs
condoléances. Elle ne connaissait pas ce fort sentiment

211

d'appartenance à une communauté qui liait les serfs et les tenanciers de Blackingham. Mais à quelle occasion aurait-elle pu le ressentir ? Ils avaient d'abord eu affaire à son père, puis à son mari, ni l'un ni l'autre connus pour leur générosité. Aujourd'hui, c'était Simpson qui les harcelait quand le loyer était en retard et, quand ils ne pouvaient payer, confisquait leur bétail et réquisitionnait pour les corvées les plus costauds de leurs fils. Et, puisque Roderick naguère et Simpson aujourd'hui l'avaient représentée auprès d'eux, elle devinait qu'ils ne la regardaient pas d'un très bon œil. Ils jetaient des regards furtifs et gênés dans sa direction.

« C'est pas convenable de communier en même temps que la noblesse », chuchota l'un d'entre eux.

Son visage lui était familier, mais elle ne connaissait pas son nom ; elle ne connaissait aucun de leurs noms. Kathryn chercha Simpson, qui brillait par son absence. Cela l'irrita. Il aurait dû être présent pour saluer la dépouille et aurait pu servir d'intermédiaire entre elle et les métayers. Elle fit semblant de ne pas entendre leurs chuchotements et de ne pas remarquer à quel point sa présence les mettait mal à l'aise, mais elle sentait qu'elle détonnait autant qu'une gargouille dans une procession de séraphins.

Elle paya les moines qui avaient chanté l'office des morts et s'attarda longtemps après le dernier psaume, après que le dernier *misere nobis* eut été récité, que le corps dans son linceul eut été enlevé de son cercueil d'apparat et déposé dans la tombe, recouverte ensuite d'un monticule de tourbe. Même une fois que les autres se furent lentement éloignés, elle s'attarda encore, hésitant à laisser Agnes seule dans le cimetière. La veuve était agenouillée près de la tombe, telle une affreuse cicatrice encore toute boursouflée sur une belle peau.

Kathryn attendit sous le chapiteau moussu du portail tout en guettant l'arrivée de ses fils. Elle avait envoyé chercher Alfred mais il n'était pas venu. Même Colin était reparti. Il avait insisté pour marcher dans le cortège funèbre derrière le chariot à deux roues qui transportait le corps mais avait dû s'éclipser avant ou pendant la messe. Cela la surprit, car Colin adorait la liturgie.

Elle s'assit sur le banc où, moins d'une heure auparavant, la petite troupe s'était arrêtée en attendant l'arrivée du prêtre. Une colombe appela son partenaire d'un ton plaintif et mélancolique. Kathryn frissonna. Elle aurait dû mettre son manteau. Affalée sur le sol près du monticule de terre, Agnes semblait insensible au froid. Mais chacun sait que les paysans sont plus résistants que les nobles. Qu'éprouvait-on quand on perdait un époux bien-aimé ? Elle ne s'était pas attardée près de la tombe de son mari de peur qu'on lise sur son visage non le chagrin mais le soulagement.

Le vent avait viré au nord et faisait tourbillonner avec un bruit de crécelle des feuilles mortes sur l'herbe sèche. Agnes n'en avait-elle pas assez de pleurer ? Elle pensa alors à Finn. Il n'était pas son mari – et ne le serait jamais car le roi ne l'autoriserait jamais à épouser un roturier – et cependant elle aurait eu du mal à le laisser seul dans le morne cimetière, bordé d'ifs noirs, telles de moroses sentinelles. Elle se serra dans son châle et souffla sur ses doigts pour les réchauffer.

Quand elle ne put plus supporter le froid, elle s'approcha doucement d'Agnes, plaça un bras autour de ses épaules, essaya de la soulever, comme le jour de l'incendie.

« Viens, Agnes. On a fait pour ton John tout ce qu'il était possible de faire aujourd'hui. Je vais acheter des messes pour le salut de son âme. Il est temps de partir. Tu as besoin de manger quelque chose de chaud.

— Allez-y, madame. Si vous le permettez, j'aimerais rester seule avec John un petit peu. Dès que je rentrerai, je m'occuperai de vous et du jeune maître Colin, et de la fille de l'enlumineur. »

Si Kathryn fut obligée de laisser Agnes au cimetière et de refaire les deux milles à pied, elle était décidée à ce que les enfants se débrouillent tout seuls. Elle pouvait bien donner la priorité aux souhaits de cette femme, dont la fidélité lui faisait honte, et la laisser pleurer son mari en paix. En tout cas, ils n'auraient pas à préparer le repas du shérif. Elle l'avait vu partir peu après l'aube, sans doute vexé au plus haut point que l'hospitalité de Blackingham eût laissé à désirer. Il s'empresserait de s'en plaindre à tout un chacun. Kathryn avait remarqué sa façon de faire la fine bouche devant le dîner de la veille. Maintenant, il lui faudrait préparer en hâte quelque chose pour Colin, Rose et elle-même. Durant l'absence de la cuisinière, les valets avaient-ils pensé à garnir le feu de la grande cheminée de la cuisine ? Probablement pas. Elle devrait donc en plus s'ingénier à rallumer un âtre éteint. Quelle corvée ! Il lui tardait de retrouver le confort de sa chambre où flambait un feu.

Comme elle arrivait au château – elle aurait dû mettre des souliers plus robustes, car les nids-de-poule de la route lui blessaient les pieds –, elle vit des volutes de fumée sortir de la double cheminée. Dieu merci ! cette tâche lui serait épargnée.

Au moment où elle traversait la cour, elle entendit une voix masculine familière. Le son de cette voix lui fit oublier sa lassitude et ses pieds endoloris. Ramassant ses jupes, elle se précipita dans la cuisine, où se trouvait

Rose, et aussi Finn, qui était en train de casser des œufs au-dessus d'un gril métallique fumant.

« Vous êtes de retour ! » s'écria-t-elle bêtement, se retenant de se jeter à son cou. Elle ne pouvait agir ainsi devant Rose.

« Toutes mes condoléances, madame. Rose m'a parlé de l'incendie », déclara-t-il. Mais elle lut autre chose sur son visage, un langage secret, apanage des yeux des amants et non de leurs lèvres.

Kathryn eut soudain une faim de loup.

« Avez-vous assez d'œufs à partager ? »

Il partit d'un rire qui semblait rouler des graviers enrobés de miel.

« Nous les préparions pour vous, mais nous serions très honorés si vous nous invitiez à les partager. »

À peine étaient-ils parvenus à la moitié de leur repas composé de pain, de fromage et d'œufs – une nourriture aussi simple avait-elle jamais eu aussi bon goût ? – que, soudain livide, Rose sortit de la pièce en courant pour rendre le sien sur le sol de la cour. Finn se précipita derrière elle, lui tint la tête, et, dès qu'elle eut cessé de hoqueter, essuya avec son mouchoir de batiste la salive tachée de jaune sur les lèvres de sa fille.

« J'ai envie de m'étendre un moment, père. J'ai la tête qui tourne », dit-elle.

Lady Kathryn appuya le dos de sa main sur le front de Rose.

« Elle n'a pas de fièvre. C'est probablement une simple réaction aux événements qui se sont passés durant votre absence. Elle a été très brave et m'a beaucoup aidée. Une vraie fille de Blackingham n'aurait pu mieux se comporter. »

La jeune fille fit un pâle sourire en entendant ces

louanges décernées devant son père, mais son teint resta verdâtre.

« Finn, emmenez-la dans vos appartements et mettez-la au lit. Je vais lui préparer une infusion calmante, un remède que je faisais à mon père chaque fois que son estomac le tourmentait. »

Avec un air de vieille mère poule, Finn accompagna sa fille, tandis que Kathryn se mettait à l'ouvrage. Après une recherche rapide – une gente dame n'aurait pas dû se familiariser à ce point avec les entrailles de la cuisine –, elle trouva un pilon et un mortier et écrasa anis, fenouil et graines de cumin. Lorsqu'elle apporta l'infusion au premier étage, Rose était déjà couchée. Son père s'affairait en caquetant autour d'elle, lui remontant la couverture jusqu'au menton, laissant retomber la lourde tapisserie de la fenêtre pour cacher la lumière de ce début d'après-midi.

« Je me sens mieux. Il me semble que je peux me lever maintenant. Je devrais aider Colin à mélanger les couleurs. Vous en aurez besoin, maintenant que vous êtes de retour, père.

— Colin se repose, lui aussi. » Kathryn approcha l'âcre infusion des lèvres de la jeune fille. « Je ne l'ai pas vu depuis l'enterrement. Ç'a été une pénible épreuve pour nous tous. J'ai demandé à Glynis de porter un plateau dans sa chambre et j'ai laissé du pain, des œufs, du fromage et un verre de vin pour Agnes. » Elle jeta un regard chargé de sous-entendu à Finn. « Je vais bientôt aller me reposer… » Mais il était trop préoccupé par l'état de Rose pour comprendre son invite. S'il s'agissait bien de cela. Elle n'en était pas sûre elle-même. Elle avait l'impression qu'elle pourrait dormir éternellement. Rose but son infusion et lorsque ses paupières commencèrent à se fermer, Kathryn se retira sur la pointe des pieds. Assis au chevet de sa fille, Finn ne sembla pas l'entendre quitter la pièce.

Kathryn était en train de tisonner le feu paresseux quand on frappa à la porte de sa chambre. Sans doute Alfred, venu s'excuser après leur querelle. Il le faisait toujours. Faudrait-il aussi lui donner à manger ? Ou bien la gouvernante de Simpson lui avait-elle servi le petit déjeuner avant qu'il parte. Il avait plus probablement *bu* un petit déjeuner dans une plaisante taverne d'Aylsham. Étant déjà en chemise, elle s'enveloppa d'un geste las dans une robe de chambre.

« Puis-je entrer, madame ? » supplia une voix rauque, voilée, qui n'était pas celle d'Alfred.

Elle se dirigea vers la porte, souleva le pêne mais se contenta d'entrebâiller la porte.

« Tu ne devrais pas être avec Rose ?

— Elle dort comme un bébé. Ma présence ne ferait que la gêner. Comme tu l'as dit, c'est sans doute une réaction nerveuse de jeune fille. Ouvre la porte, j'ai quelque chose pour toi. »

C'était tentant. Rien que pour être dans des bras. Et parvenir à oublier la sensation d'accablement des deux derniers jours.

« Pas maintenant. Pas dans ma chambre. Colin ou Alfred risquent de venir.

— Ce serait si embarrassant que ça ? »

Elle se rappela la prudence avec laquelle il l'avait accueillie dans la cuisine, comment il s'était abstenu de l'enlacer devant sa fille. Le sang lui monta au front. Elle devrait l'éconduire.

« Allez ! Ouvre la porte. Je veux juste parler avec toi. »

Elle avait chaud enfin, moins grâce au feu oublié dans la cheminée qu'au corps souple qui s'enroulait autour du sien. La fumée des braises crépitantes et l'odeur de leur étreinte rendaient âcre l'air de la chambre. Une délicieuse léthargie la réchauffait comme une laine. Si seulement elle pouvait demeurer ainsi à jamais, ses jambes mêlées à celles de Finn tels des écheveaux de fils de soie, ses lèvres effleurant le sommet lisse du crâne de Finn à l'endroit où une tonsure s'était formée en dessinant un O parfait…

Longtemps après que leur passion s'était consumée, elle percevait le moindre rythme du corps allongé à côté du sien, le souffle de son amant s'accordant au sien. Il y avait un grand mystère dans la façon dont les « deux devenaient une seule chair ». Cela semblait autant un miracle que la Sainte Eucharistie, la transsubstantiation du pain et du vin en corps et sang du Christ. Miracle qu'elle ne connaissait que par ouï-dire, n'ayant jamais perçu dans sa bouche le goût du sang et de la chair. Était-ce parce qu'elle n'en était pas digne ? Dans sa bouche, le vin restait du vin et le pain, du pain. Mais ce rite sacré, la communion de deux âmes, elle en avait une expérience personnelle. Cela n'était jamais arrivé avec Roderick. Au cours de son mariage béni par l'Église et le roi, elle n'avait été qu'une jument poulinière et son mari un étalon, chacun copulant selon sa nature.

« Je t'ai apporté un cadeau du marché de Norwich, dit Finn.

— Je n'ai pas besoin de cadeau. T'avoir ici avec moi me suffit. » Chaque mot était un léger et doux baiser posé sur cet O parfait.

— Ah ! m'avoir ici. Je comprends. L'abbé t'a envoyé ton dû pour m'avoir ici. Ce doit être un vrai fardeau. Car elle pèse lourd cette bourse. »

Le ton était taquin et il lui tapotait le menton en prononçant ces mots. Pourtant elle regimba. Elle savait qu'il la jugeait égoïste, lui reprochant de ne pas s'intéresser à ceux qui n'appartenaient pas comme elle à la noblesse. Elle se rappelait leur discussion à propos de qui devait payer la capitation pour les serviteurs. Comme il lui donnait un baiser sur la gorge et soulevait une mèche de cheveux pour dégager un sein nu où poser sa langue, elle le repoussa, délicatement, et tira sur la courtepointe qu'elle coinça sous ses aisselles.

Elle s'appuya sur un coude et lui fit face.

« Ne te moque pas de moi. Ce n'est pas ce que je voulais dire par "t'avoir ici avec moi". Je voulais parler de ta présence ici. Même si j'avoue être assez reconnaissante à l'abbé de sa générosité. Surtout maintenant que j'ai perdu la lainerie. Sans parler du bénéfice que j'aurais tiré du sac de laine. » Pourquoi avait-elle parlé de bénéfice ? Parce qu'elle savait que ça l'énerverait ?

Ou parce qu'il avait paru insinuer quelque chose. Il l'avait quasiment traitée de catin. Et ce genre de plaisanterie était intolérable.

« Tu n'as pas parlé du berger.

— Bien sûr, le berger ! Son remplacement ne sera pas facile, ni bon marché. » S'il la jugeait cupide, autant apporter de l'eau à son moulin.

Il se cala sur les oreillers, les mains nouées sous la nuque. Suspendue à une lanière de cuir, il portait autour du cou une noisette sertie dans un médaillon d'étain. Lorsqu'elle l'avait interrogé à ce sujet il avait répondu que c'était un cadeau d'une sainte femme. Soudain ce médaillon l'agaçait comme s'il représentait une partie de son être qu'il lui dissimulait. Elle l'écarta, effleurant du bout d'un doigt taquin le dessin du sternum. Mais il avait cessé de la regarder en souriant et, les sourcils froncés, fixait le plafond comme s'il voyait des diables folâtrer dans les renfoncements sombres entre les poutres goudronnées.

« Est-ce la seule raison ?

— Que veux-tu dire par "la seule raison" ?

— Le bénéfice. C'est tout ce qui t'intéresse ?

— Apparemment pas », répliqua-t-elle en indiquant les draps en désordre.

Où était-il quand elle lavait le cadavre du berger ? Où était-il, lui et ses idées généreuses sur la charité, pendant qu'elle consolait Agnes ? En train de fréquenter les évêques et de discuter philosophie avec des saintes femmes. De déguster du vin et des pâtisseries dans les appartements luxueux de l'abbé.

« Je dois penser au bien-être de mes fils, protéger leur héritage. Toi, tu es un artisan. » Le voyant hausser un sourcil, elle regretta d'avoir trop fortement accentué le mot « artisan ». « Je veux dire que tu peux compter sur ton art pour entretenir ta fille. Ni l'Église ni le roi ne peuvent t'enlever ça. »

Elle perçut l'accélération des battements du cœur de Finn, la tension accrue de ses membres et des muscles de son visage, de tout son corps, vibrant comme la corde d'une harpe que l'on vient d'accorder. Elle toucha le creux sous la cage thoracique, là où la peau était souple, les muscles mous mais pas recouverts de graisse. Ils n'étaient pas mous en ce moment.

« Je dois compter sur mes compétences d'"artisan" parce que je n'ai pas le choix. Le roi et l'Église m'ont déjà dépouillé. Aussi nettement qu'une baguette d'osier. »

Elle laissa sa main sur le ventre de Finn, ses doigts faisant de minuscules bouclettes avec les poils autour du nombril.

« Que veux-tu dire ?

— Ce que je veux dire, Kathryn, c'est que tu n'es pas la seule personne à sentir sur sa nuque la botte de la tyrannie. Pose la question au paysan qui carde ta laine, au brassier qui laboure tes champs pour un salaire de misère, au serf dont le travail t'appartient. Dans leur cas, c'est ton pied délicat qui leur enfonce le visage dans la boue. »

La main de Kathryn mit un terme à ses explorations.

« Vous savez peut-être manier le pinceau, messire l'enlumineur, mais vous n'avez pas la moindre idée des efforts qu'exige la direction d'un fief de la taille de Blackingham. »

Le ricanement moqueur de Finn vibrait d'orgueil blessé et de légitime indignation. Ses yeux ne souriaient pas. Il était réellement en colère et très vexé.

« Ce petit enclos de brique avec ses quelques arpents de pâturages pour les moutons ! Je vous apprendrai, chère lady Kathryn, que j'étais jadis héritier d'un domaine – un château de pierre avec motte et courtine, et mon propre entourage d'hommes liges – à côté duquel Blackingham fait figure de maison de... maître de corporation. »

Avait-elle bien compris ? Elle porta brusquement sa main à sa gorge pour calmer les battements de son sang.

« Veux-tu dire, Finn, que tu appartiens à une maison noble et que tu ne me l'as jamais dit ? Tu te rends compte de ce que cela signifie ? » La main qui tout à l'heure avait fait des bouclettes avec les poils de Finn lui prit délicatement le menton, le forçant à la regarder. Si tu appartiens à la noblesse, nous pouvons solliciter auprès du roi la permission de nous marier ! »

Finn ne répondit pas. Il était le siège de sentiments contradictoires. L'irritation, le dépit, le chagrin se pourchassaient sur son visage. Elle attendit. Chaque instant de silence entamait sa joie. Une chaleur qui n'avait rien à voir avec la passion lui brûlait la peau. Et s'il s'était tu justement parce qu'il ne voulait pas s'allier à elle, la jugeant de condition inférieure à la sienne ? Il s'était gaussé tout ce temps, la regardant jouer les grandes dames. Maintenant qu'en blessant son orgueil elle l'avait forcé à faire cette révélation, il serait contraint d'admettre qu'il avait seulement voulu coucher avec elle. Était-il possible que ce qui avait été une grande passion pour elle, n'ait été pour lui qu'un batifolage pour lequel il recevait rétribution ?

Kathryn se sentit comme Ève après la chute.

Elle n'osait plus le regarder en face. Elle se redressa, s'écarta jusqu'au bord du lit, tirant les draps sur elle.

Saisissant l'extrémité du drap, il le maintint en place avant d'être complètement découvert.

« J'ai parlé au passé, Kathryn. J'ai dit que j'étais jadis un noble héritier. Aujourd'hui, je ne suis plus que ce que tu as dit. Un artisan, précisa-t-il d'un ton penaud. Mes terres et mon titre m'ont été confisqués par le roi. »

Confisqués ? Cela ne pouvait signifier qu'une chose. Elle abritait un traître – littéralement – en son sein, au sein de son domaine de Blackingham. Elle avait trahi ses enfants et mis en péril non seulement leur héritage mais peut-être même leur vie !

« Tu aurais dû me le dire. Si tu t'es rendu coupable de trahison tu aurais dû me l'avouer. »

Elle n'arrivait toujours pas à le regarder en face. En lui cachant ce fait, il avait aussi trahi sa confiance, leur complicité. Pourtant, elle aurait voulu le tenir dans ses bras et le consoler de sa perte. Que pouvait-il arriver de pire que de perdre sa terre ? Et elle le connaissait – ou

avait cru le connaître – assez pour deviner qu'il regretterait cette perte pour sa fille sinon pour lui-même.

« Si j'avais trahi le roi j'aurais été pendu, éviscéré et
écartelé, répondit-il derrière elle. Ma tête serait sur une
pique et les corbeaux m'auraient dès longtemps dévoré
les yeux. »

Ces yeux couleur de mer qui lisaient dans son âme,
ces yeux rieurs dont elle avait envie – même en ce
moment – de baiser les paupières et qui ne riaient plus.

Il se dressa sur son séant, se pencha par-dessus
l'épaule de Kathryn, lui toucha la joue.

« On a confisqué mon domaine parce que j'aimais
trop une femme. Ça semble être une de mes
faiblesses… »

Il s'agissait donc de quelque malentendu, de quelque
méfait mineur qui pourrait être encore pardonné. Et si
ses terres ne lui étaient pas restituées, qu'est-ce que cela
pouvait lui faire à elle ? Malgré le mépris de Finn à
l'égard de Blackingham, le domaine leur suffirait.

« Où se trouvait ton château ? demanda-t-elle sans
tourner la tête, n'osant pas encore affronter son regard.

— Dans les marches. À la frontière du pays de
Galles.

— Et la femme ? Est-elle… ? »

Ses yeux la rassurèrent.

« C'était la mère de Rose. »

Un grand poids lui fut ôté de la poitrine. Elle savait à
quel point il avait aimé sa femme et elle ne l'en aimait
que davantage. Même si une partie d'elle-même enviait
la morte.

« Et le roi n'approuvait pas », dit-elle.

Ce n'était pas une question. Il s'agissait d'une vieille
histoire, assez facile à déchiffrer, pensa Kathryn. Jeune
et amoureux, dans un accès de rébellion, Finn avait

imprudemment désobéi au roi, s'était marié en hâte, tournant peut-être le dos à la femme choisie par le roi Édouard.

« Le roi n'approuvait pas », acquiesça-t-il.

Puis il se tut. Elle attendit, soulagée, espérant une histoire romanesque d'amour partagé malgré de terribles obstacles. Elle avait envie de se tourner vers lui, mais elle allait attendre encore un instant, attendre qu'il la rassure un peu plus, afin de le punir de lui avoir fait si peur. Elle demeurait assise sur le lit, le dos raide, les yeux au plafond. Elle entendit une brusque inspiration suivie d'une rapide expiration.

« J'avais épousé une juive. »

Elle crut d'abord avoir mal compris, mais le mot plana au-dessus de leurs têtes. Il semblait s'inscrire plusieurs fois dans les airs, en lettres de plus en plus grosses. Juive. Juive. Juive. Kathryn se tenait parfaitement immobile, comme un lapin apeuré se fige sous l'ombre d'un faucon. Le souffle coupé.

Juive… Juive… J'avais épousé une juive, avait-il dit. Elle avait pris dans son lit un homme qui avait eu des rapports avec une juive. Une meurtrière du Christ.

Il tendit la main et lui toucha l'épaule.

« Kathryn, si tu avais pu connaître Rebecca… »

Elle se recroquevilla, s'écarta insensiblement de lui. Elle ne put arrêter son mouvement qu'une fois assise, vacillant presque, à l'extrême bord du lit. « Rebecca. » Et Rose, avec sa peau olive et ses cheveux aile de corbeau, la jeune fille qu'elle avait au début comparée à la Sainte Vierge… Comment aurait-elle pu le deviner ? De sa vie elle n'avait vu qu'un juif, un vieil usurier de Norwich, qui plus est, que son père lui avait jadis montré. Elle tira violemment sur le drap jusqu'à ce qu'il cède. S'enveloppant dedans, elle se leva, toujours de dos. Pas question que quelqu'un ayant eu des rapports avec une juive la vît nue.

« Je dois retourner à la cuisine, m'assurer qu'Agnes a repris son travail. Il faut nourrir la maisonnée. » Elle parlait d'une petite voix, la gorge nouée.

« Kathryn ne penses-tu pas qu'on… ?

— Tu ferais mieux de retourner voir Ro… ta fille. L'un de mes fils pourrait venir d'un moment à l'autre. »

Alfred et Colin… Et s'ils apprenaient que leur mère avait forniqué avec un juif ?

Elle passa sa chemise. Elle entendit le profond soupir de Finn, le frottement contre les cuisses des chausses renfilées. Comme elle nouait ses cheveux en une lourde tresse, elle sentit le souffle de Finn sur son dos, l'effleurement de ses lèvres sur sa nuque. Sa peau se hérissa.

« Kathryn, je t'en prie…

— Une autre fois, Finn. On aura le temps, plus tard. »

N'allait-il pas deviner sa répulsion et mépriser son étroitesse d'esprit ? Mais elle n'était pas comme lui, ne possédait pas ses vastes réserves de tolérance et de compassion.

Elle l'entendit s'éloigner, les joncs éparpillés sur le sol bruissant sous ses pas.

Rappelle-le. Dis-lui que ça ne change rien.

« Plus tard, Finn. Je te le promets, on en parlera plus tard. » Ses doigts s'activèrent gauchement sur les attaches de son corsage. Elle devait penser à ses fils. Il était illégal d'avoir des rapports avec un juif.

Aucune réponse. Elle se retourna pour le rappeler, pour le ramener vers le lit. Trop tard : elle était seule dans la chambre. Elle entendit le bruit du pêne glisser dans la gâche de métal au moment où la porte se refermait.

Sur la table de nuit étincelaient les pièces d'argent envoyées par l'abbé.

Cet après-midi-là, Alfred ne vint pas chez sa mère comme prévu. Il avait vu la porte se refermer derrière quelqu'un qui entrait dans la chambre. Il avait entrevu un dos d'homme. N'avait écouté à la porte que quelques instants. Mais assez longtemps. S'était rendu directement chez l'enlumineur, l'ancienne chambre de son père – comment avait-elle osé ? – pour confirmer ses soupçons. Elle était vide, bien sûr. Il avait jeté un coup d'œil derrière le rideau séparant la pièce de l'alcôve et aperçu Rose endormie, spectacle qui en d'autres circonstances lui aurait donné envie de commettre quelque espièglerie. Pas aujourd'hui. Pas pendant que sa mère souillait avec cet intrus le souvenir de son père et son chaste lit de veuve.

Il palpa les perles dans la poche de sa tunique, celles qui appartenaient à sa mère et qu'il avait trouvées dans la chambre de Simpson. Le sournois régisseur les avait sans doute dérobées alors que lady Kathryn avait le dos tourné, se disant qu'elle penserait les avoir perdues. Alfred s'était réjoui à l'idée de les lui rendre, lui prouvant ainsi son habileté, imaginant déjà son sourire ravi en les voyant. Ce serait comme un cadeau qu'il lui offrirait. Elle pourrait brandir les perles devant le régisseur, telle une menace. Mais elle était occupée et son présent était gâché.

Voilà donc pourquoi elle l'avait éloigné du château, sous prétexte d'espionner le régisseur. Elle avait fait en sorte de pouvoir forniquer en toute quiétude avec un étranger. Elle s'était sans doute dit que Colin était trop niais pour comprendre ce qui se passait sous son nez.

Corbleu ! Ils avaient probablement fait ça dans le lit de son père. La pensée lui donna la nausée. Sa mère ! C'était comme si le souvenir de son père avait été effacé. Alfred réprima l'envie d'envoyer dinguer d'un revers de la main les petits pots de peinture rangés sur le bureau de son père, le bureau que ce… misérable petit gland ratatiné avait eu l'audace de s'approprier. Mais non. Le bruit risquerait de réveiller la Belle au bois dormant, et cela déclencherait le courroux de sa mère. Il préféra saisir deux plumes et les froisser dans ses mains, les pointes s'enfonçant dans ses paumes et le faisant grimacer de douleur.

Une sacoche de livres ouverte était suspendue à un crochet. Le sac avait jadis contenu les livres de son père. Il feuilleta les pages détachées d'un manuscrit enluminé. Les premières semblaient indiquer qu'il s'agissait de l'Évangile selon saint Jean. Dessous se trouvaient d'autres pages, entassées tout au fond comme si elles possédaient moins de valeur ou étaient à demi oubliées. Il reconnut quelques mots saxons, des mots anglais. Gribouillis sans importance. Il n'était pas assez en colère pour mettre son âme en péril en profanant les Écritures – surtout qu'une vague idée venait de lui traverser l'esprit –, il remit soigneusement en place l'Évangile selon saint Jean. Puis il tira le rang de perles de sa poche et le glissa dans la sacoche, plaçant dessus, de biais, les pages entassées dans le fond, de telle sorte que si quelqu'un jetait même un rapide coup d'œil il apercevrait les perles, tout en ayant l'impression qu'on avait cherché à les dissimuler.

S'étant soulagé en commettant cet acte de vengeance mesquin, Alfred avait quitté la chambre sur la pointe des pieds, mais pas avant de s'être emparé d'une mince feuille d'or – pas besoin d'être enlumineur pour savoir que ç'avait de la valeur –, puis il avait descendu l'escalier d'un pas alerte, un sourire aux lèvres. Une fois dehors, il avait posé la feuille d'or sur un tas de fumier, ravi du résultat. Un instant, il avait songé mettre le fumier doré dans le lit de l'enlumineur mais, n'ayant aucune envie de se salir les mains, il avait écarté l'idée d'un haussement d'épaules. La seule pensée lui suffisait. Que sa mère trouve ses perles dans la chambre de son amant. Il lui serait bien difficile de se justifier !

Pour fêter son acte de malveillance, il se rendit à cheval au Beggar's Daughter. Et pour noyer son chagrin. Il paya lui-même la première pinte. Sir Guy de Fontaigne lui offrit la deuxième. Et la troisième. Alors Alfred se mit à parler.

Après l'avoir écouté avec attention, sir Guy lui tapota paternellement le dos, soupira avec compassion et fit signe au tavernier d'apporter une nouvelle pinte.

Insensible au froid, Agnes s'attardait près de la tombe. Elle ne pouvait pas encore partir. Pas avant d'avoir dit ce qu'elle avait à dire.

« Je suppose que tu as été un bon mari, John. À part la boisson. Et Dieu va te pardonner ça. Il sait que c'était pas ta faute. »

Elle s'arracha une longue mèche de cheveux – quand étaient-ils devenus si gris ? – et l'entortilla autour de son index en un anneau parfait. Puis elle ôta de son doigt la bague couleur de cendre et l'enfonça à petits coups dans la terre grasse. Un corbeau la volerait probablement pour tapisser son nid, mais elle n'avait rien d'autre à lui donner.

Le jour de leur mariage, John avait fabriqué une bague similaire, anneau brillant fait de ses propres cheveux bruns. Elle avait pleuré quand une étincelle du feu de la cuisine l'avait calciné, moins de douleur qu'à cause de la perte de l'anneau. John avait ri, l'avait tenue dans ses bras en disant que si ça faisait plaisir à son épouse il se ferait raser le crâne et tresserait tous ses cheveux – son abondante chevelure brune – pour en faire des bijoux.

« Tu es libre maintenant, mon cher mari. Enfin et trop tôt. Je sais que tu n'aimais pas Blackingham, aussi je suis bien contente que tu ne reposes pas dans la terre de Blackingham. Mais lady Kathryn t'a bien traité, John. Elle ne t'accuse pas d'avoir causé l'incendie. Pas plus que moi. »

Longtemps elle resta assise près de lui. Un soleil voilé déployait de grands efforts pour se montrer sans parvenir néanmoins à percer la brume. La colombe cessa sa plainte lugubre. On n'entendait plus désormais que le bruissement des feuilles desséchées au-dessus du toit de Saint-Michel.

« Je dois te quitter maintenant, John. Mon travail m'attend. »

Elle se leva et se détourna avant que l'esprit de son mari ait le temps de lui arracher le seul reproche qu'elle ne voulait pas lui faire. La seule chose qu'elle ne pouvait pardonner. Elle était déjà loin du portail, hors de portée d'oreille du fantôme de John, quand elle murmura les paroles de reproche. Ainsi fut exprimée de son cœur la dernière goutte d'amertume.

« Tu ne m'as pas donné d'enfants, John. Tu m'as laissée toute seule. »

Elle refit les deux milles qui séparaient Aylsham de Blackingham, marchant sur le même chemin défoncé qu'avait emprunté lady Kathryn un peu plus tôt. Elle ne sentait pas le froid. Les cals de ses pieds dans ses grossiers sabots lui étaient bien utiles. Lui rappelant ses devoirs, le manoir de brique se dressait au bout de la route. La position du soleil pâle, qui jouait à cache-cache avec la brume, lui signalait qu'il était trop tard pour entreprendre la cuisson d'un rôti. Peut-être une couple de perdrix à la broche. Si elle hâtait le pas, sans doute aurait-elle le temps de confectionner une tarte à la crème.

Un filet de fumée serpentait hors de la cheminée de la cuisine. Merci, Sainte Vierge ! Elle avait craint que, profitant de son absence, le valet chargé d'alimenter les feux ait négligé son devoir. Fils d'homme libre, mais marqué par la petite vérole, gauche et fainéant, il avait été déclaré inapte au service armé. Autrement, il serait parti avec tous les autres.

Elle entra dans la cuisine silencieuse et appuya son dos contre la porte en planches de chêne pour la refermer. Jusqu'à ce jour, elle n'avait jamais remarqué à quel point elle était lourde. L'huis grinça soudain et le pêne de métal s'encastra brusquement dans la gâche comme s'il avait été poussé par un ange invisible.

« Ah ! c'est toi, Magda. Cachée derrière la porte comme d'habitude, dit-elle en suspendant son châle de tiretaine à la patère. Plus diablesse qu'ange si la propreté est une vertu. »

Dès que lady Kathryn avait accepté que Magda reste, elle avait voulu faire prendre un bain à la gamine. Elle ne voulait pas d'une telle souillon dans sa cuisine. Magda lui sourit comme pour la remercier d'un compliment, les yeux écarquillés de plaisir, la main levée touchant presque la tête d'Agnes, caressant l'air comme si elle faisait glisser entre ses doigts une fine étoffe de soie.

Elle était demeurée, hélas ! Agnes la regarda de plus près. Simplette sans aucun doute. Il y avait pourtant quelque chose en elle, peut-être même une forme d'intelligence derrière les yeux baissés.

La fillette désigna le feu, puis elle-même, avec de vigoureux hochements de tête.

« Qu'est-ce que tu essayes de me dire, ma fille ? Parle donc clairement !

— Magda. » Elle pointa son doigt vers elle-même puis vers l'âtre. « F-Feu.

— Tu as entretenu le feu ? »

Souriant de toutes ses dents, elle hocha la tête.

« J'ai demandé des b-bûches au v-valet.

— Bien, bien. Tu as entretenu le feu. Tu n'es peut-être pas aussi simple qu'on le dit. »

La petite frotta l'un contre l'autre ses bras croisés.

« Magda, f-froid », fit-elle avec un grand sourire.

La chaleur du feu faisait du bien à Agnes aussi. Elle n'avait pas remarqué jusque-là à quel point elle avait froid. Froid… John avait-il froid dans le cimetière ? Il valait mieux ne pas avoir ce genre de pensée ; autrement, on aurait trop de mal à supporter son chagrin. Fixant sur la fillette un regard de maquignon, elle se dit que le valet d'écurie devait voir là une assez bonne raison de venir en aide à la gamine. Elle était petite mais sous ses haillons on pouvait apercevoir la promesse de deux seins de femme.

« Manger. Pour vous. » Magda désigna des œufs au plat.

« C'est toi aussi qui as préparé les œufs ? »

Magda baissa la tête d'un air penaud, comme déçue de ne pouvoir confirmer cette supposition.

« Non. Un homme et la d-dame. » Puis, presque d'un ton de défi : « Mais je sais faire c-cuire les œufs !

— Vraiment ! »

Lady Kathryn. Que Dieu la bénisse ! Et un homme.

L'enlumineur avait dû rentrer. Elle en était bien contente. Les œufs étaient les bienvenus. Non seulement parce qu'elle avait faim – même si le chagrin avait émoussé la pointe de son appétit – mais également parce que cela signifiait que les autres avaient été nourris. Ils auraient toujours besoin de dîner mais pas aussi copieusement.

D'une main crasseuse, la fillette lui tendit un quignon de pain. Agnes regarda le pain en fronçant les sourcils – pain cuit dans l'âtre à l'époque où son John était toujours avec elle –, mais elle le prit quand même et ramassa un morceau d'œuf figé avec la croûte que Magda n'avait pas touchée. Tout en mâchant, elle fixait l'aide de cuisine d'un air songeur.

« Mets de l'eau à bouillir, Magda. Tu vas prendre un bain. »

La fillette secoua la tête, les yeux écarquillés de frayeur.

« Ça ne va pas te tuer, mon enfant. Et une fois que tu seras débarrassée des puces et des poux, tu ne seras plus forcée de dormir avec les chiens. »

Le regard apeuré, Magda ne se rasséréna guère mais elle versa l'eau dans le coquemar. Elle avait rempli le broc d'eau au puits le matin même mais elle la versa avec parcimonie comme si c'était du poison.

« Remplis-le. C'est ça. »

Pour la première fois depuis l'incendie, Agnes sentit s'alléger un peu le fardeau qui pesait sur sa poitrine. Elle alla prendre dans le placard un morceau de savon et des chiffons de laine effrangés. Quand elle revint, la fillette avait disparu. On n'entendait que le sifflement du coquemar et un léger bruit sous la lourde table de chêne, pas plus fort que l'aile d'un petit ramoneur frottant contre la cheminée.

« Viens donc, mon enfant. Je ne vais pas te faire mal et tu ne vas pas fondre. »

La petite sortit comme on le lui demandait mais recula en apercevant le savon et les chiffons. Agnes lui prit le bras gentiment, l'entraîna vers l'âtre et l'installa sur la corniche de pierre à l'extrémité. Tandis qu'Agnes remplissait une bassine d'eau fumante, Magda, obéissante, ne bougeait pas, tout en se tenant prête à fuir. La cuisinière souleva le menton de la petite et lui débarbouilla le visage jusqu'à ce qu'apparaisse la peau rose.

« Ce soir tu partageras mon lit, dit Agnes. Comme ça, on se tiendra chaud. »

Alors qu'elle passait devant la chapelle, sur le chemin de la grande salle pour vérifier les comptes de Simpson, Kathryn entendit prier Colin. « *Misere nobis, kyrie eleison.* » Prières à prime au soleil levant, nouvelles prières à tierce, sexte et none, et puis encore à vêpres, au moment où les ombres du soir arrivent subrepticement. Depuis peu, à toute heure du jour – même à complies quand la cloche sonnait le couvre-feu –, elle avait aperçu son fils en train de prier, chaque fois qu'elle était passée devant la chapelle. Et ce n'était pas de ces oraisons de prêtres pour la forme, mais de sincères supplications.

Les péchés de Blackingham étaient-ils si graves que son joli fils, pâle et émacié à force de jeûner – quand l'avait-elle vu manger pour la dernière fois ? –, ait dû marmonner ces incessantes demandes de grâce ? Chuchotait-il ses suppliques dans la chapelle glaciale même durant les matines, lorsque les lumières des torches dansaient parmi les ombres démoniaques sur le mur, et à nouveau à laudes, quand le coq de saint Pierre chantait dans les ténèbres précédant l'aube ? Tandis que les pécheurs de Blackingham dormaient, que sa mère couchait avec un meurtrier du Christ – un « meurtrier du Christ » possédant davantage de qualités christiques que tous les prêtres qu'elle avait connus –, son enfant, sans doute le plus innocent d'entre eux, observait une veillée de prières.

Elle s'arrêta devant la porte de la chapelle, prête à entrer pour l'interrompre, l'arracher à ses dévotions pieuses, le ramener dans l'air vif et ensoleillé de cette journée de novembre. Elle ne se rappelait pas quand ils avaient parlé pour la dernière fois. Pas depuis la mort du berger, en tout cas, et cela faisait une semaine entière. Finn n'était pas non plus revenu chez elle depuis l'après-midi où elle l'avait renvoyé. Sept nuits durant elle l'avait attendu, guettant un coup frappé à sa porte. Le lendemain, Glynis lui avait apporté de sa part un message attaché à un paquet. « Présent pour remercier madame qui abrite un pauvre artisan et sa fille. » *Artisan*. Le mot était comme une claque en plein visage. Ouvrant le paquet, elle y avait découvert une paire de souliers de daim souple à boucles comme elle n'en avait jamais vu. Elle avait entendu dire que les boucles étaient le dernier cri et c'était la première fois qu'elle en voyait. Les souliers étaient très beaux. Pourquoi ne les lui avait-il pas donnés lui-même ?

« *Domini Deus*. » Colin pleurait dans la chapelle. Ses cheveux blonds brillaient telle une auréole autour de son visage aujourd'hui hâve par trop de piété. La lumière de la croix écarlate du vitrail jouait dans sa chevelure, projetant le signe sacré cruciforme sur les épaules et le sommet du crâne, tel un capuce de moine. Le vitrail de sainte Marguerite. Roderick avait payé sans compter pour faire exécuter ce rutilant portrait de la patronne des naissances. Quand Kathryn portait ses fils, il avait brûlé des cierges, changeant le nom de la chapelle, Saint-Jude devenant Sainte-Marguerite. Il congédiait les saints avec autant de désinvolture qu'il se débarrassait de ses maîtresses. Ce n'était pas pour elle qu'il prenait tant de peine et faisait tous ces frais, elle le savait, mais pour sa descendance, « l'orgueil de ses reins », ainsi qu'il avait appelé les vigoureux jumeaux mâles que lui avait présentés la sage-femme même si, dès le début, il avait paru être plus fier de l'un que de l'autre.

Il avait tendu à Kathryn le jumeau endormi, le plus petit des deux, et brandi d'une main, comme un trophée, l'autre bébé rougeaud et braillard, qu'il avait appelé Alfred. « Celui-ci, celui-ci, avait-il affirmé, est destiné à être un guerrier. » Elle avait frissonné en entendant ces mots. Frémi et prié la sainte de protéger ses fils. Sainte Marguerite qui se servait maintenant de sa croix ensoleillée pour séduire Colin et le lui ôter. Qu'aurait dit Roderick s'il avait vu son cadet miauler jour et nuit devant l'autel ? Roderick n'était pas homme à faire pénitence, même si Dieu savait à quel point ses péchés auraient justifié qu'il le fît.

Agenouillé devant l'autel, les mains jointes, les yeux fermés, dans la pose traditionnelle du pénitent, Colin restait immobile. Il devait pourtant être conscient de la présence de sa mère, entendre le bruissement de ses jupes. Aucun signe que c'était le cas.

« Colin… », fit Kathryn doucement, chuchotant presque.

Sans le mouvement imperceptible de ses lèvres, on aurait pu le croire sculpté dans la pierre.

Elle se détourna en soupirant. Incapable de sauver le frère aîné, elle avait soutiré le cadet à la malédiction de l'affection de leur père, mais elle refusait de lutter contre l'autre Père. Même pour sauver son fils. De peur de mettre en péril non seulement son âme à elle, mais aussi celle de Colin.

« *Christi eleison* », implorait-il plus doucement maintenant, comme les pas de Kathryn s'éloignaient. Que le Christ nous accorde sa miséricorde... Oui, et surtout à toi, Colin, mon bel enfant. Pitié pour toi ! *Christi eleison*, pensa-t-elle.

Mais à moi aussi ! supplia-t-elle en silence. Elle sentait un début de palpitation au-dessous de sa pommette : bientôt la migraine referait son apparition. Ses menstrues étaient en retard. Devrait-elle s'en inquiéter ? Ce n'était pas la première fois. Elle avait pensé que c'était dû à l'âge. Mais c'était avant. La semence de Finn pouvait-elle même aujourd'hui rechercher quelque niche encore fertile dans son ventre ? Il s'était toujours retiré, n'est-ce pas ? Chaque fois ? Sans jamais en parler, refusant de l'associer à ce complot coupable, mais elle avait appris à attendre qu'il répande le trop-plein de sa passion sur son ventre lisse. Comme du vin renversé.

Coitus interruptus.

Elle massa sa tempe gauche, cherchant à chasser la douleur. Il fallait subir la séance des comptes avec Simpson.

Coitus interruptus. Christi eleison. Elle prit une profonde inspiration, puis expira, sa poitrine se soulevant et retombant lourdement. Il y avait beaucoup trop de latin dans sa vie.

Elle entra dans la salle où l'intendant devait la rejoindre. Les tréteaux et les bancs utilisés pour les banquets avaient été enlevés après le dernier grand festin. Les festins étaient fort rares depuis le décès de

Roderick. La salle ne contenait plus que les lourdes tapisseries accrochées aux murs pour tamiser le froid se coulant à travers les briques, ainsi qu'une table et un fauteuil qu'elle devait occuper au cours des diverses transactions auxquelles, en tant que châtelaine, elle avait été obligée d'assister. Le fauteuil de chêne massif en forme de selle avait été à la taille de son mari. Roderick avait empli tout l'espace de sa corpulence, maître et seigneur sur son trône, alors que, lorsqu'elle s'y installait, même après avoir arrangé sa volumineuse cotte de velours entre les bras incurvés du fauteuil, il restait encore de la place. Et, quand elle essayait de poser les coudes sur les accotoirs, elle avait l'impression d'être un faucon blessé dont on écarte anormalement les ailes.

De manière à détendre l'atmosphère, elle avait ordonné qu'on descende le fauteuil de l'estrade et qu'on le place au centre de la salle. Elle préférait en général conduire ses affaires dans l'ambiance plus chaude de la petite salle et avait décidé d'utiliser la grande cette fois dans le seul but de rappeler à l'intendant revêche que c'était elle qui dirigeait le domaine. Elle pensa soudain que ç'avait été une erreur de descendre le fauteuil de sa position élevée – il eût fallu obliger Simpson à lever la tête et, en outre, elle se sentait bien petite au milieu de ce vaste désert –, mais il était beaucoup trop lourd pour qu'elle le remonte seule. Et elle avait horriblement mal au crâne.

En attendant l'arrivée du régisseur, elle ferma les yeux pour soulager la douleur familière, ou rassembler ses forces pour la supporter. Pourquoi se laissait-elle tracasser à ce point par lui ? C'était un domestique, elle la maîtresse. Elle aurait dû le chasser, mais où trouver un remplaçant ? Elle entendit un bruit de pas, puis un murmure. Ouvrant les yeux, elle vit non seulement

Simpson mais également son fils. Bien sûr, pourquoi n'avait-elle pas pensé qu'Alfred serait avec lui ? Alfred – comment se faisait-il qu'il fût devenu d'un seul coup si grand et si beau ? – se tenait à côté du régisseur. L'angoisse commença à s'apaiser. Elle se redressa et releva le menton.

Alfred lui prit la main, la porta à ses lèvres et s'agenouilla devant elle, en un geste de courtisan.

« J'espère que madame ma mère se porte bien. »

Il s'entraîne dans la perspective d'une vie de courtisan, songea-t-elle. Comme il ressemble à son père par certains côtés ! Beaucoup trop. Mais il m'appartient. Il a tété mon sein. C'est un lien puissant. Et il fera un puissant maître. Elle sourit en pensant à la fierté qu'aurait ressentie son propre père, le premier seigneur de Blackingham, à la vue de ce robuste héritier.

Elle avait bien des choses à dire à Alfred – voilà trop longtemps qu'elle repoussait cette discussion –, mais elle était gênée par la présence de Simpson, qui se tenait derrière lui, dans une pose de déférence à l'évidence affectée.

D'un signe, elle invita son fils à se relever.

« Je me porte assez bien, vu les circonstances. Et je me réjouis que tu aies enfin décidé de prendre des nouvelles de ta mère. Tu as brillé par ton absence durant ces derniers malheurs… Et vous aussi, ajouta-t-elle en foudroyant l'intendant du regard. Vous auriez dû assister à la messe. »

Derrière Alfred, Simpson eut un sourire ironique. Elle devinait ce qu'il n'osait pas dire. Une messe funèbre pour un simple paysan constituait une manifestation ostentatoire à laquelle sa position lui interdisait de participer.

Alfred rougit légèrement. Ses yeux lançaient des éclairs.

« Madame ma mère, je n'avais pas l'intention de négliger mes devoirs. J'ai été occupé par la tâche que vous m'avez confiée. »

La phrase était bien tournée, quoiqu'elle fût moins sûre du ton.

« L'après-midi du jour de l'enterrement du berger, je me suis rendu aux appartements de ma mère afin d'apporter tout réconfort susceptible d'être fourni en temps de crise par un fils dévoué, mais j'ai trouvé porte close et madame ma mère enfermée avec quelqu'un d'autre. Ne souhaitant point déranger je suis reparti. »

Le régisseur continuait à sourire ironiquement, mais elle ne s'en aperçut pas, tant elle était sidérée. L'après-midi du jour de l'enterrement du berger, avait-il dit. La dernière fois où elle et Finn avaient été ensemble. Elle sentit le sang refluer de son visage.

Le pêne avait été tiré, elle en était sûre. Il ne pouvait pas savoir qui elle recevait ni connaître la nature de la rencontre privée. Elle décida de mentir sans vergogne. La meilleure défense, c'est l'attaque. En tout cas, ç'avait toujours été la stratégie de Roderick.

« Tu aurais dû frapper. Je suis certaine d'avoir été seule. Mes fils sont toujours les bienvenus. J'avais besoin de te parler. J'ai quelques questions à te poser sur l'incendie et sur toute activité ayant pu te mener à la lainerie avant le départ du feu. »

Son imagination lui jouait-elle des tours ou Simpson avait-il sursauté ? S'il avait menti à propos d'Alfred, il fallait qu'il s'explique.

« L'incendie ? » Alfred eut l'air déconcerté et s'empourpra. C'était la couleur de son teint quand il était furieux. « Vous n'allez quand même pas m'en rendre responsable ! Je n'y suis entré qu'une fois, peut-être deux pour… aider John à étendre les toisons.

— C'est seulement que quelqu'un t'a vu y entrer le matin de l'incendie. J'ai pensé que tu…

— Que j'avais quoi, causé l'incendie ? Je parie que vous n'avez pas demandé à Colin où il se trouvait. »

Un autre coup d'œil en direction de Simpson lui révéla qu'il s'intéressait soudain à la voûte de la salle. Mais il écoutait, à n'en pas douter, se délectant du moindre mot, sans chercher à effacer son sourire.

« Nous discuterons de cela en privé, une fois l'examen des comptes terminé », déclara-t-elle.

Simpson fit un pas en avant, tendit les feuilles reliées par des lacets de cuir à Alfred, qui les remit à sa mère. Elle les parcourut avec assez d'attention pour vérifier que les bilans correspondaient bien aux comptes concernant la moisson de l'année précédente, comptes qu'elle avait étudiés à l'avance.

« Tout paraît en ordre. » Elle plaça le registre sur la table qui la séparait de son fils et de l'intendant. « Félicitations, Alfred ! Ta surveillance semble avoir eu une bonne influence sur les chiffres de Simpson. Cette fois-ci, il n'y a pas d'erreurs à mon désavantage. »

Le sourire ironique de l'intendant disparut.

« Vous pouvez disposer, Simpson. Je souhaite parler à mon fils en privé. »

Son salut retentit avec la violence d'un couvercle de cercueil qui se referme.

Comme les pas du régisseur s'éloignaient, Alfred garda son attitude solennelle, peu désireux, estima Kathryn, de quitter son rôle d'adulte.

« Nous sommes seuls, maintenant, Alfred. Cesse de faire la tête et viens donner un baiser à ta mère pour sceller la fin de notre querelle. »

Il ne bougea pas. Son attitude se fit même plus guindée. Glissant la main dans son pourpoint, il en sortit un parchemin attaché par un cordon de soie.

« J'ai une requête à présenter à madame ma mère. »

Sa réserve était inhabituelle. Elle pensa à Colin, prostré devant l'autel de la chapelle Sainte-Marguerite, et étouffa un soupir. Ses garçons deviendraient bientôt des hommes. Elle les sentait déjà lui échapper.

Kathryn hocha la tête avec gravité, décidée à ne pas saper la nouvelle dignité de son fils.

« Tu peux présenter ta requête. »

Il lui remit le parchemin, sur lequel elle reconnut le sceau. Sir Guy de Fontaigne. La curiosité se mêlait au malaise.

« C'est le cachet du shérif, s'étonna-t-elle. J'ai cru que tu parlais d'une demande personnelle.

— La demande est mienne. En l'absence de mon père, sir Guy la parraine.

— Je vois, dit-elle en passant vivement un doigt sous le sceau pour en briser la cire. Tu as forgé une puissante alliance.

— Alliance formée par mon père et en accord avec ses souhaits, comme vous allez le constater. »

Elle jeta un œil au contenu, puis feuilleta frénétiquement les pages, lisant le texte d'un air incrédule. L'angoisse la clouait sur son fauteuil. Elle aurait aimé se précipiter vers son fils, l'entourer de ses bras, le presser contre son sein, mais craignait de ne pouvoir se lever de son siège.

« Alfred, es-tu certain que tel est ton désir ? » Elle ne put en dire plus.

« C'est ce que mon père voulait pour moi. C'est ce que j'aurais fait s'il avait vécu.

— Mais est-ce ce que tu le veux, toi ?

— Oui. C'est ce que je veux. Au service de sir Guy, je vais apprendre à être chevalier comme mon père. J'ai essayé sa cotte de mailles. Elle me va parfaitement. Je vais l'emporter avec moi et sir Guy me fournira une monture. Avec votre permission, bien sûr », ajouta-t-il d'un ton froid.

Elle se sentit soudain vieille. Autour d'elle, la salle avait l'air plus vaste que jamais. Une corneille pénétra sous l'immense voûte et donna des coups de bec dans un nid de roitelets abandonné. Kathryn étudia à nouveau les documents, la signature griffonnée de sir Guy, dure et anguleuse comme l'homme lui-même, au-dessus du sceau officiel. Elle savait qu'elle ne pouvait refuser, car sir Guy n'aurait qu'à solliciter l'enfant roi et Jean de Gand, le régent. Ils pourraient monter son fils contre elle, ou même faire passer Blackingham, y compris la partie correspondant à son douaire, sous le contrôle d'Alfred. Elle serait alors reléguée dans quelque abbaye désolée et y terminerait ses jours « sous la protection » du roi. Avec Colin pour seul soutien.

Christi eleison.

Non, elle ne pouvait risquer d'encourir l'inimitié de sir Guy de Fontaigne.

« Tu vas me manquer, dit-elle d'une voix brisée.

— Je suis sûr que vous trouverez quelqu'un pour me remplacer. Mon absence vous a bien arrangée ces temps-ci.

— Ce n'est pas la même chose. Je te savais tout près et je pouvais te voir quand je le voulais. Ton absence était un sacrifice nécessaire pour le bien de Blackingham », ajouta-t-elle en désignant le registre.

Pour toute réponse, il se contenta de serrer les muscles de sa mâchoire, la mâchoire volontaire de Roderick.

« Reviendras-tu pour le festin de Noël ? On fêtera ton anniversaire et celui de ton frère.

— Si sir Guy m'en donne l'autorisation. »

Il se tenait face à sa mère, raide, inflexible. Si elle s'était laissée aller à l'étreindre à cet instant, il n'aurait pas changé d'attitude, elle le savait. Elle ne voulait pas essuyer cette sorte de rebuffade.

« Eh bien ! tu pars avec la bénédiction de ta mère », fit-elle à voix basse, chuchotant presque.

Il s'inclina légèrement, s'apprêtant à s'en aller.

« Pas même un baiser, Alfred ? »

Le jeune homme se pencha par-dessus la table qui les séparait, effleura à peine la joue de Kathryn de ses lèvres charnues. Elle revit en un éclair la bouche incurvée du nourrisson qui avait tété avidement son sein. Si peu désireux de lâcher prise alors, si impatient de se détacher aujourd'hui.

Elle résista à l'envie de le rappeler comme il se dirigeait à grands pas vers la porte. Elle n'avait plus le pouvoir de lui donner des ordres. Il allait quitter son domaine pour affermir d'autres alliances. Elle ne ferait que se rendre ridicule.

« Prends l'un des valets pour te servir de domestique. Je refuse de te laisser aller habiter chez le shérif comme un pauvre. Tu iras en homme accompli. »

Alfred se retourna et, l'espace d'un instant, elle crut voir les yeux du petit garçon cachant ses larmes dans ses jupes quand Roderick avait battu ses fils pour les « endurcir ». Elle avait dû seulement l'imaginer, car comment se tromper sur sa façon de bomber le torse lorsqu'il lui dit adieu depuis le seuil ?

Elle ne lui avait pas posé la question qui la hantait depuis si longtemps. Où se trouvait-il le jour où le prêtre avait été assassiné ? Des mois auparavant. Cela n'avait probablement plus d'importance, sauf pour elle. Elle pleurait déjà la perte de son fils, et un signal d'avertissement résonnait dans sa tête. En se mettant au service du shérif, Alfred le faisait entrer dans leur entourage. Or, bien qu'elle n'eût jamais chassé, un faucon sur le poing, elle savait parfaitement reconnaître un prédateur.

Kathryn demeura longtemps assise dans le silence de la grande salle, méditant cette double perte. En huit jours, deux des trois hommes qui comptaient dans sa vie l'avaient quittée. Et le troisième se retirait. *Christi eleison*. Que le Seigneur ait pitié de moi !

La corneille était immobile elle aussi, perchée sur les poutres du plafond, le bec posé sur le nid comme dans l'attente du retour des roitelets. Les rayons obliques du soleil de l'après-midi traversaient les étroites fenêtres, transformant les ailes de l'oiseau en ombres gigantesques qui planaient au-dessus de la châtelaine, minuscule et esseulée dans son grand fauteuil de chêne.

DOUZE

Elle s'agenouilla sur lui et tira son
[poignard
À large lame brillante pour venger son
[fils,
Son seul enfant.

Beowulf[1]

Sitôt levé du lit, un amas de peaux entassées à même le sol de peuplier équarri – un sol de terre battue ne durcissait pas dans les marais –, le nain tisonna son feu couvert, puis sortit se soulager. Le petit matin, parfum de l'espoir naissant, univers pas encore tout à fait éveillé qui s'étire… Çà et là, un pépiement hésitant rompt le calme des créatures nocturnes qui bâillent avant de s'endormir pour la journée. Mi-Tom aspire profondément l'odeur de la brume montant du marécage. Un

1. Épopée anglo-saxonne du VIIIᵉ siècle. *(N.d.T.)*

jeune soleil fantomatique s'efforce de prendre forme derrière le brouillard. Le nain avait connu assez de ces matins pour savoir que le soleil l'emporterait. La journée serait belle, rare privilège à la mi-novembre, le jour de la Saint-Martin. Mais Mi-Tom ne se souciait guère des fêtes. Il n'allait pas non plus à l'église, pas même à la splendide Saint-Pierre-Mancroft, l'église du marché de Norwich, dotée d'un carillon tonitruant. Son calendrier personnel se fondait sur les phases de la lune.

Les entailles qu'il faisait sur une baguette d'osier lui signalaient les jours de marché, pas les fêtes religieuses. Un coup d'œil à sa baguette lui indiqua le deuxième jeudi de novembre, jour de marché à Norwich. S'il partait tout de suite, il aurait le temps d'arriver avant midi, avant la fin des transactions. C'était peut-être sa dernière chance jusqu'au printemps, un rude hiver s'annonçait. Il pourrait s'offrir une pinte ou deux et aurait même le temps d'aller rendre visite à la sainte femme. Il pensa au long voyage de retour, la nuit. Le cas échéant, il se réfugierait dans la charrette de foin d'un paysan jusqu'à l'apparition de la lune dans son croissant. Alors il pourrait reprendre le chemin du retour, traversant avec précaution les marais blanchis.

Il rentra prendre une galette et un poisson séché pour le voyage. Il avait bâti sa cabane d'une pièce à partir d'un peuplier courbé par le vent et coiffé le toit de joncs de la Yare. La cabane était étonnamment étanche et le protégeait des vents d'hiver qui soufflait violemment de l'est. Elle lui servait aussi de refuge. Ses persécuteurs n'avaient pas le courage de le suivre jusqu'au cœur des marécages. Le gosier boueux des marais pouvait avaler en quelques secondes cheval et cavalier, les engloutissant.

Le feu de tourbe fumant au milieu de la pièce et le

fauteuil confortable placé devant l'âtre l'invitaient à renoncer au voyage. Le siège, habilement construit dans la courbure de l'arbre à l'endroit où le tronc façonné par le vent revenait en boucle sur lui-même, s'accordait parfaitement à sa taille d'enfant. Mais durant les longues nuits d'hiver il aurait tout le temps de rester assis devant le feu, tout le temps de fabriquer ses paniers – ruches, nasses à anguilles, claies pour la pêche, porte-perches – à partir des rameaux d'osier qu'il couperait au printemps puis taillerait en été. Le temps de rêver aussi. Et de fredonner les airs qu'il avait entendu chanter par les ménestrels itinérants qui venaient au monastère où il avait passé son enfance, airs qui vantaient les exploits héroïques du puissant Beowulf.

Durant ces songeries d'hiver, l'âme de Mi-Tom habitait le corps du grand guerrier. Après avoir mangé son bout de poisson séché et bu son bouillon de navets, le nain faisait des bonds dans la pièce en défiant les ombres vacillantes de son épée d'osier. Par l'imagination il était vraiment Beowulf. Il faisait allégeance au roi Hrothgar, brandissait l'étincelante épée contre l'horrible ogre Grendel, soupirait de plaisir quand le poignard plongeait dans la gorge flasque du gigantesque monstre des mers. Il avait presque l'impression de voir jaillir le sang brûlant. Est-ce que ça sentait comme le sang de porc ? Le grand et courageux Mi-Tom, géant parmi les hommes – les ménestrels chantaient sa gloire –, poursuivait jusqu'à son repaire marécageux la monstrueuse mère vengeresse de Grendel. Il « frappait la gorge et transperçait les vertèbres » de celle-ci. L'acier de son épée fondait dans le poison du sang.

Quand il réfléchissait davantage (il avait le temps de le faire lorsqu'il n'imaginait pas des exploits extraordinaires et merveilleux dans cette autre vie), il accordait au monstre une pensée charitable, un rien de compassion humaine. La main capricieuse de Wyrd, le Destin, n'avait-elle pas donné à Grendel le goût de la chair fraîche ? Ce n'était donc pas la faute du monstre ? Le Destin n'avait-il pas fait d'eux tous des monstres ? Les monstres ne s'engendraient pas eux-mêmes. Et puis il y avait la mère, féroce dans sa vengeance, farouche dans son amour. Il enviait à Grendel une telle mère.

« Rejeton du diable », « fils de lutin », disaient certains en parlant de Mi-Tom. Ces insultes avaient tellement endurci son âme qu'elle avait acquis un vif éclat, lumineux, étincelant. Si Dieu, et non le diable – il le savait avec certitude, la sainte femme lui ayant assuré que le diable ne pouvait pas créer –, l'avait fait ainsi, inachevé, il existait sûrement une raison.

« Dieu a créé tout ce qui existe, et Dieu aime tout ce qu'il a créé », avait affirmé l'anachorète. Elle s'était montrée si rassurante, avait fait preuve d'une certitude et d'une affection si maternelles, qu'il avait fini par le croire lui aussi.

Il saisit sa lance en forme de trident qu'il utilisait pour attraper les anguilles et se dirigea vers l'endroit où la Yare déversait ses maigres eaux dans un bras mort. D'un seul mouvement puissant de l'avant-bras, il transperça les ouïes d'un grand brochet frétillant de la queue au milieu d'éclaboussures, le fixa sur le fond, le remonta, avant de le jeter dans un panier d'osier. Voilà un beau poisson pour son amie. Un beau cadeau pour la sainte femme.

À la fin du marché, après sa seconde pinte de cervoise de fond de cuve – il n'était pas assez riche pour s'en offrir de première qualité – et sa visite à Julienne de

Norwich, Mi-Tom ne prit pas vers l'ouest pour traverser les plaines marécageuses et regagner sa maison, mais vers le nord, en direction d'Aylsham. Il avait une commission pour l'enlumineur, son Hrothgar à lui. Cette fois, il n'allait pas la donner à un domestique. Il avait promis à la sainte femme qu'il lui remettrait en main propre les pages qu'il transportait à l'intérieur de sa tunique.

Ce n'était pas du tout son chemin, le trajet était bien plus long que s'il avait regagné directement son logis en venant du marché – douze milles jusqu'à Aylsham, puis deux de plus jusqu'au château de Blackingham, dans la direction opposée. Et le jour tombait. Mais c'était le moins qu'il puisse faire : il avait contracté une énorme dette envers l'enlumineur.

Et mère Julienne avait été si bonne envers lui, elle aussi. Elle comprenait ses besoins comme personne d'autre, connaissait sa douloureuse solitude. En outre, elle célébrait sa petite taille. La première fois qu'il était allé la voir, il avait déversé son amertume contre ce Dieu qui avait fait de lui un demi-homme dans un monde de géants. Les yeux de la sainte femme étaient pleins de compassion mais, peu habitué à ce genre de regard, il n'en avait pas tout d'abord reconnu le sens. Elle avait pris une noisette dans un bol qui se trouvait sur le rebord de la fenêtre. Se penchant en avant, elle l'avait tenue devant les yeux de Tom.

« Tu vois ceci, Tom – car elle ne l'appelait jamais par le surnom humiliant dont l'avaient affublé les moines qui l'avaient trouvé sur leur seuil –, c'est une noisette. Notre-Seigneur m'a montré une petite chose, pas plus grosse que celle-ci, qui semblait se trouver dans la paume de ma main. Elle était ronde comme une balle. Je l'ai regardée avec l'œil de mon esprit et je me suis dit : "Qu'est-ce que c'est ?" »

Ouvrant alors la main calleuse de Tom, elle y avait placé la noisette.

« Voilà ce que j'ai alors compris : c'est tout ce qui est créé. » Une si petite chose. Tout fait partie de la Création. Un monde gros comme une noisette. En sécurité dans la main protectrice du Christ. Je me suis demandé combien de temps elle pourrait durer. On avait l'impression qu'elle pourrait soudain s'amenuiser et disparaître complètement. Elle était si petite. Et on me fit comprendre la réponse : « Elle dure, et durera toujours. Car elle est aimée de Dieu. Comme tout ce qui existe. Grâce à l'amour de Dieu. »

Cela s'était passé trois ans plus tôt, et la noisette que Tom portait dans un étui en peau de renard suspendu à son cou était aussi ferme, dure et ronde que le jour où Julienne l'avait placée dans sa main. C'était un assez grand miracle pour lui. Que les riches abbés gardent donc précieusement leurs ossements saints dans des reliquaires d'or sertis de joyaux. Cette seule relique lui suffisait.

Le soleil couchant était lumineux mais froid tandis que Mi-Tom se dirigeait vers le nord, la route désormais quasiment vide de tout pèlerin. Norwich avait été pour la plupart le but du voyage, et les rares autres voyageurs avaient trouvé refuge quelque part avant de reprendre leur pèlerinage le lendemain matin. Il fallait être courageux, ou idiot, pour voyager après la tombée du jour lorsque, armés de poignards et de garrots, surgissaient les brigands et les hors-la-loi. Ce fut donc avec un énorme soulagement qu'il vit la façade de brique de Blackingham réfléchir les derniers rayons du soleil couchant.

Il regarda l'ensemble des dépendances dans l'idée de s'y abriter pour la nuit, fronçant les narines en passant devant la tannerie, où les peaux fraîches du bétail récemment abattu cuisaient dans des baquets d'urine. Une fois qu'il aurait livré son paquet, il ferait son lit près de la forge dont la chaleur s'attarderait dans la nuit froide. À partir d'Aylsham, l'air avait été âcre, à cause de la fumée produite par les métayers et les manouvriers fumant leurs viandes pour l'hiver, l'odeur devenant plus forte au fur et à mesure qu'il approchait du château. Mieux valait entrer par la cuisine. Puisqu'il venait en messager pour un invité, la cuisinière serait bien obligée de lui donner quelque chose à manger. Il y aurait abondance de viande après l'abattage qui avait été fait en prévision de l'hiver. Peut-être aurait-il droit à un succulent ragoût de mouton ou à du pâté de porc.

Il approcha de la cour de la cuisine et les dernières lueurs du jour éclairèrent un chêne mort dont les doigts noueux et le tronc creux tordu se détachaient contre le ciel indigo. Un arbre idéal pour les abeilles, pensa-t-il en soupirant, mais le miel aurait été volé dès la fin de septembre. Il y aurait peut-être de l'hydromel dans la cuisine de Blackingham. Délicieusement épicé, très fort, fermenté à partir de l'eau de rinçage des rayons de miel. De l'hydromel et du pâté en croûte.

Il tapota le paquet à l'intérieur de son pourpoint mais s'arrêta net. Un chuchotement semblait venir de l'arbre. Sans mélodie et cependant musical. Le bourdonnement des abeilles sur le point d'essaimer ? En novembre ? Il s'approcha pour en avoir le cœur net. Sur la colline, l'épais crépuscule s'allégea, prit une teinte lavande striée de rayons lumineux. Le vent était tombé, laissant la place au calme absolu qui apparaît parfois à la chute du jour. Mi-Tom semblait seul. Il n'y avait personne d'autre. À première vue, en tout cas. Cependant, l'air atonal se fit plus fort, plus mélodieux. Un chant d'ange. De la musique comme seul Notre-Seigneur pouvait en entendre au paradis. La voix de la Sainte Vierge ? La terreur commença à la pointe des pieds de Mi-Tom et se propagea jusqu'à son crâne, lui faisant hocher la tête d'un air idiot. Il s'approcha encore, attiré par la musique s'élevant dans les airs et qui l'appelait, gracieuse et ondulante comme un corps de femme, ce fruit défendu qu'il n'avait goûté qu'en rêve (car seuls les fruits blets ou pourris sont accessibles à ses pareils, et il n'en avait jamais voulu).

Ses yeux scrutèrent le crépuscule pourpre, examinant le coteau et l'arbre. Le son semblait provenir de l'intérieur du tronc. Il en fit le tour comme un cerf à l'orée d'une forêt. Il toucha l'écorce rugueuse. Un chant, chanté par une femme à l'évidence – mais la voix était très jeune, celle d'une jeune fille, peut-être –, montait des entrailles de l'arbre. Ce n'était pas la Sainte Vierge. Sa voix serait venue de plus haut, sans aucun doute. Une sorcière ? Quelque esprit malin qui aurait pris possession de l'arbre ? Mi-Tom n'était pas peureux. Il avait vu des prédateurs et des proies, assisté à la traîtrise des champs, des marais et de la tempête, rencontré de temps à autre ce qu'il avait cru être une fée – à moins que ce n'eût été une libellule, comment en être sûr ? Mais, malgré son acceptation enfantine des merveilles de la nature, il n'avait jamais entendu d'arbre chanter. Et celui-ci chantait sans conteste. Avec une voix de femme, ce qui était déjà en soi inquiétant. Il retira sa main plus vite que s'il avait touché un gril brûlant. Prenant soudain ses jambes à son cou, il détala en direction de la cuisine, comme si le diable mordait ses talons fatigués.

Assise en tailleur à l'intérieur du grand chêne creux, Magda fredonnait doucement. Ce son plaisait aux abeilles. Elle en était sûre sans savoir pourquoi. C'était comme ça, tout simplement. Les abeilles étaient ses amies et l'arbre était sa retraite préférée. Elle en aimait le calme, sa petite pièce secrète, cachée aux yeux du monde. Entrée par un trou situé à la base, elle s'y était faufilée tant bien que mal, rampant quasiment entre les racines noueuses. Transportant son offrande, elle s'était contorsionnée pour parvenir à s'asseoir. Voilà ce que ressent un bébé dans le ventre de sa mère, se dit-elle. Pas étonnant qu'ils viennent tous au monde en braillant.

Magda aimait la plupart des petites choses. Les petits espaces, les petites créatures. Les deux bambins dont elle s'était occupée à la maison lui manquaient. Naguère, par les nuits froides comme celle-ci, dans le grenier où elles dormaient, elle avait serré ses petites sœurs dans ses bras, comme une poule protège ses poussins sous ses ailes. Qui les réchauffait maintenant ? Et qui s'occupait du furet pour lequel, à table, elle volait des morceaux du repas de son père ?

Non qu'elle fût malheureuse à Blackingham. Le travail était dur, mais pas au-dessus de ses forces. Et la cuisinière était bonne avec elle, la laissant même dormir dans son lit par les nuits froides. Elle était très bien nourrie et avait une chaude chemise de laine qui sentait les herbes. Sa vieille chemise déchirée avait abrité des bestioles méchantes, des bestioles du diable qui la tourmentaient. Elle était contente que la cuisinière l'ait brûlée. Maintenant, sa peau était rose et ses cheveux sentaient bon la lavande. Et toutes ses croûtes avaient disparu. (Elle ne se rappelait pas une époque où elle n'avait pas eu de croûtes à triturer.) Parfois, pourtant, la taille de la maison la déroutait… Tant de monde, ce vide immense, toutes ces couleurs... Et quelquefois, de manière inopinée, il lui arrivait d'avoir terriblement envie de voir les petits. Ici, elle n'avait personne dont s'occuper.

Magda pouvait à peine distinguer les abeilles accrochées à l'intérieur de l'arbre, masse grouillante, tapisserie vivante. Les ailes des abeilles à la périphérie de l'essaim palpitaient, créant de la chaleur pour réchauffer les autres. Elle savait que, lorsque ces abeilles auraient froid, il y aurait un échange de places. Quelle parfaite harmonie ! Elles travaillaient ensemble pour assurer la survie de toutes pendant l'hiver. Pourquoi les gens ne pouvaient-ils pas faire la même chose ? Sans doute pour une raison qu'elle était trop bête pour comprendre. Après tout, elle était simple d'esprit. Son père l'avait affirmé.

Magda prit dans le bol posé par terre devant elle deux bâtons trempés d'eau de miel et les inséra délicatement dans la masse grouillante des abeilles pour les nourrir. L'intérieur de la masse était chaud comme la brique que la cuisinière glissait dans leur lit avant de se coucher. La senteur de la palpitante tapisserie d'abeilles se mêlait à celle de la terre et du bois. À l'intérieur de l'arbre, pas la moindre odeur écœurante de pourri. Les abeilles ouvrières l'avaient complètement nettoyé.

La ruche grossissait. Bientôt l'arbre serait surpeuplé. L'année prochaine, les abeilles chasseraient la vieille reine et une autre ruche naîtrait. Elle se rappelait la sensation de douce laine produite par le rassemblement des abeilles sur ses bras et ses épaules quand elle avait recueilli le miel en septembre. Ça s'était passé le jour où le forgeron était venu tuer les abeilles, les dépouiller de leur trésor. Mais en secouant violemment la tête et grâce à l'aide de la cuisinière elle l'avait convaincu de la laisser recueillir le miel. Et de sauver les abeilles.

« Laissez-la tenter le coup, avait dit la cuisinière. Elle a plus d'un tour dans son sac, cette petite. »

Le forgeron, un gentil géant, avait fait un pas en arrière, souriant tout en hochant la tête. Elle le connaissait bien. Tous les enfants le connaissaient. Il leur permettait de traîner dans sa forge pour regarder le marteau faire jaillir des gerbes d'étincelles lorsqu'il donnait de grands coups sur l'enclume. Si l'un d'eux avait un orgelet, il lui disait : « Viens là. Tiens cette barre de fer pendant que je martèle l'autre bout. Quand j'aurai terminé, je m'occuperai de ta mirette. »

La chaleur de la forge faisait sortir le pus, et alors le forgeron l'essuyait avec de grands gestes et force incantations magiques.

« Elle a le don de charmer, pour sûr », avait approuvé le forgeron quand la fillette avait calmé les abeilles et extrait de l'intérieur de l'arbre le rayon tout dégoulinant de miel.

Ayant toujours su prendre le miel sans tuer la ruche, Magda ne savait pas qu'il s'agissait d'un don particulier. Les abeilles, comme toutes les créatures de Dieu, devaient payer leur tribut, et elles payaient le leur en or sucré. Aujourd'hui, elle apportait aux ouvrières endormies sa propre dîme.

Tandis que le soir tombait, elle resta avec les abeilles, estimant qu'elle avait beaucoup de chance d'avoir trouvé cet ermitage. Le crépuscule qui s'épaississait lui rappela qu'il était temps de retourner à la cuisine. Magda était chargée de porter leurs repas à l'enlumineur et à sa fille. Depuis peu, une semaine en fait, ils ne mangeaient plus avec lady Kathryn dans la petite salle. L'enlumineur semblait mécontent, de mauvaise humeur, et la fille était patraque, avait le teint verdâtre et toujours envie de vomir. Pas vraiment malade. Son père ne devrait pas se faire tant de souci. Magda savait pourquoi Rose ne pouvait pas garder les aliments. Et elle avait deviné pourquoi son âme était nimbée de deux couleurs. Du rose avec une bordure intérieure de lumière, et cette lumière devenait de plus en plus nette, de plus en plus brillante, au fur et à mesure que Rose se sentait plus mal. La nausée disparaîtrait bientôt. Elle ne durait jamais longtemps.

Quand Magda ne put plus voir les abeilles agglutinées sur le velours marron de la paroi de l'arbre, elle prit deux bâtons trempés de miel dans un petit sac de toile cirée attaché à sa ceinture et les plaça à l'endroit où elle s'était assise, un cadeau pour les abeilles. Puis elle cessa de fredonner et sortit de l'arbre en rampant à reculons.

Elle se releva juste à temps pour apercevoir une lumière blanche qui semblait voler à toute vitesse, au ras du sol, en direction de la cuisine. Depuis sa position, au sommet du coteau, elle pouvait voir la porte ouverte de la cuisine et, éclairée par le feu de l'âtre, la cuisinière en train de faire de grands gestes à quelqu'un se trouvant dans les ombres violettes du crépuscule. Comme elle commençait à redescendre la pente, Magda sourit en entendant la voix suraiguë – Agnes faisait toujours plus de bruit que de mal.

« Je me fiche pas mal de qui te pourchasse. Pas question d'entrer dans ma cuisine avec des chaussures pleines de boue ! »

La curiosité de Magda étant plus forte que sa timidité naturelle, ses pieds volèrent littéralement au-dessus du sol où le froid nocturne formait déjà des mottes dures et pointues. Elle faillit laisser sa joie éclater en entrant dans la cuisine. Au beau milieu du domaine d'Agnes se trouvait un parfait petit homme, tout essoufflé, qui faisait de grands gestes désordonnés. Et qui possédait la plus belle aura qu'elle ait jamais vue.

TREIZE

Mais si cette maladie [l'absence de menstrues] *est l'effet de la colère ou du chagrin, amusez la malade, donnez-lui de la nourriture et des boissons revigorantes, et habituez-la à se baigner de temps en temps. Et si c'est la conséquence de trop de jeûne et de veille, assurez-vous qu'elle prenne de bons aliments et de bonnes boissons qui lui donneront du bon sang. Et forcez-la à s'amuser, à être heureuse et à se débarrasser de ses sombres pensées.*

La Maladie des femmes,
compilation de Gilbert l'Anglais
(XIIIᵉ siècle)

Finn travaillait debout, ainsi il lui était plus facile d'attraper l'éphémère lumière de décembre filtrant par la fente de la fenêtre. Penché au-dessus de son bureau, il jetait de temps en temps un coup d'œil au rideau qui servait de porte à l'alcôve où dormait Rose. Il l'avait envoyée se coucher peu de temps après le déjeuner. L'aide de cuisine avait apporté deux bols de potage et du cidre chaud et épicé, mais Rose avait refusé de s'alimenter, affirmant qu'elle était trop occupée par son travail. Quand la gamine avait placé un bol devant elle, telle une offrande sacrée, Rose l'avait repoussé comme si l'odeur de la sauge et du romarin lui soulevait le cœur.

« Ma fille a un appétit capricieux », avait expliqué Finn pour ne pas vexer la jeune servante.

Celle-ci s'était retirée en hésitant, sur le point de dire quelque chose. Ses lèvres s'étaient ouvertes, elle avait pris une inspiration comme pour parler mais avait renoncé dans un souffle muet. Finn avait soulevé le bol, se réchauffant les doigts à son contact, et avait pensé au bien que ce potage aurait fait à sa fille.

« Tu peux le rapporter à la cuisine, mais dis bien à Agnes que ça n'a rien à voir avec elle, avait-il déclaré en plaçant son bol à l'autre bout du grand bureau pour que l'odeur n'indispose pas Rose. Je dégusterai le mien plus tard. »

La fillette l'avait saisi, fait une révérence, puis, la tête baissée, s'était dirigée vers la porte en silence et d'un air digne. Difficile de croire que c'était la même gosse crasseuse qu'il avait vue se cacher dans l'ombre près de l'âtre. L'enlumineur aurait voulu l'apprivoiser, sonder la lueur de vivacité qu'il avait notée dans ses yeux, mais, pour le moment, il était davantage préoccupé par l'état de sa fille, par la teinte verdâtre de son visage. Il n'aimait pas sa pâleur, ni les cernes sombres sous ses yeux. Sans doute s'agissait-il de quelque mystérieuse affaire de femme ? Il aurait aimé pouvoir en discuter avec Kathryn.

« Peut-être qu'un petit somme te serait plus bénéfique que de la nourriture, Bouton de rose. » Cela faisait longtemps qu'il ne l'avait pas appelée ainsi. Il espérait qu'elle regimberait en entendant son surnom d'enfant, mais non. « Allez ! fit-il. Je t'ai entendue très tard hier soir. Je sais que tu n'as pas dormi. De plus, j'ai du travail à faire pour lequel tu ne peux pas m'aider.

— Oui, père », répondit-elle sans protester.

Cela ne lui ressemblait guère d'être si soumise. Ni d'être si silencieuse et si pâle. Était-ce une maladie du corps ou de l'âme ? Il la regarda tirer la lourde tapisserie qui séparait leurs chambres : pudeur de femme et, de plus, signe qu'elle était presque en âge de se marier. Pendant combien de temps pourrait-il la protéger du destin que lui dessinait son hérédité ?

Derrière le rideau brodé, il entendit des bruits assourdis, des mouvements, une toux, puis le silence. À en juger par la qualité de la lumière, cela s'était passé une heure plus tôt. Il résista à l'envie de jeter un coup d'œil derrière le rideau.

Il utiliserait ce temps pour travailler sur la bible de Wycliffe. Il s'était bien gardé de faire participer le moins du monde Rose à ce travail. Alors qu'il eût volontiers utilisé ses services car, pour cette tâche, il lui fallait être à la fois calligraphe, enlumineur et miniaturiste. La calligraphie était un art qu'il avait négligé. La plupart des manuscrits qu'il enluminait étaient recopiés par des moines ou par des scribes appartenant aux grandes corporations de Paris. En tout cas, s'il effectuait lui-même la calligraphie, le texte ne serait pas bâclé par les artisans parisiens. L'œuvre jouirait en outre d'une intégrité artistique, d'un équilibre plus difficile à obtenir lorsque le travail était exécuté par morceaux.

Il mit en ordre le manuscrit sur lequel Rose avait travaillé. C'était un psautier, les étrennes de lady Kathryn. L'idée venait de Rose, qui admirait beaucoup la dame de Blackingham. Il avait remarqué la langueur qui naissait dans ses yeux au moindre compliment de lady Kathryn et espéré au moins une amitié entre la châtelaine et son enfant sans mère. Comment avait-il pu se montrer si naïf ?

Il se força à se concentrer sur la tâche présente. Il serait préférable qu'il fabrique lui-même son encre. Il en avait déjà acheté autant qu'il était possible sans attirer l'attention sur ses activités illicites. Quoique ce ne fût pas Wycliffe qui recommandait la prudence. Le clerc était de fait par trop téméraire dans ses confrontations avec l'Église. Parfois la prudence était une forme de courage.

Il tira de dessous la table un seau de cuir rempli d'écorce d'épine noire qu'il avait mise à tremper. Comme toutes ses autres aptitudes artistiques, cette connaissance de la fabrication de l'encre était un don hérité de sa grand-mère flamande. Elle aurait bien ri, elle qui détestait le pays de Galles et tout ce qui était gallois, si elle avait appris que les arts qu'elle lui avait enseignés durant son enfance allaient un jour lui permettre de gagner sa vie. Femme très forte et fière, elle avait eu son franc-parler et la langue bien pendue, un peu comme lady Kathryn.

Sauf cette fois-là… Kathryn s'était maîtrisée, se gardant de manifester la répulsion que lui causait son alliance juive. Un ange gardien avait retenu sa langue. À moins qu'elle fût restée sans voix de dégoût. Finn, lui, n'avait pas eu besoin de paroles. Il avait deviné la force de son préjugé à la façon dont elle avait détourné les yeux, à son incapacité à le regarder en face.

Gardant l'écorce, il vida l'eau avec précaution, la transporta à la garde-robe et la jeta dans le cabinet où elle se combina avec les déchets du château, qui s'acheminaient vers la Bure avant de se déverser dans la mer. Il mélangea soigneusement le résidu noir avec la gomme du cerisier du jardin. Il avait incisé l'arbre en automne, à l'époque où la lumière était chaude et dorée. Ensuite, Kathryn et lui s'étaient rendus dans la chambre de la châtelaine et avaient fait l'amour durant le long après-midi. Dans le jardin, la sève gouttait du cerisier blessé. Il transposa plus tard cette image en miniature pour représenter le Crucifié sur les pages de l'Évangile selon saint Jean. Gouttelettes rouge cerise tombant de Son flanc transpercé. Sang s'écoulant goutte à goutte de l'arbre écorché.

À la flamme d'une chandelle, l'enlumineur réchauffa la boule de gomme de cerisier jusqu'à ce qu'elle soit assez molle pour être mélangée au résidu d'épine noire. Il s'efforça de ne pas penser à Kathryn et de ne pas se remémorer cet après-midi. Ni l'après-midi, trois semaines auparavant, où elle l'avait renvoyé de son lit. Elle avait tenté de faire comme si de rien n'était, affirmant qu'elle l'enverrait quérir après la visite de ses fils. Mais elle n'en avait rien fait et il ne l'avait guère vue depuis. Au début, il n'avait pas voulu la voir. Son orgueil meurtri avait besoin de temps pour guérir, et sa colère pour se calmer.

Quand ils se rencontraient par hasard, elle marmonnait une formule de salutation polie, puis détournait le regard, se déclarant très affairée : Noël, le banquet en l'honneur de ses fils… Ils passeraient un moment ensemble, bientôt, avait-elle promis, la dernière fois où ils s'étaient rencontrés par hasard devant la chapelle. Quand les poules auront des dents, avait-il pensé. Il n'irait pas à elle en affamé, la suppliant à deux genoux. Son honneur d'homme était en jeu.

Finn remua l'encre, puis mit le mélange de côté. Sa main n'était pas assez ferme aujourd'hui pour dessiner les jolies lettres. Il lui fallait attendre un meilleur jour, un jour où il n'aurait pas les nerfs en pelote. Il allait travailler sur quelque chose qui requérait moins de finesse, par exemple le fond doré pour la bordure du texte qu'il avait déjà transcrit.

Où était passée sa feuille d'or ? Il l'avait rapportée du marché, le jour où il avait acheté les souliers à boucles d'argent. Kathryn les avait-elle aimés ? Elle lui avait envoyé un mot de remerciement poli, guindé : « *Maître Finn, votre générosité est très appréciée...* » Le genre de mot qu'une grande dame aurait pu envoyer à quelqu'un de moindre naissance. Pas un billet doux à porter sur son cœur. Ce n'était pas le langage de l'amour. Avait-elle porté les souliers ? Vu le froid qui s'était installé entre eux, il n'avait pas l'audace de s'amuser à soulever ses jupes pour le vérifier.

Sa frustration grandissait tandis qu'il déplaçait plusieurs fois de suite les mêmes pots de couleurs. Toujours pas de feuille d'or. Rose l'aurait-elle rangée dans la sacoche de livres accrochée à la patère ?

Il en sortit les pages terminées de l'Évangile de Jean. Ses doigts rencontrèrent non pas la feuille d'or, mais plusieurs objets, lisses et ronds comme des galets, enfouis grossièrement sous les fragments de l'Écriture en anglais sur lesquels il avait travaillé en dernier. Il tira sa trouvaille de dessous les papiers bruissants. Un rang de perles parfaites pouvant descendre jusqu'à la taille accrocha la maigre lumière de la pièce et l'éblouit.

On soulevait la tapisserie derrière son dos. Se retournant, il aperçut sa fille, les joues plus roses, sourire aux lèvres.

« Je suis désolée d'être si dolente, père. Vous devez vraiment me trouver très fainéante. » Ses dents étaient d'une blancheur éclatante, de la couleur des perles qu'il tenait dans sa main.

« Tu te sens mieux maintenant, j'espère ?

— Fraîche comme une fleur. Je ne sais pas ce qui m'a prise. Une bêtise, je suppose. Ne froncez pas les sourcils, je me sens très bien… Mais quel est ce mystérieux travail dont vous m'avez écartée ? »

Elle s'était rapprochée et se dressa sur la pointe des pieds, regardant par-dessus son épaule dans la sacoche de livres. Apercevant les perles que son père tenait dans sa main, elle s'exclama : « Père, elles sont splendides ! Elles sont pour moi ? » Elle tendait déjà la main. « D'abord les souliers avec les petites boucles d'argent et maintenant ce merveilleux collier. Une fille a-t-elle jamais eu la chance d'avoir un tel père ? Attachez-le-moi autour du cou ! » s'écria-t-elle en soulevant la lourde chevelure qui pendait jusqu'au-dessus de sa taille.

Finn fut très tenté. La surexcitation donnait de la couleur aux joues de Rose, qui rayonnait presque de plaisir.

« Je suis navré de décevoir ma jolie fille, mais je crains que…

— Oh ! » Elle laissa retomber ses cheveux. « Il n'est donc pas pour moi… »

Ses lèvres charnues tressaillaient comme elle s'efforçait de cacher sa déception. Elle a la bouche de sa mère, pensa-t-il. Il ne l'avait jamais remarqué auparavant. Plus elle devenait femme, plus elle lui rappelait Rebecca.

« Est-il pour lady Kathryn ?

— Pour lady Kathryn ? Pourquoi donc achèterais-je un présent aussi coûteux pour notre hôtesse ? » Perçut-elle l'amertume de sa voix ?

Le rose de ses joues fonça. La jeune fille baissa les yeux.

« Eh bien ! S'il n'est ni pour moi, ni pour lady Kathryn, pour qui l'avez-vous acheté ?

— Voilà bien le problème... Je ne l'ai pas acheté. Je cherchais ma feuille d'or quand j'ai trouvé ce collier parmi mes manuscrits. Je ne sais pas comment il se trouve là ni qui l'y a mis. »

Peut-être un serviteur avait-il dérobé les perles et, sur le point d'être découvert, les avait-il cachées parmi les affaires de Finn avec l'idée de les récupérer plus tard. Ou bien y aurait-il une autre possibilité ? Il fixa Rose.

« Serait-il possible, ma chère fille, que tu aies quelque amoureux transi, quelque prétendant dont tu ne m'as pas parlé et qui t'aurait offert ce coûteux présent ?

— Non, père. Bien sûr que non. »

Cette idée était si saugrenue qu'elle ne prenait même pas la peine de le regarder en face, se dit-il.

« Je... Je ne sais rien à propos de ces perles, cependant il se peut que j'aie une petite idée sur la feuille d'or. Mais je n'en suis pas certaine.

— Que veux-tu dire par là ? Ou tu sais quelque chose à propos de la feuille d'or ou tu ne sais rien.

— J'ai l'impression qu'il y a peut-être eu un intrus.

— Tu as l'impression qu'il y a peut-être eu un intrus ? » Il s'efforçait de maîtriser son agacement pour ne pas la troubler. « Évidemment qu'il y en a eu un, puisque ni toi ni moi ne savons comment le collier se trouve dans mes affaires.

— Non. Je veux dire que je crois avoir vu un intrus.

— Tu penses l'avoir vu ? As-tu réellement vu un intrus, Rose ?

— Oui, mais je croyais que c'était un rêve. J'ai vu Alfred en train de fouiller dans vos affaires.

— Alfred ? » Elle avait toute son attention désormais. « Alfred est venu ici et tu ne m'en as pas parlé ?

— Juste une fois. Et je n'en étais pas sûre. Parce que je dormais. C'est le jour où je ne me suis pas sentie bien. Il y a environ trois semaines. Lady Kathryn m'a fait une infusion, vous vous en souvenez ? Je me suis réveillée après un profond sommeil. J'avais cru entendre un bruit métallique et puis des pas, des pas pesants, suivis d'un claquement de porte. Le rideau était ouvert. »

Elle se tut comme si elle revivait la scène. Il attendit, hochant la tête pour l'encourager à poursuivre, la regardant triturer la croix filigranée qu'il lui avait offerte pour son sixième anniversaire. Il lui avait expliqué qu'elle avait appartenu à sa mère, lui demandant de toujours la porter, car il pensait que le bijou la protégerait, non du diable mais d'un mal tout aussi redoutable.

« Je n'ai rien vu, mais je me suis levée et j'ai couru jusqu'à la porte et regardé dans le couloir. J'ai vu Alfred. En tout cas, de dos, l'homme lui ressemblait… Grand, large d'épaules, roux. Je l'ai appelé, il a continué sa marche. Comme la tête me tournait, j'ai regagné mon lit… Quand je me suis réveillée, je me suis dit que, peut-être, l'infusion que m'avait donnée lady Kathryn m'avait fait rêver. »

Alfred ? Quelle raison aurait-il pu avoir de placer là les perles ? Peut-être avait-il obéi aux instructions de sa mère ? Assurément, Kathryn ne pouvait pas être assez furieuse ou effrayée pour tenter de se débarrasser de lui en l'accusant de vol… Que faire maintenant ? Devait-il rendre les perles, lui parler franchement de la mauvaise action d'Alfred ou l'obliger à reconnaître sa propre traîtrise ? Cela risquait de donner le coup de grâce à leur relation déjà fort mal en point. Et s'il se trompait ? Il aurait ouvert alors entre eux un gouffre infranchissable.

Son petit coffre de voyage possédait un double fond, où il gardait les papiers de Wycliffe. Il y cacherait le collier jusqu'à ce qu'il trouve une solution. Il refusait de prendre une décision hâtive. Demain, il aurait le temps de réfléchir à la question.

Au moment où Magda était partie porter le plateau du déjeuner, Agnes triait les dernières pommes de Norfolk, ces petites pommes rouges que John avait tant aimées. La vieille cuisinière remercia la Sainte Vierge en silence de lui avoir envoyé la fillette. Elle ne parlait pas beaucoup, mais c'était une bonne compagne, très désireuse d'être appréciée, et l'une des rares personnes de son entourage à qui on n'avait pas à donner d'ordres. Elle avait peut-être l'air simplette, mais elle ne l'était pas du tout. Magda avait une tournure d'esprit bien à elle.

Les pommes dégageaient une odeur de moisi, de fruit blet, de cidre. Agnes en mit une dans sa poche, afin de la placer en offrande sur la tombe de John quand elle irait lui rendre visite. Or ce ne serait apparemment ni aujourd'hui ni demain. Les fruits auraient dû être remontés de la cave beaucoup plus tôt. Certains étaient déjà pourris. Il y avait tant de travail en perspective, à l'approche des fêtes de Noël. Cette seule pensée lui donnait mal aux pieds et au dos. Mais ce ne serait pas aussi pénible que du temps de sir Roderick, se dit-elle. On ne s'attendait pas à ce que lady Kathryn reçoive sur un si grand pied. Après tout, elle était toujours en deuil.

Sir Roderick avait été tué au printemps. (En se battant pour le duc à ce qu'on disait, mais Agnes doutait de l'authenticité de cette édifiante version des faits. Il avait plutôt dû trouver la mort dans une bagarre à propos d'une femme.) Enfin, deuil ou pas, il y aurait quand même l'habituelle fête pour tous les domestiques et les serfs, ainsi que pour les hommes libres travaillant au château comme brassiers et manouvriers. Il faudrait donc dresser les tables dans la grande salle et servir marinade de cochon, poisson fumé, galettes au safran et tartelettes de Noël aux fruits secs, et, bien sûr, les petites pommes de Norfolk séchées au four.

Elle pouvait se débrouiller toute seule, avec un peu d'aide venue du village d'Aylsham. Pas comme au dernier Noël, où sir Roderick avait reçu le duc de Lancastre. Sa cuisine avait été envahie par des hordes de domestiques qui hurlaient des ordres et se pavanaient dans leur livrée vert et rouge, frottant leur orgueil l'un contre l'autre, comme des couteaux sur une pierre à aiguiser. Un fringant maître queux dirigeait brasseurs, boulangers, salariés chargés de la dépense, de l'office et des aiguières, ainsi que deux petits tournebroches engagés pour rôtir un bœuf, un sanglier et cinq cochons de lait.

« Je refuse que la présence d'une femme comme chef de cuisine de Blackingham m'humilie devant le duc, avait déclaré sir Roderick. La grosse vache n'a qu'à rester dans un coin pour préparer les mets délicats de madame. »

Un article du contrat de mariage avait stipulé que lady Kathryn ne mangerait que les aliments préparés par Agnes. Sage précaution, car maintes nobles épouses avaient été empoisonnées pour leur douaire, surtout après avoir donné un héritier au mari. Étonnamment, sir

Roderick avait la plupart du temps toléré qu'Agnes prépare également ses repas et brasse sa bière, sans même exiger un petit marmiton de plus. Et il avait aussi accepté d'être servi par les bras supplémentaires que lady Kathryn arrivait à engager, en échange de nourriture – des bras de femmes en général. Pourquoi n'avait-il pas craint lui aussi d'être empoisonné ? Kathryn avait plus d'une fois été tentée de parfumer sa sauce chasseur avec de la belladone. Était-il si certain de la fidélité de sa dame ? Où n'était-ce qu'une marque d'arrogance, se considérant trop puissant pour être mis à bas par de simples femmes ? Peut-être que laisser Agnes diriger les cuisines de Blackingham lui permettait aussi de dépenser plus d'argent pour les jeux et la chasse. Sauf devant ses amis nobles. Là, il devait jouer les grands seigneurs, laissant Agnes responsable de tout mais sans qu'elle dirige rien.

Soupirant devant ce gâchis, Agnes jeta deux pommes dans le seau des cochons. Elle en ajouta une autre à un tas grossissant à vue d'œil. Une fois les parties gâtées enlevées, une bonne moitié pourrait être écrasée et utilisée afin de confectionner des tourtes. Elle enleva le trognon de celles qui étaient fermes et sans taches, avant de les placer sur une planche de chêne pour les écraser au pilon et les sécher dans un four tiède. Elle jeta un coup d'œil par-dessus son épaule en entendant Magda revenir avec le plateau du déjeuner et fit la grimace en apercevant le bol de potage intact.

« De la bonne nourriture gâchée alors que la route d'Aylsham est pleine de mendiantes qui troqueraient toute une journée de travail contre quelque chose de chaud à mettre dans le ventre de leurs petits.

— La d-demoiselle a pas mangé, dit Magda.

— Ouais… J'aurais été bigrement surprise que ce

soit le bol du Gallois. Il a bon appétit, celui-là ! Vrai, la Rose a bien mauvaise mine depuis quelque temps. » Elle se signa. « Mon Dieu, pourvu qu'elle n'ait pas la peste ! On ne se méfie jamais assez des étrangers. »

La peste lui avait ravi son père, sa mère et ses trois frères aînés. C'était il y a trente ans, mais elle avait l'impression qu'hier encore les conducteurs des tombereaux passaient en criant : « Apportez vos morts ! » Elle avait été la seule survivante de la famille parce qu'elle était domestique à Blackingham. Cette catastrophe avait été aussi la faute d'étrangers. D'aucuns prétendaient que c'était à cause d'une bande de comédiens ambulants, d'autres affirmaient qu'un vieux juif avait apporté le fléau dans ses sacs de voyage. Ensuite, pendant une longue période, les troubadours n'avaient plus pu se produire, et on avait mis le feu à la maison du vieux juif, lui et sa famille ayant juste eu le temps de s'échapper en emportant ce qu'ils avaient sur le dos.

« Pas la p-peste, répondit Magda, toujours aussi avare de paroles. Elle est g-grosse.

— La fille de l'enlumineur ? Ne dis pas de bêtises ! Elle est pucelle, pour sûr. Ce n'est pas l'habitude des gens de leur monde, mon enfant. Leurs femmes ne couchent pas avec le premier valet de ferme venu qui les aborde avec leur engin... »

La fillette écarquillait tout ronds ses grands yeux gris tels de profonds bacs d'eau claire.

« Je veux juste dire, reprit Agnes, qu'elle n'a pas eu l'occasion de le faire. » Elle jeta une autre pomme dans le seau des fruits gâtés. « Son père la surveille, une vraie mère poule. » Elle ramassa dans son tablier le tas de pommes utilisables, les posa sur une planche à découper, puis se mit en devoir d'en découper les parties pourries. « Pourquoi, diable, dis-tu une chose pareille ?

— Mais c'est vrai. Son âme s'est f-fendue en d-deux.

— Tu dis des idioties, mon enfant.

— Son âme a d-deux c-couleurs. C-comme celle de maman avant qu'elle soit en gésine. »

Comment peut-on dire une chose pareille ? Affirmer que l'âme ressemble à un chapeau ou un manteau. Deux couleurs, vraiment !

« L'âme d-de la demoiselle est rose. » Un air de ravissement adoucissait les traits de la petite, la rendant presque jolie. « L'âme du petit est comme du b-beurre, toute chaude et f-fondant sur les bords. »

Fondant sur les bords ! Vrai, il y avait pas mal de choses ici-bas qu'on ne pourrait jamais expliquer. Peut-être Magda avait-elle un don. Ou souffrait d'une malédiction.

« Ne raconte ça à personne, tu entends, mon enfant ? lui dit Agnes de son ton le plus sévère. Des femmes ont été brûlées vives pour avoir parlé ainsi sans réfléchir. Quoi que tu aies cru voir, garde-le pour toi ! Ta stupide imagination te joue sans doute des tours. »

C'était le fruit de son imagination, voilà tout ! On sait que certaines filles sur le point de devenir femmes ont toutes sortes de lubies.

Magda prit le couteau qu'Agnes avait reposé et se mit à tailler les pommes à demi pourries. Agnes tendit la main en soupirant et reprit le couteau.

« Donne ! Je vais finir les pommes. Va chercher la blanchisseuse. Dis-lui que j'ai besoin de la voir sur-le-champ. »

Kathryn se réveilla et rejeta sa couverture. Elle ne prêta aucune attention aux dalles froides sous ses pieds nus pendant qu'elle enfilait sa chemise, se glissait dans ses jupes, puis fouillait dans son coffre à vêtements à la recherche de bas. À peine Glynis avait-elle eu le temps de verser de l'eau dans sa bassine que Kathryn s'en aspergeait le visage.

« Juste un coup de peigne dans les cheveux, Glynis, pas la peine de les nouer. Je n'ai pas le temps de faire des tresses compliquées. Je vais porter un bonnet. » Elle arracha le peigne de la main de la chambrière. « Tu es trop lente. Donne, je vais le faire moi-même. Cours à la cuisine dire à Agnes de préparer un panier de victuailles pour la femme du tanneur. J'en ai besoin tout de suite. »

« Cours » n'était pas un mot dont Glynis comprenait le sens, pensa Kathryn, en voyant la petite servante se diriger sans se presser vers la porte, l'air morose. Inutile de la réprimander, ça ne ferait que ralentir davantage son pas. Aujourd'hui, toutefois, Kathryn était pressée. Il fallait s'occuper des affaires de la maison, faire une visite de charité à une tenancière malade – elle ne pouvait négliger ses bonnes œuvres, surtout en ce moment où elle avait tant à expier –, et ensuite aller voir Finn.

Kathryn rappela la chambrière.

« Reviens. Mes bottines ont besoin d'être nettoyées. Elles ont de la boue jusqu'aux chevilles. »

La veille elle s'était confessée. Elle avait parcouru toute seule et contre le vent les deux milles de chemin boueux jusqu'à Saint-Michel – sa repentance serait plus manifeste que si elle avait fait le trajet sur son palefroi –, avait demandé à voir le curé et lui avait avoué de la manière la plus laconique possible le péché de chair (la formule était du curé) commis par elle et Finn. Elle avait soigneusement choisi son confesseur, le sachant discret. Après tout, l'église Saint-Michel avait été bâtie grâce à la dîme payée sur la vente de la laine de

Blackingham, et le prêtre hésiterait à trahir une si généreuse bienfaitrice.

Sa pénitence avait été plutôt légère : vingt Ave et dix Pater, suivis d'un acte de contrition. D'où le panier de nourriture pour la femme du tanneur. Mais elle aurait accepté sans broncher qu'on lui enjoigne d'aller à genoux, en plein hiver, jusqu'au sanctuaire de Walshingham pour embrasser la relique de la Sainte Croix. Elle savait que seules les flammes de l'enfer léchant l'ourlet de sa robe pourraient tuer son désir. Même au purgatoire, elle risquait de rechercher la compagnie de Finn et de le suivre jusqu'aux portes de l'enfer, si tel était le châtiment de son amant. Le suivrait-elle de l'autre côté de ces portes ? Elle espérait ne pas avoir à répondre à cette question, mais, s'il existait des passions dignes de mettre une âme en péril, celle-ci en faisait partie.

Voilà trois semaines qu'elle avait chassé Finn de sa couche, et chaque fois qu'elle l'avait croisé dans l'escalier ou dans la cour elle avait lu la même question dans ses yeux. Comme elle ne pouvait fournir de réponse, elle avait senti s'intensifier le froid entre eux. Ce n'était pas seulement du désir charnel, même si, malgré tous ses efforts, les prières ne pouvaient éteindre ce feu, mais toute la personne de Finn, son rire facile, son bel esprit, sa perspicacité, la façon dont il semblait lire dans ses pensées. Désormais, quand elle le voyait, le manteau de l'intimité jadis partagé paraissait s'élimer, tandis que le châle de la douloureuse solitude enveloppait ses épaules plus étroitement. Lorsqu'elle n'avait plus été capable de supporter seule son chagrin, elle était allée chercher l'absolution du prêtre, pour ses péchés passés et aussi pour ceux qu'elle commettrait sans aucun doute à l'avenir.

Elle avait confessé le péché de fornication, rien de plus. Elle n'avait pas avoué avoir fait l'amour avec quelqu'un ayant eu des rapports avec une juive. Mais le Sauveur n'était-il pas lui-même juif ? Ne serait-il pas blessé qu'elle méprise un homme si semblable à Lui-même ? Et si Notre-Seigneur accordait même aux juifs Sa grâce parfaite ne serait-ce pas un péché d'être moins tolérante que Lui ?

Et elle avait bien le droit d'avoir un peu de bonheur.

En entrant dans la cuisine, elle se dirigea tout droit vers la planche à pain, se coupa une tranche, piqua une fourchette à griller dedans, puis l'approcha du feu.

« Laissez Magda s'occuper de ça, madame, dit Agnes en levant les yeux du panier qu'elle remplissait. Vous ne devriez pas faire vous-même votre petit déjeuner. J'étais sur le point de préparer un plateau, mais je me suis interrompue pour suivre vos instructions. Glynis a dit que…

— Je vais griller mon pain moi-même. Comme jadis, Agnes. Tu te rappelles quand j'étais toute petite ? Tu t'empressais alors de me tendre un quignon de pain et une fourchette.

— Mais vous êtes la maîtresse maintenant. Ce n'est pas normal que vous grilliez votre propre pain. »

Agnes fit un signe de tête à l'aide de cuisine, qui prit la fourchette en hésitant et la fit tourner régulièrement pour que la tranche soit grillée uniformément. Quand le pain fut bien doré et croustillant, elle y étala de la confiture de groseilles et le présenta sur une serviette propre. Kathryn nota que ses mains étaient propres elles aussi.

« La fillette a bien tourné, n'est-ce pas Agnes ?

— Assez bien. »

Kathryn mangea la rôtie en silence et réfléchit à cette réponse particulièrement laconique de la part d'une femme qui avait toujours eu la langue bien pendue.

« Tu n'es pas dans ton assiette, Agnes ? Si tu ne te sens pas bien, nous pouvons engager la femme du forgeron pour que tu puisses te reposer. »

Mais pas trop longtemps, se disait Kathryn. Pas trop longtemps, à un penny la journée…

La cuisinière jeta un coup d'œil par-dessus son épaule et fit un brusque signe de tête vers la porte.

« Va couper une tranche de lard au fumoir, Magda, dit-elle en plaçant un pain noir et croustillant dans le panier des aumônes.

— Deux tranches », ajouta Kathryn. Les bonnes œuvres. Pour expier ses péchés passés et à venir. « Et fais des tranches épaisses. »

Un courant d'air froid remua les cendres de l'âtre au moment où la fillette refermait la lourde porte de chêne. Agnes se mordit la lèvre supérieure. Kathryn mâchonnait sa rôtie. La vieille femme finit par briser le silence.

« Je suis pas malade, madame. Mais quelque chose me turlupine. »

Kathryn tambourina impatiemment sur l'anse du panier des aumônes.

« Si quelque chose te tracasse, Agnes, parle-m'en. Si c'est la capitation, tu n'as pas besoin de te faire du souci. J'ai décidé que je paierai l'impôt pour toi. Ce n'est que justice : tu es une bonne et loyale servante.

— Vous êtes très généreuse, trop gentille avec moi, madame, et je vous en suis reconnaissante. Non, ce n'est pas à cause de l'impôt. » Elle poussa le panier de côté en attendant d'y déposer le lard du fumoir. « Vous savez que je suis pas commère, c'est le diable qui colporte les ragots et tout ça, mais… » Elle s'essuya les mains sur son tablier, puis les agita nerveusement.

« S'il s'agit de quelque chose que je dois savoir, alors ce ne sont pas des ragots, Agnes. Vas-y, parle-m'en ! »

Kathryn avala son dernier morceau de rôtie, lécha les miettes sucrées sur le bout de ses doigts. Sans doute quelque querelle entre manouvriers et serfs. Il y avait toujours des accès de rancœur à propos des gages payés aux premiers. Mais, quel que soit le problème en question, Simpson pourrait peut-être le régler.

« C'est à propos de la fille de l'enlumineur. Depuis quelque temps, elle n'a pas beaucoup d'appétit et hier elle n'a pas touché à son repas. »

Kathryn se sentit soulagée.

« Oh ! ne t'en fais pas, Agnes. Elle a été malade, mais elle va mieux désormais. » Pauvre Agnes. Tout nez morveux annonçait la peste. Elle en avait une peur bleue. « Tu connais les jeunes demoiselles. Elle a sans doute ses vapeurs. Ou ses affaires. »

Agnes plissa les lèvres et secoua la tête.

« Non, madame. Ce n'est pas ses affaires. La blanchisseuse dit qu'il y a trois mois qu'elle n'a pas eu de linge taché de sang de sa part. »

Kathryn se versa un gobelet de lait de brebis.

« Il se peut que ses menstrues soient irrégulières. Ça arrive, au début. Tu sais comment courent les ragots parmi les…

— Oui-da, je le sais bien. C'est pourquoi j'ai posé la question à la blanchisseuse moi-même. Aussi régulière que le lever et le coucher du soleil durant trois mois et puis plus rien.

— Est-ce que tu suggères que… ?

— Je répète seulement ce que m'a dit la blanchisseuse. J'ai pensé qu'il fallait vous mettre au courant. »

La porte grinça, et Agnes prit le lard fumé des mains de Magda, l'enveloppa dans un torchon propre avant de le placer dans le panier. Kathryn se saisit du panier et fit un signe de tête à Agnes.

« Gardons cela pour nous, pour le moment.

— Oui, madame. Vous pouvez me faire confiance. » Puis, comme Kathryn s'en allait, elle ajouta : « Souhaitez bon courage à la femme du tanneur. Dites-lui de boire le bouillon de moelle qui est dans la bouteille. Ça la requinquera. »

Kathryn s'appuya contre la porte à l'abri du regard perçant d'Agnes. Serrant le panier contre elle, elle revoyait Rose taquiner son père ou Colin et le sourire enchanteur qui faisait briller ses yeux. Une expérience de femme luisait-elle dans ces yeux étincelants ? Non, Rose était encore naïve. Kathryn aurait parié une balle de coton. Il devait bien exister une autre explication. Après tout, n'était-ce pas dans cette crainte qu'elle avait éloigné Alfred ? Elle espérait, en tout cas, qu'il n'était pas revenu. Mais si pendant tout ce temps il avait eu des rendez-vous avec Rose ? En cachette. « Interrogez monsieur votre fils ! » avait dit Simpson après l'incendie de la lainerie.

Sainte Vierge Marie !

Elle trouva Rose dans la chambre de Finn, si absorbée par son travail qu'elle ne leva même pas les yeux quand elle entra dans la pièce. La porte était entrouverte pour laisser pénétrer davantage la lumière venant du couloir qui reliait la chambre principale à la garde-robe et aux autres petites pièces. Kathryn franchit le seuil, ses souliers effleurant à peine la pierre.

Rose était juchée sur un haut tabouret à une extrémité du bureau. Elle se penchait un peu en avant, les lèvres serrées afin de mieux se concentrer, sa main se déplaçant vivement sur la feuille étalée devant elle. Kathryn reconnut les coups de plume légers et sûrs de Finn, mais donnés par la fine main de sa fille, rendue encore plus délicate d'aspect par la manche bouffante et le poignet garni de rubans. Elle avait l'air aussi choyée que n'importe quelle gente dame normande. Elle portait une robe de brocart d'or et un corsage assorti qui aplatissait sa poitrine dont les deux renflements apparaissaient au-dessus du décolleté carré, promesse virginale d'une plus opulente gorge de femme. Un chemisier de beau linon français s'accordait avec les bandes horizontales blanches encerclant la robe. La tête était couverte d'un grand foulard du même fin tissu laissant entrevoir les cheveux noirs. Luxueux atours pour une fille d'artisan. Pour une juive. Et cette croix qu'elle portait toujours… Elle avait dit que son père la lui avait offerte, que c'était un présent de sa mère. Une croix donnée par une juive ? N'était-ce pas un judicieux stratagème de la part de Finn, un talisman chrétien destiné à protéger sa fille ?

Rose fredonnait tout bas une mélodie que se rappelait vaguement Kathryn. Le chant et le grattement de la plume sur le vélin étaient les seuls bruits de la pièce. Soudain, Rose se tut, poussa un soupir et fixa le vide, la plume suspendue au-dessus du papier. Son visage avait minci, était devenu presque émacié autour des yeux espacés, mais elle avait l'air en bonne santé cependant. Filtrant par la vitre à tout petits carreaux placée très haut au-dessus d'elle, un rayon de soleil trouble rosissait sa joue. Malgré les pommettes désormais plus saillantes, il émanait d'elle une aura de jeunesse qu'aurait pu envier une femme de l'âge de Kathryn, si l'envie n'avait pas été un péché.

Il y eut un courant d'air entre le conduit de la cheminée et la porte devant laquelle se trouvait Kathryn. Sous l'effet de l'air, les rubans du poignet de Rose effleurèrent le papier, faisant baver l'encre des lettres minutieusement dessinées. Poussant une exclamation de désespoir, elle tenta d'ajuster d'une main les coupables rubans.

« Attendez ! Laissez-moi vous aider ! » s'écria Kathryn en faisant un pas en avant.

Rose se tourna vers la porte, l'étonnement arrondissant sa bouche.

« Je suis désolée, madame. Je ne savais pas que vous étiez là. Je veux dire, je ne vous avais pas entendue arriver. » Elle descendit de son tabouret et vint à la rencontre de Kathryn. « Mais entrez donc, je vous prie. » Elle esquissa une demi-révérence, un sourire mutin illuminant ses yeux marron foncé. Petite espiègle ! Elle savait que les marques de déférence dues à sa noblesse gênaient Kathryn.

« Vous êtes en plein travail. Je peux revenir plus tard. »

Repousser le moment de vérité. Oublier le problème, et peut-être disparaîtrait-il... Mais on l'avait fait entrer dans la pièce et elle avait déjà commencé à faire des nœuds parfaits avec les rubans bleus sur les poignets de Rose. Elle donna une petite tape au dernier.

« Voilà ! » À travers une brume de larmes, elle revit sa mère en train d'exécuter ce même geste, sa mère dont elle pouvait se rappeler les mains mais pas le visage, ses longs doigts effilés en train de nouer des rubans bleus.

« Merci. J'aurais eu du mal à les attacher moi-même, sauf si j'avais été contorsionniste.

— Bien sûr. Quand une demoiselle atteint un certain âge, elle a besoin d'une chambrière. Dites-le à votre père, il pourrait engager une petite villageoise. L'abbé le paye plutôt bien.

— J'y ai pensé, mais j'hésite... Il n'y a toujours eu que père et moi. Je ne voudrais pas le blesser. Parfois,

Magda, la petite aide d'Agnes, me prête la main. Autrement, je me tortille jusqu'à ce que tout soit bien accroché et attaché. » Elle éclata de rire et jeta un coup d'œil à son poignet. « Enfin, presque tout. »

Elle avait le haut front de Finn. La grande bouche, les yeux sombres venaient-ils de Rebecca ? De beaux yeux. Comment son fils – ou celui de n'importe quelle mère d'ailleurs – pourrait-il ne pas être tenté ?

« Venez donc vous asseoir, je vous prie, dit Rose en prenant Kathryn par la main pour lui faire faire quelques pas, avant de la lâcher. Quel régal de jouir de votre compagnie ! » Le sourire s'estompa quelque peu, telle une flamme placée sous un abat-jour. « J'imagine que vous êtes venue voir père. Je crains qu'il ne soit absent. Il est allé au marché de Norwich acheter des feuilles d'or. Il a dit qu'il reviendrait avant le coucher du soleil. Voulez-vous rester avec moi jusqu'à son retour ? Votre compagnie me ravirait. »

Peut-être après tout ne se languissait-elle pas à cause d'un chagrin d'amour, se dit Kathryn, mais souffrait-elle seulement de solitude. Kathryn se rappelait ce sentiment, à quel point cela avait ressemblé à une maladie… Avant ses enfants, avant même Roderick, quand elle avait été la seule femme de la maisonnée de son père, avec Agnes pour toute compagnie. Non seulement la maladie mais aussi la solitude ou l'angoisse pouvaient dérégler le cycle menstruel, ce processus délicat et mystérieux. Surtout chez quelqu'un d'aussi jeune. Ou d'aussi âgée qu'elle-même. Elle avait entendu raconter que, dans certains couvents, les moniales accordaient leurs cycles pour être toutes affligées au même moment. Et comment, dans d'autres, une fois qu'elles avaient épousé le Christ leurs règles cessaient complètement.

« C'est vous que je suis venue voir, Rose. Pas votre père. »

Le sourire radieux de la jeune fille était si plein de reconnaissance que Kathryn en eut le cœur brisé.

Elle chercha un endroit où s'asseoir. S'arrêtant au pied du lit, elle lissa sa robe pour s'installer, avant d'interrompre son mouvement. Son lit nuptial. Le lit de Roderick. Celui de Finn en ce moment. Les courtines étaient ouvertes, la courtepointe impeccablement disposée. C'était l'homme le plus soigné qu'elle eût jamais rencontré. Tout ce qui le concernait, ses vêtements, son environnement, même son esprit révélaient une personne méticuleuse. Si différente de l'ancien occupant de ce lit qui n'avait aucune discipline, en rien. Une onde froide partit de ses chevilles, monta le long de son dos et hérissa sa nuque. Une couture craqua dans le voile du temps. Ce ne fut qu'une vision éphémère, mais, dans un éclair, tout au fond de ses yeux, elle vit le lit, la dernière fois où, courtines fermées, elle y avait couché avec son mari, retenue par les draps emmêlés autour des jambes, le poids de l'homme l'étouffant, lui ôtant même l'air vicié, comme elle gisait sous lui tel un cadavre. Son corps se rappelait aussi la violence avec laquelle il l'avait pénétrée, puis, jurant, repoussée.

« Madame… » La voix de Rose la ramena au présent. « Vous n'avez pas l'air bien. Asseyez-vous sur le lit de père. Ça ne l'ennuiera pas. »

Le lit était à nouveau inoffensif, soigneusement refait, courtines ouvertes et retenues aux colonnes sculptées par des embrasses à pompons. L'air fleurait bon le linge propre, l'huile de lin et l'essence de térébenthine, senteur que Finn portait dans ses vêtements, épicée par la fumée du feu de tourbe dans la cheminée. Elle prit une profonde inspiration.

« Non, merci. Je vais très bien. Votre père ne serait pas forcément content que je m'asseye sur son lit. Je vais plutôt utiliser son tabouret de travail. »

Elle tira le tabouret et le plaça en face de celui de Rose. Elles s'assirent en tête à tête, les feuilles de vélin éparpillées entre elles. Kathryn remarqua le texte. Voilà un sujet de conversation. Elle ne pouvait, sans attenter à l'honneur de la jeune fille, poser brutalement la question qui lui asséchait la bouche.

« À quoi travaillez-vous ? Je vois que c'est ce que votre père appelle de l'anglais. »

Rose rougit et remua les papiers pour recouvrir son travail.

« Oh ! il n'y a rien à voir. C'est pour m'amuser. Un livre d'Heures pour un… ami. »

Ou un cadeau pour un amant. Je vous en prie, Sainte Mère de Dieu, faites que ce ne soit pas pour mon fils !

« Je suis contente que vous ayez votre travail. Vous devez vous ennuyer ici.

— Eh bien oui ! Parfois. Quand père est absent. » Elle baissa la tête, s'empressant d'ajouter : « Mais je me plais ici. Quelquefois, Colin apporte son luth et chante pour moi. C'est aussi un bon copiste. Papa dit qu'il est très doué. »

La mélodie fredonnée par Rose et qui avait paru familière aux oreilles de Kathryn était l'un des airs de Colin.

« Je suis ravie qu'il soit d'une agréable compagnie pour vous et votre père. Moi aussi, j'aime sa musique.

— Récemment je ne l'ai pas… On ne l'a pas beaucoup vu.

— Et Alfred est parti, suggéra Kathryn.

— Alfred ? Je ne le voyais quasiment jamais… Bien que je sois certaine que je l'aurais apprécié », ajouta-t-elle comme pour s'excuser. Il était touchant de voir à quel point elle voulait éviter de blesser. « C'est seulement parce qu'il était toujours très occupé ou avec le régisseur. »

Réponse rassurante. Difficile de ne pas l'aimer, quelles que soient les circonstances de sa naissance. Elle possédait le charme de son père.

« Moi-même, je vois rarement mes fils et ils me manquent tous les deux. Alfred est entré chez sir Guy comme page, et Colin… Je crains de ne pas le voir beaucoup, lui non plus, hélas ! Depuis la mort du berger, il passe la majeure partie de son temps à la chapelle. Il parle par énigmes de pardon et d'expiation, comme si, pour une raison ou une autre, il se sentait coupable. Mais il refuse d'en parler. À moi, en tout cas. Vous a-t-il dit quelque chose à vous ? »

Rose détourna le regard, porta une main tremblante à sa gorge. Les coins de sa bouche tressaillirent.

« Il n'a plus de temps pour rien. Pas même pour la musique. Depuis l'incendie.

— Cela lui passera. Il avait dû être plus proche de John que je ne le pensais. J'imagine qu'une mère ne peut pas tout savoir sur ses fils. Et vous, Rose ? Vous sentez-vous bien ? Votre père se fait beaucoup de souci depuis le soir où vous avez eu mal au cœur. Le soir où je vous ai apporté l'infusion, vous vous rappelez ? »

La jeune fille cligna les paupières et hocha la tête.

« Vous avez été très bonne pour moi. Oui, il me semble que je vais mieux. Même si la tête me tourne encore parfois. J'éprouve alors une sorte de faiblesse, mais je me sens assez bien la plupart du temps. » Un petit gloussement plissa les commissures de ses lèvres.

Un jour, elle aura les mêmes rides d'expression que son père, pensa Kathryn.

« Je n'ai rien pu avaler durant des semaines ;

aujourd'hui, je rattrape le temps perdu. La nuit dernière, je me suis réveillée en pleine nuit, et j'ai eu une envie folle de harengs saurs. Et je n'aime pas les harengs saurs. »

Rose avait des envies. Était-elle si naïve qu'elle n'en devinait pas le sens. Mais, évidemment, quelle compagnie féminine, quelle conseillère avait-elle pour l'aider à devenir femme en douceur ? Kathryn était passée par là. Quand l'écoulement – « le flux doré », comme certains l'appelaient – s'était produit, elle avait cru que ce sang vineux signifiait qu'elle se mourait. Et cela des mois durant, jusqu'à ce qu'elle aille en parler à son père. Il avait rougi et appelé la sage-femme, laquelle lui avait expliqué ce mystère en termes qui ne l'avaient pas fait se réjouir de cette accession à l'état de femme.

Dans quelle mesure Finn avait-il éclairé sa fille ? Il était plus doux que son père, mais, comme ce dernier, avait-il évité de donner des conseils normalement dispensés par une mère ou une parente ? Après tout, il ne s'était guère préoccupé des conséquences pour Kathryn et ses fils de son mariage juif.

« Parlons franchement, Rose. De femme à femme. » Naguère, elle aurait pu dire « de mère à fille », mais c'était impossible désormais. « Vos cycles lunaires ont-ils été réguliers ? »

Rose la regarda, l'air vague.

« Votre écoulement sanguin mensuel, mon enfant. Se produit-il chaque mois ? »

Le soleil passa derrière un nuage. La lumière dans la pièce s'estompa, teintant tout en gris, sauf les joues empourprées de Rose.

« Ça fait trois mois qu'il n'a pas lieu, répondit-elle. Mais il est arrivé qu'il ne se produise pas, quand j'étais plus jeune. J'ai pensé que c'était parce que j'étais malade. »

Le silence dura presque une minute. Le soleil ne réapparut pas et la pièce se refroidit malgré le feu de tourbe qui crépitait dans la cheminée. La tempe de Kathryn se mit à palpiter. Elle n'avait vraiment aucune envie de poursuivre cette conversation. Ç'aurait dû être la tâche de Rebecca. Pas la sienne. Les mères juives traitent-elles différemment ce genre de situation ? Si elle avait vécu, quels conseils la défunte aurait-elle donnés à sa fille ?

« Rose, peut-être est-ce lié à votre maladie, mais pas forcément de la façon que vous croyez. C'est peut-être la cause et non l'effet.

— Je ne comprends pas, fit-elle de la voix gémissante d'une enfant, l'enfant qu'elle était encore il y a si peu de temps.

— Il se peut que vous soyez... » Comment s'y prendre ? « Il se peut que vous attendiez un enfant. L'écoulement cesse lorsqu'une femme tombe enceinte. »

Rose, sur le point de s'évanouir, se passa une main tremblante sur le visage. Kathryn se leva et se dirigea vers elle. Se penchant un peu en avant, elle lui souleva le menton pour l'obliger à la regarder droit dans les yeux.

« Rose, avez-vous été avec un homme ? » Chaque mot était prononcé avec douceur, mais lentement et distinctement.

La jeune fille ne répondait pas et se mordait la lèvre supérieure. Son menton tressaillait.

« Répondez-moi, mon enfant. Avez-vous été avec un homme ? »

Kathryn s'efforça de ne pas hausser le ton afin de ne pas l'effrayer, mais ce n'était pas facile. Si Alfred était peut-être hors de cause, il s'agissait quand même de Rose.

« Seulement avec Colin.

— Je ne veux pas dire de cette façon-là. Je veux dire, avez-vous eu des rapports avec un homme ? Quelque coquin qui, vous ayant vue vous promener dans le jardin, aurait abusé de vous ? Vous aurait même forcée à avoir des relations charnelles avec lui ? »

Rose se mit à pleurer. De grosses larmes débordaient de ses paupières, formaient de petits ruisseaux suivant chacun sa rigole, s'attardaient dans les commissures de la bouche agitée de tremblements.

« Seulement avec Colin, madame. »

Colin ?

« Rose, savez-vous ce que signifie "relations charnelles" ? » s'écria Kathryn, exaspérée.

La jeune fille hocha la tête en se couvrant le visage d'une main.

« Est-ce que ça compte, les baisers ? La plupart du temps, on ne faisait que s'embrasser. » Elle se tut. Ses doigts tremblants se mirent à triturer sa jolie petite croix. « Dans la lainerie. »

Dans la lainerie ! Kathryn sentit son cœur se contracter.

« À propos de la lainerie, interrogez donc monsieur votre fils ! »

Rose se leva. Les pans de sa robe repoussèrent le tabouret qui heurta bruyamment le sol et renversa un seau où trempait de l'écorce d'épine noire. Les deux femmes ne firent aucun cas de la tache couleur d'encre qui s'étalait sur le parquet, imbibant les planches. Rose faisait les cent pas, ses mains plaquées sur sa gorge. Elle commença à sangloter. Kathryn dut la calmer pour l'empêcher de se rendre malade. La prenant dans ses bras, elle la conduisit doucement jusqu'au lit et la fit s'asseoir.

« Rose, dit-elle d'un ton égal, aussi calme que possible, les baisers ne comptent pas. Bon. C'est tout ce que vous avez fait ? Vous et mon fils, avez-vous fait autre chose dans la lainerie ? »

Kathryn avait beaucoup de mal à la comprendre. Les mots furent portés par un bref sanglot qui s'échappa de derrière sa main.

« Deux fois.

— Deux fois ? Alfred a-t-il eu deux fois des relations charnelles avec vous, Rose ? »

Elle se mit à pleurer encore plus fort, hochant la tête.

« On a... Seulement deux fois. Mais ce n'était pas Alfred. » Nouveaux sanglots, respiration hachée. « C'était Colin. » Le nom de son fils prit son envol sur un hoquet. Kathryn n'aurait pas été davantage surprise si Rose avait prononcé celui du pape. Elle eut du mal à reprendre son souffle. Folle de terreur, au bord de la crise de nerfs, Rose se balançait d'avant en arrière en gémissant : « Ne le dites pas... à... père, s'il vous plaît. » Elle s'arrachait chaque mot de la bouche en hoquetant. Kathryn l'entoura de ses bras.

« Chut ! Taisez-vous... Vous allez vous rendre malade et ça ne nous aidera pas », chuchota-t-elle en la berçant, tout en se répétant mentalement le nom de Colin. Comment ne s'en était-elle pas aperçue ? Mais si. Elle les avait seulement considérés comme deux enfants en train de jouer.

« On ne va rien dire à personne, pour le moment. Peut-être nous trompons-nous. Bien que vous ayez... il est possible que vous ne soyez pas enceinte. Nous allons attendre. Et si vous l'êtes, eh bien ! il existe certaines

287

pratiques... Pour le moment, efforçons-nous de garder la tête froide. »

Le ton assuré de Kathryn eut un effet lénifiant sur Rose. Sa tempête intérieure se calma, se réduisant à des gémissements intermittents et à de rauques hoquets, tandis que, dans l'esprit de Kathryn, tourbillonnaient les implications de la situation. Elle savait que ses affirmations étaient aussi vides de sens que les citernes de l'enfer l'étaient d'eau. Elle savait également qu'il n'y avait pas de temps à perdre. Elle devait se rendre sur-le-champ chez la sage-femme. Il existait des potions particulières... Mais d'abord elle devait parler à Colin. Colin !

Elle avait promis à Rose de ne rien dire à Finn. Ce serait mieux ainsi, en effet. Moins compliqué. Il serait furieux d'apprendre que le fils de Kathryn avait défloré sa fille et insisterait sans doute pour qu'on publie les bans sans tarder. Après tout, ayant tout abandonné pour l'amour d'une juive, il ne pouvait qu'imaginer que le fils de Kathryn allait faire de même, n'est-ce pas ? Mais un fils de Blackingham ne pouvait épouser une juive. Pas tant qu'elle vivrait.

Elle repoussa la jeune fille échevelée, la tint à bout de bras.

« Essuyez vos yeux, Rose. Allez vous reposer dans votre chambre. Et tirez le rideau, de peur que votre père ne revienne et ne trouve sa jolie fille dans cet état. »

Non, il ne fallait pas que Finn voie sa fille si bouleversée. Elle se laisserait tirer les vers du nez aussi aisément qu'un moine pansu lâche un pet.

« Je vais vous faire porter une infusion. Essayez de ne pas vous faire du souci. On va bien trouver quelque chose. »

QUATORZE

Puisque la Bible contient le Christ,
rien d'autre n'est nécessaire pour le
salut. Et ce, pour tous les hommes, pas
seulement pour les prêtres.

John WYCLIFFE

Finn arriva à Norwich par le nord. Depuis ces hauteurs dominant la ville, le marché avait l'air d'un ruban rayé déroulé à partir du château. Affreux, massif, lourd, celui-ci ne servait plus désormais de forteresse mais de prison où croupissaient des êtres humains. Malgré le vernis crème de la pierre de Caen brillant d'un éclat doré sous le soleil, le château projetait une ombre menaçante, dominant les étals colorés du marché, tel un vautour perché sur une colline. Finn frissonna et s'emmitoufla dans son manteau de laine.

Le pont de la forteresse menait à une cour extérieure

où se tenait le marché au bétail. Des badauds s'y étaient rassemblés sous un gibet. Finn connaissait la nature du spectacle. Ce genre d'événement était toujours prévu pour les jours de marché où l'on était sûr d'attirer une foule de curieux. Même de loin – il refusait de s'approcher plus près, n'ayant aucun goût pour cette sorte d'attraction –, il entendait les rires sonores. S'il était arrivé seulement quelques minutes plus tôt, il aurait pu éviter d'assister à la scène, à présent, c'était trop tard. On plaçait la corde autour du cou du condamné, et, malgré tous ses efforts, Finn ne parvenait pas à détacher son regard. La foule anonyme gémissait à l'unisson. La plainte croissait, se muant en chant funèbre. La trappe s'ouvrit. Finn retint son souffle tandis que, approchant l'extase, la foule poussait un énorme soupir collectif. Il sentit tressaillir les muscles de son torse au moment où le corps se tordait, secoué de plusieurs soubresauts avant de se balancer au bout de la corde, telle une carcasse d'animal de boucherie. La Vierge Marie soit louée ! il ne se trouvait pas assez près pour apercevoir les yeux révulsés, les lèvres violacées et gonflées dans le visage boursouflé. Il tira la bride de son cheval vers la droite, détourna la tête… trop tard pour éviter l'accès de nausée.

Le pauvre bougre, pensa-t-il en s'essuyant la bouche d'un revers de main tout en éperonnant son cheval. Sans doute quelque paysan rebelle qui s'était plaint trop bruyamment du nouvel impôt par capitation levé par Jean de Gand, le deuxième en trois ans. C'était payer fort cher le fait de réclamer plus de justice. Placée au bout d'une pique, la tête coupée, dont les yeux seraient dévorés par les oiseaux, ornerait bientôt la porte de la ville en guise d'avertissement. Toutes les vérités ne sont pas bonnes à dire.

Tournant le dos au château, Finn posa son regard sur l'autre merveille architecturale, située à l'est du marché. La cathédrale, comme le château-prison, luisait doucement dans la lumière de l'après-midi, à peine moins menaçante aux yeux de Finn. Il devait admettre cependant que l'aspect en était plus agréable. Quoique dépourvue de flèche, la tour-lanterne romane carrée était imposante. La tempête de 1362 avait réduit en miettes l'aiguille de bois, détruisant par la même occasion une partie de l'abside. Finn sourit, se rappelant que Wycliffe avait appelé la tempête « le souffle du Dieu de colère ».

L'abside avait été rebâtie par le prédécesseur de l'évêque Despenser, mais il existait d'autres priorités avant de reconstruire la flèche. Il fallait restaurer le cloître et ériger un mur pour protéger les bénédictins contre les émeutes des manants. En 1297, les moines avaient été chassés par un incendie allumé par une bande de paysans furieux. Dans l'attente d'une offrande, les bénédictins refusaient parfois leurs services, même la communion. « Ils ont vendu le corps du Christ un penny pour pouvoir acheter le permis de garder leurs concubines », lui avait dit Wycliffe. Selon Wycliffe, il n'y avait guère eu de changement en près d'un siècle. Finn était d'accord.

La reconstruction du cloître était donc toujours en cours. Comme son cheval avançait avec précaution dans Castle Street, se dirigeant vers Elm Hill, Finn aperçut des maçons au travail, les entendit gratter la pierre et appliquer le plâtre à coups de truelle. Ils habillaient le robuste grès de Norwich avec la pierre importée de Normandie, laquelle a meilleur aspect. Leurs jurons – contre le plâtre qui durcissait trop vite dans l'air glacial, contre leurs doigts gourds dans leurs mitaines –

se mêlaient aux cris des oiseaux délogés des nids qu'ils avaient bâtis entre les arêtes du cloître.

Quand il atteignit Elm Hill, Finn mit pied à terre devant le Beggar's Daughter à l'enseigne prometteuse. Sangdieu ! comme une bière lui ferait du bien ! Il lança les rênes du cheval à un petit mendiant qui ne lui était pas inconnu.

« Un demi-penny et un pâté de porc si mon cheval est toujours là à mon retour. »

Le gosse en haillons se précipita vers lui, attrapa le cheval par le mors et alla le mettre à l'abri dans l'étroit espace entre les maisons.

« Même l'vieux Belzébuth pourrait pas m'le piquer, monseigneur ! » La vigueur et l'énergie de son beau salut contrastaient avec son aspect.

« Ce n'est pas le vieux Belzébuth que je crains ! » répliqua Finn.

Il admirait l'esprit d'entreprise du gamin, qu'il avait déjà vu faire de petits travaux : courses, nettoyage pour les commerçants du marché, n'importe quoi pour gagner sa croûte. Il existait des dizaines de ces gosses, bien qu'un mendiant dût faire preuve de beaucoup d'ingéniosité pour éviter les fers. Même ceux qui faisaient la charité aux gueux étaient passibles de prison. La plupart étaient des serfs fugitifs, se nourrissant des ordures de la ville, se cachant à l'intérieur des murs jusqu'à ce qu'ils obtiennent le droit à la liberté. Et ce n'étaient pas les ordures qui manquaient. Elm Hill était la rue la plus étroite de Norwich. Le caniveau creusé en son milieu charriait des immondices et rendait la marche périlleuse pour les hommes et les bêtes. En dehors du marché hebdomadaire, c'était le principal quartier commerçant de Norwich. De riches marchands de laine et des tisserands flamands habitaient dans les grandes maisons de ville, leurs entrepôts s'étendant à l'arrière jusqu'au fleuve. À l'autre bout de la rue, les maisons des boutiquiers et des maîtres de corporation se perchaient au-dessus de cabinets d'affaires et d'échoppes, collées les unes aux autres, pêle-mêle et de guingois, ce qui donnait au quartier l'aspect d'un labyrinthe. Labyrinthe propice à la disparition d'un gamin et d'une monture, si la tentation était trop forte...

Une fois à l'intérieur de la taverne, Finn s'installa près d'une fenêtre crasseuse par laquelle il pouvait apercevoir et le cheval et le gosse. Celui-ci lui adressa un nouveau salut, lui lançant un clin d'œil déluré, auquel Finn répondit. Il retrouverait son cheval quand il en aurait besoin, il en était sûr.

Il était venu à Elm Hill avec l'intention d'acheter des plumes. Mais, d'abord, il allait prendre quelque chose pour se réchauffer les os en attendant Mi-Tom qui devait lui apporter un paquet de la part de Wycliffe. Il n'eut pas à attendre longtemps. À l'autre bout du comptoir, il entendit les rires d'ivrognes de cinq hommes agglutinés les uns contre les autres. Le meneur, qui lui tournait le dos, portait l'uniforme des gardiens de la prison du château.

« Et si on l'pendait pour voir s'il s'balance aussi fort que l'aut' zigue !

— Nenni. L'est trop p'tit. Ce s'rait pas drôle. Il frétillerait seul'ment comme l'appât au bout d'l'hamçcon.

— Bon. Voyons alors à quelle hauteur on peut l'envoyer ! »

Vif mouvement de bras, et puis une boule de haillons lancée vers le plafond rebondit sur l'une des poutres et tourbillonna dans les airs avant d'atterrir. Elle retomba juste à côté du petit groupe et s'aplatit par terre, puis se redressa sur ses deux jambes, miraculeusement indemne. Mi-Tom. Le nain se précipita vers la porte mais un bras se tendit, le rattrapa et le ramena à l'intérieur du cercle.

Finn tira son poignard de sa botte et se dirigea vers le groupe.

Au milieu du cercle, Mi-Tom jurait et se démenait tout en essayant de mordre le bras qui le retenait.

« Corbleu, c'est un vrai petit dur, mais je parie deux pennies que cette fois c'en est fait de lui. »

Finn s'approcha du groupe plutôt disparate qui suivait le meneur plus par crainte que par plaisir, et peut-être aussi parce que leur instinct sanguinaire avait été éveillé par l'exécution. Ce n'était pas la première fois qu'il voyait des hommes ordinaires, qui en d'autres circonstances se seraient montrés charitables, se transformer en chiens sauvages reniflant la piste du gibier. Faisant semblant d'être intéressé par le spectacle, il regarda par-dessus l'épaule du gardien de prison, mais se recula un peu en voyant un pou se frayer un chemin dans les cheveux gras de l'homme. Il appuya la pointe de son poignard contre le dos de celui-ci, juste en dessous de la cage thoracique, poussant assez fort pour transpercer le pourpoint de cuir.

« Et si vous relâchiez le nain, l'ami ? » dit-il d'un ton plutôt courtois, tout en accentuant un rien la pression afin que le gardien perçoive sa détermination.

L'homme tourna la tête pour apercevoir son assaillant. Il se raidit en sentant le poignard traverser la toile grossière de sa chemise et relâcha juste assez son emprise pour que le nain puisse se libérer et filer vers la porte.

Finn posa une main sur l'épaule du gardien tandis que de l'autre il maintenait le poignard en place.

« Vos amis fêtent sans doute leur chance de ne pas

être le pendu qui se balance au bout de la corde de l'autre côté du pont du château.

— En quoi est-ce qu'ça vous r'garde ? »

Mais le ton bravache sonnait faux et Finn aperçut les regards furtifs de ses compagnons cherchant à évaluer cette nouvelle péripétie. Il allait leur faciliter la tâche.

« Tavernier, une tournée de bonne bière pour mes amis ! C'est moi qui régale. »

Un manouvrier à la mine fatiguée haussa les épaules et s'éloigna le premier. Puis, l'un après l'autre, ils quittèrent le groupe pour aller chercher la chope offerte par l'hôte, qui avait l'air très soulagé. Le lien ténu était brisé et le cercle des harceleurs du nain se débanda, chacun évitant de croiser le regard des autres. L'affaire n'est pas terminée, se dit Finn en fixant l'individu corpulent au bout de son poignard, celui dont il avait gâché la fête.

« Et vous, l'ami ? Vous avez aussi droit à une chope. »

À peine les mots étaient-ils sortis de sa bouche que l'autre se retourna brusquement pour saisir le poignard, mais, calculant mal son coup, il attrapa la lame et non le manche. Hurlant comme un chat ébouillanté il retira sa main ensanglantée.

Sur ces entrefaites, Mi-Tom apparut sur le seuil suivi d'un sergent portant l'insigne écarlate qui le désignait comme l'un des hommes du shérif.

« Ce p'tit homme affirme que vous troublez la paix du roi. » Fronçant les sourcils, il parcourut la pièce du regard. « J'aurais dû m'douter que t'étais au cœur d'la mêlée, Sykes. »

Voilà du renfort. Mais ils risquaient de tous se retrouver aux fers.

« Il n'y a aucun trouble, sergent, dit Finn. Je vous assure que la paix du roi est sauve. J'étais seulement en train de montrer mon nouveau poignard au gardien ; hélas ! il lui a échappé des mains, et il s'est coupé en essayant de le rattraper. »

L'un après l'autre les membres du groupe avalèrent leur bière et se glissèrent vers la porte. Avant de sortir, l'un d'entre eux eut même la politesse de lever sa chope vide à l'adresse de Finn.

« Vous voyez. L'ordre règne. Demandez au tavernier. »

Celui-ci, ayant sans doute de bonnes raisons de craindre la justice royale, acquiesça. Apparemment peu convaincu, le sergent gardait la main sur la poignée de sa dague.

« Je disais à Sykes qu'il aurait intérêt à s'occuper de sa blessure avant qu'elle ne s'infecte, expliqua Finn.

— J'vais m'en occuper, vous en faites pas ! Pour sûr que j'vais m'en occuper ! » s'écria le gardien.

Malgré les regards noirs et la menace à peine voilée, Sykes prit le temps de bander la plaie avec un chiffon apporté par l'hôte, avant de tituber en direction de la porte. Le sergent s'écarta à peine, le forçant à se mettre de biais pour le contourner.

« Sangdieu ! Ça arrive chaque fois qu'il y a une pendaison. Ça rate jamais. Et en général, Sykes se trouve au centre du tumulte. À votre place, je l'éviterais pendant un certain temps. Ce type est vicieux comme une vieille pute.

— Merci du renseignement, mais mon ami et moi, dit-il en indiquant Mi-Tom d'un signe de tête, à la grande surprise du sergent, nous serons loin d'ici avant que Sykes soit en assez bonne forme pour nous chercher noise. »

Après le départ du sergent, Finn commanda à manger pour lui et son compagnon.

« Tu es sûr de ne pas être blessé ? Tu as fait une sacrée chute. »

Le large sourire de Mi-Tom fendit son visage en deux demi-lunes.

« J'ai plus d'un tour dans mon sac. » Il arracha un bout de pain, le fourra dans sa bouche, mâcha vigoureusement avant de poursuivre. « D'habitude, je ne fréquente pas ce genre d'endroit, ou alors je prends mes jambes à mon cou si ça tourne mal. Mais quand je suis coincé, je me roule en boule et fourre ma tête dans mon pourpoint. Regardez, comme ça… »

La tête du petit homme sembla d'un seul coup rentrer dans son corps, ce qui lui donna l'air d'une grosse tortue émergeant à peine de sa carapace. Finn ne put s'empêcher d'éclater de rire. Loin d'être vexé, Mi-Tom parut lui aussi trouver ça très drôle. Il mordit dans un oignon, prit un autre bout de pain, avant d'avaler le tout et d'ajouter : « Et quand je viens en ville, je mets toujours deux chemises. Pour être bien rembourré.

— Fort ingénieux.

— Ouais, mais ça ne marche pas toujours. Une fois, j'ai eu trois côtes cassées. M'est avis que je ne m'en serais pas si bien tiré cette fois-ci si vous n'aviez pas été là pour me sauver la peau. »

Finn agita la main comme pour signifier qu'il n'avait pas à le remercier.

« As-tu quelque chose pour moi de la part de messire Wycliffe ? »

Mi-Tom passa la main sous sa chemise, défit un cordon et sortit un paquet recouvert de cuir.

« Ça faisait aussi partie du rembourrage. Les papiers sont dedans. Messire Wycliffe suggère que vous soyez… "circonspect". » Il prononça en hésitant ce mot inhabituel, le roulant d'abord sur sa langue. « Et il dit que l'évêque l'a dans sa ligne de mire.

— Tu lui as parlé, par conséquent ?

— Oui-da. Il était à Thetford pour parler au synode des évêques, comme vous l'aviez dit. J'me suis faufilé avec une troupe de comédiens qui jouaient pour eux pendant le repas. Deux ou trois roues, un ou deux poiriers, puis messire Wycliffe fait semblant de m'envoyer faire une course et me donne ce paquet comme pour me payer.

— Tu lui as remis les pages terminées ?

— Oui-da. C'est la course que j'étais supposé avoir faite.

— Mon travail lui a plu ?

— Il a juste jeté un rapide coup d'œil dessus. Il a tendu une bourse.

— Tu lui as répété ce que j'avais dit ?

— Oui-da. Je lui ai dit que le travail était... (Il se tut, montrant le blanc des yeux.)... "bénévole", précisa-t-il en se rengorgeant, à l'évidence fier d'employer pareil vocabulaire.

— Et qu'a-t-il répondu ?

— Que vous serez récompensé au ciel.

— Ça devrait suffire, j'imagine. Est-ce que tu lui as dit que j'essaierai de faire une copie supplémentaire de ses traductions si j'en ai le temps ?

— Il a dit... Je ne peux pas me rappeler exactement ses paroles, mais en gros c'était que, plus il y aura de gens qui liront directement la parole sacrée, plus ils verront que l'Église se paye leur tête. »

Finn opina du chef. Tout en enluminant la traduction il l'avait lue et l'avait trouvée fascinante. Il n'avait jamais lu l'Évangile de Jean en latin. Il n'en connaissait le sens que par les sermons, les mystères et quelques fragments appris par cœur. Il l'avait cru parce qu'on lui avait enjoint d'y croire. Mais la traduction de Wycliffe montrait un Seigneur différent de celui dont parlaient les prêtres. Oh ! la souffrance était bien là, mais également la joie et l'amour, beaucoup d'amour, celui dont parlait l'anachorète. « Car Dieu a tant aimé le monde… » Il n'y avait rien de plus, pensa Finn. Mais cela suffisait si on était croyant.

« Sais-tu lire, Tom ?

— Des moines ont bien essayé de m'apprendre, mais j'arrivais pas à comprendre le latin. Si je pouvais lire la Bible par moi-même, eh bien ! peut-être que ça vaudrait le coup. » Il sourit. « Maintenant que je suis un messager, ça serait plus facile que d'avoir à se rappeler par cœur tous ces mots bizarres que vous passez votre temps à envoyer. »

Par la fenêtre, Finn vit le gamin qui gardait son cheval taper ses pieds entourés de chiffons pour les réchauffer. Il était temps de partir. Il commanda un pâté de porc et acheta une couverture à l'aubergiste. Si le gamin n'avait pas de lit, cette nuit il aurait au moins une couverture chaude.

Finalement, il ne put éviter de passer devant le masque mortuaire du pendu. Mais qui était-il, ce pendu ? Braconnier ou voleur ? Ou peut-être simplement quelqu'un qui avait dit tout haut ce qu'il pensait. Tous crimes passibles de la potence. Il était si facile de perdre la vie. Il suffisait d'offenser l'Église ou le roi, et à bon entendeur, salut ! Le fait qu'il enluminait les textes de Wycliffe faisait-il de lui un lollard ? Ce n'était pas un mouvement illégal. Pas encore. Quel ange ou quel démon l'avait poussé à se ranger si hâtivement dans ce camp ? Et dans quel but ? Il ne pensait guère aux récompenses qu'il obtiendrait au ciel. Ni aux flammes de l'enfer. Cela semblait seulement une démarche rationnelle. Finn aimait l'idée que chaque homme lise l'Écriture par lui-même.

Quittant la ville par Wensum Street, il aperçut, plantée sur une pique à la porte de Cowgate, la tête du malheureux – ou ce qui en restait.

Lady Kathryn gravit les trois marches de pierre – l'une pour le Père, la suivante pour le Fils, et la troisième pour le Saint-Esprit – menant au toit de la crypte pavée de larges dalles et qui servait également de narthex à la chapelle. Les vivants priaient au-dessus des ossements des morts. Elle devait en tout premier lieu trouver Colin et vérifier le récit de Rose. Et où pouvait-il se trouver, sinon à la chapelle ? D'un seul coup, tout prenait un sens : les incessantes prières, le chagrin incongru à cause de la mort d'un serf, les yeux creux et la maigreur soudaine du visage de porcelaine.

Peut-être une lampe avait-elle était renversée d'un coup de pied malencontreux pendant leurs ébats passionnés. À moins qu'ils aient oublié une chandelle mal éteinte ? Ou bien Rose et Colin n'avaient rien à voir avec l'incendie… Colin avait toujours été très pieux. Le péché de chair commis avec Rose lui avait-il rongé l'âme au point que le remords lui fasse endosser une charge de culpabilité supplémentaire ?

Kathryn écouta derrière la porte de la chapelle. Rien. La porte grinça sur ses gonds. À l'intérieur, la salle sentait le renfermé, comme si elle n'avait pas été aérée depuis de nombreuses heures. L'autel était vide. Elle fut envahie par un sentiment d'effroi en voyant que le cadran solaire sur le mur indiquait que c'était l'heure des vêpres. Colin n'avait jamais manqué les vêpres, même avant l'incendie.

Elle quitta la chapelle vide et, refermant derrière elle, s'appuya à la porte pour reprendre son souffle et rassembler ses idées. Colin était juste épuisé d'avoir trop prié, voilà tout. Il dormait dans sa chambre, des rêves troublants faisant tressaillir ses paupières veinées de bleu. Elle allait se rendre près de lui, le réveiller, vérifier que sa version des faits s'accordait avec celle de Rose. Dans ce cas, elle lui dirait que tout allait bien. Elle l'enverrait faire quelque course, peut-être porter un message à son frère chez sir Guy. Ça le distrairait et lui donnerait à elle le temps de réfléchir. Ce n'est pas que Kathryn n'eût pas compris le besoin d'expier. Cependant, ce n'était pas à son enfant chéri à la voix d'ange et aux manières douces de payer. Il n'avait jamais fait de mal à personne, ne l'avait même pas déchirée en venant au monde, glissant hors de son ventre dans le sillage sanglant de son robuste frère, comme s'il venait en prime.

Le père et la mère de Kathryn, morte quand elle n'avait que cinq ans, reposaient sous le narthex de la chapelle, sous l'endroit où elle se tenait, près de Roderick – en face de lui, pas à côté. Et face à ses parents, à la pointe du triangle, sa place l'attendait. Elle avait tout soigneusement prévu : Alfred et sa famille se placeraient entre elle et Roderick, tandis que Colin et son épouse la relieraient à ses parents. Maintenant, même cela était gâché. Mais Kathryn avait pris sa décision : quand sonnerait la trompette du Jugement dernier, aucune juive, le sang du Christ dégouttant de ses jolies mains, ne se lèverait de la terre de Blackingham pour accuser son fils.

Pour le moment, Colin ne devait pas être mis au

courant de l'état de Rose. Ses remords étaient dus à l'acte de chair ainsi qu'à la mort du berger considérée comme la conséquence de son péché. Rose ne pouvait l'en avoir informé, puisqu'elle ne l'avait pas su elle-même. Si on lui apprenait la nouvelle maintenant elle savait ce qu'il dirait. Pensant pouvoir épouser Rose, il répondrait à toute accusation par des protestations d'amour. Mis au courant des circonstances de la naissance de Rose, se comporterait-il de la même façon que Finn envers la mère de la jeune fille ? Quitterait-il tout parce qu'il avait été ensorcelé par une juive ? Peut-être cette fille n'était-elle pas aussi innocente qu'elle le prétendait ? On racontait nombre d'histoires de juifs adeptes de magie noire... S'ils pouvaient transformer le plomb en or, séduire son Colin aurait été un jeu d'enfant. Elle se rappela alors le regard de Rose, celui d'un faon apeuré, entrant soudain dans une prairie pleine de chasseurs. Non, ce n'était pas une enchanteresse, mais une simple enfant dont l'innocence ne l'avait pas protégée. D'ailleurs, loin de constituer un bouclier, l'innocence était du lin pour l'écheveau du diable.

Son attention fut attirée par des rires et des propos badins : des valets d'écurie se réchauffaient les mains devant un feu allumé dans la cour. Finn était de retour. Kathryn avait espéré qu'il ne reviendrait pas avant le lendemain. Elle avait besoin de parler à Colin avant que Rose ne raconte toute la vérité à son père. Elle n'était pas sûre que, malgré leur accord, Rose pourrait tenir sa promesse de se taire. Surtout si elle voyait son père si peu de temps après avoir appris son état, révélation qui la brûlait comme une blessure toute fraîche.

« Finn ! » lança Kathryn.

Il leva les yeux et jeta un regard à l'entour, cherchant

l'origine de l'appel avant de se fixer sur le portique de la chapelle.

« Agnes a cuit du pain aujourd'hui ! cria-t-elle en dévalant les trois marches de pierre, sa robe claquant autour d'elle. C'est votre pain favori, le "pain de mie" que vous prisez si fort. » Du pain fabriqué avec la farine la plus blanche. Un goût d'aristocrate… Il y avait eu tant d'indices auxquels elle n'avait prêté aucune attention. « Prenez-en un morceau tant qu'il est encore chaud. »

Ils se trouvaient encore à quelques pieds l'un de l'autre. Elle ralentit le pas, gardant une certaine distance. Finn la regarda, une main protégeant ses yeux des feux du soleil couchant. L'espace d'un instant, elle eut envie de se précipiter dans ses bras, d'être consolée. Or ce n'était pas lui qui la réconforterait s'il apprenait ce que désormais elle savait.

« Je dois d'abord me nettoyer », répondit-il.

L'esprit de Kathryn vrombit comme une meule de moulin. Finn gagnerait sa chambre. Sa fille serait toujours là, les joues encore baignées de larmes. Si Kathryn pouvait le retenir, peut-être Rose serait-elle déjà couchée quand il rentrerait, et ainsi gagnerait-on une journée. Elle profiterait de ce sursis pour rendre visite à la vieille femme vivant dans la forêt de Thomas Wood, laquelle lui procurerait peut-être quelque breuvage – ou même un charme, non, pas un charme, trop dangereux –, un mélange d'herbes sauvages capable de restaurer la virginité de Rose.

« Allez aux cuisines et demandez de ma part à Glynis de faire chauffer de l'eau pour un bain », dit Kathryn. Voilà qui devrait être une motivation suffisante… Des trois hommes qu'elle avait connus, Finn était celui qui se baignait le plus souvent. Était-ce sa femme juive qui lui avait donné cette habitude ? Le palefrenier était entré dans l'écurie en tenant le cheval de Finn par la bride. Elle baissa la voix. « Dis à Glynis de porter l'eau dans ma chambre. Je t'y rejoindrai après vêpres. » Serait-il surpris par sa soudaine piété, par son désir de prier seule dans la chapelle où n'officiait aucun prêtre ? « En attendant, dis à Agnes que je souhaite qu'elle te serve le vin français qu'elle garde précieusement. »

Il hésita, fit courir ses doigts dans la crinière grisonnante que ceux de Kathryn brûlaient de toucher. Son charme n'agissait-il plus sur lui ?

« Il faut qu'on parle.

— Je suis trop fatigué pour faire beaucoup plus, Kathryn », répondit-il en tournant vers elle un regard blessé, méfiant. Un instant, elle eut honte de le tromper. Mais ne l'avait-il pas trompée le premier ? Elle tendit la main vers la sacoche de cuir.

« Tu n'as pas besoin d'aller dans ta chambre. Tu risquerais de déranger Rose. Je crois qu'elle se repose. Elle a beaucoup travaillé à une tâche que tu lui avais confiée. Dans ma garde-robe, il y a encore des vêtements de rechange de mon mari. » Elle perçut un peu de vague à l'âme dans sa voix. Elle espérait que Finn s'en rendrait compte et qu'il l'interpréterait comme une promesse.

« Du pain de mie, as-tu dit ? Avec du miel ?

— Avec du miel, oui. Tout chaud.

— Ne prie pas trop longtemps, dit-il, retrouvant un rien du ton taquin d'antan.

— Donne ! Je vais aller mettre ça sur ta table de travail. » Elle lui toucha la manche, esquissant une caresse avant de lui prendre la sacoche. « Bon. Vas-y maintenant, avant que le pain refroidisse. »

Elle pénétra sur la pointe des pieds dans la chambre de Finn et posa la sacoche au milieu de la table de travail.

Le rideau de l'alcôve était tiré. Pas le moindre bruit. L'infusion sédative qu'elle avait fait monter avait produit son effet.

Bien. Au tour de Colin.

Mais, à sa grande consternation, Colin n'était pas dans sa chambre et le lit n'avait pas été défait. Il n'avait pas pu aller très loin. Son luth se trouvait sur l'unique chaise, dans un coin. Kathryn n'avait jamais remarqué à quel point la chambre était austère, presque autant qu'une cellule de moine. Elle souleva le luth et racla les cordes. Il lui avait jadis – voilà bien longtemps – appris quelques notes. Mais ses doigts nerveux n'arrivaient pas à pincer les cordes.

Finn risquait de s'impatienter et d'aller voir sa fille, elle reposa délicatement l'instrument sur la chaise. Un feuillet de parchemin tomba sur le sol en voletant. Elle se pencha pour le ramasser et reconnut la fine écriture de Colin.

Elle dut le lire deux fois avant de saisir le sens du texte.

La première pensée de Kathryn fut de retrouver Colin et de le ramener. Elle pouvait également envoyer Finn le chercher. Elle devinait la direction que Colin avait prise. Il ne se rendait pas chez les moines de Norwich, ni même à l'abbaye de Broomholm. Trop près du château. Peut-être vers l'ouest, jusqu'à Thetford, mais plus probablement vers le nord, en direction du prieuré de Blinham, chez les bénédictins, sur les falaises sauvages de Cromer, ces falaises désolées, isolées.

Mais si elle le faisait revenir, Colin apprendrait l'existence du bébé et épouserait Rose. Cela lui serait bien égal qu'elle fût juive. À ses yeux, cela ne ferait que parfaire son expiation.

Non, ça valait mieux ainsi, se dit-elle, tandis que des

larmes commencèrent à couler. Pour le moment, tout du moins. Elle risquait de ne pas avoir le courage de l'éloigner, même pour le mettre à l'abri. De cette manière, il n'aurait jamais l'occasion de connaître l'existence du bébé, n'aurait jamais besoin de prendre une décision. Il était trop jeune pour prononcer les vœux monastiques. Il serait novice durant plusieurs années. Assez longtemps pour qu'elle le fasse revenir après avoir renvoyé Finn et Rose. Elle protégerait Blackingham pour lui. Et pour Alfred.

Un jour, tous deux reviendraient à la maison.

Kathryn resta assise par terre, se balançant d'avant en arrière jusqu'à ce que la pièce soit plongée dans l'ombre. Dans son mot, Colin expliquait qu'il allait consacrer son être à Dieu et ses heures à la prière. Il annonçait qu'il allait faire vœu de silence. À Little Walshingham, chez les franciscains ? La musique de la voix de Colin allait se taire à jamais si Kathryn ne le retrouvait pas. C'était au-dessus de ses forces. Maintenant l'obscurité était presque complète. Il lui fallait se ressaisir.

Elle plaça soigneusement le mot dans son giron et se releva. Finn devait l'attendre.

QUINZE

> *Il* [Dieu] *permet à certains d'entre nous de tomber plus durement et en nous faisant plus mal que jamais auparavant, et alors nous croyons — car nous ne sommes pas tous sages — que tout ce que nous avons entrepris est anéanti. Mais il n'en est rien.*

Julienne de Norwich,
Révélations divines

Finn dîna sans se presser afin de donner le temps à lady Kathryn de revenir des vêpres. Il bavarda avec la cuisinière, lui raconta la pendaison et lui décrivit la tension qui montait en ville. Elle se plaignit de l'impôt par capitation.

« C'est le second en trois ans. La Sainte Vierge soit louée ! lady Kathryn a accepté de payer le mien, mais maintenant il y a aussi celui de la petite. » Agnes agita

307

une cuiller en direction de l'aide de cuisine qui récurait un coquemar avec une minutie égale à la sienne lorsqu'il préparait un lavis écarlate.

« Si lady Kathryn avait payé l'impôt pour votre mari, dit Finn entre deux bouchées, ça ne lui aurait pas coûté plus cher que de payer celui de la gamine. »

Agnes hocha la tête, mouvement qui fit doubler son ample menton, mais les rides de son front montrèrent qu'elle était loin d'en être sûre.

« Oui-da, mais c'était avant qu'elle perde la laine dans l'incendie. La dernière fois, elle a aussi payé celui des métayers. Il n'y a qu'une certaine quantité de jus dans un navet et j'ai peur qu'une révolte se déclenche quand l'oncle du roi l'aura tiré tout entier.

— Les gens tiennent leur langue par peur de la potence.

— Pas quand on se dit que la corde tue plus vite que la faim. »

Il reconnut la naïve sagesse de cette déclaration et y repensa en montant à la chambre de Kathryn, même s'il se tourna bientôt vers des pensées plus personnelles. Il avait eu son saoul de crimes et de châtiments pour la journée.

Il frappa doucement avant d'entrer dans la chambre vide. La nuit tombait, et la pièce était faiblement éclairée par un feu crépitant et par deux chandelles à mèche de jonc. Devant la cheminée se trouvait un baquet au fond duquel il n'y avait guère plus de cinq doigts d'eau. Il tâta l'eau. Tiède. Pas suffisamment chaude pour le réchauffer mais assez pour se débarrasser de la puanteur du voyage. Il se déshabilla et fut obligé de se plier en deux pour entrer dans le baquet. Un courant d'air soufflant du conduit de la cheminée le fit frissonner et il grimaça lorsque son dos toucha le bois froid. Il se frotta les bras pour se réchauffer, contemplant sa virilité ratatinée. L'idée n'était peut-être pas si bonne après tout. Son corps ne lui avait jamais failli quand le désir était éveillé, mais il y avait une première fois à tout, et il n'était plus si jeune.

Tandis qu'il se frottait la peau avec du savon sarrasin, montant de la cour, mais étouffés par les lourdes tentures de la chambre, un martèlement de sabots et les aboiements rauques des mâtins de ferme se firent entendre. Sans doute des pèlerins cherchant un gîte par cette glaciale nuit de décembre. Il savait qu'on ne les éconduirait pas, qu'on leur permettrait d'étendre leurs couvertures, certains dans la grande salle, d'autres dans les étables, selon leur rang social. L'image du petit mendiant de Norwich qui avait gardé son cheval devant la taverne traversa soudain son esprit, lui faisant un nouveau salut déluré, un nouveau clin d'œil et un grand sourire. Qui allait payer son impôt ? Que pouvait tirer de lui le bailli du roi ? La chemise en haillons, la couverture que lui avait donnée Finn ? Où dormirait-il cette nuit ?

Le savon sentait bon, mêlant sa senteur de lavande à l'odeur terreuse du feu de tourbe. Cela lui rappela Kathryn, le parfum que dégageaient ses vêtements, ses cheveux, le creux appétissant entre ses seins. Penser à Kathryn suscita un émoi familier. Bien, le sang s'échauffait. S'il avait bien saisi – et on n'était jamais certain avec les femmes –, une promesse de réconciliation luisait dans ses yeux. Elle devait avoir autant envie que lui de mettre fin au froid entre eux. Elle avait fait le premier pas.

Dans la cour, un chien jappa comme s'il avait reçu un coup de pied. Éclats de voix, paroles inintelligibles assourdis par les tentures et les vitres, suivis de rires sonores. Puis il y eut des coups violents frappés à la porte comme avec la poignée d'un glaive. Ils étaient bien bruyants, ces pèlerins !

Il se débarrassa de la mousse en se jetant de l'eau à deux mains sur les épaules, s'essuya avec un linge et sortit du baquet. Kathryn avait parlé des vêtements d'intérieur de son mari. Il lança un coup d'œil vers un coffre dans le coin mais prit ses habits crottés. Il n'allait pas s'abaisser à porter les affaires de Roderick.

« Ouvrez ! Nous exigeons de voir la maîtresse de maison ! » On criait si fort que même les morts de la crypte devaient entendre.

« Ouvrez, par ordre du roi ! Huissier d'armes ! »

La voix plus douce de Kathryn – paroles incompréhensibles mais prononcées d'un ton indigné – se fit entendre.

Finn enfila ses guêtres et sa chemise tout en se dirigeant vers la porte sans même chausser ses bottes. Il avait déjà à moitié descendu l'escalier quand il se rappela qu'il avait laissé son poignard. Pour l'amour de Kathryn, il pouvait oublier le sol glacial sous ses pieds nus, mais son poignard était trop important. Il fit demi-tour, gravissant quatre à quatre les marches de l'escalier tournant.

Sir Guy entra à cheval dans la cour juste au moment où lady Kathryn ouvrait la porte. Parfait ! Il savait qu'il pouvait compter sur son goujat de sergent pour mener l'affaire sans ménagement. Tant mieux ! Il pourrait jouer les médiateurs.

Le sergent était en train d'écarter violemment la veuve.

« On n'a pas besoin de votre permission. On a ordre de fouiller la maison. »

310

Sir Guy lança ses rênes à un valet d'écurie, sauta à terre, puis se précipita en hurlant des ordres à ses gens d'armes, s'assurant que sa voix porte jusqu'aux oreilles de lady Kathryn.

« Espèces d'idiots ! Gare à vous si vous insultez cette noble maison et sa dame ! »

D'un brusque mouvement de tête, il indiqua à ses hommes d'attendre dehors, puis se plaça entre Kathryn et le sergent. Il prit la main de la châtelaine et la porta à ses lèvres.

« Pardonnez leur impudence, madame », dit-il, gardant la main de Kathryn près de ses lèvres un instant de trop. Il tenta de cacher sa colère quand elle la retira vivement.

« Monsieur, de quel droit brise-t-on la paix de Blackingham ? » Elle fixa d'abord l'huissier d'armes, puis sir Guy, pour lui montrer qu'elle avait parfaitement deviné son jeu.

L'attitude de Kathryn agaça le shérif. Il savait déjà combien elle pouvait être arrogante. Quand il serait maître des lieux cela ne se passerait pas comme ça.

« Par ordre du roi et de Sa Seigneurie, le shérif… », répondit le sergent, l'air déconcerté. Sa phrase se terminait sur une note d'interrogation. Sir Guy ne se soucia nullement du regard perplexe dirigé vers lui.

« Veuillez excuser cette intrusion, madame. Il semble que cette affaire soit mal exécutée. Je m'en doutais d'ailleurs. J'ai quitté une réunion avec l'évêque pour vous apporter mon concours.

— Soyez le bienvenu, sir Guy. Mais vos paroles et les armes que vos hommes osent porter chez une dame suggèrent qu'il ne s'agit en rien d'une visite amicale.

— En effet, il ne s'agit pas d'une visite de courtoisie, hélas ! Mais je suis votre ami, dit-il en faisant un

311

salut guindé, si vous m'autorisez cette prétention. » Il esquissa le geste de lui prendre la main mais se ravisa. Il referma la porte sur le sergent, et sur le froid. « Puisque vous êtes la veuve de mon cher ami, je me sens une certaine responsabilité envers vous, madame. J'espère que vous savez pouvoir compter sur moi pour prendre soin de vos intérêts dans l'affaire présente comme dans n'importe quelle autre.

— Et de quelle affaire peut-il bien s'agir ? » demanda une voix – une voix masculine – derrière son dos.

En l'homme qui émergea de l'ombre de l'escalier situé à sa droite, le shérif reconnut l'enlumineur. Un sacré fâcheux, ce type ! Un sale taon qui bourdonne près de l'oreille. Il valait mieux attendre qu'il se pose pour l'écraser.

Il s'adressa à Kathryn afin d'indiquer que l'enlumineur n'était pas digne de recevoir une réponse.

« Une affaire facile à régler, je vous assure. Une simple formalité.

— Je vous en prie, monsieur, exprimez-vous clairement, dit Kathryn.

— Il s'agit de la mort du prêtre. »

Était-ce son imagination, ou s'était-elle raidie ?

« La mort du prêtre ?

— Le père Ignace. L'envoyé de l'évêque qui a été découvert, cet été, le crâne fracassé, à la lisière du domaine de Blackingham. Vous aviez failli vous évanouir quand on avait apporté le cadavre dans la cour. Vous n'avez sûrement pas oublié.

— Ce n'est pas un spectacle facile à oublier. Ce triste souvenir me bouleverse encore. »

Apparemment, en effet. Elle était devenue fort pâle.

« Et on devrait épargner à madame un tel souvenir,

lança l'enlumineur. Lorsqu'on a découvert le cadavre, lady Kathryn vous a assuré qu'elle n'avait pas vu le prêtre. Je l'ai entendue l'affirmer. C'était le jour de mon arrivée à Blackingham.

— Ah vraiment ? Je ne m'en souvenais pas. Merci de me le rappeler. »

Ce scribouillard avait tout d'un taon voletant autour d'un tas de fumier. Patience ! Un coup donné au mauvais moment et le shérif risquait de se retrouver éclaboussé d'excréments. Il préféra s'adresser à la dame de Blackingham.

« Comme j'allais le dire, le fait que ce crime ne soit toujours pas élucidé tracasse beaucoup l'évêque. Six mois déjà ont passé. On a trouvé un inventaire suggérant que le prêtre est venu à Blackingham. Malgré vos dénégations, madame. »

Il choisissait ses mots avec soin, pour l'effrayer et lui faire d'autant plus apprécier son intervention. Elle porta une main à sa gorge blanche, mais resta coite.

« Et, malgré tous mes efforts pour convaincre Son Éminence de votre totale innocence en la matière, elle exige une fouille. Mes hommes vont effectuer une inspection rapide des communs. Pendant qu'avec votre permission, madame, je vais moi-même inspecter le manoir en votre compagnie. »

Tout en parlant, il la gratifiait de son sourire le plus sincère, se fabriquant une mine qui signifiait : vous pouvez me faire confiance car je suis loyal et désintéressé. C'était le sourire arboré pour parler à l'évêque le matin même, celui utilisé pour obtenir son lucratif poste de shérif de Norfolk. Il effleura les rubans sur l'épaule de lady Kathryn, insoucieux du mouvement de recul de celle-ci.

« Ensemble, nous pouvons aisément satisfaire l'évêque. »

Il s'efforça aussi de ne pas se soucier du regard qu'elle fixait sur l'enlumineur derrière lui comme pour l'interroger sur la marche à suivre. Il eut envie de saisir d'une main la mâchoire de Kathryn et de lui briser le cou de l'autre. L'enlumineur fit un signe de tête à Kathryn. Sangdieu ! si seulement le maudit insecte se posait à portée de sa main.

« Très bien ! Allez-y ! fit-elle. Mais vous comprendrez que je ne vous offre pas l'hospitalité puisque vous êtes ici en mission officielle. »

Le shérif se rappela le jour de l'incendie et de la mort du berger. Il pouvait très bien se passer de l'hospitalité de Blackingham. Il retint cependant l'offense et l'inscrivit dans un coin de son cerveau, prévoyant de régler ses comptes en temps voulu.

« Et, s'il vous plaît, recommandez à vos hommes de ne pas traiter les membres de ma maisonnée aussi discourtoisement que moi.

— Votre maisonnée doit être interrogée, madame. L'évêque a exigé une enquête approfondie. Vous comprendrez que si personne ne prend votre défense, madame, la suspicion risque de planer…

— L'innocence n'a pas besoin d'avocat, la vérité suffit pour sa défense.

— En effet, si l'on désire, comme Notre-Sauveur, devenir le martyr de la vérité. Mais vous avez deux fils. Voulez-vous faire d'eux des martyrs également ? »

Son pâle visage s'empourpra, et sir Guy sut qu'il avait visé juste.

Ils étaient entrés dans la petite salle. Le shérif se rendit compte que Finn suivait en retrait. Toujours là. Bourdonnant. Hors de portée encore.

Le shérif ouvrit un coffre qui servait aussi de table et de siège, fouilla parmi la vaisselle et le linge. Puis il passa son épée entre les tentures et les murs de brique.

Kathryn se tenait debout, raide comme une sentinelle occupant un poste exposé.

« Un rapide coup d'œil dans les chambres et on en aura fini », dit-il.

Elle fit un geste vers l'escalier menant aux chambres à coucher.

« Ma chambre se trouve au premier. Mon invité et sa fille occupent les appartements que vous avez jadis connus comme étant ceux de Roderick. Les chambres de mes fils sont à l'autre bout du couloir. Si vous souhaitez interroger mon intendant je vais envoyer chercher Simpson...

— Ce ne sera pas nécessaire. L'objet recherché est d'un caractère personnel. Mais... ayez la bonté de mander Colin. J'aurai tout loisir de parler avec Alfred. »

Il crut noter une très légère hésitation.

« Colin est absent. » Elle s'arrêta pour reprendre son souffle, puis tourna son regard vers l'enlumineur, ce qui eut à nouveau le don d'agacer le shérif. À l'évidence, elle ne s'adressait plus à lui.

« Colin s'est joint à un groupe de pèlerins qui est passé par ici aujourd'hui, annonça-t-elle à Finn. Il a dit qu'il s'agissait juste d'un intermède, d'un répit, afin de prier pour... Il se sent responsable de la mort du berger. Lui et Rose avaient utilisé la lainerie pour... (Son regard vacilla comme si elle était désemparée.)... pratiquer le luth. Ils désiraient vous faire une surprise. »

Le shérif aurait pu aussi bien n'être qu'une armure vide appuyée contre un pilier de linteau. Vaguement implorant, le ton était d'une douceur qui suggérait une certaine intimité entre la dame et l'artisan. Ils étaient amants. Sir Guy s'en était déjà douté mais ne l'avait pas crue capable de s'abaisser ainsi. C'était absolument intolérable. Imaginer lady Kathryn – ou n'importe quelle dame noble – avec ce genre de prétentieux le dégoûtait. Peut-être un de ces jours, cependant, pourrait-il utiliser contre elle sa connaissance d'une aussi méprisable alliance.

« Soit je parle à Colin plus tard, soit j'envoie tout de suite mes hommes le chercher. Mais peut-être ne sera-ce pas nécessaire. Bon. Si nous pouvions continuer… Nous allons inspecter en premier les appartements de maître Finn afin qu'il puisse reprendre ses travaux.

— Mais pourquoi ses appartements et pas la maison de Simpson ? demanda-t-elle.

— Je ne fais que suivre les ordres. Comme me l'a rappelé maître Finn, il était présent le jour où le prêtre a été assassiné. Au fait, n'avez-vous pas affirmé que l'innocence n'avait pas besoin d'avocat ? Je suis certain que votre enlumineur n'a rien à craindre.

— Ma fille se repose. Elle a été malade, déclara Finn. Je refuse qu'elle soit effrayée par vos manières brutales.

— Mes manières brutales ? Vous vous méprenez, monsieur. Le shérif de Norfolk n'est pas discourtois envers les gentes dames et les enfants innocents. Je vous en prie, si vous le souhaitez, précédez-nous dans la chambre afin de préparer votre fille. »

Il ne pensait pas vraiment qu'une fouille des appartements allait révéler quelque chose, mais le harceler était amusant.

Entrant à la suite de Finn dans l'ancienne chambre de sir Roderick, aujourd'hui transformée en atelier d'artisan, sir Guy fut frappé par l'ordre qui y régnait. La fille de l'enlumineur se tenait dans le coin ombreux de la pièce. Elle était jolie, pensa-t-il vaguement. Mais pas de sang normand, remarqua-t-il à nouveau – sans doute une bâtarde engendrée avec quelque infidèle –, et elle avait les yeux rouges et gonflés comme si elle avait pleuré. Lady Kathryn alla se placer près d'elle. Elles échangèrent un regard énigmatique.

Le shérif tira la courtepointe du grand lit sculpté, vida un gros coffre à l'aide de son épée, comme s'il craignait que le contenu en fût sale, laissant en un tas chiffonné le linge soigneusement repassé de Finn. Il éparpilla quelques pots de peinture, les laissant également en désordre, en renversa un par mégarde, puis s'excusa en présentant une variante de son sourire bien rodé, tout en jetant un coup d'œil à Finn pour évaluer son malaise.

« Ces pigments sont coûteux et sont payés par l'abbé de Broomholm », se borna à faire remarquer Finn.

Sir Guy s'efforça de ne pas rire, mais l'irritation que l'on percevait dans la voix de l'enlumineur était un vrai plaisir. Dans l'espoir de le provoquer davantage, il remua les pages soigneusement empilées. Les chandelles des candélabres accrochés au mur, au-dessus de la table, projetaient une lumière vacillante sur les feuilles de vélin.

« Vous faites un assez bon travail, enlumineur, il se peut que je vous autorise à illustrer un livre pour moi. »

Finn ne répondit pas.

Sir Guy évalua la largeur du coffre et en frappa le côté de son épée. Ah ! cela produisait un son creux, puis un son plein plus bas. Le coffre avait un double fond. Il fit un signe de tête à l'huissier d'armes, qui le retourna et tapa dessus. Le double fond de bois glissa, et le contenu se répandit sur le sol. Une pluie de papiers se déversa.

« Je vous en prie, monsieur, le travail de mon père... »

L'enlumineur secoua la tête pour faire taire sa fille.

Sir Guy se pencha et ramassa certains des papiers du dessus, davantage par curiosité que par courtoisie.

« Hum ! Qu'est-ce que c'est que ça ? Un texte de saint Jean ? Pas très coloré. Je croyais que vous faisiez un meilleur travail que… » Il se releva, se rapprocha du candélabre du mur pour examiner les papiers à la lumière de la flamme, les yeux plissés par l'effort. « Saint Jean en anglais ! Le texte profane de Wycliffe. » Le sourire qui s'étala sur son visage n'était pas fabriqué. « Maître enlumineur, cela intéresserait l'abbé de savoir qu'il n'est pas votre seul client. » Puis, comme à part soi : « Cela intéresserait peut-être aussi l'évêque. »

Le taon bourdonnait plus près, presque à portée de main désormais.

Il feuilleta les papiers sous la lumière.

« *Les Divines Révélations de Julienne de Norwich*, et ça aussi en charabia des Midlands. Il faut aussi que l'évêque sache à quoi passent leur temps ses saintes femmes. »

Sir Guy s'agenouilla pour explorer le reste de ce qui se révélait une mine de renseignements précieux pour obtenir les faveurs de l'évêque. Parce que le meurtrier du prêtre n'avait toujours pas été retrouvé, Henry le Despenser s'était récemment montré moins bien disposé à son égard. Et l'évêque devait sans doute subir la colère de l'archevêque. Cette petite découverte pourrait peut-être l'apaiser. L'évêque détestait viscéralement John Wycliffe et ses prédicateurs lollards. Qui sait s'il n'y avait pas d'autres trouvailles à faire dans cette pile d'écrits d'innocente apparence.

Sous l'amas de feuillets, sa main toucha un objet dur et lisse. Il le prit et, tout ébahi, le plaça sous la lumière où il brilla d'un vif éclat.

Le taon s'était enfin posé.

C'était un rang de perles parfaites, celles-là mêmes que signalait l'inventaire du prêtre assassiné.

Clac !

Lady Kathryn fixa le collier. C'était celui de sa mère. Celui que le père Ignace lui avait soutiré le jour où on lui avait fracassé le crâne.

« Ces perles sont vôtres, madame », dit le shérif.

Il les lui tendit au bout de son épée. Comment savait-il qu'elles lui appartenaient ? Et pourquoi cet air de triomphe ? Désirait-il si ardemment trouver des preuves contre elle ? Les yeux du shérif, en général de la couleur morne du lichen en hiver, luisaient telles deux pierres mouillées.

« *Rang de perles blanches, toutes de la même eau, perle noire au centre du fermail.* » Voilà ce que disait l'inventaire du prêtre assassiné. Et voici le collier, me semble-t-il.

— Il m'appartient, en effet. Je ne le nie pas… Mais comment se fait-il qu'il se trouve… ?

— Précisément, madame. Comme cela se fait-il, en effet ? » Il parlait à voix basse, chaque mot prononcé lentement, comme une menace. « Comment se fait-il qu'un collier de perles mentionné dans l'inventaire dressé par un homme assassiné se trouve dans les affaires de maître Finn ? Voilà une question à laquelle notre enlumineur devra répondre devant l'évêque. »

Rose poussa un petit cri. Finn attira d'un bras sa fille contre lui. Le shérif exultait. Le collier avait été le but réel de la fouille, et le retrouver dans les appartements de Finn, homme pour lequel sir Guy éprouvait une évidente antipathie, était extrêmement gratifiant.

« En vérité, il y a erreur. Je connais Fi…, je connais

319

très bien l'enlumineur. Il n'a pas le caractère d'un meurtrier. » Elle tendit la main vers les perles, davantage pour s'assurer qu'il ne s'agissait pas d'une hallucination que pour les récupérer.

Le shérif ramena un peu l'épée vers lui et, de la main gauche, attrapa les perles, les laissant pendre au bout de ses doigts. La perle noire du fermail d'or filigrané étincelait dans la lumière de la torche. Nul ne bougeait.

Un croissant de lune s'éleva dans le cadre de l'étroite fenêtre derrière eux. Un petit nuage se glissa devant lui. Personne ne dit mot durant un long moment. Puis des voix d'hommes, fortes, bourrues, montant du rez-de-chaussée, remirent en mouvement les personnages de la scène comme les comédiens d'un mystère.

Sir Guy ouvrit la fenêtre à meneaux et hurla : « Sergent, arrêtez la fouille ! Le renard est débusqué ! » Avec la souplesse et la rapidité d'un serpent, il pointa son épée vers Finn. « Apportez les fers !

— Non ! Vous n'avez pas le droit ! s'écria Rose en agrippant la manche de son père, les jointures des doigts toutes blanches. Mon père ne pourrait faire de mal à personne ! Lâchez-le ! » Elle était blanche comme un linge. Kathryn eut peur qu'elle ne s'évanouisse.

« Elle a raison, sir Guy, renchérit Kathryn en haussant le ton. J'affirme qu'il y a erreur, malgré les apparences. Cet homme n'est pas un assassin. À l'évidence, il existe une autre explication.

— Madame, votre affection – dirais-je vos ardeurs ? – vous fait perdre votre calme. Bien sûr, la fille plaide l'innocence de son père. Mais quelle autre explication peut-il y avoir ? J'ai là la preuve de sa culpabilité. Et celle qui indique que vous n'avez pas été tout à fait franche dans votre précédente déposition. Mais maintenant que nous avons notre coupable, il n'est pas nécessaire de revenir là-dessus. »

Kathryn fut exaspérée et effrayée par le ton condescendant et les insinuations.

Finn se racla la gorge bruyamment.

« Il existe bien une autre explication, dit-il. Les perles ont été placées dans ma sacoche par un intrus. Je les ai trouvées il y a deux jours. »

Le shérif partit d'un grand éclat de rire. Mais Kathryn s'empara de cette explication comme un enfant d'un hochet d'argent. Si, malgré l'épée du shérif contre sa gorge, Finn demeurait si calme, c'était bien qu'il pouvait prouver son innocence, n'est-ce pas ? Elle aurait voulu lui demander pourquoi il n'avait pas signalé la découverte du collier, mais elle se retint de peur qu'en attirant l'attention sur son silence elle ne renforce l'impression qu'il était coupable.

« C'est vrai », renchérit Rose, de plus en plus blême. Elle s'accrochait à son père des deux mains, tirant sur son bras, ayant à l'évidence oublié qu'un mouvement brusque de sa part ou de celle de son père risquait de faire pénétrer la lame dans la gorge de l'enlumineur.

« Quelqu'un a placé les perles dans la sacoche. J'ai vu l'homme.

— L'homme ? » demanda le shérif.

Elle jeta un coup d'œil à Kathryn, puis à son père, avant de répondre d'un ton de défi.

« C'était Alfred. Le jeune seigneur de Blackingham. »

Avait-elle dit « Alfred » ?

« Alfred ! Rose, pourquoi suggérez-vous… ? s'écria Kathryn.

— Laissez-la terminer. Je ne veux pas qu'on raconte que le shérif de Norfolk a tiré des conclusions hâtives.

321

— Ça s'est passé le soir où j'étais malade. Le jour de l'enterrement du berger. J'étais en train de dormir. Le bruit que faisait quelqu'un en fouillant dans les affaires de père m'a réveillée. J'ai fait semblant de dormir parce que j'avais peur. Je savais que ce n'était pas père.

— Comment saviez-vous que ce n'était pas votre père ? Et comment avez-vous reconnu Alfred, alors que vous aviez les yeux fermés ? demanda le shérif.

— Sa démarche était celle d'un jeune homme. Mon père marche d'un pas plus régulier. Quand il est passé devant l'alcôve, j'ai vu par la fente des rideaux qu'il… » Elle se tut, lança à Kathryn un regard d'excuse. « … qu'il était roux. »

Le visage de sir Guy figurait le masque de la concentration, comme si le shérif soupesait le témoignage de Rose. Kathryn comprit alors que même lui n'était pas loin de la croire. Si Kathryn avait peur tout à l'heure, désormais elle était terrifiée. D'abord Finn, et maintenant Alfred. Dieu ne pouvait pas la forcer à choisir entre les deux ! À choisir entre un homme qu'elle savait innocent et un fils dont l'innocence ne lui paraissait pas aussi certaine.

Avec la fougue de la jeunesse, Alfred avait-il tué le prêtre parce qu'elle s'était plainte de sa cupidité ? Son fils était-il capable d'un tel acte ? C'était aussi le fils de Roderick, ce qui ne plaidait pas en sa faveur. Il avait fort bien pu placer les perles dans la chambre de Finn par espièglerie ou par jalousie.

Mais comment serait-il en possession du collier s'il n'avait pas tué le prêtre ?

« Quand j'ai entendu repartir l'intrus, je me suis levée et j'ai couru à la porte. » Rassurée par l'attention que lui accordait le shérif ou parce qu'elle devait se concentrer,

Rose avait cessé de pleurer. « J'ai vu Alfred s'éloigner dans le couloir.

— Avez-vous appelé à l'aide ? » Désormais, sir Guy était tout à son travail d'enquêteur. Bien que son épée fût dirigée vers l'estomac de Finn, elle n'était plus en contact avec son corps.

« Non. La tête me tournait. Alors je me suis recouchée pour attendre père, et j'ai dû m'endormir. À mon réveil, j'ai cru que j'avais rêvé toute la scène, jusqu'au moment où père a trouvé les perles dans le sac. » Elle rougit, et deux taches anormalement brillantes apparurent sur ses joues livides. « J'ai cru qu'il les avait achetées pour moi.

— Toutefois, vous n'avez pas réellement vu Alfred mettre le collier dans la sacoche ! s'écria Kathryn.

— Peut-être me suis-je trop précipité, dit le shérif. Lady Kathryn, en tant que châtelaine de Blackingham, avez-vous eu connaissance d'une intrusion dans les appartements de l'enlumineur ? Est-il nécessaire que je questionne votre fils à ce sujet ? » Il la fixa du regard. « Ou pouvez-vous vous porter garante de ses mouvements pendant la période de temps en question ? »

Il sait ce qu'il me demande, pensa Kathryn. Si je témoigne contre l'un des deux, l'autre est libre. Il se délecte. Elle détestait cet homme au nez en bec d'aigle.

Kathryn entendit le bruit de lourdes bottes gravissant l'escalier et de fers raclant les marches de pierre. Elle vit la supplication dans les yeux de Rose, sentit le même instinct de compassion que lorsqu'elle avait appris son dilemme. C'était son tour à présent. L'arrestation de Finn permettrait de gagner du temps. Du temps pour questionner Alfred et pour qu'il puisse s'enfuir s'il avait tué le prêtre dans l'intention de la protéger. Du temps, également, pour acheter quelque breuvage à la vieille femme afin d'anéantir la semence plantée par Colin.

Si l'histoire de Rose était vraie, si Finn avait trouvé les perles deux jours plus tôt, pourquoi n'était-il pas venu lui en parler ? Ce n'était pas à elle de décider s'il était coupable ou non. Mais il était de son devoir de protéger ses fils. Et l'évêque n'allait pas condamner un innocent. Chaque jour, chaque heure, elle prierait la Sainte Vierge. Si Finn était innocent il serait libéré tôt ou tard. Pour le moment, elle avait besoin de temps.

Au moment où elle les trahissait tous deux, elle détourna les yeux de Finn et de sa fille et regarda par la fenêtre un fragment de nuage en train de dévorer la lune.

« Désolée, Rose, mais vous avez dû rêver. Sans doute à cause de l'infusion que je vous avais donnée comme médecine. »

L'huissier d'armes passa le seuil et s'arrêta à quelques pouces de Finn.

Kathryn entendit le mensonge franchir ses lèvres. Ses propres mots. Comme dans un rêve.

« Alfred est demeuré avec moi toute la soirée. J'étais bouleversée par la perte de la laine et de la lainerie… et par celle d'un précieux serviteur. Alfred est resté avec moi pour me consoler. » Ce n'était pas son fils qui l'avait consolée – quel mensonge éhonté, quel péché ! –, mais peu lui importait pour l'heure. « Il a dormi dans ma chambre, sur un lit de camp. »

Un large sourire s'étala sur le visage du shérif. Il fit un signe à l'huissier d'armes qui commença à placer les fers autour des poignets de Finn. Kathryn ouvrit la bouche pour revenir sur ses déclarations mais aucun son n'en sortit. Comme le sergent détachait les bras de Rose du cou de son père, la jeune fille poussa un long cri perçant.

« Rose, tout ira bien, murmura Finn. Ne t'en fais pas. Tout ira bien. »

Le sergent repoussa Rose, qui s'effondra sur le lit. Kathryn voulut s'approcher d'elle mais demeura clouée sur place. Elle sentait le regard de Finn sur elle, ses yeux la brûlant comme deux flammes vertes, calcinant sa chair, faisant fondre ses os et dénudant son âme mensongère.

De l'autre côté de la fenêtre, le croissant de lune avait disparu, avalé par le nuage. La nuit était noire comme la poix.

SEIZE

Vent d'ouest, quand ressouffleras-tu ?
La bruine pourrait bien tomber, Seigneur
[Jésus,
Si mon amour était dans mes bras,
Couché dans mon lit avec moi !

Chant anonyme du XIVᵉ siècle

Au château, on ne fit aucune fête pour marquer les seize ans des fils de Blackingham en l'an de grâce 1379. Les tisons de la bûche de Noël de l'année précédente ne furent pas non plus ressortis pour en allumer une nouvelle. « Ça portera malheur à notre maison, grommela Agnes, de ne pas suspendre le gui et de ne pas allumer le feu de Noël. »

Sa maîtresse se contenta de la fixer en s'esclaffant.

« Nous porter malheur, dis-tu ? Que nous reste-t-il, à toi et à moi, vieille femme, pour qu'on puisse craindre le malheur ? »

326

Le ton amer et le regard farouche de lady Kathryn déplurent à Agnes. Sa tenue négligée lui déplaisait encore davantage.

Voilà douze jours que le shérif avait emmené l'enlumineur enchaîné, douze jours sans aucune nouvelle à son sujet, douze jours durant lesquels la dame de Blackingham n'avait ni noué ses cheveux ni changé de vêtements. Glynis déclara qu'elle avait été chassée par madame « après qu'elle a failli me faire un œil au beurre noir en me lançant une brosse à la tête ». Malgré les instructions d'Agnes de se taire, la petite chipie raconta l'histoire à qui voulait l'entendre. On jasait déjà assez dans le village. Quand on lui posait des questions indiscrètes sur l'absence de festivités de Noël, Agnes répondait : « Madame a des fièvres et est trop malade pour présider les réjouissances en personne, mais elle a donné ordre aux cuisines de préparer un festin. Il se tiendra dans la grande salle, comme d'habitude, et tous seront les bienvenus. »

Le prétentieux intendant serait enchanté de le présider. Il adorait prendre de grands airs et jouer les seigneur et maître. L'ambiance ne serait guère festive, mais que faire ? Il était indigne d'une maison noble de se montrer mesquine à Noël. Même durant la peste, le père de Kathryn avait présenté un buffet correct, quoique maigre, pour ses serfs, métayers et manouvriers.

Lady Kathryn n'avait pas la tête à organiser un quelconque festin. Pour la troisième fois en une semaine, elle était partie à cheval dans les bois tandis qu'Agnes tentait de mettre sur pied avec des denrées ordinaires un semblant de banquet. Chaque fois, sa maîtresse était revenue plusieurs heures plus tard avec quelque décoction nocive confectionnée par la vieille Gert. Quelle hérésie de consulter une sorcière ! Non qu'Agnes ait cru que c'en était une. Gert n'était qu'une vieille qui vendait ses herbes et ses potions pour survivre tant bien que mal – herbes et potions qui n'avaient généralement aucun effet. En tout cas, cela n'avait pas marché pour Agnes. Pas le moins du monde. Douze ans plus tôt, elle avait pris son courage à deux mains pour aller demander quelque chose à Gert, un charme, un électuaire, n'importe quoi pour ouvrir sa matrice bouchée. De la diabolique mixture elle n'avait tiré qu'une atroce crise de foie.

Et cela ne marchait pas pour Rose non plus. La pauvrette n'arrêtait pas de pleurer et de rendre. Soit parce qu'elle avait peur pour son père, soit à cause de la charge contenue dans son ventre ou encore des grossières infusions qu'elle se forçait à avaler afin de faire plaisir à lady Kathryn. Celle-ci lui répétait : « Il faut que vous ayez recouvré la santé au retour de votre père. »

« Est-ce que vous savez avec quoi c'est fait ? » avait demandé Agnes la dernière fois où Rose avait eu un haut-le-cœur en avalant le breuvage.

Kathryn lui avait lancé un regard noir.

« C'est juste un remède à base de simples. »

Des simples, avait songé Agnes, mélangés à de l'hamamélis, de l'aristoloche, du champignon de mélèze, du spiquenard et Dieu seul savait quelle autre horreur que la vieille Gert avait pu ajouter. Agnes n'ignorait rien de ce que tramait sa maîtresse. Mais Rose était-elle au courant ? Pour le moment, la petite n'avait pas évacué le contenu de sa matrice, seulement celui de son estomac.

D'une minute à l'autre, lady Kathryn allait rentrer de sa promenade à cheval. Agnes vérifia la marmite bouillant sur le feu puis jeta un coup d'œil par la fenêtre. Le grand chêne creux – l'arbre à miel de Magda – projetait son ombre froide jusqu'à mi-pente de la colline, jusqu'aux citernes. Les gonds de la porte grincèrent. Le loquet intérieur n'était pas mis avant vêpres. Ce devait être lady Kathryn. Bien, il y avait assez d'eau chaude pour n'importe quel infâme breuvage qu'elle pourrait préparer.

La châtelaine claqua la porte derrière elle, comme pour punir tout à la fois le chêne et l'acier. Elle était hors d'elle. Agnes ne l'avait vue dans cet état qu'une seule fois, le jour où son père lui avait enjoint d'épouser Roderick. Cette fois-là, elle n'avait pas mangé pendant deux semaines mais avait fini par céder par amour pour son père, qui était malade. Ces derniers jours, Agnes avait cherché à deviner la source de la colère de sa maîtresse, plaignant le malheureux qui allait l'essuyer de plein fouet. Elle avait d'abord eu peur que ce fût Rose. Non, même si la jeune fille l'avait parfois agacée, lady Kathryn avait semblé se maîtriser.

« Agnes, écrase ça en une fine poudre et mélange-la à de l'eau bouillante. »

Agnes prit le petit panier plein de racines de guimauve mêlées à l'herbe aux charpentiers, au fenouil et au sureau hièble.

« Quelle quantité d'eau ? C'est pour faire un élixir ?

— Non. Juste assez pour faire un emplâtre. »

Agnes soupira. Pauvre Rose ! Ce soir, elle dormirait – ou ne dormirait pas – avec l'emplâtre nauséabond lui brûlant le ventre et les parties.

Arpentant la pièce, lady Kathryn se couvrait le visage des deux mains et se massait le front.

« Je suis épuisée. Si cela ne marche pas, elle devra porter l'enfant et on avisera ensuite. »

Agnes refusait même d'imaginer ce que signifiaient

ces paroles. Elle se signa en frémissant, remarquant pour la première fois que la femme dont elle s'était occupée depuis sa petite enfance était en train de vieillir. Ses cheveux, blanchis avant même la trentaine, ne l'avaient jamais fait paraître vieille. Noués autour de sa tête, ils formaient d'habitude un halo de lumière. Aujourd'hui, tignasse tout emmêlée, ils lui tombaient dans le dos, tirant ses traits. La peau mince et blanche de ses pommettes saillantes était si tendue qu'on avait l'impression que l'os allait la transpercer.

« Madame, ça ne serait pas la première fois qu'un enfant naîtrait de la main gauche à Blackingham. Et ça ne serait probablement pas la dernière. Où est le mal ? La petite est plutôt charmante, pas paresseuse pour deux sous, et elle pourrait vous être de bonne compagnie. Elle et son bébé pourraient rester.

— Ce n'est pas aussi simple.

— Rien ne l'est jamais, si ? »

Agnes pila les herbes dans son mortier. Sous l'effort, elle ponctuait ses propos de petits soupirs. « Elle pourrait du moins rester jusqu'à ce que son père soit relâché. Je ne comprends d'ailleurs pas pourquoi on l'a emmené. Je connais la nature humaine. Et maître Finn n'a rien d'un assassin. » Elle prit plusieurs louches de l'eau du récipient qui frémissait au-dessus de l'âtre. « Vous avez reçu de ses nouvelles ? »

Kathryn secoua la tête.

« Finn sait-il qui est le père de l'enfant ? » demanda Agnes d'un ton désinvolte, comme s'il s'agissait d'une bagatelle.

Lady Kathryn, en se retournant, fit tomber un récipient métallique.

« Ça te regarde ? »

Peu importait… Agnes savait fort bien qui était le

père. Qui d'autre que Colin ? Ils étaient toujours fourrés ensemble, jouant comme deux enfants. Et maintenant, Rose était grosse et le jeune Colin était parti « en pèlerinage ». Les mœurs des nobles étaient parfois dures à comprendre. Pourquoi Colin ne pouvait-il pas tout simplement épouser la petite ?

Lady Kathryn posa un bol sur la table. Agnes y versa à la cuiller le cataplasme brûlant. Il faudrait l'appliquer avant qu'il durcisse.

« Faites attention de ne pas lui brûler la peau. »

Kathryn ne répondit pas mais, sortant de la cuisine par l'office du maître d'hôtel, elle lança par-dessus son épaule : « J'ai envoyé un message à Alfred pour qu'il vienne m'aider. Il est probable qu'il passera d'abord par ta cuisine. Comme tout le monde. Quand il arrivera, envoie-le-moi sur-le-champ. »

Tandis que les pas s'éloignaient dans l'escalier, une autre pensée traversa l'esprit d'Agnes. Était-il possible que Finn ne soit pas au courant de l'état de sa fille ? Voilà qui aurait en partie expliqué la précipitation de lady Kathryn. Si les potions de Gert faisaient leur effet, l'enlumineur pourrait rester dans l'ignorance. Les machinations des femmes étaient trop compliquées pour que les hommes puissent les percer à jour… Agnes rumina ces pensées quelques instants, puis une autre, plus sinistre, lui vint à l'esprit. Si l'enlumineur était condamné au gibet, il serait peut-être en effet plus charitable qu'il ne sache rien.

Si Alfred ne vint pas à Blackingham ce jour-là, le nain, lui, y fit son apparition. Comme tout le monde, en effet, il passait d'abord par la cuisine d'Agnes, même si celle-ci devinait que ce n'était pas pour ce qu'elle faisait cuire dans l'âtre. Autre chose mijotait. Elle l'avait compris en voyant les regards en coin qu'il envoyait à sa Magda et à la façon amusante dont le bout de son nez pointu rosissait chaque fois qu'elle était présente. Merci, Sainte Vierge, ce n'était pas le cas aujourd'hui. Chargée d'un panier de victuailles, Magda était allée s'occuper de sa poule pondeuse de mère.

Non qu'Agnes n'ait pas aimé Mi-Tom, mais elle avait pour Magda d'autres visées qu'un nain des marais. Voilà pourquoi elle se montra inhabituellement cassante.

« Tu n'es pas un peu loin de tes marécages, par ce jour glacial, Mi-Tom ? Si tu apportes un message pour l'enlumineur, il n'est pas là. »

Elle ne lui offrit pas à boire, contrairement à la première fois, lorsqu'il était apparu sur le seuil de la cuisine, porteur d'un message pour Finn de la part de la sainte femme. Désormais, il ne serait plus reçu à Blackingham à bras ouverts. On ne lui accorderait que la sorte d'hospitalité exigée par la charité chrétienne. Occupée à plumer une couple de perdrix, elle ne prit pas la peine de lever les yeux.

« Je suis au courant, fit-il en secouant la tête d'un air chagrin. J'ai entendu des rumeurs à Aylsham. Quelle sale affaire ! Ils ne sont pas assez malins pour retrouver l'assassin du prêtre, alors ils accusent un innocent. »

Pour toute réponse, Agnes émit une vague exclamation. Il y avait longtemps qu'elle avait appris à se taire sur les sujets dangereux. En outre, elle ne souhaitait pas lui donner l'occasion de s'attarder jusqu'au retour de sa Magda. La petite était tellement en mal d'affection.

Le nain se réchauffa les mains aux flammes de l'âtre.

« Ne vous interrompez pas pour moi, Agnes. J'ai un paquet pour Finn, en provenance d'Oxford. J'ai promis de le lui remettre en main propre. Alors j'ai pensé à m'arrêter en route, voir si Blackingham avait un message pour lui. Dans la mesure, bien sûr, où je peux entrer dans la prison du château. »

D'accord, et après tu apporteras la réponse, pensa-t-elle. Et bientôt, sous prétexte de porter des messages, tu auras une bonne excuse pour faire des allers-retours entre la prison et Blackingham. Mi-Tom venant des marais, cela l'obligeait à effectuer un grand détour. Pour se rendre à Aylsham, il lui fallait tourner à gauche à la croisée des chemins, puis se diriger vers le nord, alors qu'il pouvait gagner du temps et épargner ses semelles en allant directement à Norwich. Elle suivit les yeux – très écartés dans le visage en forme de pleine lune – qui scrutaient les recoins de la vaste cuisine. Elle savait ce qu'il cherchait.

« Il n'y aura aucun message de Blackingham pour la prison, fit-elle.

— N'est-ce pas à madame la châtelaine d'en décider ? » Sa voix était profonde, rauque, et détonnait avec le reste de sa personne.

« Tu es bien insolent ! Madame me l'a déjà indiqué. » Elle arrachait les plumes des volailles si rapidement qu'elles s'entassaient dans ses mains. « Elle en veut à l'enlumineur parce qu'il l'a forcée à abriter un fugitif.

— Mais elle ne peut pas le croire coupable !

— Ce n'est pas à elle de décider s'il est coupable ou innocent. Si le tribunal dit qu'il est coupable, alors c'est qu'il l'est.

— Et sa fille ? Sûrement qu'elle…

— La fille de l'enlumineur a trop de chagrin pour voir quiconque. »

Les mensonges s'empilaient comme les plumes

qu'elle jetait dans un grand sac suspendu sous la table pour servir de bourre.

« Si tu souhaites porter des nouvelles de Blac-kingham, tu peux dire à Finn que lady Kathryn s'occupe elle-même de Rose et qu'il ne lui sera fait aucun mal à cause de lui. Bon, maintenant, tu ferais mieux de déguerpir, petit homme, Norwich c'est pas la porte d'à côté. Tiens ! Prends ça pour le voyage, dit-elle en faisant glisser le long de la grande table de bois blanc un petit pâté farci au porc et à la purée de navets. À ta place, je ne perdrais pas mon temps à le manger ici. En cette saison, il ne va pas tarder à faire nuit. »

Il leva vers elle des yeux qui semblaient percer ses pensées. Puis, prenant le pâté, il la remercia d'un signe de la tête et gagna la porte en se dandinant. Il marche comme une volaille à large poitrine, se dit Agnes. Il avait déjà soulevé le pêne et appuyé son épaule contre le lourd vantail de chêne – elle serait débarrassée de lui avant le retour de Magda – quand, à son grand mécontentement, elle entendit des paroles qui interrompirent le geste du nain. Des paroles sortant de sa propre bouche : « Quand tu verras l'enlumineur, dis-lui qu'Agnes réci-tera un Pater pour lui. » Propos fort imprudent, mais elle n'avait pu se retenir. Elle se rappelait avec un pince-ment au cœur la fois où, assis dans sa cuisine, un Finn bouleversé lui avait raconté la pendaison. Elle se souvint aussi qu'il se souciait toujours de la condition des petites gens. Et puis, il y avait ce bref sourire coquin qu'il lui décochait quand il demandait quelque douceur particu-lière ou une chopine de cervoise supplémentaire. Elle, une vieille bonne femme, et lui un homme dans la fleur de l'âge. Un homme bon, ça ne courait pas les rues.

« Si ça peut lui mettre un peu de baume au cœur,

dis-lui que la vieille Agnes sait qu'il n'est pas l'assassin du prêtre. »

Un large sourire fendit le visage du nain.

« Si j'ai un message pour vous, je vous l'apporterai à mon retour. »

Elle abattit violemment le couperet sur le dos des oiseaux, multipliant par deux la couple de perdrix. En se refermant avec un claquement sec, la lourde porte créa un courant d'air qui fit voleter une plume à la pointe brune. Celle-ci atterrit dans l'âtre en dégageant une âcre odeur de brûlé. D'un geste expérimenté, la cuisinière vida les oiseaux et jeta les entrailles dans le seau destiné aux déchets.

Voilà quatre jours que Colin avait quitté le manoir, mais s'était-il le moins du monde rapproché du prieuré de Blinham ? Le soleil à droite à l'aube, se répétait-il chaque matin en reprenant la route, mais le soleil n'avait pas brillé ces deux derniers jours. Pas la moindre tache rose pour égayer l'aube grise et froide. Il avait emprunté les chemins traversiers de la forêt, supposant que si sa mère le poursuivait elle prendrait sans doute la grand-route du sud en direction de Norwich. Il espérait vaguement qu'elle partirait à sa recherche, le ramènerait à Blackingham pour retrouver Rose, lui assurant qu'il avait fait un cauchemar, que l'incendie n'avait jamais eu lieu, qu'il n'avait jamais péché, jamais défloré une vierge. Mais il savait que sa mère ne penserait pas à le chercher sur cette piste envahie de fougères, infestée de hors-la-loi et de serfs fugitifs.

Colin avait eu connaissance des périls de la route en écoutant Agnes et John discuter entre eux. Enfant, il avait souvent traîné dans la cuisine, oublié d'Agnes jusqu'à ce qu'il entrave ses mouvements. Il se rendait aux cuisines pour le massepain que lui donnait la vieille cuisinière indulgente. Il s'y attardait pour entendre les histoires racontées par John à sa femme, plus particulièrement celles sur la camaraderie existant entre les hors-la-loi des bois. « Ce n'est pas la vie pénible que tu imagines, Agnes. Il y a une sorte de fraternité. Et ce ne serait pas pour toujours. Une année ou deux dans la forêt jusqu'à ce que Blackingham nous oublie, une année et un jour de plus dans une ville, et alors on serait libres, Agnes. Libres… »

Même à l'époque, Colin avait compris ce qu'il voulait dire, et ne l'avait pas répété. Il savait que le berger serait puni. Il ne voulait pas qu'on le fouette ou qu'on le mette au pilori. Or aujourd'hui John était mort, et Colin était un hors-la-loi courant les routes. Tout cela à cause de l'incendie que Rose et lui avaient provoqué. Ils n'avaient pas voulu laisser la lanterne dans la lainerie. Il n'était même pas sûr de l'avoir fait. Mais il n'existait pas d'autre explication, à moins que le feu fût un signe divin qui avait dénoncé leur péché. Dieu avait attisé les flammes de Son puissant souffle, comme à Sodome et Gomorrhe. Dans un cas comme dans l'autre, l'incendie et la mort de John étaient sa faute. Pas celle de Rose. C'était lui le séducteur. Il devait expier. S'il était seul et perdu dans la forêt, alors qu'elle dormait dans son lit de plume, s'il jeûnait tandis qu'elle festoyait, ce n'était que justice. Sa souffrance achèterait le rédemption de la jeune fille. Malgré tout, prier pour elle et pour le repos de l'âme de John, penser à Dieu étaient choses difficiles alors qu'il lui fallait se préoccuper de trouver un endroit où dormir.

La veille, il avait eu de la chance. Au crépuscule, il était tombé sur un abri de planches mal équarries, tapi sous un gros chêne. Ancienne cabane d'ermite ? Refuge d'un hors-la-loi qui risquait de revenir d'un moment à l'autre et l'accuser de violation de domicile ? Mais John avait évoqué la fraternité de la forêt. Peut-être le légitime propriétaire allait-il s'apitoyer sur le sort de Colin et lui offrir l'hospitalité, voire partager un quignon de pain avec lui. Finalement, le jeune homme s'était endormi sur le sol recouvert de jonc, content d'être protégé du vent.

Il avait rêvé de Blackingham.

Il avait rêvé de Rose.

Réveillé au point du jour par l'appel d'un oiseau solitaire, il fit tomber de ses vêtements des brins de jonc. Lorsqu'il n'en resta plus un seul, il continua malgré tout à se brosser pour se réchauffer, martelant le sol de ses pieds gourds pour faire circuler son sang figé. Une poule en train de couver dans le pignon du faîtage se mit à faire un grand raffut, puis voleta en caquetant depuis la première traverse. Colin leva la main au-dessus de sa tête et la passa dans le nid. Un œuf. Tandis que la poule clamait son indignation, il le cassa et en goba le contenu, soucieux de ne pas en perdre une goutte. Cela apaisa momentanément son estomac criant famine. Il lorgna la poule, mais elle s'envola vers le chevron élevé, hors de portée de main. Tant mieux ! Passe encore de dérober un œuf, mais c'était plus grave de voler la poule qui l'avait pondu. Pourvu qu'elle l'empêche de céder à la tentation en restant là où elle était ! Il n'avait pas mangé depuis la veille, depuis qu'il avait ramassé une pomme toute ridée sous un tas de feuilles. Il n'avait rencontré aucun membre de la communauté dont avait parlé John. D'ailleurs, tout en ayant souvent eu le sentiment d'être surveillé, sur cette route il n'avait vu âme qui vive.

Il avait neigé durant la nuit. À en juger par la taille des

raies blanches entre le chaume et les planches grossières, il était tombé au moins deux pouces de neige.
Colin émergea de la hutte et jeta un coup d'œil à
l'entour : le monde avait l'air tout neuf. Il s'étira et prit
plusieurs profondes inspirations. Il régnait un tel silence
que Colin avait l'impression d'entendre la respiration
des renards dormant dans leurs terriers. Il était l'heure
de se remettre en route. Mais quelle direction prendre ?
On ne voyait aucune empreinte de pas dans la neige
immaculée et la vague piste avait désormais disparu. Le
soleil à droite à l'aube. Or il n'y avait qu'une brume
perlée et inerte. Il haussa les épaules et se dirigea vers le
sud, à l'opposé du prieuré de Blinham.

Quand, plusieurs heures plus tard, Colin atteignit la
route principale, midi était passé depuis longtemps et il
n'avait toujours rencontré personne. Ses pas ne produisaient aucun son dans la neige, sauf lorsqu'il écrasait
une brindille ou une pomme de pin, bruit inquiétant dans
le silence. Toute la forêt dormait sous une couverture de
duvet. L'engourdissement de ses pieds s'était propagé
jusque dans ses mollets. Il respira l'âcre odeur des
sapins et essuya sur sa manche les gouttes tombant de
ses narines. Il s'était remis à neiger. Colin avait envie de
se reposer mais craignait de ne pouvoir se relever s'il
s'allongeait par terre. Aussi, lorsqu'il rejoignit la grand-
route, tout en comprenant que cela signifiait qu'il s'était
égaré, il faillit pleurer de soulagement. À son grand
désarroi, il ne tarda pas à constater que la route était
aussi déserte que la forêt – aucun pèlerin, aucun colpor-
teur ne voyageait par ce temps hivernal –, mais, au
moins, s'il continuait à avancer, peut-être trouverait-il
quelque grange où se reposer. Et, si la chance lui
souriait, celle-ci abriterait une autre poule en train de
couver.

Vers le milieu de l'après-midi, alors qu'il n'avait découvert aucun signe de civilisation, il sentit l'odeur d'un feu de tourbe. La neige redoublant, il n'était plus sûr de pouvoir poursuivre sa marche très longtemps. Il l'avait presque dépassée – le paysage était voilé par les flocons tourbillonnants – quand il aperçut une longue perche plantée dans la boutisse de la porte d'une maisonnette. L'enseigne d'une taverne… Il était entré une fois dans un endroit de ce genre avec son frère. On pouvait manger et y boire, se dit-il joyeusement, avant de se rappeler qu'il ne possédait pas un sou vaillant. À tout le moins, il pourrait se réchauffer au coin du feu.

Comme il traversait la cour de l'auberge, il entendit de grands éclats de rire et vit un gros chariot bariolé. Il connaissait ce genre de véhicule : le plateau surmonté d'auvents aux vives couleurs pouvait se transformer en scène. Il appartenait sans doute à une troupe de saltimbanques qui devaient se trouver à l'intérieur de la taverne. Tant mieux ! Il pourrait se glisser discrètement parmi la foule et tenter d'attraper un bout de pain. Les tranchoirs délaissés par les chiens apaiseraient son estomac.

L'arrivée de Colin fut saluée par une protestation véhémente : « Fermez la fichue porte ! Vous laissez entrer le foutu froid ! »

Il referma en hâte derrière lui. « Excusez-moi ! » Il baissait la tête pour que le tavernier ne s'aperçoive pas de sa jeunesse. Alfred aurait agi au culot mais Colin, lui, était trop conscient de son air juvénile et du négligé de son apparence.

« Par ici, tavernier ! » appela une voix dans la pénombre de la salle.

Ravi de la diversion, Colin s'appuya contre la porte et mit une bonne minute pour s'orienter. La fumée du feu de tourbe, agrémentée de l'odeur des volailles rôtissant à la broche, emplissait la pièce. La faim lui tordait l'estomac. Il se glissa derrière deux saltimbanques, l'un mince et nerveux, l'autre plus musclé, qui discutaient amicalement au milieu d'un groupe de comédiens vêtus de costumes aux couleurs chatoyantes. Tout en se chauffant près du feu, s'efforçant d'oublier la sensation que l'odeur de la viande suscitait au creux de son ventre, il n'écoutait leurs propos que d'une oreille.

« La douairière m'a offert cette tunique en velours. C'était pour me montrer à quel point elle avait apprécié ma voix veloutée, annonça un fringant gandin coiffé d'un chapeau à plumes assorti à sa tunique grenat.

— Eh bien, je peux t'en remontrer là-dessus. Sa Seigneurie m'a donné une bourse pleine d'or, dit le saltimbanque musclé en faisant bouger ses biceps.

— Je vous bats tous les deux. L'épouse de Sa Seigneurie m'a accordé plus qu'une bourse pleine d'or. » L'homme haussa plusieurs fois les sourcils, un sourire égrillard aux lèvres. « Elle a exprimé son goût tout particulier pour mes… contorsions. »

Rire gras général.

« Ça vaut plus que de l'or, m'est avis.

— Non. Pas vraiment. Ça vaut pas Maud que voici ! s'exclama le contorsionniste en levant sa chopine et en décochant un clin d'œil à une jeune serveuse de l'autre côté de la pièce qui faisait semblant de ne pas l'entendre. Encore quelque chose qu'on fait mieux, nous, les gens du peuple. Pas vrai, Maud ? »

Maud ne répondit pas, mais l'homme musclé intervint.

« Ça, pour sûr. J'ai jamais rencontré un noble qui savait se gratter le cul et se curer le nez en même temps. » Il avala une lampée de bière et fronça les sourcils. « Tous ces seigneurs et ces gentes dames qui prennent des airs, se repaissent de cygnes et de langues de colibri tandis que les pauvres crèvent de faim et que leurs femmes deviennent folles à force de manger du seigle moisi… Ils se pavanent dans leurs beaux habits, sans se préoccuper des mendiants en haillons devant leur porte. C'est comme le dit John Ball, le prédicateur. Je l'ai entendu prêcher à Thetford, après la messe. Rappelez-vous bien ce nom : John Ball. C'est pas la dernière fois que vous l'entendrez, m'est avis. Il dit que Dieu nous a tous créés de la même argile.

— Ça m'a tout l'air d'être un de ces prédicants lollards.

— Peut-être bien, mais moi, je suis plutôt d'accord. Et qui a besoin des prêtres de toute façon ? Que chacun soit son propre prêtre, moi je dis.

— Oui, et qu'on dépense soi-même la dîme. » Le panache du chapeau à plumes s'agita avec ardeur.

« Qu'est-ce que t'y connais aux dîmes ? » L'homme musclé fit un large sourire, ses plaisanteries ayant apparemment trouvé un écho. « Chaque fois que le quêteur vient collecter la dîme tu cries toujours misère.

— En guise de dîme, pourquoi est-ce qu'il donnerait pas au quêteur cette élégante manche de velours, dit le contorsionniste.

— Oui, et toi tu pourrais lui donner un dixième de ce que t'a donné la gente dame. » Le panache frémit de gaieté. « S'il accepte de fouiller dans les draps. »

Nouveau rire général.

Peu habitué à ces plaisanteries vulgaires, Colin espéra que la rougeur de ses joues serait imputée à la proximité du feu.

Le jeune homme regardait Maud promener ses larges hanches parmi les clients. Autant que les propos salaces, sa féminité – la façon dont les lacets de son corsage de paysanne avaient du mal à contenir sa poitrine – enflammait son imagination, désormais informée. Il imagina les cuisses soyeuses entourant les siennes. Cette vision lui fit mal, lui rappelant ce qui l'avait conduit à ce qu'il considérait maintenant comme le grand péché. Et aussi tout ce à quoi il renonçait.

Portant un plateau de chopines pleines à ras bord, Maud s'approcha des saltimbanques. L'homme musclé en prit une. Le contorsionniste étendit le bras et pinça le sein de la serveuse, qui se dégagea prestement en lui donnant une claque sur la main.

« Si c'est l'or d'une idiote que tu cherches, retourne voir ta gente dame. J'ai pas d'or à gaspiller avec des imbéciles ! Tout ce que je peux te donner, c'est de la bière », lui lança-t-elle en lui déversant une chopine sur la tête.

Les autres applaudirent en poussant des cris moqueurs. Colin eut du mal à réprimer un sourire devant la mine du coquin.

« Il me semble qu'on t'a bien baptisé. » Le chapeau à plumes frémit de nouveau.

« Oui-da, et par une main plus jolie que celle d'un prêtre. » La victime tira la langue et se lécha les babines. « Et ç'a meilleur goût que l'eau bénite. »

À cause de cette bonne humeur, Colin se sentit encore plus seul. Désormais réchauffé, il s'éloigna du groupe et de l'odeur de viande rôtie. L'un des comédiens avait laissé un luth sur un banc dans un coin. Il le prit et commença à pincer délicatement les cordes tout en fredonnant.

« T'as une jolie voix, petit », dit le contorsionniste. Colin ne s'était pas rendu compte qu'il l'avait suivi. Il posa le luth et se sentit rougir.

« Veuillez m'excuser. Est-ce votre luth ? Je voulais juste l'essayer, je n'avais pas de mauvaises intentions.

— Y a pas de mal à ça. »

Que dire ? Colin espérait que l'homme irait rejoindre ses compagnons. Au contraire, le saltimbanque lui fit signe de se pousser et s'assit à côté de lui.

« Tu es d'ici ? »

Ignorant où il se trouvait, Colin ne savait comment répondre à cette question.

« Je viens d'Aylsham, fit-il avant de penser que sa mère avait peut-être lancé quelqu'un à sa poursuite.

— Aylsham… C'est à environ vingt milles au nord. Que fais-tu si loin de chez toi ? Tu es au sud de Norwich. »

Au sud ! Le soleil à droite à l'aube… Le cœur de Colin battit la chamade. Il devait sans doute avoir l'air bouleversé.

« Vers où te diriges-tu ?

— Je me rendais à Cromer, à l'abbaye de Blinham. Je vais rejoindre les frères. J'ai dû m'égarer.

— Tu n'as pas l'air en forme, petit. Quand as-tu mangé pour la dernière fois ? »

Colin fixa le sol.

« Ça fait un bon bout de temps.

— Tavernier, apporte une demi-pinte et du poulet rôti pour mon jeune ami !

— Je n'ai pas un sou.

— Tu paieras ton repas en chantant. Qui veut entendre une chanson ?

— Moi ! lança une voix du fond de la pièce. Un chant d'amour. Ni hymne ni chant funèbre. On en aura bientôt tout notre saoul. »

Maud lui apporta un tranchoir couvert de nourriture et, pendant qu'il la dévorait, le contorsionniste lui expliqua la situation. « Nous sommes des comédiens ambulants et nous allons à Fakenham pour le cycle pascal. On arrivera sans doute à Cromer au début de l'été. Un chanteur, joueur de luth, ne serait pas de trop. Si un peu de peinture sur le visage ne te fait pas peur, on t'accueillera avec plaisir. Pas de salaire mais tu mangeras ton content. » Il fit signe à Maud de remplir la chopine de Colin. « Et tu pourras te faire quelques sous à côté. Un mignon blondinet comme toi, doté d'une jolie voix, les dames te couvriront de présents. On jouera à des fêtes et des banquets en chemin. Ça changera un peu des histoires bibliques. Après le mercredi des cendres, on commencera les miracles. On sera à Blinham à la pentecôte. »

Colin ne se le fit pas dire deux fois. Il n'avait guère le choix, d'ailleurs. Après cinq jours de marche, il mourait de faim et de froid et se trouvait plus éloigné de sa destination finale qu'au départ. Il pouvait ou suivre les saltimbanques ou bien rentrer chez lui. Et s'il rentrait au manoir… L'image de Rose s'imposa à son esprit, vite remplacée par le visage carbonisé du berger mort. S'il retrouvait la chaleur et la sécurité de Blackingham, il ne pourrait pas racheter ses péchés. Alors ni lui ni Rose ne seraient pardonnés.

« Vous passez par Aylsham ? demanda-t-il.

— Oui, mais on n'a pas l'intention de s'y arrêter. »

Tant mieux. Il ferait parvenir un message à sa mère lui assurant qu'il allait bien, car elle devait se faire du souci. Il pourrait quand même rejoindre Cromer. Ça prendrait seulement un peu plus longtemps qu'il ne l'avait prévu.

Colin arracha le dernier lambeau de chair de l'os de poulet et s'essuya les mains sur ses chausses.

« Alors, qu'en dis-tu, mon garçon ? Vas-tu te joindre à notre petite troupe ?

— Je dois manger. Et Cromer est bien loin. »

Le contorsionniste s'esclaffa.

« Parfait ! Accord conclu, par conséquent. » Il prit le luth et le tendit à Colin. « Le moment est venu de payer ton dîner.

— Je connais un chant d'amour. » Et, la gorge nouée, il se mit à chanter.

> *Soupire d'amour mon cœur*
> *Pour le plus charmant des bijoux,*
> *Qui peut m'apporter le bonheur*
> *Et me tient sous son joug.*

Une chanson d'amour parmi d'autres, se dit-il, tentant de se rendre insensible au souvenir du parfum des cheveux de Rose, de la douceur de ses lèvres. Le silence s'était fait parmi les comédiens qui hochaient la tête en écoutant la voix plaintive.

Finn se rappela le poignard glissé dans sa botte. Il n'avait pas été fouillé. On s'était contenté de le pousser, toujours enchaîné, dans l'escalier menant à la grotte ténébreuse située sous le vieux château. Il avait cru reconnaître le vaurien qui lui tendait sa pâtée dans un seau accroché au bout d'une perche. Il ne pouvait rien en attendre.

Il devait être patient, pensait-il, marquant chaque jour d'une entaille sur le rebord de pierre qui lui servait de lit. Difficile d'attendre, difficile de rester calme lorsqu'il se rappelait le visage défait de sa fille. Mais il se devait d'être patient. Quelque avocat en robe viendrait le voir – envoyé par Kathryn – pour le défendre et obtenir que justice lui soit rendue. Ce genre de chose prend du temps, se dit-il le deuxième jour en se souvenant des yeux de Kathryn au moment où elle mentait. Il s'agit d'un malentendu, Kathryn va rétablir la vérité. Alfred expliquera son geste. Le troisième jour, il cria sa colère, ses légitimes protestations, proféra des menaces – cris auxquels répondaient parfois de sonores rires moqueurs, mais le plus souvent le silence – jusqu'au moment où il eut une extinction de voix.

Après la septième marque sur la pierre, il envisagea d'attaquer ses geôliers. Il n'allait pas attendre d'être délivré comme quelque frêle damoiselle emprisonnée dans une tour. Hélas ! s'il s'échappait il serait considéré comme un hors-la-loi et l'opprobre rejaillirait sur sa fille.

Finalement, ce fut la saleté qui lui fit perdre tout courage. Pas les ténèbres de son cachot, ni la soif que sa ration quotidienne d'eau fétide, ornée d'une pellicule de graisse de mouton, ne parvenait pas à étancher. Ni l'âpre désespoir qui lui torturait l'âme – de plus en plus souvent au fil des jours –, car il était désormais certain qu'il ne s'échapperait jamais de cette oubliette où on l'avait jeté. Ce ne fut même pas l'appréhension du sort réservé à sa Rose bien-aimée ni la trahison de Kathryn. (Après avoir constamment ressassé cet épisode, il avait décidé de ne plus jamais retourner au manoir, sans pour autant cesser d'être harcelé par la même question : pourquoi, pourquoi, pourquoi ? Litanie, semblable à celle d'un grand inquisiteur, qui lui martelait la cervelle.) Rien de cela ne parvint à l'abattre. La crasse, si. Les poux qu'il arrachait de sa peau et de sa barbe – jour après jour, heure après heure, seconde après seconde – et qu'il écrasait entre ses ongles sales en jurant ; les croûtes purulentes se formant sur les morsures de la vermine ; le suintement et la moisissure sur le rebord de pierre qui lui servait à la fois de siège, de lit et de table. Et la puanteur de ses propres excréments. Voilà ce qui eut raison de son courage.

Il n'arrivait même pas à prier. Quel dieu accepterait qu'on s'adresse à lui au milieu d'une telle saleté ?

Il n'y avait guère de différence entre la nuit et le jour. Les ténèbres étaient simplement plus ou moins denses, mais pour marquer le passage des jours il avait entaillé la pierre en se fondant sur l'arrivée de son brouet quotidien. Il les compta en passant le doigt sur le rebord. Vingt et une marques… Vingt et un jours. Comment un être humain pouvait-il être réduit à l'état de bête en si peu de temps ? Il était même devenu trop faible pour traîner ses fers sur une distance de quelques pieds afin de poignarder les bestioles nocturnes dont les yeux constellaient les ténèbres. Son poignard lui était désormais inutile sauf s'il souhaitait s'en transpercer, tel Saül se jetant sur son épée. Un coup rapide dirigé vers le haut sous ses côtes… Un bruit, celui des dents d'un rat sur un os d'origine inconnue déjà bien rongé, l'écarta de cette tentation. Ainsi que la pensée de Rose.

Par intermittence, Kathryn lui apparaît en rêve, assise à ses côtés dans le jardin automnal. *Un parfum de fruits succulents flotte dans l'air et une odeur de viande grillée émane de la fumerie. Elle penche la tête au-dessus de sa broderie, la petite aiguille d'os entre et ressort, créant un chemin sinueux sur le tissu. Une moitié du visage est cachée derrière les cheveux argentés, l'autre se trouve dans l'ombre d'une branche d'aubépine. Il s'agenouille près d'elle. Il touche les rubans de sa manche, écarte ses cheveux et chuchote dans le creux délicat de son oreille. Son rire tinte comme le bruissement d'une claire rivière, cristallin, pur et doux. Elle lève son visage pour recevoir son baiser. Un geste brusque et elle lui transperce l'œil de sa petite aiguille en os. Tout n'est plus que douleur incandescente.*

Lorsqu'il se réveille, Finn lèche toujours les larmes saumâtres aux commissures de ses lèvres.

Pour combattre les démons bien vivants de son cauchemar, il composait mentalement des tableaux éclatants, disposant les couleurs et les miniatures de l'Évangile selon saint Jean, jusqu'à évoquer un livre d'Heures. Il peignit assez de tableaux sur la toile de ses paupières pour occuper toute une vie de travail. Ce n'était pas l'Évangile luxueux commandé par l'abbé ni les simples illustrations du texte de Wycliffe. Un psautier azur et écarlate, aussi magnifique que le Dieu célébré par David et Salomon, et bordé de feuilles d'acanthe dorées, à la reliure d'or martelé et sertie d'une couronne de rubis. Un livre capable de faire baver d'envie l'évêque de Norwich, capable même de rivaliser avec le légendaire Évangile de Herimann commandé par le duc de Saxonie en 1185, le grand *Aurea Testatur*, « témoignage en or ». Il avait mal aux paupières à force d'y rêver.

Puis vint le jour où il n'eut même plus la force de susciter cette éclatante vision. Seuls demeuraient le froid, les douleurs au ventre, les ténèbres accablantes, et la puanteur.

C'est alors que l'évêque le convoqua.

DIX-SEPT

*Je vis les manches du moine aux poignets
garnis
De belle fourrure grise, la plus belle du
pays,
Et il portait, pour attacher son chaperon,
Une drôle d'épingle en or ciselé au
menton.*

Geoffrey CHAUCER,
Les Contes de Cantorbéry
(XIVᵉ siècle)

Finn était allongé sur le rebord de pierre de sa cellule, mi-somnolent, mi hébété, quand il fut réveillé par le contact du pied du gardien qui appuyait sur son ventre, poussant vers le haut. Son souffle fut un instant coupé avant de revenir brusquement, accompagné d'une douleur aiguë. L'homme lui mit des fers aux poignets et le força à se relever. Il vacillait comme un vieillard. Un faisceau de lumière pénétra par la grille ouverte en haut de sa cellule, lui transperçant l'œil comme la petite aiguille en os de son rêve. Clignant les yeux, il regarda son bourreau, qui s'esclaffa.

« Tu me reconnais pas, hein ? Tu reconnais pas le vieux Sykes, le type que t'as maltraité parce qu'il s'amusait un peu avec le nain ? »

Finn l'avait parfaitement reconnu. Dès le premier jour. Mais il avait espéré que Sykes avait été trop saoul pour se rappeler leur rencontre au Beggar's Daughter, en vain. Sykes avait bien l'intention de se venger. Finn restait coi. Mieux valait laisser le gardien assouvir sa vengeance. Il s'amuserait moins s'il ne rencontrait aucune résistance. Finn n'avait d'ailleurs pas la force de se défendre. Il se recroquevilla pour soutenir ses côtes endolories.

« T'es plus le beau monsieur d'antan, hein ? Ton odeur me soulève le cœur. Va falloir qu'on te nettoie un brin, autrement le bourreau refusera d'approcher assez près pour te passer la corde au cou. Tu joues plus les durs maintenant que tu as plus ton joli petit poignard, pas vrai ? »

Le poignard… Voilà peut-être sa chance, finalement. Il remua son pied gauche à l'intérieur de sa botte, ne rencontrant que du cuir lisse à l'endroit où le poignard aurait dû se trouver. Il se rappela vaguement l'avoir jeté en direction de deux yeux étincelant dans le noir. Il n'avait pas pris la peine de le remettre en place. Car il aurait dû le chercher à tâtons sur le sol visqueux. Et à quoi cela aurait-il servi ?

Le gardien le poussa vers l'escalier. Ses fers aux pieds l'entravant, Finn buta contre la première marche. Il y avait si longtemps qu'il les portait qu'ils semblaient faire partie de son corps. Même les écorchures à ses chevilles s'étaient recouvertes de cicatrices protectrices.

« Je ne peux pas monter les marches, avec ces fers. Il faudrait que vous les desserriez. » À cause de ses côtes endolories, il était contraint de chuchoter et devait épargner son souffle.

« Je pourrais te pousser dans l'escalier à coups de pied, comme le sac de merde de chien que tu es. Mais ça risquerait de fatiguer ma jambe, et je pourrais bien en avoir besoin plus tard pour te faire avancer, pas vrai ? »

Il desserra l'un des fers. Lorsque Finn monta l'escalier, le fer et la chaîne cognaient contre les marches.

« Je ne te conseille pas d'essayer de t'échapper. » Pour appuyer sa mise en garde, le gardien marcha brusquement sur la chaîne. Finn bascula en avant, retenant à grand-peine un gémissement.

Quand ils débouchèrent dans la cour de terre battue, Finn chancela à nouveau. La lumière, éblouissante, lui donnait mal à la tête. Le bruit, assourdissant pour quelqu'un plongé dans le silence depuis des semaines – hennissements des chevaux, caquètements des volailles, cris de colère, aboiements des chiens et vacarme des gardiens –, lui martelait la cervelle, suscitant en lui une nostalgie quasi mystique de sa cellule.

Par cette froide et lumineuse journée d'hiver, il portait seulement sa chemise crasseuse. Il eut une crise de tremblements.

« Qu'est-ce que tu trimbales là, Sykes ? demanda l'un des palefreniers qui traînait près des écuries.

— De la bouffe pour les corbeaux. Mais faut que je le nettoie un peu, ou alors, même les corbeaux feront la fine bouche.

— Tu as besoin d'un coup de main ?

— Pas question de partager mon plaisir. »

Aveuglé par la lumière, aiguillonné par Sykes, Finn avança en titubant jusqu'à ce qu'il bute contre une auge de bois avant d'être poussé dedans. Le choc de l'eau glaciale le saisit au point d'apaiser même la douleur de ses côtes. Il se débattit pour sortir de l'auge, sa jambe libre cognant contre le rebord. Il était déjà à moitié dehors mais une main lui maintenait brutalement la tête sous l'eau. On allait donc finalement frustrer le bourreau de sa proie… Il s'exhorta au calme, à faire le mort, comme une sarigue dans la gueule d'un molosse. Sachant qu'il ne pouvait se mesurer à son agresseur, il résista à la tentation de se défendre. Des protestations lui parvinrent, assourdies par l'eau.

« Tudieu, Sykes ! Tu l'as noyé. L'évêque va pas être content. Tire-le de là ! »

Une seconde de plus et les poumons de Finn allaient éclater.

« Tout de suite, j'ai dit ! »

La main lâcha la nuque et la tête de l'enlumineur surgit en crachant de l'eau. Saisissant le tissu de la chemise qu'il bouchonna quand elle se déchira, Sykes tira Finn hors de l'auge. Un autre gardien arriva en courant et enveloppa le prisonnier dans une couverture.

« Despenser le veut vivant, espèce d'idiot !

— Fallait bien que je le nettoie, non ? Je voulais pas choquer les narines délicates de l'évêque. Ça serait pas convenable, hein ?

— "Convenable" ! Je t'en donnerai moi des "convenable", espèce d'imbécile ! »

Finn était maintenant sur pied, tout dégoulinant, enveloppé dans une couverture de cheval, laquelle, sans être des plus propres, était déjà en meilleur état que celle du cachot. S'il ne parvenait pas à arrêter ses tremblements, l'eau froide – l'auge où il avait été poussé était recouverte d'une pellicule de glace – avait contribué à lui éclaircir les idées.

L'évêque l'avait convoqué. Au moins allait-on l'interroger. Debout dans la cour, il les écoutait se quereller à son sujet, tout en tentant de reconstruire la défense qu'il avait élaborée mentalement au tout début de son incarcération et désormais en lambeaux.

Sykes regagna les écuries, la queue basse, tandis que le constable se chargeait d'ôter les fers au prisonnier. Finn se frotta les poignets. Débarrassés de leurs entraves, ils étaient tout légers, comme s'ils ne faisaient pas partie de lui.

« Quel jour sommes-nous ? » demanda-t-il au nouveau venu. Ses dents claquaient et il n'arrêtait pas de trembler.

« Le sept janvier. Hier, c'était l'Épiphanie. »

Seigneur Jésus… Il était resté tout un mois dans cette fosse à purin. Il se mit à trembler encore plus violemment, le moindre frémissement blessant ses côtes cassées.

« Venez ! Il faut qu'on vous dégèle et qu'on vous fasse beau pour l'évêque. » Le constable détaillait Finn de la tête aux pieds comme s'il avait du pain sur la planche.

« Je vais donc être jugé ? »

Lady Kathryn avait finalement usé de son influence. Les mauvais traitements subis n'avaient été que le fait de ce vaurien de Sykes.

« Je ne suis pas au courant d'un jugement. Je sais seulement que l'évêque vous a convoqué dans la chambre de la tour. » Il lui fit signe de le suivre.

Une fois à l'intérieur du donjon, qui servait de corps de garde, Finn se réchauffa près d'un brasero de charbon de bois. Il serrait une tasse de bouillon entre ses mains comme s'il s'agissait du Saint-Graal s'obligeant à n'en prendre que de petites gorgées pour éviter d'avoir des haut-le-cœur. En tout cas, les tremblements avaient diminué. Et tant qu'il se tenait bien droit la douleur était supportable.

« Quelqu'un a-t-il demandé de mes nouvelles ? Une dame, la châtelaine de Blackingham, ou ma fille ? Elle s'appelle Rose.

— Pas que je sache. »

Le constable ordonna que l'on place un baquet d'eau devant le feu afin de préparer un bain. Le dernier que Finn avait pris, c'était devant la cheminée, dans la chambre de Kathryn. Avant qu'elle le trahisse. Il ne serait plus jamais propre.

« Au fait, quelqu'un est venu demander l'enlumineur. C'est bien vous, n'est-ce pas ? »

Finn hocha la tête.

« Quelqu'un qui était chargé d'un message en provenance de Blackingham. Un nain. Un drôle de petit bonhomme. Je l'ai envoyé à votre geôlier. »

Son geôlier… Sykes. Par conséquent, on ne l'avait pas complètement abandonné. Kathryn avait sans doute envoyé Mi-Tom mais Sykes l'avait intercepté.

Le constable se leva au milieu d'un bruit de clefs et lança à Finn une petite serviette.

Une serviette propre… Ses yeux le piquèrent. Il n'allait quand même pas fondre en larmes pour une serviette propre et un morceau de savon.

« J'ai ma tournée à faire, dit le constable. Ce château abrite quelques pensionnaires nobles, français, pour la plupart. Qu'on garde en attendant le paiement de leurs rançons. Ils me donnent quelques sous en échange de certaines douceurs. » Il fit un clin d'œil à Finn. « Il y a

354

un duc de Bordeaux qui aime particulièrement les blondes, celles qui ont un gros derrière. »

Il lança à Finn des chausses propres et une chemise, pas en délicat linon, certes, mais en bon drap anglais.

« Désolé, pas de rasoir, bien sûr. Mais voilà un peigne pour les cheveux et la barbe. L'évêque n'aime pas les poux.

Finn prit le peigne, l'ajouta à la pile des autres articles qu'il tenait éloignés de son corps pour que sa crasse ne les contamine pas.

« Avec votre permission, encore une chose… Bien que pour le moment je ne sois pas en mesure de rémunérer vos services », dit Finn.

Le constable lui fit un large sourire.

« Dites toujours…

— Il me semble que Sykes m'a fêlé les côtes. Si vous pouviez m'apporter une bande de toile robuste je me souviendrais de votre bonté.

— Je pense que c'est faisable pour un prisonnier particulier de l'évêque.

— Une propre. Si ce n'est pas trop demander… »

Le constable éclata de rire, et Finn se dit qu'il lui avait peut-être plus révélé de lui-même qu'il n'était prudent en ce moment. La perspective d'être à nouveau propre le transportait tellement de joie qu'il avait à peine entendu la réponse du geôlier. Celui-ci avait-il dit « un prisonnier particulier de l'évêque » ? La formule avait quelque chose d'inquiétant.

« Elle sera propre. Je vais envoyer un jeune gars pour vous aider à l'attacher et aussi du jus de pavot pour apaiser la douleur. Après, il vous conduira chez l'évêque. » Puis, cessant soudain de rire, il ajouta : « Je vous déconseille de chercher à fausser compagnie à l'un de mes gars. On ne peut pas s'échapper du château et cette entrevue avec Henry le Despenser constitue peut-être votre unique chance. Faites tout votre possible pour plaire. J'ai vu des hommes de grande noblesse disparaître sans quitter la forteresse. »

Henry le Despenser était assis tout droit dans son fauteuil à haut dossier, l'oreille au guet, à l'unisson du lévrier attaché à ses pieds. La pose était destinée à intimider les solliciteurs en les forçant à s'agenouiller. (L'évêque refusait de se contenter d'une esquisse de révérence.) L'index bagué de sa main gauche, dotée d'une paume carrée et charnue, caressait l'oreille du chien. La main droite reposait sur le bras du fauteuil. L'anneau sigillaire, au majeur, cognait incessamment contre le chêne sculpté. L'exercice du pouvoir était une vraie jouissance. Faire ployer un homme sous sa volonté, surtout un homme comme celui qu'il avait convoqué, lui procurait un plaisir voluptueux.

Il parcourut la pièce du regard : tout était fin prêt. Ses subordonnés connaissaient l'attention qu'il accordait aux détails. Les oreilles du chien se dressèrent. Puis lui aussi entendit le bruit : raclement d'une longue épée sur le bord de chaque marche suivi des pas de deux personnes.

Il étala sa robe pour élargir le cercle de la bordure de fourrure. Que d'énergie dépensée pour prendre au piège un homme trempant ses doigts dans la peinture, et qui trempait peut-être aussi dans des hérésies. Cela en valait la peine, en tout cas. Il fallait réprimer l'arrogance de cet homme. En outre, il y avait la question du retable aux cinq panneaux pour le maître-autel de la cathédrale. Pourquoi payer alors qu'il pouvait l'avoir pour rien ? Il avait vu le travail de l'enlumineur, la hardiesse du trait, les somptueuses couleurs, et il lui avait envié son talent. Si lui-même en était dépourvu, il pouvait devenir le maître de l'homme qui le possédait.

Il enfonça profondément son ongle dans la fourrure de la chienne, à la jointure du crâne et de l'oreille. L'animal, bien dressé, frémit mais ne bougea pas. Pas même un petit grognement : voilà le genre d'obéissance qu'inspirait l'évêque.

Un coup discret fut frappé à la porte. Henry caressa la chienne qui poussa un faible et guttural gémissement avant de poser la tête sur ses pattes de devant.

« Benedicite.

— Votre Éminence. »

Le constable franchit le seuil et mit un genou à terre, sa longue épée heurtant bruyamment les dalles. Debout derrière lui, l'enlumineur esquissa un bref signe de tête, mais sans incliner le torse.

« Votre prisonnier ne s'agenouille pas en présence de la Sainte Église ? »

Le gardien tira sur le bras de Finn, l'obligeant à s'agenouiller. Le genou heurta le sol avec un bruit sourd, mais le manque de spontanéité et d'humilité de l'attitude indiquait que plusieurs semaines passées au cachot n'avaient pas amélioré le comportement de l'enlumineur. Soit ! À vaincre sans peine, on triomphe sans plaisir…

« Le prisonnier a été blessé, Votre Éminence. Le bandage serre fortement ses côtes. Il lui est difficile de présenter correctement ses respects.

— Il a reçu ces blessures pendant qu'il était sous votre garde ?

— C'est un accident, Votre Éminence. Il est tombé dans l'escalier.

— Je vois, fit l'évêque en souriant. Vous devriez

faire davantage attention… Maître Finn, c'est bien ça ? Vous pouvez vous relever. »

Un tressaillement de douleur apparut sur le visage du prisonnier tandis qu'il se remettait péniblement sur pied. Henry continuait à caresser l'oreille de la chienne.

« Vous pouvez disposer, constable.

— Mais, Votre Éminence, cet homme est accusé de meurtre…

— Je suis au courant, mais je vous répète que vous pouvez disposer. »

Tandis que le constable sortait gauchement à reculons, l'évêque se tourna vers Finn. Dans la situation où se trouvait l'enlumineur, sous un tel regard, bien des hommes de moindre valeur auraient eu du mal à rester sereins. Despenser ne put se retenir d'admirer une telle maîtrise de soi.

« Êtes-vous un assassin de prêtre, maître Finn ?

— Je ne suis pas un assassin, Votre Éminence. Je suis accusé à tort, comme vous le constaterez en entendant un témoignage. Si vous interrogez ma fille, vous… »

Henry balaya la suite d'un geste.

« Une fille qui ne prendrait pas la défense de son père serait indigne. En outre, ce genre de témoignage serait prématuré. Le magistrat du comté poursuit son enquête. La recherche des indices est une tâche de longue haleine, or sir Guy n'a pas que cette affaire à résoudre. C'est ce qu'il ne cesse de me répéter, à tout le moins. Entre-temps, je suis certain que vous comprenez que la Sainte Église ne peut permettre qu'on libère un individu soupçonné du meurtre d'un prêtre. »

Surtout un homme fréquentant des hérétiques, pensa-t-il en son for intérieur.

La colère déforma les traits émaciés du prisonnier. Étonnant, avec quelle rapidité le visage prend un air

358

hagard et famélique. Il avait déjà rencontré cet homme à deux reprises. D'abord lorsque l'enlumineur avait sans détour avoué avoir tué la truie et ensuite quand il avait refusé de travailler pour lui. Deux mémorables occasions. Et pourtant, Henry l'aurait difficilement reconnu, ne retrouvant en lui que son arrogance, à peine entamée par cinq semaines dans la prison du château. Il avait trouvé un adversaire digne de lui.

« S'il nous est impossible de vous accorder la liberté, nous pouvons, en attendant le jugement, vous fournir un logis plus confortable. Le cachot ne convient guère à un homme possédant vos talents. Il va de soi que, pour bénéficier de ces nouvelles conditions, votre coopération sera requise... Mais pardonnez mon impolitesse... Vous avez fort mauvaise mine. Avez-vous été malade ? »

Henry était sûr que la délicieuse odeur émanant de la table parée d'une nappe devant la cheminée produisait l'effet escompté. Il battit des mains et son vieux valet fit son entrée dans la pièce.

« Seth, prépare la table et aide maître Finn à s'asseoir sur une chaise avant qu'il ne se trouve mal. Et verse-lui un peu de vin. »

Henry se leva alors de son siège et se dirigea vers la table. Il prit un blanc de caille rôtie, le trempa dans une sauce brune au gingembre et mordit dedans avec délicatesse.

Voyant Finn détourner les yeux, l'évêque comprit qu'en lui le dégoût se mêlait au désir. Il savait qu'après un long jeûne – et les privations subies par cet homme n'avaient rien à voir avec le court jeûne que lui-même observait durant les rares jours saints où il faisait maigre –, une abondance de succulente nourriture peut entraîner de fâcheuses conséquences.

« Je vous en prie, joignez-vous à moi. Vous devez être las de la piètre cuisine que l'on sert aux prisonniers ordinaires. »

Finn secoua la tête.

« Juste du pain, pour atténuer les effets du vin. Mon estomac s'est accoutumé aux médiocres rations de la prison. »

Il n'aurait donc pas le plaisir de voir l'enlumineur hautain se jeter sur la nourriture comme une bête et vomir ignominieusement. Il fit un signe de tête à son valet, qui coupa une tranche de pain et la plaça devant Finn.

« Peut-être un peu de compote de pommes, dit le prisonnier en buvant une gorgée de vin. Ainsi qu'un petit morceau de fromage ordinaire, s'il vous plaît. » Il écarta sa chaise de la table et l'approcha du feu.

Seth mesura un morceau de fromage. Finn secoua la tête et le serviteur réduisit la portion de moitié. Et une fois encore, après un nouveau signe.

Henry fronça les sourcils ; force lui était d'admirer la volonté de cet homme.

« J'espère que vous avez trouvé votre cellule relativement confortable, dit-il en s'asseyant en face de l'enlumineur, scrutant son visage pour constater l'effet produit par cette pique.

— C'est un lieu créé par le diable pour loger sa vermine. » Il trempa le pain dans la compote et mâcha avec soin.

Henry prit une tarte recouverte de sucre et étala dessus de la crème fraîche épaisse.

« C'est délicieux. Vous devriez vraiment… » Il déglutit et se lécha les doigts. « Je suis désolé que vous ayez trouvé votre cellule désagréable. Nous avons d'autres appartements. La chambre où nous nous trouvons, par exemple, est meublée de façon moins… spartiate que celles des caves. »

D'un geste de la main, il indiqua le lit doté d'un matelas de plume, le portemanteau où étaient suspendues des chemises et des chausses propres, la table de travail basse chargée de pots de peinture et de pinceaux.

« Le fauteuil épiscopal ne restera pas là, bien sûr, mais il y a un siège confortable et la table de travail est vaste. La pièce se trouve assez haut dans la tour pour jouir d'une des rares fenêtres de laquelle on peut apercevoir un pan de ciel bleu. Pour un prisonnier, cela doit avoir son importance, j'imagine. Il peut se tenir devant la fenêtre et contempler le fleuve, le regarder couler en bas. Une telle cellule pourrait même devenir un refuge pour un artiste désirant se consacrer à son art. »

Le prisonnier restait coi, buvant son vin à petites gorgées. Il mordit dans un morceau de fromage qu'il étudia ensuite comme s'il s'agissait d'un mets fin très rare. Toutefois, son regard s'attardait sur les peintures. Henry remarqua que Finn bougeait inconsciemment les doigts de sa main droite comme s'ils tenaient un pinceau en poil de martre.

L'évêque sourit puis avala une grande gorgée de vin.

« Excellent vin. Les Français devraient se contenter de fabriquer du bourgogne et laisser Rome choisir le pape. Bien… En ce qui concerne votre jugement… Vous pourriez faire appel auprès du roi, bien sûr, mais cela ne vous servirait à rien, puisque le roi ne peut intervenir dans les affaires juridiques de l'Église. C'est le Saint-Siège qui rend la justice. L'autorité du roi n'intervient qu'au stade de l'exécution. »

Il désigna un petit coffre.

« Il contient du linge propre. L'occupant de cette

cellule en recevrait une fois par semaine. » Il inspecta ses ongles, tritura la bague-sceau. « Si vous réclamez un jugement rapide, ajouta-t-il en haussant ses épaules drapées de la cape d'hermine, je dois vous prévenir que, en général, dans les cas de meurtre un jugement rapide est rarement favorable à l'accusé. Il vaut mieux se donner du temps, former des alliances… » Il reprit une bouchée, s'essuya les lèvres et jeta un coup d'œil à l'entour. « La pièce est assez claire pour qui voudrait peindre, vous ne trouvez pas ? En poussant cette table de travail juste sous la fenêtre… »

Le prisonnier reposa son gobelet, se leva brusquement et se dirigea vers la fenêtre afin de regarder dehors. Il osait tourner le dos à son évêque ! Henry décida de ne pas relever cette impolitesse.

« Bien sûr, on pourrait vous proposer le jugement par les Saintes Écritures. Voilà qui serait très rapide. Vous pourriez être libre dès ce soir.

— Ou mort, rétorqua Finn sans se retourner.

— Exactement. Cela dépend du texte sur lequel tombe mon doigt.

— Ou de votre interprétation de ce texte, répliqua Finn en faisant volte-face pour croiser le regard de Henry.

— Précisément. » Il y avait longtemps que l'évêque ne s'était autant amusé.

« Et qu'exigerait-on du peintre en échange de ce traitement exceptionnel ? »

Bien… Les négociations sérieuses vont commencer, pensa Henry.

« Seulement ce que vous faisiez avant votre malencontreuse arrestation. Peut-être vous rappelez-vous que je souhaitais commander un polyptyque représentant la

Crucifixion, la Résurrection et l'Ascension de Notre-Seigneur. Vous souvenez-vous de cette conversation ?

— Vaguement, reconnut Finn.

— Si j'ai bonne mémoire, vous avez décliné ma proposition au prétexte que vous n'aviez pas assez de temps pour rendre justice à une œuvre aussi importante, poursuivit Henry en souriant. Eh bien ! il semble que le sort ait soudain décidé de vous accorder ce qui vous manquait alors. » Il s'amusait énormément, désormais. « Vous n'êtes pas d'accord ? »

Il y eut un silence. Les muscles du visage de Finn bougeaient comme s'il mâchait quelque chose de dur et d'amer, mais, quand il répondit à l'évêque, sa voix était sereine.

« L'œuvre que vous avez décrite requerrait temps et application. Quelle serait la rétribution ?

— La rétribution ? Vous êtes bien hardi de parler de rétribution, vu la position dans laquelle vous vous trouvez ! » On étouffait tant dans cette pièce surchauffée que l'évêque sentait la sueur perler à son front. Pourtant, son prisonnier semblait indifférent à la température et s'était même rapproché du feu. « On vous fournirait du linge propre une fois par semaine, un serviteur serait chargé de faire le ménage, de préparer et de servir vos repas.

— Il est écrit que l'homme ne vit pas seulement de pain. »

Finn tendit ses mains vers le feu, touchant presque les flammes.

Sangdieu ! Un pouce de plus, et il sera assis dans le feu.

« Ne jouez pas au plus malin, messire l'enlumineur ! Si en choisissant cette phrase de la Bible vous cherchez à me donner le rôle du démon, permettez-moi de vous rappeler que vous n'êtes guère digne de jouer celui du Christ. Examinez votre âme ! Vous avez bien du souci à vous faire en ce domaine, même si, comme vous l'affirmez, vous n'avez pas le sang du prêtre sur les mains. Sir Guy m'a informé de la traduction hérétique trouvée parmi vos papiers. Vous fréquentez le diable, enlumineur, en compagnie de Wycliffe et de Jean de Gand. Vous avez besoin d'une autre sorte d'amis en ce moment. En consacrant votre art aux choses saintes vous avez des chances d'obtenir la rédemption de votre âme.

— Je croyais avoir toujours consacré mon talent aux choses saintes. Cependant, je ne faisais pas allusion à mon âme. J'ai une fille. Elle dépend de moi pour subvenir à ses besoins.

— Et, une fois mort, comment pourriez-vous y subvenir ?

— Je ne suis pas encore mort. »

Henry commençait à se lasser de ce jeu. Il prit un récipient en argent plein de viande coupée en dés et le plaça devant le lévrier avant de regagner son fauteuil à haut dossier. De son anneau, il frappa le bois. La chienne releva son museau et regarda l'évêque. Comme il ne lui prêtait pas attention, elle gémit. Il hocha la tête. Alors elle se mit à manger goulûment.

« On s'occupera de votre fille.

— Lui permettra-t-on de me rendre visite ? »

L'homme avait du mal à dissimuler la faim qui se lisait dans ses yeux. Ah ! enfin, voilà où le bât blessait. Comment tirer le meilleur parti de cette découverte ? Pas de promesse hâtive, il ne faut pas qu'il sache sur quel pied danser. Il fallait l'appâter comme un poisson. Il se pouvait que l'évêque tire davantage de cette prise que la seule peinture du retable pour l'abside de la cathédrale.

« Je reviendrai dans une semaine. En attendant, peignez-moi un jeu de cartes. De quatre couleurs : cardinaux, archevêques, rois, abbés. Vous connaissez le genre de cartes dont je parle ?

— J'y ai joué à la Cour : rois, reines, valets. »

À la Cour… Cet homme cherchait à montrer qu'il avait des amis influents. Bien, bien. Des relations à la Cour… Voilà un précieux renseignement, et qui risquait de mener tout droit au duc de Lancastre et à son repaire de lollards hérétiques.

« Peignez également mon blason au dos des cartes. Mitre d'évêque, croix en or flanquée des clefs de saint Pierre, en champ de pourpre. »

D'un coup de pied, il écarta le plat d'argent de la gueule de la chienne, ramassa la laisse et se dirigea vers la porte.

« Dis au constable de faire transporter mon fauteuil, lança-t-il à Seth qui sommeillait dans le couloir.

— Il me faudra une cire spéciale pour durcir le vélin », dit Finn.

Henry défit la bourse accrochée à sa taille et en tira un shilling.

« Envoyez le planton acheter ce dont vous avez besoin. Si ce n'est pas assez, qu'il dise simplement que c'est pour l'évêque. Si le marchand refuse, qu'il note son nom.

— Ma fille pourra-t-elle me rendre visite ?

— Nous verrons… Si les cartes à jouer me plaisent.

— Elles seront prêtes dans deux jours.

— Je reviendrai dans une semaine. Rien ne presse, vous avez tout votre temps. » Il resserra le cordon de sa bourse de velours. « Au fait, jouez-vous aux échecs ?

— Je possède quelques notions.

— Bien, bien. Quand je reviendrai, j'apporterai un échiquier. »

Il sourit en refermant la porte derrière lui. Très fructueux après-midi ! Il rentrerait même à temps pour les vêpres.

Demain, il interrogerait l'anachorète.

DIX-HUIT

Les soins de la mère sont les plus proches, les plus empressés et les plus sûrs. Les plus proches, car il n'existe pas de lien de parenté plus étroit ; les plus empressés, car il n'y a pas d'amour plus fort ; les plus sûrs, car ils sont les plus sincères. Ce service, personne n'a la possibilité ni la capacité de l'accomplir parfaitement, sauf Lui, notre vraie Mère, Jésus. Lui seul nous conduit à la joie et à la vie éternelle…

Julienne DE NORWICH,
Révélations divines

Quand Rose n'était pas en train de vomir, elle priait à genoux devant le petit autel de la Vierge. Que dirait son père s'il voyait ce qu'elle avait fait de sa table de travail ? Il serait mécontent. Elle avait assez souvent

367

entendu ses commentaires sur les « gens pieux qui portaient leur religion comme d'élégants surcots cachant des chemises sales ». Mais elle savait qu'il ne la renierait pas. Lui avait-il jamais refusé quoi que ce fût ?

La statuette de la Vierge à l'Enfant constituait désormais sa seule source de réconfort. Bien sûr, Agnes et la petite aide de cuisine étaient gentilles avec elle, s'assuraient qu'elle avait de la nourriture et du bois pour le feu, mais elles étaient au service de lady Kathryn. Et Rose ne lui faisait plus confiance. La petite statue d'albâtre de la Sainte Vierge en robe bleue lui paraissait être sa seule amie. La bougie que Rose gardait constamment allumée sur son autel de fortune animait les yeux peints, les faisait briller de compassion chaque fois qu'elle implorait la reine du ciel, priant pour son père, Colin, et le bébé qui grandissait en elle. Lorsqu'elle se réveillait en pleine nuit, assaillie par la vision de son père qu'on emmenait, enchaîné, la lumière de la bougie mettait du rouge aux joues de l'Enfant Jésus. Comme un enfant vivant, se disait-elle, en palpant son ventre, comme l'enfant que Colin lui avait donné.

Tout en récitant l'Ave Maria – certains des mots étaient difficiles à prononcer, son instruction religieuse n'ayant pas constitué une priorité –, elle espérait que son père priait aussi. Ce serait un réconfort pour lui, comme pour elle. La jeune fille ne possédait pas de chapelet, mais à chaque Ave elle caressait la croix suspendue au cordon de soie entourant son cou. Elle ne s'était jamais interrogée à propos de ce collier, mais maintenant elle trouvait bizarre que, n'arborant lui-même aucun signe religieux son père lui ait enjoint de la porter en permanence. Cette croix la protégerait, avait-il affirmé. Elle avait besoin de cette protection en ce moment. Ses lèvres bougeaient chaque fois qu'elle priait, mais depuis longtemps le seul son dans la pièce était le bruissement de sa robe de satin sur le sol et le crépitement des charbons dans la cheminée. Malgré le feu qui flambait, Rose avait toujours froid.

Un bruit de pas interrompit ses dévotions.

« Rose, il fait une chaleur étouffante ici ! » Lady Kathryn ouvrit le volet, laissant pénétrer une coulée d'air froid. La flamme de la bougie vacilla. La couvrant d'une main, Rose empêcha la bougie de s'éteindre. « Et ce n'est pas sain de passer tant de temps à genoux. Colin n'aurait jamais dû vous donner cette statuette. Vous devenez une véritable bigote. »

Rose frissonna.

« Comme Colin, vous voulez dire ? Peut-être devrais-je aller vivre avec les sœurs maintenant que Colin est parti pour se faire moine », fit-elle remarquer afin de sonder Kathryn.

« C'est un rien trop tard pour devenir l'épouse du Christ, vous ne trouvez pas ? » Rose s'était levée pour aller s'asseoir sur le lit. L'air renfrogné, Kathryn lui tendit une tasse. « Tenez ! Si vous l'avalez d'un seul trait, ça n'aura pas si mauvais goût… »

Se serrant dans son châle et s'armant de courage, Rose répondit : « Je n'ai pas l'intention d'en boire une seule goutte.

— Comment ?

— Je n'en veux pas, c'est mauvais pour ma santé. » Elle prit une profonde inspiration. Où irait-elle si lady Kathryn la mettait à la porte ? « Je sais ce que vous essayez de faire. » Bien que sa voix fût posée elle tremblait intérieurement.

« Et qu'est-ce que j'essaie de faire ? » demanda la châtelaine. Le ton était bas et serein, le regard ferme et pénétrant.

« Vous tentez d'empoisonner mon bébé… Pour qu'il parte. Vous voulez me punir parce que j'ai dénoncé Alfred. » D'un ton moins agressif, plus suppliant, plaidant pour son fils, pour le fils de Colin, elle ajouta : « C'est la pure vérité, pourtant. »

Elle avala à moitié le dernier mot. Elle avait la gorge sèche, nouée, ses paupières la piquaient, mais elle était décidée à ne pas pleurer devant lady Kathryn.

« Vous me détestez parce que Colin s'est enfui. Si son bébé meurt en moi, vous pourrez me mettre à la porte. »

Voilà ! Elle avait exprimé à haute voix sa plus grande peur.

Kathryn se tenait près de l'autel de fortune, tendant la tasse comme un calice de poison, l'autre main posée sur la Vierge. Elle ne répondit pas tout de suite. Elle suivit du doigt la forme de l'Enfant Jésus, l'esprit ailleurs. Rose ne réussissait pas à déchiffrer l'expression de lady Kathryn qui lui semblait de plus en plus mince et de plus en plus frêle. Rose l'aurait plainte si elle ne s'était pas sentie si menacée par cette femme décharnée qui se dressait entre elle et la fenêtre, la privant de la lumière froide du jour qui filtrait à travers le voile gris d'un nuage, soulignant la pâleur de la châtelaine.

« De toute façon, je pourrais vous mettre à la porte, répliqua celle-ci calmement comme si elle se parlait à elle-même. Colin n'est pas au courant pour le bébé. On ne serait pas obligé de l'en informer. »

Rose crut qu'elle allait s'évanouir.

La flamme de la bougie dansait comme une folle. Le tonnerre grondait, annonçant une tempête inhabituelle pour la saison, sans doute née en pleine mer, à des milles de Blackingham. Lady Kathryn se dirigea vers la fenêtre. Accompagné d'une violente rafale de vent, il y eut un nouveau grondement de tonnerre, semblable au gargouillement d'un ventre creux. Elle s'arrêta un instant pour regarder le contenu de la tasse qu'elle tenait dans sa main, puis Rose comme si elle la voyait pour la première fois. La jeune fille se taisait. Qu'y avait-il à dire ? Aurait-elle dû supplier pour l'enfant ? Ses supplications toucheraient-elles cette femme qu'elle ne reconnaissait plus ?

Poussée par la brise glaciale, une mèche de cheveux balaya le visage de Kathryn. Elle l'écarta de sa main libre et, de ses doigts, peigna la crinière emmêlée. Quelque chose – un fragment de feuille morte – tomba sur sa cotte de laine. Elle l'enleva d'une chiquenaude, puis, l'air perplexe, gratta une tache sèche. Quand elle regarda à nouveau Rose, elle avait l'air de se réveiller d'un rêve inquiétant.

Elle lança le contenu de la tasse par la fenêtre d'un geste si brusque qu'il fit sursauter Rose, comme si elle avait reçu une gifle.

« Vous n'êtes pas obligée de continuer à le boire », dit Kathryn, avant d'ajouter avec un haussement d'épaules et un petit rire amer : « De toute façon, cela n'avait aucun effet. »

Rose resserra son châle autour de ses épaules sans parvenir à contenir ses frissons.

« Je veux seulement, madame… »

Lady Kathryn l'interrompit d'un geste.

« Personne n'a l'intention de vous mettre à la porte, Rose. Personne ne vous veut du mal. Personne ne fera de mal à votre enfant », ajouta-t-elle en jetant un coup d'œil à la tasse pendant au bout de ses doigts.

Ces mots résonnèrent aux oreilles de Rose comme une prophétie.

« Vous pouvez retourner à vos prières, si vous le voulez. » Lady Kathryn porta la main à sa bouche comme pour retenir un cri. Tournant le dos à Rose, elle referma la fenêtre et murmura : « Priez aussi pour moi, s'il vous plaît. »

Rose relâcha son souffle, qui était comme une plainte rauque et hachée.

« Merci, madame. Merci. Je prierai pour nous tous. »

Elle avait envie d'étreindre lady Kathryn, qui, les cheveux en bataille et les vêtements sales, n'était plus que l'ombre pitoyable de la fière châtelaine d'antan. Mais elle restait raide et distante. Trêve de récriminations et d'épanchements ! semblait-elle vouloir dire.

Tandis qu'elle s'apprêtait à sortir, lady Kathryn s'arrêta à la porte et lança par-dessus son épaule : « Je vais demander à Agnes de vous faire porter par Glynis quelque chose de nourrissant, une boisson à base de lait et d'œufs. » Puis, presque comme si la pensée venait de lui traverser l'esprit : « Quand elle viendra, dites-lui de m'apporter du linge propre et des crèmes. J'ai besoin de faire une bonne toilette. »

Julienne apprit la mauvaise nouvelle par Alice.

« Vous vous rappelez ce Gallois qui vous a apporté la petite fille qui est morte peu après ? Eh bien ! il est à la prison du château. » Elle le lui dit au moment où elle poussait le bol de potage fumant sur le rebord de la fenêtre intérieure.

Julienne laissa éclater sa stupéfaction.

« Pour quel motif ?

— Il est accusé de meurtre. De l'assassinat d'un prêtre ! » La servante se signa, comme si l'enlumineur risquait de surgir dans la pièce et de la saisir à la gorge. « Je vous avais bien dit qu'il avait un air sournois. Toute

cette colère galloise retenue derrière ces yeux glauques !
Il faut toujours se méfier des Gallois, m'est avis. »

De meurtre ! Alice devait se tromper… Des ragots
entendus au marché. Plusieurs questions tourbillonnaient dans l'esprit de Julienne, mais elle reprocha ses
préjugés à sa servante.

« Alice, tu devrais avoir honte de tirer des conclusions hâtives. Dieu a créé les Gallois avec le même
limon qu'Il a créé ta chair saxonne. »

Faisant fi de la réprimande, Alice rejeta la tête en
arrière et s'empressa de fournir des détails que Julienne
n'avait pas demandés.

« Pour sûr qu'il est coupable. Dès que je l'ai vu j'ai
su qu'il finirait mal. Malgré ses bonnes manières. Il est
coupable, ça fait pas un pli ! Il a fracassé le crâne de ce
pauvre prêtre, l'a écrasé comme un navet pourri. » Elle
frissonna et se signa à nouveau. « Des bribes de cervelle
et du sang avaient giclé partout. »

Julienne s'effraya de voir l'agréable visage rond de la
servante se muer en masque de laideur à l'évocation de
cette scène de violence. Alice aux manières si douces et
qui prenait si bien soin d'elle ! Qui savait quelles
horreurs étaient tapies au fond du cœur humain ? À quel
point tous avaient besoin de grâce…

« Ça suffit, Alice ! Calme-toi, tu vas devenir folle à
force de te faire peur ! On va prier pour maître Finn. Je
suis persuadée de son innocence. Il doit y avoir une
erreur. Une erreur sur la personne, peut-être. Ou un faux
témoignage. Tout ira bien. »

Julienne n'eut plus de conversations avec la servante
à propos de la culpabilité ou de l'innocence de Finn,
mais ça n'avait pas été du vain bavardage. La recluse se
renseigna auprès de Tom : les preuves semblaient accablantes, en tout cas celles dont il lui fit part… Finn aurait

été trouvé en possession de perles que la châtelaine de Blackingham avait données au prêtre avant qu'il soit tué. Cependant, rien ne pourrait altérer sa certitude : l'homme qui avait tenu l'enfant blessée aussi tendrement qu'une mère, celui qui, pour sauver Tom, avait endossé la responsabilité de la mort de la truie de l'évêque, cet homme-là était incapable de commettre un meurtre de sang-froid.

Ce soir-là, comme chaque soir, dans la lumière tremblotante, l'anachorète s'agenouilla devant l'autel et récita les prières des complies du livre d'Heures. Profitant de ce qu'elle disait les Heures de la Vierge, suivies des Heures de la Croix et des Heures du Saint-Esprit, ce soir-là, comme depuis une quinzaine de jours, elle récita une prière d'intercession pour Finn. Ses lèvres priaient en latin : « *Domine Ihesu Christe...* » Son cœur, lui, priait en anglais : « Seigneur Jésus-Christ, Fils du Dieu vivant, interpose Ta passion, Ta croix et Ta mort entre le jugement et moi. » Mais, au moment où sa bouche formait le pronom rituel, elle prononça mentalement le nom de Finn. Elle continua à prier jusqu'aux matines parmi les ombres de minuit. Son corps s'ankylosa et commença à lui faire mal : « *Deus in auditorium meum intende.* Que Dieu l'aide ! » substituant le pronom de la troisième personne à celui de la première.

Sur l'autel, le livre d'Heures était ouvert à la page où figurait l'image qui l'inspirait et la réconfortait. Elle la voyait, les yeux fermés, cette représentation de son Sauveur souffrant, le Christ ensanglanté. C'était d'abord la version plate de l'artiste qui se peignait derrière ses paupières, l'image de son Seigneur sur du vélin, le teint terreux, la peau finement zébrée de la peinture rouge des blessures. Le coin des yeux battus tombait, le corps s'affaissait, la tête pendait légèrement en avant. Mais, alors que l'anachorète se concentrait sur l'image mentale, le corps commençait à vibrer, faiblement au début, puis plus nettement, se transformant et se régénérant dans la lumière qu'il répandait, jusqu'au moment où il apparaissait en relief et prenait une taille humaine. La tête se redressait. Les minuscules perles de sang tombaient goutte à goutte du front, puis le sang coulait à flots sous la couronne d'épines, si réelle d'aspect que, si elle la touchait, elle lui piquerait les doigts.

Voilà son Christ. Le Christ de sa vision, la vision que son Dieu Mère lui avait accordée alors qu'elle gisait à moitié morte, un Christ dont le sang coulait abondamment des blessures de la Crucifixion et de celles dues aux coups de fouet, ainsi que du flanc transpercé et du front écorché, tel un torrent bouillonnant de vie et non de mort, pour nourrir toutes les âmes de l'humanité affamée qu'Il recueillerait contre Son Sein.

Elle récita les prières de mémoire, fascinée par la magnificence de son Seigneur, les yeux clos pour ne pas voir la flamme vacillante des bougies, l'esprit en extase, le corps oublié. Les bougies crachotèrent et le rossignol annonça laudes. C'était le moment le plus pur de la nuit, intense et profond comme le sang, comme l'amour de son Jésus. Elle et son Christ, son Ami, son Amant, son Dieu Mère. Seuls tous les deux, tandis que le reste du monde dormait. Douleur exquise, joie sublime. Son esprit était baigné de paix. De paix, de chaleur et de lumière, le corps dépassé jusqu'à ce que son âme soit libre de toucher la Sienne.

« Je ferai que tout aille bien. »
Elle savait que c'était vrai.

Peu de temps avant que les cloches sonnent prime, un bruit rompit l'extase de Julienne : la grande porte de chêne – celle qui scellait sa tombe – grinçait sur ses gonds. Elle reprit vite ses esprits, soudain extrêmement consciente des ténèbres qui l'entouraient, de la dureté du sol sous son corps, de la pellicule d'humidité sous ses paumes. Quelque hors-la-loi osait-il violer la sainteté de son ermitage ? Quelque ange envoyé par Dieu ? Ou quelque démon venu la tourmenter ? Elle se releva et se détourna de l'autel pour faire face à la porte qui s'ouvrit toute grande avec un raclement sonore.

Un faisceau de soleil matinal traversa l'ouverture, l'aveuglant presque. Elle ferma ses yeux blessés, puis les rouvrit en clignant des paupières. Il n'y avait plus eu autant de lumière dans sa cellule depuis le jour où on l'avait claustrée entre ces quatre murs.

Julienne devinait à peine la silhouette de l'évêque debout sur le seuil.

Elle était si épuisée par ses dévotions nocturnes que, lorsqu'elle s'inclina pour baiser l'anneau, la pièce se mit à tourbillonner autour d'elle. Elle se serait affalée contre lui s'il n'avait tendu le bras.

« Pardonnez mon manque d'équilibre, Votre Éminence, j'ai passé la nuit en prières et cela me rend parfois toute chancelante.

— Mais ferme dans votre foi, n'est-ce pas, ana-chorète ? »

Le ton accusateur, le comportement guindé et le regard sombre indiquaient son mécontentement, comme si, pour une raison ou une autre, elle l'avait offensé. Pourquoi avait-il brisé le sceau de son lieu de retraite ? Il venait la voir de temps en temps, mais alors il lui parlait par la fenêtre des visiteurs ou par celle d'Alice. Il ne s'agissait donc pas d'une visite de routine. D'ailleurs, il venait toujours bien plus tard, après s'être fait précéder d'un serviteur portant son fauteuil, un panier de gâteaux, ainsi qu'une soucoupe de lait pour Jézabel. Il lui apportait parfois des livres de la bibliothèque du prieuré de Carrow. Aujourd'hui, il était venu les mains vides. La rigidité de son allure, la façon dont il triturait inconsciemment la croix pendant sur sa poitrine tout en la regardant droit dans les yeux – elle était grande de taille –, les sourcils froncés, tout indiquait qu'il n'était pas venu pour discuter de théologie.

« Mon âme est toute revigorée, Votre Éminence. Mon corps seul est affaibli. » Le fixant sans ciller, elle réagit au défi qu'elle percevait dans ses paroles, dans son regard. « Mettriez-vous en doute la sincérité de mes dévotions ? »

Les doigts de l'évêque palpaient la lourde chaîne soutenant la croix.

« Pas la sincérité de vos dévotions, anachorète. Mais on a récemment porté à mon attention quelque chose qui me pousse à mettre en doute votre loyauté envers l'Église. »

Il se dirigea vers le pupitre et se percha sur le tabouret tandis qu'elle s'affalait avec soulagement sur le bord de son petit lit. La présence de l'évêque dans sa cellule était une violation de ses vœux. Si quelqu'un aurait dû le savoir c'était lui. Depuis sa réclusion, le seul être humain à s'être trouvé aussi près d'elle avait été l'enfant blessée.

Assis sur le haut tabouret, il la dominait et se trouvait si près d'elle que la frange d'hermine de sa robe épiscopale touchait l'ourlet de son vêtement de simple toile. Les doigts ornés de bijoux fouillaient parmi les pages jonchant son pupitre. Il semblait chercher quelque chose. Il repoussa les papiers, les lèvres toujours pincées.

Elle ne répondit pas à son accusation de déloyauté envers l'Église, ne sachant que dire. Protester de sa piété serait inutile à moins de pouvoir la prouver. Et comment prouver le contenu de son cœur ?

« Pourquoi n'écrivez-vous pas dans la langue de votre Église ? »

Était-ce là la cause de son déplaisir ? Le fait qu'elle n'écrivait pas ses « révélations divines » en latin mais en anglais ? Mais cela ne pouvait constituer une raison suffisante.

« La langue de Rome est-elle celle de Notre-Seigneur ? Latin, araméen, anglais... Quelle importance, du moment qu'il s'agit de la vérité ?

— Je pourrais comprendre que vous ayez choisi le français. Mais ce dialecte des Midlands, cet anglais, est le langage des manants.

— Les manants n'ont-ils pas besoin de connaître la vérité ?

— N'ont-ils pas des prêtres pour la leur enseigner ?

— Nombreux sont les membres des corporations qui savent lire. Leur foi ne serait-elle pas renforcée s'ils pouvaient connaître Son amour et même lire les Écritures par eux-mêmes ? »

L'évêque plissa les yeux.

« Je constate que l'influence du mal pénètre même à l'intérieur de l'ermitage. Le diable doit sûrement rire en voyant une sainte femme lui servir de porte-parole. »

Jusque-là, la colère était un sentiment qu'elle avait presque oublié.

« Enfin, vous ne pouvez quand même pas penser... »

Il leva la main pour interrompre ses protestations.

« Anachorète, sachez qu'une traduction aussi

vulgaire profane la Sainte Écriture. En outre, les laïcs ne possèdent ni l'intelligence ni la sagesse nécessaires à l'interprétation des textes sacrés. Ils ne les utiliseraient, au péril de leur âme, que pour contester les dires de ceux qui en savent plus qu'eux. »

Était-ce un affront, un avertissement lancé à son adresse, ou une simple constatation ? De toute façon, ce qu'il disait était faux : bien des clercs censés enseigner aux masses ne sont pas du tout savants. Ils savent à peine lire et écrire, à part quelques formules rituelles de la Vulgate. Mais elle préféra taire son opinion, se contentant de préciser : « L'anglais est très utilisé à Londres. Ce n'est pas seulement la langue de la plèbe, c'est aussi celle de la Cour.

— De la Cour, dites-vous ? Je connais un membre de la Cour, Jean de Gand, le régent du roi, qui serait d'accord avec vous. Mais il n'est pas l'ami de la Sainte Église. Il soutient John Wycliffe, qui envoie ses lollards, armés de leurs brochures en anglais, marmonner leurs prêches dans les campagnes et accuser ouvertement les évêques et les prêtres de corruption et d'apostasie. » Il ponctuait ses paroles de coups de poing sur le pupitre. « Ils agitent la populace en répandant une fausse doctrine, en inculquant de fausses idées d'égalité. » Son sourcil gauche était maintenant secoué d'un tic. « Il écrit en anglais, lui aussi. J'espère que vous n'êtes pas passée sous son influence hérétique. Il est hors de question de tolérer les hérétiques ! »

Finn avait parlé de Wycliffe. Était-ce pour cela qu'il était emprisonné sur un chef d'inculpation fallacieux ?

L'évêque glissa la main dans sa manche, en tira une liasse de feuillets et, se penchant en avant, les lui agita sous le nez.

« Reconnaissez-vous ceci ? »

Elle prit les feuillets, y jeta un bref coup d'œil.

« Ce sont mes écrits, mes "Révélations divines". Mais comment se fait-il qu'ils soient… ?

— Nous avons arrêté un homme soupçonné d'avoir assassiné un prêtre. Ces papiers, ainsi qu'un exemplaire profane des écrits de saint Jean l'évangéliste, la traduction anglaise de Wycliffe, ont été trouvés parmi ses effets. Et j'aimerais savoir, anachorète, comment vous expliquez que ces écrits portent votre nom.

— Ils sont de moi, répondit-elle simplement. Je les lui ai donnés.

— Vous reconnaissez, par conséquent, en être l'auteur. Vous avouez les lui avoir donnés.

— En effet, ils paraissaient l'intéresser. »

Elle ne précisa pas que c'était l'enlumineur qui lui avait en premier suggéré de publier ses écrits dans la langue où ils étaient écrits, justement parce que c'était la langue des masses.

« Il semble que ce Finn s'intéresse à beaucoup d'écrits séditieux. »

Avait-elle bien compris ?

« Votre Éminence, dites-vous que mes écrits sont séditieux ? »

Il lui arracha les papiers et les claqua brusquement sur le pupitre.

« Ils ne relèvent guère de la théologie orthodoxe. Ces propos sur un Dieu Mère. De quoi s'agit-il au juste, de quelque culte d'une déesse païenne ?

— Non, non, Votre Éminence. Vous m'avez mal comprise… Si vous lisiez la suite du texte.

— "Et la seconde personne de la Trinité est notre Mère personnelle… Car nous trouvons profit et croissance en notre Christ mère"… Jésus-Christ n'est pas une femme ! »

Il se leva soudain, renversant le tabouret dans son geste.

« Votre Éminence, fit-elle en baissant la voix pour tenter de dégonfler la rhétorique, si vous poursuivez la lecture, je dis "Il" : "Il est notre Mère de miséricorde." La maternité, la douce miséricorde, attentive, affectueuse, de la maternité s'apparente à l'amour de Jésus-Christ, Notre-Seigneur. C'est tout ce que je dis. Le caractère de l'amour, le caractère de l'infinie miséricorde du Christ ressemble beaucoup à l'amour que porte une mère à son enfant. Voilà ce que professent ces feuillets. »

Il donna un grand coup sur la table. L'encrier vacilla. De précieuses gouttes d'encre tombèrent sur du vélin vierge.

« C'est mal dit. Et c'est en anglais ! »

Julienne s'empressa de tamponner le vélin souillé.

« Je regrette que mon langage simple ne vous plaise pas. Mais je n'écris pas pour les prêtres et les évêques qui, je suppose, connaissent déjà la profondeur et la force de Son amour. J'essaie seulement d'expliquer l'amour de Dieu et Son infinie miséricorde comme ils m'ont été révélés, de manière que les incultes puissent comprendre. Quelle importance a la langue employée si je dis la vérité ?

— Cela met en doute votre loyauté. C'est une question d'alliance. D'alliance et d'apparences. »

Si ce sont les seules conclusions que vous en tirez, évêque, alors mon cœur craint pour votre âme. Elle serra les lèvres pour retenir ces paroles.

Pendant la discussion, il avait entortillé la liasse de feuillets comme un rouleau de parchemin. Il en tapota son genou durant un long moment, soupesant les remarques de Julienne. Il semblait enfin s'être calmé.

« Que savez-vous de Finn, l'enlumineur ?

— Je sais que c'est un homme de bien, répondit-elle, un peu déconcertée par le brusque changement de sujet.

— M'accusez-vous d'avoir fait emprisonner à tort un innocent ?

— Je ne vous accuse de rien, Votre Éminence. C'est vous qui le dites, pas moi. »

Il inspecta la pièce.

« Où est votre chat ?

— Mon chat ? » L'avait-elle convaincu ? Était-ce la raison pour laquelle il changeait de sujet ? Julienne essaya de lui sourire, cherchant à lui cacher à quel point elle ressentait comme une agression sa présence à l'intérieur de son ermitage. Mais il était son évêque. Peut-être en avait-il le droit. « Jézabel est partie depuis environ une semaine. Ce n'est pas la première fois, elle reviendra quand elle en aura envie.

— Sa présence sur vos genoux me manque. » L'ébauche d'un sourire. Peut-être la tempête était-elle passée. « Je vais envoyer un domestique vous apporter du lait caillé pour l'inciter à revenir. Et quelque chose pour vous également.

— Vous êtes bon, Votre Éminence. » Elle sourit de soulagement tandis qu'il reposait le rouleau de papier sur le pupitre, sa visite se terminait.

« Entre-temps, si vous souhaitez demeurer en bons termes avec l'Église, vous devez rédiger une explication de cet écart par rapport à l'orthodoxie. Donnez votre interprétation de la divinité et de la Sainte Trinité. Vous devez déclarer votre fidélité à la Sainte Église, et ce texte figurera en appendice à tout exemplaire publié de vos écrits en anglais. Puisque votre latin est insuffisant, vous pouvez rédiger cette explication en anglo-normand et me remettre ce texte pour mes archives. »

Vu la neutralité de son ton il aurait pu tout aussi bien lire une liste de fournitures. Comprenait-elle bien le sens de ses propos ? Son droit d'occuper l'ermitage était-il menacé ?

« Jusqu'à ce que j'aie reçu ce document, vous vous abstiendrez de fréquenter les sacrements. »

Il lui retirait même le droit de communier !

« Je vous demande de faire attention à vos relations et d'être prudente en ce qui concerne le langage que vous utilisez. Une accusation d'hérésie peut entraîner la damnation éternelle pour votre âme et la mort pour votre corps terrestre. »

L'évêque se dirigea vers la porte. Afin de ne pas rester assise en sa présence, Julienne s'était levée en même temps que lui, et la tête lui tournait. Elle voulut lui faire une révérence, mais, parce qu'elle ne tenait plus debout, elle tomba brusquement à genoux.

« J'enverrai chercher le document demain, et je vous ferai aussi porter des écrits sur la Sainte Trinité. Des écrits approuvés par l'Église que je vous recommande de lire pour l'instruction de votre âme. »

Il lui tendit son anneau à baiser. Elle le porta à ses lèvres en tremblant.

« Je ne reviendrai pas vous voir », déclara-t-il.

Elle demeura à genoux, davantage parce qu'elle n'avait pas la force de lui faire face que par respect. Elle entendit le raclement sonore de la porte et le bruit du verrou tiré aussi inexorablement que la première fois. À nouveau, elle se retrouva seule dans l'obscurité étouffante de sa cellule.

Le père Andrew se préparait à célébrer la Chandeleur en l'église Saint-Julien. C'était la fête de la Purification de la Vierge. Le chandelier avait apporté très tôt les chandelles à bénir et rouspété en remettant sa marchandise. Il faisait si froid dans le vestibule que son haleine était visible.

« Si tous mes clients étaient si pingres, mon père, mes enfants mourraient de faim. »

Il avait raison, bien sûr. Ce n'était pas le chandelier qui fixait les prix mais l'Église, et le père Andrew savait que cela suffisait à peine à payer le coût de la cire d'abeille.

« Les chandelles sont utilisées pour le service de la Sainte Vierge. Votre sacrifice sera reconnu et votre âme en recevra le bénéfice. »

Le père Andrew savait pertinemment que sa réponse n'avait pas grand sens pour le marchand qui voulait qu'une marchandise de bonne qualité lui soit achetée à un bon prix. Des temps où il était jeune prêtre, il avait essayé de communiquer l'honneur qu'il ressentait à servir Dieu dans l'espoir d'inspirer d'autres êtres. Cela n'était jamais arrivé. Désormais, pour remercier des services rendus il donnait simplement les réponses officielles de l'Église, sans jamais réfléchir aux mots employés. Il célébrait la messe de la même manière.

Le chandelier marmonna que l'Église était assez riche pour payer la marchandise à son juste prix. Le père Andrew se contenta de sourire et de hocher la tête en refermant le lourd portail à la fois sur l'air glacial et sur les plaintes du marchand. Personne ne semblait comprendre en ce moment à quel point il était important de prendre soin de la maison du Seigneur. Que la peste vienne rendre visite au maître chandelier et il supplierait qu'on le laisse offrir gratis ses chandelles à la Sainte Vierge, songea le curé en remisant les chandelles dans l'armoire située derrière l'autel.

Il ouvrit le battant gauche de la double porte et rangea les chandelles à l'intérieur, soigneusement, l'une après l'autre, plaçant à l'écart les cinq ou six qui restaient de l'année dernière de manière à les utiliser en premier. (Elles avaient déjà été bénites.) Puisqu'il était là, il allait en profiter et prendre une étole pour la messe. Il ouvrit le côté droit. Le battant pendait sur ses gonds. Le verrou d'acier était branlant. Il lui faudrait maintenant trouver un menuisier, ce qui ne serait pas facile, la plupart travaillant à la reconstruction de la flèche de la cathédrale et les autres étant incompétents. Même ceux-ci trouvaient des excuses pour repousser ses demandes car ils cherchaient des travaux mieux rémunérés. L'appât du lucre, souillure de l'âme.

En outre, les enfants de chœur étaient négligents. Là où auraient dû se trouver, bien pliés, les vêtements sacerdotaux récemment ravaudés, il découvrit une pile de linge chiffonné. Prenant la nappe d'autel pour la plier, il s'aperçut qu'elle était tachée. Sans doute étaient-ce des moisissures, problème constant dans l'atmosphère humide de la chapelle. Or, même dans la pénombre hivernale, il pouvait voir qu'il ne s'agissait pas de moisissure. C'était plus sombre. On aurait presque dit du sang. Son pouls s'accéléra. Une tache de sang ? Il déplia la nappe, l'approcha de la fenêtre et plissa les yeux. Les marques se présentaient sous la forme d'une série de points et de taches irrégulières mais il n'y avait aucun doute : l'ensemble constituait bien une croix. *Domine Ihesu Christe.* La Sainte Croix ! C'était le sang du Sauveur. Un miracle. Un miracle, ici même, en l'église Saint-Julien. Pendant qu'il en était le desservant. L'église Saint-Julien avait une recluse et maintenant elle était le siège d'un miracle. Dieu souriait à son église. Dieu lui souriait.

Il regarda le grand crucifix accroché au-dessus de lui, s'attendant vaguement que le sang coule le long des jambes d'ivoire, mais il n'y avait aucun signe de vie, aucune larme ruisselant des yeux peints, aucune goutte de sang. Peu importait. Le Sauveur leur avait accordé un miracle. C'était bien le sang du Christ sur la nappe d'autel. Lui, le père Andrew, l'apporterait à l'évêque, qui certifierait son authenticité et commanderait un reliquaire en or. Au cours d'une grande cérémonie – où il se voyait déjà jouer un rôle important –, il placerait la sainte relique sur l'autel. Pour la voir, des pèlerins arriveraient d'aussi loin que Thetford et Cantorbéry, peut-être même de Londres. Saint-Julien deviendrait célèbre pour ses miracles.

Le cœur du père Andrew battait si vite qu'il pouvait presque l'entendre. Non, ce n'était pas son cœur, à moins qu'au lieu de battre, son cœur ait gratté contre sa poitrine. Le bruit venait du fond du placard. Les rats causaient parfois des ennuis, mais ce n'était pas arrivé depuis quelque temps. C'est pourquoi il tolérait que la recluse ait un chat. Il replia soigneusement la nappe tachée, la pressa contre ses lèvres, puis la replaça délicatement sur l'autel. Ensuite, il replongea la main dans l'armoire pour récupérer les autres vêtements sacerdotaux et s'assurer qu'ils n'avaient pas été salis par des crottes de souris. Sa main rencontra quelque chose de doux et de frétillant. Une langue râpeuse comme de la pierre ponce lui lécha les doigts. Le prêtre retira brusquement sa main et saisit sa crosse. Il passa le crochet le long du fond du placard et tira vers lui.

Pelotonnés et miaulant, les yeux à peine ouverts, deux chatons apparurent dans la courbe de la crosse.

La déception a un goût de bile. Celle-ci remonta dans sa gorge, aussi amère que la quinine. Le voilà donc son miracle ! La coupable était la protégée de l'anachorète. L'acolyte du démon avait profané son autel et osé lâcher sa diabolique progéniture sous l'image du Sauveur.

Ayant désormais découvert leur nouvel environnement, les chatons commençaient à l'explorer, butant, sur leurs pattes chancelantes, contre la crosse du berger. Laquelle devrait être reconsacrée et tout l'autel purifié. Cette fois-ci, il y en avait en fait trois, et la prochaine portée serait plus nombreuse. Jézabel… La bien nommée… La prostituée de Babylone… En ce moment, abandonnant ses bébés, elle était sans doute en chasse pour satisfaire ses vils instincts.

Dans un accès de détermination, le père Andrew gagna la sacristie et fouilla dans un cagibi. Marmonnant des imprécations indignes d'un homme d'Église, il revint peu après, chargé d'une corde, d'un sac à grains et d'une grosse pierre. En deux temps trois mouvements, il ramassa les chatons et les jeta avec la pierre dans le sac dont il attacha le cordon. Le sac frétilla désespérément, se creusant et s'enflant tour à tour. Elles en poussaient des cris et des miaulements ces bestioles ! L'espace d'un instant, il éprouva un bref pincement au cœur, avant de contempler son faux miracle, le drap d'autel souillé.

Le sac passé sur l'épaule, il se dirigea vers la porte quand il entendit un sifflement derrière lui. Il se retourna à temps pour voir la mère chatte se jeter sur lui, les griffes sorties, tendues vers son visage. Il l'attrapa par le cou, mais pas avant qu'elle ne lui ait ensanglanté la joue – il garderait les cicatrices jusqu'à la fin de sa vie. Il lui tordit le cou comme si c'était un poulet, puis ouvrit le sac et y jeta la mère morte avec ses petits.

Il lança le tout dans la Wensum depuis le Bishop's Bridge [1].

« Père Andrew, avez-vous vu mon chat ? demanda l'anachorète, une fois sa confession terminée. Voilà presque trois semaines que Jézabel a disparu. Elle n'est jamais restée absente aussi longtemps. »

Julienne le regarda palper le pansement sur sa joue.

« Pas depuis bien des jours. »

Lorsqu'il s'adressait à elle, son ton était brusque, presque exaspéré, et son regard lointain. Et cela depuis la visite de l'évêque. L'évêque lui avait-il parlé d'elle ? Lui avait-il interdit de lui donner la communion ? Elle s'était posé la question chaque fois que le prêtre lui avait offert le Corps et le Sang du même air absent. Peut-être son imagination lui jouait-elle des tours… L'évêque avait dû s'amadouer, à moins qu'il ait simplement oublié d'indiquer au prêtre qu'on devait lui refuser le sacrement. Chaque fois qu'elle recevait l'hostie sur la langue, Julienne ressentait un grand soulagement.

« Mon père, si vous venez jusqu'à la fenêtre d'Alice, je m'occuperai des plaies. Voilà trois jours que nous n'avons pas changé le pansement. »

Il traversa la chambre d'Alice et s'installa en face de Julienne, de l'autre côté de la fenêtre. Les épaules affaissées, il ne semblait pas vouloir la regarder en face. En quoi le sol était-il si intéressant ? Avait-il du mal à la regarder dans les yeux parce qu'il savait qu'elle allait être accusée d'hérésie ou chassée de son ermitage ? Elle prit ses ciseaux de couture pour couper et enlever le pansement.

1. Le pont de l'Évêque. *(N.d.T.)*

« Les plaies ont bien cicatrisé, dit-elle en se penchant à travers la fenêtre. Un pansement n'est plus nécessaire.

— C'est toujours douloureux.

— La semaine dernière, l'évêque m'a envoyé quelques livres de la bibliothèque du prieuré de Carrow. » Elle s'efforçait de parler d'un ton uni tout en étalant du bout du doigt un onguent le long de la cicatrice. « Vous en a-t-il envoyé aussi ? demanda-t-elle bien qu'à sa connaissance le père Andrew ne s'intéressât guère à la théologie. Ils n'avaient jamais discuté de questions spirituelles. De rien, en fait. Il était son confesseur, un point c'est tout. Il apparaissait chaque jour à la fenêtre de la chapelle pour célébrer la messe, ce rituel étant le pivot de leurs rapports.

« L'évêque ne recherche pas souvent ma compagnie, dit-il.

— Il est venu me voir, la semaine dernière, mardi. J'ai pensé que vous l'aviez peut-être rencontré à cette occasion.

— Ce jour-là, on m'avait appelé à la prison du château pour réciter l'office des morts pour un pendu. »

Sa main se figea sur la cicatrice. Julienne oserait-elle demander le nom du condamné ?

« Les derniers sacrements pour un condamné à mort ? Est-ce habituel ?

— Quand il demande à se confesser, l'Église essaie de le satisfaire.

— Cet homme... Était-ce... ? Quel crime avait-il commis ?

— Il avait chassé le cerf sur les terres du roi. »

Il ne s'agissait pas de Finn mais de quelque malheureux paysan. Un père de famille, un mari, ou un fils était mort parce qu'il avait osé aller chercher de la viande pour mettre sur sa table. La main de la recluse reprit les soins.

« Je prierai pour l'âme du pauvre homme, dit-elle en replaçant le bouchon sur le pot d'onguent. Prenez ceci. Enduisez-en chaque jour les plaies. Je crains que vous ne gardiez de fines cicatrices pour vous rappeler de faire davantage attention quand vous taillez des buissons épineux.

— Des buissons épineux ? Ah oui ! Je ferai attention, dorénavant. »

Et puis, comme si la pensée venait de lui traverser l'esprit il ajouta : « J'ai une nappe d'autel qui a besoin d'être reprisée. Les fils de la broderie ont été tirés par des enfants de chœur négligents. Je vais la laisser sur le rebord de la fenêtre de la chapelle pour que vous la ravaudiez. Une fois que vous aurez terminé la lecture des livres envoyés par l'évêque, naturellement.

— Je vais m'en occuper tout de suite. »

Il se leva comme pour partir, puis hésita. Allait-il dire quelque chose à propos de l'évêque ? Était-il en train de réfléchir à la meilleure manière de lui parler d'orthodoxie ?

« Anachorète…

— Oui…

— À propos de votre chat.

— Ah ! mon chat… Jézabel ? Oui ?

— Après tout ce temps, il est peu probable qu'elle revienne. » Il se tut, semblant regarder derrière elle la chapelle sombre à travers la fenêtre de la communion. « Je vais vous procurer un autre chat. »

Le lendemain, un vieux matou apparut sur la fenêtre du jardin. Il était gros, lent et paresseux, un chasseur de souris à la retraite, venu en droite ligne des cuisines du prieuré de Carrow. Il passait le plus clair de son temps sur le rebord de la fenêtre, insoucieux des souris qui couraient dans la chapelle.

DIX-NEUF

Onze saints hommes ont converti à la
[vraie religion le monde entier.
Tous les genres d'hommes devraient
donc, me semble-t-il, se convertir
[d'autant plus aisément
Que nous avons tous ces maîtres,
[prêtres et prédicants,
Et un pape par-dessus le marché.

William LANGLAND,
Pierre le laboureur (XIVᵉ siècle)

Durant les deux dernières semaines, Mi-Tom avait
par deux fois tenté de parvenir jusqu'à Finn. Le jeudi, il
avait effectué le difficile voyage jusqu'au marché.
Certes, il avait peu à vendre – les acheteurs comme les
vendeurs étaient rares en hiver –, mais il espérait
toujours voir son ami. Chaque jeudi, il avait été
repoussé, une fois par le revêche gardien qui l'avait

malmené au Beggar's Daughter (le jour où Finn s'était porté à son secours), et la fois suivante par un sergent impatient qui avait affirmé ne rien savoir du prisonnier. Ni l'un ni l'autre n'avaient de temps à perdre avec un nain des marais.

Cette fois-ci il était décidé et il avait un plan. Le mercredi, il avait accompli le long trajet jusqu'à Blackingham, et pas seulement pour déguster le potage de la vieille cuisinière qui, depuis peu, l'avait pris en grippe ou pour apercevoir la jolie fille de cuisine qui l'avait tant effrayé par ses chansons dans l'arbre à abeilles. S'il ne pouvait pas grandir, il pouvait monter en grade en portant la livrée d'une maison noble. Une maison ducale aurait fait de lui un géant. Hélas, ne connaissant pas de duc, il devrait se contenter de celle d'un chevalier.

« Un très petit laquais », avait-il précisé à Magda pendant qu'ils préparaient ensemble le vol d'une livrée dans la buanderie de Blackingham.

Ils se trouvaient seuls dans l'immense cuisine après qu'elle eut rapporté son butin, jouissant du grand feu et de l'odeur de ragoût mijotant dans l'âtre. Elle se moqua de lui quand elle le vit nager dans la tunique bleu et argent. Mais son rire ne le gênait pas. Pour la faire rire encore plus, il remuait les bras. Le rire de Magda était pour lui aussi enivrant que l'hydromel et tout aussi rare, car elle en était avare.

« On ne te respectera pas si tu as l'air d'un épouvantail ! s'écria-t-elle, riant aux larmes. Tu risques d'être jeté au cachot avec maître Finn. »

Jamais il ne l'avait entendue prononcer des phrases aussi longues. Il sauta sur un pied, trébuchant à cause des guêtres trop grandes, espérant l'amuser encore plus. Les lèvres plissées par la concentration, elle s'empara d'un couteau de cuisine et lui ordonna de grimper sur un tabouret.

Elle tailla hardiment l'excès de tissu. D'abord les manches, puis les jambes.

« Ne bouge pas ! Il ne faut pas que tu fasses des taches de sang sur la livrée de lady Kathryn. »

Aussi immobile que s'il observait des cerfs en train de se nourrir dans la forêt, il osait à peine respirer de peur de l'effrayer et de briser le charme de leur intimité. Il aurait voulu tendre la main, lui toucher les cheveux, mais n'en avait pas le courage. Il venait d'entendre la lourde porte de chêne grincer sur ses gonds, ce qui signalait le retour d'Agnes. Le moindre geste d'affection de la part d'un demi-homme envers la petite qu'elle traitait comme sa fille déplairait à la cuisinière.

« À quelles idioties jouez-vous, tous les deux ? » demanda Agnes en posant sur la table un panier de navets.

Magda s'arrêta de déchirer et de cisailler.

« Il fait froid. Vous auriez dû m'envoyer à la cave les chercher.

— Pourquoi est-ce qu'il est déguisé ? Noël est passé depuis longtemps. La saison des farces aussi. » Elle ramassa par terre les lambeaux de tissu et les regarda de plus près. « Seigneur Dieu ! Tu es en train de déchirer une livrée de Blackingham, ma fille ! À quoi penses-tu ? Ce beau tissu bleu et argent coûte cher. Lady Kathryn aura notre peau, même si j'en connais au moins une qui ne vaut pas grand-chose. » Elle jeta un regard noir à Tom.

Le nain lui fit alors part de leur projet.

Les mains sur les hanches, le front plissé, elle réfléchit un long moment. Mi-Tom lui faisait un large sourire. Malgré son côté bourru, il était sûr qu'elle avait bon cœur. Qui d'ailleurs pouvait lui reprocher de vouloir protéger son trésor ?

« C'est la seule façon, expliqua-t-il.

— Je vais aller chercher mon aiguille pour faire les ourlets, répondit la cuisinière. Garde les morceaux, Magda. Le tissu est trop beau pour être jeté. »

Le lendemain, Mi-Tom se présenta devant le constable au donjon du château.

« J'ai un message pour le prisonnier Finn, de la part de la dame de Blackingham. »

Sans quitter son siège, l'officier le toisa des pieds à la tête. Mi-Tom lui agita un rouleau de parchemin sous le nez. Ce n'était pas une lettre mais une vieille liste de denrées pour la cuisine de Blackingham. Magda l'avait aidé à chauffer le cachet pour qu'il n'ait pas l'air d'avoir déjà été brisé. Le gardien tendit la main, mais Mi-Tom le plaça derrière son dos.

« Lady Kathryn exige que le cachet soit brisé seulement par Finn. Il s'agit d'affaires privées entre un homme et sa fille. Lady Kathryn demande également qu'on me permette de rendre visite au prisonnier pour que sa fille sache qu'il n'est pas maltraité. »

Le constable sembla réfléchir mais resta impassible.

« Lady Kathryn est une amie de sir Guy de Fontaigne, reprit Mi-Tom.

— Le shérif a donné son approbation ?

— Si elle doit la lui demander, elle devra expliquer que vous avez refusé sa requête, n'est-ce pas ? Et ça pourrait irriter le shérif », ajouta-t-il en poussant un énorme soupir.

Le constable lui fit un sourire bienveillant.

« Bon, suis-moi », dit-il en se levant.

Mi-Tom lui emboîta le pas dans l'escalier tournant jusqu'au deuxième palier. Ordonnant à Mi-Tom d'attendre dans le couloir, le constable ouvrit alors une grille avec les grosses clefs qui pendaient à sa ceinture.

« C'est le grand protégé de l'évêque. S'ils sont en train de jouer aux échecs, Son Éminence ne voudra pas qu'on les dérange.

— De l'évêque ?

— Oui. Il vient le voir au moins une fois par semaine. Ils ont des discussions théologiques animées. »

Mi-Tom ignorait le sens du mot « théologique ». Pourquoi un évêque rendrait-il visite à un prisonnier, si ce n'est pour lui faire subir un interrogatoire ? Une chape de terreur tomba sur les épaules du nain tel un capuce de moine. Il avait entendu des récits – d'horribles récits – concernant chevalets de torture, poulies, cages à pointes et marquage au fer rouge. Il fallait qu'il soit devenu fou pour se mêler de ce genre d'affaire. Mais il avait une dette envers cet homme. En tout cas, à en juger par le nombre de marches qu'ils avaient gravies, le cachot de l'enlumineur se trouvait en surface, très au-dessus du sol.

Le constable revint bientôt, invitant Mi-Tom d'un signe de tête à entrer dans la pièce située au bout du couloir. Il n'y avait là aucun portail métallique et la porte de bois était ouverte.

« Cogne contre la grille quand tu voudras sortir pour prévenir le gardien, au bas de l'escalier. »

Jetant un timide coup d'œil à l'intérieur, Mi-Tom faillit pousser un cri de soulagement. La pièce était propre, lumineuse, bien chauffée, meublée d'un lit et d'une table de travail. Par la haute fenêtre, une lumière d'après-midi se déversait à flots sur la table. Il reconnut immédiatement Finn, plus maigre et plus voûté que dans son souvenir. Mais c'était bien lui, courbé sur son ouvrage, pinceau en main, comme s'il n'était pas en prison.

Mi-Tom se racla la gorge. L'enlumineur leva les yeux et lui adressa un grand sourire.

« Mi-Tom ! Mon vieil ami ! Entre donc ! » Il se leva avec difficulté. « Quel régal pour mes vieux yeux fatigués de te voir ! As-tu des nouvelles de Blackingham ? Entre donc ! Tiens, prends mon siège. Je resterai debout. » Il tira la chaise pour l'approcher du petit feu de charbon, faisant une grimace de douleur. « Tu viens de la part de lady Kathryn. Je le vois d'après la livrée. »

Mi-Tom se dandina un peu, puis éclata d'un rire gêné.

« La livrée, c'est juste une ruse. J'avais déjà essayé de vous voir, mais sans succès. Alors j'ai emprunté la tenue d'un valet. Avec un peu d'aide.

— Oh ! J'avais cru… »

Finn eut un regard désemparé. La déception se lisait sur son visage hagard.

« Mais je retourne à Blackingham, se hâta d'ajouter Tom. On m'a demandé un compte rendu. »

L'enlumineur eut un faible sourire : il savait que Mi-Tom voulait être gentil.

« Ma fille ? Elle va bien ?

— Autant que je sache. Mais je suis sûr que son père lui manque. » Il s'assit par terre, en prenant soin de sa nouvelle livrée. « Gardez la chaise. Où s'assied l'évêque quand il vient vous voir ?

— Il apporte son fauteuil.

— Avez-vous mal, maître Finn ? Vous vous tenez le côté. » Il revoyait les instruments de torture qu'il avait imaginés un peu plus tôt.

« Un petit cadeau de départ de la part de Sykes. Tu te rappelles, le sale type du Beggar's Daughter.

— Je vous dois beaucoup.

— Seulement ce qu'un ami doit à un autre. En revanche, j'ai un projet pour lequel tu peux m'aider.

— Un projet d'évasion ? Comptez sur moi !

— Non, mon vieil ami, il ne s'agit pas de ça. Ce serait impossible. Bon, d'abord laisse-moi t'offrir une collation. Mon petit serviteur m'a apporté assez de nourriture pour deux... Voyons un peu ce qu'il y a là-dedans. » Il souleva le torchon couvrant le panier posé sur la cheminée. Aussitôt, une délicieuse odeur de bouillon de bœuf et de légumes emplit la pièce.

« Vous avez un serviteur ? »

Le petit rire de Finn était empreint d'amertume.

« Ma condition s'est beaucoup améliorée. Apparemment, je suis un esclave apprécié. »

Mi-Tom regarda la table de travail couverte de pots de peinture et de pinceaux, le haut panneau de bois appuyé dans un coin et sur lequel un fond azur avait déjà été appliqué.

« Vous peignez pour l'évêque ?

— Henry le Despenser veut un retable de cinq panneaux pour la cathédrale. C'est le fil auquel tient ma vie. J'ai l'intention de le travailler jusqu'à ce qu'il soit aussi beau que le fil d'or d'une résille de dame. »

Mi-Tom secoua la tête, refusant le plat de nourriture que l'enlumineur lui tendait, craignant que ce ne fût le seul repas chaud que Finn aurait dans la semaine.

« Vas-y ! Mange ! Je peux demander tout ce que je veux. L'évêque nourrit bien ses protégés.

— Vous êtes sûr ?

— Tout à fait. Je lance souvent les reliefs des repas par la fenêtre aux poissons du fleuve. Je crois que ces restes les déçoivent : ils espèrent toujours quelque chose de vivant.

— Le fleuve est suffisamment profond à cet endroit. On pourrait survivre si on sautait de cette fenêtre. À condition de savoir nager…

— Je dois penser à ma fille et ne lui faire courir aucun risque. C'est là que tu peux intervenir.

— Tout ce que vous voudrez.

— Si tu pouvais jouer les messagers entre elle et moi, lui assurer que son père est toujours vivant. Je vais te charger d'une lettre pour elle. » Un voile parut se poser sur le visage de l'enlumineur. « Et d'une pour lady Kathryn. Elles sont déjà écrites. J'attendais de pouvoir les confier à quelqu'un digne de confiance. »

Il fouilla dans le coffre qui contenait des pots de pigments et des pinceaux et en sortit deux rouleaux serrés. Mi-Tom les prit et, comme il les plaçait à l'intérieur de son élégante tunique à ceinture, eut le plaisir de découvrir une petite fente dans la doublure précisément faite à cette intention.

« Je les remettrai dès aujourd'hui à leurs destinataires. »

Finn ferma les yeux un bref instant. Les muscles de son visage se détendirent.

« Il y a autre chose.

— Je suis à vos ordres.

— Les papiers de Wycliffe. Je suis convaincu de l'importance d'une traduction en anglais. Dieu n'est pas une chose que l'évêque et sa clique ont le droit de garder pour leur usage personnel. Vois si tu peux m'obtenir une copie de l'Évangile selon saint Jean de Wycliffe et apporte-la-moi… »

Mi-Tom fit un large sourire, plongea la main dans sa

tunique bleue et tendit à Finn un paquet portant le sceau d'Oxford.

« Messire Wycliffe me l'a donné quand je lui ai remis votre dernier envoi.

— Bien, fort bien. Je vais pouvoir passer mes journées à quelque chose de plus intéressant que les marottes de l'évêque. Ma cellule peut être fouillée à tout moment : je ne puis courir le risque qu'on découvre les traductions. Alors, si sous couvert de porter des messages entre ici et Blackingham tu pouvais prendre le texte enluminé, cela me rendrait un fier service. Je ferais des copies ordinaires que tu pourrais donner à n'importe quel prêtre lollard pour qu'il les dissémine.

— "Diss…"

— Distribue. Les prêtres les distribueraient pour que les gens puissent lire les Écritures par eux-mêmes.

— Et si l'évêque venait à l'improviste et découvrait le pot aux roses ? » Mi-Tom eut une nouvelle vision de chevalet de torture et de poulies.

« Ses serviteurs le précèdent toujours. Mais je dois te prévenir, mon ami : ce travail mettrait en péril tous ceux qui y seraient impliqués. L'évêque cherche à faire condamner Wycliffe et ses disciples pour hérésie. Wycliffe jouit de la protection du duc. Pas toi.

— Oh, je suis assez malin pour ne pas tomber entre les mains de l'évêque.

— Je te crois sans peine. Après tout, tu es ici, pas vrai ?

— Oui. Et je reviendrai, promis. » Il sauta sur ses pieds et tapota sa tunique pour vérifier la présence des lettres dans la doublure.

Finn se leva aussi et lui tendit la main.

« Je t'attendrai, mon vieil ami. »

Un merle se posa sur le rebord de la fenêtre, picota

une miette avant de s'envoler. Mi-Tom vit Finn regarder l'oiseau et ressentit le besoin de liberté de son ami comme s'il était lui-même prisonnier.

Le chariot des saltimbanques était déjà loin de Norwich et en route pour Castle Acre quand Colin aperçut le contorsionniste qui courait derrière eux. « Ralentis, cocher ! » hurla l'un d'eux. L'hercule tendit un bras et aida son partenaire à sauter dans le chariot. Tout en s'installant sur une pile de couvertures, le contorsionniste donna une claque sur le genou de Colin et l'informa qu'il avait livré son message.

Voilà un mois que Colin essayait de faire parvenir des nouvelles à sa mère. Mais, ayant trouvé un endroit à leur goût et leur calendrier étant on ne peut plus souple, les comédiens s'y étaient attardés.

« Belle demeure, mon garçon. Généreuse, de plus. Même si le lieu était quelque peu désert. J'ai dû aller aux cuisines pour dénicher quelqu'un et voici ce que m'a donné la vieille cuisinière. »

Il déplia une toile cirée. Colin reconnut l'odeur familière du pain au levain d'Agnes. La nostalgie lui noua la gorge. Il aurait dû aller porter le message lui-même ou, mieux encore, il aurait dû rentrer à la maison pour annoncer à sa mère qu'il avait changé d'avis. Mais le fantôme de John lui tapota l'épaule. Il ferma les yeux pour ne pas voir les orbites vides du berger, vision qui ne l'avait plus assailli depuis qu'il s'était enrôlé dans la troupe.

« Y avait-il quelqu'un d'autre dans la cuisine ?

— Rien qu'un nain qui en sortait et une jolie petite servante blonde qui y entrait. Très accorte d'ailleurs. »

Glynis. Dans l'obscurité du chariot bâché, Colin

sentit le rouge lui monter aux joues. Il de   .
signifiait « accorte » au ton égrillard don^{re} que
prononcé. Il se pinça fortement pour chasser^{t fut}
du diable, les habituels émois non désirés. *ion*

« Tu as remis ma lettre ? »

Le chariot bringuebalait sur la route défonce
de lui, quelqu'un renversa sa bière et hurla en
cocher de faire attention.

« Oui, petit, j'ai donné ta lettre. Ta pauvre ma
sans doute en train de se lamenter sur le sort de so
bébé qui s'est enfui avec une troupe de saltimbanqu
Mais ne t'en fais pas, on va prendre bien soin de toi, et a
printemps on va te remettre aux moines en bonne santé
et en pleine forme.

— Et plein d'usage et raison », ajouta quelqu'un de
la troupe.

Grâce au broc de bière qu'ils se passaient, ses compagnons ne paraissaient pas souffrir du froid. Colin n'avait
jamais bu de bière, seulement du vin coupé d'eau et de
la cervoise. Pas étonnant qu'Alfred en ait tant raffolé :
ç'avait un goût amer, mais ça réchauffait le ventre et
rendait joyeux ses compagnons. Au fond du chariot, l'un
d'eux se mit à souffler dans un flageolet. Attrapant les
hautes notes exquises, un autre commença à chanter.
Colin aimait la musique, car, comme la bière, elle adoucissait l'âpreté de sa nostalgie.

Kathryn était seule dans la cuisine, où elle était venue
demander un remède à Agnes pour les chevilles enflées
de Rose. La cuisinière et l'aide de cuisine étant absentes,
elle le préparait elle-même quand elle entendit la porte
s'ouvrir dans son dos. Elle pivota sur ses talons pensant
que c'était Agnes. Un nain, vêtu de la resplendissante

un peu lâche – livrée de Blackingham, lui fit
_ nd salut.

.i une missive pour madame. » Plongeant la main
_a tunique, il en sortit un feuillet de parchemin
.lé.

.athryn l'avait déjà vu, une ou deux fois au moins,
.orter des messages à Finn. Elle n'était pas vraiment
.rprise de le voir vêtu de la livrée de Blackingham,
.gnes lui ayant expliqué ce qui était advenu de
l'uniforme manquant. Elle n'avait pas officiellement
approuvé, bien qu'elle ait été plutôt contente
d'apprendre leur initiative. Lorsqu'elle s'était discrètement renseignée auprès du shérif, celui-ci l'avait sèche-
ment informée que le prisonnier était toujours enfermé
dans la prison du château en attendant d'être jugé. Mais
il y avait deux semaines de cela, c'est-à-dire une
éternité.

Le nain toussota, comme pour lui rappeler sa
présence. Elle prit le document mais ne l'ouvrit pas. Il
ne portait aucun sceau officiel. Un faire-part d'exécution serait sans nul doute cacheté. Elle tremblait de tous
ses membres. Pour garder l'équilibre, elle appuya ses
hanches contre la table derrière elle. Le petit homme
s'agitait devant le feu, flamme bleue bondissant au
milieu des jaunes. Pourquoi ne pouvait-il rester tranquille ? Les doigts de Kathryn agrippaient fortement le
feuillet. Quoi de plus facile que de le dérouler et de le
lire. Mais elle n'en avait pas le courage.

« C'est… c'est pour moi ? »

Pour qui d'autre ? À moins que ce ne soit pour Rose.

« Oui, madame. Et il y a aussi une missive pour la
demoiselle Rose. » Mi-Tom plongea sa main dans sa
poche et en retira un autre rouleau.

Elle était arrivée… La nouvelle qu'elle avait espérée, la nouvelle qu'elle avait redoutée.

« Cela vient de la prison du château ? » Les mots s'étranglaient dans sa gorge.

« Oui, dame. De la part de maître Finn lui-même.

— Vous l'avez vu ?

— Oui-da. De mes yeux vu.

— Va-t-il… ? Va-t-il bien ?

— Il a beaucoup souffert ces dernières semaines, mais il est vivant, et dorénavant mieux traité qu'un prisonnier ordinaire. »

Kathryn s'aperçut qu'elle avait retenu son souffle. Elle expira bruyamment, avant de demander : « Quelle mine a-t-il ? »

Le nain cessa de se dandiner et cligna ses yeux tout ronds.

« Il a la mine d'un homme qui a beaucoup souffert.

— A-t-il des… marques sur le corps ?

— Des marques ?

— Oui, des cicatrices, des brûlures ? chuchota-t-elle d'une voix rauque.

— Non, dame. Il a mal aux côtes et fait la grimace quand il marche, mais les côtes vont guérir. Pourtant je dois dire qu'il est très maigre.

— Est-cc qu'il s'est enquis de… de sa fille ?

— Oui, dame. Il se fait bien du souci pour elle. Il voudrait que… »

La porte s'ouvrit, poussée par une rafale d'air glacial. Agnes entra vivement, portant deux pigeons sans tête dans la main droite. Le sang dégouttait de leurs cous arrachés. La petite Magda referma la porte derrière elle et sourit en apercevant le nain devant l'âtre. Ils échangèrent un regard. Kathryn se rappela le rôle joué par la servante dans l'emprunt de la livrée. Ah oui ! elle s'appelait Magda. La petite lui fit une jolie révérence à laquelle elle répondit par un hochement de tête.

« Agnes, il semblerait que Blackingham ait un nouveau laquais. Donne-lui une collation et demande à Simpson de lui fournir un gîte pour la nuit. » Puis elle s'adressa au nain : « Si vous devez porter ma livrée, je dois au moins savoir comment vous vous appelez.

— On m'appelle Mi-Tom.

— Eh bien ! Mi-Tom, je serais ravie que vous logiez ici cette nuit. » Elle soupesa le parchemin. Sa légèreté n'était pas en accord avec le poids des mots qu'il recelait. « Le message que vous m'avez remis exige peut-être une réponse. Je vais y réfléchir dans mes appartements. Et je vais porter celui-ci à la fille de l'enlumineur », ajouta-t-elle en prenant l'autre document.

Elle se rappela soudain le but de sa venue dans la cuisine.

« Agnes, la petite est à nouveau patraque. Envoie Magda lui porter l'infusion de graines dès qu'elles auront bien macéré… Vous allez revoir l'enlumineur, n'est-ce pas ? Vous pourrez lui apporter ma réponse ? ajouta-t-elle à l'adresse de Mi-Tom.

— Oui, dame. Grâce à la livrée de votre maison. »

Une fois dans sa chambre, Kathryn s'assit sur le lit, s'accrochant aux courtines pour calmer ses tremblements. Les deux rouleaux de parchemin étaient posés à côté d'elle sur la courtepointe. Au dire du nain, un cordon bleu entourait celui qui lui était destiné. Celui de Rose portait le cordon violet. Elle ne prit aucun des deux. Ses mains caressaient les lourds brocarts de l'un des rideaux du lit attachés aux quatre piliers par des rubans de soie. Naguère, à une époque plus heureuse, ils avaient été détachés pour préserver l'intimité de ses occupants. Ce souvenir fit sourdre en elle une profonde tristesse. « Je n'avais jamais pensé retrouver un tel bonheur », avait-il affirmé la première fois, le nez enfoui dans ses cheveux, son corps allongé contre celui de Kathryn. Elle ne pouvait supporter de se rappeler d'autres souvenirs.

Les mains tremblantes, elle prit le parchemin au cordon bleu, le déroula, le tint sous le candélabre du mur, allumé pour dissiper la pénombre de cette fin d'après-midi. Même si les traits de plume n'étaient pas aussi fermes que dans son souvenir il s'agissait bien de son écriture. Elle reconnaissait le vif mouvement vers le bas des minuscules, les gracieuses volutes des majuscules. Elle suivit du doigt l'en-tête, le porta brièvement à ses lèvres, puis, se trouvant ridicule – espérait-elle que ses lèvres devineraient le sens du texte ? –, elle lut.

Prison du château
Deuxième mois, année de grâce 1380
Madame,

(Détestait-il à ce point son nom qu'il ne pouvait se résoudre à l'écrire ?)

Je vous écris du fond de mon malheur, blessé par la trahison d'une personne qui était jadis l'objet du plus ardent désir de mon cœur.

(Jadis. Il disait « jadis ». Elle ne voulait pas en lire davantage et pourtant elle ne parvenait pas à détacher ses yeux de la page.)

Mortellement blessé par la lame de paroles traîtresses, je suis cependant contraint d'endurer une existence rendue odieuse par le renoncement à tout espoir. Je ne vais pas offenser vos oreilles, madame, en vous narrant les ennuyeux détails des souffrances infligées par mes geôliers. Puisqu'il n'y a eu ni demande de renseignements, ni intervention, ni protestations indignées de mon innocence de la part de la dame de Blackingham, force m'est d'interpréter cette négligence comme de l'indifférence à mon sort ou, pire, comme la croyance que je suis coupable des crimes à propos desquels elle a témoigné contre moi. L'une ou l'autre hypothèse constitue une plus grande cause de douleurs que celles que pourraient m'infliger mes bourreaux. Il ne me reste plus qu'une raison de m'accrocher à cette misérable existence. Je refuse que mon enfant devienne orpheline. Voilà pourquoi, Kathryn, je te prie, au nom de l'amour que nous avons naguère ressenti l'un pour l'autre (les lettres vacillaient-elles à cause des larmes de Kathryn ou de la main tremblante de Finn ?), d'abriter et de secourir mon enfant jusqu'au moment où il me sera loisible de prendre d'autres dispositions pour son bien. Je ne suis pas dépourvu de ressources, même en ces temps difficiles, et je te réglerai sa pension.

J'aimerais te demander encore une chose, oui, et même te supplier du fond de mon désespoir. Je te demande de lui fournir un cheval et une escorte afin qu'elle puisse venir me rendre visite. Il me faut la voir de mes propres yeux et l'assurer que son père ne l'a pas abandonnée.

La lettre se terminait par son nom, rayant le papier comme une balafre. Ni bénédiction, ni salutation affectueuse. Juste « *Finn, l'enlumineur* », ces mots tracés avec une telle violence qu'il avait dû casser la pointe de sa plume.

Kathryn enroula le parchemin, en rattacha le ruban bleu et le posa à côté de son jumeau. Ni l'un ni l'autre ne portait de sceau. Elle relut la lettre, cela faisait mal de penser qu'il croyait être obligé de payer la pension de Rose ! « Tu ne penses donc qu'au bénéfice ? » lui avait-il demandé la dernière fois qu'ils avaient été ensemble, lorsqu'il avait laissé des pièces d'argent près du lit et qu'elle l'avait chassé parce qu'il avait aimé une juive. Elle lissa la courtepointe de ses mains frémissantes. Aujourd'hui, elle ne l'aurait pas chassé de son lit, même s'il avait couché avec mille juives.

Elle prit l'autre rouleau, joua avec le cordon violet qui l'entourait. Rose devait dormir en ce moment. Les doigts tremblants, Kathryn le dénoua et ses yeux dévorèrent les paroles d'amour que Finn adressait à sa fille. Aucune trace de désespoir, seulement de courageuses, de douces paroles de réconfort pour lui dire que tout irait bien, lui demander de venir le voir en attendant qu'il puisse aller la chercher. Il lui parlait d'Espagne. « Aimerais-tu visiter l'Andalousie ? » Mots évocateurs pour se bercer d'espérance et consoler sa fille, ou bien projetait-il de partir très loin ; loin de Blackingham, loin de Kathryn ?

La flamme de la torche au-dessus du lit vacilla en crachotant. La lumière mourante d'un soleil tardif avait du mal à pénétrer dans la pièce. Elle roula la lettre destinée à Rose à l'intérieur de la sienne et les plaça toutes deux dans son coffre à vêtements. Savoir que son père voulait la voir ne ferait qu'ajouter au désespoir de Rose. Jeune fille robuste et volontaire, elle tenterait peut-être même de parcourir seule les douze milles qui les séparaient de Norwich, risquant alors de faire une fausse couche. Même si une telle éventualité était la bienvenue, Kathryn refusait qu'un accident arrive à la fille de Finn. Pas pendant qu'elle était sous sa garde, en tout cas. Elle portait déjà un poids suffisamment lourd sur la conscience.

Elle s'allongea sur son lit dans la pièce emplie de lumière crépusculaire et s'efforça de chasser son mal de tête lancinant. Demain, elle annoncerait à Rose qu'un messager était venu de la part de son père pour lui dire qu'il se portait bien, qu'il l'aimait tendrement et espérait la revoir au printemps. Elle ne lui parlerait pas de la lettre.

Les yeux fermés, elle resta étendue dans le noir jusqu'au moment où – plusieurs minutes, plusieurs heures plus tard ? – Glynis frappa à la porte pour lui apporter son dîner.

La chambrière remplaça la mèche de jonc dans la torche éteinte puis la ralluma aux charbons crépitants de la cheminée.

« J'ai aussi un message pour vous », dit-elle en sortant de sa poche un morceau de papier plié.

Kathryn se redressa, repoussa ses cheveux en arrière, surprise par le contact des mèches grasses.

« Donne-moi le message. Pas le repas.

— C'est un fort beau gars qui l'a apporté. Il a dit qu'il appartenait à une troupe de comédiens de Colchester.

— Agnes les a renvoyés, j'espère. On n'a pas besoin de mimes ni de saltimbanques. »

Elle déplia le billet taché et sentant la sueur.

« Madame veut-elle autre chose ?

— Dis à la cuisinière de renvoyer le nain demain matin. Je n'ai aucun message à lui donner. »

Que pouvait-elle dire à Finn ? Elle savait qu'il n'avait pas tué le prêtre, mais elle savait aussi que, même au cas où elle l'aurait cru coupable, elle ne l'aurait pas dénoncé, si elle n'avait pas craint pour Alfred. Rien n'avait changé. Elle refusait de voir les boucles rousses de son fils sur le billot du bourreau. Pas même au nom de la justice. En outre, les preuves manquaient pour condamner Finn. « Beaucoup mieux traité qu'un prisonnier ordinaire. » Voilà ce qu'avait dit le nain. Finn s'était déjà fait des amis. Il était intelligent, il s'en tirerait. Alfred n'aurait peut-être pas eu cette chance. Il était l'héritier présomptif d'un domaine convoité et par la couronne et par l'Église.

Si seulement Alfred revenait affirmer son innocence... Mais, en vue du projet de l'évêque de déclencher une guerre sainte contre le pape français, sir Guy l'avait envoyé s'entraîner avec un contingent de ses hommes liges. « Si les combats commencent, je pourrai toujours le rappeler. » Guy de Fontaigne lui avait fait miroiter cette possibilité pour s'attirer ses faveurs, ou pour montrer son pouvoir sur elle. Le shérif ne donnait rien gratis, or elle n'avait pas l'intention de solliciter ses faveurs. Pas encore.

Glynis reprit le plateau.

« Est-ce que vous voulez que je revienne vous aider à vous préparer pour la nuit ? demanda-t-elle tout en sortant à reculons.

— Non, pas ce soir. »

Kathryn remarqua que la chambrière n'avait pu s'empêcher de sourire. Elle lui enviait l'énergie avec laquelle elle quitta prestement la pièce, projetant déjà sans doute de passer sa soirée libre dans les bras de quelque palefrenier morveux. Kathryn lui envia également cette perspective.

Glynis partie, elle s'intéressa enfin à la lettre.

L'écriture de Colin ! Elle dévora le contenu, puis laissant choir le feuillet, prit sa tête entre ses mains, bouleversée par ce nouveau souci.

Elle avait cru Colin en sécurité chez les bénédictins.

Mais, apparemment, on lui refusait même ce simple réconfort. Son fils cadet baguenaudait dans la campagne en compagnie de saltimbanques débauchés – agneau folâtrant parmi les loups – pendant que la semence qu'il avait plantée dans le ventre de Rose devenait son enfant. Néanmoins, il était à l'abri des blessures corporelles même si, en pareille compagnie, Dieu seul savait de quel mal était menacée son âme immortelle...

Un charbon bougea parmi les braises paresseuses, semblant pousser un soupir dans l'air glacial. Elle se tourna vers le mur, s'abandonnant à sa migraine. Châtiment bien mérité.

VINGT

Une mère peut parfois laisser son enfant chuter et subir différents chagrins pour le propre bien de celui-ci. Et s'il peut arriver qu'une mère terrestre laisse mourir son enfant, Jésus, notre Mère céleste, ne permettra jamais que nous, Ses enfants, périssions.

Julienne DE NORWICH,
Révélations divines

Plusieurs semaines passèrent avant que Kathryn ait rassemblé assez de courage pour parcourir les douze milles jusqu'à la prison du château. Elle était restée éveillée chaque nuit, fouillant dans les tiroirs de son esprit, à la recherche de mots pour expliquer la situation – en vain. Elle devait au moins à Finn de l'assurer qu'elle prendrait soin de Rose et de lui dire pourquoi sa fille ne pouvait lui rendre visite. Quelle serait l'excuse ?

Elle ne savait trop au juste. Si elle pouvait seulement le voir, peut-être lirait-il dans ses yeux l'amour qu'elle ressentait toujours pour lui. Peut-être pas. Mais, si elle essayait, sans doute pourrait-elle recommencer à dormir.

Par deux fois elle avait noué ses cheveux et mis son manteau aux parements de fourrure, avant de monter sur son palefroi. Les deux fois elle avait effectué les trois milles jusqu'à Aylsham. Puis elle avait rebroussé chemin, son valet la suivant à une distance respectueuse.

Aujourd'hui, l'aube semblait aussi lumineuse et fragile que la glace qui demeurerait jusqu'en mars sur l'étang du moulin. Aucun nuage hivernal ne menaçait l'horizon. Sa jument pouvait facilement éviter les crêtes givrées de la route. On n'avait pas besoin de la châtelaine à la brasserie, aux cuisines, à l'office, ni dans les celliers. Et la veille, elle avait réglé les comptes des tenanciers avec Simpson. Sa réserve de prétextes était vide, désormais.

Quand elle atteignit la croix d'Aylsham, elle éperonna sa monture, lui faisant prendre la direction de Norwich. Son manteau, telle une traîne, couvrait les flancs de sa jument. Le vent glacial ébouriffait les parements de fourrure de sa capuche mais elle appréciait ce froid mordant qui la faisait pleurer.

Parvenu à la croix d'Aylsham, le valet tira sur les rênes de son cheval et attendit. Sa maîtresse ne fit pas demi-tour, il soupira et, se serrant dans son pourpoint, piqua des deux pour lui faire prendre le galop.

Debout devant la haute fenêtre, après son travail minutieux, Finn reposait ses yeux en regardant le paysage. Demain étant vendredi, il aurait dû travailler aux panneaux de l'évêque plutôt qu'aux textes de Wycliffe. L'évêque venait toujours le vendredi. D'ailleurs, Finn attendait avec impatience ces visites d'inspection. Pour l'esseulé, même le diable est le bienvenu. Son seul autre visiteur, à part ses geôliers et le benêt qui le servait, avait été Mi-Tom. Depuis sa première visite, il avait vu le nain à deux autres reprises. Une fois, il était revenu de Blackingham sans le moindre message et la seconde fois c'était pour prendre le texte terminé de Wycliffe.

Telle une grand-route bleutée traversant un paysage d'hiver dévasté, la rivière peu profonde qui serpentait sous sa fenêtre était plate et gelée, voie qu'il ne pouvait pas davantage emprunter qu'un oiseau peut voguer sur un nuage. Il apercevait à peine l'extrémité éloignée du pont enjambant la rivière et menant à la prison. Le pont était désert à part une cavalière, suivie de près par un valet. Des traces dans la neige marquaient leur progrès. Son œil de peintre notait le brillant contraste entre la livrée bleu et argent du laquais et le blanc de l'arrière-plan. Bleu et argent. Les couleurs de la livrée de Blackingham ! Rose ! Enfin ! Il se déplaça le plus possible vers le bord droit de la fenêtre pour apercevoir une plus grande partie du pont. Mais la cavalière était déjà hors de son champ de vision.

Il se précipita hors de sa chambre, dévala l'escalier en vrille jusqu'à la grille du bas. Calme-toi ! se répétait-il. De nombreuses maisons ont une livrée bleue, et le trait argenté était peut-être dû à un jeu de lumière.

Il cogna bruyamment les barreaux avec son gobelet d'étain.

« Envoyez-moi mon valet ! hurla-t-il en direction du corps de garde. Ma chambre est glaciale et ma fille arrive. Il me faut des charbons ardents et du cidre chaud. Deux coupes. »

Le sergent de service sortit en reboutonnant ses chausses.

« Oh ! du calme ! marmonna-t-il. On peut même pas pisser en paix. Où est-ce que vous vous croyez ? Dans une auberge ? »

Sans prendre la peine d'écouter ses jérémiades, Finn lança par-dessus son épaule : « Elle s'appelle Rose. Dites au constable que l'évêque m'a donné l'autorisation de la voir. »

Elle serait là d'une minute à l'autre et aurait faim après ce long trajet. Le petit valet ne lui apporterait pas son dîner avant trois heures au plus tôt et il faudrait qu'elle soit repartie avant.

Finn tisonna les braises à peine incandescentes, puis récupéra les restes du dîner de la veille : quelques biscuits et fruits secs. Il humecta les biscuits rassis et les saupoudra de quelques précieux grains de sucre de canne, les enveloppa dans du parchemin avant de les placer sur la grille du feu pour les réchauffer. Il disposa les fruits secs sur une assiette et la plaça sur la petite table en face du feu. Il s'assit pour attendre sa fille, puis se releva précipitamment pour aller prendre son peigne et le passer hâtivement dans ses cheveux et dans sa barbe. Avait-il une chemise propre ?

« Je viens voir le prisonnier Finn, déclara lady Kathryn du ton le plus assuré possible. Je suis lady Blackingham. »

Tendant la bride à son laquais, elle mit pied à terre devant le donjon du château. Le garde passa la tête par l'embrasure de la porte et marmotta des paroles incompréhensibles. Un homme portant une dague à la ceinture fit son apparition. L'air surpris, voire un rien troublé, il inclina légèrement le buste.

« Nous ne vous attendions pas, madame.

— Évidemment que vous ne m'attendiez pas ! Finn l'enlumineur est ici, n'est-ce pas ?

— Eh bien oui ! Mais…

— Vous autorisez les visites, non ?

— Nous permettons parfois les visites, même de la part de femmes. » Il décocha un regard de réprimande au garde qui avait émis un petit ricanement. « Mais c'est un peu inhabituel qu'une dame…

— Le shérif était un ami de mon mari, feu lord Blac-kingham. On m'a assuré que je pourrais voir le prison-nier. » Ce n'était pas tout à fait un mensonge.

« Je vais devoir vérifier. Peut-être pourriez-vous revenir…

— Ne voyez-vous pas que je suis transie de froid. Il ne s'agit pas d'un après-midi de chasse à courre. Sir Guy ne sera pas content que vous ayez mis dans l'embarras la veuve de son ami.

— Bon, je vais vous conduire jusqu'au prisonnier », fit-il avec un soupir de lassitude.

Il prit un gros trousseau de clefs, lui fit traverser la cour et s'arrêta au pied d'un étroit escalier à vis. Un garde était affalé dans une petite antichambre. La grille au bas de l'escalier présentait un réseau de barreaux d'acier. Elle crissa tant sur le sol de pierre quand le constable la déverrouilla que Kathryn tressaillit.

« Est-ce que la porte du haut est ouverte ? demanda le constable au garde.

— Oui. Son Altesse vient tout juste de descendre cogner contre la grille. »

Le constable fit signe à Kathryn de le précéder.

« S'il vous plaît, dit-elle, je préfère voir maître Finn en tête à tête. »

Elle sourit, lui touchant la manche, mais elle n'était pas très douée pour jouer les coquettes. Il hésita. Elle plongea la main dans le réticule de velours accroché à sa taille, en tira une pièce d'argent et la lui glissa discrètement dans la main. « Je vous assure que je n'ai rien à craindre. Je souhaite m'entretenir avec maître Finn de questions personnelles », ajouta-t-elle, la gorge sèche.

L'homme haussa les épaules et lui fit signe de monter. « C'est une véritable escalade. Quand vous aurez terminé, redescendez et cognez contre la grille. » Comme il s'apprêtait à repartir, il se retourna, faisant craindre à Kathryn qu'il ait changé d'avis. « Si vous voulez bien vous arrêter au donjon en repartant j'ai quelque chose à vous montrer qui devrait vous intéresser, il me semble. »

Il esquissa un petit salut, puis elle entendit la clef tourner dans la serrure derrière elle. La perspective de revoir Finn lui occupait tellement l'esprit qu'elle ne chercha même pas à déchiffrer l'allusion du gardien.

Finn s'efforçait de tisonner le feu avec une plume – on lui refusait tout instrument plus lourd ou plus aiguisé – quand il entendit des pas légers dans son dos. Il laissa tomber la plume dans le feu. Elle s'embrasa instantanément. Se retournant, il découvrit sur le seuil, à contre-jour, une personne emmitouflée dans un manteau dont le capuchon était relevé. Il se précipita et la prit dans ses bras.

« Ma douce chérie ! s'écria-t-il. Enfin ! Si tu pouvais savoir à quel point ton père… » Il la sentit se raidir. Reculant d'un pas, il la tint à bout de bras en riant.

« Excuse-moi si je t'ai serrée à te couper le souffle, c'est seulement que… »

Lady Kathryn rejeta en arrière le capuchon à parements, révélant son visage.

« Kathryn ! »

Ce n'était donc pas Rose. Déception puis exaltation. Il refusait pourtant de reconnaître la joie que lui avait procurée l'apparition de la châtelaine, refoulant ce sentiment dans le puits de son cœur où il se dilua dans l'eau noire de la traîtrise de Kathryn. Comme elle lui semblait belle, encore ! Toujours aussi altière, droite comme un I, la peau rosée, les yeux brillants à cause du froid. Il s'en voulut de l'admirer.

« Je t'avais pris pour Rose. » L'explication tomba à plat, comme une redondance.

« C'est bien ce que j'avais compris, vu l'ardeur de ton étreinte.

— Où est Rose ? Pourquoi n'est-elle pas venue avec toi ? » L'angoisse l'étreignait. Il se força à respirer. « Est-elle malade ?

— Ne t'en fais pas, Finn, Rose va bien. Je prends soin d'elle. Puis-je entrer ?

— La gente dame de Blackingham ne craint pas d'entrer dans la cellule d'un voleur doublé d'un assassin ? Tu as laissé tes bijoux à la maison, j'espère. N'as-tu pas peur que je te fracasse le crâne comme j'ai fracassé celui du prêtre ? »

Elle le fixait des yeux, hiératique, l'air atrocement triste, mordant avec tant de force sa lèvre supérieure qu'il s'attendait à voir des gouttes de sang perler sur sa bouche qu'il avait envie de baiser, même maintenant. Qu'il devait être pervers pour continuer à la trouver attirante !

« Tu n'es ni un voleur ni un meurtrier, répondit-elle.

Je sais que tu es un homme de bien. » Elle avait les traits tirés et des cernes sous les yeux.

« Dis-le à ton ami le shérif ! » rétorqua-t-il en se détournant, comme vidé. Quand il ne la regardait pas en face, la haine – et le désir – se dissipait.

« M'autoriseras-tu à entrer ? reprit-elle d'une voix douce, haletante.

— De quelle autorité dispose un condamné ? » Il fit un pas en arrière et elle passa le seuil, avant de s'arrêter brusquement, le sang se retirant de son visage.

« Que veux-tu dire par "condamné" ?

— Condamné à ça. » Il agita les bras pour indiquer son cadre de vie.

Elle jeta un coup d'œil alentour, s'attardant sur son petit lit, sur sa table de travail.

« J'imaginais quelque chose de pire.

— Ça l'était, au début. Mais j'ai conclu un contrat de lâche. Je suis devenu l'esclave de l'évêque. » D'un geste de mépris, sa main balaya l'air au-dessus de sa table de travail, plana devant le panneau de l'Ascension, en partie peint, appuyé sous la fenêtre. « En échange de cette babiole pour décorer son maître-autel, il m'autorise à mener un pâle semblant de vie. »

Elle effleura la peinture avec respect.

« Ce n'est pas une babiole, c'est magnifique, dit-elle. Aussi beau que le reste de ton œuvre. »

Étrange comme ces mots faisaient plaisir, comme le jugement de Kathryn avait de l'importance.

« Ça me protège du nœud coulant », dit-il en haussant les épaules.

La formule la fit frémir, ce qu'il trouva tout aussi agréable.

« Je suis désolé qu'il fasse froid dans ma chambre. C'est souvent le cas. » Espèce de salaud ! pensa-t-il. Tu veux qu'elle s'apitoie davantage sur ton sort. « Mais, apparemment, mes manières laissent autant à désirer que mon installation. Asseyez-vous, madame, je vous en prie, ajouta-t-il en indiquant l'unique chaise. Quelle insolence de ma part de laisser debout une aussi noble personne.

— Finn, je t'en prie… »

Il détourna le regard, contemplant un fragile pan de ciel éclairé par un pâle soleil d'hiver.

Elle ressemblait à un personnage de tableau. Il aurait pu la peindre ainsi, assise à demi dans l'ombre, la tête baissée, les mains pliées devant elle, détournant les yeux, calme et pâle comme l'albâtre, la lumière du feu vernissant le bleu de sa robe. En attente. Une femme dont le cœur était un mystère. Placez un bébé dans son giron et elle devient une madone, songea-t-il. Encore mieux, représentez-la tenant la tête ensanglantée d'un Christ blessé.

« Pourquoi, Kathryn ? Je veux juste savoir pourquoi ? »

Elle releva la tête sans répondre.

« Est-ce parce que tu détestais ce que nous étions l'un pour l'autre, que tu étais furieuse d'avoir couché avec un homme ayant jadis aimé une juive ?

— Tu sais pourquoi, Finn. J'ai dû choisir.

— Et tu as choisi de mentir. »

Elle ferma les yeux, prit une profonde inspiration, mais sans le regarder.

« Celui qui détenait les perles a tué le prêtre.

— Par conséquent, lorsque ma fille a dit qu'Alfred avait placé les perles dans ma chambre, tu as compris qu'il était coupable et tu m'as sacrifié.

— J'aurais donné ma propre vie, je donnerais ma vie pour te sauver, ne le sais-tu pas ? Mais… » Elle eut l'air de scruter le feu comme si la réponse s'inscrivait parmi les braises. « Si tu avais dû choisir entre moi et Rose, Finn, qui aurais-tu choisi ? »

Il s'était maintes fois posé la question ces dernières semaines.

« Je n'aurais pas pu les laisser t'emmener si facilement, Kathryn. J'aurais essayé de trouver le moyen de vous sauver toutes les deux. Je n'aurais pas pu te laisser partir si aisément.

— Aisément ! Tu crois que ç'a été facile ? J'essaie de… Tu ne comprends pas. Le shérif…

— Ton ami, le shérif, grogna-t-il avec dégoût.

— Ami, ennemi… La relation entre lui et moi ne compte pas. Il possède la clef. Je suis obligée d'être polie envers lui. Il ne me tient pas uniquement à cause de toi, mais aussi à cause d'Alfred. Je n'ai pas revu mon fils depuis qu'il lui sert d'écuyer. Si seulement je pouvais lui parler, m'assurer qu'il est en sécurité, alors peut-être me serait-il possible de solliciter auprès de l'évêque…

— Une amnistie ? Ne te fais pas d'illusions. Despenser a l'intention de me garder ici jusqu'à ce qu'il se lasse du jeu auquel il joue, quel qu'il soit. Et sir Guy de Fontaigne ne lèvera jamais le petit doigt pour obtenir ma liberté. Méfie-toi de ses promesses, Kathryn. Ne lui donne pas davantage de pouvoir sur toi. Ne signe pas un pacte diabolique à cause de moi. »

Elle indiqua la table et l'assiette de biscuits, les deux coupes de cidre fumant. Elle se réchauffa les mains au-dessus de l'une d'elles, sans la saisir.

« Tu attendais Rose. »

Son sourire triste, lèvres serrées, lui étreignait le cœur. Il se força à ne pas réagir au regard suppliant. Il ne lui dit pas qu'il était content de la voir et ne lui proposa pas même à boire.

« Depuis que je lui ai écrit, je l'attends chaque jour. Tu lui as donné ma lettre ?

— Je… Je lui ai transmis ton message. »

Soit elle mentait, soit quelque chose de tout à fait anormal se passait. Rose aurait insisté pour venir, il le savait.

« Tu as affirmé qu'elle n'était pas malade. Est-elle toujours avec toi ? Tu ne l'as pas renvoyée, n'est-ce pas ? » La panique montait en lui. « Je t'ai dit que je paierais…

— Je ne veux pas de ton argent, Finn. Voilà donc ce que tu penses de moi ? Que je chasserais une petite sans ressources ? »

Il eut un rire amer.

« Tu n'as guère hésité à te débarrasser de ton ancien amant. Et avec une telle ingéniosité ! Comment espérer que tu entretiennes sa fille juive, laissée sans un sou vaillant ?

— Rose restera avec moi, que tu sois pendu, libéré, ou que tu meures de vieillesse dans ta prison ! »

Bien. Elle était en colère. Contrairement à sa tristesse, la colère de Kathryn n'allait pas l'émouvoir. Sa véhémence le rassura.

« Tu n'as pas le droit de penser que je pourrais mettre ta fille à la porte. Sais-tu à quel point cette supposition me blesse ? »

Il le savait.

Elle se leva et se mit à marcher de long en large, son manteau tourbillonnant autour d'elle. Elle ponctuait ses paroles de ses poings serrés. Il fixa les pieds de Kathryn qui martelaient le sol. Elle portait les souliers aux boucles d'argent qu'il lui avait offerts.

« Je la traiterai comme ma propre fille, Finn, je le jure. Elle ne manquera de rien. Elle sera vêtue, nourrie, soignée comme si c'était une fille de Blackingham. Rose et l'enfant. Je le jure par la Sainte Vierge. »

Quel enfant ? De quoi parlait-elle ? Il se laissa tomber sur la chaise, qui gardait la chaleur du corps de Kathryn. Elle avait cessé d'arpenter la chambre et le bord de son manteau frôlait dangereusement le pare-feu. Il se pencha et souleva l'ourlet pour le protéger d'une éventuelle étincelle.

Il leva les yeux vers Kathryn, dressée au-dessus de lui.

« L'enfant ?

— Je n'avais pas l'intention de te l'annoncer si brutalement. Je voulais juste que tu saches que tu peux me faire confiance. J'aurais dû te le dire plus tôt, mais les choses étaient si tendues entre nous, et puis le shérif est arrivé… » Elle porta sa main gantée à sa bouche comme pour retenir ses paroles. Ses yeux brillèrent. Elle étouffa un soupir.

Elle pleurait ! Ne l'ayant jamais vue pleurer il ne s'attendait pas à l'étrange effet que ces larmes produisirent sur lui. Il avait envie de l'embrasser, de lui hurler de cesser ses pleurs. De quel droit pleurait-elle ? Il se redressa d'un bond et lui saisit le poignet, la forçant à se calmer, à le regarder droit dans les yeux. Elle eut une grimace de douleur muette. Il desserra légèrement son emprise.

« De quel enfant parles-tu, Kathryn ? »

Elle ôta sa main de sa bouche comme pour libérer ses lèvres. Sa voix vibrait de sanglots contenus.

« Rose attend un bébé. Elle accouchera en mai. »

Les pensées de Finn s'égaillèrent comme des oiseaux au son d'une cloche. Il lui lâcha le poignet et se frotta le visage des deux mains. Rose. Sa Rose. Presque encore un bébé elle-même.

« Elle et Colin étaient amants.

— Colin ?

— Tu as été aussi aveugle que moi. Tu es aussi coupable que moi. On les a laissés trop souvent ensemble pendant qu'on…

— Tu n'as pas besoin de me le rappeler, Kathryn. Je me souviens très bien de ce qu'on faisait. »

Un gouffre de silence s'ouvrit entre eux.

« Tu as l'air de le regretter, dit-elle.

— Les mauvaises graines, Kathryn, produisent des fruits amers. »

Les yeux de Kathryn brillaient de larmes.

« Je ne reprendrais pas un seul de ces moments. Je n'échangerais aucune de ces mauvaises graines pour les plus pures fleurs du paradis.

— Mon petit-enfant ne sera pas un bâtard. Ton fils épousera ma fille. »

Comme elle ouvrait la bouche pour répondre, il leva la main pour l'en empêcher.

« Ne dis pas qu'ils ne peuvent pas se marier parce qu'elle est juive. Ne le dis pas, Kathryn. Si tu prononces ces mots, je saurai que tu es une menteuse et une hypocrite, que ton cœur est incapable d'amour. Ne dis pas que le roi ne le permettra pas. Le roi ne connaît pas ma véritable identité. Toi seule la connais.

« Ils ne peuvent pas se marier », dit-elle d'un ton morne.

Pour se retenir de la frapper, il saisit son propre poignet droit dans sa main gauche.

Comme si elle lisait dans ses pensées, les épaules de Kathryn tressaillirent et se raidirent.

« Ils ne peuvent pas se marier parce que Colin s'est enfui. Je ne sais pas où il est.

— Quand est-il parti ? »

— Le soir où tu as été arrêté.

— Envoie ton ami le shérif à sa recherche. Ramène-le. Oblige-le à faire face à ses responsabilités.

— Colin ne sait pas que Rose attend un bébé. Il est sans doute parti pour la fuir. Pour fuir la tentation…

— Veux-tu dire que ma fille, qui était vierge quand elle est venue s'abriter chez toi, a séduit ton fils ?

— Non. Tout ce que je dis… Finn, tu sais à quel point il est difficile de résister à la tentation. »

Kathryn fixa sur lui un regard suppliant. Il se détourna.

Elle tendit la main et lui toucha l'épaule. Elle chuchotait à peine, mais il entendait distinctement chacune de ses paroles.

« Par le sang du Sauveur, je te promets de prendre soin de ta fille et de m'assurer que son enfant soit bien soigné. »

Il prit une profonde inspiration. Ses côtes lui faisaient encore mal. Seuls les battements de son sang dans sa tête brisaient le silence.

« Je dois partir, annonça-t-elle. La route est dangereuse après la tombée du jour. »

Se méfiant de ses propres paroles, Finn préféra se taire. Quand il se retourna, elle avait quitté la pièce. Unique trace de sa présence : le parfum de lavande qui s'estompait, ainsi que le poids des nouvelles qu'elle avait apportées. Il écouta le bruit de pas diminuer peu à peu dans l'escalier. Saisissant la coupe d'étain, il la lança contre le mur. Le cidre s'étala sur la pierre, puis dégoulina jusqu'au sol en gouttes sombres et visqueuses.

Lady Kathryn appela le garde pour qu'il lui ouvre la grille. Son valet, qui se chauffait près d'un feu à l'air libre dans la cour, détacha le cheval et l'amena vers elle.

« Juste un instant, madame, s'il vous plaît. J'aimerais vous montrer quelque chose. »

Le constable… Kathryn avait oublié sa requête. Elle souhaitait monter tout de suite sur sa jument et s'en aller. Elle voulait s'éloigner de cet affreux endroit, laisser le vent sécher ses larmes et le froid geler sa peau, jusqu'à ce qu'elle ne ressente plus aucune douleur dans la poitrine. Mais l'homme se tenait devant elle, dans l'expectative. Il lui avait fait une faveur et elle devait bientôt lui en demander une seconde.

« Vite, je vous prie, dit-elle. Le trajet jusqu'à Blac kingham est très long. » Elle le suivit dans le donjon.

Il ouvrit le cadenas d'un gros coffre placé au centre de la pièce de la tour de garde et en tira un objet assez long enveloppé dans un linge.

« J'ai pensé que vous aimeriez récupérer cet objet. Il appartenait au prisonnier. On ne peut le lui rendre, bien sûr. »

Il s'agissait d'un mince poignard d'argent sur le manche duquel une torsade était délicatement gravée. Le poignard de Finn. La première fois qu'elle l'avait vu, ils se trouvaient – nouveaux amants – dans le jardin. S'étant pris le pied dans le lierre, elle avait trébuché. Il avait alors coupé la vrille coupable et l'avait tressée en forme de guirlande. « Une guirlande verte pour les cheveux de ma dame. » En riant, il lui avait posé un baiser sur le bout du nez et posé le lierre sur sa chevelure.

« Combien ?

— Trois souverains d'or ? » Il la regarda d'un air

hésitant. Il accepterait un marchandage, mais elle était trop pressée.

« Le prix semble correct. Toutefois je n'ai que des shillings sur moi. » Peut-être était-il de mèche avec des voleurs. « Si vous acceptez de me faire confiance…

— Bien sûr, madame. Je vous le garde ?

— J'aimerais l'emporter avec moi. On échange ? » Elle retira une petite bague de son auriculaire. « Ça vaut trois souverains au moins. »

Le constable prit la bague, l'examina à la lumière, mordit l'or tendre.

« Topez là ! lança-t-il tout en remettant le poignard dans le linge.

— Je n'ai pas besoin de l'emballage, déclara-t-elle en secouant la tête. »

Elle prit l'arme et la passa sous sa ceinture, à côté de son chapelet. Durant tout le trajet du retour, chaque fois que son cheval longeait un chemin raboteux, elle allait sentir le manche lui entrer dans le flanc.

VINGT ET UN

*Aucun rimeur, ménestrel, ou vaga-
bond ne doit être entretenu..., car par
leurs prévisions, mensonges et exhorta-
tions ils sont en partie responsables
d'insurrections et de révoltes.*

Déclaration du Parlement, 1402

Assis à l'extrémité du chariot de la troupe dont la
lourde bâche avait été relevée, les jambes repliées sous
lui – l'une d'elles commençait déjà à s'engourdir –,
Colin s'efforçait d'oublier les grognements et les gémissements des amants au fond de la voiture et fixait à
travers un rideau de pluie la place du marché déserte.

La parade du cycle pascal mise en scène par la corporation des drapiers de Bury Saint Edmunds avait été
dispersée par l'averse. Refusant d'attendre la Résurrection, les foules avaient regagné leurs logis et leurs foyers
inondés. Les membres des corporations avaient rebâché

leurs chariots-théâtres et suivi le mouvement. Il n'y avait donc plus personne pour applaudir – et récompenser – les bouffonneries et les chants de la troupe des jongleurs et des ménestrels qui projetaient de jouer devant les foules une fois que le Christ ressuscité aurait salué les spectateurs. Seul restait l'un des pauvres prêtres qui suivaient les masses afin de distribuer des libelles dénonçant les abus du clergé, sans remarquer, apparemment, que son auditoire s'était dispersé.

Peu importait aux comédiens que la pluie ait inondé les lieux. Ils s'étaient produits en mars à un mariage à Mildenhall et le seigneur les avait gardés pour deux semaines de réjouissances. On les avait beaucoup utilisés et généreusement rémunérés. Même Colin était las de chanter.

Deux de ses compagnons étaient partis en direction de la taverne la plus proche, pour « étancher sa soif » après s'être fait tremper. Le troisième se distrayait dans les bras d'une petite laitière qui, armée de son tambourin, s'était jointe à leur troupe à Mildenhall, leur affirmant que les paroles de révolte contenues dans leurs chants lui avaient donné le courage de s'enfuir. Or, vu la façon dont tanguait le chariot, Colin soupçonnait qu'il fallait plutôt chercher le motif de sa présence dans le beau panache – ou le beau quelque chose d'autre – de Jack-au-chapeau-à-plumes.

Colin regrettait de ne pas avoir accompagné ses camarades à la taverne, même si, là aussi, il se serait senti étranger. Il changea de position pour soulager sa jambe engourdie, tâchant de ne pas prêter attention aux bruits des vigoureux ébats en provenance du fond du chariot car, bien que personne n'ait pu le voir, il se sentait rougir. Rose lui manquait. Il n'arrivait pas à chasser son image de son esprit. Le souvenir de la jeune fille le poursuivait comme un chien de l'enfer. Plus il se repentait de son péché, plus il regrettait celle avec qui il l'avait commis. Un océan de tristesse le cernait de toutes parts.

Il devinait que la troupe n'atteindrait jamais Cromer avant l'été. Cromer se trouvait au nord de Norwich et Bury Saint Edmunds au sud, dans la direction opposée. Et les routes étaient inondées. Non que cela ait désormais la moindre importance, son séjour parmi les comédiens le rendant rapidement indigne de la compagnie des moines et lui faisant d'ailleurs juger la perspective beaucoup moins attrayante. Rentrer à la maison, voilà ce qu'il voulait vraiment.

S'était-il trompé à propos de la lainerie ? Comment pouvait-il être sûr que Rose et lui avaient déclenché l'incendie ? Peut-être le vice de John en était-il la cause ? John avait peut-être allumé le feu. Il l'avait assez souvent vu ivre. Avait-il bu et renversé une lampe ? Cependant, aucune explication ne changeait le fait que Rose avait été vierge et qu'elle ne l'était plus. De cela, il était le seul responsable. Le seul coupable. À lui d'expier.

Malgré la pluie battante, il était difficile d'oublier les couinements et les gémissements derrière lui. Si le feu était le châtiment de la luxure, le chariot aurait dû être dès longtemps consumé par un violent incendie. Il contempla la mer de boue criblée de gouttes dégoulinant des auvents du chariot. Le prêtre fou – comme Colin appelait John Ball en son for intérieur – se tenait sous la pluie, le visage ruisselant, les bras tendus vers le ciel, apparemment oublieux du fait qu'il n'y avait plus personne pour l'écouter. « Fuyez le courroux à venir. Dieu détruira le monde comme au temps de Noé. Il tournera le dos à la putain corrompue de Babylone. »

Colin voyait souvent ce prêtre, l'un des nombreux lollards – même si celui-ci était plus zélé que ceux qu'il connaissait – qui se rassemblaient partout où s'amassait une foule afin de prêcher leur peu orthodoxe doctrine. Alors que la plupart restaient anonymes, John Ball se distinguait par son ardeur et son apparence. Trapu, vêtu comme un pauvre moine, il gesticulait de façon ridicule, débitait des discours incendiaires, vitupérant la cupidité de l'Église et de la noblesse, l'exploitation des pauvres. Vilipendant l'« ordre divin » de la hiérarchie des classes, il prêchait des idées extrémistes d'égalité, qui désormais ne paraissaient plus à Colin aussi exagérées qu'elles lui eussent semblé jadis.

Ces idées libertaires se trouvaient également dans les paroles des chants des ménestrels, petites semences qui germaient en Colin, l'amenant à remettre lui aussi en question l'« ordre divin ». Pourquoi Dieu aurait-Il décidé que quelques-uns dégusteraient du bon vin dans des coupes d'argent et porteraient de riches fourrures, tandis que d'autres s'enveloppaient dans des peaux mal tannées et buvaient de l'eau sale dans des auges en bois ? Dieu décidait-Il vraiment qui devait servir et qui devait être servi ? Et si l'« ordre divin » n'était qu'une grande machination élaborée par les rois et les évêques pour forcer les miséreux à rester à leur place ? L'Église considère comme une hérésie d'affirmer que Dieu a créé tous les hommes égaux et que chacun doit gagner lui-même sa vie.

Le prêtre fou éleva la voix et psalmodia d'un ton ferme :

Quand Adam piochait et qu'Ève filait
Qui était alors gentilhomme ?

Paroles familières, paroles d'égalité. Mots de révolte

soutenant que riche et pauvre, noble et serf avaient la même origine. Colin avait souventes fois ouï ces mêmes paroles chantées sous le baldaquin du grand seigneur. Le seigneur et ses invités applaudissaient toujours, hochant la tête, comme si ces critiques ne les concernaient pas, eux, mais d'autres aristocrates, dans quelque autre Angleterre. Mais, ce jour-là, dans la bouche de John Ball, dont les yeux déments brûlaient de fièvre, ces mots paraissaient plus menaçants. Une fois, Colin avait été témoin de sa mise au pilori pour trouble de l'ordre public. Il voulait rester le plus loin possible de cet individu. Or John Ball se trouvait à moins de trente pieds du chariot et cherchait un auditoire. Fuir le courroux à venir, soit ! Mais où ? Pas vers le fond du chariot, en tout cas. Il se recroquevilla dans l'ombre. Son mouvement attira l'attention du prédicant, qui s'arrêta au milieu de sa phrase. Il laissa retomber ses bras, avant de les croiser. Les bras disparurent à l'intérieur des volumineuses manches de sa soutane.

Colin essaya de regarder ailleurs, mais le prêtre le fixait intensément. Chaque fois qu'il détournait les yeux, ceux-ci étaient ramenés par quelque chaîne invisible dans l'axe des siens. Les mèches grises se plaquaient sur le cou et le visage du prédicant. L'eau coulait de ses yeux et dégouttait de son nez. Colin sentait son regard pénétrer dans le chariot.

D'un pas décidé, John Ball avança vers le chariot. Trop tard pour baisser le rabat. C'eût été comme lui claquer la porte au nez.

« Quand Adam piochait et qu'Ève filait, qui était alors gentilhomme ? Tu ferais bien, mon garçon, de méditer ces paroles.

— Je les ai déjà entendues. » Était-ce son imagination ou le grincement du chariot avait-il réellement cessé ? Trop tard pour faire machine arrière, cependant, puisqu'il avait déjà engagé la conversation avec l'infâme John Ball. « Je les ai déjà chantées moi-même en m'accompagnant de mon luth. » Pur mensonges… Il ne l'avait jamais fait. Son répertoire ne se composait que de chants d'amour. Ses compagnons, par contre, si et il était courtois de le prétendre.

« Ah bon ! Mais les as-tu chantées de toute ton âme ? Embrasent-elles ton cœur ? demanda-t-il en se frappant la poitrine. Vois-tu le paysan affamé dans sa hutte de torchis quand tu les chantes ? Perçois-tu l'odeur du pus coulant des plaies ouvertes sur ses pieds enveloppés de vieux chiffons ? Sens-tu le fardeau du roi sur son dos, le genou de l'Église sur sa nuque, la blessure dans son cœur ? »

Colin ne savait que répondre à ces apostrophes enflammées. Entendant derrière lui un ricanement et un gloussement, il toussa pour couvrir le bruit. Une rafale de vent poussa la pluie dans le chariot.

« L'eau pénètre dans le chariot, mon père. Je dois abaisser le rabat. J'aimerais vous inviter à l'intérieur pour vous protéger de la pluie, mais il n'y a guère de place. »

Les yeux du prédicant avaient la couleur d'une mer déchaînée.

« L'ancien ordre sera détruit. Ne descendons-nous pas tous d'Adam et Ève ? Il ne devrait y avoir ni seigneur ni vassal. Dieu ne permettra pas que soient commis de tels abus en Son nom. Cette fois-ci, ce ne sera pas le déluge. On arrachera le joug imposé par de mauvais ecclésiastiques et par des princes malfaisants. Cette fois, le châtiment sera le feu.

— Oui, mon père. Je m'en souviendrai. » Mais cela

lui remit l'incendie de la lainerie en mémoire. À cause de quel péché ? Et qui était le pécheur ?

John Ball tira de sa soutane un libelle mouillé et le tendit à Colin, avant de s'éloigner à grands pas, secouant la tête en marmonnant, insoucieux de la pluie. À part ceux qu'il imaginait dans ses visions, aucun pécheur ne pouvait plus entendre ses mises en garde. Colin jeta un coup d'œil au libelle, déchiffrant à grand-peine dans la pénombre les étranges mots. *Sur l'office pastoral*, par John Wycliffe, Oxford. Pas du français ni du latin, mais de l'anglais… Rien de plus logique si le message était destiné aux basses classes. Il s'apprêtait à le déchirer et à le jeter dans la boue au milieu des ordures abandonnées par les comédiens lorsqu'il se ravisa, le plia et le glissa sous sa chemise. Peut-être devrait-il le lire ? Le prêtre fou lui avait au moins permis de penser à autre chose qu'à Rose.

Il entendit le son du tambourin et la voix sonore et moqueuse de Chapeau-à-plumes. « Quand Adam piochait et qu'Ève filait… Oh ! je le sens dans toute mon âme. »

Propos salués par un gloussement haut perché.

« C'est pas ton âme que tu sens !

— La tienne, alors ?

— Ça se trouve un peu plus bas que mon âme, m'est avis. » Nouveaux gloussements.

Oh ! Sainte Mère de Dieu, allaient-ils remettre ça ? Colin détacha le rabat de la bâche. Un claquement sec, et le chariot fut plongé dans le noir.

« Hé là ! » protesta le couple d'une seule voix.

Le chariot sentait la moisissure et le musc. Colin s'enveloppa dans une couverture, enfouit son visage dans ses mains, attendant la fin de la pluie.

La pluie s'abattit aussi sur Blackingham, provoquant des inondations à Norwich et Aylsham et même jusqu'à Cambridge. Les maigres Yare, Ouse et Wensum débordèrent dans les marais et les marécages délestés de leur tourbe, où les seuls voyageurs étaient les anguilles et les serpents d'eau qui traversaient les vastes étendues aqueuses, sillonnant les lacs en tous sens et laissant derrière eux un sillage sinueux. Les inondations entraînèrent boue, misère, désespoir.

En avril, un groupe de pèlerins prenaient en général la route pour se rendre à Cantorbéry et Walshingham. D'autres, moins nombreux, s'acheminaient vers Norwich, la ville ne pouvant se targuer d'aucune relique de saints, même si certains effectuaient le voyage pour consulter la sainte femme de Saint-Julien. Mais, cette année-là, toutes les routes au nord de Cambridge furent transformées en rivières de boue. De temps à autre, sur la terre meurtrie, un roulier s'échinait en jurant pour dégager du bourbier les roues de son chariot.

Dans un sens comme dans l'autre, il n'y avait guère de circulation sur la route menant à la prison. Kathryn n'avait pas revu Finn depuis leurs pénibles retrouvailles. Agnes lui avait appris que le nain avait apporté un message pour Rose mais qu'il avait insisté pour le lui remettre en main propre. Le petit homme n'était porteur d'aucun message pour Kathryn.

Rose était aux anges.

« J'ai reçu une lettre de mon père ! avait-elle annoncé à lady Kathryn. Vous aviez raison. Il est content que j'attende un bébé. Je suis si soulagée ! » Ses dents blanches contrastaient avec son teint olive. « Mi-Tom a attendu que je rédige ma réponse. Mon père avait demandé une mèche de mes cheveux. Vous voyez, ajouta-t-elle en indiquant une mèche plus courte qui bouclait sur son visage. Je me suis dit que, si je la coupais à cet endroit, chaque fois qu'elle tomberait dans mes yeux je me rappellerais mon père et réciterais un Pater pour lui. »

Rose resplendissait de santé. Elle avait commencé de se remettre le jour où Kathryn lui avait annoncé qu'elle avait vu son père, qu'il allait bien et qu'il avait demandé de ses nouvelles. Kathryn avait décrit la condition de Finn sous le meilleur jour, se gardant de lui parler de la douleur qu'elle avait lue dans ses yeux. Elle avait prétendu qu'ils avaient dégusté ensemble du cidre chaud et des biscuits au sucre, et elle lui avait promis de l'emmener le voir après la naissance du bébé... Oui, elle lui avait parlé du bébé... Non, il n'était pas furieux contre elle, même s'il en voulait un peu à Colin. En entendant ce prénom, Rose s'était mordu la lèvre et avait serré les paupières. Lady Kathryn pouvait presque sentir dans ses yeux le picotement des larmes retenues. Mais la bonne humeur de Rose n'avait pas tardé pas à reprendre le dessus.

Rose retrouva alors sa gaieté d'antan. Même son appétit revint. Les provisions d'hiver s'amenuisaient, mais Kathryn s'assura que la fille de Finn ait autre chose à manger que de la viande salée et du seigle moisi. Elle ordonna qu'on tuât deux agneaux, au grand dam de Simpson. Le régisseur avait eu l'audace de contester ses instructions, arguant de la stérilité d'une vieille brebis. Il était reparti furieux, grinçant des dents. En quoi cela le regardait-il ? Elle avait également demandé à Agnes de préparer au moins une fois par semaine le blanc-manger favori de Rose.

Le ventre de la jeune fille présentait une charmante rondeur. Elle portait haut son bébé. Kathryn estimait donc que ce serait une fille.

Sa petite-fille naquit par une journée d'avril où Kathryn crut devenir folle à cause de l'incessant martèlement de la pluie.

« Elle ne respire pas ! » s'écria Rose quand la sage-femme coupa le cordon et déposa sur sa poitrine le minuscule bébé, tout humide et luisant. La sage-femme le souleva par les jambes et, insensible aux protestations de Rose, le tint la tête en bas afin d'éjecter les mucosités de ses poumons. Kathryn éprouva un grand soulagement en entendant les petits cris, faibles mais persistants.

« Tenez-la bien serrée pour qu'elle entende les battements de votre cœur », dit la sage-femme, une fois l'enfant nettoyée et enveloppée dans une couverture.

« Je veux l'appeler Jasmine, déclara Rose à Kathryn en berçant le bébé. Père dit que maman sentait toujours le jasmin.

— C'est un très joli nom, Rose, mais ne vaudrait-il pas mieux l'appeler d'un nom plus commun, comme Anne ou Elizabeth ?

— Je pourrais l'appeler Rebecca, comme ma mère. »

Rose avait l'air si jeune, songea Kathryn. Bien qu'elle ait supporté mieux que certaines femmes les douleurs de l'enfantement – criant une seule fois, au moment de l'apparition de la tête –, elle avait elle-même l'air d'une enfant. Elle avait serré si fort la main de Kathryn qu'un bleu marquait le poignet de celle-ci. Les cheveux de la jeune maman étaient humides de sueur. La mèche qu'elle avait coupée pour son père collait à sa joue. Kathryn lui caressait le front, remettait doucement les cheveux en place, pensant au grand front de Finn. Songeant aussi aux difficultés que rencontrerait une enfant dotée d'un prénom juif et aux complications que cela apporterait dans leurs vies à tous.

« Jasmine est un plus joli nom que Rebecca, à mon avis. Et il honore la mémoire de votre mère. Il va bien à votre petite fille. Elle est mignonnette comme une fleur de jasmin. »

Née quatre semaines avant terme, selon les comptes les plus précis de lady Kathryn, le bébé était si petit qu'il tenait presque dans ses deux mains. Après la tétée, elle l'enleva à la mère et, pour éviter la torsion des tendres os, enveloppa chaque membre, le minuscule torse fragile ainsi que la tête, dans des bandages de linge fin.

« C'est une pucette, dit la sage-femme au moment où Kathryn la payait. Mais elle a de l'énergie. Vous en faites pas pour son âme. Quand la tête a apparu j'ai baptisé le bébé au nom du Père, du Fils et du Saint-Esprit. Je lui ai donné un nom chrétien : Anne, le nom de la mère de la Vierge. Je baptise de ce nom toutes mes petites nouveau-nées. Elle est venue chrétienne au monde et c'est comme ça qu'elle le quittera. Mais si elle vit, bien sûr, vous voudrez sans doute la faire baptiser à l'église. »

Une enfant chrétienne, se dit Kathryn. L'enfant de Colin. Elle nota avec soulagement que le duvet sur la tête du bébé devenait auburn clair en séchant. Ce n'était pas une enfant juive.

« Votre baptême serait suffisant, n'est-ce pas ? demanda-t-elle.

— Oh oui ! Pour sûr, répondit la sage-femme en tirant de sa poche une fiole d'eau bénite. Le père Benedict l'a bénie lui-même. Il m'a appris les formules à réciter, quand la vie de l'enfant est en danger. »

Après le départ de la sage-femme, Kathryn resta au chevet de Rose. Avait-elle été baptisée ? Finn avait dû insister pour qu'elle le fût. Mais Kathryn songea alors à quel point il avait aimé sa Rebecca. Peut-être celle-ci ne s'était-elle pas convertie ? Dans ce cas, l'aurait-il quand même épousée ? Elle pensait à la petite croix filigranée accrochée au cou de Rose au moment où celle-ci s'assoupit, rassurée.

Quand le bébé réclama de nouveau à manger – Rose dormant et Kathryn somnolant près du lit, cela sembla se produire à peine quelques minutes plus tard –, la jeune maman n'avait rien à lui donner, pas même le pâle liquide visqueux qui précède le lait. Jasmine émit un faible gémissement de protestation, sa bouche en bouton de rose aspirant le mamelon déformé.

« Essayez le sein gauche. »

Mais Jasmine cria encore plus fort, tordant sa minuscule frimousse, toute rosie par la colère. La mère, affaiblie par le long accouchement, se mit à pleurer, elle aussi. Deux enfants qui pleurent, songea Kathryn en soupirant. Elle était épuisée. Aussi lasse que si c'était elle l'accouchée.

« Rose, il faut vous reposer maintenant, dit Kathryn. Votre lait reviendra. On va s'occuper du bébé jusqu'à ce que vous alliez mieux. Entre-temps on lui donnera du lait de brebis à téter sur un linge ou on fera venir une nourrice du village. » Elle se maudissait d'avoir laissé repartir la sage-femme, qui aurait su où trouver une nourrice. Comment s'y prendrait-elle pour en engager une ?

Elle ne remarqua l'aide de cuisine qui ramassait les linges souillés dans un coin qu'au moment où celle-ci lui tapota le coude.

« P-pardon, madame… Elle p-pourra se contenter de sucer le bout de votre d-doigt jusqu'à ce que vous t-trouviez du lait. Comme ça, vous v-voyez. » Et avant que Kathryn ait pu l'en empêcher, elle saisit le bébé et lui fourra le bout de son doigt dans la bouche, tout en chantonnant d'une voix douce. Le bébé suçota le doigt à plusieurs reprises et s'endormit. La servante le reposa délicatement dans son berceau.

Kathryn était stupéfaite.

« Félicitations, Magda ! Je pense que tu pourrais t'occuper de l'enfant. »

Rougissant de plaisir, la petite esquissa une révérence.

« S'il vous plaît, d-dame. Si vous avez b-besoin tout de suite d'une nourrice, ma maman a encore du lait. Vous v-voulez que j'aille la chercher ? »

Si elle voulait qu'elle aille la chercher ? Kathryn faillit pleurer de soulagement. Elle savait que, long-temps après l'âge du sevrage, certaines paysannes portaient toujours leurs nouveau-nés qui tétaient leurs seins pendants, persuadées qu'elles ne retomberaient pas enceintes tant qu'elles allaiteraient. À cause de la malnutrition, le lait de certaines venait à tarir trop tôt et leurs bébés mouraient. Elle pouvait au moins empêcher que cela n'arrive à la petite-fille de Finn.

« Oui, s'il te plaît ! Cours la chercher ! Dis à ta mère qu'elle sera bien payée. » Puis, saisissant la main de Rose, elle s'écria : « Vous voyez, Rose, nous avons déjà une nourrice ! Reposez-vous. Tout va s'arranger. Je vais veiller sur votre bébé jusqu'au retour de Magda. »

Magda savait que sa mère serait contente, car cela signifierait davantage de nourriture pour sa nichée affamée. Sa famille ne s'était pas remise de l'impôt par capitation de l'année précédente. N'ayant pas les huit shillings – un shilling par tête – qu'exigeait le roi Richard, le collecteur avait pris le cochon qui leur aurait permis de passer l'hiver. Et la cuisinière avait parlé d'un nouvel impôt pour financer les guerres d'Espagne du duc qui tournaient mal. « Ôter la nourriture de la bouche des enfants pour financer la vanité des hommes ! » s'était indignée Agnes. La famille aurait moins à débourser cette fois-ci, six shillings au lieu de huit parce que Agnes lui avait dit qu'elle demanderait à lady Kathryn de payer pour Magda. Et son petit frère était mort… Une bouche de moins à nourrir, une tête de moins à taxer. À part Magda, personne n'avait semblé déplorer cette perte, même si elle avait plus d'une fois vu sa mère pleurer au cimetière devant trois petits monticules. Six shillings… Et on leur avait déjà pris le cochon.

Le sol de terre battue de la hutte était boueux. Sa mère était assise sur un tabouret devant une table de bois blanc mal équarri, seuls meubles de la pièce, mis à part le petit lit des parents de Magda et une sorte de berceau en osier, perpétuellement occupé. Les trois autres enfants dormaient dans un grenier bas, au-dessus des animaux. En hiver, ils étaient ainsi protégés des éléments et la chaleur corporelle des bêtes était la bienvenue.

Cela fonctionnait plutôt bien, dans l'ensemble. Sauf par une journée comme celle-là où le vent et la pluie rabattaient la fumée de la tourbe par le trou percé dans le toit de chaume et où la cabane sentait la fiente de volaille et la bouse de vache. La fumée piquait les yeux de Magda. Comment sa mère pouvait-elle rester assise, insensible au raffut à l'entour, pétrissant du pain d'une main, tout en allaitant son bébé, tandis qu'un autre enfant, âgé de quatre ans, pleurait en s'accrochant à ses jupes. Magda pensa à Blackingham, à ses pièces calmes et propres, aux lits de plume, à l'immense cuisine, la soupe mijotant constamment dans l'âtre.

« Où est papa ? hurla-t-elle sur le seuil de la porte basse pour se faire entendre malgré le vacarme.

— Magda ? » Quand elle souriait le visage émacié de sa mère était presque joli, mais cela n'arrivait pas souvent. « Je sais pas où il est parti. » Elle rentra sous son foulard une mèche rebelle. « Il a dit qu'il devenait fou à rester enfermé avec nous. Il est parti à grands pas sous la pluie. Tant mieux ! Son aigreur empestait l'atmosphère.

— Alors il faudra qu'il mange de l'aigreur au lieu de t-tartelettes aux p-pommes sèches. »

Elle secoua la pluie de son manteau et plaça fièrement sur la table un panier de gourmandises. Son petit frère cessa de pleurer et se mit à grimper aux jupes de sa mère. Les trois autres, qui pourchassaient des poulets, s'approchèrent en courant et agrippèrent le panier de leurs mains crasseuses.

« Attention ! s'écria Magda en le leur arrachant. Il y en aura assez p-pour tout le monde. J'ai aussi apporté un sac de f-farine finement moulue et un c-carré de lard. »

Sa mère poussa un petit cri, prit une brusque inspiration, puis ses yeux s'emplirent de larmes. Elle toucha le visage de Magda.

« Mon enfant, je remercie la Sainte Vierge et bénis le jour où je t'ai emmenée à Blackingham, même si je dois avouer que j'ai souvent maudit ton père de m'avoir forcé la main. Il disait que tu étais simplette parce que tu parlais pas beaucoup, mais, à mon avis, c'est juste parce que tu n'avais rien à dire. » Elle se tut, scrutant le visage de Magda, comme pour demander pardon ou avoir la confirmation qu'elle avait bien agi en se séparant de sa fille.

« Ils sont gentils avec moi, maman. Même m-madame. Personne ne me traite de simplette. Mais les

441

p-petits me manquent. Et tant que je serai à Blac-kingham vous ne mourrez p-pas de faim. »

Sa mère parut inquiète.

« Tu n'as pas volé au moins ?

— Bien sûr que non, maman. La c-cuisinière a préparé elle-même le p-panier.

— Dommage que ton père soit pas là pour voir comment tu as retrouvé ta langue ! Il en croirait pas ses oreilles de t'entendre causer si bien. »

Le chat a pris ta langue ? se moquait-il quand elle était petite et qu'il tentait gentiment de la faire parler. Magda se rappelait qu'elle s'asseyait sur ses genoux et cher-chait à attraper le cercle de lumière rouge entourant sa tête, qu'il la giflait quand elle lui tirait les cheveux, et, plus tard, qu'il la battait quand elle refusait de parler.

« Ne sois pas trop dure avec ton père, petite. Sa vie n'a pas été facile.

— P-personne n'a la vie facile, maman. » Elle expliqua la raison de sa venue, comment Rose n'avait pas assez de lait pour contenter le minuscule bébé.

« Je vais y aller tout de suite, si tu t'occupes du petit pendant mon absence.

— Est-ce qu'il y aura assez de lait p-pour tous les d-deux ? » Elle regarda son plus jeune frère qui tétait goulûment, fixant ses gros yeux ronds sur Magda comme s'il devinait qu'on complotait quelque chose.

« Billy est en âge d'être sevré. J'ai juste continué à le nourrir au sein parce que... Bon. Peu importe pourquoi. Ça sera plus nécessaire maintenant. »

Dans la pénombre enfumée, une belle lumière violette semblait éclairer sa mère par-derrière, mais Magda avait appris à ne pas parler des couleurs, à ne pas évoquer les âmes qu'elle lisait comme d'autres lisent les visages. Pour éviter qu'on la traite de simplette.

Lady Kathryn montait la garde, partageant son temps entre Rose et l'enfant. Jasmine était en excellente forme. Rose, elle, saignait sans discontinuer. Rien d'inquiétant au début, si ce n'est qu'au lieu de s'amenuiser l'écoulement augmentait. Les hommes appellent « floraison » cette propriété secrète, cette purge mensuelle du corps féminin fertile… Joli mot pour désigner cette capacité naturelle. Toutefois, cette sombre floraison qui maculait drap blanc après drap blanc était anormale.

Dans la chambre de Rose, des bougies brûlaient jour et nuit en l'honneur de sainte Marguerite. Kathryn avait fait transporter la jeune maman dans le lit de Finn, la petite alcôve où elle avait dormi jusque-là ayant été transformée en nursery. Chaque jour, afin d'allaiter Jasmine, la mère de Magda parcourait les deux milles séparant sa cabane du château. Quand Kathryn s'était enquise des dispositions prises concernant ses enfants, on lui avait répondu que, les champs étant inondés, le mari n'avait de toute façon rien d'autre à faire qu'à s'occuper des petits. Une fois ou deux, Kathryn avait aperçu un petit garçon dans la cuisine avec Magda et Agnes mais elle n'avait rien dit. Du moment que la mère s'occupait de Jasmine, elle lui permettait de garder son enfant auprès d'elle.

Rose pâlissait à vue d'œil. Sous la peau translucide de ses petits seins ronds, les veines avaient l'air d'une fine dentelle bleutée. Elle essayait toujours d'allaiter son enfant mais, aucun lait ne venant, Jasmine criait. Après chaque effort inutile, Kathryn prenait sa petite-fille pour la porter à la nourrice, tandis que Rose, épuisée, s'affalait contre l'oreiller. Elle ne disait rien, mais Kathryn guettait l'apparition des larmes dans le sillon entre le nez et les joues.

Elle glissa une pierre de jaspe curative sous l'oreiller

et abreuva Rose d'infusion de miel et d'agripaume. Elle trempa des chiffons dans une décoction d'alchémille et les lui plaça entre les jambes. Le quatrième jour, brûlante au toucher, Rose n'essaya plus d'allaiter son enfant. Une fois, quand elle l'entendit pleurer dans l'alcôve, elle s'écria avec une sorte d'effroi : « Qu'est-ce que ce bruit ? »

Kathryn accueillit la nourrice et Jasmine dans sa propre chambre. Elle avait déjà fait une première tentative, mais la maman avait protesté. Elle ne le fit pas cette fois-ci.

La fièvre ne diminuait pas. Rose se mit à délirer, fredonnant des phrases absurdes, des chansons d'amour – les chants de Colin, se rappelait Kathryn – et marmonnant d'une voix à peine audible les noms de Finn ou de Colin. Kathryn lui passait de l'eau froide sur la peau, peine perdue, la fièvre montait malgré tout.

Le cinquième jour, Kathryn envoya chercher le prêtre de Saint-Michel. Rose devait partir absoute de ses péchés.

« Dis au valet que je le ferai fouetter s'il ne ramène pas le prêtre avant la tombée de la nuit, rétorqua-t-elle quand on lui rapporta qu'il se plaignait que la route était trop "mouillée et bourbée". Il ne va pas fondre. Je l'écorcherai s'il ne s'exécute pas séance tenante. »

Elle resta assise à côté de Rose, murmurant des prières et des paroles affectueuses.

Le prêtre arriva à la tombée de la nuit, s'ébrouant, telle une bête à longs poils, pour ôter l'eau de son manteau.

« Où est la fille ? » demanda-t-il, à l'évidence mécontent d'avoir été appelé par une telle nuit.

Kathryn le conduisit au chevet de Rose. Blanche comme un linge, les yeux clos, les minces paupières veinées de bleu, elle avait l'immobilité d'un cadavre. Deux heures plus tôt, lorsque Kathryn avait retiré les chiffons d'entre ses cuisses, ils étaient aussi sombres et trempés que la terre gorgée d'eau au-dehors.

« Il n'y a pas de temps à perdre », dit le prêtre. Il passa ses vêtements sacerdotaux, sortit son eau bénite, son crucifix, puis commença à réciter le *Commendatio animæ*.

« *Qui Lazarum...* »

Rose n'ouvrit qu'une fois les yeux pendant l'office des morts, lançant des regards en tous sens, les yeux écarquillés de peur et d'une sorte de surprise. Mais la mort ne prenait-elle pas toujours les jeunes au dépourvu ? Ou la présence du prêtre l'effrayait-elle ? Elle dévisagea Kathryn. « Jasmine », murmura-t-elle, agitant les mains comme pour saisir l'enfant.

« Elle dort, lui répondit Kathryn de sa voix la plus douce, tout en luttant contre son propre étonnement et son effroi, bien qu'elle eût vu maintes fois la mort. Je vais prendre soin de ta petite fille. Je la protégerai aussi longtemps que je vivrai, Rose, je te le promets. Elle sera ma fille. »

Rose hocha la tête, se rejeta en arrière et ne bougea plus. Elle respirait si faiblement qu'à un moment Kathryn approcha de son visage une bougie allumée pour voir si la flamme vacillait. Peu après, Kathryn sentit une légère pression sur sa main. Elle ne s'était même pas aperçue qu'elle tenait la main de Rose.

« Dites à père... » Kathryn s'approcha tout près pour mieux l'entendre. « Dites à père que je regrette... »

Lady Kathryn resta longtemps assise près du corps. Elle écoutait le sifflement de la pluie qui tombait à flots, s'infiltrait dans le conduit de la cheminée, produisant de petits grésillements tout en emplissant la chambre de fumée. Elle toucha le visage déjà froid de Rose. Le prêtre s'était rendu à la cuisine pour prendre son repas avant de regagner son lit. Le lendemain matin, il baptiserait officiellement la petite-fille de Kathryn en trempant trois fois le bébé dans les fonts baptismaux de la chapelle de la Vierge. Kathryn ferait office de marraine. Toutefois, il n'y aurait aucune fête. La mère de l'enfant serait allongée sous les fonts, dans la crypte familiale – terre consacrée –, à côté de Roderick, lequel dormirait pour l'éternité près d'une belle femme, près d'une juive. Seul fruit qu'il ne pourrait cueillir.

Le père n'assisterait pas au baptême. Colin était-il maintenant parvenu chez les bénédictins ? Un rétameur ambulant qui avait accompagné sa troupe avait assuré à Kathryn qu'il allait bien. En ce moment même peut-être était-il en train de chanter ses jolis chants d'amour, inconscient de la mort de sa bien-aimée. Dès que les routes redeviendraient praticables, elle enverrait un message aux moines de Cromer. La découverte de l'existence de son enfant ramènerait-elle Colin à sa mère ?

Elle s'apprêtait à sonner pour que Glynis l'aide à préparer le corps, mais elle se ravisa. D'aucuns affirmaient que les juifs portaient une marque particulière, une difformité sur leur corps, et Roderick avait déclaré qu'il tenait de bonne source que la fente des juives était horizontale comme une bouche. En tout cas, elle savait maintenant que c'était un mensonge. Les parties de Rose étaient semblables aux siennes, même si elle devait reconnaître que, saisie d'angoisse, elle avait hésité avant d'appeler la sage-femme. Devant les douleurs de Rose, cependant, si ce que prétendait son époux était vrai, elle aurait toujours pu acheter le silence de la sage-femme.

Elle alla chercher une bassine d'eau de lavande et entreprit de baigner chaque membre, de les laver avec soin. Elle ne constata nulle marque, nulle difformité. Tout était parfaitement formé. Elle natta les cheveux bruns, les tressant en couronne, plaça deux pièces sur les paupières, puis attacha un bandeau de soie bleue autour de la tête et sous la mâchoire avant de vêtir la morte de la robe que préférait son père. Dans sa robe bleu pâle, elle avait l'air d'une mariée, aussi belle dans la mort qu'elle l'avait été dans la vie.

Kathryn pensa qu'elle devait lui ôter la petite croix accrochée au cordon de soie. Elle la donnerait à Jasmine de la part de sa mère. Exactement comme la mère de Rose l'avait léguée à sa fille. Elle la détacha avec précaution, l'examinant de très près pour la première fois. Le filigrane était délicat et complexe, rappelant les torsades enluminées qui ornaient les pages de garde de l'Évangile selon saint Jean. Six minuscules perles formaient un cercle parfait au sommet de la croix. Représentation du soleil ? Mais cela ne ressemblait pas aux croix celtes qu'elle avait vues dans les vieilles églises saxonnes de Norwich, celles mêlant le symbole du soleil à celui de la croix. Hérésie, affirmaient certains. Ce cercle-ci se trouvait à l'intersection de la traverse et du montant de la croix et ressemblait davantage à une étoile, une étoile à six branches, si ingénieusement insérée dans les volutes du dessin qu'elle disparaissait quand on la fixait du regard. Son imagination devait lui jouer des tours.

Finn avait-il dessiné ce beau bijou pour sa Rebecca ? Un petit accès de jalousie la poignit. Mais de quel droit était-elle jalouse ? Kathryn passa le cordon de soie autour de son rosaire – elle ne profanerait pas la croix en l'accrochant à son cou – et aurait voulu que Finn puisse voir à quel point sa fille était belle dans la mort et avec quelle tendresse elle s'occupait d'elle. Cela aurait peut-être pu le consoler. Sainte Vierge Marie, où trouver la force d'annoncer à Finn la mort de sa fille ?

Une fois le corps parfumé et habillé, Kathryn pensa sonner. Elle pouvait aller se coucher, laissant à d'autres le soin d'accomplir cette dernière tâche. Mais elle alla chercher la toile d'embaumement dans une armoire et se mit à la coudre. Elle se devait d'exécuter elle-même l'ultime rite. Le lourd drap ciré résistait à l'aiguille, et bientôt la serge s'orna de perles de sang s'échappant des doigts de Kathryn. Rose emporterait dans la tombe quelque chose de Kathryn.

L'aube se levait presque quand elle termina sa tâche. La pluie avait cessé. Elle s'était accoutumée depuis si longtemps au martèlement de l'averse que le silence lui semblait menaçant. Ses métayers seraient contents. Les rivières allaient regagner leur lit. Les pâturages séche-raient et de nouvelles pousses tapisseraient le flanc des collines. Les routes redeviendraient praticables. Elle devrait refaire le trajet jusqu'à la prison et expliquer à Finn comment elle avait cousu le linceul de sa jolie Rose. Elle lui dirait aussi comment elle l'avait brodé de ses larmes.

Elle espérait de toute son âme qu'il lui permettrait de garder l'enfant.

VINGT-DEUX

*Notre foi est ancrée dans la parole de
Dieu, et croire que la parole de Dieu est
vraie en tout point fait partie de notre foi.*

Julienne DE NORWICH,
Révélations divines

Nuit après nuit, Kathryn restait éveillée, d'affreux
mots martelant son esprit, des soldats lourdement bottés
ravageant son sommeil. *On a fait tout ce qu'on pouvait
pour elle, Finn... Elle a eu une mort paisible... Elle s'est
éteinte doucement... Elle est en sécurité dans les bras de
la Sainte Vierge... J'ai acheté des messes pour son
âme... L'enfant te réconfortera...*

Mots creux.

Finn devait sans doute se préparer à l'éventualité de la
mort de sa fille. Tant de femmes mouraient en couches.

Comme sa propre épouse. Il le savait peut-être déjà, songea-t-elle, grâce à quelque intuition paternelle.

Pendant qu'elle attendait la décrue, sa migraine la tortura avec constance. Il arrivait à Kathryn d'envisager agir avec lâcheté. Faire porter une lettre à Finn par l'un des valets. Elle alla même jusqu'à saisir une plume, mais, comme elle regardait le bec taillé suspendu au-dessus du parchemin, elle vit les doigts de Finn maculés de peinture en train de dessiner un rouge-gorge dans leur jardin en septembre ou de guider ceux de Rose pour former les gracieuses majuscules requises par leur art. La main de Kathryn tremblait tellement qu'elle ne parvenait pas à tracer les lettres. Elle chiffonna le feuillet vierge et le jeta dans le feu.

Elle berçait le bébé durant des heures, fredonnant des bribes de chansons. Jasmine serrait le doigt de Kathryn de sa minuscule menotte.

« Tu es un joli bébé, tu ressembles à ta maman. Elle était jolie elle aussi. Oui, c'est vrai. Joli bébé, joli bébé », psalmodiait-elle. Comportement stupide de la part d'une femme de son âge.

Jasmine ouvrait alors ses yeux embués de sommeil – des yeux bleus, ceux de Colin – et fixait sur la châtelaine un regard plein de sagesse. Même lorsque Kathryn la remettait à la nourrice pour la tétée – sans jamais s'éloigner, traînant toujours dans les parages –, l'enfant ne la quittait pas du regard, lâchant le mamelon et tournant la tête si Kathryn sortait de son champ de vision. Cela n'arrivait pas souvent d'ailleurs. Les yeux vifs de Jasmine avaient envoûté Kathryn.

Il fallut attendre la mi-mai pour que la route de Norwich devienne praticable.

Jasmine avait six semaines.

De sa fenêtre, Finn contemplait les plaines inondées. Les eaux regagnaient lentement leur lit. Pour la première fois depuis des semaines, il pouvait apercevoir le pied de la haie d'aubépines qui bordait la rive opposée du fleuve et toute l'arche du pont de pierre. Au loin, un chariot avançait péniblement sur la route embourbée. La lumière était également meilleure – une légère brume voilait un soleil beurre-frais – et il avait été réveillé par une alouette qui avait son nid sur le rebord de sa fenêtre. Tout annonçait le printemps.

Or, pour Finn, c'était toujours l'hiver. Aucun mot de Blackingham. Rose devait être sur le point d'accoucher désormais. Ses mains tremblaient quand il essayait de travailler.

Depuis de nombreuses semaines, l'évêque avait été son seul visiteur. La dernière fois, ils avaient joué aux échecs sur l'échiquier exagérément sculpté de Despenser et débattu des mêmes sempiternelles questions, avec toutefois moins de passion qu'à l'accoutumée. L'esprit de Finn était à Blackingham.

Fronçant les sourcils, Despenser prit le pion de Finn en passant.

« John Wycliffe et des clercs renégats comme John Ball se répandent dans tout le pays en débitant leurs prêches. Ils montent les paysans contre Dieu et le roi. Ils voudraient que chaque manant, rustre ou vilain soit son propre prêtre ! Liberté périlleuse. Leur ignorance les enverrait tout droit en enfer.

— Tandis que les évêques les forcent à rester esclaves du rituel et de la superstition, diaboliques jumeaux, rétorqua Finn. Comment cela peut-il profiter aux âmes ?

— Ce sont des brebis qu'il faut surveiller. N'est-ce

pas ce qu'a dit Notre-Seigneur ? » rétorqua Despenser en souriant.

Finn fut sur le point de répondre évasivement qu'il fallait séparer les brebis des boucs, mais il préféra se taire. Le cœur n'y était pas. Il n'avait guère la tête au jeu non plus. L'évêque tenait déjà le roi de Finn en échec. Ils jouaient d'habitude jusqu'à ce que l'un des deux adversaires soit pat, et parfois Finn se laissait mettre échec et mat après une certaine lutte. Finn déplaça un cavalier pour protéger son roi. Les doigts pâles de l'ecclésiastique – aussi blancs que l'ivoire qu'ils caressaient – s'attardèrent sur son fou puis bougèrent le pion pour prendre le cavalier ébène de Finn.

« Vous n'êtes pas à ce que vous faites aujourd'hui », déclara-t-il, brisant le silence. Laissant Finn réfléchir à son prochain coup, il se leva de son fauteuil, se dirigea vers la table de travail et examina le premier panneau du retable. « Et votre travail avance à un rythme médiocre. » Il suivit d'un index bagué l'esquisse non coloriée du visage de la Vierge.

Les yeux de Rose. Les lèvres de Rose. Finn avait envie d'écarter la main de l'évêque. Il se borna à faire semblant d'étudier l'échiquier.

« J'ai travaillé sur l'arrière-plan de ce panneau. Il me manque les pigments nécessaires pour colorier la robe de la Vierge.

— Comment ces pigments peuvent-ils vous faire défaut ? répliqua l'évêque, froissé. Ne vous ai-je pas fourni le bleu d'outremer et la gomme arabique que vous aviez réclamés la semaine dernière ? Cela a coûté fort cher, d'ailleurs. Et j'ai dû en envoyer quérir jusqu'en Flandre. Avec quoi est-ce fait au juste ? Les larmes de la Vierge n'atteindraient pas un prix aussi exorbitant.

— Du lapis-lazuli, déclara Finn, sacrifiant son fou

452

pour protéger son roi. Une pierre réduite en poudre. Elle vient d'Orient. La teinte varie de l'azur au glauque. Tout est dans le mélange. Il me faut la lumière adéquate pour obtenir le bleu pur de la robe de la Vierge… »

L'évêque caressa la croix pectorale accrochée à son cou, ses doigts palpant le filigrane incrusté de perles.

« Permettez-moi, maître Finn, de vous rappeler notre accord. Vous jouissez de cette luxueuse installation parce que tel est mon bon plaisir. J'espère que vous ne faites pas passer quelque tâche profane et secondaire avant la commande de votre évêque. »

Finn regardait l'évêque, de plus en plus inquiet. Despenser fixait le coffre dans le coin, celui qui contenait les pigments, celui où se trouvaient également le parchemin et les plumes, ainsi qu'une besace de cuir remplie de dangereux documents.

« Je vous assure, Votre Éminence, que je n'ai pas oublié les termes de l'accord. J'avais cru comprendre que mon séjour ici serait si long que j'aurais tout le temps de… Sauf si, bien sûr, est apparu quelque nouvel élément susceptible d'abréger mon séjour. »

Le coffre retenait toujours l'attention de l'évêque.

« Non, il n'y a aucun nouvel élément. Le shérif demeure persuadé que nous détenons l'assassin du prêtre. En fait, c'est parce que j'ai besoin de vous que vous n'avez pas déjà été condamné au gibet. Alors, ne vous jouez pas de moi, enlumineur. Ma patience a des limites ! Ne vous y trompez surtout pas…

— Je ne joue à aucun jeu, Votre Éminence, et suis tout à fait conscient de votre pouvoir. Mais vous devez comprendre qu'un peintre a du mal à travailler sous cet éclairage. Voilà pourquoi je n'ai encore exécuté que le travail de base, affirma Finn en indiquant le panneau recouvert d'enduit de plâtre que l'évêque examinait. Je reviendrai au panneau de la Crucifixion dès que la lumière sera plus intense… Il me semble que c'est à vous de jouer.

— Le croquis du visage de la Vierge promet d'être très beau. Votre fille a servi de modèle, je suppose. »

Despenser avait joué, et la subtile menace perceptible dans le mince sourire des lèvres en forme de lame de couteau n'avait pas échappé à Finn. En tout cas, l'évêque semblait avoir cessé de s'intéresser au coffre recelant les textes de Wycliffe que Mi-Tom n'avait pas pu récupérer à cause des inondations.

« Quel piètre adversaire vous faites aujourd'hui. Vous pouvez ranger l'échiquier dans sa boîte et vous remettre au travail. Espérons que la lumière sera plus à votre goût demain. » L'évêque se dirigea vers la fenêtre. Dans le panier fait de brindilles, il y avait trois œufs pas plus gros que des perles, que Finn avait surveillés, comme il avait regardé l'oiselet construire son nid en transportant dans son bec une seule brindille à la fois. L'évêque prit les œufs l'un après l'autre pour les examiner, puis les jeta dans le vide, avant de pousser le nid.

« Toutes ces allées et venues pourraient gêner votre concentration », dit-il.

Après le départ de l'évêque, Finn avait envisagé de brûler les documents. « Car Dieu a tant aimé le monde qu'il a donné Son Fils unique… » Pourquoi les hommes d'Église ne parlent-ils jamais de l'amour de Dieu alors qu'ils évoquent avec éloquence les tourments des damnés ? L'anachorète écrivait sur l'amour de Dieu. Elle l'avait ressenti durant sa propre guérison. Elle avait vu la passion du Christ dans ses visions. Peut-être les clercs, l'évêque par exemple, comprenaient-ils davantage le diable et ses méthodes. Mais, de la plume de Finn calligraphiant l'Évangile de Jean, jaillissaient des mots d'amour, des mots que tous les hommes devraient entendre.

Comment ceux qui n'avaient jamais connu l'amour pouvaient-ils en comprendre le sens ? Lui le comprenait. Il l'avait ressenti. Pour Rebecca. Et pour Kathryn. Pas seulement l'amour entre un homme et une femme, mais un sentiment plus profond. Il avait voulu les protéger, avait souhaité que son âme se fonde à la leur. Or cet amour l'avait abandonné. Rebecca l'avait quitté. Kathryn l'avait trahi. L'amour de Dieu devait être plus fort que cela, comme l'avait expliqué l'anachorète. Un amour plus puissant, une force incorruptible. Finn avait ressenti un tel amour. Il pouvait tout pardonner à sa fille. Son amour pour Rose ressemblait aux pigments coûteux qu'il utilisait : quintessence pure, non frelatée.

Cependant une énigme demeurait. Si l'amour divin était pareil à celui d'un parent pour son enfant – en plus grand, plus profond, plus vaste, plus parfait –, comment Dieu avait-Il pu sacrifier Son Fils unique ? Quel parent aimant pourrait-il sacrifier un fils et lui infliger de si insupportables souffrances ? Sûrement pas Kathryn, en tout cas. Elle l'avait prouvé. Ni lui. Dieu avait-Il changé d'avis en voyant Son Fils suspendu à la croix, le sang et les larmes ruisselant sur Son visage, la foule se moquant de Lui, les chiens tournant autour de la Croix, les vautours dans le ciel. Mais Il n'avait pas regardé, n'est-ce pas ? Il avait détourné le regard, incapable d'affronter la scène. Finn comprenait au moins cet aspect des choses.

La sacoche de cuir cachée sous les pigments, la gomme, les parchemins et les plumes était pleine à craquer. Wycliffe apprécierait les exemplaires supplémentaires. Ces dernières semaines, y travailler avait procuré à Finn un étrange bien-être. C'était une façon de résister. Ce qui avait débuté comme une manière de nourrir sa révolte lui avait apporté une paix qu'il n'avait pas connue jusqu'alors. Si ses doigts tremblaient trop pour pouvoir œuvrer sur les icônes de l'évêque, ils étaient fermes et tranquilles lorsqu'il recopiait les textes de Wycliffe. Si cet évangile disait vrai, la vérité ne devait-elle pas être reproduite en de nombreux exemplaires ?

Bientôt, Mi-Tom pourra revenir à Norwich, se dit-il. Les eaux se retirent. Dès demain, je travaillerai sur la robe de la Vierge.

Il n'en avait rien fait. Il avait recommencé à recopier les traductions anglaises. Une autre semaine était passée. Les documents ne tiendraient bientôt plus dans le coffre. De sa fenêtre – au rebord désormais vide –, bien que les eaux se fussent retirées, il ne vit sur le pont qu'un chariot tiré par un cheval et qui transportait deux femmes et une fillette d'environ quatorze ans. L'une d'elles tenait un nouveau-né dans ses bras. Une mère et ses enfants rendant visite à un père emprisonné ? Il espérait pour eux que celui-ci n'avait commis qu'un délit mineur.

Aucun signe de Mi-Tom. Sans doute les marais devaient-ils être toujours inondés. Il était possible qu'il ne vît pas son ami avant des semaines. Il lui faudrait trouver un autre moyen de faire sortir ses documents en catimini. Le lendemain c'était vendredi. L'évêque ne manquerait pas de lui faire sa visite hebdomadaire…

« Attendez ici ! » dit Kathryn à Magda et à sa mère. Quoiqu'on fût dans une cour de prison, cette dernière accomplissait, au vu et au su de tous, la tâche pour laquelle elle avait été engagée : allaiter l'enfant affamé. Kathryn éprouvait une grande satisfaction à regarder le nourrisson téter, ce qu'il faisait souvent et à grand bruit.

« Vous serez en sécurité ici, affirma-t-elle. Le constable a promis de veiller sur vous. Je pense qu'on peut lui faire confiance.

— Ne vous en faites pas, madame. Tout ira bien », la rassura Magda.

Kathryn perçut un tressaillement dans la voix de la petite servante tandis qu'elle contemplait l'impressionnant donjon. Elle avait aussi remarqué son petit cri, mi-effroi, mi-admiration, quand les remparts de la ville avaient surgi à l'horizon. Mais Magda n'était pas dépourvue de courage. Lorsqu'ils s'étaient embourbés (Kathryn avait eu la sagesse de prendre le chariot plutôt que la lourde voiture de Roderick), elle s'était révélée plus utile que le valet pleurnichard, celui qu'elle avait envoyé chercher Simpson.

Les secours étaient enfin arrivés mais pas en provenance de Blackingham. Deux manouvriers qui passaient par là avaient poussé de l'épaule les roues embourbées. Armée de sa seule détermination – et du poignard de Finn suspendu à côté de son rosaire –, Kathryn avait décidé de continuer en espérant que Simpson les rattraperait.

Espoir vain. Quand le chariot s'était une deuxième fois embourbé jusqu'à la hauteur de l'essieu, les deux femmes et la fillette avaient dégagé les roues. Mais Kathryn considérait le pénible voyage comme une vraie partie de plaisir comparé à la tâche qui l'attendait. Elle essuya un filet de lait sur la joue du bébé, se redressa vigoureusement et s'approcha de la grille métallique au pied de l'escalier de la prison.

« La porte est ouverte en haut », annonça le garde comme la clef crissait dans la serrure.

Kathryn régla le petit sablier qu'elle avait apporté avec elle.

« Donnez-moi une demi-heure, et puis faites monter les autres ! » Elle donna un penny au garde. « Le constable vous demande de veiller sur elles, dit-elle en indiquant le chariot d'un mouvement de tête. Veillez à ce que personne ne s'approche !

— Très bien, madame », répondit le garde en empochant la pièce. La lourde grille claqua derrière elle.

VINGT-TROIS

Les grosses gouttes de sang tombaient
dru de la couronne. D'un rouge éclatant,
elles semblaient jaillir directement des
veines...

Julienne DE NORWICH,
Révélations divines

Finn se penchait sur sa table de travail, les documents de Wycliffe étalés devant lui. N'ayant pas réussi à trouver la couleur de la robe de la Vierge, il avait fini par renoncer. Peut-être aurait-il dû ajouter du cinabre, pensait-il en recopiant l'Évangile de Jean. Une ombre passa derrière lui. Il glissa les documents dans le sous-main, devinant qu'il ne s'agissait pas de l'évêque. Il ne serait pas arrivé d'un pas si léger et sans cérémonie. Sauf, bien sûr, s'il avait cherché à le surprendre.

Rapidement mais avec soin, Finn versa sur sa palette quelques gouttes de la précieuse poudre de lapis et fit semblant de la mélanger. Nouveau pas derrière lui. Discret, hésitant. Il prit la mine de l'artiste absorbé par son travail, mais lorsqu'il se retourna pour faire face à son visiteur, le masque s'effrita et il lâcha la fiole. Un filet de poudre d'un bleu lumineux se répandit sur le sol.

« Kathryn ! » Il la fixa, tout ébahi, aussi surpris par son apparence que par sa présence : manteau crotté, mèches blanches des cheveux défaits s'échappant de la coiffe, un rien de travers. Des traces de boue marquaient son avancée depuis le seuil de la chambre. De fines rides d'angoisse cernaient la bouche et les yeux, rides dont Finn ne se souvenait pas.

« S'agit-il de Rose ? demanda-t-il, son pouls s'accélérant. Les douleurs ont-elles commencé ? »

Un instant elle parut ne savoir que répondre. L'anxiété serrait la gorge de Finn, lui coupant le souffle.

« Les douleurs de Rose sont terminées, Finn », dit-elle finalement.

L'angoisse se dissipait. Il poussa un profond soupir de soulagement.

Les yeux de Kathryn parcoururent la pièce et s'arrêtèrent sur le pigment répandu sur le sol. Pourquoi évitait-elle de le regarder ? Cela ne ressemblait guère à la châtelaine de Blackingham, elle ne refusait jamais l'affrontement. Il sentait le poids des remords de Kathryn et aurait pu s'en délecter, si, extrêmement soulagé d'apprendre que les souffrances de Rose étaient terminées, il n'éprouvait de la pitié envers la messagère. Il se retint d'essuyer la boue de sa jupe et de lui arranger les cheveux.

« Comment va l'enfant ? » demanda-t-il.

Elle demeura coite.

« Kathryn, l'enfant vit-il ? » Le cœur de Finn battait la chamade.

Elle prit une profonde inspiration.

« L'enfant est en bonne santé. Tu as une petite-fille. Rose l'a appelée… Jasmine. »

Jasmine. Le jasmin était la fleur favorite de Rebecca.

« Une petite-fille… Jasmine », fit-il, goûtant la gracieuse mélodie du nom, la façon dont il sortait de sa bouche qui souriait en le prononçant. Il toucha l'épaule de Kathryn. « Je te remercie beaucoup d'avoir effectué ce dur voyage pour m'apporter la nouvelle. Pas étonnant que tu sois fatiguée. Assieds-toi. Je vais faire apporter une collation. Je te serais très reconnaissant de faire encore quelque chose pour moi, bien que je sache que tu m'as déjà rendu un grand service. »

Elle ne s'assit pas, fixant toujours la fiole brisée et la poudre bleue répandue à terre.

Le soulagement étourdissait l'enlumineur, le rythme de ses paroles était aussi frénétique que celui de son cœur.

« Tu es venue à point nommé. Il faudrait que tu livres pour moi un paquet de documents. J'ai fait des copies pour Wycliffe. L'évêque ne serait pas content. Si tu pouvais les porter à l'anachorète qui habite à côté de Saint-Julien… elle s'assurera que Mi-Tom les livre là où il faut. Je ne peux vraiment pas me permettre d'irriter l'évêque, n'est-ce pas ? Pas au moment où Rose a tant besoin de moi. Kathryn, je ne peux te dire à quel point… »

Se dégageant de l'étreinte de Finn d'un mouvement d'épaule, elle s'agenouilla.

« Tu as renversé le lapis, murmura-t-elle. Laisse-moi t'aider. » De sa main gantée elle fit un petit tas des grains bleus.

« J'ai été tellement surpris de te voir. » Il s'accroupit près d'elle et poussa la poudre sur un morceau de parchemin. « C'était trop criard pour le manteau de la Vierge, de toute façon. Parle-moi de ma petite-fille. » Elle ne lui répondait que par un petit reniflement. Avait-elle attrapé la fièvre par ce temps ? Une gouttelette mouillait le dessus de son gant. D'où cela venait-il ? « Kathryn, est-ce que tu pleures ? »

Il avait du mal à respirer.

« Kathryn, s'agit-il de Rose ? »

Le sommet du crâne de Kathryn s'inclina à peine, mais une mèche de cheveux s'échappa de la coiffe dorée.

« Kathryn, pour l'amour de Dieu, regarde-moi ! Réponds-moi ! » Il lui agrippa les épaules et ils se relevèrent ensemble. « Est-ce Rose ? Elle n'est pas bien ? »

Quand elle leva son visage vers lui, une tache ombrait la pommette, à l'endroit où elle avait essuyé ses larmes de son gant boueux taché de bleu.

« Kathryn, tu as dit… »

Elle s'essuya à nouveau les yeux, étalant du bleu jusque sous l'autre œil. Son visage semblait meurtri. L'espace d'un instant, il vit le visage de sa Vierge en pleurs, de sa Vierge de la Crucifixion. Et il devina ce qu'elle ne parvenait pas à lui dire.

Les mots s'étranglaient dans sa gorge, son esprit refusant d'accepter ce que ses yeux lisaient sur le visage de Kathryn.

« Tu avais dit que les douleurs de l'accouchement étaient terminées.

— Ses douleurs sont terminées, Finn. Rose est auprès de la Sainte Vierge. »

Elle resta longtemps assise par terre près de lui, impuissante, le regardant pleurer sa fille, la tête entre les mains. Elle, elle pleurait pour les deux. La voix rauque d'émotion, elle lui expliqua comment Rose avait été tendrement soignée, comment ses dernières paroles avaient été pour lui, comment on l'avait enterrée dans la crypte familiale, en terre consacrée. Comme il ne réagissait à aucune de ses paroles, elle chercha à l'émouvoir en lui expliquant qu'on avait trouvé une nourrice pour la petite Jasmine, quel trésor était l'enfant, qu'elle avait ramené l'espoir à Blackingham et qu'elle devrait lui redonner l'espérance à lui aussi. Elle jura d'élever l'enfant jusqu'à ce que Finn puisse venir la chercher.

« Je la traiterai comme ma propre fille. Aucun enfant ne sera plus aimé, je te le jure, mon très cher cœur. » C'est ainsi qu'elle l'avait appelé la dernière fois où ils avaient fait l'amour. La formule avait surgi inopinément au milieu de son chagrin, mais il n'y prêta pas attention. « Finn, je le jure par le lait de la Vierge qui a nourri Notre-Seigneur. »

Elle aurait pu tout aussi bien faire ses promesses à une statue. Elle entendit enfin des pas dans l'escalier. La nourrice se tenait sur le seuil, le bébé dans les bras. Sans un mot, Kathryn prit Jasmine et fit un signe à la mère de Magda d'attendre dehors. Elle s'agenouilla près de Finn.

« J'ai amené la fille de Rose pour te la montrer. »

Elle lui caressa la main délicatement, de peur de le faire sursauter.

« Finn… »

Elle craignit qu'il ne se détourne, qu'il ne la repousse d'un mouvement d'épaule, mais il ne bougea pas. De sa main libre, elle donna aux bras de Finn la forme d'un berceau, puis y plaça le bébé endormi. Lèvres entrouvertes, il le fixa sans ciller comme s'il s'agissait d'une créature exotique. Il demeura ainsi durant un long moment, qui parut une éternité à Kathryn. Le bébé dormait en silence.

« Finn, voici Jasmine, chuchota-t-elle. C'est le présent que te fait Rose. On l'a baptisée sous le nom d'Anne, mais Rose l'a appelée Jasmine en l'honneur de Rebecca.

— Le présent de Rose », répéta-t-il d'un ton morne.

Elle effleura la joue du nourrisson, qui ouvrit des yeux bleu foncé et regarda Finn en clignant les paupières.

« Elle a la bouche de Rose. Et, vois, elle a aussi son haut front noble. »

Il la tint à bout de bras, l'étudiant comme s'il s'agissait d'un manuscrit pas tout à fait terminé. Kathryn ne lui avait jamais vu ce regard glacial. Quand il parla, sa voix était basse et sans timbre. Elle dut faire un effort pour comprendre ce qu'il disait.

« Elle possède le teint clair de Colin, déclara-t-il. Et les yeux de Colin. » Son ton lui glaça les sangs.

Il lui rendit l'enfant.

« J'ai perdu trois femmes que j'aimais, ajouta-t-il. Je n'ai pas le cœur à en perdre une de plus. »

Il ne se rendit même pas compte de leur départ. Il fut réveillé par les cloches sonnant none, au milieu de l'après-midi. Il était désormais seul dans sa prison. Peut-être n'avait-ce été qu'un rêve, un songe envoyé par le diable pour le tourmenter. Le poids qui accablait son corps commença à s'alléger. Mais les documents qu'il avait dissimulés à l'évêque n'étaient plus là. À ses pieds gisait la fiole brisée. Un petit tas de poudre bleue, mélangée à de la poussière, se trouvait sur sa table de travail à la place des papiers de Wycliffe.

Le désespoir le terrassa. Il avait envie de briser quelque chose, n'importe quoi, de sauter par la fenêtre dans le fleuve, de se jeter contre le mur et d'éclabousser les pierres de son sang. Ses rugissements et ses jurons solitaires firent monter le constable.

« Apportez-moi du laudanum, je souffre le martyre.

— Je ne sais pas…

— Apportez-m'en ! Tout de suite ! » hurla-t-il. Il martela la table de ses poings et continua à taper jusqu'à ce qu'un gardien lui tende une coupe d'un vin très fort mêlé d'opium.

Les cloches annonçant les vêpres le réveillèrent un peu plus tard. Il avait de la fièvre. Son cœur cognait et le sang battait à ses tempes. Il avait l'impression de dévaler une pente sans pouvoir s'arrêter.

Il prit le panneau de la Crucifixion. D'une main tremblante, il mélangea la gomme arabique et la poudre d'un bleu criard. Un éclat de verre luisait au milieu du bleu. Il le plaça dans sa paume et examina le minuscule poignard de verre, puis referma la main et attendit, espérant ressentir une douleur aiguë.

Quand il rouvrit sa main, une petite goutte de sang perla. Un stigmate. Mais volontaire. Aucun miracle ici. Pas pour lui. Ni pour sa Rose.

Le sang se mêlait à la poudre bleue au creux de la main. De l'index gauche, il recueillit le mélange, l'étala sur sa palette. Ses mains ne tremblaient plus. Avec précision et méthode – il aurait pu simplement être en train d'ajouter du cinabre pour colorer le bleu –, il donna de petits coups avec l'index.

Il faisait jaillir une goutte, puis remuait le mélange.

Petit coup. Goutte de sang.

Aurea Testatur. Témoignage en or.

Petit coup. Goutte. Témoignage de sang.

Petit coup. Goutte.

Il l'avait obtenue, la parfaite nuance de bleu pour la robe de la Vierge. Un intense bleu roi.

La couleur des yeux de sa petite-fille.

VINGT-QUATRE

*Cependant, je crois en tout point ce que prêche et enseigne la Sainte Église...
Mon intention a toujours été de réfuter ce qui irait à l'encontre de ses prescriptions.*

Julienne DE NORWICH,
Révélations divines

L'anachorète fut tirée de son cauchemar par de légers coups frappés à la fenêtre des suppliants. Elle avait rêvé que le diable – le portrait craché de l'évêque – l'étouffait et elle se sentait toute désorientée, tant le rêve avait paru réel. Alors qu'elle avait eu froid durant les prières de l'après-midi, elle était maintenant trempée de sueur. S'était-elle assoupie en récitant none ? Pas étonnant que le démon l'ait entreprise. Combien de temps avait-elle dormi ? Par sa fenêtre de communion, elle voyait la lumière de l'après-midi vivifier les couleurs des vitraux tout au fond du vaisseau ombreux de Saint-Julien.

Toc, toc, toc, à nouveau. Les coups étaient plus insistants cette fois. À l'évidence, des voix venaient de dehors. Des femmes. Elle n'avait guère reçu de visites depuis le début de la saison des pluies. Cela lui manquait. Même si, comme en ce moment, il lui arrivait de redouter ces visites. De quel droit fournirait-elle une consolation spirituelle ? Le Paraclet l'avait abandonnée, ne lui laissant qu'une maigre quantité de réconfort à distribuer.

Elle se releva péniblement, se sentant plus âgée que ses trente-sept ans, et ouvrit le rideau. Un groupe de femmes et d'enfants… Ils étaient les bienvenus, comme elle le leur dit, même si par l'étroite fenêtre elle n'apercevait que trois paires d'yeux scrutant l'intérieur de sa cellule.

« Je suis lady Kathryn de Blackingham, déclara le premier visiteur. Voici mes servantes, ajouta-t-elle en indiquant deux autres personnes derrière elle. Et voici ma filleule, conclut-elle en tendant un ballot vers la fenêtre.

— Cette fenêtre est trop étroite pour vous toutes. Je vous en prie, faites le tour et entrez dans la chambre de ma servante. Nous pourrons mieux converser par la fenêtre intérieure. Elle est beaucoup plus large. Alice est sortie mais elle a laissé sa porte ouverte pour que je puisse jouir de la lumière de l'après-midi. »

Quelques instants plus tard, trois paires d'yeux apparaissaient à la fenêtre d'Alice, mais cette fois-ci, les yeux faisaient partie de visages et les visages appartenaient à trois femmes marquées par le voyage. Celle qui tenait l'enfant était richement vêtue.

« Passez-moi l'enfant, dit Julienne, que je puisse la bénir. Comment s'appelle-t-elle ? »

Après quelque hésitation, on lui passa l'enfant endormie.

« Sa mère l'a appelée Jasmine, mais Anne est son nom de baptême.

— Elle est belle comme une fleur de jasmin. »

Une fois que Julienne eut fait le signe de croix au-dessus du bébé et murmuré une prière, la châtelaine posa un paquet sur le large rebord.

« Je suis envoyée par Finn, l'enlumineur, déclara-t-elle en poussant un gros rouleau de documents.

— Finn ? J'espère qu'il va bien. C'est un valeureux homme et un ami. » Sainte Vierge, merci ! il est toujours en vie, pensa-t-elle. Elle avait eu l'intention d'intervenir en sa faveur auprès de l'évêque, mais c'était avant qu'elle ne provoque l'ire de Despenser. Après lui avoir intimé l'ordre de rédiger une déclaration affirmant sa foi, il n'était pas revenu, la laissant mijoter dans le jus de son déplaisir. Elle avait passé de mauvais moments. Aucune nouvelle en provenance de la prison pendant toute la lugubre saison des pluies. Elle s'était retrouvée seule dans sa cellule, en tête à tête avec ses angoisses. Elle s'était plusieurs fois péniblement remise à son apologie, mais, chaque fois, elle avait chiffonné le parchemin. Elle avait dû prier afin de demander pardon pour ses accès de colère. La lumière intérieure qui la guidait était désormais aussi faible que le jour maussade à l'extérieur de l'ermitage. Quand elle priait, Dieu n'écoutait plus, et les blessures de la contrition, les précieuses révélations, auraient pu n'être que les folles chimères d'un esprit enfiévré. Ce jour-là elle s'était assoupie en récitant l'office divin.

D'une main, elle dénoua la ficelle qui entourait l'épaisse liasse de documents. « Au commencement était le Verbe. » Et le Verbe était en anglais !

« Finn vous prie de remettre ces documents à Mi-Tom, le nain, la prochaine fois qu'il viendra vous voir, expliqua lady Kathryn. Mais si vous pensez qu'ils risquent de vous faire courir le moindre danger, je les remporterai pour les brûler.

— Les brûler ! Brûler les précieuses paroles du Sauveur, le récit par saint Jean des œuvres de Notre-Seigneur. Pourriez-vous faire cela ? »

Le regard de la femme était aussi franc et direct que sa réponse.

« Ce ne sont que des mots.

— Mais des mots sacrés. Le Verbe !

— Je suis une femme pratique, anachorète. Ces mots sont sacrés, soit, mais la vie l'est aussi. N'avons-nous pas le devoir envers le Créateur de préserver Son œuvre, ou devons-nous tous marcher allégrement vers la tombe, saints martyrs à cause de mots griffonnés sur un bout de papier qu'il est possible de reproduire ? Si nous sommes toujours en vie pour pouvoir le faire… En outre, n'est-ce pas le rôle de l'Église de répandre la bonne parole ? Vous devriez le savoir mieux que quiconque, vous qui vous êtes retirée en son sein.

— Je ne me suis pas retirée au sein de l'Église. Contrairement aux moniales et aux moines. Ceci n'est pas un cloître. Je suis ancrée dans le monde. Même si je suis, bien sûr, soumise et loyale à l'Église. » Précisions rajoutées en toute hâte. Que savait-elle de cette femme au juste ? L'évêque avait ses espions, disait-on. « Mon but est de chercher à mieux Le connaître, mieux comprendre Sa passion afin de la révéler à ceux qui viennent me consulter. De plus, poursuivit Julienne, l'Église n'a émis aucun édit stipulant qu'on ne peut traduire l'Écriture. J'écris en anglais mes propres

"Révélations". » Elle n'ajouta pas : « Encouragée par Finn. » Lequel était en prison.

Le scepticisme de lady Kathryn se lut sur son visage.

« La loi royale est une chose – je me suis laissé dire qu'on la rédigeait parfois en anglais –, mais il y a, d'autre part, celle de l'Église romaine, et je n'ai l'intention d'enfreindre ni l'une ni l'autre. »

Le bébé bougea et geignit. Julienne reposa le texte, cala le bébé contre son épaule et se balança d'avant en arrière. C'était bon d'avoir un enfant dans ses bras.

« Comment connaissez-vous Finn ? demanda-t-elle à sa visiteuse au franc-parler.

— Nous avons été amants, répondit Kathryn tout à trac.

— Ce doit être dur pour vous qui l'aimez de le savoir en prison.

— D'autant plus, que j'ai fait un faux témoignage contre lui à propos du meurtre du prêtre, pour sauver mon fils qui est sans doute coupable. »

Devant cette révélation brutale, l'aveu éhonté des priorités conflictuelles de cette femme, la recluse fut un moment prise de court. Elle ne rencontrait pas souvent des gens de cette espèce. Assise toute droite sur son siège, lady Kathryn semblait s'exprimer avec une extrême froideur, mais Julienne remarqua l'agitation des doigts occupés à égaliser la liasse de feuillets, à lisser les pages du dessus, comme si elle tentait d'effacer les rides de sa conscience et de remettre de l'ordre dans le chaos qui l'entourait. Voilà au moins une pécheresse qui savait ce qu'elle était. Julienne trouvait salvatrice cette absence d'hypocrisie.

Le bébé se mit à pleurer.

« Il vaut mieux la donner à la nourrice. C'est une petite goulue. »

Julienne remarqua comment la ligne rigide des lèvres de la châtelaine s'était adoucie en prononçant ces mots.

« Est-ce l'enfant de Finn, demanda-t-elle, en remettant le bébé à la femme qui tendait les bras.

— Non. Sa petite-fille. Dans nos deux maisons la luxure gagne la deuxième génération », répliqua Kathryn d'un ton ironique. Ses doigts se calmèrent, puis elle baissa le regard, respirant profondément. Quand elle releva la tête, ses yeux luisaient. « Puis-je me confesser ?

— Je n'ai pas le pouvoir de vous confesser, madame. Mais, si cela peut vous soulager, j'écouterai volontiers ce que vous avez à dire, car je vois que vous souffrez mille morts. »

Lady Kathryn lui parla de Colin et de Rose, lui expliqua qu'elle venait de quitter Finn et comment il avait refusé l'enfant.

« Il changera d'avis quand son chagrin aura mûri, suggéra l'anachorète.

— Cela m'est égal. Sauf en ce qui le concerne. L'enfant sera comme ma fille. Mais elle pourrait le réconforter comme elle me réconforte. »

Julienne plaça sa main sur la main gantée, posée sur le rebord de la fenêtre. Remarquant des taches bleues sur les doigts, elle se demanda distraitement d'où elles venaient.

« Vous comprenez ? » fit-elle.

La châtelaine eut l'air perplexe.

« Quoi donc ?

— La sorte d'amour qui pousse une mère à tout sacrifier pour son enfant. » Elle sentit les doigts se recroqueviller sous sa main protectrice. « C'est l'amour que le Sauveur ressent pour chacun d'entre nous. L'amour qu'Il éprouve pour vous. »

472

La main se resserra davantage.

« S'Il m'aime tant, pourquoi m'inflige-t-Il ces épreuves ? Pourquoi en inflige-t-Il à tous ? » Elle retira sa main. Les longs doigts s'agitèrent dans l'air. « Peu importe… Je sais ce que vous allez dire… "À cause de nos péchés." Nous sommes punis pour nos péchés.

— Une mère aimante prend-elle plaisir à punir ? Elle ne le fait que pour donner une leçon. Pour rendre son enfant plus fort. La souffrance nous fortifie. Rien n'arrive par hasard. Dieu dirige tout.

— Et Finn ? Pourquoi un Dieu aimant permet-Il qu'un homme de bien soit persécuté ?

— Par la souffrance Il nous parfait, nous sauve.

— Saviez-vous que la femme de Finn était juive ? C'est sans doute pour cela qu'il est puni. Et sa fille aussi. Les enfants sont punis à cause des péchés de leur père. Il a forniqué avec moi, soit. Mais ce ne peut être un péché si grave. Anachorète, en tant que sainte femme vous ne savez pas grand-chose des péchés véniels. Mais ce péché de luxure ne peut se payer si cher. Autrement les prisons seraient si pleines de prêtres et d'évêques qu'il ne resterait plus de place pour nous autres laïques. Pourquoi lui enlever Rose, la personne qu'il aimait le plus au monde, sauf s'il avait commis un énorme péché ?

— Il arrive que l'homme soit laissé seul avec lui-même pour le bien de son âme, sans que ce soit forcément à cause de ses péchés. Il n'est pas certain que Finn soit en train de subir une punition. Dieu aime aussi bien les juifs que les gentils. Il est notre père à tous. Soyez sûre, madame, qu'en vous occupant de cette enfant d'ascendance juive, loin de mettre votre âme en péril vous lui faites du bien. Je devine cependant que vous agiriez ainsi même si cela plaçait votre âme en danger.

Voilà pourquoi je sais que vous comprenez cette sorte d'amour. Tout ira bien. Votre souffrance ne fait que vous rapprocher de Dieu.

— Alors pourquoi ne puis-je prier ? Je récite les Heures, j'égrène mon chapelet. Mais ce sont des mots dépourvus de sens qui tombent dans le vide. Anachorète, ne vous arrive-t-il pas de penser qu'il s'agit, en fait, de quelque grande illusion, quelque énorme mensonge élaboré par des hommes puissants pour leur propre profit ? »

Courageuse question requérant une réponse franche.

« En temps de joie, sans doute aurais-je pu dire une vingtaine de fois avec saint Paul : "Rien ne me séparera de l'amour du Christ." Et en temps de souffrance, j'aurais dit avec saint Pierre : "Seigneur, sauve-moi, je péris." Dieu ne veut pas que nous encouragions notre douleur en nous affligeant et en nous lamentant. Dominez-la. Je vous promets – je le sais parce qu'Il me l'a dit – que votre souffrance se dissipera dans la plénitude de Son amour. »

Ces paroles me sont destinées, pensa Julienne. Médecin, commence par te soigner toi-même. Dieu m'a envoyé cette femme afin qu'en m'occupant d'elle je puisse redonner tout son sens à ma foi. Cesse de te préoccuper de la colère de l'évêque. Cet homme est l'instrument du diable ou l'agent de Dieu. Dans un cas comme dans l'autre, tout ira bien.

« Je ne possède pas votre foi, anachorète, même si vos paroles me procurent un certain réconfort. Mais je me suis déjà trop attardée pour que je retourne ce soir à Blackingham. Connaissez-vous une auberge dans les parages ? » Elle posa un regard inquiet sur le bébé qui, ayant bu son content, fixait ses yeux bleus sur Julienne.

« Une auberge n'est peut-être pas ce qui convient le

mieux à un groupe de femmes. À cinq milles au nord d'ici, sur votre chemin de retour, se trouve le prieuré de la Sainte-Foi. Il a une tradition d'hospitalité bien établie.

— En effet. Je le connais, il se trouve dans le village de Horsham. Je m'y suis arrêtée avec mon père dans ma jeunesse. Les sœurs y sont très bonnes. »

Les visiteuses se levèrent. Ce trio de femmes paraissait soudain très vulnérable. Âgée d'une quinzaine d'années, la plus jeune, qui portait maintenant le nourrisson, semblait, l'air extasié, contempler une apparition au fond de la cellule.

« Aimerais-tu dire quelque chose, mon enfant ? » demanda l'anachorète.

La petite se pencha en avant et dit en chuchotant à peine : « La lumière v-vibre autour de vous. C-comme l'espérance. Elle bat comme un cœur.

— Mais il n'y a pas de lumière… »

La nourrice l'interrompit.

« Elle a un don, madame… Un don de Dieu », s'empressa-t-elle d'ajouter.

Ces femmes sont particulières, songea la sainte femme. Pas seulement la femme noble, volontaire et passionnée, mais le bébé aussi, avec ses yeux bleus et son sang juif, symbole de l'amour de Dieu, de son harmonieuse unicité. Même la nourrice qui, maintenant que Julienne la regardait de plus près, ressemblait à la jeune fille possédant le don spirituel. Elles avaient toutes trois un côté maternel.

Lady Kathryn s'emmitoufla dans son manteau.

« Merci de vos conseils. Vous m'avez fourni un sujet de méditation. » Puis elle ajouta : « Souhaitez-vous garder les documents ? Ou dois-je les remporter ?

— Je vais m'assurer qu'ils soient remis à Tom. Je ne crains pas l'évêque. »

Lady Kathryn se contenta de hausser les épaules et prit le chemin de la porte.

« Que Dieu vous protège ! » cria l'anachorète aux visiteuses en leur faisant un signe d'adieu.

Seule la jeune servante se retourna en souriant pour la remercier de sa bénédiction.

Après leur départ, Julienne se sentit si revivifiée qu'elle se demanda si elle n'avait pas reçu la visite d'un ange, si elle n'avait pas eu une nouvelle vision. Une chose était certaine : qu'il se soit agi ou non d'êtres réels, les visiteuses lui avaient été envoyées par Celui qui est sa source de vie. En s'occupant de ces femmes, elle avait abreuvé sa propre âme. Elle allait écrire son apologie, et elle la rédigerait en anglais.

Mais quoi qu'il arrive, tout irait bien.

« Viens, Achab ! » lança-t-elle au gros chat qui sauta sur le rebord de sa fenêtre. Elle ramassa les papiers de Wycliffe et les cacha sous une pile de linge. « Toi et moi, on va attendre avec impatience la visite de Tom. Il nous apportera des nouvelles de Finn et peut-être un cadeau des marais. »

La perspective fit ronronner Achab de plaisir.

VINGT-CINQ

Au seigneur des moissons accordez un
[penny ou deux en sus
Pour qu'il incite ses camarades à
[donner le meilleur d'eux-mêmes.
Fournissez des gants à vos moissonneurs
et annoncez haut et fort cette
[largesse,
Et chaque jour gardez à l'œil les
[tire-au-flanc.

Thomas TUSSER,
Cent bons conseils aux fermiers

Lady Kathryn ne retourna pas à la prison du château tant que dura le printemps. Mi-Tom venait fréquemment à Blackingham, ce qui ne plaisait guère à Agnes. « Je ne veux pas qu'il tourne autour de ma petite… » Kathryn, elle, encourageait les visites du nain, lui trouvant des courses à faire, l'envoyant s'enquérir de Colin

477

auprès des abbayes aux alentours de Norwich. Son cadet était-il un vagabond dormant dans les fossés, sale, affamé, esseulé ? Ou bien, au moment même où elle pensait à lui, arpentait-il les couloirs de quelque cloître lointain, ivre de plain-chant, perdu à jamais pour sa mère ? Même si elle n'avait pas désespérément désiré avoir des nouvelles de Colin, Kathryn aurait de toute façon confié quelque tâche à Mi-Tom. Le nain était son seul lien avec Finn.

« Demande-lui, s'il veut voir l'enfant », lui disait-elle souvent.

La réponse était toujours la même.

« Je suis désolé, madame, mais il dit qu'il n'a pas le temps. Son travail pour l'évêque l'occupe beaucoup. »

Donc, nul pèlerinage à la prison du château durant ces chaudes journées ensoleillées. L'été arriva. Jasmine apprit à gazouiller, à rire et à battre des mains en cadence pour accompagner les chansonnettes de Kathryn. On commença à préparer la moisson et il fallut trouver des ouvriers pour devancer la rouille et les pluies, difficultés accrues par l'absence de ses fils.

C'était la seconde moisson depuis la mort de Roderick. Cette année encore, Simpson serait le seigneur des moissons, et il n'y aurait pas de seigneur du manoir pour tempérer l'arrogance de l'intendant. Où était-elle censée trouver les pennies supplémentaires pour payer les brassiers, qui réclamaient chaque année davantage, sans compter les « largesses » que ses propres serfs attendaient d'elle ? La fidélité aveugle avec laquelle les serfs et les paysans avaient jadis servi son père n'existait plus, à cause du manque de bras et des idées d'égalité prônées par des prédicants hérétiques. L'ordre ancien était menacé, risquait même de disparaître. Roderick avait lié les serfs à sa personne grâce à son pouvoir et à la tradition. Où était son pouvoir à elle ? Où était sa tradition ?

Certains jours, elle se sentait à bout de forces. Seule Jasmine l'empêchait de lâcher prise.

Pour Magda, c'était le quatrième voyage de la journée, en plein soleil de midi. Elle portait aux moissonneurs les outres de bière, les paniers de pain et de fromage, les gâteaux d'avoine et les oignons. La charge était lourde mais bien équilibrée de chaque côté d'une longue perche passée sur les épaules. Malgré sa frêle charpente, elle était résistante, et elle se réjouissait d'avoir l'occasion d'échapper à la touffeur de la cuisine. Ces derniers temps, en outre, la cuisinière était de très mauvaise humeur. Qui plus est Magda aimait regarder les faucheurs cingler le seigle de leurs longues faux telle une troupe de danseurs. Son père était le meilleur de tous. Elle était fière de le voir se courber très bas, la jambe droite pliée sous lui, le bras gauche étendu pour garder l'équilibre, le droit fauchant le grain, la faux bien parallèle au sol, son corps se balançant d'un mouvement cadencé à chaque coup.

Pas étonnant que les faucheurs dévorent tant au déjeuner. Pas étonnant non plus qu'Agnes soit de si mauvaise humeur. La semaine dernière, elle avait chassé Mi-Tom à coups de balai, l'accusant d'avoir volé un œuf ! Agnes ! Elle qui gardait toujours sur le feu sa marmite de bouillon pour les gueux affamés. Elle était énervée, trouvait constamment à redire alors que jusqu'à présent elle avait toujours été si facile à contenter.

Dans les champs, il y avait du soleil, de l'air pur et des nuages en queue de chat voguant allégrement dans le ciel bleu (sans parler d'une bonne dose de bienveillance envers la fille de cuisine qui apporte le repas). La camaraderie entre les brassiers et les serfs s'étendait jusqu'à elle et l'englobait. Elle avait l'impression de faire partie d'une famille heureuse car, si le travail était dur et les heures longues, ce mois de l'année serait le seul où tout le monde mangerait à sa faim. Si le seigneur des moissons se montrait pingre, il manquerait de bras. Les serfs n'avaient pas le choix mais les brassiers pouvaient louer leurs services à des maîtres plus généreux. Tous s'attendaient à recevoir des largesses. Bien que cette année Magda ne s'attende pas qu'il y en ait. Elle avait étudié la lumière de l'âme du régisseur, si on pouvait parler de « lumière ». Il s'agissait davantage d'une absence de lumière, phénomène qu'elle constatait pour la première fois. Était-il possible qu'il n'ait pas d'âme ? Qu'il fût un diable ayant pris forme humaine ? Elle frissonna en l'apercevant près de la haie à l'ombre de laquelle elle avait disposé la nappe. Elle détourna les yeux pour éviter son regard de peur qu'il ne lui jette un mauvais sort.

Elle regarda les enfants jouer à chat sous un large chêne à l'extrémité du champ de seigle, leurs douces lumières se mêlant, se fondant les unes aux autres comme dans un arc-en-ciel. Elle avait joué sous ce même arbre au temps des moissons – il n'y avait pas si longtemps, d'ailleurs –, tandis que son père dansait, armé de sa faux, et que sa mère liait les gerbes. Elle demanderait à lady Kathryn d'autoriser sa mère à amener Jasmine dans les champs. Cela plairait à sa mère aussi. Il n'y avait qu'à l'époque des moissons qu'elle souriait. Même lorsque son ventre était trop gonflé pour lui permettre de travailler, elle surveillait les enfants des autres. Souvenirs heureux. Sauf quand la moisson avait pourri sur pied ou que le diable apportait la nielle, la peste, ou la pluie. Beaucoup mouraient de faim durant ces époques de malheur. Ses deux petits frères, par exemple.

Toutefois, elle refusait de penser à ça aujourd'hui. Aujourd'hui, le soleil brillait, le grain était mûr, et les cuisines de Blackingham avaient fourni une abondance de nourriture pour les moissonneurs. Au loin, elle aperçut une lumière familière. Elle agita la main et lança un salut au petit homme trapu qui se dirigeait en se dandinant vers la cuisine. Elle était contente que Mi-Tom n'ait pas été intimidé par les regards noirs et le balai de la cuisinière. Il était son ami et était revenu, auréolé de la belle lumière de son âme.

Mais c'était l'homme sans lumière qui marchait vers elle.

Simpson s'approcha et s'empara de l'outre de bière. La perche, tenue en équilibre sur les épaules de Magda pencha dangereusement. Pour éviter sa chute, elle la posa maladroitement par terre. Le régisseur lampa la bière, la laissant dégouliner sur son menton sans quitter des yeux la petite servante. Elle désigna le seau d'eau sur le sol. L'eau était fraîche, elle l'avait puisée à la rivière. Comme il ne prêtait aucune attention à son geste, elle fit un grand effort pour libérer sa langue malgré la peur que lui causait le regard concupiscent du régisseur.

« M-monsieur… »

Il s'esclaffa, se rapprocha d'elle. Son haleine sentait l'oignon et les dents cariées. Il prit une autre lampée à même le goulot. Que faire ? Il était le seigneur des moissons, mais il n'y aurait pas assez de bière pour les ouvriers. Déjà le haut de l'outre était flasque. Peut-être que si elle lui apportait l'eau… Elle recula, fit les quelques pas la séparant du seau d'eau et lui en tendit une gourde pleine.

Il la lui prit des mains, le regard fixé sur elle, et se versa le liquide sur la tête. Puis il secoua ses cheveux gras, tel un chien aux longs poils qui s'ébroue.

« Monsieur… » C'était dur de former les mots. « M-monsieur, l'eau c'est pour boire, et la cuisinière dit…

— "La cuisinière dit", se moqua-t-il d'un ton geignard. Je me fiche pas mal de ce que dit la cuisinière. Au diable, ta cuisinière, je suis le seigneur des moissons ! Tu sais ce que ça fait de moi ? Ça fait de moi ton seigneur, et je peux choisir ou la bière ou l'eau… » Il lança la gourde à ses pieds accompagnée d'un jet de salive. « Ou tout ce qui concerne la moisson. Y compris la souillon de cuisine simplette qui dresse la table. »

Il agrippa la chemise de Magda.

« Voyons si tu as là-dedans de fermes petits bourgeons près de fleurir ! »

Elle se recula, se dégageant avec force. Le vêtement souvent lavé se déchira. Rouge de honte, elle s'efforçait frénétiquement de couvrir sa poitrine avec le tissu en lambeaux.

« Tu es peut-être prête à cueillir, finalement. »

Son rire était rauque et lascif. Elle se sentait salie.

Vif comme l'éclair, il passa derrière elle, l'emprisonnant dans ses bras couverts de poussière. Elle sentait l'haleine brûlante sur son cou. Les mains palpaient déjà sa poitrine. Quelque chose de dur la poussait par-derrière. Elle le sentait à travers son jupon. Elle savait ce que c'était et ce qu'il voulait, mais ses lèvres étaient trop figées pour protester, et sa langue butait sur les mots.

« S'il vous p-plaît… »

La pression derrière elle s'accrut.

« Mets-toi à quatre pattes et relève ta robe. » Il grognait plutôt qu'il ne parlait.

Pas ici, suppliait-elle en son for intérieur, pas dans les champs comme une bête ! Pas avec quelqu'un dont l'âme n'a pas de lumière. Mais, Sainte Mère de Dieu, que faire ? Il était le seigneur des moissons. Elle était sa vassale.

« Je vous en p-prie, monsieur, je vous en prie ! » À peine un gémissement.

« Tu as retrouvé ta langue…

— Mon p-père est…

— Je lui donnerai un penny de plus. Si tu me fais plaisir. Bon, maintenant, relève ta robe et baisse-toi ! »

Des geignements et de petits sanglots secs lui échappèrent qu'elle s'efforça de retenir. Plus elle ferait du bruit, plus ça attirerait l'attention des autres. Ils ne pourraient rien faire, Simpson était le seigneur des moissons. Elle agrippa sa robe, la maintenant juste au-dessus des chevilles. Ses mains tremblantes refusaient de la relever plus haut. Il tira dessus et poussa Magda par-derrière. Elle se retrouva à quatre pattes comme un chien. Il lui passa un bras sous la taille, la maintenant fermement dans cette position. L'éteule rugueuse lui écorchait les mains et les genoux. La jeune fille enfonçait ses ongles dans la terre pour garder l'équilibre tandis que les mains brutales du régisseur rejetèrent sa robe par-dessus sa tête. Elle se recroquevilla au contact des mains et des ongles pointus sur sa peau. Il grognait comme un animal en se cognant contre elle. Ça faisait mal. Mais ça faisait encore plus mal de penser que les autres assistaient à son humiliation. Le vomi envahit sa bouche. Elle n'arrivait pas à crier. Elle ne pouvait même pas respirer.

« Retournez aux champs, Simpson ! »

Au son de la voix de lady Kathryn, le régisseur lâcha la petite servante et se remit maladroitement sur pied en remontant ses chausses. Son air ébahi aurait pu la faire rire si elle avait été moins en colère. Ce n'était pas la première fois qu'elle aurait souhaité être un homme durant quelques instants. Simpson aurait senti la morsure du fouet sur son derrière nu au lieu d'être en train de le cacher en remontant ses chausses.

Magda se dégagea et se releva tant bien que mal, lissant sa robe d'une main, tenant sa chemise déchirée de l'autre. Son visage était d'un blanc marmoréen. Consciente qu'une effusion de sentiments risquait de faire s'effondrer la petite, Kathryn résista à la tentation de la prendre dans ses bras pour la consoler, car Magda s'efforçait de garder quelque dignité, même si les larmes ruisselaient sur ses joues salies.

« Rentre à la maison, Magda. »

Entre-temps Simpson s'était remis sur pied, le dos tourné pour rajuster ses chausses.

« Dis à la cuisinière que tu es tombée dans un tas de fumier », cracha-t-elle en direction du régisseur.

Il se retourna, haussa les épaules, puis épousseta la paille de sa tunique.

« La fille était consentante. Il y a pas de mal à ça. Je prends toujours grand soin de ce qui vous appartient, madame.

— On appartient toujours à quelqu'un, Simpson. Vous auriez intérêt à vous en souvenir. Si vous touchez de nouveau à cette petite, je retiendrai votre salaire et vous chasserai de mon domaine. »

Son rictus s'étala sur sa face. Elle savait à quoi il pensait. Oserait-il exprimer sa pensée à voix haute ? Où Kathryn trouverait-elle un autre seigneur des moissons ? Qu'il était agaçant de devoir souffrir cette présence malsaine parmi ses domestiques parce qu'on n'avait personne d'autre pour le remplacer !

« Appelez les ouvriers, qu'ils viennent déjeuner. Je servirai la nourriture moi-même », dit-elle après avoir constaté que Magda pouvait marcher toute seule.

Dès qu'elle eut atteint le bout du champ, Magda se mit à courir en direction du manoir, trébuchant presque. Kathryn fut soulagée de voir qu'il n'y avait pas de sang sur sa robe. Quand le repas serait servi, elle s'assurerait qu'Agnes se montre tout particulièrement gentille avec la petite.

« Sauf le respect de madame, je rappellerai que sir Roderick…

— Sir Roderick aurait dit que le pucelage d'une servante n'a aucune valeur. Mais il a de la valeur pour la servante. Et c'est à elle de l'offrir. Ou non. Vous travaillez pour Blackingham, Simpson. Vous travaillez pour moi.

— Certes, madame. » Mais sous les paupières baissées elle aperçut un éclair de haine, aussi vif que la foudre, et tout aussi dangereux. Elle allait se débarrasser de lui. Dès la fin de la moisson. « Encore une chose, Simpson. En dédommagement, la petite recevra un shilling pris sur vos gages.

— En dédommagement de quoi ? Elle n'a pas été déflorée.

— Alors ce sera pour la dédommager de son humiliation. Et pour vous rappeler qui commande ici.

— Comme vous voulez, madame. » Ses petits yeux ressemblaient à deux charbons ardents. « Mais j'en aurais eu pour mon argent si madame était arrivée une minute plus tard. »

Sur ce, il lui tourna le dos et traversa les champs à

grandes enjambées, indiquant d'un geste brusque aux ouvriers qu'il était l'heure de déjeuner.

La moisson se termina tard, mais dès septembre la dernière charrette de foin avait été chargée et le seigle et l'orge rentrés dans les granges pour être battus durant l'hiver. Les oies de la Saint-Michel, engraissées grâce aux grains tombés parmi l'éteule, rôtissaient sur les broches de la cuisine. Kathryn comptait nerveusement ses tonneaux d'hydromel, de cidre et de cervoise, fabriqués à la maison, en plus des vingt gallons de bière qu'elle avait achetés cinquante shillings pour compléter ses réserves. Elle redoutait le festin. Ce serait une nuit de réjouissances et de beuveries et bien qu'elle n'en voulût pas aux ouvriers – ils méritaient ce banquet – sa bourse était plate comme une limande. Pendant les deux semaines qu'avaient duré les moissons, Simpson était venu par deux fois lui réclamer un supplément pour les brassiers. Dieu soit loué ! c'était le jour du terme. Il allait collecter les loyers aujourd'hui et lui rendrait les comptes le jour de la fête.

Elle souleva son voile pour essuyer son visage en sueur et appela Glynis afin qu'elle dresse la table dans la grande salle. Où était cette petite paresseuse ? Agnes et l'aide de cuisine travaillaient d'arrache-pied. Les mains de Magda étaient aussi actives que sa langue était inerte. Depuis l'épisode Simpson, elle s'était à nouveau réfugiée dans le silence. Triste affaire… Heureusement que le nain était venu appeler Kathryn à la rescousse. Il y en avait sans doute d'autres, volontaires ou contraintes, dont abusait ainsi Simpson, mais elle ne pouvait pas faire grand-chose. Inutile de se tracasser à leur sujet. Dieu n'avait-il pas décidé de leur destin ?

Elle contempla les longues planches posées sur les tréteaux dans la grande salle. Il faudrait installer une table d'honneur, mais qui s'assiérait à ses côtés ? Une veuve, maîtresse du manoir, sans ses fils pour lui tenir compagnie. Simpson ? Elle frémit. De toute façon, il n'était pas noble. Il s'assiérait à la grande table. Le prêtre de Saint-Michel s'installerait sur l'estrade avec elle pour bénir le festin, mais au bas bout de la table.

Elle avait envoyé Mi-Tom chercher des ménestrels à Norwich. Les moissonneurs méritaient quelques distractions. Elle se devait de leur en procurer. « Pas trop, avait-elle dit. Un jongleur ou deux, un joli air joué sur un luth, c'est tout ce que peut s'offrir Blackingham. »

Vêtue de sa robe de brocart ordinaire et portant son diadème tressé, lady Kathryn était assise toute seule. La grande salle fleurait bon les herbes fraîches parsemant les joncs, tandis que le fumet d'oie rôtie parvenait de la cuisine. La table croulait sous les produits de la moisson. Agnes était une véritable alchimiste. Si elle n'était pas capable de transformer du vil métal en or, elle pouvait toujours métamorphoser les restes de viande de la veille en pâtés bien épicés et colorés par le safran (qui avait au moins la couleur de l'or) pour en dissimuler le manque de fraîcheur.

Juchée sur son fauteuil sculpté surélevé, lady Kathryn regarda les ménestrels entrer. Afin de parodier la moisson des âmes l'un d'eux arborait le costume de la Faucheuse représentant un squelette, un autre, malgré la chaleur, portait une cape à capuchon et un luth accroché en bandoulière, un troisième n'était vêtu que de chausses attachées à la taille. Les muscles de celui-ci se dessinaient nettement sous la peau bien huilée. Il entra le premier, faisant plusieurs fois la roue à travers la salle avant de s'arrêter devant le fauteuil de la châtelaine où il se tint sur les mains, ses pieds jonglant avec trois boules de couleur. Lady Kathryn applaudit et la foule l'imita.

Mi-Tom se joignit à la petite troupe des ménestrels en jouant à cache-cache avec la Faucheuse, exécutant des gestes grossiers et lançant des moqueries au macabre personnage qui le poursuivait tout autour de la salle avec sa faux. Les paysans rugissaient de rire, car c'était l'occasion de se moquer de la mort. À l'autre bout de la pièce, le joueur de luth raclait les cordes en longeant la grande table. Kathryn ne pouvait entendre sa chanson à cause des rires sonores et des applaudissements. Tant mieux d'ailleurs, le son du luth lui faisait penser à Colin, alors qu'elle avait d'autres préoccupations pour le moment.

Simpson arriva en retard, entrant longtemps après le début du banquet. C'était une insulte envers les ouvriers. Et envers elle. La coupe à la main, l'air renfrogné, il restait assis sans mot dire. En tant qu'intendant, il avait droit au vin, mais Kathryn y avait ajouté beaucoup d'eau, à la fois par économie et par prudence. À la façon dont il avait pénétré dans la salle en plastronnant, elle comprenait que ce n'était pas sa première coupe de la journée. Une fois le dernier plat servi – des « ravioles », portions de porc haché relevé d'épices –, il s'avança en chancelant jusqu'à la table d'honneur et, déposant devant la châtelaine le sac de pièces, l'argent des loyers, il expliqua avec difficulté que les comptes se trouvaient à l'intérieur.

« Il en manque, marmotta-t-il, la langue pâteuse, les manants allèguent la capitation royale. »

Kathryn soupesa le sac des deux mains et soupira. Il

semblait bien léger, et si elle prenait connaissance des comptes elle était sûre de trouver davantage de promesses que de pièces. Elle n'aurait plus qu'à se faire payer les loyers en poulets, œufs et légumes provenant des jardinets dont les tenanciers grattaient la mauvaise terre à côté de leurs cabanes.

Elle posa le sac près de son tranchoir, se leva et, selon l'habitude, porta le toast en l'honneur de la moisson et de son seigneur. Mais à la fin du toast la salle demeura silencieuse. Il n'y eut aucun vivat de la part des manouvriers.

À l'autre bout de la pièce, quelques hommes se mirent à tambouriner sur la table. Le bruit rythmé faisait vibrer le bois et retentissait dans toute la salle, lui martelant la cervelle.

« Largesses, largesses ! On exige des largesses ! » Le rythme s'accéléra rapidement.

Elle ne s'attendait guère à cette réaction. Quelle cupidité ! Avaient-ils l'intention de dépouiller une pauvre veuve ? Elle ne tolérerait pas une telle insolence. Elle se raidit et leva la main.

La psalmodie s'arrêta.

« Ne montrez-vous donc aucune reconnaissance pour les largesses déjà octroyées ? Par deux fois j'ai donné des pennies supplémentaires au seigneur des moissons pour qu'il accroisse votre salaire. »

Enhardi par l'alcool, l'un des ouvriers se leva.

« Le seigneur des moissons nous a rien donné ! lui cria-t-il. Il a promis qu'on distribuerait les largesses à la fête des moissons. »

Chœur d'approbations. La psalmodie et le tambourinage reprirent de plus belle.

« Largesses ! Largesses ! »

Kathryn foudroya Simpson du regard. Imperturbable, le régisseur contemplait l'intérieur de sa coupe.

« Qu'est-ce que cela signifie, Simpson ? Qu'avez-vous fait des pièces supplémentaires ? »

Le tambourinage était assourdissant.

« Largesses ! Largesses ! »

L'intendant leva la tête mais ne la regarda pas, fixant un point derrière elle.

« J'ai dû les utiliser pour engager des brassiers supplémentaires.

— Pourtant, la moisson a duré plus longtemps que prévu et il n'y a pas davantage de manouvriers ici.

— Certains sont déjà partis pour aller travailler ailleurs. »

Les cris dominaient le chahut, mais d'un seul coup le tambourinage cessa. Le silence se fit dans la salle. Personne ne bougeait, à part le joueur de luth encapuchonné, qui s'était arrêté de jouer et se dirigeait vers la table d'honneur. Allait-il lui aussi réclamer de l'argent ? L'atmosphère devint soudain étouffante. Kathryn agrippa le bord de la table. C'était la goutte d'eau qui faisait déborder le vase. La perfidie de l'intendant dépassait les bornes.

« Simpson, vous êtes un voleur et un menteur ! » lança-t-elle assez fort pour être entendue de tous.

Il lui répondit par un simple ricanement.

« Je ne tolérerai plus votre insolence et vos perfidies, reprit-elle. Le plus humble serf de Blackingham vaut plus que vous. Je vous chasse. Si vous êtes toujours sur les terres du château demain, je vous ferai fouetter. »

On aurait entendu une mouche voler. À l'autre bout de la table d'honneur, le prêtre toussota discrètement. Le seul autre bruit était le chœur incessant des criquets à l'extérieur.

Simpson partit d'un rire d'ivrogne qui déchira le pesant silence.

« Et où trouverez-vous, madame, l'homme qui maniera le fouet ? »

Elle fit un large geste destiné à englober les ouvriers tout en parcourant les tables du regard pour les inciter à prendre son parti.

« Ces hommes que vous avez volés montreront leur loyauté envers leur châtelaine. »

Toutefois, il n'y eut aucun cri de soutien, les paysans se regardant l'un l'autre comme s'ils ne savaient qui croire, se méfiant des deux.

« Braves hommes… » Elle se leva afin de s'adresser directement à eux. La fumée et la chaleur de la salle lui faisaient tourner la tête. « Vous avez travaillé dur pour Blackingham et j'apprécie votre labeur. Je tiens votre loyauté en haute estime et je m'assurerai que vous receviez les largesses que ce cupide régisseur vous a volées. Soyez demain devant le portail, à prime. Pour ce soir…

— Encore des promesses », murmurèrent certains, mais quelques applaudissements retentirent et quelqu'un cria : « Laissez-la finir ! »

Encouragée, elle leva la main pour obtenir le silence et poursuivit : « Ce soir, profitez bien du festin que nos cuisines ont préparé pour vous. » D'un geste, elle indiqua au sommelier de verser une nouvelle tournée de cidre. « Et profitez du spectacle, car vous l'avez bien mérité. »

Mi-Tom et la Faucheuse recommencèrent à exécuter leur macabre pantomime. Quelques hommes continuèrent à bougonner mais le reste de l'assemblée semblait apaisée.

Comme Kathryn se demandait où elle allait trouver l'argent des largesses – elle le réclamerait à Simpson, ayant prouvé qu'elle avait toujours quelque autorité –, le joueur de luth s'approcha de la table d'honneur.

« Madame… »

Cette voix… Une illusion du souvenir ?

Il s'inclina devant elle en rejetant son capuchon en arrière. La peau claire de la tête chauve était d'une surprenante blancheur. Elle revit en un éclair une main maternelle, la sienne, en train de laver un crâne lisse et d'en caresser chaque méplat. Mais, avant qu'elle ait pu revoir toute la scène, le jeune joueur de luth leva son regard vers elle. Les yeux de Jasmine la fixaient.

Elle se précipita vers lui en trébuchant et le serra dans ses bras à l'étouffer.

Il lui rendit son étreinte, mais avec moins d'ardeur que jadis, semblait-il. Elle serrait les épaules musclées d'un homme.

« Colin ! Oh ! sois le bienvenu, mon fils ! Sois le bienvenu ! » Elle essuya ses larmes tout en le tenant à bout de bras pour repaître ses yeux de son visage. « Tu as grandi et forci. Tu n'es plus un adolescent, tu es un homme maintenant. Mais qu'as-tu fait de tes beaux cheveux ?

— C'est à la suite d'un vœu », répondit-il sans sourire. La voix était devenue plus grave.

Elle attendit qu'il s'explique, mais il n'en dit pas plus.

« Pourquoi êtes-vous seule à la table d'honneur ? reprit-il. Où est Alfred ? Et l'enlumineur ? »

Un chagrin familier menaça de gâcher sa joie.

« Tu ne demandes pas des nouvelles de la fille de l'enlumineur ? Pourquoi ne demandes-tu pas des nouvelles de Rose ? » Un soupçon de reproche, une légère amertume coloraient le ton.

« Quelque chose est-il arrivé ? Ils sont partis ?

— Beaucoup de choses sont arrivées, Colin,

soupira-t-elle. Ton départ a été la première d'entre elles. » Elle regretta immédiatement son ton de réprimande. Elle était la seule coupable. Elle devait éviter de le pousser à repartir et lui tapota la main. « J'ai tant de choses à te dire, mais il faut d'abord que je règle ce problème avec Simpson. Je suis heureuse que tu sois revenu ! Il sera moins agressif maintenant que je ne suis plus une femme seule. »

Elle se tourna pour reprendre sa discussion avec l'intendant, mais le siège était vide. Le sac des loyers avait disparu lui aussi.

À la fin du festin et une fois que les fêtards eurent regagné leurs lits en titubant – hutte, paillasse, étable, écurie, voire le fossé où il leur arrivait de dormir –, Kathryn pria Colin de la rejoindre dans sa chambre. Les épreuves de la soirée l'avaient épuisée, mais ce qu'elle avait à dire à son fils ne pouvait attendre l'aube.

Ils s'installèrent à une petite table dans un coin de la pièce où, afin de jouir du plaisir de partager un repas dans l'intimité, elle avait parfois soupé en tête à tête avec Finn. Mais elle devait chasser cette pensée pour le moment. Assise face à Colin, il lui fallait choisir ses mots avec soin.

« C'était idiot de partir, tu sais. Tu es rentré à la maison pour de bon, j'espère.

— Oui, mère, je suis rentré pour de bon. J'ai découvert que, finalement, je n'étais pas fait pour être moine. »

Il avait changé. Sa tête rasée la mettait mal à l'aise. Elle regrettait les beaux cheveux, et les yeux bleus avaient perdu une partie de leur innocence, remplacée par un reflet agité, incandescent.

« Tu es resté avec les comédiens tout ce temps ?

— La plupart du temps. Vous avez reçu mes lettres ?

— Tes lettres ? Rien qu'une seule. Et je ne savais pas où adresser ma réponse. Autrement, je t'aurais déjà appris ce que je dois te révéler maintenant. » Par où commencer ? Elle lui offrit du vin. Il refusa. Elle s'en servit un verre. « Le sort n'a pas épargné Blackingham depuis ta fuite, Colin. »

Elle lui relata le départ d'Alfred, l'arrestation de Finn, la naissance du bébé et, enfin, la mort de Rose. Il l'écouta d'un bout à l'autre en silence. Il ne l'interrompit ni par des questions ni par des lamentations, même lorsqu'elle se taisait dans l'attente d'une réaction. Le récit terminé, quand elle voulut saisir sa main par-dessus la table, il la retira.

« Donc, Rose est morte », dit-il d'une voix blanche. Son regard se troubla et sa pomme d'Adam bougea tandis qu'il avalait brusquement sa salive. Elle avait envie de le serrer dans ses bras, mais se doutait que cela lui serait insupportable. Ce n'était plus son doux Colin qui, enfant, avait rendu furieux son père parce qu'il avait pleuré sur un nid d'oisillons morts après l'attaque d'un renard.

« Je suis désolé », fit-il simplement, les yeux secs. Il scruta un point derrière elle, mais elle savait qu'il n'admirait pas les tapisseries accrochées aux murs. Il ne s'abandonna pas non plus au chagrin attendu. Pas de larmes, rien qu'un regard fixe, dur. « Je prierai pour le repos de son âme, poursuivit-il d'une voix dépourvue d'émotion. J'ai rencontré un homme du nom de John Ball, mère. Il m'a ouvert les yeux sur bien des choses. »

S'il parvenait à dissimuler si aisément sa peine, ce ne pouvait être son Colin, mais un sosie.

« Quoi, par exemple ? » Elle était persuadée qu'il

refusait de lui laisser deviner l'intensité de son ancien amour pour Rose, la violence de son chagrin et de son sentiment de culpabilité, tel un petit idiot cachant une bêtise à sa mère.

« Sur l'Église, répondit-il.

— Sur l'Église ? »

Il hocha la tête avec force. « La façon dont les prêtres et les évêques ont asservi les pauvres et les ont maintenus dans l'ignorance, répondit-il d'un ton plus vif. Comment ils abusent d'eux et les volent pour emplir leurs abbayes d'or et leurs coffres d'argent. »

Il s'animait de plus en plus. Ses yeux se faisaient brillants, presque fiévreux. Il est accablé de chagrin, se dit-elle. Il parle pour éviter d'y penser.

« J'ai aussi appris d'autres choses au cours de ces derniers mois. » Il se leva et se mit à arpenter la pièce. « Les troubadours m'ont appris un chant qui parle d'Adam et Ève, qui dit qu'il n'y avait ni serviteurs ni gentilshommes dans le jardin d'Éden. John Ball, lui, affirme que Dieu nous aime tous de la même façon. Le noble ne vaut pas plus que le bourgeois ni le bourgeois que le paysan. Ne voyez-vous pas, mère ? La notion d'ordre divin qui place un homme au-dessus d'un autre est totalement fausse. Aux yeux de Dieu, nous sommes tous les mêmes ! »

Son fils était devenu un hérétique. Il délirait comme les prédicants lollards qui parcouraient les campagnes.

« Colin, tu as une fille. Tu ne veux pas la voir ? »

Il enfouit sa tête dans ses mains, se frotta le visage d'un geste impatient, presque furieux, comme s'il voulait s'arracher la peau, tout en faisant de petits bruits de succion avec sa bouche. Nous y voilà ! pensa-t-elle. Il va éclater en sanglots et pourra enfin surmonter son chagrin. Cependant, quand il releva la tête, ses yeux étaient secs et son ton ferme et décidé.

« On verra ça plus tard. Ce soir, il faut que je me prépare. Demain, je dois prêcher au carrefour d'Aylsham. La moisson est mûre, mère, et il reste si peu de temps. »

Ainsi, l'un des fils de Kathryn était rentré à la maison. Mais pas vraiment.

VINGT-SIX

Courtois il était, humble et serviable,
Et tranchait devant son père à lu tuble.

Geoffrey CHAUCER,
Les Contes de Cantorbéry

Colin était à Blackingham depuis deux mois quand
arriva la nouvelle que le duc allait donner deux semaines
de réjouissances à Framlingham. La première pensée de
Kathryn fut de décliner l'invitation du duc de Norfolk
aux célébrations de Noël « en l'honneur de sir Guy de
Fontaigne, à l'occasion de sa nomination dans l'ordre de
la Jarretière ». Elle ne possédait ni les atours ni l'énergie
nécessaires pour assister à ces longues fêtes. Et
d'ailleurs, pourquoi la veuve d'un chevalier de second
plan figurait-elle sur la liste des invités ? Le château se
trouvait dans le Suffolk à deux, peut-être trois, jours de
cheval – un voyage à effectuer en plein hiver. Elle

n'avait ni dame de compagnie ni soldats en armes pour l'escorter et, vu le comportement de Colin, il n'était pas question de l'emmener avec elle.

Celui-ci passait ses journées à prêcher à la croisée des chemins et sur les marchés, partout où les foules s'assemblaient. Il ne s'intéressait nullement à sa fille. Même son luth, accroché à une patère de la grande salle, se couvrait de poussière. Il a remplacé la musique par les vitupérations, et l'amour par l'obsession, songeait-elle, en écoutant d'une oreille ses tirades sur les maux de l'« ordre divin », la cruauté de la noblesse, les abus du clergé. Les noms de John Ball et de Wycliffe revenaient aussi souvent que ceux des saints invoqués en égrenant le rosaire. Non, elle ne pouvait emmener son cadet chez le duc de Norfolk. Cela le mettrait en péril, ainsi que Blackingham. D'ailleurs, il se souciait de Blackingham comme d'une guigne. Certains soirs, il ne rentrait même pas au château. Alors, chassée du lit par l'insomnie, Kathryn se consolait en berçant Jasmine en pleine nuit, longtemps après que l'enfant se fut endormie. « Que va-t-il advenir de toi, ma petite ? Que va-t-il advenir de nous tous ? » Durant ces longues nuits blanches, elle pensait à la recluse et à sa promesse d'un meilleur avenir. « Je ne vois pas comment, ma douce. Je ne vois pas comment », chuchotait-elle à l'enfant.

Vu sa situation précaire, pouvait-elle refuser l'invitation d'un duc ? Certes, elle aurait pu arguer de quelque mal féminin l'empêchant d'affronter les rigueurs du voyage, qu'elle redoutait moins, à dire vrai, que l'obligation de faire semblant d'honorer un homme qu'elle détestait. Quand elle pensait à sir Guy de Fontaigne la première image qui lui venait à l'esprit était le dessin cruel de sa bouche. Le soir où il avait arrêté Finn, son sourire de prédateur avait montré sans conteste qu'il y prenait un grand plaisir. La question n'était donc pas de savoir comment décliner l'invitation mais si elle oserait le faire. D'autant plus… que cela lui donnerait l'opportunité de voir Alfred. Après tout, c'était l'un des écuyers de sir Guy. Un parmi de nombreux autres, mais quand même…

Elle ouvrit son coffre à vêtements et en sortit sa plus récente robe, qu'elle secoua.

Deux jours plus tard arriva le messager du shérif, qui annonçait que celui-ci serait fort honoré si lady Kathryn acceptait de voyager sous la protection de sa bannière. La veille de Noël, il lui enverrait une voiture et une escorte. On laissa le message dans la grande salle. Le messager n'avait même pas pris la peine d'attendre la réponse.

Kathryn voyagea avec l'escorte du shérif, mais dans un chariot qui lui était réservé ainsi qu'à sa suivante. Elle avait été forcée d'emmener Glynis, bien que la petite oie ait passé tout son temps à glisser un œil entre les tentures dans l'espoir d'attirer l'attention d'un homme ou d'un jouvenceau. En tout cas, elle était fort habile en matière de coiffure même si sa préférence allait aux tresses compliquées, style qui ne convenait guère à une veuve souhaitant passer inaperçue.

« Quelle aventure, madame ! Toutes ces jolies bannières ! Tous ces splendides coursiers ! Ils nous suivent en trottant trois par trois ! »

Et un homme sur chacun d'eux, pensa Kathryn. « Ferme le rideau, Glynis ! Tu fais entrer le froid. J'ai déjà les mains toutes bleuies. »

Le soir venu, on installait le campement. La première nuit, Kathryn ne ferma quasiment pas l'œil. Elle écoutait les bruits nocturnes, le grincement de la voiture sur ses roues de bois, le cris des oiseaux, et une fois elle crut entendre les hurlements d'une meute de loups. Ce second soir se passerait mieux, espérait-elle, mais la fumée des feux de camp commençait déjà à lui donner la migraine.

Le soldat qui apporta le repas à sa voiture s'attarda pour badiner avec Glynis. Au grand soulagement de Kathryn, sir Guy s'abstint de paraître. Le rôti de bœuf ne lui disait rien mais elle mâchonna un quignon de pain, accueillant avec plaisir le bref crépuscule violet, la fin des grincements de la voiture cahotant sur les fondrières gelées. Comme la veille, elle dormit mal, se réveilla plusieurs fois à cause du souci qu'elle se faisait pour Jasmine. Elle entendit Glynis sortir subrepticement – besoin naturel ou rendez-vous amoureux avec quelque soldat ? –, et rentrer discrètement. Des minutes, des heures, des siècles plus tard ?

Dès l'aube, on leva le camp dans une brume nacrée. Lorsque Glynis revint après avoir vidé les tinettes, elle annonça à Kathryn qu'elle croyait avoir aperçu « maître Alfred » parmi les hommes.

« Tu en es certaine, Glynis ? » Au moment du départ, Kathryn l'avait cherché, s'étant même enquis de lui auprès des écuyers et des soldats du shérif.

« Oui, madame. Il était pas tout près mais je reconnaîtrais n'importe où cette noble tête. »

S'emmitouflant dans sa cape à capuchon, en appréciant la chaude doublure de vair, Kathryn souleva la tenture du chariot. « Montre-le-moi », dit-elle.

Glynis désigna dans la brume un groupe d'hommes agglutinés autour d'un feu. Ils déjeunaient d'un fromage dur tout en se passant une outre de cervoise. Aucun Danois roux parmi eux.

Ils arrivèrent à Framlingham juste au moment où un soleil brumeux atteignait le zénith. Le château était imposant avec ses courtines concentriques, ses remparts et son corps de garde. C'était un château fort. La cour intérieure aurait pu contenir à elle seule tout le manoir de Blackingham, songea Kathryn en passant sous la herse. Malgré ses vastes dimensions, la cour était pleine à craquer de tentes et de pavillons aux couleurs éclatantes, les bannières chatoyantes se tordant sous le vent. Des serviteurs en livrée de soie rouge, bleu et vert couraient en tout sens, hurlant pour être entendus par-dessus le grincement des roues, les jappements des chiens et le martèlement des sabots. Des chariots à tentures, pareils à celui de Kathryn, avaient été tirés dans les coins devant des feux de camp, chacun flanqué de sa haute cordée de fagots. La quantité de bois utilisée pour faire du feu pendant ces deux semaines aurait dépeuplé une forêt de bonne taille.

« Est-ce qu'on va camper dans la cour, madame ? demanda Glynis, la voix vibrante d'excitation.

— On verra. Cela semble une grande réception. Le château est peut-être réservé à des invités d'un rang supérieur.

— Ça me plaît bien ici. C'est plus gai et convivial. Et la voiture est assez bien pour une duchesse. Sir Guy doit être très riche. Et il doit beaucoup vous aimer, madame. »

Kathryn fit semblant de ne pas remarquer l'impudent clin d'œil de la donzelle. Le shérif avait d'ailleurs dû l'oublier. Même si elle ne souhaitait pas sa compagnie, la simple courtoisie eût exigé qu'il fût venu la saluer. S'ils devaient s'installer dans la cour, elle ne pouvait être laissée sans protection. Si Glynis se réjouissait à l'idée de loger au milieu des chevaliers et de leurs

501

soldats, ce n'était pas son cas. Répondant à un coup frappé fort contre le flanc de sa voiture, Kathryn tira la tenture. Ce n'était pas sir Guy, mais un laquais arborant la livrée écarlate de sa maison.

« Si madame et ses dames de compagnie veulent bien me suivre, commença-t-il en esquissant un petit salut pour la forme, je suis chargé d'escorter madame jusqu'à ses appartements. »

Merci, Sainte Vierge ! pensa-t-elle, en soufflant sur ses doigts pour les réchauffer. Qu'est-ce que cette fille avait fait de ses gants ?

Ayant mis pied à terre, elle compta les tours à chaque bastion. Treize en tout. Ce fut vers l'une de ces tours de plusieurs étages que les conduisit le laquais.

« Je ne m'étais pas attendue à un château si grandiose, déclara Kathryn en suivant le serviteur qui, la malle sur l'épaule, montait plusieurs volées d'un escalier de pierre tournant. Le duc de Norfolk doit être très puissant.

— Assez puissant, répondit le laquais. Mais Framlingham appartient au roi.

— Le roi sera-t-il présent ? » Elle espérait avoir l'air plus curieuse qu'angoissée, mais en vérité elle n'avait ni les vêtements adéquats pour une réception royale ni le cœur aux intrigues de cour, et nulle envie que le roi ou son régent se rappellent son existence.

« Je ne sais pas », répondit le serviteur en haletant.

L'escalier tourna une fois de plus et ils poursuivirent leur ascension. Elle pensa à Finn dans sa haute tour carrée. Encore un étage. Un autre tournant, et soudain, alors qu'on avait l'impression que la spirale allait monter encore plus haut, l'escalier déboucha sur un palier. Elle suivit le laquais dans une chambre, petite mais jolie. Les murs étaient badigeonnés d'ocre, sans les éclatantes peintures murales ornant les chambres qu'elle avait aperçues en montant. La simplicité de la pièce était cependant égayée par une riche tapisserie accrochée au-dessus de la cheminée. Un banc à dossier se trouvait devant l'âtre, recouvert d'un joli châle et parsemé de coussins, plus ou moins de travers, comme si on venait de les y jeter à la hâte.

« Avez-vous besoin d'autre chose ? demanda le serviteur, hors d'haleine, en posant la malle par terre.

— Y a-t-il un message pour moi de la part de sir Guy ?

— Un message ?

— Des instructions ? Les habitudes de la maison ? Le programme des festivités ?

— Aucun message. Peut-être devriez-vous envoyer votre suivante se renseigner dans la galerie ?

— Y a-t-il beaucoup d'autres femmes présentes ?

— Je n'en ai pas vu d'autres. Même s'il est probable que la duchesse et sa suite résident au château. » Il glissa un œil vers la porte.

« Vous pouvez disposer. »

Kathryn posa son coffret à bijoux et inspecta ses appartements. Une garde-robe était contiguë à la chambre. Ainsi, elle n'aurait pas à chercher des cabinets communs. Un feu accueillant flambait dans l'âtre, brûlant proprement du chêne anglais et non de la tourbe. Des bougies de cire d'abeille et non des chandelles de suif étaient placées dans les appliques murales. Une bassinoire était posée dans l'âtre, une paillasse pour sa chambrière, roulée à côté. Un lit, petit mais garni de tentures, un fauteuil et un coffre complétaient le mobilier. Elle découvrit un bassin et un broc d'eau dans la garde-robe. Un bouquet d'herbes aromatiques était suspendu au-dessus de la chaise percée et des herbes fraîches parsemaient le sol. Ce serait sûrement plus

agréable que de camper dans la cour. Un calme merveilleux régnait en ces lieux, à peine rompu par un léger
bruit de pas – quelqu'un gravissait-il les marches ? –,
suivi d'un coup discret frappé à la porte.

Sur un signe de tête de Kathryn, Glynis ouvrit la porte
à une jeune fille qui semblait avoir à peu près l'âge de
Magda.

« On m'a envoyée pour pourvoir aux besoins de
madame. Madame désire-t-elle quelque chose ? »

En voyant les jambes maigres de la domestique,
Kathryn sut qu'elle n'aurait pas le courage de demander
de l'eau chaude ou plus que quelques fournilles pour le
feu. La servante avait à peine quitté l'enfance et ses bras
étaient marqués d'engelures. Il s'agissait sans doute
d'une aide de cuisine chargée de tâches supplémentaires
durant les festivités.

« J'ai ma propre chambrière. Si tu lui indiques où se
trouvent les cuisines et la blanchisserie c'est elle qui
pourvoira à mes besoins.

— Bien, madame, marmonna l'adolescente, l'air
soulagé, tout en exécutant une révérence maladroite.

— Accompagne-la, Glynis. Va porter ce tas de linge
sale. Renseigne-toi auprès des autres serviteurs sur les
habitudes de la maison. Et rapporte un broc d'eau
chaude.

— Le festin de Noël aura lieu dans la grande salle à
cinq heures et demie, madame, précisa la servante.

— Retiens bien l'heure ! dit Kathryn à Glynis en la
fixant d'un regard qu'elle espérait significatif. Et ne
traîne pas en chemin. »

Une fois les domestiques parties, Kathryn se pencha
sur sa malle et fouilla parmi ses vêtements. Sa plus belle
robe était en brocart de velours bordeaux foncé, brodé et
orné de fils d'argent. Une folie, mais à l'époque son

cœur avait été plus léger et son avenir plus radieux. C'était la couleur favorite de Finn. Hélas ! il avait été arrêté avant qu'elle puisse la porter pour lui.

Il était temps maintenant que la robe serve. Aucune raison de la garder en réserve, s'était-elle dit en la déposant dans sa malle pour le voyage. Peut-être vaudrait-il mieux la garder pour l'Épiphanie ? Non. Elle voulait seulement repousser le moment douloureux où elle la porterait. Elle revêtirait le brocart de velours ce jour-là et à nouveau à la fête des Rois. Quand elle rentrerait chez elle, elle la porterait et la reporterait maintes fois, comme le pénitent son cilice.

Elle avait tellement maigri que la robe était trop lâche et risquait de flotter à partir de la haute taille. Glynis aurait-elle le temps de la resserrer ? Elle coifferait le bonnet de velours et le voile argenté en harmonie avec la couleur de ses cheveux. Elle brosserait elle-même le bonnet tandis que Glynis travaillerait à la robe. Elle frissonna, redoutant le moment où elle devrait se déshabiller et se mettre en chemise. Les invités étaient-ils censés assister aux prières ? Elle s'allongea en travers du lit, se couvrit de son manteau, puis se roula en boule.

Noël… Finn était seul dans sa tour, elle dans la sienne. Le paradis et l'enfer les séparaient.

« Je viens de la part de sir Guy pour conduire madame au festin de Noël. »

Le valet qui avait porté sa malle la regarda avec admiration ! Bien qu'il fût à peine plus âgé que Colin et Alfred, elle apprécia sa réaction. Cela lui redonna un peu d'assurance. Il n'y avait pas de glace en pied dans sa chambre, hormis un petit miroir qui lui avait seulement montré son visage blême et émacié. Trop de cheveux blancs et de peau blanche contre le velours rouge foncé.

Au moment où ils pénétrèrent dans la grande salle, elle eut un instant de panique… Tout ce monde, au moins deux cents personnes, voire davantage, et un tel vacarme ! Elle ne reconnut aucun visage, et ne vit que quelques femmes assises aux différentes tables.

Où allait-on la placer ? Le laquais la conduisit vers le haut de la grande salle. Sans doute au haut bout de la table, Roderick et son père ayant été tous deux chevaliers. Elle parcourut la table du regard dans l'espoir d'apercevoir le visage avenant d'une épouse, soulagée de constater que certains seigneurs étaient accompagnés de leurs femmes. Aucun siège n'étant vacant, le valet lui fit dépasser la table des chevaliers. Peut-être serait-elle placée alors parmi la suite de la duchesse. Insolite honneur sans doute, mais dont elle se serait bien passée. Elle se félicita d'avoir choisi un tissu élégant, malgré la couleur. Quoi qu'il en soit, elle ne souffrirait pas l'humiliation d'avoir l'air d'un humble rouge-gorge perdu au milieu d'une nichée de magnifiques oiseaux de paradis.

Cependant, ils dépassèrent la table occupée par les dames de compagnie de la duchesse et s'approchèrent de la table d'honneur, où le duc et la duchesse étaient installés au milieu d'une rangée de nobles dignitaires.

« Il doit y avoir une erreur », murmura-t-elle. La précédant de quelques pas, le laquais ne l'entendit pas ou préféra ne pas réagir.

Sir Guy se leva. Bien sûr, puisqu'elle était son invitée, il devait l'escorter jusqu'à sa place. Mais, au lieu de la conduire à l'une des tables du bas, il se contenta d'indiquer d'un geste le siège vide à son côté. Il fit son sourire tordu qu'elle détestait tant.

« Quel plaisir insigne, madame, d'être votre commensal durant deux semaines ! C'est de bon augure. »

Elle eut un pincement au cœur. Sainte Mère de Dieu, elle avait été invitée par le duc de Norfolk comme la compagne officielle de sir Guy de Fontaigne ! Elle refusait de penser à ce que cela pouvait signifier pour l'avenir.

« Honneur d'autant plus charmant qu'inattendu », répondit-elle en prenant place à ses côtés.

Quand arriva la fête des Rois, Kathryn en avait déjà assez des banquets nocturnes quotidiens, et il lui tardait de rentrer chez elle. Son sourire était aussi glacial que les gelées qui l'accueillaient chaque matin. Elle était également lasse de la compagnie de sir Guy, bien qu'elle dût reconnaître qu'il s'était montré courtois, et dans cette société de cour qui lui était étrangère elle appréciait même sa présence. Au moins était-ce un visage familier. Enfin, Sainte Vierge merci ! ce soir aurait lieu le dernier repas à la table d'honneur.

C'était l'Épiphanie mais, comme dans toutes les fêtes précédentes, le profane l'emportait sur le sacré. De sa place, si Kathryn ne pouvait pas voir l'évêque de Norwich, assis entre le duc de Norfolk et l'archevêque de Cantorbéry, elle reconnut son rire aviné. Elle l'avait assez entendu ces derniers soirs, l'évêque étant souvent ivre. Quoiqu'elle ne l'ait aperçu que de loin, n'ayant pas eu l'occasion de lui être présentée, sa jeunesse d'aspect et son comportement l'avaient cependant surprise. Pauvre Finn… C'était une double indignité d'être le prisonnier d'un parvenu si jeune et si arrogant. Kathryn fit la grimace en l'entendant saluer par des exclamations d'approbation les pitreries grivoises qu'on leur présentait pour les divertir.

Sur des tréteaux dressés à l'autre bout de la salle, un enfant déguisé en évêque amusait les invités. Les habits cisterciens à l'envers et la mitre trop grande de travers, il portait un singe sur l'épaule. Tout en secouant frénétiquement l'encensoir, une vieille chaussure suspendue à un bâton – la fumée nauséabonde de l'encens –, il échangeait des gestes obscènes avec un autre garçon plus âgé, le « roi des fous » choisi pour la soirée, qui le narguait en roulant des hanches de manière lascive. La foule des spectateurs se déchaînait davantage à chaque nouvelle pantomime sacrilège jusqu'au moment où le roi des fous vida le contenu du calice de l'Eucharistie sur la tête de l'« évêque ». Le singe jacassa et, quittant prestement l'épaule de l'« évêque » pour sauter sur celle du « roi », arracha la couronne de la tête de celui-ci avant de pointer son petit derrière nu vers les deux comparses. Les spectateurs rugirent de rire.

Lady Kathryn ne trouvait pas amusante la profanation du sacrement de l'Eucharistie, s'étonnant que cela puisse faire rire les autres convives. Étaient-ils aveugles au point de ne pas voir que sous les distractions de Noël traditionnelles grondait le mépris, voire la haine ? Non seulement envers le rituel de l'Église mais aussi envers eux tous.

À côté d'elle, le shérif inclina la tête.

« Ma dame n'est pas offensée, j'espère. Ce n'est qu'un jeu innocent ! s'écria-t-il par-dessus les rires.

— Non, sir Guy. » Elle ne devait pas attirer l'attention en protestant. « Pas offensée, seulement épuisée. Je ne m'étais pas attendue à de tels excès. »

Un joueur de trompette apparut sous l'arche centrale des trois portes qui menait à l'office et aux cuisines.

Avec une pompe exagérée, l'« évêque » et le roi des fous s'installèrent à leur place. Celui-ci produisit un sonore bruit de pet et le singe se boucha le nez en bougonnant. La foule lança des vivats. Puis le héraut souffla dans sa trompette et, comme chaque soir, les valets portant les mets firent leur entrée, avec à leur tête le chambellan brandissant son bâton blanc. Suivaient les employés de la dépense, du garde-manger, du cellier et de l'office, ainsi que le découpeur et l'échanson du duc, chacun portant son offrande très haut au-dessus de sa tête. Mais, contrairement aux fois précédentes, les mets furent d'abord présentés au roi des fous et à l'enfant évêque, lequel, feignant la colère, tapait du pied en hurlant : « Ce ne sont pas là des mets dignes de seigneurs ! Que le distributeur d'aumônes les donne aux pauvres ! »

Puis le cortège défila devant la véritable table d'honneur et les plats furent déposés devant le duc. Qu'aurait dit Agnes, se demanda Kathryn, si elle avait vu les deux cygnes rôtis, regarnis de leur plumage, élégamment placés dans leur nid de roseaux dorés ? Un paon rôti (revêtu de tous ses atours lui aussi), une marinade et une tarte de Noël au mincemeat, ingénieusement façonnée en forme de crèche, complétaient le repas. Le tumulte de la salle s'apaisa au moment où des plats plus ordinaires furent servis aux différentes tables. Les cygnes étaient réservés à la table d'honneur, le paon à la table des chevaliers, mais jusqu'aux tréteaux les plus éloignés, où étaient assis les membres des corporations et les marchands, il y avait abondance de pâtés, de boudins et de crèmes.

« Regardez, la duchesse s'en va », dit sir Guy comme ils attendaient qu'on place leur tranchoir sur le plateau d'argent qu'ils partageaient.

La femme qui quittait précipitamment la table avait deux ou trois ans de plus que Kathryn, mais par l'ouverture de sa mante on apercevait un ventre rebondi sous la soie. Le voile de sa coiffure à cornes penchait dangereusement au moment où elle passa à toute vitesse sous l'arche, la main pressée contre la bouche. Deux de ses dames de compagnie la suivaient d'un pas plus tranquille.

« Ce doit être dur, d'être enceinte à son âge, murmura Kathryn, plus à part soi qu'à l'adresse de son compagnon.

— Elle n'accomplit que son devoir. Elle en a déjà perdu six. À la place du duc, je chercherais ailleurs pour produire un héritier. »

Six enfants morts. Kathryn sentit un picotement sous ses paupières.

« Des fausses couches ?

— Deux étaient mort-nés. Deux autres ont vécu quelques mois, il me semble… »

Pas étonnant que la duchesse eût l'air si triste. Kathryn lui avait parlé une seule fois en quinze jours et il s'était agi du bref échange de propos requis entre une hôtesse et son invitée. Bien que Kathryn ait passé de nombreuses et ennuyeuses heures à faire des travaux d'aiguille dans la petite salle en compagnie de la suite de la duchesse, le plus souvent celle-ci n'apparaissait pas, invoquant la fatigue. Il arrivait aussi à Kathryn de feindre l'épuisement, mais alors il était difficile d'occuper les longues heures entre deux festins. Sir Guy l'avait invitée une fois à la chasse, or, d'une part, elle n'avait pas de pèlerin et, d'autre part, elle n'aimait guère la chasse au faucon, s'identifiant davantage à la proie qu'au prédateur. Elle contempla la carcasse farcie – la proie de la veille ? – que le découpeur posa sur le tranchoir devant elle, incertaine de la quantité de gibier que l'étiquette l'obligeait à manger. La trompette résonna une fois encore.

« Mes seigneurs, la viande est sur la table. »

Un grand bruit emplit à nouveau la vaste salle alors que les invités exprimaient leur contentement.

« Vous avez un petit appétit, Kathryn. J'espère que ce n'est pas parce que vous vous lassez de votre compagnon.

— Me lasser de vous, sir Guy ? » s'écria-t-elle en s'efforçant de maîtriser son ironie. Plus qu'une seule soirée, se rassura-t-elle. « Bien sûr que non. Votre compagnie est agréable et m'honore. Mais je suis quelque peu surprise que vous m'ayez choisie comme compagne pour une célébration aussi importante. Je suis certaine que d'autres sont bien plus dignes…

— Allons, Kathryn, cessez de jouer les innocentes damoiselles ! Il doit désormais être évident que je cherche une alliance entre nos deux maisons. »

Quel butor ! Un instant, elle en eut presque le souffle coupé.

« S'agirait-il d'une demande en mariage, Votre Seigneurie ? Si oui, elle me paraît intempestive. En ces temps de chevalerie, la coutume n'oblige-t-elle pas le prétendant à faire sa cour avant de se déclarer ? Vous avez été un compagnon attentif, soit, mais je n'ai ouï aucune déclaration d'amour.

— Mais vous entendez une déclaration d'intention. Cela n'a-t-il pas davantage de valeur pour une femme mûre que les jolies promesses de l'amour courtois. Néanmoins, soyez sûre, madame, que j'admire bien des choses en vous. Et je peux vous offrir ma protection. »

Une femme mûre ! Elle piqua la viande, puis laissa

retomber son couteau, qui cliqueta contre le plateau d'argent.

« C'est donc un marché que vous me proposez. Dites-moi, monsieur, est-ce moi ou mes terres que vous admirez ? »

Il se contenta de hausser les épaules. En tout cas, il n'était pas hypocrite.

« Quant à votre offre de protection, j'ai mes fils pour me protéger. Colin est revenu.

— Je suis au courant. » Son nez ressemblait encore plus à un bec quand il souriait. Il plissa les yeux comme avant de décocher une flèche. « Je l'ai vu prêcher au carrefour d'Aylsham », s'exclama-t-il suffisamment fort pour se faire entendre par-dessus le vacarme.

Le chambellan leva son bâton à l'adresse des convives installés aux basses tables.

« Veuillez parler plus bas, messires ! »

Après cette admonestation, le bruit se calma un peu. Kathryn saisit son couteau pour séparer une plume fuligineuse de la poitrine du cygne et répondit d'une voix égale : « N'oubliez pas Alfred. Il est l'héritier de Roderick, lui aussi.

— Je n'oublie pas Alfred. » Sir Guy lui tendit la coupe de vin qu'ils partageaient. Elle secoua la tête.

« J'espère le voir parmi votre entourage. Toutes mes tentatives pour correspondre avec lui ont été… (Elle ne pouvait dire "repoussées".)… vaines.

— Il y a eu une petite émeute en novembre. Fomentée par des rebelles poussés par les lollards. Le roi a fait appel aux hommes en armes. J'ai envoyé ceux qui étaient disponibles. »

Cela devait arriver, elle le savait. Alfred ne se préparait-il pas à rejoindre la suite royale ? Elle s'était efforcée d'éviter d'y penser durant le tournoi que le duc leur avait offert pour les distraire, tournoi au cours duquel sir Guy avait désarçonné son adversaire avant de s'agenouiller devant elle, à moitié par plaisanterie, pour réclamer un gage. Elle avait grimacé chaque fois que la lance avait heurté le haubert et le heaume, se réjouissant que ce sport fût réservé aux hommes, et qu'Alfred ne fût toujours qu'un damoiseau.

« Il est sans doute normal qu'un enfant roi envoie des enfants se battre pour lui, dit-elle.

— Je vous en prie, Kathryn, baissez le ton, sinon, même moi, je ne pourrai pas vous protéger. Ce n'est pas Richard, bien sûr, mais Jean de Gand qui a lancé l'appel aux armes. Quelle ironie ! Il a été le premier à encourager les hérésies de Wycliffe et il semble qu'il ait joué avec le feu. Après avoir aiguillonné l'ourson, il a dû affronter l'ours adulte. »

Et mes oursons à moi ? songea Kathryn. Que va-t-il advenir d'eux ? L'un dansera avec l'ours tandis qu'on enverra l'autre tuer l'animal ?

Sir Guy vida sa coupe et fit un signe l'échanson posté derrière lui.

« Alfred n'est plus un enfant », dit-il.

Comme chaque soir, l'échanson servit sir Guy pardessus son épaule, les yeux baissés. Jusque-là, Kathryn n'avait guère fait attention au bras qui se tendait vers la coupe vide de sir Guy. Mais celui-ci, remarqua-t-elle, était différent. Il était couvert de beaux poils roux et les ongles de la main avaient des lunules carrées, comme ceux de Roderick. Comme ceux de son père. Le bras d'Alfred… La main d'Alfred… Elle se retourna avec avidité pour voir la tête qui allait avec ce bras.

« Alfred. » Elle n'osa pas lui toucher le visage, de peur qu'il ne lui fasse honte en s'esquivant.

Mais il arborait le masque de la courtoisie, sans la

moindre trace de l'insolence dont il avait fait preuve à leur dernière entrevue.

« Madame ma mère », se contenta-t-il de dire avec déférence.

Selon l'étiquette, il fit un salut à sir Guy avant de se retirer près du dressoir pour attendre parmi ses camarades.

« Il a beaucoup changé. Il est plus soumis. J'espère que vous n'avez pas brisé sa force de caractère. Son père n'aurait pas aimé ça. »

Sir Guy s'esclaffa.

« La formation d'un écuyer n'implique pas que l'art de la guerre. Il me sert bien. Il sera un jour un excellent chevalier. Il dort déjà dans leur dortoir.

— Je vous en remercie », répondit Kathryn avec sincérité. Il s'agissait d'une marque d'estime, elle le savait. La plupart des écuyers dormaient là où ils trouvaient un coin pour s'allonger. C'était particulièrement dur en hiver. Elle ne supportait pas la pensée que son fils couchât sur le sol glacial.

« Je le favorise parce que j'étais l'ami de son père. » Il but une nouvelle gorgée dans la coupe d'argent qu'ils partageaient. « Et parce que je souhaite épouser sa mère. Mais nous reparlerons de cela plus tard. »

Autre sujet à éviter. La duchesse n'était pas revenue. Kathryn aurait dû profiter du malaise de son hôtesse pour prendre congé. Mais alors elle n'aurait pas vu Alfred.

« Entre-temps, reprit le shérif, souhaitez-vous que j'appelle votre fils pour que vous puissiez lui parler en privé ? Après le banquet, naturellement.

— Oh oui ! Je vous en prie. »

Il piqua de la pointe de son couteau un morceau de blanc de cygne et le porta aux lèvres de Kathryn.

« Allons ! Nous ne devons pas offenser le duc, n'est-ce pas ? »

Ouvrant la bouche, elle tira du couteau le morceau de blanc avec ses dents. Le shérif lui adressa son sourire de prédateur.

VINGT-SEPT

[…] puis, rivieres et fonteinnes
Qui estoient cleres et seinnes
En plusieurs lieus empoisonnerent.

GUILLAUME DE MACHAUT,
Le Jugement du roy de Navarre (XIVᵉ siècle)

Minuit. Peut-être pouvait-elle quitter le banquet sans paraître impolie… Le linge de table avait été débarrassé, mais l'hydromel, la cervoise et le cidre resservis, au point que le vacarme empêchait toute conversation courtoise. Ivres morts, certains des invités ronflaient, affalés les uns sur les autres. La duchesse n'était pas revenue et ses dames de compagnie s'étaient retirées, sauf une qui, apparemment ravie que ses consœurs lui aient laissé le champ libre, badinait outrageusement avec les chevaliers autour d'elle.

« Aurez-vous besoin d'Alfred encore longtemps ? »

cria Kathryn à l'oreille de son commensal. Sir Guy supportait bien l'alcool mais elle craignait qu'il n'oublie sa promesse. La seule chance, pour Kathryn, de parler avec son fils.

Il fit osciller le liquide dans sa coupe encore à moitié pleine, pour déterminer s'il aurait encore besoin de son échanson.

« Je vous l'enverrai tout à l'heure.

— Je l'attendrai. » Elle détacha un ruban argenté de sa manche et le plaça devant le tranchoir de sir Guy. « Pour que vous vous en souveniez », ajouta-t-elle en frissonnant.

Elle fit halte devant les appartements de la duchesse. Puisqu'elle prendrait la route aux aurores, elle devait la remercier dès maintenant de son hospitalité. Toutefois, comme elle s'en doutait, la duchesse était toujours indisposée. Elle posa les questions de mise, remercia ses dames de compagnie, les priant de transmettre l'expression de sa reconnaissance à son hôtesse. « Dites à la duchesse que je prierai sainte Marguerite pour que l'accouchement se passe sans encombre », leur dit-elle avec sincérité car elle doutait que la duchesse pût survivre à un accouchement difficile.

Parvenue aux dernières marches, elle vit que la porte de sa chambre était entrouverte. Malgré son ivresse, sir Guy n'avait donc pas oublié sa promesse. Elle s'arrêta sur le seuil. Alfred lui tournait le dos. Son pouls s'accéléra, ses paumes devinrent moites. Il parlait à Glynis dont les joues empourprées et le rire haut perché révélaient sa joie de retrouver enfin maître Alfred. Son rire cessa quand elle aperçut Kathryn dans l'embrasure de la porte. Elle fit sa petite révérence habituelle.

« Tu peux nous laisser, Glynis.

« — Mais, madame, je n'ai pas fini de préparer votre malle et il fait froid dans le couloir… »

« — Tu n'as qu'à descendre aux cuisines pour papoter avec les autres domestiques. On sera ravi de te laisser t'asseoir près du feu. On préparera la malle ensemble quand tu reviendras. »

À l'évidence plus rouge de colère que de plaisir, la chambrière esquissa un semblant de révérence et se retira, tout en lançant une dernière œillade à Alfred, qui eut l'air gêné.

« Je la comprends, dit Kathryn, une fois Glynis partie. À son âge, j'aurais regretté moi aussi de devoir quitter un si beau jeune homme. » Elle tint Alfred à bout de bras comme un pan de belle soie. Ses cheveux et le duvet d'une barbe naissante rutilaient dans la lumière des bougies. Elle lui effleura la mâchoire, discrètement, de peur qu'il ne regimbe. « Tu as la barbe de ton père. » Léger mouvement de déni de la tête ? Son imagination lui jouait-elle des tours ? Ou simplement signe qu'il n'appréciait guère la caresse maternelle ? « La livrée de sir Guy te va bien. »

Il restait coi. Comment meubler ce silence embarrassé ? Allait-il se dérober, si elle le prenait dans ses bras ? Elle n'avait jamais compris ce qui s'était passé à leur dernière entrevue. Pourquoi avait-il eu ce regard acéré le jour où il lui avait demandé l'autorisation de rejoindre sir Guy ? S'était-il adouci ? Ou bien sa nouvelle courtoisie était-elle affectée ?

« Pas le moindre baiser à ta mère que tu n'as pas vue depuis si longtemps ? »

Il lui saisit une main qu'il porta à ses lèvres. Elle la lui retira brusquement.

« Je veux te serrer contre moi », dit-elle en l'attirant vers elle. S'il ne lui rendit pas son étreinte, il ne fit pas

518

mine de vouloir s'en libérer, et quand elle le relâcha elle crut apercevoir un reflet dans ses yeux.

Kathryn s'assit sur le banc à dossier devant la cheminée et tapota le coussin à côté d'elle. Les jambes en bas-de-chausses bordeaux se mouvaient avec grâce. Il ne s'assit pas à côté d'elle mais à ses pieds, appuyant son dos contre le banc, sans lui faire face.

« Tu m'as manqué, Alfred, déclara-t-elle à sa nuque, tout en triturant les parements dorés ornant l'épaule de son fils. Elle se retenait de lui toucher la peau, de lui caresser les cheveux. Lui, en tout cas, ne les avait pas rasés.

« Vous aviez Colin… et l'enlumineur pour vous consoler. »

L'enlumineur… Voilà donc l'origine de sa colère. Depuis combien de temps était-il au courant ?

« Je n'avais ni l'un ni l'autre pour me consoler », rétorqua-t-elle, en continuant à s'adresser à la nuque de son fils. Elle lui parla du départ de Colin. De Rose et du bébé. Soudain très intéressé, il se tourna vers elle.

« Colin ? Mon doux petit frère innocent a défloré une vierge ! »

Son rire était empreint d'une amertume qui déplut à Kathryn. Elle ne pourrait jamais lui apprendre que Rose était juive.

« C'est triste pour Rose. Elle était très belle, dit il d'un ton nostalgique. C'est drôle, n'est-ce pas, mère ? Vous aviez tellement peur que je lui crée des ennuis, alors que c'est Colin que vous auriez dû éloigner d'elle, le doux Colin à la voix de miel. »

Il serra ses genoux contre son menton et se tut un long moment, apparemment occupé à évaluer cette nouvelle donne.

« Donc, me voilà oncle ! Oncle Alfred. Jasmine…

Drôle de nom ! Mais ça me plaît. Il y a déjà bien trop de saints en ce bas monde. »

Il fit un sourire radieux, comme à l'époque où il était tour à tour joyeux et coléreux, et qu'il la faisait toujours rire alors que ses incartades méritaient le fouet. Ce gamin restait-il tapi quelque part dans cet austère damoiseau aux manières de courtisan ?

Il se renfrogna et redevint amer.

« Je ne comprends pas pourquoi Colin s'est enfui. J'aurais pensé que saint Colin serait resté pour recoller les pots cassés. Rose était assez jolie pour qu'il l'épouse. Il aurait eu du mal à trouver mieux.

— En effet. Il aurait eu du mal à trouver mieux. Rose était aussi vertueuse qu'elle était belle, malgré cette erreur de jeunesse. » Une juive vertueuse ? Kathryn chassa la voix de sa tête. « Au moment de son départ, Colin ne savait pas qu'elle attendait un enfant. Il est parti parce qu'il se sentait responsable de la mort du berger. Lui et Rose utilisaient la lainerie comme lieu de rendez-vous. Il croyait que tout était sa faute. Alors il a décidé de partir, probablement pour expier ses péchés en s'enfermant dans quelque sombre monastère.

— Quel raisonnement stupide ! C'est tout à fait lui ! Glynis et moi, on... » Il tressaillit et se détourna. « Si moi j'avais été dans la lainerie, je n'aurais pas imaginé avoir causé l'incendie. C'est John qui a dû probablement le déclencher, alors qu'il était saoul, à moins que ce soit Simpson, pour dissimuler ses vols. »

Il se pencha et tisonna le feu, puis se mit de profil. Son épaule frôlait le genou de sa mère, mais il ne la regardait pas.

« Vous aviez raison à propos de Simpson, mère. C'est ce que je venais vous dire le soir où j'ai vu... Le soir où j'ai trouvé vos perles.

— Tu as trouvé mes perles ? » Sa gorge se serra. (« C'était Alfred. Le jeune seigneur de Blackingham », avait affirmé Rose.) « Alors, pourquoi ne me les as-tu pas rapportées ? »

Une bûche se fendit en deux avec un bruit sec. Une gerbe d'étincelles monta dans la cheminée.

« Alfred, qu'as-tu fait du collier ?

— Je m'étonne que vous ne l'ayez pas retrouvé, répondit-il, après une hésitation, en tordant ses lèvres pulpeuses. Il vous suffit de chercher dans la chambre de l'enlumineur. » Il avait la bouche charnue de son mari et sa tendance au sarcasme.

« Pourquoi mes perles se trouveraient-elles parmi les affaires de l'enlumineur ? demanda-t-elle le plus posément possible.

— Parce que je me suis rendu chez vous après l'enterrement du berger. » Il se détourna, scruta intensément le feu comme s'il revoyait la scène dans les flammes dansantes. « Je vous ai vu avec lui. Alors j'ai mis les perles dans sa chambre. C'était idiot, enfantin, d'agir ainsi, bien sûr. Sa fille était dans son alcôve. Elle aurait pu me dénoncer à vous. C'était stupide.

— Alors pourquoi l'as-tu fait ?

— J'espérais, sans doute, que vous croiriez qu'il les avait volées. Que vous seriez peut-être assez furieuse pour le chasser, lui, au lieu de moi. »

Il avait donc placé les perles chez Finn, ainsi que Rose l'avait affirmé, ainsi que Kathryn l'avait craint. Mais pas parce qu'il avait tué le prêtre. Elle avait envie de rire et de pleurer en même temps. Tant de malheurs s'en étaient ensuivis… Tout ça à cause d'une espièglerie d'enfant. Mais, Sainte Mère de Dieu, on pouvait remédier à la situation ! On pouvait encore régler la question. Il n'était pas trop tard…

Cependant il lui fallait d'abord élucider un mystère.

Elle avait envie de le secouer, tout en voulant l'étreindre pour le consoler du chagrin qu'elle lui avait causé.

« Alfred, qu'est-ce qui a motivé cette idiotie ? lui demanda-t-elle d'une voix un peu tremblante.

— Mère, je pensais que vous trahissiez mon père. »

Il triturait le tissu cramoisi de sa tunique, le tortillant nerveusement, sans la regarder. Elle lui ouvrit les doigts et s'empara de sa main.

« Ton père est mort, Alfred. Pensais-tu que faire du mal à un innocent allégerait ta peine ? »

La barre des lèvres fortement serrées frémissait. Il n'avait plus l'air d'un homme, mais de son petit garçon qui s'efforçait de ressembler à un homme, d'un petit garçon imitant les manières dures d'un père.

« Croyais-tu que je trahissais Roderick ? » Elle parlait à voix basse, d'un ton grave et doux. Elle lui caressa la nuque. « Ou… pensais-tu que c'est toi que je trahissais ? »

Dégageant brusquement sa tête comme si la paume de Kathryn était brûlante ou qu'elle ait hurlé, il se retourna pour lui faire face, agitant violemment la main dans les airs, tel un comédien d'un mystère mélodramatique.

« Vous détestiez mon père ! Ne le niez pas ! »

Pour l'amadouer elle ne haussa pas le ton ni ne brusqua ses gestes.

« Je ne nie pas que nous ne nous aimions pas, que nous ne nous étions jamais aimés. Mais comment détester l'homme qui m'a donné les deux êtres que je chéris le plus au monde ? Toi et ton frère.

— Vous le haïssiez. Et vous avez dit que je lui ressemblais.

— Non, je n'ai jamais…

— Vous l'avez affirmé maintes et maintes fois. » Sa voix était devenue plus grave. Il parlait même comme son père. « Je vous rappelais trop mon père. Est-ce la raison pour laquelle vous m'avez éloigné ? Afin de pouvoir rester seule avec votre amoureux. » Sa voix se fêla et le dernier mot fut prononcé d'un ton suraigu.

Quelle serait la meilleure façon de lui répondre ? À quelle accusation répliquer en premier ? Mais il ne lui laissa pas le temps de réfléchir.

« Vous ne dites rien, mère ?

— Alfred, Alfred, tu sais très bien combien je…

— Vous êtes là en tant qu'invitée d'honneur du shérif. Soir après soir, je vous ai vue badiner avec lui et lui sourire à la table du duc. Ça me rend malade. Madame ma mère, deux fois putain… »

La gifle résonna dans l'air et laissa une marque blanche translucide sur la joue. Des larmes se formèrent dans les yeux d'Alfred. Elle aussi sentait les pleurs lui monter aux yeux. La paume encore cuisante, elle tendit le bras pour lui toucher le visage. Elle avait envie de poser un baiser sur la joue pour effacer la douleur, mais devant la petite grimace qu'il lui fit elle retira sa main.

« Le shérif ne t'a donc pas mis au courant ?

— Le shérif ne me parle que pour m'indiquer comment me tenir, marcher, monter à cheval, me battre, m'exprimer, et aussi comment fourbir son armure, marmonna-t-il.

— L'enlumineur est à la prison du château de Norwich, accusé du meurtre du prêtre. Pour te protéger, j'ai refusé de fournir un alibi à mon "amoureux", comme tu dis. Je t'aime assez pour sacrifier mon bonheur pour toi. Et le bonheur d'un homme de bien. Si tu ne peux pas sentir cet amour, Alfred, je ne sais pas comment te le prouver. »

Les larmes qui baignaient les yeux de son fils se mirent à ruisseler le long des joues. Elle effleura son visage, la marque de sa main s'estompait.

« Je suis désolée si je t'ai fait mal, murmura-t-elle avec un profond soupir. Nous sommes tous les jouets du diable. »

« Votre entrevue avec votre fils s'est-elle bien passée ? » demanda le shérif, debout dans le couloir. Kathryn était en chemise et, pour répondre au coup frappé à sa porte, avait en toute hâte jeté son manteau sur ses épaules.

« Tout à fait, Votre Seigneurie », répondit-elle par l'entrebâillement. Sir Guy n'avait pas l'haleine fraîche mais il articulait clairement et, malgré la boisson, il avait eu l'énergie de monter jusqu'à sa chambre. « Merci de l'avoir permise. »

L'ombre du shérif s'allongea et vacilla sur le mur dans la lumière tremblotante de la torche.

« Si c'était mon fils, je l'éduquerais différemment, dit-il. Ce qui m'amène à un autre sujet. »

Elle resserra son manteau.

« Avec votre permission, Votre Seigneurie, pourrions-nous en parler une autre fois ? Il est bien tard pour rendre visite à une dame. Comme vous voyez, je me préparais pour la nuit et le voyage du retour… »

Poussant de toutes ses forces la lourde porte de chêne, il passa devant elle.

« Sangdieu, Kathryn ! ce n'est pas pour faire de l'exercice que j'ai grimpé toutes ces marches. »

Il était toujours vêtu du costume que sa récente nomination lui permettait de porter : mantelet de laine doublé de tissu écarlate, emblèmes bleus de l'ordre de la

Jarretière se détachant sur un fond plus clair, chacun brodé de la devise « Honni soit qui mal y pense », cousue de fil d'or. Sous un surcot de laine cramoisi.

« Nous allons en parler tout de suite. Demain nous partons dès l'aube et nous n'en aurons pas le temps. Je dois partir en tête. Mes hommes vous accompagneront, bien sûr. »

Lui tournant le dos, Kathryn se pencha et plaça le dernier morceau de bois dans le maigre feu. Elle avait espéré le garder pour se chauffer pendant les préparatifs du départ.

Quand elle fit volte-face, il était assis sur le lit, appuyé sur les coudes, le regard fixé sur elle, une jambe en bas-de chausses bleu croisée sur l'autre.

« Ne m'examinez pas de ce regard de maquignon, monsieur. Je ne suis pas une jument dont vous jaugez les qualités sur la place du marché. »

Elle passa ses bras autour de son corps et se frotta la peau pour se réchauffer. Il changea de position, croisa les jambes au niveau des chevilles, les pointes des souliers de cuir dirigées vers elle comme deux fléchettes.

« Dites ce que vous avez à dire, reprit-elle, je suis épuisée.

— Comme vous le savez, Kathryn, répondit-il en hochant la tête, je n'ai pas d'héritier, et…

— Je croyais que vous aviez un fils en France. » Elle savait que la peste avait emporté son aîné et que trois ans plus tôt sa seconde femme, Mathilde, était morte en couches. L'enfant était mort-né.

— Gilbert est mort au cours de la même bataille que votre mari.

— Je suis désolée. Je ne le savais pas. Vous n'avez jamais parlé de…

« — Êtes-vous toujours fertile ? demanda-t-il en tapotant la courtepointe du doigt orné de sa chevalière.

— Pardon ? » Elle se sentit rougir. « Demandez-vous…

— J'ai posé une question simple. Votre matrice fonctionne-t-elle toujours ?

— Si vous voulez dire… Eh bien oui ! Mais c'est plus un ennui pour moi qu'un bienfait. Mes fils me suffisent, et j'ai une pupille.

— Vous avez une pupille ? » Il arqua un sourcil.

« Je suis la marraine de… la petite-fille de l'enlumineur. Sa fille a été souillée et s'est retrouvée enceinte. Elle est morte en couches.

— Le vaurien qui l'a déflorée est-il passé en justice ? »

Elle sentit son visage s'embraser.

« Le coupable était un ménestrel itinérant, dit-elle en tournant son regard vers le feu. On n'a jamais su son nom.

— Et vous vous occupez de l'enfant par amour pour l'enlumineur. » L'acier de son arme, accrochée à son côté, envoyait des reflets glacials, comme ses yeux.

« Je m'en occupe par charité chrétienne, jusqu'à ce que le père de sa mère soit libéré et puisse venir la chercher. »

Il grogna et fit le sourire de travers qu'elle détestait tant.

« Avant que cela n'arrive vous verrez sans doute la petite se fiancer et deviendrez la marraine de ses enfants. »

Il faisait maintenant plus chaud dans la pièce. Elle aurait aimé ôter son manteau, mais, ne portant dessous que sa chemise, elle se contenta de s'écarter du feu et de s'asseoir sur l'unique chaise.

« Comment serait-ce possible, monsieur le shérif, alors que l'enlumineur est innocent ? »

Il fit semblant d'examiner ses ongles.

« Vous n'en étiez pas si sûre lors de son arrestation.

— Alfred vient de me révéler la vérité. C'est lui qui avait placé les perles dans la chambre de Finn… de l'enlumineur… parce qu'il se croyait négligé. Une réaction puérile. Il n'avait pas envisagé les conséquences de son geste. Quand je lui ai raconté ce qui s'était passé il s'est repenti et a promis d'expliquer sa faute à l'évêque.

— Ah bon ! Mais comment les perles se sont-elles retrouvées entre les mains d'Alfred ? N'est-ce pas là la question ? Est-il disposé à s'expliquer de cela aussi à l'évêque ?

— Je n'aime pas vos insinuations, monsieur. Alfred avait trouvé le collier parmi les affaires du régisseur. Cet homme était un voleur. S'il volait les vivants, il aurait eu encore moins de scrupules à dépouiller les morts. Depuis, il a été chassé de Blackingham. Je suis certaine que lorsqu'il apprendra la vérité, l'évêque relâchera l'enlumineur.

— À votre place, Kathryn, je n'y compterais pas trop. L'évêque est enchanté d'avoir un artisan de son talent à sa merci. Il rechignera à le libérer sans une preuve irréfutable de son innocence, ou sans de fortes pressions. En outre, la question des documents hérétiques trouvés en sa possession reste posée. De toute façon, si l'enlumineur est mis hors de cause, le meurtre du prêtre n'est pas élucidé. L'archevêque fait pression sur l'évêque, qui fait pression sur moi, et il nous faudra rouvrir l'enquête et repartir de zéro. Vous voyez à quel point tout cela est compliqué ? fit-il en poussant un soupir exagéré. Bien sûr, si, une fois devenue ma femme, vous trouviez atroces les circonstances dans lesquelles l'enlumineur est emprisonné, je me sentirais obligé de parler au régent. Sa Majesté a déjà donné son autorisation à une alliance entre nos deux maisons. En tant qu'épouse d'un chevalier de la Jarretière, votre témoignage aurait un poids considérable. »

Kathryn se força à respirer lentement.

« Vous avez outrepassé vos droits, monsieur, en parlant au roi sans ma permission. Même si je donnais mon accord à ce projet, n'auriez-vous toujours pas à résoudre le problème du meurtre du prêtre ?

— Kathryn, Kathryn. » Sir Guy secoua la tête, tout en faisant de petits bruits de succion avec la langue. « Vous n'êtes pas sans savoir qu'en tant que veuve vous pouvez être placée sous la protection du roi, qui peut saisir vos terres à tout moment. Dans ce cas, vos fils seraient déshérités. Une alliance avec moi préviendra ce risque. Vos fils gardent leur héritage, vous obtenez une position plus élevée et pouvez alors user de votre influence pour aider votre… ami. Quant au meurtre du prêtre, rien n'est plus facile : accusez quelque juif… Oui, cela me plaît beaucoup, susurra-t-il devant son brusque haut-le-cœur. Cela plaira aussi à l'archevêque. Voilà une solution tout à fait judicieuse !

— Accuser un innocent ?

— Pourquoi cet étonnement et cette indignation ? » Il examina ses ongles, ses doigts bagués, effilés, féminins. « Si une dénonciation précise heurte votre sensibilité, je peux découvrir un complot plus vaste. » D'une chiquenaude, il enleva une paillette de son nouveau mantelet. « Un complot fomenté par les juifs d'Espagne, l'exécuteur restant inconnu.

— Il n'est pas moins injurieux d'accuser à tort tout un peuple.

— À tort ? Les juifs ? Kathryn, vous ne soutenez pas

528

les juifs, quand même ? Ce serait un penchant fort dangereux ! » Il fronça les sourcils pour prévenir de nouvelles protestations. « Qu'importe si on leur reproche un crime de plus ! On sait qu'ils propagent la peste. Ils empoisonnent nos puits, volent le roi et immolent même nos enfants à Pâques au cours de parodies de la Crucifixion. »

Le shérif faisait allusion à l'infâme accusation de meurtre rituel souvent invoquée, jamais prouvée. Et on allait désormais ajouter à leur fardeau l'assassinat de prêtres.

« Leur mettre sur le dos la mort d'un prêtre ne pèserait pas plus qu'une mouche sur un chariot de fumier. Pensez-y, Kathryn, dit-il en lissant un fil d'or de son surcot. Et d'ailleurs avez-vous le choix ? »

Quel choix avait-elle, en effet ? Elle avait toujours su que cela se terminerait ainsi. Elle n'avait pas imaginé, cependant, qu'il lancerait un assaut aussi frontal ni qu'il attaquerait quand elle serait aussi vulnérable. Elle était trop fatiguée pour réfléchir. Son entrevue avec Alfred avait été si prometteuse… maintenant, tous ses espoirs étaient réduits à néant.

Il se leva, lui saisit la main et la porta à ses lèvres. Tout son être se révulsa bien que la bouche de sir Guy l'ait à peine effleurée.

Elle se leva elle aussi, se redressant de toute sa taille. Ses yeux se trouvaient presque au niveau de ceux du shérif.

« Et vous, monsieur, que gagnez-vous à une telle alliance ?

— Nous en avons déjà débattu. J'admire vos terres. Un seul fief les sépare des miennes. »

Kathryn fut surprise, car elle ne savait pas qu'il possédait un aussi vaste domaine, quoique Roderick ait plus d'une fois évoqué, avec méfiance, les ambitions du shérif.

« Comment puis-je être sûre qu'une fois le mariage célébré, vous interviendrez au sujet de Finn ?

— Vous avez ma parole de chevalier de la Jarretière. J'espère que vous ne mettez pas en doute ma parole d'honneur. Réfléchissez-y, Kathryn. Je vais dans le Suffolk pour mater cette petite rébellion. Je vous rendrai visite dès mon retour afin de rédiger notre contrat de fiançailles. Je le répète : avez-vous le choix ?

— Ne craignez-vous pas que je me retire dans un couvent ? L'abbesse du prieuré de la Sainte-Foi me recevrait avec joie et prendrait sous sa garde et ma personne et mes terres. »

Les yeux du shérif s'étrécirent.

« Oui, vous pourriez prendre ce parti. Toutefois, pensez à vos fils. À votre pupille. Et, si vous en décidez ainsi, je jure sur mon honneur de chevalier de la Jarretière que votre amant ne recouvrera jamais la liberté. »

Il ouvrit la porte. L'air glacial du corridor s'engouffra dans la pièce. De la grêle avait commencé de tomber et tambourinait contre l'étroite fenêtre située au bout du couloir.

« Faites le bon choix, Kathryn… » Il fit une révérence moqueuse et s'éloigna à reculons.

Elle frissonna, écoutant le bruit de ses pas décroître dans l'escalier. Où était Glynis ? Sans doute se réchauffait-elle dans les bras de quelque soldat. Sa chambrière, une serve, jouissait d'une plus grande liberté qu'elle. Elle rentra pour finir sa malle, cherchant une tactique pour déjouer cette nouvelle menace. Le shérif avait laissé son empreinte dans le matelas de plume. Elle tapa dessus avec colère jusqu'à ce que la marque ait complètement disparu.

VINGT-HUIT

> *Par la contrition nous nous purifions,*
> *par la compassion nous nous préparons.*
> *Et par le sincère désir du Ciel nous nous*
> *rendons dignes. Il sied que chaque âme*
> *soit soignée par ces trois médecines.*

> JULIENNE DE NORWICH,
> *Heirlooms* (« Héritages »)

Finn joua sa dame de cœur. L'évêque la prit avec le roi que l'enlumineur savait en sa possession.

« Vous avez perdu votre dame de cœur. Quelle tragédie de perdre une si charmante dame !

— C'était inévitable, Votre Éminence. »

La difficulté était de laisser gagner Despenser tout en jouant assez bien pour qu'il ne s'ennuie pas. Finn avait soif de compagnie, même si celle-ci était dangereuse, et chaque fois que l'évêque venait il apportait quelque douceur. Le garde-manger était désormais bien garni et, si Finn se rationnait suffisamment, il aurait des friandises à déguster jusqu'à la prochaine visite de l'évêque. Le plus appréciable, bien sûr, c'étaient les fournitures : pigments, papyrus, plumes et encre.

« Vous entretenez une volumineuse correspondance, s'était plaint l'évêque, tandis que son serviteur empilait les paquets à côté de la table de travail.

— Je rédige ma philosophie, pour passer le temps.

— Je croyais que, pour passer le temps, vous peigniez mon retable.

— Durant ces journées d'hiver la lumière est trop faible pour peindre, Éminence. Et la réclusion est une muse ingrate. »

Les yeux de l'évêque devinrent deux fentes.

« J'aimerais beaucoup lire votre philosophie.

— Elle ne vous plairait pas. J'écris en anglais.

— L'anglais est bon pour la masse. Bon pour établir des listes et des relevés de comptes, et peut-être assez bon pour votre philosophie. » Il désigna la carte qu'il avait prise. « Je l'ai vue aux réjouissances de Noël offertes par le duc.

— Vous avez vu la dame de cœur ? » demanda Finn d'un ton désinvolte. L'évêque se vantait souvent de ses conquêtes amoureuses.

« *Votre* dame de cœur. » Il caressa la carte comme s'il s'agissait d'une poitrine de femme.

« Ma dame ?

— La châtelaine de Blackingham. Je ne m'étonne pas que vous l'ayez choisie pour modèle. Un rien blette pour mon goût, mais d'une fort belle prestance. » Il battit les cartes et étudia Finn par-dessous ses paupières baissées. « C'était la compagne de sir Guy de Fontaigne, le shérif, comme vous vous en souvenez sans doute. » Ses paupières papillotèrent comme celles d'une damoiselle, au grand agacement de Finn. « Mais bien sûr que vous vous rappelez. »

Finn ne répondit pas. Il se leva pour alimenter le feu, détournant le visage afin de cacher son malaise et son dégoût. Peu lui importait avec qui elle dînait, et même avec qui elle couchait. Les sentiments qu'il avait jadis nourris à son égard étaient morts depuis longtemps, tués par sa trahison.

Voilà ce qu'il se disait chaque fois qu'il se réveillait après avoir rêvé d'elle.

« Ils formaient un couple remarquable.

— Vraiment ? » Feignant l'indifférence, Finn se servit un verre de vin.

Despenser tendit sa coupe pour qu'il la remplisse à nouveau.

« Elle portait un vêtement en velours cramoisi moulant sa poitrine, ceint à la taille d'un cordon argenté disposé en V pour mettre en valeur la courbe de ses hanches », précisa-t-il, indiquant la forme de sa main libre.

Une goutte de vin tomba sur le sol, manquant tout juste d'éclabousser la pointe du soulier de l'évêque.

« Vous tremblez, aujourd'hui, maître Finn. Il ne s'agit pas d'un début de paralysie agitante, j'espère. »

Finn alla se rasseoir, ramassa ses cartes, les palpa nerveusement avant de les reposer. La dame de cœur le fixait du regard.

« J'ai un brin de fièvre, Éminence. Je crains de ne pas être un adversaire honorable aujourd'hui. Peut-être un autre jour… »

Sous le regard perspicace de Despenser, son visage s'empourpra.

« Vous déclarez forfait, par conséquent ? »

Finn soupira et d'un ton exagérément obséquieux

répondit : « Vous m'auriez battu de toute façon, Éminence. J'ai bien peur que vous ne soyez plus fort que moi.

— Ne me prenez pas pour un idiot, enlumineur ! Ma bienveillance a des limites. Je ne suis pas vraiment satisfait de l'avancement de votre travail. Vous auriez dû déjà terminer plus de trois panneaux du retable. »

Il se leva, fit un signe à ses serviteurs. Ils l'enveloppèrent dans sa robe d'hermine qui balaya les dalles d'un mouvement furieux au moment où il s'arrêtait sur le seuil pour décocher une dernière flèche.

« Je suggère qu'avant ma prochaine visite, vous consacriez davantage de temps au travail commandé par votre Église et moins à votre prétendue philosophie. »

« Explique à lady Kathryn que j'ai besoin de la voir, dit Finn à Mi-Tom deux jours plus tard. Et dis-lui que je veux aussi voir l'enfant. »

Qu'allait-il advenir de la fille de Rose ? Ce n'était que l'une des diverses questions qui avaient troublé le sommeil de Finn les deux nuits précédentes. Il avait toujours su que le shérif avait des vues sur Blackingham et sur sa dame. Voilà bien longtemps qu'il l'avait deviné, mais il avait cru Kathryn assez forte et assez digne pour résister aux avances d'un homme qu'elle prétendait mépriser. Sauf, bien sûr, si son dédain envers le shérif était aussi inconstant que l'amour qu'elle avait professé à son égard. Et sa promesse de s'occuper de l'enfant était-elle aussi réversible que ses affections ? Sur ce point, Finn ne pouvait prendre aucun risque. Il lui faudrait voir Kathryn une fois de plus. Même si ses jambes flageolaient à la pensée de l'exquise douleur de l'entrevue.

« Si je porte ce message à lady Kathryn, elle va se lancer immédiatement sur la route alors que la neige s'entasse très haut sur le sol.

— Alors dis-lui de venir dès qu'il fera meilleur. »

Le temps ne s'améliora pas. La neige s'entassait si haut que Mi-Tom ne put même pas sortir du mur d'enceinte de peur d'être enseveli jusqu'aux yeux. La nuit, il campait dans la cour de la prison, gagnant son pain en faisant des courses pour les gardiens, sauf pour Sykes qu'il fuyait comme la peste. La journée, il longeait King's Road, marchant péniblement un quart de mille afin de rendre visite à la sainte femme de Saint-Julien, ramassant du combustible en chemin pour garnir son minuscule brasero. Ayant remarqué les engelures sur ses mains, il lui avait demandé pourquoi son feu était si maigre et où étaient passés les charbons qu'il lui avait apportés la veille, mais celle-ci avait simplement souri et répondu que d'autres avaient de plus grands besoins qu'elle. Il ne restait plus nulle part de combustible facile à ramasser et, parfois, rien que pour trouver de quoi entretenir le foyer de la recluse, il devait sortir des murs de la ville sous des rafales de neige. Mi-Tom alimentait celui des miséreux alors qu'il cherchait à empêcher une seule et unique sainte femme de geler.

La nuit, il partageait le feu des gueux. C'est là qu'il apprit qu'une menace beaucoup plus grave que la neige pesait sur la ville. Les paysans s'agitaient. Une nervosité, un sentiment de colère planait au-dessus des foyers fumeux des vagabonds, attendant la montée de la sève.

« Entre la capitation du roi et la dîme de l'évêque, un honnête homme travaille pour des nèfles.

— Moi, je m'en fiche, j'ai rien à diviser en dix. Et le

535

collecteur d'impôts a pris mon dernier cochon pour la guerre de Lancastre contre les Français.

— Alors l'évêque te prendra ta chemise.

— Ouais. Et le tonton du petit roi te piquera tes braies. »

Rire sans joie général. Les hommes crasseux, les pieds enveloppés de chiffons, la tunique sale et la barbe hirsute, s'agglutinaient sous une tente de fortune qu'ils avaient montée pour se protéger des éléments. Les deux mâts vacillaient et la toile rapiécée se déformait sous le poids de la neige. Mi-Tom tapait des pieds et soufflait sur ses doigts, se glissant pour s'approcher du feu entre les jambes de l'homme qui avait parlé en dernier. Il pensa à Blackingham et à Magda. Il espérait qu'elle avait chaud. Le message de l'enlumineur n'était pas la seule raison qui l'incitait à parcourir les douze milles séparant Norwich d'Aylsham. Mais la neige continuait à tomber à gros flocons cotonneux, recouvrant la prison du château, décorant les corniches de la grande cathédrale et, à la lueur du feu, elle peignit en blanc la barbe et les épaules voûtées de ses compagnons.

« Les nobles s'en fichent pas mal qu'on crève de faim ! Ce Noël, pour sûr qu'on a pas glané grand-chose.

— Ouais… Tous ces seigneurs et ces belles dames criant misère dans leurs châteaux… » L'homme mangea une poignée de neige, puis toussa, expectorant une boulette glaireuse qu'il cracha dans le feu. « Et pendant ce temps, ils se remplissent la panse et envoient au portail des aumônes du pain moisi et les os qui restent. Ils savent pas ce que c'est que d'être pauvres.

— Il est peut-être temps qu'ils l'apprennent.

— Ouais. Pour commencer faudrait brûler l'une de leurs belles demeures. »

Mi-Tom étendit les mains vers les flammes. Un ventre creux gargouilla derrière lui.

Une gerbe d'étincelles s'élança vers le ciel noir. Le nain s'enroula dans sa couverture et s'allongea près du feu des mendiants. Les crêtes gelées des empreintes de pas dans la boue lui blessaient le dos. Il envia le vieillard qui, fuyant la misère, ronflait à ses côtés. Mi-Tom ferma les yeux et finit par s'endormir.

Il rêva qu'il rentrait chez lui.

Il se trouve dans sa hutte à l'extrémité des marais. Son âtre de terre glaise est brûlant et un bon bouillon d'anguille mijote dans sa marmite. La pile de peaux de castor lui fait un lit qui serait même assez douillet pour le jeune roi Richard. Quand il se réveille, il entend des chants d'oiseaux. L'aube nacrée a la fraîcheur d'un œuf à la coque. Rêve familier et délicieux.

Mais, par cette nuit au cœur de l'hiver, il y a une différence dans ce rêve familier de retour à la maison. Dans ce rêve, il n'est pas seul au milieu de ses marais veloutés. Magda est à ses côtés. C'est l'été. Il lui apprend à préparer les rameaux d'osier et à tresser les nasses, à poser les pièges, à plonger sans bruit la rame dans l'eau tandis qu'ils glissent entre les roseaux.

Dans ce rêve il est grand.

Lorsque Mi-Tom se réveilla, le feu des gueux n'était plus que cendres mouillées tandis que poignait une aube sale. Il se retrouvait seul une fois de plus, à part le cadavre recouvert de neige de l'homme qui, lui, avait cessé de rêver à ses côtés.

Kathryn priait pour que la neige continue de tomber et que la rigueur de l'hiver empêche le shérif de lui rendre visite. Sa demande en mariage était suspendue au-dessus de sa tête telles les dagues de glace accrochées aux avant-toits de Blackingham. La patience n'était pas le fort de Guy de Fontaigne, mais Kathryn espérait pouvoir le faire patienter une année… Bien sûr, Kathryn. Et peut-être le monde est-il si désaxé que la neige ne fondra pas, que les arbres ne bourgeonneront plus et que le printemps ne reviendra jamais…

Certains jours, en effet, il semblait bien que le lugubre hiver – dont, en temps normal, elle se serait plainte – pourrait à jamais le tenir éloigné. Mais un jour où le temps était exécrable et les routes à peine praticables, Guy de Fontaigne lui fit parvenir un message lui annonçant sa visite pour Pâques. Le lendemain, Mi-Tom lui apporta un mot de Finn.

Le jour que Kathryn attendait depuis un an avec espoir et crainte mêlés était finalement arrivé. Tôt le matin, Kathryn, son fils et sa petite-fille se trouvaient dans la vaste cuisine bien chauffée. Extrayant un petit gâteau aux graines d'œillette du poing fermé de Jasmine, Kathryn calma ses gémissements de protestation en suggérant : « On va dire au revoir… Tu veux qu'on dise au revoir, pas vrai ? »

Les yeux de l'enfant s'animèrent et elle gazouilla « Au revoir ! » Des miettes sortaient de sa bouche en même temps que les mots. Kathryn s'empressa d'essuyer les joues rebondies de sa petite-fille.

« Tu es si mignonne, ma doucette. N'est-ce pas, Colin ? »

Colin se contenta d'opiner du chef en tapotant négligemment la tête de l'enfant que Kathryn s'efforçait d'habiller pour le voyage à Norwich. Il endossait son manteau de tiretaine en vue de sa sortie quotidienne.

Vêtement qu'on aurait plus facilement vu sur le dos d'un chiffonnier que sur celui d'un jeune noble… Où avait-il récupéré une telle loque ? En tout cas, personne ne le reconnaîtrait. Puisqu'il avait décidé de se raser le crâne et de prêcher aux carrefours, il fallait remercier la Sainte Vierge qu'il ait eu le bon goût de ne pas arborer le bleu de Blackingham.

Kathryn cherchait à faire enfiler à Jasmine son petit manteau de lapin et ses moufles, mais l'enfant n'arrêtait pas de gigoter.

« Reste tranquille, ma chérie, tu décoiffes tes jolies boucles. On va voir ton grand-père aujourd'hui. Tu vas chanter pour lui, pas vrai ? Comme tu le fais pour Magda et moi ? »

Afin d'empêcher l'enfant de se trémousser elle chanta « la, la, la, la… » sur tous les tons. Jasmine cligna ses yeux bleus, cessa de s'agiter et gazouilla au son de la mélodie.

« Mon petit pinson, s'émerveilla Kathryn en embrassant la joue pour faire tomber une graine d'œillette qui s'accrochait à une fossette. Jadis, ton père chantait comme un pinson lui aussi », ajouta-t-elle d'une voix empreinte de nostalgie.

Colin ne l'entendit pas. Il était déjà parti. Mais elle n'allait pas se laisser gâcher la journée par son fanatique de fils. Finn avait requis sa venue. « Répète-moi ses mots précis », avait-elle demandé au messager. « Dis à lady Kathryn que j'ai besoin de la voir », avait répété Mi-Tom. « Besoin »…

Ce serait peut-être la dernière fois qu'elle le verrait. Elle allait fixer en son esprit l'image de ses yeux, la courbe de sa mâchoire, sa façon de plisser le front, la forme de ses belles mains. Engranger tous ces souvenirs en sa mémoire afin de pouvoir les en extraire et de les faire revivre lorsqu'elle se sentirait à bout de forces.

Qu'il ait demandé à voir l'enfant était un bon signe. Son cœur ne s'était donc pas changé en pierre.

Devrait-elle lui parler de ses projets ?

« Nous sommes prêtes », annonça Kathryn à Mi-Tom qui venait d'ouvrir la porte.

Finn était assis par terre sur une couverture à côté de sa petite-fille. Kathryn s'était installée sur la chaise placée entre l'enfant et la cheminée. Ils évitaient de se regarder en face.

« Elle est très belle.

— Comment pourrait-il en être autrement ? L'enfant de ta fille et de mon fils ? »

Il caressa les cheveux de l'enfant.

« Tu as bien pris soin d'elle. Elle a l'air heureuse.

— Je te l'avais promis.

— C'est vrai. »

La pièce était silencieuse, à part un léger tambourinement. La fillette s'amusait à taper sur le sol avec l'une des coquilles d'huître que Finn utilisait pour préparer ses peintures. Il eut un pincement au cœur en se rappelant une autre fillette blonde aux yeux d'un bleu éclatant, celle qu'il avait transportée chez la recluse et qui n'avait pas survécu. Alors qu'il s'était cru à l'abri de ce genre de sentiment, il eut soudain une bouffée d'angoisse. Il avait eu tort de s'y exposer à nouveau en demandant à voir l'enfant.

« Elle marche déjà ?

— Elle fait quelques pas chancelants. » Le rire de Kathryn était léger et mélodieux, tel qu'il s'en souvenait. « J'ai peur qu'elle ne tombe.

« — Par conséquent, elle n'est pas un trop lourd fardeau ?

— Pas le moins du monde. » Kathryn semblait fixer l'intense lumière du soleil qui filtrait entre les lattes des volets. « Elle me donne une raison de vivre. »

Ils restèrent silencieux quelques instants. Un grand malaise demeurait entre eux, une certaine pudeur, comme s'ils se connaissaient à peine. Il faillit lui révéler avoir appris par l'évêque qu'elle possédait d'autres centres d'intérêt pour tromper sa solitude, mais il ravala ses paroles.

« Elle porte la croix de sa mère », dit-il en apercevant le bijou accroché au cou de l'enfant par une robuste petite chaîne. Il se hâta de détourner le regard, la vue de l'objet lui faisait terriblement mal.

« C'est un bijou de famille. Il doit passer de mère en fille. Rose aurait aimé que Jasmine hérite de la chaîne portée par sa mère.

— Rebecca ne l'a jamais portée », répliqua Finn. Le douloureux souvenir le fit grimacer. « Rebecca était une *conversa*. Elle détestait cette croix. Elle la considérait comme un symbole d'oppression.

— Une *conversa* ?

— Une convertie de force au christianisme. » Après toutes ces années, ce souvenir était comme une nouvelle blessure. Il regarda l'enfant qui jouait par terre pendant ses explications. « On a nettoyé le quartier juif. La papeterie de son père a été entièrement brûlée. Ses parents ont péri dans les flammes. Rebecca a récité le Credo pour sauver sa vie.

— On l'a… on l'a torturée ?

— Non. Mais je pense que sans moi elle aurait tenu tête. Je l'ai suppliée. » Il caressa les cheveux de sa petite-fille. La petite-fille de Rebecca… Des cheveux

541

blonds et pas le moindre signe qu'elle avait du sang juif dans les veines. « On l'aurait tuée. Ou on me l'aurait arrachée, tout au moins. On était déjà amants à cette époque. Elle a abjuré pour moi.

— Où l'avais-tu rencontrée ?

— En Flandre. J'y étais allé pour ramener le corps de ma grand-mère afin qu'elle soit enterrée dans son pays natal. À l'époque, j'étais déjà un bon scribe et j'aimais peindre. J'avais hérité ce don de ma mère qui l'avait elle-même hérité de la sienne. Le père de Rebecca vendait d'excellents parchemins. J'avais l'intention de faire un livre en mémoire de ma grand-mère. Mes parents étaient déjà morts et j'étais le seul héritier. J'avais une grandiose vision d'une collection de livres, copies de livres empruntés. Je me rappelle encore l'inscription au-dessus de la porte : "Foa. Beaux papiers". Foa était son nom de famille. Ce jour-là Rebecca tenait la boutique de son père.

— Je suis sûre qu'elle était très belle, dit Kathryn. Comme sa fille. Tu étais parti acheter des fournitures et tu as trouvé l'amour de ta vie. » Le ton était si doux que Jasmine lâcha sa coquille d'huître et se tourna vers elle, comme si Kathryn l'avait appelée.

L'un des amours de ma vie, songea-t-il. Mais il ne put le dire à haute voix. Plus maintenant. Pas après ce qui s'était passé entre eux.

« Je n'ai jamais vu une croix tout à fait semblable à celle de Rose, dit Kathryn. Au lieu du crucifix, il y a un cercle de perles. Si on le regarde bien, le cercle a presque l'air de représenter une étoile. Une étoile à six branches. »

Il sourit.

« Tu as l'œil, Kathryn. C'est une étoile, en effet.

L'étoile de David. Le "*Mogen* David". Je croyais qu'elle était trop astucieusement dessinée pour être détectable.

— Le "*Mogen* David" ?

— Ça veut dire "bouclier de David". Un hexagramme. Une étoile à six rayons. Certains juifs croyaient qu'elle repoussait les démons, une sorte de porte-bonheur. Des alchimistes l'utilisaient également. La maison des Foa l'avait adoptée comme emblème familial.

— Pourquoi as-tu… ?

— Les *conversos* étaient constamment surveillés. On cherchait des signes indiquant que leur conversion n'était pas sincère. J'ai pensé que si elle devait porter la croix… que le symbole de sa famille, son héritage, la lui rendrait moins détestable.

— Mais tu l'as donnée à ta fille alors que Rebecca la détestait ?

— Pour la protéger. Comme elle avait été censée protéger sa mère. Bien que Rebecca ne l'ait jamais portée.

— Rose était-elle au courant de la présence de l'étoile ?

— Non. Je le lui aurais dit si elle avait posé la question, mais elle ne l'a jamais fait. Elle n'a jamais su que sa mère était juive. » Il se sentait honteux, comme s'il avait menti à sa fille et, pire, comme s'il avait été infidèle à Rebecca. À présent, il était trop tard pour le lui révéler. « Je voulais simplement la protéger. »

Kathryn prit l'enfant dans ses bras et traversa la pièce en direction de la table de travail sur laquelle reposait un grand panneau de bois peint. Finn se leva prestement et la suivit.

« Je vois comment tu passes le temps, fit-elle, évitant

543

toujours son regard. La peinture est magnifique. L'évêque doit être content.

— Il me trouve trop lent. Il aura cinq panneaux : la flagellation du Christ, le Christ portant sa Croix, la Crucifixion, le Résurrection et l'Ascension.

— Et tu n'en es qu'au troisième ?

— Je reste bloqué sur la Vierge au pied de la Croix. » Elle effleura du bout du doigt le visage de la Madone. « Elle est très belle. Elle ressemble à Rose, sans être vraiment elle. Est-ce Rebecca ?

— J'ai la chance d'avoir des modèles de choix. »

Pour l'empêcher d'attraper un encrier, Kathryn changea la position de l'enfant qui remuait dans ses bras. Finn brisa la pointe d'une plume et chatouilla Jasmine avec les barbes. Elle gloussa et tendit la main pour l'attraper. Il la lui laissa, écartant la tête au moment où elle fit mine de le peigner.

« Davantage de plumes que de pinceaux en poil de martre ? Pourquoi ? Tu n'as pas de manuscrit à… » Elle poussa une petite exclamation. « Tu continues à calligraphier les documents de Wycliffe ! Au nez et à la barbe de l'évêque !

— Qu'est-ce que j'ai à perdre ? répliqua-t-il en haussant les épaules.

— Cette enfant. »

Elle reposa Jasmine sur la couverture et s'assit près d'elle. Finn s'installa à leurs côtés. Il était si près qu'il pouvait distinguer les ridules d'expression autour des yeux de Kathryn et sentir le parfum de ses cheveux. Le désir lui faisait tourner la tête. Il se leva et alla ouvrir la fenêtre. La brise glaciale rafraîchit sa peau brûlante. Le brillant soleil chatoyait sur sa table de travail, illuminant la scène de la Crucifixion, avivant le bleu du manteau de la Vierge. À cette prudente distance, il contempla à nouveau Kathryn. Quand il parla, sa voix était tendue.

« J'ai demandé à te voir, Kathryn, parce que je veux te parler de ma petite-fille. »

Elle se garda de dire que ce n'était pas trop tôt, mais l'expression de son visage était éloquente. Libre à lui de lire dans ses pensées.

« L'évêque m'a raconté que tu es… que tu as assisté en compagnie de Guy de Fontaigne aux réjouissances offertes par le duc. »

Kathryn ne répondit pas, se contentant de se frotter les bras comme si elle avait froid.

« Il est normal que je sois inquiet, au cas où il y aurait une… alliance entre vous… Qu'adviendrait-il alors de l'enfant de Rose ? »

Elle rejeta la tête en arrière, geste qu'il reconnut comme un mouvement de colère. « C'est tout ce qui t'inquiète, Finn ? Alors tu n'as aucun souci à te faire à cet égard : il connaît l'existence de Jasmine. J'ai l'intention de faire stipuler dans mon – dans tout – contrat avec lui qu'elle continuera à être ma pupille. »

C'était donc vrai. Finn se rendit compte à quel point il avait espéré qu'il s'agissait d'un faux bruit. Quelque démon avait aspiré tout l'air de la pièce. Il regarda avec inquiétude l'enfant qui essayait de peindre la coquille d'huître avec sa plume, la trempant dans un lac de lumière comme s'il s'agissait d'un pot de peinture. Don passé du père à la fille et de la fille à la petite-fille. La lumière qui enveloppait l'enlumineur charriait maintes couleurs, éclatantes, tourbillonnantes. Toutes les teintes de sa vie s'entortillaient pour former un seul cordon, cordon qui enserrait son cou, lui coupait le souffle. Soudain, il se mit à détester ces couleurs. Dans cet univers sinistre, il n'aurait dû rester aucune couleur. Ne devraient demeurer que des nuances de gris pâle, inoffensif.

« Tu lui ferais confiance pour une question aussi grave ? » demanda-t-il. Il lui restait à peine assez de souffle pour s'exprimer.

« Pourquoi pas ? Si je lui fais assez confiance pour l'épouser ! »

Pour une raison insaisissable, elle était réellement en colère contre lui. Il s'accrocha à cette colère qui lui redonnait du souffle.

« Mais pourquoi épouser un tel homme, Kathryn ? Un homme que tu méprisais ouvertement ? »

Pour la première fois depuis son arrivée, elle le regarda droit dans les yeux. Elle parla lentement et d'un ton ferme.

« Finn, je l'épouse pour obtenir ta liberté. »

Les couleurs tournoyaient dans la lumière, menaçant de l'étouffer de nouveau. Les rouges et les bleus se mêlaient pour se changer en un violet foncé, qui lui-même virait au noir. Il lutta pour retenir la lumière. Respire profondément, inhale la lumière ! Quand sa voix revint, après un semblant d'éternité, il fut surpris d'entendre sa plainte retentir dans toute la pièce et déchirer les couleurs. Les yeux écarquillés de Jasmine passaient de l'un à l'autre.

« Ne sois pas idiote, Kathryn ! »

Jasmine plissa les lèvres et son menton se mit à trembler. Finn sentait qu'il lui faisait peur mais c'était plus fort que lui. Il frappa violemment le mur du plat de la main.

« C'est une ruse ! Tu ne t'en rends pas compte ? Il ne me libérera pas. L'évêque est ravi d'avoir son peintre, son esclave personnel. Et on n'a toujours pas découvert qui a tué le prêtre. C'est un crime qu'il faut élucider et je suis la solution. Ils n'iront pas chercher plus loin. Je suis leur bouc émissaire. Tu ne comprends pas ?

— Je ne comprends pas pourquoi tu sembles rechigner à sortir d'ici. Est-ce parce que tu veux rester reclus ici à jamais, enterré vivant avec tes peintures religieuses comme un anachorète ? Tu pourras y ressasser ton ressentiment contre moi et passer le reste de ton existence à pleurer la mort de Rose ? Finn le martyr… C'est bien ça ? Cette cellule est-elle devenue plus sanctuaire que prison ? Eh bien ! je ne vais pas te laisser t'enterrer vivant, même si c'est ce que tu désires. Alfred avouera qu'il a placé les perles dans ta chambre. Il n'y aura plus de chef d'accusation. Et sir Guy a échafaudé toute une intrigue pour satisfaire la justice de l'évêque.

— Non. Je ne l'accepterai pas. » Finn traversa la pièce et saisit Kathryn par les épaules, la secouant plus fort qu'il ne l'aurait voulu. « Ne comprends-tu donc pas qu'on ne peut lui faire aucune confiance ? »

Les yeux de Kathryn s'embuèrent de larmes.

« Je n'ai pas le choix, Finn. Il s'assurera que toi ou Alfred, ou tous les deux, soyez accusés du crime et que la Couronne confisque mes terres. Je n'ai pas le choix. Ou je me retire dans un couvent ou j'épouse Guy de Fontaigne. » Elle se mit à arpenter la pièce. « Ou je te sacrifie et déshérite mon fils, ou je me sacrifie moi-même. »

Kathryn dans les bras du shérif au nez en bec de faucon… Il secoua la tête avec force comme pour chasser cette vision. Mais la vision ne s'effaça pas, elle s'inscrivit profondément sous ses paupières, s'imprima douloureusement en son esprit. Il aurait voulu que Guy de Fontaigne soit présent pour lui arracher la tête à mains nues.

Il se contenta d'agripper les épaules de Kathryn.

« Eh bien ! madame, rappelez-vous ceci pendant votre nuit de noces. » Et il lui donna un violent baiser, plus violent qu'il ne l'avait souhaité, baiser qui contenait toute la passion, les regrets et la rage hantant ses rêves nocturnes.

Quand il la repoussa brutalement, elle chancela quelques instants, sur le point, semblait-il, de s'écrouler à ses pieds.

Jasmine se mit à pleurnicher et essaya de se retenir à la robe de Kathryn. Finn la souleva mais elle tendit les bras vers Kathryn. Sertie dans le complexe filigrane, l'étoile à six branches suspendue à son cou lançait des éclairs.

« Rappelle-toi aussi ceci : si je suis libéré, je viendrai chercher ma petite-fille. Je refuse de la laisser dans ses griffes. »

VINGT-NEUF

*Our Fadir That art in heuenes,
Halewid be thi name. Thi Kingdom
comme to. Be Thi wille done as in heuen
so in erthe. Gyve to us this dai oure breed
oure other substance and fogive to us
oure dettis…*

Pater, traduit en anglais
par John WYCLIFFE

(Nostre pere qui es aus ciaux, que Ton
nom soyt sanctifié, que Ton regne arrive,
que Ta volenté soyt faicte sur la terre com
au ciel. Donne nous au jour d'hui nostre
pain cotidien, nostre autre nourreture, et
pardonne nous nos debtes [1]…)

1. Traduction en français du XIVᵉ siècle. *(N.d.T.)*

Kathryn entendit la porte de sa chambre s'ouvrir et grimaça lorsque le faisceau de lumière transperça la pénombre.

« Mère, avez-vous l'une de vos migraines ? » demanda Colin.

Telle une lune elliptique, la tête rasée avançait vers son lit, puis plana au-dessus d'elle. La main de Colin était fraîche sur sa joue.

« Vous êtes brûlante de fièvre ! Je vais aller chercher Agnes. Elle saura comment vous soigner.

— Non. » Le lit roula sous elle au moment où Colin s'assit dessus. Elle réprima une bouffée de nausée. « Dis-lui de ne pas monter. Et d'empêcher Jasmine de venir. Ne l'emmène même pas jusqu'au seuil de la chambre.

— Alors, que voulez-vous que je vous apporte ? »

Elle se couvrit la bouche d'une main, de peur que son haleine fétide ne lui jette un mauvais sort.

« Rien. Ça va passer. Tu t'es déjà trop approché. Va-t'en et laisse-moi dormir.

— Je ne vais pas vous laisser seule alors que vous êtes malade ! Dieu me protégera. »

(S'Il n'a pas protégé Son propre Fils, pourquoi protégerait-il le mien ?)

« Appelle Glynis, alors.

— Vous n'êtes pas la mère de Glynis. » Il lui souleva le bras et tâta tendrement son aisselle. Elle savait qu'il cherchait le bubon caractéristique.

« On dit qu'il y a eu des cas de peste à Pudding Norton, à Fakenham », dit-il d'une voix que l'inquiétude altérait.

Une quinte de toux grasse lui coupa le souffle. Colin lui souleva les épaules et la soutint jusqu'à la fin de la crise. Quand Kathryn put à nouveau parler elle le rassura :

« J'ai déjà regardé, Colin, je n'ai pas de grosseur à l'aine non plus.

— Mais vous êtes si brûlante…

— Ce n'est qu'une fièvre. Dis à Agnes de me préparer un sirop de tige d'angélique et de le laisser devant la porte. » Elle eut une autre quinte de toux. « Et ne reviens pas. »

Il s'esquiva sur la pointe des pieds. Elle se tourna vers le mur et s'endormit.

Quand elle rouvrit les yeux, le rai d'une vive lumière matinale lui blessa les yeux comme la lanière d'un fouet. Quelqu'un – un ange du ciel ? – se détacha de la lumière et lui baigna le visage d'eau fraîche.

« Buvez ceci. »

Le bord de la tasse était froid. Elle frissonna et ne put avaler que deux petites gorgées. Une odeur de maladie flottait dans la chambre. N'avait-elle pas renvoyé Colin ? C'était cependant sa voix, son visage, mais auréolé d'un épais duvet blond. Ce n'était pas le Colin qui se rasait la tête chaque matin avant de partir. Colin était sur la route, en train de prêcher les hérésies des lollards. Elle ferma les yeux pour se protéger de l'éblouissante lumière, mais les ténèbres menaçaient de l'engloutir.

« Garde l'enfant éloignée », dit-elle à l'ange qui s'occupait si tendrement d'elle.

Au lieu de sa voix, un charabia perçant déchira l'air, montant et descendant comme des vagues. Des démons se disputaient son âme, venaient la chercher à cause de ses péchés. Elle voulait appeler Dieu à grands cris, implorer Sa miséricorde, mais il n'y avait pas de prêtre pour défendre son âme. Aucun prêtre, mais l'anachorète arrivait. Douce, souriante, elle lui annonçait que tout irait bien. Si seulement elle pouvait croire…

Je vais essayer. Je vais essayer de croire. Son esprit fouillait désespérément sa mémoire, à la recherche des mots concernant la *migratio ad Dominum*. Hélas, elle ne se rappelait pas les mots que lui avait appris son maître de catéchisme dans son enfance. Seigneur Jésus, reçois mon âme ! criait son esprit. Elle suppliait dans l'anglo-normand de son père et Dieu ne répondait qu'aux prières en latin. Il jugerait profane sa prière, indignes ses paroles. Telle l'offrande de Caïn.

Les voix se turent et Kathryn s'assoupit.

À un moment elle crut que c'était Finn qui s'occupait d'elle si tendrement. Il lui avait donc pardonné. Trop tard. Elle avait le corps aussi sec qu'une balle de blé battu et la langue qui lui aurait permis de le remercier adhérait à son palais. Elle avait la sensation d'être un papillon de nuit dont les ailes allaient bientôt tomber en poussière. De la poussière collait ses yeux, emplissait ses oreilles, amortissait tous les sons. Mourir, c'était donc ça ? Ce lourd poids qui pousse l'âme tout au fond de soi. À un moment, elle crut entendre pleurer Jasmine et eut envie de la voir. Mais Jasmine ne pouvait pas venir. Elle ne reviendrait jamais.

Couchée dans sa cellule, l'anachorète écoutait les cloches de la cathédrale sonner matines. Le silence de minuit avala le carillon assourdi et le calme s'installa à nouveau, étrange, pesant. Alors qu'elle récitait les Heures de la Croix, *Domine labia mea aperie*, elle pensait : Seigneur, Tu dois ouvrir mes lèvres, moi je n'y parviens pas. Elles sont trop glacées et gercées. Puis elle se repentit d'avoir eu cette pensée indigne et marmonna la réponse : *Et os meum annuntiabit laudem tuam.*

Comme souvent, elle s'écarta un peu de la réponse officielle des Heures des matines, le *Deus in auditorium meum intende*, demanda du secours non pour elle-même mais pour les âmes qui emplissaient son esprit : miséreux, malades, affamés, les nombreux suppliants qui, même l'hiver, trouvaient le chemin de sa fenêtre. Elle entendait des gouttes d'eau, telles les larmes du Christ, tomber dehors, sur le sol hivernal gelé, depuis les longs glaçons suspendus aux avant-toits de l'église. Bientôt, le monde à l'extérieur de sa tombe retrouverait le vert d'un printemps tapi au fin fond de sa mémoire.

Et alors elle aurait à nouveau chaud.

Penser à son confort physique quand tant de créatures étaient mortes durant le rude hiver était un péché. Peut-être était-ce aussi pécher que réciter ses prières au lit où elle frissonnait sous la mince couverture, la seule qu'elle n'ait pas donnée. Le sol de pierre était si froid que ses poignets couverts d'engelures, mouillés des larmes de sa passion, y adhéraient quand elle se prosternait devant l'autel. Si la Sainte Église enseignait la mortification, surtout pendant le carême, quelle mère accepterait que les chairs de son enfant soient ainsi meurtries ? Et le Christ n'était-Il pas sa Mère nourricière, tendre et aimante ?

C'était aussi un péché de se tracasser à propos de sa sécurité, quand elle devait faire confiance à Celui qui en était le gardien. Elle n'avait cependant rien reçu de l'évêque. Voilà des semaines qu'elle lui avait envoyé son « apologie », sa profession de foi écrite en anglais. Son silence devait signifier qu'il l'acceptait, ou qu'il ne trouvait plus l'anachorète digne de son attention, ou encore qu'il était trop préoccupé par l'agitation des lollards. Elle priait afin que sa foi fût assez ferme pour pouvoir cesser de s'inquiéter à ce sujet. Elle priait pour sentir la chaleur de Son amour.

Posées sur la laine grossière de la couverture, ses mains palpaient le chapelet. À part le léger mouvement des lèvres et celui des doigts bleuis sur les grains, elle était aussi immobile que le gisant d'un sarcophage de pierre. Bien qu'elle ait continué à réciter les Heures en latin, depuis quelques semaines elle disait ses prières personnelles en anglais des Midlands de l'Ouest, dialecte dans lequel elle rédigeait ses Révélations.

Ses lèvres bougeaient à peine, désormais, pour murmurer ces prières anglaises ou chuchoter les désirs émanant de son cœur. Prières pour Mi-Tom, qui bravait la neige afin de lui apporter du bois : « Bénis-le, Seigneur, pour la bonté de son cœur. » Pour Finn l'enlumineur, retenu par l'évêque : « Protège son corps et son âme du mal. » Et pour la mère de l'enfant mourante que Finn lui avait amenée, il y avait déjà bien longtemps : « Réconforte son cœur de mère affligée. » Le bruit de gouttes de pluie heurtant le sol ponctuait ses mots anglais gutturaux. Et pour le père Andrew, si malheureux dans sa paroisse et si peu fait pour son sacerdoce. Et pour Alice, sa servante, qui s'occupait d'elle avec un tel dévouement.

Enfin, elle pria pour lady Kathryn de Blackingham et les deux beaux enfants qui l'accompagnaient le soir où, désemparée et furieuse, elle était revenue de la prison de Finn. Elle avait le sentiment que la châtelaine était toujours aussi troublée aujourd'hui que cette fois-là et qu'elle avait besoin qu'on intercède pour elle. « Donne-lui la force d'affronter ses épreuves et donne-lui la foi. Seigneur, donne-lui la foi ! »

Dehors, rompant le silence, un glaçon se détacha et s'écrasa par terre. Sans lâcher son chapelet, l'anachorète plaça ses mains sous la couverture et sombra dans un profond sommeil hanté de visions de son Christ pleurant. Pendant son sommeil, le sang suinta de ses poignets couverts d'engelures.

Agnes s'inquiétait. Kathryn n'était jamais restée longtemps malade. Même dans son enfance, ses indispositions n'avaient jamais duré plus d'un jour ou deux. Et celle-ci durait depuis une semaine. Le jeune Colin ne lui permettait même pas d'entrer dans la chambre, l'obligeant à laisser devant la porte la potion curative qu'elle avait préparée pour sa maîtresse.

« Contente-toi de t'occuper de Jasmine », disait-il.

Lui-même avait l'air malade. Elle se demandait combien de temps il pourrait demeurer au chevet de sa mère.

« Oui, mon jeune maître, mais soyez sans crainte, Magda s'occupe bien de la petite. Laissez-moi quelque temps soigner madame. »

Il refusa.

Quand Glynis revint avec le plateau, la servante secoua la tête en réponse à la question muette. Agnes vida le bol encore plein dans le seau de la pâtée des cochons.

« Le shérif est dans le vestibule et demande à voir lady Kathryn, annonça Glynis. Qu'est-ce que je lui réponds ?

— Dis-lui qu'elle est trop malade pour recevoir quiconque. »

Agnes savait ce qu'il voulait et cette perspective l'angoissait. Et pas seulement pour Kathryn. Elle n'avait aucune envie de devenir la serve de Guy de Fontaigne. Au village, on parlait de rébellion et de lieux de refuge pour les serfs fugitifs. Toutes ces fois où John avait parlé de liberté et où elle avait refusé ! Comment pourrait-elle penser à cela aujourd'hui qu'elle était vieille et fatiguée et que John gisait dans sa tombe ? Les choses avaient évolué cependant : même des hommes d'Église prêchaient contre l'ordre ancien. Hélas, pour elle, c'était trop tard désormais. Dans la maison de sir Guy, sa maîtresse aurait plus que jamais besoin de sa protection, le poison étant un moyen expéditif de se débarrasser d'une épouse devenue inutile. Et comment oublier la petite. Et Magda. Elles avaient également besoin de sa protection. Que Kathryn vive ou meure.

« Dis au shérif que c'est peut-être la peste. »

Enfin, Kathryn se réveilla. L'angle de la lumière avait changé. Le soleil ne lui blessait plus les yeux. Elle avait soif. Tentant de se dresser sur son séant, elle fit tomber un gobelet posé sur le coffre à côté du lit. La personne qui dormait, affalée sur un siège au pied de sa couche, se leva d'un bond. Ce n'était pas un ange, par conséquent.

« Mère, vous êtes réveillée. Vous êtes de retour parmi nous », dit Colin en se penchant pour ramasser le gobelet et le remplir d'eau à nouveau. Il l'approcha de la bouche de Kathryn et elle en lampa le contenu comme si elle n'avait pas bu depuis plusieurs jours. D'où venait cette atroce soif ? Quand elle s'essuya la bouche du revers de la main, ses lèvres avaient la rugosité de l'écorce.

« De retour ? Où étais-je partie ? s'enquit-elle en haletant fortement.

— Vous avez été très malade. J'ai même cru que

556

vous alliez nous quitter. Heureusement, votre fièvre est tombée hier soir.

— As-tu envoyé chercher un prêtre ? J'ai rêvé…

— En effet. Mais aucun n'est venu. J'ai prié pour vous moi-même. J'ai lutté avec Dieu pour votre âme, comme Jacob avait lutté avec l'ange, ajouta-t-il en souriant pour la taquiner un peu.

— Eh bien, je suis ravie que tu aies gagné. Passe-moi l'onguent qui se trouve sur ma table de toilette. Mes lèvres sont si gercées qu'elles saignent.

— Laissez-moi faire », dit-il en lui appliquant de la graisse de mouton sur les lèvres par petites touches.

Kathryn ne protesta pas, sa main ayant tremblé quand elle avait voulu s'en mettre elle-même.

« Tu es resté constamment auprès de moi ? demanda-t-elle en s'appuyant sur son oreiller. Cela doit faire longtemps que tu es là. Tes cheveux ont bien repoussé.

— Deux semaines.

— Si j'étais restée aux portes de la mort un peu plus longtemps, tu ressemblerais presque à mon fils à nouveau. » Elle sourit mais fit la grimace quand ses lèvres gercées se fendillèrent. « La petite est-elle… ?

— Jasmine va bien. Magda et Agnes s'en sont occupées. » Il tira la sonnette près du lit. « Je vais vous faire monter quelque chose à manger. »

Glynis arriva et, avec l'aide de Colin, Kathryn put boire un peu de bouillon. Puis elle retomba sur l'oreiller, épuisée.

« Vous avez eu une visite pendant que vous étiez malade, madame.

— Une visite ? » Elle n'avait donc pas rêvé… Finn et l'anachorète.

« Le shérif, répondit Colin. Il a été impoli, insistant

pour vous voir, bien que je lui aie dit que vous étiez indisposée. »

Sa déception lui fit physiquement mal. Bien sûr... On n'était pas dans un songe dû à la fièvre. On était dans le monde réel. Et, dans le monde réel, Finn et l'anachorète étaient seuls, chacun dans sa prison.

Glynis ramassa le bol et fit une petite révérence avant d'ajouter en sortant : « Il a drôlement pris ses jambes à son cou quand j'ai raconté que c'était peut-être la peste.

— C'est sans doute la raison pour laquelle le prêtre n'est pas venu », grogna Colin.

Malgré leurs prières en latin censées les protéger, pensa Kathryn avec lassitude. En tout cas, sa maladie lui avait permis de repousser quelque temps les avances du shérif.

« Je voudrais dormir maintenant, Colin. Tu as l'air fatigué. Va dormir, toi aussi. »

Quand elle se réveilla, un peu après trois heures de l'après-midi, d'après le cadran solaire gravé dans le mur, Colin était toujours là. Mais il s'était changé, avait mis une chemise et des chausses propres. Pas de cape de frère ? « Je pensais que tu serais parti prêcher maintenant que je vais mieux. Tu es un bon fils, Colin, et je t'en sais gré, mais tu n'es pas obligé de rester tout le temps avec moi. Je me sens plus forte. Je sais que tu as très envie de retourner à tes prédications. » Elle s'efforça de ne pas laisser paraître sa désapprobation. Elle lui devait au moins ça.

« Pas autant qu'avant. J'avais besoin d'un répit. Et de temps pour réfléchir.

— Tu remets tout en question, par conséquent ? Les théories de Wycliffe ?

— "Remettre tout en question" n'est pas la formule exacte. Je suis d'accord avec les idées de Wycliffe sur la propriété fondée sur la grâce. Même sur le droit qu'a chacun de posséder du bien, droit accordé par Dieu. Mais certains ont poussé ses idées trop loin. J'ai entendu John Ball déclarer à une bande d'hommes libres et de manants rassemblés à Mousehold Heath qu'afin de purger l'Église de ses péchés ils devaient tuer tous les prêtres apostats !

— Tuer les prêtres, oh ! s'écria-t-elle d'une voix rauque. Il a déclaré ça en public ? Même lui ne peut pas être aussi téméraire ! Tu as dû mal entendre. » Elle fut contente de pouvoir s'affaler sur l'oreiller. Tout tournait autour d'elle quand elle faisait des mouvements trop brusques.

Colin secoua la tête.

« J'ai entendu ses paroles de mes propres oreilles. Il a incité les pauvres à piller les richesses de l'Église et de la noblesse. Il répand le poison parmi le peuple, le pousse à commettre des abominations. Ce n'est pas ce que Jésus a enseigné. Quand je le lui ai fait remarquer, il s'est moqué de moi et m'a traité de suppôt de Satan.

— C'est un fou, Colin. Je suis contente que tu abandonnes.

— Je n'abandonne pas la prédication. C'est une juste cause. Mais je me dissocie de ceux qui incitent à la rébellion. Je continuerai à prêcher, comme saint François prêchait la paix du Seigneur, mais je ne prêcherai pas la haine.

— Alors, tu ne seras lié à aucune des deux factions et tu seras traité en ennemi par les deux.

— Ne comprenez-vous donc pas, mère, que je dois propager la vérité comme je la vois ? Nous sommes tous les esclaves d'une Église qui nous a abandonnés. L'appât du gain est devenu son maître. C'est la grande putain de Babylone. Regardez Henry le Despenser se faire construire son magnifique palais. Où croyez-vous qu'il prenne l'argent pour payer l'or et l'albâtre dont il revêt ses murs, paraît-il. Ou les maçons nécessaires pour bâtir le plus grand cloître de toute la chrétienté ? Il ôte le pain de la bouche des pauvres. »

Et vole les bijoux des veuves, pensa-t-elle. Elle était lasse de cette discussion, toutefois, une mère se devait de profiter de l'occasion quand elle se présentait. Apercevant une faille dans la dévotion de Colin elle considéra de son devoir de s'y engouffrer.

« Tu reconnais quand même, Colin, que John Ball, qui prêche la sédition et le meurtre, n'est pas la solution. Et Jean de Gand ne cherche-t-il pas simplement un prétexte pour piller le trésor de l'Église afin de renflouer l'Échiquier ?

— Soit. Mais pas Wycliffe, mère. Il cherche uniquement à propager la vérité sur les abus des prêtres et sur la nécessité pour chaque homme d'être capable de lire le Livre saint dans sa propre langue. »

Kathryn n'allait pas discuter du fond de son argumentation. Elle avait prié dans la langue de son père, sa propre langue. Dieu l'avait-Il entendue ? Avait-Il même besoin du langage ? Savait-Il lire les cœurs comme d'autres les mots ?

« Mais si cette vérité – si c'est bien de cela qu'il s'agit – est déformée par des hommes malfaisants afin d'assouvir leurs propres désirs ?

— Peu me chaut. Je dois dire la vérité comme je la vois sans me soucier des conséquences. »

Cette discussion lui donnait mal à la tête. Elle persista, malgré tout.

« Colin, tu n'es qu'un enfant. Je connais quelqu'un d'autre, un homme fait, un homme de bien, qui ne s'est pas assez soucié des conséquences de ses actes. Si la lutte était inégale entre lui et ce genre d'ennemis, comment peux-tu, toi, espérer les vaincre ? Si ta mère ne compte pas, pense un peu à ta fille. » Elle eut une quinte de toux.

« C'est à ma fille que je pense. Et à d'autres comme elle. Mais ne nous disputons pas, mère. Vous avez besoin de repos. » Il lui posa un baiser sur la joue, puis décrocha sa soutane haillonneuse d'un portemanteau derrière la porte. « Je sors juste un court moment. »

La toux avait laissé Kathryn trop faible pour répondre. Après le départ de son fils, elle chercha à tâtons son chapelet près de son lit et l'aperçut, accroché à une patère de l'autre côté de la pièce, mais elle était trop faible pour aller le prendre. Elle chuchota le Notre Père dans sa langue maternelle et demanda à voix haute à Dieu pourquoi Sa miséricorde était-elle toujours distillée goutte à goutte et non versée à pleins seaux.

TRENTE

*Par conséquent, la perle de l'Évangile
est jetée à tout vent pour être piétinée par
les pourceaux, et ce qui était jadis cher
aux clercs et aux laïcs est devenu, pour
ainsi dire, la cible des sarcasmes des
deux. Le joyau de l'Église est dorénavant
l'objet de la moquerie des laïcs, et leur
appartient désormais pour toujours.*

Henry KNIGHTON,
chanoine de Leicester (XIVᵉ siècle)

Sir Guy ne fut pas surpris quand il reçut un appel à
l'aide de l'Essex. On était en mai et les baillis effectuaient leur tournée printanière pour collecter les impôts
royaux. On s'attendait à rencontrer quelques mouvements de rébellion parmi les classes les plus misé-
reuses. Une bande de manants attaqua à coups de pique
deux des collecteurs et mirent le feu à quelques meules

de foin d'une abbaye. Il fallait réprimer sans pitié ce genre d'insurrection, la mater avant qu'elle ne s'étende jusqu'à son comté. Il devait d'abord s'occuper de ses propres fauteurs de troubles mais il allait envoyer ce qu'il pourrait. Il dépêcha un groupe d'écuyers, des béjaunes comme Alfred – qui se trouvait parmi eux – capables malgré leur inexpérience d'avoir raison d'une bande de canailles armées de faux et de piques. Au moins, cela les aguerrirait.

La nouvelle arriva deux semaines plus tard. La rébellion se propageait comme la peste, et une armée de paysans du Kent et de l'Essex marchaient sur Londres sous la conduite d'un agitateur nommé Wat Tyler. Le shérif fit appel à d'autres membres de son entourage, des hommes aguerris cette fois. Guy de Fontaigne connaissait la marche à suivre. Torturer quelques-uns de ces vauriens, leur couper la langue, écraser quelques doigts, et les autres regagneraient leurs champs et leurs corporations sans demander leur reste. Trouver la tête du serpent et la trancher. Impossible de s'en prendre au clerc Wycliffe tant que celui-ci était protégé par le duc de Lancastre… mais il pouvait mettre la main sur John Ball.

Cela tombait mal cependant. Il avait projeté d'investir d'autres places fortes. Aucun drapeau noir ne flottait sur Blackingham, bien que ses espions lui aient appris que la châtelaine s'était trouvée à l'article de la mort. Elle était toujours très faible mais on n'avait pas besoin de beaucoup de force pour signer une promesse de mariage. Ni pour le consommer. Pas de la part de la femme en tout cas. Il lui suffisait de s'allonger et d'écarter les cuisses.

Il réclama à grands cris son cheval et son équipement de bataille. En attendant, il griffonna un mot poli dans lequel il prétendait avoir prié jour et nuit pour sa guérison. Transporté de joie d'apprendre que ses prières avaient été exaucées, il se préparait à publier les bans sans plus tarder. Il lui rendrait visite dès son retour afin de rédiger le contrat de mariage.

Sur la route du sud en direction de l'Essex, le shérif fit un détour pour passer par Norwich. Il s'arrêta à Colgate Street afin de commander une robe pour Kathryn et un surcot de noces pour lui-même. Il choisit pour Kathryn un brocart prune strié de fils d'argent. Le petit marchand flamand salua ce choix d'une brève révérence. Certes, ce n'était pas bon marché mais cela appuierait sa requête. Si elle ne guérissait pas, elle porterait la robe dans sa crypte. De toute façon, il obtiendrait la terre qu'il convoitait. Il avait déjà conquis le fils aîné.

Colin revenait au château. Il devait rejoindre sa mère. Elle était guérie mais restait faible. Comme il le lui avait promis, il avait fait la tournée des tenanciers pour s'assurer qu'ils avaient tous de quoi payer la capitation. Elle préférait payer l'impôt elle-même, avait-elle déclaré, plutôt que de les voir dépouillés de leur dernier liard. « Ce sera ma dîme. Mieux vaut la leur donner pour contenter un roi en guerre que laisser un évêque guerrier s'en emparer de sa main baguée. »

Colin ne pouvait discuter ce point de vue, mais cela le mettait mal à l'aise. Vitupérer la corruption de l'Église, plus ou moins protégé par une soutane de frère pauvre, était une chose, mais il était bien plus grave qu'une veuve noble retienne sa dîme en signe de protestation. Il approchait de la croix d'Aylsham quand il entendit des exclamations de colère.

Son premier mouvement fut d'éviter soigneusement

la bande de vauriens et le malheureux qu'ils tourmentaient, mais il se rappela le bon Samaritain. Quelle sorte de chrétien serait-il s'il n'intervenait pas ? Il s'approcha donc du groupe de sept ou huit hommes, des ouvriers fort costauds à première vue, rendus plus gaillards encore par l'absorption d'une bonne quantité de cervoise, à en juger par le ton de leurs voix. Lui maintenant les bras derrière le dos et le serrant de très près, ceux-ci houspillaient l'un des frères de la cathédrale. Colin reconnut le tanneur parmi les agresseurs. Il lui avait jadis acheté des peaux de parchemin pour l'enlumineur. Même si Colin ne l'avait pas reconnu, son odeur aurait révélé son métier. Il sentait l'excrément utilisé dans la préparation des peaux qu'il devait avoir ramassé dans le large sac posé à ses pieds. Il tenait le capuchon du moine d'une main et de l'autre frottait la tonsure avec une matière noire puante. Colin fronça les narines de dégoût. Le moine se débattait, outragé, tandis que les autres riaient aux éclats. Le moine avait une mine incrédule qui se changea en grimace de douleur quand les hommes resserrèrent leur étreinte.

Colin fendit le cercle.

« Lâchez-le ! »

Surpris, le tanneur leva la tête.

« Tu veux subir le même traitement, petit ? C'est juste un peu d'oing pas très catholique pour le "frère". Si tu penses que ton habit de prêtre va te protéger, tu... »

Un type trapu attrapa Colin et lui baissa le capuchon. Le tanneur se tut immédiatement et agita la main.

« Attends... Je sais qui vous êtes. Vous êtes l'un des fils de Blackingham.

— De Blackingham ! Vous entendez ça, les gars ?

— Non. Attends, reprit le tanneur. C'est un lollard. Un prêtre pauvre.

— Un prêtre pauvre, ça n'existe pas ! Tu as dit qu'il était noble. » Il lâcha Colin malgré tout. Il restait si près que les poils de la barbe hirsute piquaient le cou de Colin et que l'odeur des dents cariées assaillait ses narines.

« Il prêche contre l'Église. Comme John Ball et Wycliffe. Il est dans notre camp.

— S'il a mangé aujourd'hui, il est pas dans notre camp », grogna l'homme. Mais il se recula.

Rejetant les épaules en arrière, Colin tenta de retrouver sa dignité.

« Que reprochez-vous au moine, maître tanneur, pour le maltraiter à ce point ? Le Seigneur a dit…

— Le Seigneur a parlé de vol. S'il en a pas parlé lui-même, ça figure dans les commandements. Ce "frère" est un voleur. Il m'a pris des peaux pour les utiliser comme parchemin dans l'écritoire du monastère et maintenant il dit que l'évêque refuse de payer. Il dit que ça n'a qu'à servir de dîme. Eh bien ! je vais lui donner un dixième de ça aussi ! conclut-il en indiquant le sac d'excréments posé à ses pieds.

— Ce n'est pas sa faute ! répondit Colin en s'efforçant de retrouver le prénom du tanneur – Tim ? Tom ? C'est la faute de son évêque.

— D'accord ! Mais l'évêque n'est pas là, pas vrai ? » répliqua l'homme à la silhouette trapue.

Quoique Colin ait deviné en lui le meneur, il répondit au tanneur.

« Précisément. Alors, Tom, relâche le moine, avant que les choses n'aillent trop loin. Même si tu assouvis ta vengeance, ça ne paiera pas tes peaux. Et tu risques de recevoir le fouet pour tes peines. » Il désigna un groupe de cavaliers armés avançant à vive allure vers le carrefour. Sur le bouclier du premier, Colin distinguait l'emblème de Henry le Despenser. « Tu risques même de recevoir un châtiment pire que le fouet. »

Le costaud à la barbe hirsute avait lui aussi aperçu les cavaliers.

« Les hommes de l'évêque ! Filons ! »

Ils s'égaillèrent tous en direction d'une haie proche, vifs comme des rats dans un baquet de grains.

Le moine partit lui aussi en courant mais en sens opposé. Il fit signe aux cavaliers, qui tirèrent sur leurs rênes. Colin était trop loin pour entendre les paroles du moine, qui faisait de grands gestes désordonnés. Trois des cavaliers mirent pied à terre et entrèrent dans les fourrés. Deux autres descendirent de cheval eux aussi et se dirigèrent vers Colin. Il alla à leur rencontre, en signe de courtoisie.

L'un des soldats tira sa rapière et avança sur lui, ses bottes soulevant de petits nuages de poussière. Colin vit la menace dans son regard, la reconnut sans comprendre. Il était du côté du moine et voulut s'expliquer.

« On n'a fait aucun mal au… »

La lame froide lui transperça le ventre avant qu'il ait pu finir sa phrase. Le coup puissant porté vers le haut lui fendit le cœur en deux. Les mots moururent sur ses lèvres au milieu d'un jaillissement de sang bouillonnant.

« Mais il ne faisait pas partie de la bande, protesta le frère. Vous avez tué un innocent…

— Peu importe. Voilà Son Éminence débarrassée d'un autre prédicant, un fauteur de troubles », répliqua le spadassin.

Et il poussa à coups de pied le corps dans le fossé.

L'évêque venait de célébrer la messe, en ce onze juin, le jour de la Saint-Barnabé. L'auditoire avait été plutôt clairsemé et Henry croyait deviner pourquoi. Les fêtes d'obligation étaient de moins en moins observées. Plus aucun respect pour les jours les plus saints ! Voilà à quoi menaient toutes ces déclarations sur l'égalité et sur les Écritures en anglais. Certains affirmaient haut et fort – pas devant lui, ils n'auraient pas osé, mais on lui avait rapporté leurs propos – qu'il n'était pas nécessaire d'aller à la messe puisqu'on pouvait s'adresser directement à Dieu. Chaque homme était son propre prêtre ! N'importe quel vacher, larbin, ramasseur de fumier, n'importe quelle fille de cuisine manierait la parole de Dieu. Cette seule idée lui donnait la nausée.

Entrant dans sa chambre, il lança les vêtements sacerdotaux et sa soutane à la tête de son frêle valet, le vieux Seth, qui somnolait debout dans un coin. Comme il venait tout juste de terminer son homélie en latin, Despenser apostropha le vieil homme dans la même langue : « *Fimus, fimus, fimus* », avant de comprendre que si le serviteur percevait le ton réprobateur il ne pouvait saisir le sens de son invective – bien que l'évêque refusât de s'abaisser à dire « merde » dans le dialecte saxon des paysans. Il poursuivit donc sa harangue en anglo-normand pour que Seth n'en perde pas un mot : « Espèce de crotte de chien, je ne sais pas pourquoi je supporte ton indolence ! La paresse est un péché, tu le sais ? » Il agita le doigt sous le nez du valet. « Ce genre de péché peut t'envoyer directement en enfer, tu le sais. » Despenser nota avec plaisir sa nervosité tandis qu'il s'éloignait piteusement. « Va chercher ma tunique de cheval et ma dague ! »

L'idée lui était venue à l'esprit en rentrant de la messe, au moment où il traversait à grands pas l'enceinte de la cathédrale. Il pouvait accomplir d'autres tâches pour son Église qui exigeaient davantage que des croix pectorales et de saintes paroles. Pourtant, il enleva sa croix à contrecœur, ses doigts s'attardant sur la traverse incrustée de pierres précieuses. Elle était trop lourde pour ce genre de mission. Elle allait mieux avec la robe de soie d'un clerc qu'avec la cotte de mailles qu'il enfila par-dessus sa chemise de lin.

« Ma rapière maintenant. Et dépêche-toi si tu ne veux pas tâter du revers de ma main. » Celle-ci lui démangeait. Garde ton énergie pour les rebelles, lui soufflait sa raison. Voilà le genre de vie qui lui convenait, et cette rébellion contre la Sainte Église était un prétexte suffisant. Il avait appris qu'une armée de mutins menée par une canaille du nom de Wat Tyler était entrée dans Londres et avait mis le feu au palais de Jean de Gand. C'était comme un chien se mordant la queue. Bien fait pour le duc, il n'avait que ce qu'il méritait ! Lancastre n'aurait jamais dû encourager Wycliffe. Qui se couche au milieu des porcs sent le porc en se relevant. Ensuite viendrait le tour de l'Église. Ils s'attaqueraient au palais de l'évêque et aux abbayes. Inutile de compter sur cet incompétent de shérif et sur ses écuyers inexpérimentés. Despenser avait déjà envoyé un détachement de soldats, mais il en augmenterait le nombre, et cette fois-ci, il chevaucherait à leur tête.

Il accrocha sa rapière et la fixa avec sa nouvelle boucle, en vérifia le fermoir pour s'assurer qu'elle tiendrait dans la bataille. Intéressante invention… Étonnant que personne n'y ait songé plus tôt. Il l'avait achetée un mois auparavant mais n'avait pas encore eu l'occasion de l'utiliser. Son sang frémissait dans ses veines. Voilà des semaines qu'il ne s'était pas senti en si bonne forme. Il allait montrer aux soldats du roi comment mater cette mutinerie de canailles. Bon entraînement avant de s'attaquer au pape français !

Il esquissa une brève génuflexion devant la croix, puis, pour se porter chance, posa un baiser sur le crucifix accroché au-dessus de l'autel de sa chambre. Son épée heurta bruyamment les dalles du sol. Ce bruit lui plut. On l'appelait « l'évêque guerrier » et on accusait ses hommes d'avoir déjà tué une poignée de rebelles ainsi qu'un prêtre lollard. Eh bien ! il allait leur montrer de quel bois se chauffait un évêque guerrier.

Quand il aurait terminé sa besogne, il ne resterait plus en Est-Anglie un seul rebelle vivant, qu'il soit homme, femme ou enfant. *Expugno, exsequor, eradico* : capturer, exécuter, détruire.

Magda rentra toute troublée à Blackingham après sa visite hebdomadaire à sa famille. En l'embrassant au moment du départ, sa mère lui avait chuchoté : « Dis à madame de veiller à la sécurité de sa maison. » Magda n'avait pas vraiment eu besoin de cette mise en garde. Elle sentait le danger tout autour d'elle, et si elle avait eu besoin d'une preuve irréfutable ses oreilles étaient des témoins sûrs. Les gens ne se souciaient pas de sa présence parce qu'elle passait pour simplette.

Ainsi, une fois où elle servait de la cervoise aux visiteurs de son père, elle avait entendu leur conversation. Montrant une hospitalité peu coutumière, son père leur avait offert à boire. Un homme du nom de Geoffrey Litster les incitait à s'armer, à incendier les maisons des moines, les palais, et même les châteaux. Magda n'avait jamais vu de palais royal ni de maison de moines. Peut-être abritaient-ils des malfaiteurs, comme l'affirmait le dénommé Litster. Mais des châteaux ? Est-ce qu'on n'appelait pas la maison de lady Kathryn le château de Blackingham ? Peut-être voulaient-ils seulement parler des châteaux des méchantes gens. Elle frissonnait, malgré tout, en pensant aux incendies. Elle se rappelait la lainerie et le berger dont les chairs avaient fondu et étaient devenues noires comme la suie.

Tout en se lavant les mains avant de pétrir la pâte, ainsi que le lui avait appris Agnes, elle raconta à Agnes ce qu'avait dit sa mère.

« Oui-da, mon enfant, je sais. Moi aussi, j'ai entendu des rumeurs. Mais Blackingham n'est pas une grande maison. Et madame a été bonne pour ses tenanciers. Ce sont des propos de rebelles. Le nouvel impôt les rend fous. Ils ne se soucieront pas de nous. Ne t'en fais pas, et dis à ta mère de ne pas s'en faire.

— Est-ce qu'on ne d-devrait p-pas prévenir la m-maîtresse ? »

Agnes tapa la pâte qu'elle pétrissait en silence, puis fronça les sourcils en secouant la tête.

« Nenni, petite. Ça ferait qu'ajouter à son fardeau. Voilà trois nuits que le jeune maître Colin n'est pas rentré et madame est folle d'angoisse. Elle ne cesse de répéter qu'il est peut-être blessé ou malade, gisant dans quelque fossé. "Il s'est juste enfui encore une fois, que je lui ai dit. Il en aura eu assez de la compagnie des femmes. Peut-être qu'il a retrouvé un de ses compagnons de route. Ne vous en faites pas. Il reviendra." Mais elle a juste soupiré et elle a répondu : "Pas cette fois-ci, Agnes, j'en suis certaine. Quelque chose lui est arrivé. Une mère sent ces choses-là." Comment moi je pourrais le savoir puisque j'ai jamais été mère ? j'ai failli lui demander. On est en sécurité ici. Personne ne va nous embêter. Madame a des amis puissants. »

Elle passa la pâte à Magda. Ses petites mains la

malaxèrent plus légèrement. Les paroles de la cuisinière la réconfortèrent un peu parce qu'elle lui faisait confiance. Mais elle remarqua qu'Agnes se frottait l'épaule. Elle avait toujours mal à l'épaule quand elle était tracassée.

Un nouvel avertissement arriva deux semaines plus tard, au début de juin. Magda savait la date parce que ce mois coïncidait avec le lavage des moutons et le début de la tonte. Les cuisines s'activaient pour nourrir les ouvriers supplémentaires. C'est son petit frère qui apporta la seconde mise en garde : « Dis à lady Kathryn de faire attention. Les troubles se rapprochent. »

Magda se rendit tout de suite auprès d'Agnes et toutes deux retrouvèrent lady Kathryn dans la petite salle, en train d'étudier son livre de comptes tandis que Jasmine jouait à ses pieds. Magda lui transmit le message, sans lui relater la conversation qu'elle avait entendue entre son père et les rustres. Comment en parler sans faire passer son père pour un méchant homme ? Lady Kathryn risquait de le faire emprisonner au château de Norwich, comme l'enlumineur, et alors il n'y aurait personne pour aider sa maman à s'occuper des petits. Madame avait l'air si frêle que Magda craignit qu'un nouveau souci, en plus de tous ceux qu'elle avait déjà, ne soit la goutte d'eau qui fait déborder le vase. Mais quand Magda la regarda de plus près, elle vit que la lumière de l'âme de lady Kathryn était plus intense que jamais, tel un cours d'eau limpide réfléchissant un ciel d'azur.

Lorsque la châtelaine parla, sa voix était lasse.

« J'ai envoyé tous les serviteurs fidèles, sans exception, à la recherche de Colin, dit-elle. Nous sommes une maisonnée de femmes, sans défense. Nous devons prier le Seigneur de venir à notre secours. » Lorsqu'elle releva la tête, Magda lut la détermination dans son regard.

Le soleil passant par une haute fenêtre traçait des bandes sur le sol à l'endroit où jouait Jasmine. Fascinée, Magda voyait la lumière de l'enfant se mêler aux bandes chaque fois qu'elle les traversait d'un pas chancelant. Difficile de dire si elle attirait la lumière ou si celle-ci émanait d'elle. Apparemment subjuguée elle aussi, la petite tentait d'attraper les grains de poussière dansant dans le faisceau lumineux.

Nous sommes tous comme ça, pensa Magda. Des grains de poussière dansant en pleine lumière.

« Il nous faut établir un plan afin de ne pas céder à la panique si les rebelles nous attaquent, affirmait sa maîtresse. Je vais envoyer un messager chez le shérif pour le prier de renvoyer mon fils avec les hommes dont il peut se passer pour nous protéger. »

Jasmine cessa de pourchasser les rayons du soleil et se dirigea vers Agnes, les bras tendus, les petites mains potelées s'ouvrant et se fermant comme pour attraper quelque chose. « Gâteau ! » s'écria-t-elle.

Lady Kathryn sourit.

« Tout à l'heure, ma poupée. » Elle s'adressa à Magda. « Écoute bien, c'est très important.

— Oui, madame.

— En cas d'ennuis, tu emmèneras Jasmine dans la cabane de ta mère. Elle y sera à l'abri. »

Magda savait que c'était faux. Devait-elle le dire ? Elle chercha désespérément une solution. Elle ne pouvait pas aller chez sa mère, mais elle ne pouvait pas l'avouer à lady Kathryn.

Lady Kathryn attendait une réponse.

« Tu as compris ce que j'ai dit, Magda ?

— Oui, madame, j'ai c-compris. »

Puis elle prit l'enfant dans ses bras et l'emmena, laissant Agnes et sa maîtresse réfléchir à la suite des événements. Deux jours durant, elle se fit du souci. Soudain, elle sut ce qu'il fallait faire. Elle connaissait un endroit où cacher l'enfant pour la mettre à l'abri. Un endroit où personne ne penserait à venir la chercher.

Alfred avait regagné le Norfolk et se trouvait dans la cour des écuries du shérif au moment où le message de sa mère arriva. Le shérif, lui, était toujours dans l'Essex. La monture de sir Guy avait été tuée juste devant Ipswich, et bien qu'il en ait réquisitionné une autre sur-le-champ, elle n'était pas à son goût. Il envoya donc son écuyer chercher de nouvelles armes et un destrier digne de lui. Alfred était plutôt content de repartir. Il n'avait rien contre une bonne bataille, même s'il avait eu son content de cadavres, de bras en morceaux, de masques mortuaires gelés et de ventres gonflés couverts de chiures de mouches.

Ces deux dernières semaines, ils avaient farouchement affronté des groupes de rebelles félons, restes d'une bande de mutins du Kent et de l'Essex qui avaient été trahis à Londres par les hommes du roi. Alfred ne connaissait pas tous les détails de la rébellion de Londres, mais il en avait entendu assez pour reconstituer les faits. Le treize mai, les rebelles étaient entrés dans Londres et avaient rasé le palais du duc de Lancastre. Ils avaient commis des saccages, mis les rues à feu et à sang, et tué plusieurs marchands flamands. Le lendemain, le jeune roi Richard avait rencontré les rebelles à

Mile End, à l'extérieur de Londres, pour négocier une trêve.

Alfred aurait aimé se trouver à Londres à ce moment-là pour voir l'enfant roi faire face à la populace en colère. Bien qu'étant encore plus jeune qu'Alfred, le roi avait cependant impressionné les manants. Peut-être avaient-ils été émus par sa jeunesse, peut-être avaient-ils admiré son courage… Quoi qu'il en soit, ils l'avaient écouté promettre de redresser certains torts : terres bon marché, libre échange commercial, abolition du servage. Toutefois, au moment même où le roi négociait la paix, d'autres rebelles entraient dans Londres. Ils capturèrent et décapitèrent le trésorier du roi et l'archevêque de Sudbury.

Le troisième jour de la révolte, alors que le roi rencontrait à nouveau les rebelles – cette fois, dans un lieu appelé Smithfield –, fou furieux, le maire de Londres assassina Wat Tyler, le meneur des paysans, en présence du roi et de la foule des paysans révoltés. Sans attendre de voir la tête de leur chef au bout d'une pique – Alfred pouvait saisir la logique de leur réaction, son père lui ayant appris le concept du repli stratégique –, les rebelles se dispersèrent à la requête du roi, qui leur promit l'amnistie s'ils rentraient chez eux. Ayant déjà été trahis une fois, ils ne retournèrent pas dans leurs foyers, de peur que les soldats du roi ne les y pourchassent, mais s'enfuirent vers les comtés du nord, plus remontés que jamais. Ces hommes désespérés n'avaient plus rien à perdre.

Sir Guy et ses hommes les avaient rencontrés à Ipswich.

Revenant tout juste des combats, Alfred était épuisé après sa pénible chevauchée vers le nord. Et affamé. Il avait voyagé pendant trois jours. Le visage baigné de sueur, poussant de sonores jurons, il s'efforçait de passer le mors et la bride à l'étalon rouan – il ne tenterait jamais de monter l'animal rétif – quand soudain le cheval se cabra, menaçant. Entendant le vacarme, l'un des valets d'écurie accourut à son secours.

Une fois le cheval harnaché et calmé – même s'il continuait à renâcler pour montrer son grand mécontentement –, le valet sortit de sa chemise deux parchemins scellés qu'il tendit à Alfred.

« Le régisseur a dit de vous les donner pour que vous les portiez à sir Guy. Il a ajouté que ç'avait l'air important. »

Alfred remarqua que l'un de ces plis portait le sceau de l'Église. Probablement l'écusson de l'évêque. Il reconnut aussi l'autre blason : cerf à douze points, la patte de devant levée, en champ de trois barres. C'était l'écu de Blackingham. Un accès de rancune le poignit.

Un billet doux de sa mère à son amant ?

À l'évidence, la lettre avait été scellée à la hâte, la cire ayant à peine fondue sur un côté. Il effleura le sceau, en tritura légèrement le bord. La missive serait facile à resceller et, en outre, il s'agissait de l'emblème de sa famille. Il souleva délicatement le sceau et le parchemin se déroula en bruissant. Il reconnut la jolie écriture pointue de sa mère.

Monsieur, en tant que veuve sans protection résidant dans votre province, force m'est de faire appel à vous durant l'actuelle période de crise. Je vous serais donc reconnaissante de m'envoyer mon fils, ainsi que tout autre écuyer dont vous pourriez vous passer. J'ai bien reçu le présent que vous m'avez fait parvenir en signe de prévenance et de bienveillance, mais comment en admirer l'élégance alors que je vis dans la crainte d'une attaque contre ma maisonnée ?

La lettre était signée par sa mère mais, malgré la hardiesse du ton, d'une main tremblante. Elle était datée du onze juin. Deux jours plus tôt… Il n'avait jamais pensé aux risques qu'elle encourait… Et pourtant n'avait-il pas vu la fureur des paysans contre les nobles ? Comment imaginer que sa mère, toujours si forte et efficace, eût besoin d'être protégée. De plus, elle avait Colin.

Le cheval piaffait, martelait le sol, tirait sur la bride tenue par le valet d'écurie. Un nuage de poussière tourbillonna dans l'air avant de retomber sur la bordure de la cour des écuries. Alfred sentait les grains de poussière crisser entre ses dents et recouvrir sa peau moite.

Que faire ? Il avait un ordre exprès de sir Guy, et sa mère avait besoin de lui. Elle l'avait demandé. Lui. En menant le cheval du shérif par la bride, il mettrait trois, voire quatre jours, à regagner la zone des combats. Puis il devrait solliciter une permission et, même en chevauchant sans faire la moindre halte, il lui faudrait deux jours pour revenir.

« Laisse le cheval. Apporte-moi du papier et une plume », dit-il de son ton le plus ferme. Après tout, il était l'écuyer de sir Guy et en l'absence de quelqu'un de plus gradé, le valet d'écurie devait lui obéir.

Quand le jeune homme revint, Alfred écrivit rapidement un mot expliquant que sa mère était en plein désarroi et l'avait envoyé quérir. Sir Guy lui ayant enseigné le sens fondamental de la chevalerie, et vu les liens d'amitié qui unissaient les deux maisons, il était sûr que le shérif approuverait qu'il se rende auprès d'elle. Il envoyait le cheval et les armes et retournerait combattre dès qu'il aurait assuré la sécurité de sa mère.

« Conduis le cheval à sir Guy et porte-lui cette missive avec l'autre », ordonna-t-il en jetant une poignée de sable sur le feuillet afin de sécher l'encre.

Le garçon d'écurie écarquilla les yeux d'inquiétude. Il n'avait sans doute jamais quitté le domaine seigneurial et certainement pas le comté.

« Mais, maître Alfred, je ne connais pas…

— Je vais te dessiner une carte. Tu n'auras aucun mal à trouver ton chemin. » Il traçait déjà à la hâte un cercle à côté duquel il inscrivit « Norwich », puis une ligne noire aboutissant à un autre cercle, plus petit et marqué « Colchester », et ensuite un autre trait horizontal jusqu'à un cercle encore plus petit qu'il désigna comme « Ipswich ». À côté, il esquissa une porte et un mât soutenant une enseigne.

« Voici Colchester, expliqua-t-il en indiquant le second cercle. À la sortie de Norwich, tu empruntes l'ancienne route romaine vers le sud jusqu'à Bury Saint Edmunds, et puis tu continues jusqu'à Colchester. Ensuite, tu prends vers l'est jusqu'à Ipswich. Dis à l'hôte de la taverne au carrefour que tu es un serf qui porte un message au shérif de Norfolk. » Alfred réfléchit à l'âge du garçon et à son manque d'expérience. Il n'avait qu'un an de moins, à peu près, que lui. Il avait prouvé sa compétence avec le cheval, mais son jeune âge l'exposerait au harcèlement. « Tu maîtrises assez bien le cheval. Monte-le au lieu de le mener par la bride.

— Pour sûr. J'aurais pas de mal avec le cheval. »

Alfred lui trouva un ton un peu trop arrogant.

« Mais ne mets pas la livrée de la maison. Habille-toi comme un paysan, et si tu rencontres des coquins, raconte-leur que tu es un serf fugitif et que tu portes un

578

message pour John Ball ou Wat Tyler. Dis que c'est un cheval volé, et on te fichera la paix. »

Alfred eut le plaisir de voir la mine du valet se décomposer. Le garçon d'écurie regarda le feuillet. La perplexité et le désarroi se lisaient sur son visage.

« Mais, maître Alfred, je sais pas lire.

— Tu es déjà allé à Norwich ? »

Le garçon hocha la tête et répondit avec un accent de fierté dans la voix : « Deux fois.

— Ce trait représente la route principale vers le sud au sortir de Norwich. Si tu te perds, tu n'as qu'à demander la route de Colchester, puis celle d'Ipswich.

— Mais...

— Ne t'en fais pas. Tout se passera bien. Tu es un brave garçon. » Et Alfred enfourcha sa propre monture, dont les muscles tremblaient encore de fatigue, et l'éperonna en direction de Blackingham, tandis que le valet fixait les lignes et les gribouillis en se grattant la tête.

Il sentit la puanteur au moment où il approchait de la croix d'Aylsham. Son propre corps souillé de sueur ? Répugnant. Ou peut-être celui de son cheval qu'il avait tellement fatigué que l'encolure et les épaules étaient couvertes d'écume blanche ? Non. L'odeur se faisait plus forte et trop familière désormais. C'était celle qu'il croyait avoir laissée derrière lui dans un champ d'Ipswich. L'odeur de cadavres humains en train de pourrir au soleil.

Un charognard était perché dans un chêne bornant la haie à une centaine de mètres de la route. Inutile d'explorer les lieux, pince-toi les narines et continue à

579

chevaucher aussi vite que possible. Trop tard pour aider les pauvres bougres qui gisent là, se dit Alfred.

Mais plus le rapace s'éloignait de sa vision périphérique, plus l'odeur devenait forte. La sentant lui aussi, son cheval hennit pour manifester son dégoût, mais ne réagit pas lorsque Alfred enfonça ses talons dans ses flancs. Il aurait dû penser à le nourrir.

« Encore un petit effort, mon vieux. Il y aura un seau d'avoine quand on arrivera à la maison. » Il avait lui-même pensé à quelque bon plat sortant de la cuisine d'Agnes. Mais maintenant ça ne lui disait plus rien.

« Allez ! Du nerf ! » Le cheval clopina un peu plus vite, puis fit un brusque écart, effarouché par un oiseau de proie qui s'envola soudain d'un fossé le long de la route où il s'était gavé de charogne. Voilà donc ce qui puait tant. L'homme n'avait même pas eu le temps d'atteindre la protection illusoire de la haie où ses camarades avaient été fauchés, là où le charognard dérangé s'était perché dans le chêne à côté de son compagnon, en attendant que s'éloignent les intrus. Son regard s'attarda assez longtemps pour voir que le cadavre, ou ce qu'il en restait, était vêtu d'un habit de prêtre pauvre. Probablement un prédicant lollard envoyé dans l'autre monde par les gardes de l'évêque et non par les paysans, car les rebelles l'auraient considéré comme l'un des leurs.

Son cheval s'était arrêté près du corps et penchait la tête comme s'il n'avait plus une once d'énergie. Incapable de s'arracher au répugnant spectacle, Alfred ne l'éperonna pas. Les rapaces avaient complètement dévoré le visage. Les orbites vides fixaient l'éblouissant soleil dans un ciel sans nuages. Un essaim de mouches s'assemblait autour des extrémités inférieures, là où les rapaces n'avaient pas dénudé les os. Il y avait quelque chose de douloureusement familier dans la forme du crâne. La puanteur était suffocante. Alfred se pinça les narines, descendit de cheval et se dirigea vers le fossé. Il poussa le cadavre du bout du pied pour le retourner. Des vers grouillaient à l'endroit où avait reposé la tête.

Alfred eut un haut-le-cœur. Il détourna les yeux.

C'est alors qu'il vit les cheveux d'or luisant dans le soleil incandescent, tel un trésor perdu, et le crâne nettoyé comme un os de poulet, les chairs pourrissantes dans la chaleur. C'était bien le corps du frère avec lequel il avait partagé le ventre de sa mère. Le soleil s'accrochait à une touffe de cheveux blonds dans la poussière. Des cheveux couleur de lumière. Des cheveux d'ange, disait sa mère en les caressant quand ils étaient petits. Les caressant comme elle n'avait jamais caressé la tignasse rousse d'Alfred.

« Vous êtes l'un des écuyers de sir Guy de Fontaigne », déclara un soldat en tirant sur les rênes de son cheval, tout en faisant signe à ses deux camarades de s'arrêter.

Alfred était toujours à genoux, occupé à ramasser des mèches de Colin, les enroulant autour de ses doigts comme des fils d'or. Voilà quelque chose au moins à rapporter à sa mère, quelque chose qu'elle pourrait enterrer avec les ossements dans une châsse doublée de velours.

« Pourquoi pleurnichez-vous sur cette charogne ? »

La voix du soldat lui fit lever la tête. Il reconnut le blason doré estampé sur les harnais de cuir des cavaliers. Blason qu'il avait vu, pensait-il, sur le pli envoyé par l'évêque.

« Ce n'était pas...

— Je sais qui il était ! » Le soldat s'esclaffa, penché en avant, les rênes pendant de ses mains. « L'un de ses "prêtres pauvres" avec de la merde pour cervelle. Vous auriez dû voir sa mine quand ma lame a transpercé son ventre de lollard. »

Une puissante vague de colère monta des entrailles d'Alfred et bouillonna comme de la bile dans sa gorge, d'où sortit un rugissement de lionceau. Se relevant d'un bond, il tira son épée et en faisant de grands moulinets se jeta sur le soldat.

Trois épées étincelantes l'abattirent avant que sa lame n'ait eu le temps d'infliger la moindre écorchure au cavalier. Les soldats n'avaient même pas mis pied à terre.

Alfred chancela un bref instant avant de choir à la renverse, comme poussé par une main invisible, non pas sur la route mais dans le fossé contre le corps plus petit de son frère, un bras posé sur sa poitrine. L'autre main refermée tenait toujours les mèches blond pâle.

« C'était l'un des hommes du shérif, déclara l'un des cavaliers. Est-ce qu'on ne devrait pas l'enterrer ou au moins emporter ses vêtements ?

— Non. Laisse tomber. Celui qui le trouvera pensera qu'ils se sont entretués. » Il fit claquer ses rênes, tout en désignant de la tête les charognards qui avaient contemplé toute la scène depuis un abri. « Ils vont travailler pour nous… Il n'y a guère de différence entre un crâne et un autre. »

TRENTE ET UN

*Car on Le cherchera et on Le verra. On
Le servira et on Lui fera confiance.*

JULIENNE DE NORWICH,
Révélations divines

Magda jouait avec Jasmine dans l'alcôve des anciens appartements de l'enlumineur. « L'âme de sa mère veillera sur elle », avait dit lady Kathryn. Mais l'esprit de Rose n'était pas là. Magda devinait ce genre de chose. De plus, la cuisinière affirmait que l'âme de Rose se trouvait avec Jésus. Personne ne veillait sur l'enfant, à part Magda.

Depuis sa maladie, lady Kathryn était faible et dolente. Elle avait du chagrin depuis le départ de maître Colin. Voilà pourquoi Magda prenait Jasmine l'après-midi pendant que madame se reposait dans son grand lit à baldaquin. Aujourd'hui, quand Magda s'était rendue dans la chambre de la châtelaine après ses travaux de cuisine, les yeux troubles de madame avaient languissamment regardé le lit et lui avait fait signe d'emporter l'enfant. Elle imaginait lady Kathryn recroquevillée derrière les courtines de damas tirées pour la protéger de la lumière, malgré la chaleur de l'été. Elle entendait aussi mentalement de faibles sanglots, petits gémissements d'un animal blessé. Elle sentait même la douleur de la châtelaine palpiter dans ses propres tempes.

Tandis que Jasmine fredonnait son charabia tout en entrechoquant les coquilles d'huître – les pots de peinture vides de l'enlumineur, où de la peinture séchée restait collée sur les bords –, Magda montait la garde depuis la fenêtre du second étage. Au-delà de la cour et du portail, elle apercevait les pâturages dans lesquels broutaient les moutons du Norfolk, tels des coussins jetés sur une courtepointe de soie verte. Au-dessus d'eux, d'autres coussins flottaient dans le ciel d'un bleu limpide. Sans le danger, ç'aurait été une belle journée de juin, une journée pour emmener Jasmine s'amuser au soleil. Ils auraient pu jouer à cache-cache parmi les haies et chasser les papillons qui buvaient le nectar du chèvrefeuille. Pas aujourd'hui, cependant, ni demain sans doute. Lady Kathryn avait dit de rester tous ensemble et de veiller au grain.

Comme chaque jour, Magda montait la garde devant la haute fenêtre à carreaux, quand elle aperçut le méchant, celui qui avait essayé de la prendre dans les champs comme un animal. Elle croyait que madame l'avait renvoyé. Mais il était de retour, traversant les prés à grandes enjambées, accompagné d'une bande de paysans armés de faux et de piques. Certains portaient des torches – en plein jour ! – et des seaux. Cessant de brouter la tendre herbe d'été, les moutons les fixèrent d'un regard méfiant. De si loin, Magda ne pouvait pas distinguer nettement les traits de leurs visages. Toutefois était-ce nécessaire ? L'âme du grand qui marchait le premier n'émettait aucune lumière. Son aspect la rendit malade de peur.

La cuisinière avait dit que la racaille pourrait venir la nuit pour les tuer dans leurs lits. Agnes et lady Kathryn dormaient la journée et veillaient la nuit. Il lui fallait donc réveiller la cuisinière. Elle entendait les hommes maintenant, leurs rires gras en réponse à quelque chose que le grand avait dit, leurs voix aussi tonitruantes que celle de son père quand il avait trop bu. Elle aurait aimé pouvoir les compter. Ils étaient plus nombreux que les doigts d'une main mais moins que des deux.

Elle jeta nerveusement un coup d'œil à l'enfant qui jouait à ses pieds. Quand elle regarda à nouveau par la fenêtre, le groupe serré avait commencé à se défaire. Certains s'égaillaient parmi les moutons. Peut-être étaient-ils seulement venus voler le bétail, et puis ils s'en iraient.

Lady Kathryn avait un plan. Quel rôle devait y jouer Magda, d'après madame ? Celui qui était entouré d'une ombre noire, le méchant, se dirigea vers la maison, suivi d'une petite bande. Elle apercevait seulement le sommet de leurs têtes, les éclats de lumière lancés par les faux et le nuage sombre formé par les halos émanant de leurs âmes. Elle était contente que son père ne soit pas parmi eux. Elle aurait reconnu son bonnet plat à bord roulé et à la calotte tout abîmée.

Bon, quel était le plan ? Couchée sur sa paillasse dans la chambre de la cuisinière, elle avait répété son rôle sans cesse. Mais le diable l'avait volé dans sa tête. Qu'était-elle censée faire s'ils venaient ?

Elle entendit la voix stridente de la cuisinière au

rez-de-chaussée. « Qu'est-ce que vous faites ici ? Lady Kathryn va lâcher les chiens sur vous ! hurlait-elle. Vous feriez mieux de déguerpir si vous tenez à votre peau. Et emmenez avec vous cette bande de chenapans ! » Donc la cuisinière ne dormait pas. Elle allait les chasser et ensuite elle préviendrait madame.

Les bêlements des moutons attirèrent son regard vers les pâturages. Les coussins de peluche blanche portaient des rubans rouges autour du cou. Ils bêlaient de plus en plus fort et leurs cris désespérés lui donnaient envie de pleurer. Les hommes ne volaient pas les bêtes ! Ils les décapitaient à grands coups de faux, les massacraient au beau milieu des prés ! Puis, les laissant se vider de leur sang, ils avançaient d'un pas martial vers le château. L'un d'eux mit sa torche contre l'herbe et de petites dents jaunes commencèrent à brouter le pâturage. L'odeur âcre lui fit froncer les narines.

Quel était le plan ? Quel était son rôle ?

Prends le bébé, Magda. Emmène le bébé dans la cabane de ta mère.

Non. Ça c'était la voix de lady Kathryn dans sa tête. Mais ce n'était pas le plan.

Une abeille se posa sur la fenêtre et repartit en bourdonnant.

Magda se rappela.

Elle souleva Jasmine dans ses bras.

« Cache-cache avec Magda ? Est-ce q-que Jasmine veut q-qu'on se cache de madame et q-qu'elle nous cherche ? » chuchota-t-elle.

L'enfant acquiesça et gloussa quelque chose qui voulait dire « Jasmine cache ! »

« Chut ! Elle vient ! »

Magda percevait l'haleine de l'enfant et sentait le petit corps frémir à cause du gloussement qu'elle retenait d'une menotte potelée. Elles dévalèrent l'escalier en direction de la cuisine avant de sortir par la porte de derrière jusqu'au vieil arbre mort. Celui-ci se dressait telle une sentinelle sur ce qui, en pays plat, passait pour une colline.

« On va se c-cacher avec les abeilles. Les abeilles sont nos amies, murmura-t-elle d'une voix si basse qu'elle se fondit dans la brise d'été. Mais on d-doit rester très c-calmes et silencieuses. Comme deux petites souris. Pour que m-madame ne nous ent-tende pas. » Se faufilant entre les racines noueuses, elles se blottirent comme dans un ventre dans le creux de l'arbre juste assez grand pour les contenir toutes deux.

« Suce ça », chuchota Magda en brisant un rayon de miel. Elle lui en donna un morceau et, pour la protéger d'une abeille trop curieuse, couvrit la tête de l'enfant de son tablier. Mais elle savait que les abeilles ne leur feraient aucun mal. Elles se rappelleraient ses dons durant le long hiver, ses présents, les bâtons trempés dans l'eau additionnée de miel et de romarin, qui leur avaient permis de survivre.

Magda entendait l'enfant sucer le rayon de miel, sentait le liquide poisseux dégouliner entre ses seins en bourgeons, à l'endroit où son cœur battait au rythme d'un tambour de guerre. Il faisait frais et sombre à l'intérieur de l'arbre, qui fleurait bon le miel, la mousse et l'humus. Le bourdonnement des abeilles leur faisait une agréable berceuse. Elles formaient des plaques marron clair sur ses bras et se posaient sur le tablier couvrant l'enfant endormi. Mais pas une seule ne les piqua.

Bientôt, le suçotement s'arrêta. Le souffle humide de l'enfant montait et descendait régulièrement contre sa peau.

Magda, elle, ne dormait pas. Sa vessie était pleine

mais elle ne pouvait pas se soulager. Elle ne voulait pas souiller la pureté des lieux. Elle tenta de penser à autre chose. À Mi-Tom, et comme ç'avait été drôle la fois où il l'avait entendue chanter dans l'arbre des abeilles. Comme ses bons yeux lui souriaient. Elle aurait tant voulu qu'il soit là ! Avec lui, elle se sentait en sécurité. Et il la trouvait intelligente. Avec lui, elle avait presque l'impression d'être intelligente… Son pied était engourdi, elle changea de position délicatement pour ne pas réveiller l'enfant endormie.

L'odeur de la fumée s'était intensifiée. Une femme hurla à l'intérieur de la maison. Mais Magda était obligée de rester là. Elle devait protéger l'enfant. C'était son rôle. Elle pria la Vierge et le dieu de l'arbre de veiller sur elles.

Finn entendit le tumulte avant de le voir, sans y prêter attention. Il était en train de travailler sur le cinquième panneau du retable de l'évêque et avait œuvré avec frénésie depuis que Kathryn lui avait annoncé son projet de mariage avec le shérif, ainsi que sa décision de garder l'enfant de Rose. C'était devenu le seul but de sa vie. Il ne craignait plus que l'évêque n'ait plus de motif de vouloir le garder vivant une fois qu'il aurait fini son travail. Il s'agissait de son dernier pari. Contenter l'évêque. Faire d'autres promesses. Les utiliser comme éléments de marchandage pour obtenir sa grâce. Il ne se laissa donc pas distraire par les cris et les jurons montant de la cour, pas même par la voix du constable hurlant des menaces plus fort que tout le monde. « Halte là ! Au nom du roi, je vous ordonne de vous disperser ! »

Finn ne leva même pas les yeux. Ce qui arrivait à l'extérieur de sa chambre n'avait aucune importance pour lui. Il était emporté dans un tourbillon. Ses pots de peinture n'étaient plus rangés avec soin, ses pinceaux en poil de martre s'éparpillaient pêle-mêle sur sa table de travail. Des taches d'or et de vermillon souillaient sa chemise et de larges cernes marron s'étalaient sous ses aisselles. Pour l'Ascension, son dernier panneau, il était incapable de voir la face du Christ. Sa muse ne parvenait pas à imaginer le triomphe du Sauveur sur la souffrance alors que lui était si douloureusement enfermé dans ses propres tourments. Après s'y être repris plusieurs fois, il effaça la partie supérieure du corps et, dans une débauche d'ocre, le fit se fondre dans l'arrière-plan. Si bien que le Christ montait au ciel dans un nuage opaque. À part les jambes, qui pendaient au-dessus des apôtres assemblés, le reste du corps était estompé. Il pouvait représenter la souffrance du Christ mais ne comprenait pas en quoi elle proclamait Son triomphe.

Il étala le reste du lapis-lazuli sur le manteau de la Vierge. Les personnages des deux derniers panneaux étaient gauchement dessinés, dépourvus de l'élégance et de la minutie des premiers, mais la hâte l'aiguillonnait comme le fouet d'un garde-chiourme. Il appliqua vivement les dernières touches aux visages extasiés des apôtres, plus effrayés que triomphants. L'extase, comme le triomphe, lui était un souvenir lointain. Il contempla l'ensemble, éprouvant une fierté d'artiste face aux cinq panneaux, beaux par la masse des couleurs, d'une intensité à couper le souffle. Même s'il ne possédait nulle complexité et était dépourvu de la fantaisie de ses enluminures, de la sensualité des volutes et des torsades de ses pages de garde si satisfaisantes pour son esprit, ce dernier travail, exécuté trop vite, montrait malgré tout de la passion. Cela suffirait.

Envoyer chercher l'évêque pour négocier une

permission, voilà sa prochaine tâche. Obtenir au moins une libération assez longue pour arracher sa petite-fille aux griffes du shérif. Rien d'autre ne comptait. Inutile de discuter avec Kathryn. Elle avait pris sa décision. Il emmènerait l'enfant de Rose chez l'anachorète pour qu'elle la garde avec elle dans l'ermitage, tout comme sainte Hildegarde de Bingen avait été donnée à la sainte femme, Jutta de Spondhein.

Il restait un peu d'azur dans le pot. Le mêlant à un glacis blanc, il l'appliqua sur le manteau du cavalier du deuxième panneau, puis recula d'un pas pour juger l'effet. Le cavalier qui suivait le Christ portant sa croix avait plutôt l'air d'un courtisan d'aujourd'hui que d'un juif du premier siècle. Ce n'était pas un hasard si le juvénile personnage ressemblait beaucoup à l'évêque, l'air arrogant en moins, car il s'agissait d'un portrait volontairement flatteur.

Finn posait la dernière touche de bleu, débarrassant le pinceau de son coûteux pigment quand il entendit des cris dans la cour et un bruit métallique, trop forts cette fois-ci pour qu'il ne s'en inquiète pas. Il alla à la fenêtre et regarda au-dehors. Une bagarre avait éclaté. Deux gardiens affrontaient une vingtaine d'assaillants qui avaient l'air de manouvriers et paraissaient l'emporter sur les gardiens au ventre flasque. La porte d'en bas s'ouvrit dans un bruit aisément reconnaissable de métal raclant la pierre. Nouveaux cris, plus proches désormais. Dans l'escalier. Une cavalcade, puis un grognement bourru et familier dans son dos.

Se retournant, il vit Sykes passer le seuil de la porte. Un nouveau coup d'œil par la fenêtre lui fit découvrir le constable blessé, ou mort.

« Ah ! c'est ici que t'étais… C'est plus confortable que le cachot, je dirais. » Il fit le tour de la chambre en brandissant une dague – Finn reconnut l'arme que portait parfois le constable –, avant de saisir, parmi les reliefs du repas de Finn, une moitié de gigot et d'y planter les dents. Ses petits yeux noirs et cruels scrutaient le prisonnier tandis que ses dents gâtées arrachaient la viande de l'os avant de le balancer à travers la pièce. Finn se baissa pour l'éviter. Sykes s'esclaffa en essuyant sa main gauche graisseuse sur sa manche, la main droite pointant toujours la dague vers Finn.

« Enlumineur, où est passé ton petit copain, le nabot ? »

Finn s'efforça de rester calme, bien qu'une évaluation rapide de la situation n'ait pas favorisé la sérénité.

« Tu ne tirerais pas parti d'une petite émeute pour régler un vieux compte, n'est-ce pas, Sykes ? Avant que tu ne commettes un acte que tu risques de regretter, rappelle-toi que je suis sous la protection particulière de l'évêque. Tu as déjà commis un crime de lèse-majesté. Oseras-tu aussi offenser l'Église ? »

Le gardien éclata à nouveau de rire, montrant une canine cassée au beau milieu de ses longues dents jaunies.

« Écoutez-moi un peu ces belles paroles : "offenser l'Église" ! Offenser l'Église ! Et qu'est-ce qu'elle a fait, l'Église, pour les pauvres types comme moi ? »

Il chancela un peu. Ivre de cervoise ou de pouvoir ? Finn voulait espérer que la première hypothèse était la bonne, car alors le gardien serait plus facile à maîtriser.

« C'en est fini du règne de l'Église. On traite ces beaux messieurs les évêques et les barons comme ils nous ont traités. » Il renifla. « Tu sens ça ? C'est sans doute les champs de quelque noble, peut-être même un château, qui fichent le camp en fumée. »

Finn avait déjà senti l'âcre odeur et pensé à quelque

régisseur pratiquant l'écobuage pour fertiliser les pâturages de son seigneur avant les semailles. Mais l'odeur était désormais plus forte.

« Et c'est pas seulement ici. C'est comme ça jusqu'à Londres. Quand on aura terminé la besogne, restera pas une seule pierre des riches palais et abbayes. »

Il s'agissait donc d'une révolte de la populace, pas seulement d'une mutinerie de prison. Et on pillait et brûlait les biens des nobles dans toute l'Est-Anglie. Il n'y aurait que Colin pour défendre Blackingham. Cela voulait dire que l'enfant était en danger. Et Kathryn.

« Écoute, Sykes. Ce que tu veux, quoi que ce soit, je… »

Nouveaux bruits de pas dans l'escalier. Un groupe disparate, en majorité des paysans, un ou deux gardiens révoltés, se massa derrière Sykes. L'un d'entre eux avertit : « Quelqu'un vient. Le constable est mort. On a libéré tous les pauvres bougres. Et on a intérêt à se servir pendant qu'il est encore temps.

— En tout cas, voilà un oiseau qui va pas s'envoler. » Et Sykes se fendit en avant pour frapper l'enlumineur avec sa dague. Mais, ayant prévu le mouvement, Finn se baissa, passa sous le bras tendu de Sykes, se releva derrière son agresseur et lui arracha son arme. Il le poussa violemment de côté de tout son corps et se jeta dans l'escalier.

« Arrêtez-le ! Tuez-le, ce sale porc ! »

L'homme qui se tenait à côté de la porte haussa les épaules.

« Il m'a rien fait à moi. On a laissé les autres partir. Tue qui tu veux toi-même, Sykes ! »

Finn n'était poursuivi que par de violents jurons.

Dès qu'il fut dans la cour, il chercha désespérément un cheval des yeux.

Tout fier de sa nouvelle monture, un petit garçon blond était juché sur le cheval du constable. Ses yeux s'illuminèrent en reconnaissant Finn. Sautant à bas du cheval, il lui lança les rênes. « Tenez ! Vous en avez plus besoin que moi. »

Très surpris, Finn le dévisagea.

« Merci. Où puis-je te le renvoyer ?

— Bah, c'est pas la peine. »

Où avait-il déjà vu ce sourire goguenard ?

« Disons que c'est un prêté pour un rendu », ajouta le garçon en lui faisant un insolent salut.

Finn reconnut l'enfant à qui il avait confié son cheval devant la taverne lors de sa première rencontre avec Sykes. Celui à qui il avait donné la couverture.

« Mais à votre place, j'éviterais qu'on me voie sur ce cheval. »

Finn ne l'entendit pas. Il avait déjà atteint le milieu du pont, galopant en direction d'Aylsham et du château de Blackingham.

Kathryn était en train de rêver. De la fumée... De la fumée, partout, qui lui piquait les narines et les yeux. La lainerie brûlait. Sa gorge se serrait. Elle n'arrivait pas à tousser. Ni à respirer. Jasmine ! Où était Jasmine ? Elle essaya vainement d'appeler Magda. Puis Agnes. Malgré tous ses efforts, elle ne réussissait pas à ouvrir la bouche, ni même à bouger. Elle avait les membres lourds, ses os s'étaient changés en plomb. La recette de la laine qu'elle gardait pour les réjouissances en l'honneur de ses fils, partie en fumée. Agnes pleurait. La pauvre Agnes pleurait la mort de son berger aux chairs carbonisées. Non. Elle ne pleurait pas la mort de John. Elle hurlait dans le lointain le nom de Kathryn.

« Madame ! Réveillez-vous, madame ! Ça y est ! Ils sont là ! »

Elle se réveilla en sursaut. Agnes, comme la fumée, était bien réelle. Elle se penchait au-dessus d'elle, criant entre deux quintes de toux, l'iris de l'œil brillant de peur, le blanc larmoyant et rouge.

Kathryn se dressa sur son séant.

« Jasmine ! Agnes, où est la petite ?

— Elle n'est pas dans son berceau, madame. C'est ce que je suis allée vérifier en premier. Magda a dû l'emmener. Ne vous en faites pas, madame. La petite sera en sécurité avec Magda. »

D'un geste brusque, Kathryn ouvrit les courtines du lit. On ne voyait aucune fumée au milieu des ombres mouvantes, bien que la forte odeur lui ait piqué les narines.

« Ils ont mis le feu aux pâturages, madame.

— Ne t'en fais pas ! Ils ne brûleront pas la maison. On ne leur a fait aucun mal. Et leur sort serait pire sans nous. Je vais descendre leur parler.

— Il n'y a pas moyen de les raisonner, madame, j'ai essayé. Il faut fuir tant qu'on est encore en vie.

— Non, Agnes. On va leur tenir tête. Il y aura parmi eux quelqu'un dont on a aidé la mère, l'enfant, la femme. Ta marmite de ragoût a sans doute nourri la plupart d'entre eux. Ils n'oseront quand même pas s'en prendre à deux femmes seules. »

Agnes se contenta de secouer la tête en marmonnant : « Même vous, vous n'arriverez pas à faire entendre raison à cette racaille.

— Retourne dans la chambre de Rose, au cas où Magda y revienne. »

Kathryn poussa la cuisinière vers la porte et tendit la main vers la poignée qui tourna toute seule.

« Simpson ! »

Après une année d'ennuis quotidiens, c'était plus que n'en pouvait supporter une pauvre femme ! Une émeute de manants et le retour d'un traître diabolique le même jour !

L'ancien régisseur passa le seuil de la chambre, une torche dans la main droite et un seau dans la gauche.

Agnes demeura sur place, entre Kathryn et le régisseur.

« Je voulais vous prévenir, madame. Ce fruit véreux est arrivé avec les rebelles. Les utilisant sournoisement sans doute pour couvrir son retour. Envoyez-le paître ! Vous n'avez pas besoin de ce genre de type ! »

L'espace d'un bref instant, Kathryn envisagea de le mettre de son côté. De marchander son aide contre les émeutiers. Mais la haine qu'elle apercevait dans le sourire sardonique lui montrait que Simpson n'était pas disposé à prendre sa défense.

Il posa le seau par terre et, saisissant Agnes d'une main, la tira dangereusement près de la torche.

« Je crains que vous n'ayez sous peu besoin d'une nouvelle cuisinière. Celle-ci va subir un accident à l'intérieur même de vos appartements. Tuée par ses propres congénères. De la racaille paysanne. » Il fit une révérence moqueuse. « Mais moi, je suis prêt à me remettre à votre service. »

Il agita la torche tout près de la tête d'Agnes, roussissant quelques cheveux qui s'échappaient de son bonnet. L'infortunée poussa un cri de terreur en plaquant ses mains sur ses cheveux brûlés. Simpson ricana, resserrant son étreinte. L'odeur se mêla à celle des champs en feu.

Devant la terreur de la vieille femme, Kathryn ressentit une douleur au ventre. Elle lut la folle détermination dans les yeux du régisseur. Il était assez résolu pour mettre sa menace à exécution.

« Lâchez-la, Simpson !

— "Lâchez-la, Simpson !" se moqua-t-il d'une voix de fausset. Que comptez-vous faire pour m'en empêcher ? »

Kathryn s'efforça de parler d'un ton calme. Ferme sans être dur.

« Laissez-la partir et nous parlerons de votre retour à Blackingham. »

Il éclata de rire et rejeta la tête en arrière.

« Mon retour où ? Au milieu d'un tas de pierres calcinées ? » Mais il desserra son étreinte sur le bras de la cuisinière.

« Nous pouvons négocier, vous et moi. Si vous m'aidez à sauver le château, on pourra peut-être parvenir à un accord permanent en ce qui concerne votre place à Blackingham. Comme vous vous en rendez compte, la vie n'est pas facile pour une femme seule. »

Ses yeux s'étrécirent, devenant deux fentes. Kathryn pouvait presque apercevoir les calculs qu'il échafaudait. Il lâcha la cuisinière, mais ne s'écarta pas de la porte, la torche toujours à la main.

« Laisse-nous, Agnes, ordonna Kathryn. Simpson et moi devons discuter d'un accord. Va te réfugier au prieuré de la Sainte-Foi jusqu'à la fin des troubles. J'enverrai maître Colin t'y chercher quand il n'y aura plus de danger. »

Agnes la fixa comme si sa maîtresse avait perdu la tête.

« Mais, madame…

— Obéis, Agnes ! s'écria-t-elle d'un ton autoritaire.

— Bien, madame », répondit la servante, d'une

petite voix hésitante. Elle passa, ou plutôt se faufila, entre Simpson et la porte.

« Au prieuré de la Sainte-Foi », répéta Kathryn tandis que la cuisinière s'éloignait. Elle l'écouta descendre l'escalier, d'un pas lent, lourd au début, puis précipité.

Quand le bruit se fut estompé, elle se tourna vers le régisseur.

« Comment osez-vous entrer dans ma chambre ? Vous êtes un menteur et un voleur. Fichez-le camp avant que je vous fasse donner le fouet, ce que j'aurais dû faire à la dernière moisson. »

Il referma la porte et fit plusieurs pas en avant. Kathryn recula pour maintenir un espace entre eux.

« Tss-tss... Avez-vous déjà oublié notre tout récent accord, madame ? » Il feignit la surprise, puis son regard se fit glacial. « Vous me prenez pour un fieffé crétin ? Je sais que la vieille est allée chercher du secours. »

Plus Kathryn reculait, plus Simpson avançait. Jusqu'au moment où elle fut coincée contre le lit. Il tenait le seau dans une main et la torche dans l'autre.

« Mais j'aurai mon content bien avant qu'elle ait pu appeler à l'aide. » Il plaça le seau à ses pieds. « Vous vous rappelez avoir requis du goudron ? Eh bien, en voilà ! »

L'odeur de la fumée devenait plus forte désormais et un silence de mort régnait dans la maison.

« Du goudron ? » Qu'est-ce qu'il racontait ? « Qu'avez-vous fait aux autres ? » Il la narguait, l'obligeant à baisser les yeux. Le silence était tel que Kathryn pouvait presque entendre son propre cœur battre la chamade.

Il agita la torche, la forçant à se pencher en arrière.

« Aux autres ? Il ne restait que la vieille cuisinière. J'ai l'impression, madame, que vous avez été abandonnée. Personne ne veut rester au service d'une méchante bique. Il y a bien d'autres hommes, mais ils sont occupés à vider vos coffres. Et à couvrir de poix la chambre de leur ancien maître. » Il la lorgna avec concupiscence, puis poursuivit en se pourléchant : « La chambre de l'enlumineur. Toute cette essence de térébenthine imbibant le plancher et la table. Ça va s'embraser comme une charrette de foin frappée par la foudre. »

Sainte Vierge, je vous en supplie, faites que Magda s'en soit souvenue !

Kathryn fit un mouvement en direction de la porte.

« Écartez-vous ! »

Il la repoussa contre le lit, sur lequel elle s'affala lourdement.

« La situation s'est retournée, madame. Maintenant, c'est moi qui commande. » Il se pencha pour placer la torche allumée dans un candélabre accroché au mur près du lit. Mal centrée, celle-ci vacilla dangereusement. « J'aurais dû tuer cette vieille truie, l'envoyer rejoindre son vieil ivrogne de berger. Bah ! les émeutiers se chargeront de la besogne. Elle n'ira pas loin.

— Vous pourriez tuer une vieille femme qui n'a jamais fait de mal à personne ? »

Agnes avait été comme une mère pour elle, la seule pour ainsi dire. Protégez-la, Sainte Mère de Dieu ! Et Jasmine, je vous en supplie. Mon Dieu, je vous en prie, faites que Magda garde la tête froide !

Tout en s'activant avec un pinceau trempé dans le contenu du seau, Simpson lui lançait des regards noirs. Il peignait quelque chose sur les colonnes et les courtines du lit. Cela sentait fort et cela avait la noirceur de la poix.

« Que faites-vous ? » demanda-t-elle en s'efforçant de masquer sa terreur. Elle lui avait déjà tenu tête une fois. Elle pouvait réussir à nouveau. « Vous savez que si vous attentez à ma vie ou à celle d'un membre de ma maisonnée vous serez pendu pour meurtre. »

Simpson partit d'un grand rire, la tête rejetée en arrière. Ce rire diabolique lui donna la chair de poule.

« Meu-eurtre… » Il fit semblant de frémir. « C'est si facile. Je m'en suis tiré, voyons, au moins deux fois déjà.

— Deux fois ? » La tête lui tournait au rythme accéléré des battements de son cœur. Faisant semblant de l'écouter, elle posa ses mains dans son giron, les pressant fortement contre son ventre. Elle sentit l'arête dure du poignard de Finn. Oui, il était là. Sous sa cotte. Suspendu près de son rosaire.

« J'ai tué le prêtre. »

Elle l'écoutait attentivement soudain.

« Pourquoi êtes-vous si stupéfaite ? Vous n'auriez jamais cru que le vieux Simpson, avec ses "Oui, madame, non, madame" en aurait l'audace, hein ? Le prêtre m'a surpris en train de vendre des moutons et a deviné, puisque vous criiez sans cesse misère, comment disparaissait une partie de vos gains. Sir Roderick n'y prêtait guère attention. Mais vous… Je devais vous rendre des comptes pour le moindre liard. L'envoyé de l'évêque a prétendu que je devais payer la dîme sur ce que je volais, car autrement il serait obligé de me dénoncer. » Il baissa la voix. « Sa dîme, il l'a reçue sur le crâne », ajouta-t-il d'une voix rauque.

La fureur s'empara de Kathryn. Elle était furieuse d'avoir été si aveugle, d'avoir eu l'outrecuidance de se croire capable de falsifier les faits pour sauver ses fils. Elle aurait dû leur faire confiance. Elle aurait dû faire confiance à Finn. Oui, voilà bien un trait de son caractère, de ne faire confiance qu'à elle-même. Elle s'en repentait trop tard. Elle se rappela les yeux hagards de Finn, les rides amères qui cernaient sa bouche chaque fois qu'il prononçait son nom.

Et le coupable était ce fils de chien !

Kathryn se mordit les lèvres jusqu'au sang. Elle avait envie de lui sauter dessus, de lui cracher au visage, de le mordre, de lui arracher les yeux et les cheveux. Elle serra plus fort le poignard sous ses jupes, frémissant à force de se maîtriser. Elle aurait voulu lui sectionner son membre et le lui fourrer dans la bouche jusqu'au fond de la gorge. Mais elle n'aurait jamais le temps de relever ses jupes et de détacher le poignard. Le moment n'était pas encore venu. Elle comprit son regard et chercha à gagner du temps.

« Vous avez dit "deux fois" ?

— La lainerie, c'était moi. Le vieux berger savait que j'avais volé le ballot de laine et il a menacé de vous le dire. D'une pierre deux coups. Quel magnifique feu de joie ! Et voilà que le jeune Colin s'accuse d'être le responsable de cet accident ! Un coup de chance, un petit supplément, comme qui dirait. »

Il posa le pinceau et tendit la main pour lui caresser la poitrine. D'un brusque mouvement d'épaule, elle écarta son bras. Mais il se contenta de s'esclaffer. « La fumée s'épaissit. Il me reste une seule chose à faire pour terminer ma besogne. J'ai l'intention de réclamer ce que vous m'avez volé.

— Moi ? Je vous ai volé quelque chose ? lui cracha-t-elle au visage.

— Vous vous rappelez la souillon de cuisine ? demanda-t-il en la plaquant violemment contre le lit. Je perdrai pas vraiment au change, m'est avis. Une femme en vaut une autre. Une catin de château pour une catin de cuisine. »

Elle détourna le regard de peur qu'il voie dans ses yeux qu'elle mentait.

« J'ai mes menstrues. Souhaitez-vous enlever vous-même mon linge ensanglanté ? Ou préférez-vous que je m'en charge ? »

Il fit la grimace et se figea un moment mais, reprenant vite le dessus, il tritura l'ouverture de ses chausses.

« Seigneur Dieu ! Je vais prendre ce que vous me devez. Je suis déjà dans le sang jusqu'à la taille. Écartez les cuisses, madame ! »

Il haletait, le visage tuméfié, défiguré par le désir. Tirant d'une main sur la chemise de Kathryn, il s'apprêtait à lui soulever sa robe. Elle lui saisit la main et le repoussa. « Je vais ôter moi-même mon linge souillé. Ayez au moins cette courtoisie et épargnez-vous cet effort. Tournez la tête. » L'autre main cherchait le poignard à tâtons. Tirant dessus de toutes ses forces, elle le sortit de l'étui.

Immobile, la main sur le poignard caché à côté d'elle, elle savait qu'elle n'aurait qu'une seule chance. La fumée et le lourd poids du corps répugnant se frottant contre le sien menaçaient de saper sa détermination. Elle pria Dieu de lui donner le courage de frapper. Il lui fallait survivre. Seigneur, faites que ma petite-fille soit avec Magda !

Suant et soufflant, Simpson s'agitait au-dessus d'elle. Elle se força à ne pas lui résister. Encore un petit moment, Kathryn ! s'exhortait-elle. Rien qu'un petit moment ! Puis elle le sentit s'enfoncer en elle. Alors, elle leva le bras très haut. Elle ferma les yeux et pria une fois de plus. Sainte Mère de Dieu, guidez ma main ! Elle palpa le manche du poignard de Finn un court instant, presque tendrement, comme si elle cherchait à y puiser sa force. Et puis, lançant son bras en arrière si violemment que son épaule lui fit mal, elle planta le poignard entre les omoplates du régisseur.

Le corps de Simpson se raidit tandis que son membre se ratatinait en elle. Mais l'homme était toujours vivant, roulant des yeux, ses lèvres formant un juron guttural. Une fois encore, Kathryn. C'est comme si tu tuais un animal. Tu as assez souvent vu Agnes le faire… Mais, bien trop enfoncée, la lame refusait d'être extraite et l'un des bras de Simpson restait toujours fermement passé sous son dos. Elle manœuvra violemment la lame vers le haut, puis vers le bas, jusqu'à ce que le sang jaillisse de la bouche, dégouline tout chaud sur sa peau et coule à flots entre ses seins. Enfin, le corps s'affala lourdement sur elle, la grimace du désir se figeant en un masque mortuaire.

Kathryn s'immobilisa, ferma les yeux, laissant retomber ses mains sur le lit. Elle respirait avec difficulté. Son cœur cognait comme un fou en violents battements qui se répercutaient dans ses tempes. Écrasée par le corps inerte du régisseur, elle avait peur de s'étouffer avec son propre vomi. En un ultime sursaut elle parvint à le repousser. Le corps roula et la libéra, la tête cognant lugubrement contre une colonne du lit, qui heurta le mur. La torche tomba du candélabre. Des flammes jaillirent, embrasèrent le bas de la courtepointe, coururent le long du bras qui pendait au bord du lit, des languettes de feu léchant la manche. Elle fit un bond en avant mais sa robe était coincée sous le cadavre. Tirant frénétiquement dessus, elle se retourna pour le pousser et se dégager. Les courtines du lit prirent feu, enflammant le matelas de plume. L'odeur de cheveux, de goudron et de plumes calcinés la suffoquait. Elle tira de toutes ses forces pour se libérer.

Un dernier violent effort et le tissu se déchira.

La fumée était si dense qu'elle ne voyait que le crucifix d'argent suspendu au pied du lit. Il rougeoyait dans la chaleur et semblait s'être dilaté. Le visage du Christ souffrant paraissait presque fait de chair, de chair incandescente en fusion.

Kathryn respirait avec difficulté. De minuscules flammèches accrochées à des plumes flottaient dans l'air, comme durant quelque gigantesque Pentecôte.

Elle essaya de s'enfuir en courant, mais ses jambes refusaient de la porter. Un lambeau de tissu la liait-il toujours au cadavre de l'homme qu'elle venait de tuer ? Ou bien était-elle pétrifiée par le regard vigilant du Christ ? Ce même regard qui avait contemplé son lit de veuve partagé avec Finn. Qui l'avait veillée quand elle avait accouché de ses fils, lorsqu'ils étaient venus au monde en criant et que la sage-femme les avait posés sur son ventre. Et durant les longues heures de ses délires fébriles. Le Christ avait toujours été présent.

Veillant sur elle.

Le Christ mère de dame Julienne.

Ses vêtements prirent feu en premier, et puis l'abondante chevelure argentée.

Elle n'entendit pas Finn gravir l'escalier en l'appelant à grands cris. Elle ne s'entendit pas appeler Colin et Alfred. Dans les flammes qui dansaient autour d'elle, elle voyait leurs visages rayonnants, baignés d'une lumière dorée.

Elle leur tendit les bras, immobile, fascinée par cette illumination. Jusqu'au moment où le feu immola son corps, tel un immense cierge placé en offrande devant un autel embrasé en fusion.

TRENTE-DEUX

Littera scripta manet.
La parole écrite demeure.

« Maître Finn, nous avons fait tout ce qui était en notre pouvoir. »

La prieure de Sainte-Foi le regardait avec compassion. Ils se trouvaient dans la petite salle où celle-ci recevait les visiteurs. Ils étaient assis côte à côte sur un banc de bois blanc placé face à un petit autel. Trop ému pour parler, Finn détournait les yeux.

Devant le silence de l'enlumineur, elle reprit : « Vous n'avez rien à vous reprocher. Vous avez bien fait de l'emmener ici. C'était la volonté du Seigneur. » Elle ouvrit la bouche, à l'évidence afin d'ajouter quelque chose mais se ravisa.

Il réussit finalement à lever la tête.

« Je veux la voir », dit-il, la voix rauque de chagrin.

604

La prieure secoua la tête. La guimpe se plaça sur le visage de telle sorte qu'il ne pouvait voir ses yeux.

« On la prépare pour… son voyage. Il vaut mieux que vous vous souveniez d'elle comme… vous l'avez connue. Avant… avant l'incendie… Vous ne pouvez rien faire pour elle désormais. Elle appartient à Dieu. »

Finn essaya de ressusciter ses souvenirs. Kathryn penchée au-dessus de sa broderie dans le jardin, la figure à demi cachée par l'ombre du buisson d'aubépines ; Kathryn se levant de son lit, tirant les draps derrière elle comme une traîne royale ; Kathryn tenant sa petite-fille, le visage rayonnant d'amour… Il s'était efforcé de se raccrocher à ces scènes, les avait toute la nuit peintes avec grand soin sous ses paupières, tout en se tournant et se retournant sur sa natte de paille dans le quartier des hôtes de passage du prieuré, l'esprit plein d'horreurs. Il avait mis à sac les chambres de la mémoire pour retrouver son visage, son sourire, la façon dont ses yeux s'adoucissaient quand elle parlait de ses fils, la manière dont sa chevelure s'épandait autour de son cou gracile quand il l'embrassait, le goût de sa bouche, l'odeur de sa peau… Mais les démons pénétraient dans sa tête et, par-dessus les tendres nuances et les formes adorées, barbouillaient furieusement la scène des couleurs du feu et de la fumée, y substituant cette dernière image diabolique qu'aucun pinceau de mortel ne pourrait jamais effacer.

Lorsqu'il l'avait transportée hors de la maison en flammes, elle lui avait paru si légère qu'il avait craint que ses os ne se soient transformés en fusain. Sa chevelure et ses cils avaient disparu, et son visage était noir de suie. Il n'avait pas osé la toucher de peur que sa peau ne s'effrite entre ses doigts. Elle avait les yeux ouverts, les pupilles sombres et lumineuses comme de l'onyx étincelant. Ses lèvres bougeaient. Il s'était penché pour entendre ce qu'elle disait.

« Finn, te voilà, avait-elle chuchoté, comme si elle avait été sûre qu'il viendrait. Emmène-moi au prieuré de la Sainte-Foi. »

Il ne restait personne pour l'aider. Tout brûlait : le manoir, les écuries, la brasserie. Finalement, il l'avait conduite au prieuré, la portant dans ses bras, serrée contre lui comme un enfant. Elle était si calme qu'il l'avait crue morte. Il l'avait suppliée de ne pas mourir, lui avait posé des questions sur la petite. Mais Kathryn ne paraissait pas l'entendre. À un moment elle avait ouvert les yeux et parlé.

« Je l'ai vu », avait-elle dit. Mais sa voix était si faible qu'il n'était pas certain d'avoir bien compris. Et la phrase n'avait aucun sens.

La prieure cherchait à le ménager en évoquant avec tact le « voyage », mais il savait ce qu'elle voulait dire : les sœurs étaient en train de coudre le linceul de Kathryn. Elle avait raison, il devait renoncer à cette vision. Son cœur ne pourrait supporter le poids de cette image.

« Ne vous en faites pas, l'assura la prieure. Nous veillerons à ce qu'elle dorme dans un lieu sanctifié. Elle avait demandé à reposer ici.

— Ma mère, je n'ai pas d'argent pour payer les messes. Mais je… »

Elle fit un geste de dénégation.

« Ce n'est pas nécessaire. Cette nuit, avant… avant de s'endormir, elle nous a légué ses biens. Elle nous a payé une pension, nous laissant Blackingham en échange d'un accueil chez nous. Et, bien que les bâtiments n'existent plus, les terres suffiront amplement à respecter les termes du contrat.

— Les termes du contrat ?

— Elle a demandé que les revenus de la terre soient utilisés pour traduire les Saintes Écritures en anglais. » La prieure détourna le regard, triturant nerveusement les grains de son chapelet. « Et je dois avouer que j'ai secrètement quelque sympathie pour cette cause. J'ai lu certains des écrits de messire Wycliffe sur le sujet. Nous agirons avec discrétion, bien sûr. Il restera assez de l'argent des loyers pour s'occuper de son corps et de son âme.

— Vous n'avez pas été inquiétées par les émeutiers ?

— Nous sommes une maison pauvre, maître Finn, soupira-t-elle. Il n'y a rien à prendre chez nous. La pauvreté offre une certaine protection. Et, pendant que vous étiez reparti pour Blackingham, on a appris que l'évêque Despenser a déjà fait pendre quelques-uns des rebelles qui avaient attaqué le collège Saint Mary à Cambridge. Ils n'oseront pas nous inquiéter si près de Norwich. »

Le nom de l'évêque perça le nuage de chagrin qui l'enveloppait. Devrait-il retourner là-bas pour se rendre et offrir de se battre, assouvir un peu sa vengeance en aidant à mater la rébellion ? Mais il n'avait rien contre les émeutiers. La vue du corps de Simpson lui avait suffi. Il ne fallait pas être grand clerc pour deviner que l'ancien intendant était responsable de la destruction de Blackingham. Le monde entier était devenu fou. En ces temps troublés, de quel côté un homme sensé devait-il se ranger ?

La prieure lui parlait à nouveau. Il s'efforça de se concentrer sur ses propos. Elle représentait son dernier lien avec Kathryn.

« Quand vous êtes retourné là-bas, avez-vous trouvé d'autres survivants ?

— Il ne pouvait y avoir de survivants au milieu de cet enfer. Le toit s'était déjà effondré. Le manoir n'était plus qu'un tas de braises ardentes. »

Elle se signa.

« Vous n'avez donc pas retrouvé votre petite-fille ? Vous m'en voyez désolée. Mais tout n'est peut-être pas perdu. Lady Kathryn avait dit avant… la nuit, de vous suggérer de chercher l'enfant chez les métayers de Blackingham. »

Un minuscule espoir poignit le cœur de Finn.

« Elle pensait que l'enfant était en vie. Elle l'avait donnée à une aide de cuisine pour qu'elle la cache. Lady Kathryn nous a priées de vous dire que Jasmine attendrait que son grand-père vienne la chercher.

— Est-ce tout ? A-t-elle ajouté autre chose ?

— Je crains que non. Elle était si faible… »

Quelle aide de cuisine ? Il fit de grands efforts pour se rappeler une fille de cuisine. S'agissait-il de la petite servante discrète qui était venue à la prison avec Kathryn et l'enfant ?

« Il y a autre chose, je m'en souviens maintenant. Quand elle a signé le contrat, je lui ai demandé si elle avait des héritiers.

— Oui. Elle a deux fils. Bien que je n'aie vu ni l'un ni l'autre. Le château était apparemment sans défense quand il a été attaqué.

— Elle a affirmé que ses fils étaient morts. Quand je lui ai demandé comment elle pouvait en être certaine elle m'a répondu qu'une mère sentait ce genre de chose. Nous dirons des messes pour leurs âmes.

— Il y avait quelqu'un d'autre, une fidèle servante qui est peut-être morte dans l'incendie. Une brave femme. Je pense que Kathryn aurait aimé qu'on dise aussi une messe pour son âme.

« — Nous respecterons les souhaits de lady Kathryn, dit la prieure en se levant. Vous pouvez demeurer aussi longtemps que vous le souhaitez dans la résidence des hôtes de passage, maître Finn. Je vais prier pour que vous retrouviez votre petite-fille. Et que vous jouissiez de la paix du Seigneur. »

C'était formulé avec tact mais elle lui donnait congé. Il se leva donc, la remercia de sa gentillesse et fit quelques pas. Se ravisant, il passa la main dans sa chemise et enleva de son cou un pendentif attaché à un lacet de cuir.

« Ma mère, pourriez-vous placer cela dans sa main et l'enterrer avec elle ? Cela m'a été donné jadis par une sainte femme. Comme une sorte de promesse, une marque de foi. Je n'ai pas d'autre souvenir à lui offrir.

— Il n'y a pas de meilleur talisman à donner à un être aimé, à mon avis, que celui que l'on a porté contre son cœur. Cela vaut plus que de l'or. »

La lourde porte du prieuré se referma en crissant derrière lui aussi définitivement qu'une dalle glissant sur un caveau. Le soleil de juin s'efforçait de percer la brume matinale, mais la chaleur était déjà pesante. Au loin, le mugissement d'un butor dans les roseaux retentissait comme une corne de brume.

Finn chercha durant des heures, rendit visite au moindre métayer, scruta l'intérieur de toutes les cabanes de tisserands entre Blackingham et Aylsham. Elles n'avaient vu d'autres enfants que les leurs, lui assurèrent toutes les mères, l'air apeuré, en serrant leurs petits contre leurs robes. Si l'une d'elles l'avait vue, lui rendrait-elle sa petite-fille ? Ou bien la lui cacherait-elle par crainte d'une vengeance ? Il lisait l'angoisse dans leurs yeux. Certaines devinaient sans doute que leurs hommes étaient allés trop loin cette fois-ci. Assoiffées de nouvelles, deux ou trois lui posèrent des questions. Avait-il entendu dire que les soldats de l'évêque abattaient les rebelles ? Que le roi avait accordé une amnistie ?

Il leur répondit brièvement, trop hébété pour réagir. Son cheval était presque aussi fourbu que lui, mais Finn n'avait pas le courage de regagner la résidence du prieuré. Kathryn était trop près, endormie dans son linceul. Il pourrait chevaucher jusqu'au port de Yarmouth et s'embarquer pour la Flandre. Là-bas, même un peintre sans le sou pouvait gagner sa vie. À moins qu'il ne retourne dans sa cellule, à ses pots de peinture, en comptant sur la bienveillance de l'évêque.

Peut-être aurait-il la chance que Despenser ne se soit même pas rendu compte de son départ. La prieure avait affirmé que l'évêque était à Cambridge pour mater la rébellion. C'était la première fois, si sa mémoire était bonne, qu'un homme d'Église ceignait une épée. Mais cela ne le surprenait pas vraiment. Il frissonna en pensant aux interminables parties d'échecs, aux futures commandes de tableaux qu'il n'avait pas la moindre envie d'honorer. Il vieillirait et dépérirait dans sa cellule, tel un ermite. Sa vue faiblirait avec l'âge et, quand il ne serait plus utile à l'évêque, que se passerait-il ? Le jetterait-on à la rue pour qu'il devienne mendiant ou l'exécuterait-on pour un crime dès longtemps oublié ? Peu lui importait, de toute façon.

En fin de compte, Finn dirigea son cheval vers Norwich, vers le seul foyer qu'il ait connu depuis deux ans.

On était presque au crépuscule. Il y avait une taverne juste avant les murs de la ville, se rappelait-il. Il avait terriblement soif et pas un sou vaillant, mais quelle tavernière ne troquerait pas une pinte de cervoise contre un portrait flatteur ? Il ne prêta guère attention au petit groupe qui marchait vers lui, une femme et deux gosses. L'un des enfants le désigna frénétiquement. À moins que ce fût son cheval ? Il se souvint qu'il montait la jument du défunt constable. Mieux valait les éviter soigneusement. Il éperonna sa monture et détourna les yeux.

C'est alors qu'il entendit son nom.

« Maître Finn ! S'il vous plaît, maître Finn ! »

Il tira sur les rênes et abaissa le regard. Il avait pris Mi-Tom pour un enfant. C'était son vieil ami, accompagné d'une jeune femme. Et d'un enfant.

« Dieu merci, c'est bien vous, maître Finn. Je n'en croyais pas mes yeux ! J'ai eu tellement peur quand j'ai appris que les rebelles avaient attaqué la prison et tué le constable, j'ai cru que vous étiez mort vous aussi. On est en route pour les marais, Magda et moi. Et la petite. On désespérait de vous retrouver. Dieu merci, vous vous êtes arrêté ! Dieu merci ! »

Finn n'écoutait pas mais regardait l'enfant blond qui s'agitait dans les bras de la jeune servante. C'était Jasmine, sa petite-fille. Ses bras frémissaient du désir de la saisir sans qu'il parvienne à faire le geste. Il ne pouvait que la fixer du haut de sa monture. Elle le fixait elle aussi de ses yeux couleur de bleuet – les yeux de Colin. Elle avait une jolie bouche, large et incurvée. La bouche de Kathryn. Sa peau de bébé était plus crème que rose. Comme celle de sa fille. Comme celle de Rebecca. Cela lui faisait mal de la regarder, mais il n'arrivait pas à s'en détacher.

« Ma Magda a sauvé la petite du feu. Elle l'a cachée dans l'arbre des abeilles.

— Ta Magda ?

— Oui, ma Magda. Elle m'a promis de se marier avec moi. » Puis il baissa le ton, comme s'il savait qu'il n'était pas séant de se vanter de son bonheur près d'un homme affligé. « Maintenant que madame est… Maintenant que madame n'a plus besoin d'elle.

— Et l'enfant ?

— On a pensé que vous deviez être mis au courant », répondit-il, cramoisi.

Finn ne réagit pas.

« Ce que je veux dire, c'est qu'il paraît que… Eh bien ! que vous pourriez vouloir… Parce que…

— Tes renseignements sont justes : c'est bien ma petite-fille. Et tu n'aurais pu me rendre de plus grand service que de me l'amener. » Il se tourna vers Magda. « Et vous, demoiselle Magda, de l'avoir protégée. »

Elle fit une timide révérence mais resta muette, avant de tourner son regard vers Mi-Tom.

« Je suis un pauvre prisonnier, reprit Finn. Je ne possède que ce que j'ai sur le dos, mais si je peux faire quelque chose pour vous dédommager…

— Je ne fais que régler une vieille dette. Et je suis soulagé d'en être déchargé. »

Le nain désigna de la tête la maisonnette de pierre à deux pas de l'endroit où ils se tenaient. Finn reconnut soudain le lieu. La première fois où il avait vu le nain, l'enfant blessée, le cochon mort, ils ne s'étaient trouvés qu'à quelques toises de là. Comme il était sûr de lui alors ! Il avait su ce qu'il fallait faire, lançant des ordres, chevauchant ventre à terre sur sa monture d'emprunt jusqu'à la ville, l'enfant meurtrie dans ses bras, tel un preux chevalier sorti d'un conte éculé. Or la fillette était morte. Et Rose. Et Kathryn. Il était devenu un tout autre homme. Cela s'était passé une éternité auparavant. Du haut de sa monture, il regardait aujourd'hui une autre fillette blonde.

Elle lui tendit les bras, mais il ne pouvait pas la prendre. Il l'avait désespérément cherchée, sans réfléchir à ce qui se passerait une fois qu'il l'aurait retrouvée.

Mi-Tom dévisagea Magda. Magda dévisagea Mi-Tom et hocha la tête.

« Maître Finn, nous allons garder la petite et nous en occuper. On avait seulement cru… »

L'enfant se pencha vers la tête du cheval pour attraper les bouts de métal brillants sur la bride, et Finn vit qu'à côté de la petite croix d'argent elle portait elle aussi une noisette au bout d'un cordon. Il entendait presque dame Julienne lui expliquer doucement en lui donnant le fruit – celui qu'il avait offert à Kathryn – pris dans le bol de bois sur son pupitre : « Elle dure, et durera toujours, car elle est aimée de Dieu. » L'anachorète avait été si sûre de cet amour divin. Si certaine que Dieu aimait le monde qu'Il avait créé et tenait dans la paume de Sa main. Et Finn avait lui aussi voulu croire à cet amour. Mais l'anachorète était recluse, loin des blessures, de la souffrance, de la calomnie, du chagrin infligés aux innocents, avec pour toute compagnie son cœur pur. Elle ne voyait pas le monde tel qu'il était. Et lui ne ressentait pas l'amour dont elle parlait.

Pas en ce moment. Mais il en avait été témoin. Il l'avait vu à l'œuvre dans le sacrifice de Kathryn pour ses fils. Dans l'amour de Rebecca pour Rose. Et il se rappelait… Il se rappelait comment il avait ressenti ce même amour pour sa fille. Le souvenir de cet amour pourrait-il percer l'engourdissement qui le rendait indifférent à tout ? Comment pourrait-il, en fuite et sans le sou, s'occuper d'un enfant ?

« Maître Finn ? reprit Mi-Tom. Il fera bientôt nuit. »

Finn tendit les bras à sa petite-fille. Elle se laissa volontiers prendre, il l'installa devant lui, Jasmine tapota la tête du cheval. « Dada », fit-elle.

Le cheval fourbu piaffa, comme revigoré par le geste de l'enfant.

« Je n'ai rien à lui donner. Je n'ai pas d'argent pour lui acheter à manger. Ni même pour lui acheter du linge propre. »

Magda lui sourit.

« Elle est v-vive, monsieur. Elle vous p-préviendra quand elle v-voudra faire ses besoins. Elle vous tirera par la m-manche. »

Elle le tirerait par la manche… Finn avait l'impression d'être tombé dans une embuscade. Tendue par le Christ mère de dame Julienne. Comment pourrait-il la rendre, se décharger de ce léger poids sur quelqu'un d'autre, l'enfant de Rose, l'enfant de sa bien-aimée Rebecca ? La petite-fille de Kathryn. Sa petite-fille. Son enfant.

Magda mit la main dans sa poche et en retira un petit ballot enveloppé dans un linge.

« J'ai pris p-pour elle des vêtements chez ma mère. C'est pas du linge fin mais c'est p-propre », ajouta-t-elle en lui tendant le ballot. Il vit des larmes emplir les yeux de Magda. Elle aussi le ressentait cet amour maternel. Quoiqu'elle n'eût jamais porté un enfant en son sein.

« Tenez ! Prenez ça ! » La voix chargée d'émotion, Mi-Tom plaça de force un petit sac de pièces dans la main de Finn. « C'est pas grand-chose, mais ça sera suffisant pour un repas ou deux. »

Cependant Finn élaborait déjà toute une stratégie.

« Garde cet argent, Tom. Tu en auras besoin pour ta future épouse. Je te dois trop déjà. Je vais vendre le cheval à Yarmouth. Je devrais pouvoir en tirer quinze livres. Ce sera largement suffisant pour gagner la Flandre et acheter papier, plumes et nourriture pour nous deux.

« Dada », fit Jasmine. Elle leva les yeux vers Finn, puis regarda Magda comme si elle allait fondre en larmes et tendit les bras pour qu'elle la reprenne dans les siens. Magda lui tapota la joue, lui chuchotant quelque chose à l'oreille. Finn n'entendit pas ce qu'elle disait, mais l'enfant hocha la tête, refoula bravement ses larmes, avec juste un petit reniflement.

« Tiens ! Regarde c-ce que j'ai f-fait pour toi », poursuivit Magda à voix haute en fourrant dans les bras de l'enfant une poupée de chiffon grossièrement cousue. Jasmine joua quelques instants avec la poupée, puis appuya sa tête contre la poitrine de Finn.

« Vous n'arriverez pas à Yarmouth cette nuit, maître Finn. Vous feriez mieux de vous arrêter à Sainte-Foi. »

Finn sentait le poids étonnamment réconfortant de l'enfant contre lui… *Je vais faire que tout aille bien. Je vais arranger tout ce qui ne va pas bien et tu le constateras.*

Le constatait-il ? L'enfant endormie appuyait sa tête contre sa poitrine. Le seul fardeau qu'il ressentait était celui de son propre chagrin.

Il tourna son cheval dans la direction de Yarmouth.

Derrière lui, il crut entendre Magda étouffer un gémissement, mais quand il se retourna, elle lui souriait, tout en agitant bravement la main. Un bras passé autour de sa taille, Mi-Tom se dressait à ses côtés.

La lumière du soleil couchant en arrière-plan, il paraissait beaucoup plus grand.

livres. Ce sera largement suffisant pour gagner la Flandre et côtoyer la mer, puis se nourrir pour nous deux. »

« Dodo... fit Jasmine. Elle leva les yeux vers Finn, puis regarda Magda comme si elle allait fondre en larmes et tendait les bras pour qu'elle la reprenne dans ses bras. Magda ne fit pas la joue. Il encouragea quelque chose à l'oreille, Finn ô s'étendit puis ce qu'elle disait, mais l'enfant fronça la tête, releva la branche et se ferma avec plus un piqûre renfuyeux.

Tiens... Regarde ce que j'ai fait pour toi », pour suivit Magda. À six heures du fourneau dans les bras ce Jasmine pour quelques instants avec la poupée, puis appuya sa tête contre la poitrine de Finn.

« Vous n'arriverez pas à l'attrouillir cette nuit, maître. Finn vous refera deux de vous guérir », Sainte Foi. » Finn sentait le poids étonnamment reconfortant de l'enfant contre lui... Je vous prie que vous allez bien, de vais arranger tout ce qu'elle veut bien et ne le contrôlera.

Le consolant-il. L'enfant endormie appuyait sa tête contre sa poitrine, le seul fardeau qu'il ressentait était celui de son propre chagrin.

Il prit son cheval dans la direction de Yarmouth.

Peut-être fut-il cruel de rendre Magda d'enfler ou d'embrasser mais quand il se retourna, elle lui souriant pour en agitant brayement la main. Il le vit passe autour de sa taille. M. Tom se dressa à ses coudes.

La lumière du soleil courbant en arrière plan, il paraissant beaucoup plus grand.

ÉPILOGUE

Kathryn se réveilla lentement, tirée du rêve où Finn la portait dans ses bras, le visage de l'enlumineur tout près du sien, ses yeux débarrassés de leur éclat impitoyable. Dans le rêve, il la portait aisément, comme si son corps était léger comme l'air.

Dans le rêve, elle ne ressentait nulle douleur.

À présent, Finn était parti. Il était bien parti, n'est-ce pas ? Il avait fui pour gagner un lieu sûr avec l'enfant ? Finn s'en était allé. À moins qu'elle ait rêvé cela aussi. Et la douleur était revenue. Supportable cependant.

La peau du crâne lui tirait et sa main gauche l'élançait. Un picotement douloureux, une sensation de brûlure montait le long de son cou et envahissait son visage. Ses doigts rencontrèrent un bandage sous la pommette, à l'endroit où naissait la douleur. Elle grimaça et une faible plainte s'échappa de ses lèvres.

Agnes fut sur-le-champ à son chevet, penchée au-dessus d'elle, lui murmurant des reproches.

« Non. Ne vous touchez pas le visage ! » Elle approchait une tasse des lèvres de Kathryn.

« Tenez ! Buvez ceci. C'est du vin additionné de la substance que l'on extrait de la capsule du pavot. Ça engourdira la douleur. »

Kathryn repoussa la tasse.

« Et ça m'engourdira aussi la cervelle. » Elle avait du mal à s'exprimer. « La douleur est tolérable. Si je survis, je devrai exister dans le monde tel qu'il est, et non dans un brouillard de rêves. »

Agnes posa la tasse sur le coffre à côté du lit pas plus large qu'un lit de camp mais moelleux grâce à son matelas de duvet. Kathryn, couchée sur le dos, avait le haut du corps légèrement surélevé par des oreillers de plume. Elle n'avait pas de brûlures dans le dos, apparemment. Elle bougea avec précaution et la seule douleur déclenchée par le mouvement se trouvait sur le côté gauche.

Pénétrant violemment dans sa chambre de la taille d'une cellule monacale, par une fenêtre orientée à l'est, un faisceau de lumière lui blessait les yeux.

« Où sommes-nous ? demanda-t-elle.

— Au prieuré de la Sainte-Foi. Je suis venue il y a deux semaines, comme vous me l'aviez dit. » Agnes hésita un instant. « L'enlumineur vous a portée jusqu'ici. » La voix vibrait d'un muet reproche.

Ça, au moins, elle ne l'avait pas rêvé. Et le pardon qu'elle avait lu dans ses yeux ?

« A-t-il trouvé Jasmine ?

— Vous ne vous rappelez pas ? Oui, il a trouvé la petite. Magda l'avait sauvée du feu. Elle et le nain l'ont emmenée à Finn. Mais je croyais que vous le saviez. » Puis, fronçant les sourcils, elle poursuivit d'un ton désapprobateur : « Vous avez dit à la prieure de renvoyer Finn. Vous l'avez volontairement trompé. »

Kathryn soupira de soulagement pour l'enfant et

ferma les yeux ce qui provoqua une décharge de douleur. Kathryn sentait la flamme de la bougie sur sa joue droite et cette chaleur lui apportait un étonnant réconfort. Elle lui rappelait la vision du Christ mère de Julienne, rayonnant de vie au-dessus de son lit en feu, et le visage de ses fils baigné de lumière sacrée.

Colin et Alfred…

En essayant de les garder elle les avait perdus pour toujours. Elle ressentit un violent déchirement et son cœur saigna. Elle repoussa son chagrin.

« Blackingham n'existe plus ?

— Non, madame. Il n'existe plus pour nous. » Le dernier mot s'étrangla dans la gorge de la vieille femme.

C'était sa maison, pensa Kathryn, tout autant que la mienne. Elle voulait offrir des paroles de réconfort, de gratitude, mais elle n'en avait pas la force.

Agnes ôta le bandage sous l'œil de Kathryn. Quand la plaie fut en contact avec l'air, la douleur lui coupa le souffle. Avec délicatesse, Agnes appliqua un onguent calmant à base de feuilles de consoude et de fleurs de mille-pertuis. Elle plaça ensuite un linge rafraîchissant et refit le bandage sans le serrer. Le baume, ou les doigts d'Agnes, calmait la douleur. Elle sentit se détendre les muscles de son visage.

« Vous savez, madame, vous n'auriez jamais dû éloigner l'enlumineur, reprit Agnes. J'ai jamais vu un homme si fou d'amour pour une femme. » Elle s'essuya les mains, puis extirpa quelque chose de sa robe volumineuse. « Il a laissé ceci. Il voulait que vous emportiez dans la tombe un objet lui ayant appartenu. Il a expliqué à la prieure qu'il ne possédait rien d'autre. »

Agnes posa une noisette sertie dans une petite châsse d'étain dans la main droite de Kathryn, qui la reconnut. Finn avait précisé qu'il s'agissait d'un présent de l'anachorète. Elle l'entoura de ses doigts, la serra si fort que le métal lui écorcha la peau. Le monde entier tenu dans la main de Dieu, ou quelque chose de ce genre. Elle ne se rappelait pas quelle était, selon Finn, la signification précise de la noisette. Mais l'important était qu'il l'ait laissée pour elle. Que le talisman ait été en contact avec sa peau.

Elle se cala contre les oreillers moelleux. Elle finit par ne plus voir que le visage grave d'Agnes dans la lueur de la bougie, la pièce avait comme disparu.

« Si la prieure… Si je n'avais pas éloigné Finn, aujourd'hui il serait mort. Ou pire. Il finirait ses jours comme l'esclave d'Henry le Despenser. » Elle avait toujours autant de mal à parler. Puis, dans un murmure, davantage pour se convaincre elle-même qu'Agnes, elle ajouta : « Finn a Jasmine. Elle lui permettra de rester sain d'esprit.

— Et vous, madame, qu'est-ce qu'il vous reste ? »

J'ai le souvenir du pardon dans ses yeux. Je garde son souvenir.

« Je t'ai, Agnes. Et toi tu m'as. Et cela devra nous suffire, pour le moment. »

Un tic agitait sa main gauche, chaque tressaillement l'élançait douloureusement.

« Et maintenant, je pense que pour m'aider à m'endormir je vais prendre une minuscule gorgée de ta médecine particulière. Toi aussi, Agnes, tu as besoin de dormir. » Elle désigna la paillasse sur laquelle la servante l'avait fidèlement veillée. « Ne dors pas ici ce soir. On sonne les matines à la chapelle. La nuit est loin d'être terminée. Trouve-toi un vrai lit dans le quartier des hôtes de passage. Demain, il sera bien assez tôt pour envisager notre avenir.

— Si vous le voulez bien, madame. Mes vieux os apprécieront un bon lit douillet, pour sûr. »

Agnes moucha la bougie, mais laissa la chandelle à mèche de jonc allumée sur son bougeoir. Elle avait aussi beaucoup diminué, projetant de longues ombres dans la pièce. Kathryn sentit la potion soporifique commencer à faire son effet, émoussant le fil de la douleur. Elle serra la noisette. C'était si petit…

Un courant d'air se fit sentir. Elle entendit un léger bruit. Presque un chuchotement.

Tout ira bien.

« Agnes, tu as dit quelque chose ? »

Mais Agnes était partie. Seuls l'entouraient le silence et les ombres vacillantes.

Ce doit être la médecine, se dit-elle. Ou peut-être quelque voix intérieure lui rappelant les paroles de Julienne. Elle ferma les yeux, cherchant à retrouver le rêve, ou peut-être le souvenir, qui lui avait apporté le réconfort.

À nouveau, les chuchotements emplirent son esprit.

Cette fois-ci, tous les mots étaient clairs et distincts.

Tout ira bien.

Et elle était disposée à le croire.

POSTFACE DE L'AUTEUR

Ce livre est une œuvre de fiction, mais l'évêque Henry le Despenser, John Wycliffe, Julienne de Norwich et John Ball sont des figures historiques dont j'ai entremêlé les histoires personnelles à celles de mes personnages. On se rappelle surtout Henry le Despenser comme « l'évêque guerrier », pour la façon brutale dont il mata la révolte des paysans de 1381 et par la suite pour ses vaines campagnes militaires contre le pape Clément VII durant le Grand Schisme d'Occident qui divisait alors l'Église catholique romaine. On se souvient aussi de lui pour le retable de cinq panneaux, connu sous le nom de « retable de Despenser », qu'il offrit à la cathédrale de Norwich afin de célébrer sa sanglante victoire sur les paysans révoltés. Il le fit flanquer des armoiries des familles qui l'avaient aidé à perpétrer le massacre. On peut voir aujourd'hui le retable dans la chapelle Saint-Luc de la cathédrale. Pendant la Réforme, il fut retourné et utilisé comme table pour le dérober au regard des réformateurs. Puis on l'oublia pendant plus de quatre cents ans. On raconte que, vers le milieu du XXe siècle, quelqu'un ayant fait tomber son crayon sous la nappe de l'autel se pencha pour le récupérer et découvrit les merveilleux panneaux peints représentant la Passion du Christ. Le nom du peintre est tombé dans l'oubli.

John Wycliffe est connu sous le nom d'« étoile du matin de la Réforme », en hommage à ses efforts pour réformer l'Église de l'intérieur et parce qu'il a été le premier à traduire la Bible en anglais, façonnant ainsi non seulement l'histoire de l'Église mais aussi l'histoire culturelle du pays. Accusé d'hérésie, il fut renvoyé d'Oxford et ses écrits furent interdits. Mais il ne passa jamais en jugement et continua à écrire et à prêcher. Il mourut d'une attaque en 1384 dans sa maison de Lutterworth. Sa traduction fut terminée par ses disciples en 1388, sept ans après la fin de mon récit. En 1428, le pape Martin V ordonna qu'on déterre ses ossements, qu'on les brûle et qu'on jette les cendres dans la Swift. Le mouvement lollard fondé par Wycliffe continua à se développer dans la clandestinité avant de se joindre aux nouvelles forces protestantes de la Réforme.

John Ball fut excommunié vers 1366 à cause de ses sermons enflammés préconisant une société sans classes et, selon certaines sources historiques, le meurtre des seigneurs et des prélats. Incarcéré à la prison de Maidstone au déclenchement de la révolte des paysans, il fut libéré par des rebelles du Kent qu'il accompagna à Londres. Après l'échec de la rébellion, il fut jugé et pendu à Saint Albans.

Nous ne savons pas grand-chose de Julienne de Norwich. Elle fut la première femme à écrire en anglais. Ses *Révélations divines* ont récemment connu un regain d'intérêt, surtout grâce aux féministes intriguées par sa conception d'un Dieu Mère. Une lecture attentive de son œuvre révèle à coup sûr un tour d'esprit indépendant pour son époque et une femme animée d'une foi profonde et inébranlable. Des documents historiques indiquent qu'en 1413 elle vivait toujours en recluse à Norwich, sept ans après le décès de l'évêque Despenser.

REMERCIEMENTS

Je souhaite remercier les premiers lecteurs qui m'ont fait part de leurs précieuses remarques au cours de la rédaction de ce roman. Dick Davies, Mary Strandlund et Ginger Moran pour leurs commentaires au tout début de la conception du livre, ainsi que Leslie Lytle et Mac Clayton qui m'ont apporté leur collaboration quand il était en voie d'achèvement. Merci également à Pat Wiser et à Noelle Spears (ma plus jeune lectrice, âgée de dix-sept ans) qui en ont lu et commenté la dernière version. Un merci tout particulier à Meg Waite Clayton, ma consœur en écriture depuis de nombreuses années, auteur de *The Language of Light* (« Le Langage de la lumière »), qui a souffert avec moi au cours des nombreuses versions du roman.

Je souhaite aussi reconnaître ma dette envers les écrivains qui ont été mes maîtres. Merci à Manette Ansay pour ses précieuses indications sur l'intégration du paysage intérieur et extérieur dans une œuvre de fiction. À Valerie Miner pour ses utiles leçons sur la façon d'évoquer une atmosphère – l'une des scènes où Mi-Tom apparaît a d'abord été un exercice d'écriture dans son merveilleux atelier de Key West –, et merci à

Max Byrd pour son excellente conférence sur les procédés rhétoriques donnée à l'atelier de la Communauté des écrivains de Squaw Valley et pour ses opportunes paroles personnelles d'encouragement.

À mon agent, Harvey Klinger, pour m'avoir tirée du bourbier où je m'engluais. Et, pour sa compétence et son instinct littéraires, toute ma sincère reconnaissance à Hope Dellon, ma conseillère littéraire. J'ai beaucoup de chance d'avoir eu à mes côtés deux professionnels si accomplis.

Dans la vie d'un écrivain, l'importance des encouragements reçus ne saurait être sous-estimée. J'aimerais remercier ceux qui, par leurs paroles ou leurs actions, m'ont aidée à nourrir mes fragiles espoirs de publication : Helen Wirth, qui s'est occupée de ma première nouvelle publiée ; Jim Clark, pour ses conseils éditoriaux et son soutien ; les membres de ma famille et les amis qui ont exprimé leur intérêt et leur confiance en mes capacités. Mon amour et ma gratitude à Don, mon mari, dont l'appui sans faille me soutient. Enfin, et surtout, je remercie Celui dont émanent tous les bienfaits.

La Chine de tous les extrêmes

Le Palais des plaisirs divins
Adam Williams

Chine, 1899. À Shishan, tandis que la colonie anglaise s'apprête à fêter l'achèvement du chemin de fer, Helen Frances succombe au charme du ténébreux Henry Manners. Mais le reste du pays ne partage pas cette heureuse insouciance, et la société secrète des Boxers attise les sentiments xénophobes et fomente un vaste soulèvement contre les « diables » étrangers. À Shishan même, dans le Palais des plaisirs divins, luxueuse maison close de la ville, de sombres conspirations s'organisent: tous les Occidentaux sont menacés…

(Pocket n° 12482)

Il y a toujours un Pocket à découvrir

À l'abordage !

Lady Pirate
1. Les valets du roi
Mireille Calmel

Londres, 1696. Élevée comme un garçon au nez et à la barbe de Lady Read, grand-mère riche et influente, Mary Jane, 17 ans, manie aussi bien le fleuret que l'alexandrin et n'a qu'une idée en tête : offrir une vie meilleure à sa mère. Mais à la mort de Lady Read, les espoirs s'effondrent : la jeune fille est chassée par son oncle Tobias, auquel elle vient de dérober un pendentif conduisant à un fabuleux trésor aztèque. Une seule solution : la fuite en tant que moussaillon à bord de *La Perle*. Mais des docks de Londres aux Caraïbes, la jeune fille ignore ce qui l'attend…

(Pocket n° 12862)

Il y a toujours un Pocket à découvrir

Parée pour l'aventure !

Lady Pirate
2. La parade des ombres
Mireille Calmel

Mary Read crie vengeance : Emma de Mortefontaine a fait assassiner son mari et enlever sa fille. Pour retrouver Anna, pour punir son ennemie, Mary est prête à tout. Ses recherches la mènent à Venise, chez le Marquis de Baletti, qui possède un crâne de cristal aux étranges pouvoirs. Une escale périlleuse avant de faire cap vers les Caraïbes, à bord d'un bateau pirate, avec son fils Junior et le beau matelot Corneille, sur la piste d'un trésor qui ne cesse de se dérober...

(Pocket n° 12863)

Il y a toujours un Pocket à découvrir

Achevé d'imprimer sur les presses de

BUSSIÈRE

GROUPE CPI

à Saint-Amand-Montrond (Cher)
en décembre 2006

POCKET - 12, avenue d'Italie - 75627 Paris Cedex 13

— N° d'imp. : 62375. —
Dépôt légal : janvier 2007.

Imprimé en France